文学经典导读

主　　编　　张卫中
副主编　　孙福轩　　唐　濛
编　　者　　张卫中　　孙福轩　　黄先义
　　　　　　钱诚一　　唐　濛　　王　艳
　　　　　　戴红红

ZHEJIANG UNIVERSITY PRESS
浙江大学出版社

前　言

　　人类社会靠文化传承而延续,靠文化创新而发展。在现代经济中,文化因素越来越重要,经济与文化越来越融为一体。未来的全球市场竞争不仅更多诉诸文化软实力,也要求越来越多的文化原创作为资源变成经济硬实力。在2010年4月1日出版的《求是》杂志上,发表了温家宝总理的文章《关于发展社会事业和改善民生的几个问题》。文章指出,国家的影响力,取决于经济、科技和军事实力,但归根结底取决于文化实力。文化的影响力更深刻、更具渗透性。然而我们许多青年学子缺乏这种文化意识和文化远见。因此,一些学者甚至理工科的学者身体力行,大力推动青年学子的人文素质教育。比如中科院院士杨叔子,这位成就卓著的机械工程学家,要求他的博士研究生背诵《老子》和《论语》。他说,人文文化是一个民族的身份证。没有先进的科学技术,我们会一打就垮;没有人文精神、民族传统,一个国家、一个民族会不打自垮。国际知名的数学家丘成桐2005年底到华中科技大学访学并演讲,他演讲的题目是《数学与中国文学的比较》,演讲中唐诗、宋词频频出现。

　　在我国普通高等院校,包括理、工、农、医类大学都相继开设了"大学语文"课,有些学校作为公共选修课开设,有些学校还作为必修课开设。根据国家教育部的定位,"大学语文"是一门素质教育课程,课程设置的目的是培养学生汉语语言文学方面的阅读、欣赏、理解和表达能力。现在的大学生文学底子薄,语文水平不尽人意,已成为人们的共识。"大学语文"课程的开设,不仅对提高大学生的语文修养起到积极的作用,还可以陶冶学生的高尚情操,培养学生的文化自觉和文化担当意识。

　　"大学语文"课程的教材很多,本书精选了古今中外的经典名篇,辅以作家介绍、注释、阅读提示,以方便学生学习。在篇目选择上既立足经典,同时又考虑到当代大学生的文化需求。在"阅读提示"上,力求点到为止,不做全面分析,留给学生更多的思考空间。正如吴熊和先生在谈到诗词鉴赏时所说:"艺术鉴赏,应该'如人饮水,冷暖自知'。初学者固然有时不免要依靠旁人的指点,引导入门,犹如旅游有时需要一个好的导游一样。但旅游的目的并非在于欣赏导游,而是要直接欣赏真实的佳丽山水。鉴赏诗词,也应重在心灵的感悟,领受到美的愉

悦。这是只能得之于己，而不能一一求之于人了。"(《唐宋诗词评析词典》前言)

当然，不只是诗词鉴赏如此，所有的文学鉴赏都需要读者用心灵去体验作品的内在神韵，欣赏者的心灵与文学作品所传达的内在意蕴产生深层次的契合，欣赏者便能进入一种心领神会的愉悦的境界。另外，许多"大学语文"教材外国文学作品很少，有的甚至干脆不选，本书则加重了外国文学作品的比例。这样有利于开阔学生的视野，活跃学生的思想，使学生获得多方面的文学养料和思维启迪。

我们的生活需要文学的滋润，优秀的文学作品给人以智慧，使人变得高雅，有品味。本书不仅可以作为"大学语文"课程教材使用，也可以作为文学爱好者学习的教科书。

本书由张卫中教授撰写中国文学的先秦两汉魏晋南北朝部分，孙福轩副教授撰写唐宋部分，黄先义老师撰写元明清近代部分，钱诚一教授撰写现代文学部分，唐濛老师撰写当代文学部分，王艳、戴红红两位老师撰写外国文学部分。全书最后由张卫中教授审定。

作为教材，本书在编写的过程中，对前人和同行的成果，多所借鉴，书后附有主要参考书目，另外还参考了其它许多的著作，未能一一列出，在此深表感谢。

由于大家的努力，本书得以出版。也由于多人参与编写，本书的风格难免有不一致的地方。错误也在所难免。希望读者朋友批评指正并将您的宝贵意见和建议及时反馈给我们，以期下次修订时，本书能更加完善。

编　者
2011 年 1 月于杭州

目　　录

唐代文学

宋代文学

元代文学

明代文学

清代文学

近代文学

现代文学

当代文学

外国文学

主要参考书目

先秦文学

  "先秦"是指秦朝以前这一历史时期。先秦文学,是中国文学发生与发展阶段的文学,它揭开了源远流长的中国文学的辉煌一页,是中国文学的奠基石。

  早在文字还没有产生的远古时代,就已经有了民间歌谣和神话传说等口头文学。西周至春秋,文献资料大大增多,文学有了飞跃的发展。在韵文方面,产生了我国第一部诗歌总集《诗经》;在散文方面,有《尚书·周书》、《周易》、《春秋》等。

  《诗经》汇集了从西周初年至春秋中叶大约五百年间的诗歌三百零五篇,分为风、雅、颂三个部分。内容十分丰富,艺术上也有自己的特色,前人把《诗经》的表现手法概括为赋、比、兴。在形式上,多重章叠句,保留了民歌的原始状态。

  到了战国时期,文学创作空前繁荣。诸子散文与历史散文辉映一时。在韵文方面,发展出诗歌的新形式"楚辞",并出现了伟大的作家屈原。

  诸子散文主要有《论语》、《墨子》、《孟子》、《庄子》、《荀子》、《韩非子》等,它们虽然意在说理,却很讲究修辞技巧。其中《孟子》和《庄子》的散文文学意味最浓。《孟子》的文章议论风发,波澜壮阔,富有气势。《庄子》的文章想象丰富,辞采瑰丽,富有浪漫主义色彩。

  历史散文主要有《左传》、《国语》、《战国策》。《左传》长于记事,《国语》偏重记言,《战国策》注重语言的艺术。

  "楚辞"是战国后期产生于楚国的一种新诗体。"楚辞"中大量运用楚地方言,具有浓厚的地方色彩。伟大的爱国诗人屈原,运用这种诗歌形式,创作了《离骚》、《九歌》(十一篇)、《天问》、《九章》(九篇)等优秀的作品。屈原的诗作,表现出对于祖国的真挚的热爱,对于理想的执著追求。在艺术表现上,发展了《诗经》的比兴手法,同时大量吸取神话传说的题材,想象丰富,感情激越,富于浪漫主义色彩。《诗经》和《楚辞》,在文学史上并称"风骚"或"诗骚",它们共同开创了我国古代诗歌现实主义和浪漫主义的优秀传统。

  先秦文学的主要成就是诗歌和散文,它为中国文学的发展奠定了坚实的基础。

诗 经

《诗经》是我国最早的诗歌总集,先秦时通称为"诗"或"诗三百"。汉武帝"罢黜百家,独尊儒术",把《诗》立为"五经"之一,称为《诗经》。《诗经》收录了西周初年至春秋中叶大约五百年间的诗歌,共三百零五篇,分为风、雅、颂三个部分。其中风包括十五国风,一百六十篇;雅分为大雅、小雅,一百零五篇;颂分为周颂、鲁颂、商颂,四十篇。风、雅、颂都是古代音乐曲调的名称。宋代郑樵认为:"风土之音曰'风',朝廷之音曰'雅',宗庙之音曰'颂'。"(《通志序》)

《诗经》的内容极为丰富。有周民族史诗,政治讽喻诗,还有优美的情歌,劳动歌谣,以及反饥饿、反奴役的呼号等。《诗经》中的民歌充分体现了"饥者歌其食,劳者歌其事"的现实主义精神。《诗经》的表现手法有"赋"、"比"、"兴"三类。《诗经》句式以四言为主,比较整齐,间有杂言,显得灵活自由。章法则多重章叠句,富有音乐性和节奏感。现存的《诗经》是秦汉人毛亨、毛苌所传,称为《毛诗》。东汉郑玄为之作笺,通称《毛诗郑笺》。

关 雎

关关雎鸠[1],在河之洲[2]。窈窕淑女[3],君子好逑[4]。

参差荇菜[5],左右流之[6]。窈窕淑女,寤寐求之[7]。求之不得,寤寐思服[8]。悠哉悠哉[9],辗转反侧[10]。

参差荇菜,左右采之。窈窕淑女,琴瑟友之[11]。参差荇菜,左右芼之[12]。窈窕淑女,钟鼓乐之[13]。

【注释】

〔1〕关关:象声词,鸟鸣声。此指雌雄和鸣。雎(jū)鸠:一种水鸟,古书上说此鸟有固定的配偶。 〔2〕洲:水中陆地。 〔3〕窈窕(yǎotiǎo):美好貌。淑:善。 〔4〕逑(qiú):配偶。 〔5〕参差:长短不齐貌。荇(xìng)菜:一种多年生水生草本,夏秋开黄花,嫩茎可食。 〔6〕流:求取。 〔7〕寤寐(wùmèi):醒着和睡着。 〔8〕思服:思念。服:与"思"同义。思服为重言。一说"思"为语助词。 〔9〕悠哉:忧思深长之状。 〔10〕辗转反侧:翻来覆去不能入睡。 〔11〕友:亲近。 〔12〕芼(mào):择取。 〔13〕乐之:使之快乐。

【阅读提示】

这首诗是《诗经·国风》的第一篇,也是整部《诗经》的第一篇。《毛诗序》说此诗的主旨是歌颂"后妃之德"。实际上,这是一首反映青年男女追求真挚爱情的诗。

诗以兴句发端,引出君子对淑女的倾心仰慕和热情追求。作者善于抓住人物的典型动作,诸如"辗转反侧"、"琴瑟友之"、"钟鼓乐之"等,对人物的内心世界进行深入开掘,充分表现了君子对淑女的痴诚相爱。孔子说:"《关雎》乐而不淫,哀而不伤。"(《论语·八佾》)全诗着意抒写君子对淑女的爱慕与追求,确实是情深而不淫渎,热烈而不轻狂。成功地再现了上古社会青年男女幸福欢乐的爱情生活。

蒹　葭

蒹葭苍苍[1],白露为霜。所谓伊人[2],在水一方[3]。溯洄从之[4],道阻且长[5];溯游从之[6],宛在水中央。

蒹葭凄凄[7],白露未晞[8]。所谓伊人,在水之湄[9]。溯洄从之,道阻且跻[10];溯游从之,宛在水中坻[11]。

蒹葭采采[12],白露未已。所谓伊人,在水之涘[13]。溯洄从之,道阻且右[14];溯游从之,宛在水中沚[15]。

【注释】

〔1〕蒹葭(jiānjiā):芦苇。苍苍:茂盛的样子。 〔2〕伊人:这个人,指所爱的人。 〔3〕一方:那一边,比喻所在之远。 〔4〕溯(sù):逆流而上。洄:盘旋曲折的水道。从:追寻。 〔5〕道阻且长:道路险阻而且漫长。 〔6〕溯游:顺流而下。游:通"流",指直流的水道。 〔7〕凄凄:同"萋萋",茂盛的样子。 〔8〕晞(xī):干。 〔9〕湄(méi):河岸、水滨。 〔10〕跻(jī):上升,攀登。这里指地势渐高,需攀登而上。 〔11〕坻(chí):水中高地。 〔12〕采采:众多的意思,与"苍苍"、"凄凄"义近。 〔13〕涘(sì):水边。 〔14〕右:迂回曲折。 〔15〕沚(zhǐ):水中小洲。

【阅读提示】

这是选自《诗经·秦风》中的一首怀人之作。诗中描写了一个热恋者对所爱之人苦苦追求,可望而不可即的惆怅之情。全诗三章都用"兴"法起笔,用秋景秋色烘托主人公相思之情、失落之感。情景交融,委婉动人。整首诗还采用了《诗经》中常用的重章叠句的形式,反复咏叹,将主人公满腔的柔情渲染得淋漓尽致。

□左　传

《左传》是古代编年体史书。书名原为《左氏春秋》,西汉末年刘歆认为《左传》是传《春秋》的,称为《春秋左氏传》,简称《左传》。相传《左传》的作者是春秋末年鲁国的左丘明。现代一般人都认为《左传》是战国初年的作品。

《左传》记录了从鲁隐公元年(公元前 722 年)到鲁哀公 27 年(公元前 468 年)共 255 年周王朝及诸侯各国的一些重大历史事件。比较真实地反映了当时的社会现实。《左传》虽然是一部历史著作,却也不乏文学价值,尤其长于记述辞令和描写战争,对后来史传文学的发展有重要影响。

郑伯克段于鄢[1]

初,郑武公娶于申[2],曰武姜[3]。生庄公及共叔段[4]。庄公寤生[5],惊姜氏,故名曰"寤生",遂恶之。爱共叔段,欲立之。亟请于武公[6],公弗许。

及庄公即位,为之请制[7]。公曰:"制,岩邑也[8],虢叔死焉[9],他邑唯命。"请京[10],使居之,谓之京城大叔。祭仲曰[11]:"都城过百雉[12],国之害也。先王之制,大都不过参国之一[13];中,五之一;小,九之一。今京不度,非制也[14]。君将不堪。"公曰:"姜氏欲之,焉辟害[15]?"对曰:"姜氏何厌之有[16]?不如早为之所[17],无使滋蔓[18],蔓难图也;蔓草犹不可除,况君之宠弟乎?"公曰:"多行不义,必自毙,子姑待之。"

既而大叔命西鄙、北鄙贰于己[19]。公子吕曰[20]:"国不堪贰,君将若之何?欲与大叔,臣请事之;若弗与,则请除之。无生民心。"公曰:"无庸[21],将自及。"大叔又收贰以为己邑,至于廪延[22]。子封曰:"可矣!厚将得众。"公曰:"不义不暱[23],厚将崩。"

大叔完聚[24],缮甲兵[25],具卒乘[26],将袭郑。夫人将启之。公闻其期,曰:"可矣!"命子封帅车二百乘以伐京。京叛大叔段。段入于鄢[27]。公伐诸鄢。五月辛丑[27],大叔出奔共[28]。书曰[29]:"郑伯克段于鄢。"段不弟[30],故不言弟;如二君,故曰克;称郑伯,讥失教也;谓之郑志[31],不言出奔,难之也[32]。

遂置姜氏于城颍[33],而誓之曰:"不及黄泉,无相见也!"既而悔之。颍考叔为颍谷封人[34],闻之,有献于公。公赐之食。食舍肉。公问之。对曰:"小人有母,皆尝小人之食矣,未尝君之羹,请以遗之[35]。"公曰:"尔有母遗,繄我独无[36]!"颍考叔曰:"敢问何谓也?"公语之故,且告之悔。对曰:"君何患焉?若阙地及泉[37],隧而相见,其谁曰不然?"公从之。公入而赋:"大隧之中,其乐也融融!"姜出而赋:"大隧之外,其乐也洩洩[38]!"遂为母子如初。君子曰[39]:"颍考叔,纯孝也,爱其母,施及庄公[40]。诗曰:'孝子不匮,永锡尔类[41]。'其是之谓乎?"

【注释】

〔1〕本篇选自《左传·隐公元年》。鄢(yān):地名,在今河南鄢陵。 〔2〕郑武公:姓姬,名掘突,"武"是谥号。申:姜姓侯爵之国,在今河南南阳。 〔3〕武姜:武公妻姜氏。"武"是她丈夫的谥号,"姜"是她母家之姓。 〔4〕庄公:即郑伯。共叔段:庄公之弟,名段。 〔5〕寤(wù)生:足先出的逆生。寤:同"牾",逆也。 〔6〕亟(qì):屡次。 〔7〕制:地名,一名虎牢,在今河南荥阳。 〔8〕岩邑:险要的城镇。 〔9〕虢(guó)叔:东虢国国君。 〔10〕京:郑邑名,在今河南荥阳东南。 〔11〕祭(zhài)仲:郑国大夫。 〔12〕雉(zhì):古代度量名称。城墙长三丈、高一丈为一雉。 〔13〕都:这里指诸侯下属的城邑。参:同"三"。 〔14〕不度:不合法度。非制:不是先王的制度。 〔15〕焉:疑问代词,哪里。辟:同"避"。 〔16〕厌:同"餍",满足。 〔17〕早为之所:早给他安排一个合适的地方。 〔18〕滋蔓:滋长蔓延。 〔19〕鄙:边邑。 〔20〕公子吕:郑国大夫,字子封。 〔21〕庸:同"用"。 〔22〕廪延:郑邑,在今河南延津。 〔23〕暱(nì):同"昵",亲近。 〔24〕完:修治。聚:集中。 〔25〕缮:修理。甲:盔甲。兵:武器。 〔26〕具:准备。乘(shèng):古时一车四马为一乘,车上有甲士三人,车后随步卒七十二人。 〔27〕五月辛丑:五月二十三日。 〔28〕共(gōng):国名,在今河南辉县。 〔29〕书:指《春秋》。 〔30〕不弟:不守为弟之道。 〔31〕郑志:指郑庄公蓄意杀弟的意图。 〔32〕难之:指难以下笔记录叔段奔共这件事。按《春秋》笔法,凡记某人出奔,就表示某人犯了罪。《春秋》没有记载叔段出奔共,是因为庄公也有不是,不能单怪叔段。 〔33〕置:安置,此处有放逐意。城颍:郑地,在今河南临颍。 〔34〕颍考叔:郑国大夫。颍谷:郑边邑,在今河南登封。封人:镇守边疆的地方长官。 〔35〕遗(wèi):赠送。 〔36〕繄(yī):句首语助词。 〔37〕阙:同"掘"。 〔38〕洩洩(yìyì):义同"融融",快乐的样子。 〔39〕君子曰:《左传》中习用的发表评论的方式,或为作者自己之议论,或为作者取他人之言论。 〔40〕施(yì):推广,扩大。 〔41〕诗:指《诗经》。"孝子"二句:见《诗经·大雅·既醉》。匮(kuì):竭尽。锡:同"赐"。

【阅读提示】

本文记叙了郑庄公与其弟共叔段之间的一场政治角逐。他们兄弟为了争权夺利,不惜兵戎相见、骨肉相残,反映了春秋时期统治阶级内部矛盾和斗争的异常激烈,同时也暴露了统治阶级的残酷和虚伪。文章故事曲折生动,人物个性鲜明。特别是对庄公阴险毒辣、老谋深算、假仁假义、故作姿态的性格作了深刻的揭露。另外对武姜的任性和昏聩,共叔段的贪婪和愚蠢也作了生动的刻画。文笔洗练、含蓄,充分体现了《左传》善于叙事的特色。

□ 国　语

《国语》成于战国初期,是分载周、鲁、齐、晋、郑、楚、吴、越八国史事的一部历史著作。与《左传》偏重记事不同,《国语》详于记言而略于记事。旧传《国语》与《左传》出于一人之手,其实无论体裁、文风及内容,两书都不同。就是《国语》本身各篇文风也不甚统一，清人崔述《洙泗考信录》认为："周、鲁多平衍，晋、楚多尖颖，吴、越多恣放，即《国语》非一人之所为也。"

邵公谏厉王弭谤[1]

厉王虐，国人谤王。邵公告曰："民不堪命矣[2]。"王怒，得卫巫[3]，使监谤者。以告[4]，则杀之。国人莫敢言，道路以目[5]。

王喜，告邵公曰："吾能弭谤矣，乃不敢言。"

邵公曰："是障之也[6]。防民之口，甚于防川。川壅而溃[7]，伤人必多，民亦如之。是故为川者决之使导[8]，为民者宣之使言[9]。故天子听政，使公卿至于列士献诗[10]，瞽献曲[11]，史献书[12]，师箴[13]，瞍赋[14]，矇诵[15]，百工谏[16]，庶人传语[17]。近臣尽规[18]，亲戚补察[19]，瞽、史教诲[20]，耆、艾修之[21]，而后王斟酌焉。是以事行而不悖[22]。民之有口，犹土之有山川也，财用于是乎出；犹其有原隰衍沃也[23]，衣食于是乎生。口之宣言也[24]，善败于是乎兴[25]。行善而备败，其所以阜财用衣食者也[26]。夫民，虑之于心而宣之于口，成而行之[27]，胡可壅也！若壅其口，其与能几何[28]？"

王不听，于是国人莫敢出言。三年，乃流王于彘[29]。

【注释】

〔1〕邵公：即邵穆公，名虎，周厉王的卿士。邵：一作"召"。厉王：西周的第十代国君，姓姬，名胡，公元前 878 年即位，在位三十七年。弭（mǐ）：阻止，消除。谤：议论指责他人过失。〔2〕命：指厉王暴虐的政令。 〔3〕卫巫：卫国的巫者。 〔4〕以告：以谤者告诉厉王，意即"检举"。〔5〕道路以目：在路上相遇，彼此只能用眼色示意。 〔6〕障：防水堤，这里用作动词，堵塞的意思。 〔7〕壅：堵塞。 〔8〕为川者：治水的人。决：排除障碍。导：疏通。 〔9〕宣：开导。 〔10〕公卿：三公九卿，指朝廷中的高级官员。列士：指上士、中士、下士。士是统治阶级中最低的一个阶层。献诗：进献讽谏的诗。 〔11〕瞽（gǔ）：盲人，这里指乐师，古代乐师多由盲人充任。曲：乐曲。 〔12〕史：史官。书：指历史典籍。 〔13〕师：少师，是次于太师的乐官。箴（zhēn）：一种寓有劝诫意义的文辞。 〔14〕瞍（sǒu）：没有瞳仁的盲人。赋：朗诵，有一定的音节腔调。 〔15〕矇（méng）：有瞳仁而看不见东西的盲人。诵：指不配合乐曲的诵读。〔16〕百工：百官。一说从事各种工艺的人。 〔17〕庶人：泛指平民。传语：指庶人的意见可以通过官吏间接传达给周王。 〔18〕近臣：周王左右的臣子。尽：同"进"，进献。 〔19〕亲戚：指与国王同宗的大臣。补：弥补。察：监察。 〔20〕瞽、史教诲：乐师、史官用歌曲、史籍对周王进行教诲。 〔21〕耆（qí）、艾（ài）：年高有德的人。六十岁的人叫"耆"，五十岁的人叫"艾"。修：修饬，整理。 〔22〕悖：违背。〔23〕其：指土地。原：宽阔而平坦的土地。隰（xí）：低下而潮湿的土地。衍：低下而平坦的土地。沃：有河流灌溉的土地。 〔24〕宣言：发表言论。 〔25〕善败：指政治的优劣得失。兴：体现，显露。 〔26〕阜：丰富，增多。

〔27〕成：成熟。行：有自然流露的意思。　　〔28〕与：这里指亲附的人。　　〔29〕流：流放，放逐。彘（zhì）：晋地，在今山西省霍县境内。

【阅读提示】

　　本篇选自《国语·周语上》，记载邵穆公劝诫周厉王弭谤的主张。周厉王是西周末期的暴君，他的横征暴敛，激起国人的极度不满，终于在公元前841年发生了"国人暴动"。文章记叙了周厉王不听劝谏、自取灭亡的经过，提出了"防民之口，甚于防川"的著名论点。叙事简明，说理周详。特别是邵公规劝厉王一段，逻辑性强，论证有力，以"防川"作喻，自然贴切，生动形象。文章以邵公的谏辞为主，首尾略有记事，前后照应，体现了《国语》记言为主的特点。

□战国策

　　《战国策》，简称《国策》，其初又有《国事》、《短长》、《事语》、《长书》等名称。作者无考。西汉刘向将其整理编校，定名为《战国策》。全书分十二策，分记东周、西周、秦、齐、楚、赵、魏、韩、燕、宋、卫、中山诸国之事。其时代上接春秋，下至秦并六国，约二百四十年（前460－前220）。

　　《战国策》主要记载战国时代谋臣策士纵横捭阖的外交活动及有关的谋议和说辞。文章长于说事，喜欢夸张渲染。文辞宏丽恣肆，铺张扬厉。善用大量的比喻、寓言，增强说服力。

苏秦始将连横〔1〕

　　苏秦始将连横，说秦惠王曰〔2〕："大王之国，西有巴、蜀、汉中之利〔3〕，北有胡貉、代马之用〔4〕，南有巫山、黔中之限〔5〕，东有肴、函之固〔6〕。田肥美，民殷富，战车万乘〔7〕，奋击百万〔8〕，沃野千里，蓄积饶多，地势形便，此所谓天府〔9〕，天下之雄国也。以大王之贤，士民之众，车骑之用，兵法之教，可以并诸侯，吞天下，称帝而治〔10〕。愿大王少留意，臣请奏其效〔11〕。"

　　秦王曰："寡人闻之：毛羽不丰满者，不可以高飞；文章不成者〔12〕，不可以诛罚；道德不厚者，不可以使民〔13〕；政教不顺者，不可以烦大臣〔14〕。今先生俨然不远千里而庭教之〔15〕，愿以异日〔16〕。"

　　苏秦曰："臣固疑大王之不能用也。昔者神农伐补遂〔17〕，黄帝伐涿鹿而禽蚩尤〔18〕，尧伐驩兜〔19〕，舜伐三苗〔20〕，禹伐共工〔21〕，汤伐有夏〔22〕，文王伐崇〔23〕，武王伐纣〔24〕，齐桓任战而伯天下〔25〕。由此观之，恶有不战者乎〔26〕？古者使车毂击驰[27]，言语相结，天下为一，约从连横，兵革不藏。文士并饰[28]，诸侯乱惑，万端俱起，不可胜理。科条既备[29]，民多伪态[30]，书策稠浊[31]，百姓不足，上下相愁，民无所聊[32]。明言章理[33]，兵甲愈起[34]，辩言伟服[35]，战攻不息。繁称文辞[36]，天下不治；舌弊耳聋，不见成功；行义约信，天下不亲。于是乃废文任武，厚养死士，缀甲厉兵[37]，效胜于战场。夫徒处而致利[38]，安坐而广地，虽古五帝、三王、五伯[39]，明主贤君，常欲坐而致之，其势不能，故以战续之。宽则两军相攻，迫则杖戟相橦[40]，然后可建大功。是故兵胜于外，义强于内；威立于上，民服于下。今欲并天下，凌万乘[41]，诎敌国[42]，制海内，子元元[43]，臣诸侯[44]，非兵不可。今之嗣主[45]，忽于至道，皆惛于教[46]，乱于治，迷于言，惑于语，沈于辩，溺于辞[47]。以此论之，王固不能行也。"

说秦王书十上而说不行[48]。黑貂之裘弊，黄金百斤尽，资用乏绝，去秦而归。嬴縢履蹻[49]，负书担橐[50]，形容枯槁，面目犁黑[51]。状有归色[52]。归至家，妻不下纴[53]，嫂不为炊，父母不与言。苏秦喟叹曰："妻不以我为夫，嫂不以我为叔，父母不以我为子，是皆秦之罪也！"乃夜发书，陈箧数十[54]，得太公阴符之谋[55]，伏而诵之，简练以为揣摩[56]。读书欲睡，引锥自刺其股，血流至足[57]。曰："安有说人主不能出其金玉锦绣，取卿相之尊者乎？"期年[58]，揣摩成，曰："此真可以说当世之君矣！"于是乃摩燕乌集阙[59]，见说赵王于华屋之下[60]，抵掌而谈[61]。赵王大悦，封为武安君[62]。受相印，革车百乘，锦绣千纯[63]，白璧百双，黄金万溢以随其后[64]，约从散横，以抑强秦。故苏秦相于赵而关不通[65]。当此之时，天下之大，万民之众，王侯之威，谋臣之权，皆欲决苏秦之策[66]。不费斗粮，未烦一兵，未战一士，未绝一弦，未折一矢，诸侯相亲，贤于兄弟[67]。夫贤人在而天下服，一人用而天下从，故曰："式于政[68]，不式于勇；式于廊庙之内[69]，不式于四境之外。"当秦之隆[70]，黄金万溢为用，转毂连骑[71]，炫熿于道[72]，山东之国[73]，从风而服，使赵大重[74]。且夫苏秦，特穷巷掘门桑户棬枢之士耳[75]，伏轼撙衔[76]，横历天下[77]，廷说诸侯之王[78]，杜左右之口[79]，天下莫之能伉[80]。

将说楚王[81]，路过洛阳。父母闻之，清宫除道[82]，张乐设饮[83]，郊迎三十里。妻侧目而视[84]，倾耳而听；嫂虵行匍伏[85]，四拜自跪而谢[86]。苏秦曰："嫂何前倨而后卑也[87]？"嫂曰："以季子之位尊而多金[88]！"苏秦曰："嗟乎！贫穷则父母不子，富贵则亲戚畏惧。人生世上，势位富贵，盖可忽乎哉[89]！"

【注释】

〔1〕选自《战国策·秦策一》。苏秦（? —前284）：字季子，东周洛阳人。战国时著名纵横家。初主"连横"，后改主"合纵"，约赵、齐、燕、魏、韩五国联合攻秦。赵王封他为武安君。他为燕昭王作反间，到齐国去破坏齐、赵的关系，使齐国与燕国交好。后燕将乐毅率师伐齐，苏秦为燕反间暴露，被齐车裂而死。　〔2〕说（shuì）：劝说。秦惠王：姓嬴，名驷，即惠文王（前

337—前311在位）。秦自惠王始称王。　〔3〕巴：今四川东部、湖北西部一带。蜀：今四川中、西部。汉中：今陕西秦岭以南地区。上述三地区于惠王时先后并入秦国。　〔4〕胡貉（hé）：匈奴地区产的貉，形似狐，毛皮可制裘。代马：代在今河北、山西北部，其地产良马。　〔5〕巫山：山名，在今四川巫山县东。黔中：地名，在今湖南省沅陵县西。限：屏障、险要。　〔6〕肴：同"殽（yáo）"，山名，在今河南省洛宁县西北。函：函谷关，在今河南省灵宝县西南。固：险固，易守难攻。　〔7〕万乘（shèng）：万辆。　〔8〕奋击：能奋力作战的武士。　〔9〕天府：天然的府库。　〔10〕称帝而治：战国时代，各国的最高统治者都称为王，诸王之强者自称帝号，表示有统一的企图。秦昭王与齐湣王曾相约称东帝、西帝。　〔11〕效：成效，功效。　〔12〕文章：这里指"法令制度"。　〔13〕使民：指使用百姓出战。　〔14〕烦：差遣。　〔15〕俨然：端庄正经的样子。庭教：在大庭广众下指教。　〔16〕愿以异日：请待将来。　〔17〕神农：即炎帝，传说为农业和医药的发明者。补遂：古国名。　〔18〕黄帝：姓公孙氏，名轩辕。是传说中华夏族的始祖。涿鹿：在今河北省涿鹿县南。禽：通"擒"。蚩尤：传说为东方九黎族之首领。　〔19〕驩兜（huāndōu）：人名，传说为尧的司徒官。　〔20〕三苗：古族名，亦称苗、有苗，在今湖北武昌、湖南岳阳和江西九江一带。　〔21〕共工：古代部族。　〔22〕汤：又称成汤，商朝的建立者，原为夏朝诸侯。夏桀无道，汤兴兵灭夏，建立了商朝。有：语助词，无义。夏：夏朝。　〔23〕崇：殷代诸侯国名，在今陕西户县东。　〔24〕纣（zhòu）：商代最后的君主，暴虐残忍，为周武王所灭。〔25〕任：用。伯：同"霸"。　〔26〕恶（wū）：如何，哪里。　〔27〕使车毂（gǔ）击驰：使臣的车毂相互碰撞。这里指各诸侯国的使者往来频繁。毂：车轮中心的圆木，中有圆孔以插车轴。〔28〕文士：辩士。饰：指修饰文辞，进行游说的工作。　〔29〕科条：规章制度。　〔30〕伪态：作假。　〔31〕书策稠浊：文书政令繁多而混乱。　〔32〕聊：依赖。　〔33〕章理：显明的道理。章：同"彰"。　〔34〕兵甲：这里指战争。　〔35〕伟服：奇伟的服饰。　〔36〕繁称文辞：称引繁富，言辞巧丽。　〔37〕缀甲：用金属片连缀成铠甲。厉兵：磨利兵器。厉：同"砺"，磨刀石。〔38〕徒处：无所事事地坐着。　〔39〕五帝：一般指黄帝、颛顼、帝喾、唐尧、虞舜。三王：指夏、商、周三代的开国君主禹、汤和文王、武王。五伯：春秋时代诸侯的五个霸主，指齐桓公、晋文公、楚庄王、吴王阖闾、越王勾践。　〔40〕杖戟：拿着戟。戟，一种将戈、矛合为一体的武器。橦（chōng）：冲刺。　〔41〕凌万乘：凌驾于大国之上。万乘：指拥有万辆战车的大国。〔42〕诎（qū）：同"屈"，使……屈服。　〔43〕子元元：以百姓为子，即统治百姓。元元：指百姓。〔44〕臣诸侯：以诸侯为臣。　〔45〕嗣主：新君。　〔46〕惛（hūn）：不明。　〔47〕沈于辩两句：沉溺于巧辩的言辞之中。沈，同"沉"。　〔48〕行：接受。　〔49〕嬴（léi）：同"缧"，缠绕。滕（téng）：绑腿布。蹻（juē）：麻鞋，草鞋。　〔50〕橐（tuó）：包囊。　〔51〕犁：通作"黧（lí）"，黑色。〔52〕归：当作"愧"。　〔53〕纴：纺织，这里代指织机。　〔54〕陈：摆开。箧（qiè）：指书箱。〔55〕太公：姜姓，吕氏，名望，又称吕尚，周代封于齐，为齐国的始祖。俗称姜大公、姜子牙。传说太公著有兵法《阴符经》。　〔56〕简：选择。练：熟习。揣摩：反复研求。　〔57〕血流至足：一作"血流至踵"。踵：脚后跟。　〔58〕期（jī）年：满一年。　〔59〕摩：接近。阙：宫室前两边的楼台。燕乌集：宫阙名。　〔60〕华屋：华丽的殿堂。　〔61〕抵掌：击掌。抵：当作"抵（zhǐ）"。〔62〕武安：地名，在今河北省武安县。　〔63〕纯：匹，段。　〔64〕溢：通"镒"，古代重量单位，二十两。一说为二十四两。　〔65〕关不通：指六国与秦断绝往来。　〔66〕决苏秦之策：由苏秦的策略所决定。　〔67〕贤于：胜过。　〔68〕式：用。　〔69〕庙：君主祭祖之处，其旁为廊。此指朝廷。　〔70〕当秦之隆：在苏秦尊贵得意之时。　〔71〕转毂连骑：车轮飞转,骑马的随从接连不断。　〔72〕炫熿(huáng)：辉煌显耀。熿,同"煌"。　〔73〕山东：崤山以东。　〔74〕使赵大重：使赵国的地位大大提高。　〔75〕掘门：同窟门,窑门。掘：与"窟"通。桑户：用桑树枝条编的门。棬(quān)枢：把树条圈起来作为门枢。　〔76〕伏轼撙衔：伏在车前横木上,拉着马的勒头。　〔77〕横历：横行,走遍。历：行。　〔78〕廷说(shuì)：在朝廷上劝说。　〔79〕杜：堵塞。　〔80〕伉(kàng)：通"抗",匹敌。　〔81〕楚王：指楚威王,公元前339－公元前329年在位。　〔82〕清宫除道：收拾房屋,打扫道路。　〔83〕张乐(yuè)设饮：设置音乐,备办酒席。〔84〕侧目而视：斜着眼睛看,不敢正视。　〔85〕虵：同"蛇"。匍伏：爬行。　〔86〕谢：道歉。〔87〕倨：傲慢。　〔88〕季子：古时嫂称小叔为季子。一说,季子,苏秦的字。　〔89〕盖(hé)：通"盍",何,怎么。

【阅读提示】

　　苏秦是战国末期著名的纵横家,是许多策士效法的对象。本文通过记述苏秦在秦、赵的游说活动,特别是由失败到成功的经历,反映了战国时代策士们积极进取的精神,以及他们在政治上所发挥的相当的作用。另一方面也表现了策士朝秦暮楚、投机取巧、热衷名利的思想,以及当时炎凉的世态。文章结构完整,情节曲折,议论纵横,气势逼人。生动地塑造了一个能言善辩、渴求富贵的具有时代特征的典型形象。

☐ 孟　子

　　孟子(前372－前289),名轲,字子舆,战国时邹(今山东邹县)人,是孔子之后儒家的主要代表。他提倡"仁政"、"王道",曾以所学游说诸侯,终不见用,退而与弟子万章等作《孟子》七篇。《孟子》发展了《论语》的语录体而为对话体。通过对话把论题阐发得具体深入。《孟子》的文章以长于雄辩著称,文辞铺张扬厉,笔锋咄咄逼人。还善用比喻,语言流畅,寓意深刻,对后代的散文有较大的影响。

有为神农之言者许行章

　　有为神农之言者许行〔1〕,自楚之滕〔2〕,踵门而告文公曰〔3〕："远方之人闻君行仁政,愿受一廛而为氓〔4〕。"文公与之处〔5〕。其徒数十人,皆衣褐〔6〕,捆屦、织席以为食〔7〕。

　　陈良之徒陈相与其弟辛〔8〕,负耒耜而自宋之滕〔9〕,曰："闻君行圣人之政,是亦圣人也〔10〕,愿为圣人氓。"

　　陈相见许行而大悦,尽弃其学而学焉。

陈相见孟子，道许行之言[11]，曰：“滕君，则诚贤君也[12]；虽然[13]，未闻道也[14]。贤者与民并耕而食，饔飧而治[15]。今也滕有仓廪府库，则是厉民而以自养也[16]，恶得贤[17]？”

孟子曰：“许子必种粟而后食乎？”

曰：“然。”

“许子必织布而后衣乎？”

曰：“否，许子衣褐。”

“许子冠乎[18]？”

曰：“冠。”

曰：“奚冠[19]？”

曰：“冠素[20]。”

曰：“自织之与[21]？”

曰：“否，以粟易之[22]。”

曰：“许子奚为不自织？”

曰：“害于耕[23]。”

曰：“许子以釜甑爨[24]，以铁耕乎[25]？”

曰：“然。”

“自为之与？”

曰：“否，以粟易之。”

“以粟易械器者[26]，不为厉陶冶[27]；陶冶亦以其械器易粟者，岂为厉农夫哉？且许子何不为陶冶，舍皆取诸其宫中而用之[28]？何为纷纷然与百工交易[29]？何许子之不惮烦[30]？”

曰：“百工之事，固不可耕且为也[31]。”

“然则治天下独可耕且为与[32]？有大人之事[33]，有小人之事[34]。且一人之身而百工之所为备，如必自为而后用之，是率天下而路也[35]。故曰：或劳心[36]，或劳力[37]。劳心者治人[38]，劳力者治于人[39]；治于人者食人[40]，治人者食于人，天下之通义也[41]。

“当尧之时，天下犹未平[42]，洪水横流，泛滥于天下，草木畅茂，禽兽繁殖，五谷不登[43]，禽兽偪人[44]，兽蹄鸟迹之道交于中国[45]。尧独忧之，举舜而敷治焉[46]。舜使益掌火[47]，益烈山泽而焚之[48]，禽兽逃匿。禹疏九河[49]，瀹济、漯而注诸海[50]，决汝、汉[51]，排淮、泗而注之江[52]，然后中国可得而食也[53]。当是时也，禹八年于外，三过其门而不入[54]，虽欲耕，得乎[55]？

“后稷教民稼穑[56]，树艺五谷[57]，五谷熟而民人育。人之有道也[58]，饱食、暖衣、逸居而无教，则近于禽兽。圣人有忧之[59]，使契为司徒[60]，教以人伦[61]：父子有亲[62]，君臣有义[63]，夫妇有别[64]，长幼有叙[65]，朋友有信[66]。放勋曰劳之、来之[67]，匡之、直之[68]，辅之、翼之[69]，使自得之[70]，又从而振德之[71]。圣人之忧民如此，而暇耕乎？

"尧以不得舜为己忧，舜以不得禹、皋陶为己忧[72]，夫以百亩之不易为己忧者[73]，农夫也。分人以财谓之惠，教人以善谓之忠，为天下得人者谓之仁。是故以天下与人易，为天下得人难。孔子曰[74]：'大哉，尧之为君！惟天为大，惟尧则之[75]，荡荡乎民无能名焉[76]！君哉，舜也！巍巍乎有天下而不与焉[77]！'尧舜之治天下，岂无所用其心哉？亦不用于耕耳[78]。

"吾闻用夏变夷者[79]，未闻变于夷者也[80]。陈良，楚产也[81]，悦周公、仲尼之道[82]，北学于中国；北方之学者，未能或之先也[83]，彼所谓豪杰之士也。子之兄弟事之数十年，师死而遂倍之[84]。昔者，孔子没，三年之外[85]，门人治任将归[86]，入揖于子贡[87]，相向而哭[88]，皆失声，然后归。子贡反[89]，筑室于场[90]，独居三年，然后归。他日，子夏、子张、子游以有若似圣人[91]，欲以所事孔子事之[92]，强曾子[93]。曾子曰：'不可。江汉以濯之[94]，秋阳以暴之[95]，皓皓乎不可尚已[96]。'今也，南蛮鴃舌之人[97]，非先王之道[98]，子倍子之师而学之，亦异于曾子矣。吾闻'出于幽谷，迁于乔木'者[99]，未闻下乔木而入于幽谷者。《鲁颂》曰[100]：'戎狄是膺[101]，荆舒是惩[102]。'周公方且膺之[103]，子是之学[104]，亦为不善变矣。

"从许子之道，则市贾不贰[105]，国中无伪[106]；虽使五尺之童适市[107]，莫之或欺[108]。布帛长短同，则贾相若[109]；麻缕、丝絮轻重同[110]，则贾相若；五谷多寡同，则贾相若；屦大小同，则贾相若。"

曰："夫物之不齐[111]，物之情也[112]。或相倍蓰[113]，或相什百，或相千万。子比而同之[114]，是乱天下也。巨屦小屦同贾[115]，人岂为之哉！从许子之道，相率而为伪者也[116]，恶能治国家？"

【注释】

〔1〕为：研究。言：道，学说。 〔2〕楚：楚国。之：往，到。滕：姬姓小国，在今山东滕县一带。 〔3〕踵(zhǒng)：用作动词，至，走到。文公：滕文公，名宏。 〔4〕廛(chán)：一夫所居之地。氓(méng)：居住乡野之地的人。 〔5〕处：处所，指田宅。 〔6〕衣(yì)：动词，穿。褐(hè)：粗布短衣，古代贫贱者所穿。 〔7〕捆：敲打。打草鞋要一面编一面敲打，使之紧密。屦(jù)：草鞋。以为食：以此谋生。 〔8〕陈良：楚国的儒者。或以为即战国时期儒家八派之一的仲良氏。 〔9〕耒耜(lěisì)：古代一种像犁的翻土农具。耜用于起土，耒是耜上的弯木柄。 〔10〕是：这。 〔11〕道：称道。 〔12〕诚：确实。 〔13〕虽然：虽然如此。 〔14〕道：这里指治国之道。 〔15〕饔飧(yōngsūn)：熟食。早饭叫饔，晚饭叫飧。这里用作动词。饔飧而治：是说贤君早晚两餐都自己做，同时兼理国事。 〔16〕厉民：使人民受到损害，指盘剥百姓。厉：病、害。自养：供养自己。 〔17〕恶(wū)：怎么。 〔18〕冠(guàn)：动词，戴帽子。 〔19〕奚冠：戴什么帽子？奚：疑问代词，何。 〔20〕素：生丝织的绢，不染色。 〔21〕与：同"欤"，疑问

助词。　〔22〕易:交换。　〔23〕害:妨害,影响。　〔24〕釜(fǔ):铁锅。甑(zèng):瓦质炊具。爨(cuàn):烧火做饭。　〔25〕铁:这里指铁制成的农具。　〔26〕械器:指釜、甑、农具等器物。〔27〕不为:不算是。陶:指烧制陶器的人。冶:锻冶铁器的人。　〔28〕舍:同"啥",什么。诸:之于。宫中:家中。秦汉以前,贵贱皆可称宫。　〔29〕何为:为何。纷纷然:忙忙碌碌的样子。百工:各种行业的工匠。　〔30〕不惮(dàn)烦:不怕麻烦。　〔31〕固:本来。　〔32〕然则:那么。独:偏偏。　〔33〕大人:指统治者。　〔34〕小人:指被统治者。　〔35〕率:引导。路:用作动词,奔走。　〔36〕劳心:从事脑力劳动。　〔37〕劳力:从事体力劳动。　〔38〕治人:统治别人。　〔39〕治于人:被别人统治。　〔40〕食(sì):动词,拿东西给别人吃,奉养。　〔41〕通义:普遍的原则和道理。　〔42〕未平:没有治理好。　〔43〕登:成熟。　〔44〕偪:"逼"的异体字,威胁。　〔45〕道:鸟兽行走形成的路。交:交错。中国:国中,人们生活的区域。　〔46〕举:选拔。敷治:遍治。　〔47〕益:舜之臣。掌:主管。　〔48〕烈山泽:在大山和沼泽中燃起大火。烈:用作动词,点燃。　〔49〕疏:疏通,治理。九河:相传是禹为了疏通黄河,在黄河下游开凿的九条支流,故道已多不可考。　〔50〕瀹(yuè):疏导。济:水名,源出今河南王屋山,流经山东入海。漯(tà):水名,源出今山东朝城县境,宋代即湮没。　〔51〕决:开凿。汝:水名,源出河南,东流入淮河。汉:汉水,源出陕西,至湖北汉口汇入长江。　〔52〕排:排泄。淮:淮河。泗:泗水,源出山东,流至江苏注入淮河。　〔53〕可得而食:是说有可能种获谷物,以供食用。〔54〕其门:自己的家门口。　〔55〕得乎:办得到吗?　〔56〕后稷(jì):名弃,尧时主管农事,相传为周的始祖。稼穑(sè):种叫稼,收叫穑,统称农事。　〔57〕树艺:种植。　〔58〕有:与"为"同。　〔59〕有:音义同"又"。　〔60〕契(xiè):尧之臣,相传为商的祖先。司徒:官名,掌管教化。　〔61〕人伦:人与人相处的秩序。　〔62〕亲:亲爱。　〔63〕义:礼仪。　〔64〕别:区别。〔65〕叙:次序。　〔66〕信:信用。　〔67〕放勋:本是称颂尧的话,意思是极大的功业,后来用作尧的称号。日:经常,每天。日原作"曰",据焦循《孟子正义》改。劳:慰劳。来:安抚。〔68〕匡:正。　〔69〕辅:帮助。翼:保护。　〔70〕自得之:自得其性。保持并顺着自己的善性发展。　〔71〕振德之:救济他们,对他们施以恩德。振:通"赈"。德:施以恩惠。　〔72〕皋陶(gāoyáo):舜时的法官。　〔73〕易:治。　〔74〕"孔子曰"以下八句:见《论语·泰伯》,但文字与通行本有出入。　〔75〕则:效法。　〔76〕荡荡:广大无边的样子。名:说出,用言语形容。〔77〕巍巍:高大的样子。与(yù):参与,指参以私心。　〔78〕亦:只不过。　〔79〕夏:诸夏,指当时中原地区文化较发达的诸部族。变:改变,同化。夷:指四方边远地区尚未开化的诸部族。　〔80〕变于夷:被夷同化。　〔81〕楚产:出生在楚国的人。　〔82〕悦:爱好,信仰。〔83〕未能或之先:没有人能超过他。先:动词,超过。　〔84〕倍:通"背",背叛。　〔85〕三年之外:三年之后。朱熹注:"古者为师心丧三年,若丧父而无服也。"　〔86〕治任:收拾行李。〔87〕揖:作揖。子贡:孔子弟子,姓端木,名赐。　〔88〕相向:相对。　〔89〕反:同"返"。〔90〕场:墓前供祭祀用的坛场。　〔91〕子夏:孔子弟子,姓卜名商,字子夏。子张:孔子弟子,姓颛孙名师,字子张。子游:孔子弟子,姓言名偃,字子游。有若:孔子弟子,姓有名若。《礼记·檀弓》谓有若言论似孔子,《史记·仲尼弟子列传》则谓有若状貌似孔子。　〔92〕欲以所事孔子事之:意思是想用侍奉孔子的礼节侍奉有若。　〔93〕强:勉强。曾子:孔子弟子,姓曾名参,字子舆。　〔94〕江汉:指长江和汉水。濯(zhuó):洗涤。　〔95〕秋阳:秋天的太阳。周历的秋季,相当夏历(即今农历)的夏季,是阳光最强烈的季节。暴(pù):通"曝",晒。

13

〔96〕皓皓:光明,洁白。尚:胜过。 〔97〕南蛮:古代对南方少数民族的通称。这里指许行,许行是南方楚国人。鴃(jué)舌:伯劳鸟的叫声。鴃:伯劳鸟。这里孟子讥讽许行说话像鸟叫一样难听。 〔98〕非:责难。 〔99〕幽谷:幽深的山谷,比喻下流。乔木:高大的树木,比喻高尚。此二句引自《诗经·小雅·伐木》。 〔100〕鲁颂以下两句:见《诗经·鲁颂·閟宫》。 〔101〕戎狄:西周时西边和北边的部族。是:结构助词。膺:击退。 〔102〕荆舒:西周时南边的部族。荆:楚国。舒:附属于楚的一个小国。惩:制止,抵御。 〔103〕方且:将要。 〔104〕子是之学:即"子学是"。是:此,指许行之学。之:结构助词。 〔105〕贾:音义同"价"。不贰:无二价。 〔106〕伪:欺骗,作假。 〔107〕五尺:相当现在三市尺多。周制一尺,当今市尺七寸。适:往,到。 〔108〕莫之或欺:没有什么人欺骗他。之:代词,作"欺"的宾语。或:句中语气词。 〔109〕相若:相同。 〔110〕麻缕:麻线。丝絮:丝绵。 〔111〕不齐:不同,不一致。 〔112〕情:自然情况,实际情况。 〔113〕倍:一倍。蓰:五倍。下文的"什百","千万"都是指倍数。 〔114〕比:并列,等同。 〔115〕巨屦小屦:粗劣的鞋和精致的鞋。 〔116〕相率:互相沿袭,互相效法。率:循。

【阅读提示】

本篇选自《孟子·滕文公上》,记录了孟子与农家学说的崇奉者陈相之间的一次辩论。孟子以社会分工的必然性和社会产品等价交换、商品质量决定商品价格等理论,批驳了陈相关于"君臣并耕"、"市价不贰"等虚幻的平均主义思想,有其积极意义。但孟子又从社会分工出发,将劳心和治人混为一谈,以证明剥削制度的合理性,几千年来被封建统治者奉为金科玉律,具有很大的欺骗性。在整个论辩过程中,孟子居高临下,欲擒故纵,步步诘问,层层论证,一步步地将辩论引向深入,使陈相陷于自相矛盾之中,俯首就范。既循循善诱,又咄咄逼人;既广泛引证,又深入浅出。感情饱满,气势奔放,充分表现了孟子善辩的才能。

天时不如地利章

孟子曰:"天时不如地利〔1〕,地利不如人和〔2〕。三里之城〔3〕,七里之郭〔4〕,环而攻之而不胜〔5〕。夫环而攻之,必有得天时者矣,然而不胜者,是天时不如地利也。城非不高也,池非不深也〔6〕,兵革非不坚利也〔7〕,米粟非不多也,委而去之〔8〕,是地利不如人和也。

故曰,域民不以封疆之界〔9〕,固国不以山溪之险〔10〕,威天下不以兵革之利〔11〕。得道者多助〔12〕,失道者寡助。寡助之至〔13〕,亲戚畔之〔14〕;多助之至,天下顺之〔15〕。以天下之所顺,攻亲戚之所畔,故君子有不战,战必胜矣。"

【注释】

〔1〕天时:指适宜于作战的时令、气候条件。地利:指有利于作战的地形。 〔2〕人和:指

得人心,上下团结。 〔3〕三里之城:周围长三里的小城。 〔4〕郭:外城。 〔5〕环:包围。
〔6〕池:护城河。 〔7〕兵:兵器。革:甲衣。 〔8〕委:放弃。去:离开。 〔9〕域:疆界,这里用
作动词,是限制的意思。以:用。封疆之界:划定的边界线。 〔10〕固国:巩固国防。山溪之
险:山川的险阻。 〔11〕威:用作动词,意为“威慑”。 〔12〕道:指儒家所主张的道义。
〔13〕至:极点。 〔14〕畔:同“叛”。 〔15〕顺:归顺,服从。

【阅读提示】

　　本章选自《孟子·公孙丑下》,这里孟子指出,在天时、地利、人和三项作战条
件中,人和最为重要。所谓“人和”就是得人心。孟子认为人心向背是决定战争
胜败的关键。而能否得人心,又取决于是否“得道”。文章层层推进,逻辑严密,
一气呵成。

　　孟子的“天时不如地利,地利不如人和”的论断,至今仍有其现实意义。而
“得道者多助,失道者寡助”,更是千古名句。它已超越战争,有着普遍的意义。
反映出东方哲人的深湛智慧。

□ 庄　子

　　庄子(约前369—前286),名周,战国时宋国蒙(今河南省商丘市东北)人,曾
为漆园吏,是老子之后道家学派的代表人物。

　　《汉书·艺文志》著录《庄子》五十二篇。今本《庄子》三十三篇,《内篇》七,
《外篇》十五,《杂篇》十一。一般认为《内篇》为庄子自著,《外篇》、《杂篇》为其后
学所作。《庄子》一书想象丰富,言辞瑰丽诡异,在先秦诸子散文中具有独特的风
格。鲁迅在《汉文学史纲要》中说,《庄子》之书“大抵寓言,人物土地,皆空言无事
实,而其文则汪洋捭阖,仪态万方,晚周诸子之作,莫能先也”。无论思想内容还
是艺术风格,《庄子》一书都对后代文学产生了广泛的影响。

秋　水(节选)

　　秋水时至,百川灌河〔1〕;泾流之大〔2〕,两涘渚崖之间〔3〕,不辩牛马〔4〕。于是焉
河伯欣然自喜〔5〕,以天下之美为尽在己;顺流而东行,至于北海;东面而视,不见
水端。于是焉河伯始旋其面目〔6〕,望洋向若而叹曰〔7〕:“野语有之曰〔8〕,‘闻道
百〔9〕,以为莫己若’者〔10〕,我之谓也。且夫我尝闻少仲尼之闻而轻伯夷之义
者〔11〕,始吾弗信。今我睹子之难穷也,吾非至于子之门,则殆矣。吾长见笑于大
方之家〔12〕。”

北海若曰："井蛙不可以语于海者，拘于虚也[13]；夏虫不可以语于冰者，笃于时也[14]；曲士不可以语于道者，束于教也[15]。今尔出于崖涘，观于大海，乃知尔丑[16]，尔将可与语大理矣[17]。天下之水，莫大于海：万川归之，不知何时止而不盈；尾闾泄之[18]，不知何时已而不虚；春秋不变，水旱不知；此其过江河之流，不可为量数[19]。而吾未尝以此自多者[20]，自以比形于天地而受气于阴阳[21]，吾在于天地之间，犹小石小木之在大山也[22]。方存乎见少[23]，又奚以自多？计四海之在天地之间也，不似礨空之在大泽乎[24]？计中国之在海内，不似稊米之在大仓乎[25]？号物之数谓之万[26]，人处一焉[27]；人卒九州[28]，谷食之所生，舟车之所通，人处一焉。此其比万物也，不似豪末之在于马体乎[29]？五帝之所连[30]，三王之所争[31]，仁人之所忧，任士之所劳[32]，尽此矣！伯夷辞之以为名，仲尼语之以为博[33]，此其自多也，不似尔向之自多于水乎？"

【注释】

〔1〕灌：注入。河：指黄河。 〔2〕泾(jīng)流：指水流。 〔3〕两涘(sì)：河水两边。渚(zhǔ)崖：水洲岸边。 〔4〕辩：通"辨"。 〔5〕河伯：黄河之神。 〔6〕旋其面目：改变了欣然自喜的面容。旋：转、转变。 〔7〕望洋：仰视的样子。若：海神名。 〔8〕野语：俗语。〔9〕闻道百：自觉闻道已多。 〔10〕莫己若：即"莫若己"，没有比得上自己的。 〔11〕少：以为……少，意动用法，有轻视之意。轻：轻视，看不起。伯夷：殷末诸侯孤竹君的长子。武王伐纣，伯夷与弟叔齐曾叩马而谏。武王灭商后，两人耻食周粟，逃至首阳山，采薇而食，饿死于山中。 〔12〕大方之家：通达于大道者。方：道。 〔13〕拘：局限。虚：同"墟"，居所。〔14〕笃：固，引申为局限。 〔15〕曲士：乡曲之士，指穷乡僻壤、孤陋寡闻的读书人。束于教：为他受的教育所束缚。 〔16〕丑：浅陋。 〔17〕大理：大道。 〔18〕尾闾(lú)：传说是海底泄水之处。 〔19〕过：超过。 〔20〕自多：自满，自夸。多，赞许。 〔21〕比形：具形。比形于天地，指从天地的恩赐中形成了形体。 〔22〕大(tài)：通"泰"。 〔23〕存：察，看到。见少：显得太少。见：读如"现"。 〔24〕礨(lěi)空：蚁穴。大泽：大的湖泽。 〔25〕稊(tí)米：像稗籽一样小的米。大(tài)仓：储粮的大仓库。 〔26〕号：称。万：表示物的数量很多时，称之为"万"。 〔27〕处一：占万物中之一。 〔28〕卒：尽。九州：天下。 〔29〕豪：同"毫"。〔30〕五帝：通指黄帝、颛顼(zhuānxū)、帝喾(kù)、尧、舜。连：续，继承。 〔31〕三王：夏禹、商汤、周武王。 〔32〕任士：以天下为己任的贤能之士。 〔33〕以为博：以此显示学问的渊博。"辞之"、"语之"的"之"，均指天下。

【阅读提示】

《秋水》所阐述的主旨是庄子的认识论。这里节选第一部分。河伯望洋兴叹，足知北海之大，然北海若自比于"天地"，亦"犹小石小木之在大山"也。河伯兴叹之大，相对于天地来说，竟是如此之小。文章由浩浩黄河，写到茫茫大海，再到无穷无尽的天地宇宙，层层扩展，眼界渐开，形象地说明了物质世界在时间、空间上的相对性,这对于人们认识客观世界是有启发作用的。文章采用拟人手法,把黄河、大海描写得生动传神。其比喻,其联想,合乎情理而又出人意料,可见庄子手笔的奇妙以及思想的无限广阔。

□屈　原

屈原(约前 340－前 278),名平,字原,战国时楚人。出身宗室贵族,曾任左徒、三闾大夫等职。屈原在政治上主张任用贤能,修明法度,在外交上主张联齐抗秦。他的政治改革遭到楚国保守势力的反对,并因此而被谗见疏,屡遭放逐。最后鉴于国家政事日益混乱,自己的政治理想无法实现,自投汨罗江而死。屈原的作品,据《汉书·艺文志》和《楚辞章句》所记,共 25 篇,主要有《离骚》、《九歌》、《天问》、《九章》等。作品运用了大量的神话传说和奇妙的比喻,想象丰富,文辞绚烂,是古代积极浪漫主义诗歌的典范。

以屈原作品为代表的楚辞,是兴起于楚国的一种新诗体。宋黄伯思《校定楚辞序》说:"盖屈、宋诸骚,皆书楚语,作楚声,纪楚地,名楚物,故可谓之楚辞。"《楚辞》一书为西汉刘向所编,东汉王逸为之作注,名之曰《楚辞章句》。这就是现在所能见到的最早的《楚辞》注本。

湘　夫　人[1]

帝子降兮北渚[2],目眇眇兮愁予[3]。袅袅兮秋风[4],洞庭波兮木叶下[5]。

白蘋兮骋望[6],与佳期兮夕张[7]。鸟何萃兮蘋中[8],罾何为兮木上[9]?

沅有芷兮醴有兰[10],思公子兮未敢言[11]。荒忽兮远望[12],观流水兮潺湲[13]。

麋何食兮庭中[14]?蛟何为兮水裔[15]?朝驰余马兮江皋,夕济兮西澨[16]。闻佳人兮召予,将腾驾兮偕逝[17]。

筑室兮水中,葺之兮荷盖[18]。荪壁兮紫坛[19],播芳椒兮成堂[20]。桂栋兮兰橑[21],辛夷楣兮药房[22]。罔薜荔兮为帷[23],擗蕙櫋兮既张[24]。白玉兮为镇[25],疏石兰兮为芳[26]。芷葺兮荷屋,缭之兮杜衡[27]。合百草兮实庭[28],建芳馨兮庑门[29]。九嶷缤兮并迎[30],灵之来兮如云[31]。

捐余袂兮江中[32],遗余褋兮醴浦[33]。搴汀洲兮杜若[34],将以遗兮远者[35]。时不可兮骤得[36]。聊逍遥兮容与[37]!

17

【注释】

〔1〕湘夫人:湘水之神。相传帝尧之女娥皇、女英为舜二妃,舜巡视南方,死在苍梧之野。二妃闻之,自投湘水而死,遂为湘水之神。　〔2〕帝子:即湘夫人,为帝尧的女儿,故称帝子。〔3〕眇眇(miǎo):望而不见的样子。愁予:使我忧愁。　〔4〕袅袅:微风吹拂的样子。〔5〕波:这里用作动词,微波泛动。　〔6〕白蘋(fán):草名,多生长于湖泽之间。骋望:纵目远望。　〔7〕佳:佳人。期:约定。张:陈设布置。　〔8〕萃:聚集。苹:水草名。　〔9〕罾(zēng):渔网。　〔10〕沅:沅江,在湖南省。醴:同"澧",澧水,在湖南省。　〔11〕公子:犹帝子,湘夫人。　〔12〕荒忽:通"恍惚",渺茫隐约状。　〔13〕潺湲(chányuán):水流不断的样子。〔14〕麋(mí):兽名,似鹿而大。　〔15〕水裔(yì):水边。　〔16〕济:渡过。湜(shì):水边。〔17〕腾驾:驾着马车奔腾飞驰。偕逝:同往。　〔18〕葺(qì):覆盖。盖:指屋顶。　〔19〕荪(sūn):香草。荪壁,以荪草饰壁。紫坛:用紫贝装饰中庭。紫:紫贝。坛:中庭。　〔20〕播:布。芳椒:花椒。　〔21〕桂栋:用桂木做房梁。兰橑(lǎo):木兰做屋椽。　〔22〕辛夷:香木名。楣:门上横梁。药:白芷。药房:用白芷装饰卧房。　〔23〕罔:同"网",编结。帷:帷帐。〔24〕擗(pǐ):析开。檽(mián):屋檐木。　〔25〕镇:镇压坐席之物。　〔26〕疏:分布。石兰:香草名。　〔27〕缭:绕,束。杜衡:香草名。　〔28〕合:会聚。实:充实。　〔29〕馨:指散布很远的香气。庑(wǔ):廊。　〔30〕九嶷(yí):山名,在今湖南省宁远县东南。传说舜葬在此山。这里指九嶷山神。缤:缤纷,形容神灵众多。　〔31〕灵:神。如云:形容众多。　〔32〕袂(mèi):衣袖。　〔33〕遗:丢下。褋(dié):外衣。醴浦:澧水之滨。　〔34〕汀(tīng)洲:水中平地。杜若:香草名。　〔35〕遗(wèi):赠送。远者:指湘夫人。　〔36〕时:指会面的时机、机会。骤得:屡得。　〔37〕容与:悠闲的样子。

【阅读提示】

　　湘君、湘夫人是楚人心目中的湘水配偶神。本篇是诗人依据楚俗祭神的歌词写成。写湘君对湘夫人的思念和思之不得的失望,由失望而引起幻觉,最后是欲绝而不忍绝的矛盾心情。全篇沉浸在悲怨缠绵的思绪之中,表达了对纯洁爱情的赞颂和对幸福生活的向往。作为祭神的乐歌,诗人将神与人的特点同时赋予湘君与湘夫人,使得神具有人的情感,同时似人而又非人,飘飘忽忽,令人神往。另外,诗中自然景物写得非常优美,寓情于景,情景交融,极富艺术感染力。

韩　非

　　韩非(前280—前233),出身韩国贵族,与李斯同为荀子的学生,是先秦法家学说的集大成者。当时韩国国力衰弱,韩非屡谏韩王而不用,乃著书十余万言说明治国之道。秦始皇读其书,十分钦佩。发兵攻打韩国以求韩非。韩非奉使入秦,备受重用,引起朝臣妒忌,为李斯、姚贾所陷害,冤死狱中。韩非的著作集《韩非子》55篇,为法家的重要著作。文章说理精密,笔锋犀利,文字峭刻,尤其对寓言故事的运用已经进入自如的境地。其《说林》、《内储说》、《外储说》等篇，积聚了众多的寓言。

说　难[1]

凡说之难，非吾知之有以说之之难也[2]，又非吾辩之能明吾意之难也[3]，又非吾敢横失而能尽之难也[4]。凡说之难，在知所说之心[5]，可以吾说当之[6]。所说出于为名高者也[7]，而说之以厚利，则见下节而遇卑贱[8]，必弃远矣[9]。所说出于厚利者也，而说之以名高，则见无心而远事情[10]，必不收矣[11]。所说阴为厚利而显为名高者也[12]，而说之以名高，则阳收其身而实疏之[13]；说之以厚利，则阴用其言显弃其身矣。此不可不察也。

夫事以密成[14]，语以泄败[15]。未必其身泄之也[16]，而语及所匿之事[17]，如此者身危。彼显有所出事[18]，而乃以成他故[19]，说者不徒知所出而已矣[20]，又知其所以为，如此者身危。规异事而当[21]，知者揣之外而得之[22]，事泄于外，必以为己也[23]，如此者身危。周泽未渥也[24]，而语极知[25]，说行而有功，则德忘[26]；说不行而有败，则见疑，如此者身危。贵人有过端[27]，而说者明言善议以挑其恶[28]，如此者身危。贵人或得计而欲自以为功[29]，说者与知焉[30]，如此者身危。强以其所不能为[31]，止以其所不能已，如此者身危。故与之论大人[32]，则以为间己矣[33]；与之论细人[34]，则以为卖重[35]。论其所爱，则以为借资[36]；论其所憎，则以为尝己也[37]。径省其说[38]，则以为不智而拙之[39]；米盐博辩[40]，则以为多而久之[41]。略事陈意，则曰怯懦而不尽[42]；虑事广肆[43]，则曰草野而倨侮[44]。此说之难，不可不知也。

凡说之务[45]，在知饰所说之所矜而灭其所耻[46]。彼有私急也[47]，必以公义示而强之[48]。其意有下也[49]，然而不能已[50]，说者因为之饰其美而少其不为也[51]。其心有高也，而实不能及，说者为之举其过而见其恶[52]，而多其不行也[53]。有欲矜以智能，则为之举异事之同类者，多为之地[54]，使之资说于我[55]，而佯不知也[56]，以资其智[57]。欲内相存之言[58]，则必以美名明之，而微见其合于私利也[59]；欲陈危害之事，则显其毁诽而微见其合于私患也[60]。誉异人与同行者[61]，规异事与同计者[62]。有与同污者[63]，则必以大饰其无伤也[64]；有与同败者[65]，则必以明饰其无失也[66]。彼自多其力[67]，则毋以其难概之也[68]；自勇其断[69]，则无以其谪怒之[70]；自智其计，则毋以其败穷之[71]。大意无所拂悟[72]，辞言无所系縻[73]，然后极骋智辩焉[74]。此道所得[75]，亲近不疑，而得尽辞也。伊尹为宰[76]，百里奚为虏[77]，皆所以干其上也[78]。此二人者，皆圣人也，然犹不能无役身以进[79]，如此其污也[80]！今以吾言为宰虏[81]，而可以听用而振世[82]，此非能士之所耻也[83]。夫旷日离久[84]，而周泽既渥，深计而不疑，引争而不罪,则明割利害以致其功[85],直指是非以饰其身[86],以此相持[87],此说之成也。

　　昔者郑武公欲伐胡[88],故先以其女妻胡君以娱其意[89],因问于群臣:"吾欲用兵,谁可伐者?"大夫关其思对曰:"胡可伐。"武公怒而戮之,曰:"胡,兄弟之国也。子言伐之,何也?"胡君闻之,以郑为亲己,遂不备郑[90]。郑人袭胡,取之。宋有富人[91],天雨墙坏。其子曰:"不筑,必将有盗。"其邻人之父亦云[92]。暮而果大亡其财[93]。其家甚智其子[94],而疑邻人之父。此二人说者皆当矣[95],厚者为戮[96],薄者见疑[97],则非知之难也,处知则难也[98]。故绕朝之言当矣[99],其为圣人于晋[100],而为戮于秦也。此不可不察。

　　昔者弥子瑕有宠于卫君[101],卫国之法:窃驾君车者罪刖[102]。弥子瑕母病,人间往夜告弥子[103],弥子矫驾君车以出[104]。君闻而贤之,曰:"孝哉!为母之故,忘其刖罪。"异日,与君游于果园,食桃而甘,不尽,以其半啖君[105]。君曰:"爱我哉!忘其口味,以啖寡人。"及弥子色衰爱弛[106],得罪于君,君曰:"是固尝矫驾吾车[107],又尝啖我以余桃。"故弥子之行未变于初也,而以前之所以见贤而后获罪者,爱憎之变也。故有爱于主,则智当而加亲[108];有憎于主,则智不当见罪而加疏。故谏说谈论之士,不可不察爱憎之主而后说焉。

　　夫龙之为虫也[109],柔可狎而骑也[110],然其喉下有逆鳞径尺[111],若人有婴之者[112],则必杀人。人主亦有逆鳞,说者能无婴人主之逆鳞,则几矣[113]。

【注释】

〔1〕说(shuì):游说,进说。　〔2〕知:音义同"智"。"知之"的"之"是结构助词,与下句"辩之"语法相同。"有以说之"的"之"是代词,指君主。　〔3〕辩:辩才。明:阐明。　〔4〕横失(yì):同"横佚",纵情恣意。尽之:指充分表达自己的意见。　〔5〕所说:进说的对象,指君主。〔6〕以:用,拿。当:适应,迎合。　〔7〕出于为名高:想博取高名。为:为了,追求。　〔8〕见下节:被认为志节低下。遇卑贱:受到卑贱的待遇。遇:待遇。〔9〕必弃远矣:一定被遗弃与疏远了。　〔10〕见无心:被认为没有头脑。远事情:脱离实际。　〔11〕收:接受,录用。〔12〕阴:暗地里,内心。显:公开,表面上。　〔13〕阳:表面上。疏:疏远。　〔14〕夫(fú):句首语气词。密:保密。　〔15〕泄:泄密。　〔16〕身:指进说者本人。　〔17〕匿(nì):隐藏。〔18〕彼:指君主。有所出事:指做出某件事。　〔19〕他故:其他事情。　〔20〕徒:仅,只。〔21〕规:规划,谋划。异事:特殊的事,不寻常的事。当:适当,指符合君主心意。〔22〕知:通"智"。揣:猜度。　〔23〕必以为己也:君主一定以为是进说者自己泄露的。　〔24〕周:亲密。泽:恩惠。渥(wò):深厚。周泽未渥:犹言交情尚浅。〔25〕极知:尽其所知。语极知:指讲出极为知心的话。〔26〕德:功德,功劳。〔27〕贵人:尊贵之人,指君主。过端:过失,错误。〔28〕善议:好的主意。挑:挑明,张扬。　〔29〕或:有时。得计:计事得宜。　〔30〕与知焉:参与、了解这件事。　〔31〕强:勉强。其:指君主。　〔32〕之:指君主。论:议论。大人:在位的大臣。　〔33〕间(jiàn):离间。己:指君主自己。　〔34〕细人:小人,地位低下的人。　〔35〕卖

20

重:出卖国君用人的权力。重:权。 〔36〕借资:借君所爱,以为己助。 〔37〕尝:试探。
〔38〕径省其说:指说话直截了当、简明扼要。径:直接。省:简略。 〔39〕拙之:以之为笨拙。
〔40〕米盐:指琐碎小事,这里比喻具体详细。博:广泛。 〔41〕多而久之:意谓语言繁琐,厌其
久长。 〔42〕怯懦:胆小怕事。 〔43〕肆:放肆,不受拘束。 〔44〕草野:粗野。倨侮:傲慢。
〔45〕务:急务,要领。 〔46〕饰:粉饰,美化。矜:自美,自得。灭:掩盖。此连上句意谓:大凡
说者的要务,在于懂得怎样来美化被说者自己得意的方面,而掩盖他认为可耻的方面。
〔47〕私急:私人的急事。 〔48〕强:劝勉,鼓励。 〔49〕其意有下:指其心中有卑劣的念头。
〔50〕不能已:不能抑制自己。 〔51〕饰其美:把他卑下的念头加以粉饰。少:责怪,不满。
〔52〕过:缺点,错误。见:通"现",昭示。 〔53〕多:称赞。 〔54〕地:根据,依据。 〔55〕资:
借取。 〔56〕佯(yáng):假装。 〔57〕以资其智:来帮助他自逞才智。 〔58〕内:通"纳",献
纳。相存:相安共处,与下句"危害"相对。 〔59〕微见:稍加暗示。见:通"现",显示。
〔60〕显:明言。毁诽:毁谤,指舆论的不满。 〔61〕誉:赞誉。异人:他人。同行:指与君主行
为相同。 〔62〕规:规划,策划。异事:他事。此连上句谓:赞美与君主有同样行为的其他人
(以间接地赞美君主,而又不露阿谀逢迎之迹),筹划与君主打算相同的其他事(以间接地帮助
君主,而又不犯扬己之嫌,不掠君主之美)。 〔63〕同污:同样污行。 〔64〕大饰:大力掩饰。
无伤:无害,不要紧。 〔65〕败:败迹。 〔66〕明饰:明确地粉饰。失:过失。 〔67〕多:夸耀。
〔68〕毋(wú):不要。概:古代量米粟时刮平斗斛(hú)用的木板,这里引申为压平、压抑。
〔69〕断:决断。 〔70〕谪:过失,过错。 〔71〕败:失策,失算。穷之:使他困窘。穷:困窘,难
堪。 〔72〕大意:大旨,主旨。拂悟:违逆,抵触。悟:通"忤(wǔ)"。 〔73〕系縻(mí):摩擦,
抵触。 〔74〕极骋智辩:充分地施展自己的智慧和辩才。 〔75〕此道:这种途径方法。
〔76〕伊尹:名挚,是商汤妻陪嫁的奴隶,他为了接近商汤,设法当上汤的厨师,借机陈述治国之
道,后被商汤任用为相。宰:庖人,厨夫。 〔77〕百里奚:春秋时虞国大夫,后沦为晋国的奴
隶。晋献公嫁女到秦国,把他作为陪嫁小臣。他在途中外逃,被楚国人抓住。秦穆公用五张
黑羊皮把他赎了去,后来成为秦穆公的宰相。虏:奴隶。 〔78〕所以:用来。干其上:求得君
主的任用。干:求。 〔79〕犹:尚且。役身:身执贱役。 〔80〕如此其污:即"其污如此"。污:
辱。 〔81〕言:虚词,无义。宰虏:卑贱的代语。 〔82〕振世:救世。 〔83〕能士:智能之士。
〔84〕旷日离久:这里指说者与国君相处,经历了很长时间。离:经历。 〔85〕割:剖析。
〔86〕饰:通"饬(chì)",整治,端正。饰其身:正其身。其:指君主。 〔87〕相持:相待。
〔88〕郑武公:名掘突,春秋初期郑国国君。胡:春秋时一个小国,在今安徽阜阳市。 〔89〕故:
故意。妻(qì):嫁给。 〔90〕备:防备。 〔91〕宋:春秋时诸侯国名。 〔92〕父:对老年人的
尊称。 〔93〕亡:失。 〔94〕甚智其子:认为他的儿子很聪明。 〔95〕此二人:指关其思与邻
人之父。 〔96〕厚:重。 〔97〕薄:轻。 〔98〕处知:处置其所知的。 〔99〕绕朝:春秋时秦
国大夫。晋大夫士会逃亡到秦国,晋国担心秦国用士会,便设计诱骗士会回国,被绕朝识破,
他劝秦康公不要放士会回去,康公不听。士会回国后,用反间计,说绕朝与之同谋,康公便杀
了绕朝。 〔100〕为圣人于晋:被晋国看作有识见的圣人。 〔101〕弥子瑕:春秋时卫灵公的
宠臣。 〔102〕窃:私自。刖(yuè):古代一种把脚砍掉的酷刑。罪刖:施以砍脚的刑罚。
〔103〕间往:抄近路去。弥子:即弥子瑕。 〔104〕矫:假借(君命)。 〔105〕啖(dàn):吃,给人
吃。 〔106〕及:等到。弛:疏淡,减弱。 〔107〕是:此,这人,指弥子瑕。固:原先。尝:曾经。

21

〔108〕智当:指智谋合乎国君心意。加:更加。 〔109〕龙之为虫:龙作为一种动物来说。虫:泛指动物。 〔110〕柔:和顺,驯服。狎(xiá):亲昵,戏弄。 〔111〕逆鳞:倒生着的鳞甲。径尺:直径一尺。 〔112〕婴:通"撄",触。 〔113〕几:近,谓近于善谏。

【阅读提示】

　　战国时期,政治斗争十分激烈,谋臣策士到处奔走游说,他们都想得到君主的支持来推行自己的政治主张。生活在战国后期的韩非也曾数次进说韩王而没有成功,因此他对进说的甘苦有深切的了解。《说难》这篇文章便专门论述了游说君主之难和游说君主之术。这里集中了古今众多说客的惨痛教训,也饱含着作者欲求有为却不得韩王信用的悲愤。文章认为游说的关键在于对君主心理的揣摩与洞察,宣扬投其所好、曲意逢迎,甚至为达目的,不择手段。这种进身之术当然是不足为训的,但也反映了当时法术之士的积极进取精神。文章将心理分析运用到"游说"的主体和客体,分析细密,结构严谨,是韩非的代表作之一。

秦汉文学

秦汉文学是先秦文学的继承和发展。秦代立国的时间不过十几年,而且实行文化专制政策,所以文学上几无成就可言。秦汉文学,重点是两汉文学。

两汉前后共历四百余年,在文学史上,开创了新的局面。散文方面,产生了《史记》《汉书》这样伟大的著作;诗歌方面,有乐府诗和文人五言诗。除了散文和诗歌外,还增加了一种新的文学体裁——辞赋。

赋是汉代文学的重要形式,在汉代的几百年间,产生了很多的赋家,被后世尊为一代文学之盛。

两汉的散文,保持和发展了先秦散文的繁荣局面。汉初,百家争鸣的余风尚存,一些作家能够关注现实,直抒政见,写出一些优秀的政论文。贾谊和晁错是代表作家。西汉后期至东汉,散文有趋于骈偶的倾向,但桓宽、王符、仲长统的政论文,指评时政,文风朴实。代表两汉散文最高成就的,是司马迁的《史记》。它不仅是一部无与伦比的史学著作,也是传记文学的里程碑。它把古代散文推向了一个新的高峰,成为后代散文家学习的典范。除《史记》外,汉代还有一部历史巨著《汉书》,东汉班固著。《汉书》是官修史书,思想比较正统。总的来说,叙事不如《史记》生动,但简练整饬,详赡严密,也有自己的特点。

两汉的诗歌,依据作者的不同,可分为乐府民歌和文人五言诗两类。

"乐府"本是古代掌管音乐的官署的名称,早在秦及汉初已经存在。至汉武帝时代,乐府一方面为文人创作的诗歌谱曲演奏,一方面采集民间歌辞。魏晋以后,把乐府保留下来的歌诗称为"乐府"或"乐府诗"。这样"乐府"由官署的名称发展成诗体名称。汉乐府民歌中出现较多的是叙事诗,标志着我国叙事诗的渐趋成熟和完善。汉乐府民歌以五言为主,也有四言、杂言,打破了《诗经》以来的四言格式,开启了五言诗的时代。

东汉末年的《古诗十九首》,是文人五言诗成熟的标志。《古诗十九首》最早见于梁代萧统的《文选》,是一些无名作家的作品,都是完整的五言。它们产生的时代大约在东汉后期的桓、灵之际,作者当是中下层文人。这些诗主要抒写了游子思妇的离别相思的感情以及士子游宦不成、彷徨失意的苦闷,表现了浓厚的感伤情绪。这些诗思想价值虽不高,但抒情技巧达到很高的水平,刘勰誉之为"五言之冠冕"。

□李　斯

　　李斯(?—前208),战国时楚上蔡(今河南上蔡县西)人,与韩非同为荀卿的弟子。后入秦,帮助秦始皇统一中国。秦统一后,他任丞相,为秦始皇定郡县制,下禁书令,以小篆为标准统一文字。始皇死后,参与赵高拥立二世的活动,后被赵高以谋反罪诬害,腰斩于咸阳。作品除了《谏逐客书》外,尚有《仓颉篇》(今佚,有辑本),还作过几篇歌颂秦始皇统一六国的刻石铭文。

谏逐客书

　　臣闻吏议逐客[1],窃以为过矣[2]!昔缪公求士[3],西取由余于戎[4],东得百里奚于宛[5],迎蹇叔于宋[6],来丕豹、公孙支于晋[7]。此五子者,不产于秦,而缪公使之,并国二十,遂霸西戎。孝公用商鞅之法[8],移风易俗,民以殷盛,国以富强,百姓乐用[9],诸侯亲服[10],获楚、魏之师[11],举地千里[12],至今治强[13]。惠王用张仪之计[14],拔三川之地[15],西并巴、蜀,北收上郡,南取汉中[16],包九夷[17],制鄢、郢[18],东据成皋之险[19],割膏腴之壤[20],遂散六国之从[21],使之西面事秦,功施到今[22]。昭王得范雎[23],废穰侯,逐华阳,强公室,杜私门[24],蚕食诸侯,使秦成帝业。此四君者,皆以客之功。由此观之,客何负于秦哉[25]!向使四君却客而不内[26],疏士而不用[27],是使国无富利之实,而秦无强大之名也。
　　今陛下致昆山之玉[28],有随、和之宝[29],垂明月之珠[30],服太阿之剑[31],乘纤离之马[32],建翠凤之旗[33],树灵鼍之鼓[34]:此数宝者,秦不生一焉,而陛下说之[35],何也?必秦国之所生然后可,则是夜光之璧,不饰朝廷,犀象之器[36],不为玩好[37];郑、卫之女[38],不充后宫;而骏良駃騠[39],不实外厩;江南金锡不为用,西蜀丹青不为采[40]。所以饰后宫、充下陈、娱心意、说耳目者[41],必出于秦然后可,则是宛珠之簪、傅玑之珥、阿缟之衣、锦绣之饰不进于前[42];而随俗雅化、佳冶窈窕赵女不立于侧也[43]。夫击瓮叩缶[44],弹筝搏髀[45],而歌呼呜呜快耳目者[46],真秦之声也。郑、卫、桑间,韶、虞、武、象者,异国之乐也[47]。今弃击瓮叩缶而就郑、卫[48],退弹筝而取韶、虞,若是者何也?快意当前,适观而已矣[49]。今取人则不然:不问可否,不论曲直[50],非秦者去,为客者逐。然则是所重者,在乎色、乐、珠、玉,而所轻者,在乎人民也。此非所以跨海内、制诸侯之术也[51]。

臣闻地广者粟多，国大者人众，兵强则士勇。是以太山不让土壤^{〔52〕}，故能成其大；河海不择细流，故能就其深；王者不却众庶，故能明其德^{〔53〕}。是以地无四方，民无异国，四时充美，鬼神降福：此五帝三王之所以无敌也^{〔54〕}。今乃弃黔首以资敌国^{〔55〕}，却宾客以业诸侯^{〔56〕}，使天下之士退而不敢西向，裹足不入秦，此所谓藉寇兵而赍盗粮者也^{〔57〕}。

夫物不产于秦，可宝者多；士不产于秦，而愿忠者众。今逐客以资敌国，损民以益仇^{〔58〕}，内自虚而外树怨于诸侯，求国之无危，不可得也。

【注释】

〔1〕客：客卿，秦称从其他诸侯国入秦做官的人。　〔2〕窃：私下，表示自谦。过：错误。　〔3〕缪（mù）公：秦穆公（前659—前621在位），春秋五霸之一。缪：同"穆"。　〔4〕由余：其先晋人，后流亡至戎。穆公设法招他归秦。后秦用由余之计伐戎，开地千里，称霸西戎。戎：当时对西部少数民族的统称。　〔5〕百里奚：原为虞国大夫，晋灭虞，把他作为晋献公女儿的陪嫁奴仆送给秦国。百里奚中途逃脱，至楚国宛地，被楚人所执。穆公听说他有才能，以五张黑色公羊皮赎回，任他为相。宛（yuān）：楚地，今河南省南阳市。　〔6〕蹇（jiǎn）叔：百里奚的好友，原住在宋国，因百里奚推荐，秦穆公使人用厚币迎蹇叔，任用为上大夫。　〔7〕丕豹：晋国大夫丕郑之子。丕郑被杀后，丕豹逃至秦国，秦穆公任他为大将。公孙支：先游于晋，后归秦，为秦谋臣。　〔8〕孝公：秦孝公（前361—前338在位）。商鞅：姓公孙名鞅，卫国人，又称卫鞅。孝公时入秦，帮助孝公变法，使秦国富强。后来秦孝公以商於之地（今陕西省商县）封鞅，故又称商鞅、商君。　〔9〕乐用：乐于被使用，即乐于为国家效力。　〔10〕亲服：归附听命。　〔11〕获楚、魏之师：秦孝公二十二年（前340），商鞅率秦军大败魏军，魏国割河西之地求和，魏惠王迁都大梁（今河南开封）。同年，又南攻楚国，打败楚军。　〔12〕举地：攻占土地。　〔13〕治强：政治安定，国家强盛。　〔14〕惠王：秦惠文王（前337—前311在位），孝公之子，也称秦惠王。张仪：魏国人，惠王用为相，为秦筹划"连横"的计策，破坏六国的"合纵"，六国因此被秦各个击破。　〔15〕拔：攻取。三川之地：本属韩国，在今河南省西北部，因境内有黄河、洛水、伊水，故称三川。秦攻占后，设三川郡。　〔16〕上郡：本魏地，在今陕西省西北部。公元前328年，魏国以上郡十五县献给秦国求和。汉中：本楚地，在今陕西省南部。公元前312年，秦大破楚军，取得楚汉中土地六百里，置汉中郡。　〔17〕包：兼并，并吞。九夷：泛指当时楚国境内的少数民族。　〔18〕制：控制。鄢（yān）：楚地，今湖北宜城一带。郢（yǐng）：楚都，今湖北省江陵县。　〔19〕成皋：又名虎牢，古代著名的军事要塞，在今河南省荥（xíng）阳县境内。　〔20〕膏腴之壤：肥沃的土地。　〔21〕六国之从：指韩、赵、魏、齐、燕、楚六国联合抗秦的"合纵"策略。从，同"纵"。　〔22〕施（yì）：延续。　〔23〕昭王：秦昭襄王（前306—前251在位），惠文王之子。范雎（jū）：魏国人，因受魏相迫害，逃到秦国，昭王任用为秦相。范雎用"远交近攻"的策略，逐步征服邻国。　〔24〕穰（ráng）侯、华阳：均为秦昭王母宣太后弟，曾在朝专权。范雎说昭王，把两人驱逐出关。强公室：增强和巩固了王室的权力。杜私门：指限制贵族豪门的权力。　〔25〕负：辜负，对不起。　〔26〕却：拒绝。内：同"纳"，接纳。　〔27〕疏士：疏远外来之士。　〔28〕致：求得，收罗。昆山之玉：昆仑山北麓的和阗（今新疆和田），以产美玉

著名,人称"和阗玉"或"昆山玉"。 〔29〕随、和之宝:指随侯珠与和氏璧。随,同"隋",西周春秋时的小国。相传随侯以药敷治一条受伤的大蛇,后蛇衔明珠以报,故称"随侯珠"。和,卞和,春秋时楚人,曾于山中得一璞玉,献给楚厉王,厉王以为是石头,砍掉了卞和的左脚。武王接位,卞和再献璞玉,武王砍掉了他的右脚。后来文王接位,卞和抱着璞玉在荆山下痛哭,文王派玉匠琢璞,果得美玉,遂称为"和氏璧"。后来秦始皇把它刻为传国玉玺(xǐ)。 〔30〕垂:挂着。明月之珠:夜光珠。 〔31〕服:佩带。太阿:宝剑名。相传为春秋时吴国名匠干将和越国名匠欧冶子合铸。 〔32〕纤离:骏马名。 〔33〕翠凤之旗:用翠凤羽毛装饰的旗子。〔34〕鼍(tuó):鳄鱼类,产长江下游,今称扬子鳄。其皮制成的鼓,声音洪亮。 〔35〕说:同"悦"。 〔36〕犀:犀牛角。象:象牙。 〔37〕玩好:珍贵的玩物。 〔38〕郑、卫之女:古人认为郑、卫之地多美女。 〔39〕骏良:好马。駃騠(juétí):良马名。 〔40〕丹青:红色和青色颜料。采:彩饰。 〔41〕下陈:指宫殿的台阶下面,是歌舞的地方。 〔42〕宛珠之簪:嵌有宛地所产珠的簪子。傅:同"附"。玑(jī):不圆的珠。珥(ěr):耳饰。阿缟(gǎo):齐国东阿(今山东东阿)出产的白色的绢。 〔43〕随俗雅化:随着流行的式样打扮自己。佳冶:美好艳丽。窈窕:体态优美。赵女:古代赵国以出美女著名。 〔44〕瓮(wèng)、缶(fǒu):盛水的陶制瓦罐。〔45〕搏髀(bì):拍着大腿打拍子。 〔46〕呜呜:秦地乐歌声。 〔47〕郑、卫、桑间:指郑、卫之音,以悦耳著称。桑间是卫国地名,在濮水(今河南省境)之滨,是当时男女欢会歌唱的地方。这里泛指郑、卫一带的民间音乐。韶、虞、武、象:韶、虞,相传为舜时乐曲;武、象是周代的乐名。 〔48〕就:取用,接近。 〔49〕适观:适于观赏。 〔50〕曲直:是非。 〔51〕跨:凌驾,比喻统一。 〔52〕太山:即泰山,在今山东省。让:辞让。 〔53〕明其德:显示他的德行。〔54〕五帝三王:这里泛指古代著名帝王。 〔55〕黔首:秦国统治者称百姓为黔首。资:资助。〔56〕业诸侯:使诸侯成就功业。 〔57〕藉:同"借"。兵:武器。赍(jī):给予。 〔58〕损民以益仇:减少本国的人口,增加敌人的力量。

【阅读提示】

本文是李斯给秦王的一篇奏章,见于《史记·李斯列传》和《昭明文选》。当时韩国派一名水工入秦,帮助秦国开渠,借以消耗其人力物力,牵制其向韩国用兵。此事被秦国发觉,宗室贵族便建议秦王下令驱逐一切客卿,秦王下了逐客之令。李斯也在被逐之列,于是作此文进谏,反对逐客。

文章一开始便旗帜鲜明地指出逐客是错误的,总提全篇主旨。紧接着从历史事实、秦王当前爱好、一般常理等不同方面加以论证,水到渠成地得出令人信服的结论。全文气势充沛,既申之以理,又动之以情;既有严密的逻辑论证,又有酣畅淋漓的铺陈排比。纵横捭阖,正反对比。文字优美,比喻贴切,具有极强的说服力。秦王读了李斯的这篇奏章,终于取消了逐客之令。

□ 礼 记

《礼记》,相传为西汉戴圣所编,共四十九篇,儒家经典之一。它是由孔子的再传弟子直至秦汉间的儒者著述的,内容十分庞杂,主要是儒家礼制、礼仪的记载和论述,其中涉及秦汉以前的社会组织、生活习俗、道德规范等情况,为研究古史提供了宝贵的资料。《礼记》中的一些议论文,结构严整,气势沛然,一些叙事小品简洁生动,意味隽永,对后代文学有一定的影响。

学 记(节选)

玉不琢,不成器;人不学,不知道[1]。是故古之王者,建国君民[2],教学为先。

虽有嘉肴,弗食,不知其旨也[3];虽有至道[4],弗学,不知其善也。是故学然后知不足,教然后知困[5]。知不足,然后能自反也[6];知困,然后能自强也[7]。故曰:教学相长也[8]。

大学之法[9],禁于未发之谓豫[10],当其可之谓时[11],不陵节而施之谓孙[12],相观而善之谓摩[13]。此四者,教之所由兴也。发然后禁,则扞格而不胜[14],时过然后学,则勤苦而难成;杂施而不孙[15],则坏乱而不修[16];独学而无友,则孤陋而寡闻;燕朋逆其师[17];燕辟废其学[18]。此六者,教之所由废也。君子既知教之所由兴,又知教之所由废,然后可以为人师也。故君子之教喻也[19],道而弗牵[20],强而弗抑[21],开而弗达[22]。道而弗牵则和,强而弗抑则易,开而弗达则思。和、易以思,可谓善喻矣。

学者有四失[23],教者必知之。人之学也,或失则多[24],或失则寡[25],或失则易[26],或失则止[27]。此四者,心之莫同也[28]。知其心,然后能救其失也。教也者,长善而救其失者也[29]。

凡学之道,严师为难[30]。师严然后道尊,道尊然后民知敬学。是故君之所不臣于其臣者二[31]:当其为尸[32],则弗臣也;当其为师,则弗臣也。大学之礼,虽诏于天子[33],无北面[34],所以尊师也。

善学者,师逸而功倍,又从而庸之[35];不善学者,师勤而功半,又从而怨之。善问者,如攻坚木[36],先其易者,后其节目[37],及其久也,相说以解[38];不善问者,反此。善待问者,如撞钟。叩之以小者则小鸣,叩之以大者则大鸣,待其从容,然后尽其声[39];不善答问者,反此。此皆进学之道也。

【注释】

〔1〕道:泛指人生、社会、自然的一切道理。 〔2〕君民:统治百姓。 〔3〕旨:美味。 〔4〕至道:深远的道。 〔5〕知困:知道自己有迷惑不解之处。 〔6〕自反:指求之于自己。 〔7〕自强:自己发愤图强。 〔8〕相长:互相促进。 〔9〕大学:即太学,古时最高的学府。 〔10〕豫:同"预",预防。 〔11〕可:可以。 时:合乎时宜。 〔12〕陵:通"凌",超越。节:指学习深浅的次序。施:施行。孙:通"逊",顺。 〔13〕相观而善:指观察别人的长处而于己有益。

摩：互相切磋，观摩。　〔14〕扞(hàn)格：抵触抗拒。不胜：指教育不能起作用。　〔15〕不孙：即不逊，不合乎顺序。　〔16〕修：修治。　〔17〕燕朋：私亵之友。　〔18〕燕辟：私亵之谈。〔19〕喻：晓谕，启发诱导。　〔20〕道：引导。牵：强迫。　〔21〕强：激勉。抑：阻止。　〔22〕开：开始。达：和盘托出。　〔23〕失：过失。　〔24〕多：贪多而不能融会贯通。　〔25〕寡：指知识面狭窄。　〔26〕易：把学习看得很容易而不求甚解。　〔27〕止：畏难而止，不求进步。〔28〕莫同：不同。　〔29〕长善：发扬优点。　〔30〕严：尊敬。　〔31〕不臣于其臣：不以对待臣下的态度对待臣下。　〔32〕尸：祭主，古代祭祀时代表死者受祭的人。　〔33〕诏于天子：对天子讲授。　〔34〕无北面：不必面北行君臣之礼。　〔35〕庸：归功。　〔36〕攻：砍伐。　〔37〕节目：树木枝干交接之处为节，纹理纠结不顺的部分为目。　〔38〕说：读为"脱"，脱落。〔39〕尽其声：余音悠扬而尽，这里比喻待问者尽发其旨意。

【阅读提示】

　　《学记》是儒家学派教育思想的理论总结，是较早的体系完整的教育文献之一。它记载了古代学校教人传道授受的次序，探讨了教学得失兴废的缘由，对古代学校教育的诸多方面都有所论及。本篇节选的这部分，主要论述了学习的重要性，教学的方法、得失等。作者在论述的时候，往往采用对比的手法，一正一反，论述充分有力。文章还较多地采用比喻论证的方法，诸如"琢玉"、"撞钟"等等，以日常生活的事例说明抽象的道理，形象具体，浅显易懂。

□司马迁

　　司马迁(前145—?)，字子长，夏阳(今陕西韩城)人。父司马谈，武帝时任太史令。司马迁十岁随父到长安。二十岁开始漫游，踪迹几遍全国。武帝元封三年(前108)，司马迁继任太史令，有机会博览政府所藏大量书籍。太初元年(前104)，开始撰写《史记》。天汉二年(前99)，为了替投降匈奴的李陵辩解，触怒武帝，下狱，受腐刑。太始元年(前96)被赦，出任中书令。他忍辱含垢，发愤著述，终于在征和初年(前92)左右，基本完成《史记》。不久即去世。

　　《史记》是我国第一部纪传体通史，记载上自传说中的黄帝，下至汉武帝时代三千多年的历史，共一百三十篇，五十二万余字。内分"本纪"十二，"世家"三十，"列传"七十，"表"十，"书"八。"欲以究天人之际，通古今之变，成一家之言。"《史记》的思想性、艺术性都很高。它不仅是一部历史巨著，也是一部伟大的传记文学作品，两千年来一直被视为散文的典范。

李将军列传（节选）

李将军广者，陇西成纪人也[1]。其先曰李信，秦时为将，逐得燕太子丹者也[2]。故槐里[3]，徙成纪。广家世世受射[4]。孝文帝十四年，匈奴大入萧关[5]，而广以良家子从军击胡[6]，用善骑射，杀首虏多[7]，为汉中郎[8]。广从弟李蔡亦为郎，皆为武骑常侍，秩八百石[9]。尝从行[10]，有所冲陷折关[11]，及格猛兽[12]，而文帝曰："惜乎，子不遇时！如令子当高帝时，万户侯岂足道哉[13]！"及孝景初立，广为陇西都尉[14]，徙为骑郎将[15]。吴、楚军时[16]，广为骁骑都尉[17]，从太尉亚夫击吴、楚军[18]，取旗[19]，显功名昌邑下[20]。以梁王授广将军印，还，赏不行[21]。徙为上谷太守[22]。匈奴日以合战[23]，典属国公孙昆邪为上泣曰[24]："李广才气，天下无双，自负其能，数与虏敌战，恐亡之[25]。"于是，乃徙为上郡太守[26]。后广转为边郡太守，徙上郡。尝为陇西、北地、雁门、代郡、云中太守，皆以力战为名。

匈奴大入上郡，天子使中贵人从广勒习兵击匈奴[27]。中贵人将骑数十纵[28]，见匈奴三人，与战。三人还射，伤中贵人，杀其骑且尽。中贵人走广[29]。广曰："是必射雕者也[30]。"广乃遂从百骑往驰三人。三人亡马步行[31]，行数十里。广令其骑张左右翼，而广身自射彼三人者，杀其二人，生得一人，果匈奴射雕者也。已缚之，上马，望匈奴有数千骑，见广，以为诱骑，皆惊，上山陈[32]。广之百骑皆大恐，欲驰还走。广曰："吾去大军数十里，今如此以百骑走，匈奴追射，我立尽。今我留，匈奴必以我为大军诱之[33]，必不敢击我。"广令诸骑曰："前！"前，未到匈奴陈二里所，止。令曰："皆下马解鞍！"其骑曰："虏多且近，即有急，奈何？"广曰："彼虏以我为走，今皆解鞍以示不走，用坚其意。"于是胡骑遂不敢击。有白马将出护其兵[34]，李广上马与十余骑奔，射杀胡白马将，而复还至其骑中，解鞍，令士皆纵马卧[35]。是时会暮，胡兵终怪之，不敢击。夜半时，胡兵亦以为汉有伏军于旁，欲夜取之，胡皆引兵而去。平旦[36]，李广乃归其大军。大军不知广所之，故弗从[37]。

居久之，孝景崩，武帝立。左右以为广名将也，于是广以上郡太守为未央卫尉[38]，而程不识亦为长乐卫尉[39]。程不识故与李广俱以边太守将军屯[40]。及出击胡，而广行无部伍行陈[41]，就善水草屯[42]，舍止[43]，人人自便，不击刁斗以自卫[44]，莫府省约文书籍事[45]，然亦远斥候[46]，未尝遇害。程不识正部曲行伍营陈[47]，击刁斗，士吏治军簿至明[48]，军不得休息，然亦未尝遇害。不识曰："李广军极简易，然虏卒犯之，无以禁也[49]，而其士卒亦佚乐[50]，咸乐为之死。我军虽烦扰，然虏亦不得犯我。"是时汉边郡李广、程不识皆为名将，然匈奴畏李广之略[51]，士卒亦多乐从李广而苦程不识。程不识孝景时以数直谏为太中大夫[52]。

为人廉，谨于文法[53]。

后，汉以马邑城诱单于[54]，使大军伏马邑旁谷，而广为骁骑将军，领属护军将军[55]。是时单于觉之，去，汉军皆无功。其后四岁，广以卫尉为将军，出雁门击匈奴[56]。匈奴兵多，破败广军，生得广[57]。单于素闻广贤，令曰："得李广必生致之[58]！"胡骑得广，广时伤病，置广两马间，络而盛卧广[59]。行十余里，广佯死，睨其旁有一胡儿骑善马，广暂腾而上胡儿马[60]。因推堕儿，取其弓，鞭马南驰数十里，复得其馀军，因引而入塞[61]。匈奴捕者，骑数百追之，广行取胡儿弓[62]，射杀追骑，以故得脱。于是至汉。汉下广吏[63]，吏当广所失亡多[64]，为虏所生得，当斩。赎为庶人[65]。

顷之[66]，家居数岁。广家与故颍阴侯孙屏野居蓝田南山中射猎[67]。尝夜从一骑出，从人田间饮。还至霸陵亭[68]，霸陵尉醉，呵止广。广骑曰："故李将军。"尉曰："今将军尚不得夜行，何乃故也[69]！"止广宿亭下。居无何[70]，匈奴入，杀辽西太守[71]，败韩将军[72]，韩将军后徙右北平[73]。于是天子乃召拜广为右北平太守。广即请霸陵尉与俱，至军而斩之。广居右北平，匈奴闻之，号曰"汉之飞将军"，避之数岁，不敢入右北平。

广出猎，见草中石，以为虎而射之，中石没镞[74]，视之石也。因复更射之，终不能复入石矣。广所居郡闻有虎，尝自射之，及居右北平，射虎，虎腾伤广，广亦竟射杀之。

广廉，得赏赐辄分其麾下[75]，饮食与士共之。终广之身，为二千石四十余年[76]，家无余财，终不言家产事。广为人长，猿臂[77]，其善射亦天性也。虽其子孙他人学者，莫能及广。广讷口少言[78]，与人居则画地为军陈，射阔狭以饮[79]。专以射为戏，竟死[80]。广之将兵，乏绝之处[81]，见水，士卒不尽饮，广不近水；士卒不尽食，广不尝食。宽缓不苛，士以此爱乐为用[82]。其射，见敌急，非在数十步之内，度不中不发，发即应弦而倒。用此[83]，其将兵数困辱，其射猛兽亦为所伤云。

居顷之，石建卒[84]，于是上召广代建为郎中令。元朔六年，广复为后将军，从大将军军出定襄[85]，击匈奴。诸将多中首虏率[86]，以功为侯者，而广军无功。后二岁，广以郎中令将四千骑出右北平，博望侯张骞将万骑与广俱[87]，异道[88]。行可数百里[89]，匈奴左贤王将四万骑围广[90]。广军士皆恐，广乃使其子敢往驰之[91]。敢独与数十骑驰，直贯胡骑，出其左右而还。告广曰："胡虏易与耳[92]。"军士乃安。广为圆陈外向[93]，胡急击之，矢下如雨。汉兵死者过半，汉矢且尽。广乃令士持满毋发[94]，而广身自以大黄射其裨将[95]，杀数人，胡虏益解[96]。会日暮，吏士皆无人色，而广意气自如，益治军[97]。军中自是服其勇也。明日，复力战，而博望侯军亦至，匈奴军乃解去。汉军罢[98]，弗能追。

是时广军几没[99]，罢归。汉法，博望侯留迟后期[100]，当死，赎为庶人。广军

30

功自如[101]，无赏。

初，广之从弟李蔡与广俱事孝文帝。景帝时，蔡积功劳至二千石。孝武帝时，至代相[102]。以元朔五年为轻车将军从大将军击右贤王，有功，中率，封为乐安侯[103]。元狩二年中，代公孙弘为丞相[104]。蔡为人在下中[105]，名声出广下甚远；然广不得爵邑，官不过九卿[106]，而蔡为列侯，位至三公。诸广之军吏及士卒或取封侯。广尝与望气王朔燕语曰[107]："自汉击匈奴，而广未尝不在其中。而诸部校尉以下，才能不及中人，然以击胡军功取侯者数十人；而广不为后人，然无尺寸之功以得封邑者，何也？岂吾相不当侯邪[108]？且固命也？"朔曰："将军自念，岂尝有所恨乎[109]？"广曰："吾尝为陇西守，羌尝反[110]，吾诱而降，降者八百余人，吾诈而同日杀之。至今大恨独此耳。"朔曰："祸莫大于杀已降，此乃将军所以不得侯者也。"

后二岁，大将军、骠骑将军大出击匈奴[111]，广数自请行[112]，天子以为老，弗许；良久，乃许之，以为前将军。是岁，元狩四年也。

广既从大将军青击匈奴，既出塞，青捕虏知单于所居，乃自以精兵走之[113]，而令广并于右将军军[114]，出东道[115]。东道少回远[116]，而大军行，水草少，其势不屯行[117]。广自请曰："臣部为前将军，今大将军乃徙令臣出东道；且臣结发而与匈奴战，今乃一得当单于[118]，臣愿居前，先死单于[119]。"大将军青亦阴受上诫[120]，以为李广老，数奇[121]，毋令当单于，恐不得所欲。而是时公孙敖新失侯[122]，为中将军，从大将军，大将军亦欲使敖与俱当单于，故徙前将军广。广时知之，固自辞于大将军[123]。大将军不听，令长史封书与广之幕府，曰："急诣部，如书[125]！"广不谢大将军而起行[126]，意甚愠怒而就部，引兵与右将军食其合军出东道。军亡导[127]，或失道[128]，后大将军[129]。大将军与单于接战，单于遁走，弗能得而还。南绝幕[130]，遇前将军、右将军。广已见大将军，还入军。大将军使长史持糒醪遗广[131]，因问广、食其失道状，青欲上书报天子军曲折[132]。广未对，大将军使长史急责广之幕府对簿[133]。广曰："诸校尉无罪，乃我自失道。吾今自上簿[134]。"至幕府，广谓其麾下曰："广结发与匈奴大小七十余战，今幸从大将军出接单于兵，而大将军又徙广部，行回远，而又迷失道，岂非天哉！且广年六十余矣，终不能复对刀笔之吏[135]。"遂引刀自刭[136]。广军士大夫一军皆哭。百姓闻之，知与不知，无老壮皆为垂涕。而右将军独下吏，当死，赎为庶人。

……

太史公曰：《传》曰[137]："其身正，不令而行；其身不正，虽令不从。"其李将军之谓也！余睹李将军，悛悛如鄙人[138]，口不能道辞[139]。及死之日，天下知与不知，皆为尽哀。彼其忠实心诚信于士大夫也[140]。谚曰："桃李不言，下自成蹊[141]。"此言虽小，可以谕大也。

31

【注释】

〔1〕陇西:汉郡名,在今甘肃省东部。成纪:汉县名,在今甘肃省秦安县北。 〔2〕先:祖先。李信:战国末期秦将。当时燕太子丹曾派荆轲刺秦王,事败。秦发兵击燕,秦将李信追太子丹,燕王斩太子丹头献李信。逐得:追获。 〔3〕故槐里:原籍槐里(今陕西省兴平县东南)。 〔4〕受:传授,学习。 〔5〕萧关:在今甘肃省环县西北,为当时关中四关之一。 〔6〕良家子:好人家的子弟。当时医、巫、商贾、百工都不能列入良家。汉代从军的人有两种:一种是"良家子",一种是罪犯。 〔7〕用:因为。杀首虏:斩杀敌人首级和俘获。 〔8〕中郎:汉宫廷中官名,也称"郎",掌管侍卫皇宫等。 〔9〕武骑常侍:皇帝侍从官,郎官的补加官衔。秩:俸禄等级。汉官俸禄之制共十五等,最高万石,最低一百石。秩八百石,指年俸米八百石。 〔10〕尝从行:曾经跟从文帝出行。 〔11〕折关:抵抗、防御。 〔12〕格:斗,搏击。 〔13〕万户侯:封邑万户的侯爵。 〔14〕陇西都尉:即陇西郡尉,景帝时改为都尉,掌管该郡军事。 〔15〕骑郎将:统率骑郎(骑马护从皇帝车驾的郎官)的将领。 〔16〕吴、楚时:对吴、楚用兵之时。景帝三年(前154),吴、楚等七个封国联合举兵叛乱。 〔17〕骁骑都尉:统帅骁骑的都尉。骁骑是骑兵的一种,犹今之"轻骑兵"。 〔18〕太尉亚夫:周亚夫,征讨吴、楚七国之乱的主帅,时任太尉。 〔19〕取旗:夺取敌人的军旗。 〔20〕昌邑:在今山东省金乡县西北。 〔21〕赏不行:不获朝廷赏赐。 〔22〕上谷:秦郡名,在今河北省西北部及中部一部分地方。 〔23〕日以合战:每天来和李广交战。 〔24〕典属国:主管向汉称臣的外族事务的官。公孙昆邪(hùnyé):人名,姓公孙,名昆邪。上:指汉景帝。 〔25〕亡之:失掉他。 〔26〕上郡:在今陕西省北部及内蒙古自治区部分地区。 〔27〕中贵人:宫中贵人,指皇帝宠幸的太监。勒:受约束。习兵:习军事,随军习练。 〔28〕将:率领。纵:纵马驰骋。 〔29〕走广:逃奔到李广处。 〔30〕雕:鸟名,飞翔迅猛,非善射者不能得。 〔31〕亡马:失马。 〔32〕陈:通"阵",这里指布置阵地。 〔33〕为大军诱之:诱敌给自己大军伏击。 〔34〕白马将:骑白马的胡将。 〔35〕纵马:把马放开。 〔36〕平旦:天刚亮时。 〔37〕从:跟从接应。 〔38〕未央卫尉:未央宫(皇帝所居)禁卫军的长官。 〔39〕长乐卫尉:长乐宫(太后所居)禁卫军的长官。 〔40〕故:从前。以边太守:以边郡太守的身份。将军屯:掌管军队驻防的事。 〔41〕部伍行(háng)阵:部队的编制和军队的行列阵势。 〔42〕善水草:好的水草。屯:驻扎。 〔43〕舍止:留居,留宿。 〔44〕刁斗:铜锅,行军时白天用做炊具,夜间敲着它巡更。 〔45〕莫:通"幕"。幕府:将帅驻扎的大帐幕,引申为将帅的办事处。省约文书籍事:简化文书簿籍等事项。 〔46〕远斥候:远远地布置哨兵。 〔47〕正部曲行伍营陈:使部队的编制、排列阵势都合乎规定。正:整齐划一。部曲:古时军队编制有部,部下分曲。 〔48〕治军簿至明:办理军事文书直到天亮。 〔49〕卒:同"猝",突然。禁:制服。 〔50〕佚乐:安逸快乐。佚:同"逸"。 〔51〕略:策略,计谋。〔52〕太中大夫:掌论议的官。 〔53〕谨于文法:严格执行文书法令。 〔54〕马邑:在今山西省朔县。武帝元光二年(前133),汉朝用马邑人聂壹之谋引诱单于。聂壹假称愿给单于做内应。单于相信了他,带十万骑兵进攻马邑。 〔55〕骁骑、护军:都是将军的头衔。领属护军将军:指李广受护军将军的指挥。当时韩安国为护军将军,是主将。 〔56〕雁门:关名,在今山西省代县北部。 〔57〕生得:活捉。 〔58〕生致之:活的送来。 〔59〕这句是说把李广放在用绳结成的网里躺着,搭在两马之间。络:用绳结成的网。盛:放。 〔60〕暂腾而上:突然间一跃而上。 〔61〕入塞:进入雁门关。 〔62〕行取:边行边取。 〔63〕下广吏:把李广交给执

法官审判。 〔64〕当(dàng):判决。 〔65〕赎:纳金赎罪。 〔66〕顷之:不久。 〔67〕故颍阴侯孙:已故的颍阴侯灌婴之孙,名强。屏野:退隐田野。蓝田南山:在今陕西省蓝田县终南山。 〔68〕霸陵:汉文帝的坟墓,其地因设霸陵县,由县尉兼任霸陵驿亭亭长,故称霸陵尉。霸陵在今陕西省长安县东。亭:驿亭。 〔69〕故:旧任。 〔70〕居无何:过了不久。 〔71〕辽西:郡名,在今河北省东北部、内蒙古自治区昭乌达盟和辽宁省西部。 〔72〕韩将军:指韩安国,时驻守渔阳(今北京市密云县西南)。 〔73〕右北平:郡名,今河北省蓟县以东及辽宁省部分地区。 〔74〕没镞(mòzú):箭头陷入石内。镞:箭头。 〔75〕麾(huī)下:部下。 〔76〕为二千石:任俸禄为二千石级的官职。 〔77〕猿臂:比喻两臂像猿臂那样长而灵活。古代传说,有通臂猿,其两臂可通过肩部而自由伸缩。 〔78〕讷(nà)口:口才笨拙。 〔79〕射阔狭以饮:指在地上画出宽窄不同的行列,以射中或宽或窄的行列来判定胜负,以此决定由谁饮酒。 〔80〕竟死:一直到死。 〔81〕乏绝之处:指粮食缺乏、水源断绝的地方。 〔82〕爱乐为用:爱戴李广而乐于为他所用。 〔83〕用此:因此。 〔84〕石建:武帝时任郎中令,统领郎官。 〔85〕大将军:指卫青,武帝卫后同母弟。定襄:汉郡名,在今山西省石玉县以北及内蒙古自治区西南部。 〔86〕中(zhòng):符合。首虏率:指根据杀敌和虏获敌军数量而规定的封赏标准,写入军中律令里。 〔87〕张骞:汉中人,武帝初为郎,应募出使西域,因功封博望侯(博望在今河南省南阳县东北六十里)。 〔88〕异道:不同路,分路进兵。 〔89〕可:大约。 〔90〕左贤王:匈奴单于下置左右贤王,左贤王居东方,广出右北平,恰在左贤王军管区内。 〔91〕往驰之:驰往匈奴队伍中。 〔92〕易与:容易对付。 〔93〕圆陈外向:把部队排成圆形,面向外。 〔94〕持满毋发:张满弓弦,留箭不发。 〔95〕大黄:弓弩名,体大色黄,是当时射程最远的大号弓弩。禆将:副将。 〔96〕解:通“懈”。 〔97〕益治军:愈益注意整理队伍。 〔98〕罢:通“疲”。 〔99〕几没:几乎全军覆没。 〔100〕留迟后期:行军迟延,未能如期赶到。 〔101〕军功自如:谓李广军伤亡多,但杀敌亦多,功过相当。 〔102〕代相:代国(在今河北省蔚县东北及山西省北部)的相。 〔103〕乐安:汉县名,在今山东省博兴县北。 〔104〕公孙弘:字季,元朔中为丞相。元狩二年(前121),公孙弘死,李蔡代他为丞相。 〔105〕下中:指才干在下等里的中等。当时以九品(上上、上中、上下、中上、中中、中下、下上、下中、下下)论人,下中为第八等。 〔106〕九卿:朝廷大臣,位在三公之下。 〔107〕望气:望人面色或天象来预测吉凶,这里指望气者。燕语:私下交谈。 〔108〕相:骨相。 〔109〕有所恨:有遗憾的事。 〔110〕羌(qiāng):当时居住在陇西一带的少数民族。 〔111〕大将军:指卫青。骠骑将军:官位仅次于大将军。这里指霍去病(卫青姐姐的儿子)。 〔112〕数(shuò):多次。 〔113〕走之:追逐单于。 〔114〕右将军:指赵食其(yìjī)。 〔115〕出东道:从东路出兵。 〔116〕少回远:稍迂回绕远。 〔117〕屯行:群聚而行。 〔118〕当:遇到。 〔119〕先死单于:先与单于拼一死战。 〔120〕阴受上诫:暗中得到武帝的告诫。 〔121〕数奇(jī):命数(命运)不好。 〔122〕公孙敖:义渠人,与卫青友好,曾三次从卫青击匈奴有功,封合骑侯。元狩二年,率兵击匈奴,由于与骠骑将军霍去病约会,不能如期,当斩,赎为庶人,所以说“新失侯”。 〔123〕固:坚决。辞:辞免,指拒绝徙并右将军军。 〔124〕急诣部:意思是要李广迅速到右将军军中去。 〔125〕如书:按文书命令执行。 〔126〕谢:辞谢,告别。 〔127〕亡导:没有向导。亡,同“无”。 〔128〕或:同“惑”。 〔129〕后大将军:落在大将军的后面。 〔130〕南绝幕:横渡沙漠南归。幕,通“漠”。 〔131〕糒(bèi):干粮。醪(láo):浊酒。 〔132〕军曲折:军情的曲折。

〔133〕对簿：受审问时，就文书对质。　〔134〕上簿：即对簿。　〔135〕刀笔之吏：掌管文书的官吏。　〔136〕自刭（jǐng）：自杀。　〔137〕《传》：此指《论语》。以下四句，见《论语·子路》。〔138〕悛（xún）悛：通"恂恂"，诚谨的样子。鄙人：乡野之人。　〔139〕道辞：犹说话。〔140〕信于士大夫：使士大夫信任。　〔141〕蹊（xī）：小路。

【阅读提示】

　　本文着力描写了西汉名将李广艰难曲折的一生，歌颂了他英勇善战、抗击匈奴的光辉战绩。对他生不得封侯、死不得善终的不幸遭遇寄予了深厚的同情。在写作上，首先，作者善于选材。李广一生经历了文、景、武三朝，自结发与匈奴作战，大小七十余战，而作者只着重选择了三次最危急、最惊险的战役，就突出了李广超凡的智慧、惊人的胆识以及勇于当敌、坚贞卓绝的品格。其次，作者巧妙地运用对比的手法。通过与程不识的对比，说明李广治军的特点；通过与李蔡的对比，说明朝廷用人的不公。作者还将一些细节描写，诸如射石没镞、家无余财、宽待士卒等穿插其中，使李广的形象显得丰满而生动。

☐ 班　固

　　班固（公元 32—92），字孟坚，扶风安陵（今陕西咸阳东北）人。其父班彪曾续补《史记》而作《史记后传》。班彪死后，班固进一步搜集史料，续写父书。有人告发他私改国史，被捕入狱。其弟班超求见明帝，说明原委，明帝见到他的原稿，也很赞赏。因命班固为兰台令史，奉诏撰写《汉书》。在建初七年（82），《汉书》基本完成。永元四年（92），班固因大将军窦宪擅权案受牵连被捕，死于狱中。《汉书》所缺的"八表"及"天文志"，班固死后由其妹班昭和马续继续写成。

　　《汉书》是我国第一部纪传体断代史，起汉高祖元年（前 206），迄王莽地皇四年（23），包括整个西汉一代的历史。全书分十二帝纪、八表、十志、七十列传，共一百篇。其体例基本依照《史记》，略有变动，如改"书"为"志"，取消"世家"并入"列传"等等。其内容也多有承袭《史记》之处，但增补了不少史料，保存了丰富的古代文献，在史学上有相当高的地位。因此历来《史》《汉》并称。

苏武传〔1〕（节选）

　　武，字子卿。少以父任，兄弟并为郎〔2〕。稍迁至栘中厩监〔3〕。时汉连伐胡，数通使相窥观〔4〕。匈奴留汉使郭吉、路充国等前后十余辈〔5〕。匈奴使来，汉亦留之，以相当〔6〕。天汉元年〔7〕，且鞮侯单于初立〔8〕，恐汉袭之，乃曰："汉天子，我丈人行也[9]。"尽归汉使路充国等[10]。武帝嘉其义,乃遣武以中郎将使持节送匈奴使留在汉者[11],因厚赂单于[12],答其善意。武与副中郎将张胜及假吏常惠等[13],募士、斥候百余人俱[14]。

既至匈奴,置币遗单于[15]。单于益骄,非汉所望也。方欲发使送武等,会缑王与长水虞常等谋反匈奴中[16]。缑王者,昆邪王姊子也[17],与昆邪王俱降汉,后随浞野侯没胡中[18]。及卫律所将降者[19],阴相与谋劫单于母阏氏归汉[20]。会武等至匈奴。虞常在汉时,素与副张胜相知,私候胜曰[21]:"闻汉天子甚怨卫律,常能为汉伏弩射杀之。吾母与弟在汉,幸蒙其赏赐[22]。"张胜许之,以货物与常。

后月余,单于出猎,独阏氏、子弟在。虞常等七十余人欲发[23],其一人夜亡[24],告之[25]。单于子弟发兵与战,缑王等皆死,虞常生得[26]。单于使卫律治其事[27]。张胜闻之,恐前语发[28],以状语武[29]。武曰:"事如此,此必及我[30]。见犯乃死[31],重负国[32]。"欲自杀。胜、惠共止之。虞常果引张胜[33]。单于怒,召诸贵人议[34],欲杀汉使者。左伊秩訾曰[35]:"即谋单于,何以复加[36]?宜皆降之。"单于使卫律召武受辞[37]。武谓惠等:"屈节辱命,虽生,何面目以归汉!"引佩刀自刺[38]。卫律惊,自抱持武,驰召医。凿地为坎[39],置煴火[40],覆武其上,蹈其背以出血[41]。武气绝,半日复息[42]。惠等哭,舆归营[43]。单于壮其节,朝夕遣人候问武,而收系张胜[44]。

武益愈。单于使使晓武会论虞常[45],欲因此时降武。剑斩虞常已,律曰:"汉使张胜谋杀单于近臣[46],当死。单于募降者赦罪[47]。"举剑欲击之,胜请降。律谓武曰:"副有罪,当相坐[48]。"武曰:"本无谋,又非亲属,何谓相坐?"复举剑拟之[49],武不动。律曰:"苏君,律前负汉归匈奴,幸蒙大恩,赐号称王,拥众数万,马畜弥山[50],富贵如此。苏君今日降,明日复然。空以身膏草野[51],谁复知之?"武不应。律曰:"君因我降[52],与君为兄弟。今不听吾计,后虽欲复见我,尚可得乎?"武骂律曰:"女为人臣子,不顾恩义,畔主背亲[53],为降虏于蛮夷,何以女为见[54]?且单于信女,使决人死生,不平心持正,反欲斗两主[55],观祸败。南越杀汉使者,屠为九郡[56];宛王杀汉使者,头县北阙[57];朝鲜杀汉使者,即时诛灭[58]。独匈奴未耳。若知我不降明[59],欲令两国相攻,匈奴之祸,从我始矣。"律知武终不可胁,白单于。单于愈益欲降之,乃幽武置大窖中[60],绝不饮食[61]。天雨雪[62],武卧啮雪,与旃毛并咽之[63],数日不死。匈奴以为神,乃徙武北海上无人处[64],使牧羝[65],羝乳乃得归[66]。别其官属常惠等[67],各置他所。

武既至海上,廪食不至[68],掘野鼠去草实而食之[69]。杖汉节牧羊[70],卧起操持,节旄尽落。积五六年,单于弟於靬王弋射海上[71]。武能网纺缴[72],檠弓弩[73],於靬王爱之,给其衣食。三岁余,王病,赐武马畜、服匿、穹庐[74]。王死后,人众徙去[75]。其冬,丁令盗武牛羊[76],武复穷厄[77]。

35

初，武与李陵俱为侍中[78]。武使匈奴明年，陵降，不敢求武[79]。久之，单于使陵至海上，为武置酒设乐。因谓武曰："单于闻陵与子卿素厚[80]，故使陵来说足下，虚心欲相待。终不得归汉，空自苦亡人之地[81]，信义安所见乎？前长君为奉车[82]，从至雍棫阳宫[83]，扶辇下除[84]，触柱折辕[85]，劾大不敬[86]，伏剑自刎，赐钱二百万以葬。孺卿从祠河东后土[87]，宦骑与黄门驸马争船，推堕驸马河中溺死。宦骑亡，诏使孺卿逐捕，不得，惶恐饮药而死[89]。来时，太夫人已不幸[90]，陵送葬至阳陵[91]。子卿妇年少，闻已更嫁矣。独有女弟二人[92]，两女一男[93]，今复十余年，存亡不可知。人生如朝露，何久自苦如此！陵始降时，忽忽如狂[94]，自痛负汉，加以老母系保宫[95]。子卿不欲降，何以过陵[96]！且陛下春秋高[97]，法令亡常[98]，大臣亡罪夷灭者数十家[99]，安危不可知，子卿尚复谁为乎！愿听陵计，勿复有云[100]。"武曰："武父子亡功德，皆为陛下所成就[101]，位列将[102]，爵通侯[103]，兄弟亲近[104]，常愿肝脑涂地[105]。今得杀身自效[106]，虽蒙斧钺汤镬[107]，诚甘乐之[108]。臣事君，犹子事父也。子为父死，亡所恨。愿勿复再言！"

陵与武饮数日，复曰："子卿壹听陵言[109]。"武曰："自分已死久矣[110]！王必欲降武[111]，请毕今日之欢，效死于前。"陵见其至诚，喟然叹曰："嗟乎，义士！陵与卫律之罪，上通于天。"因泣下沾衿，与武决去[112]。陵恶自赐武[113]，使其妻赐武牛羊数十头。

后陵复至北海上，语武："区脱捕得云中生口[114]，言太守以下吏民皆白服[115]，曰上崩。"武闻之，南向号哭，呕血，且夕临数月[116]。

昭帝即位，数年[117]，匈奴与汉和亲[118]。汉求武等，匈奴诡言武死。后汉使复至匈奴，常惠请其守者与俱[119]，得夜见汉使，具自陈道[120]。教使者谓单于，言天子射上林中[121]，得雁，足有系帛书，言武等在某泽中。使者大喜，如惠语以让单于[122]。单于视左右而惊，谢汉使曰[123]："武等实在。"

于是李陵置酒贺武曰："今足下还归，扬名于匈奴，功显于汉室。虽古竹帛所载[124]，丹青所画[125]，何以过子卿！陵虽驽怯[126]，令汉且贳陵罪[127]，全其老母[128]，使得奋大辱之积志[129]，庶几乎曹柯之盟[130]，此陵宿昔之所不忘也[131]。收族陵家[132]，为世大戮[133]，陵尚复何顾乎[134]？已矣，令子卿知吾心耳！异域之人，壹别长绝[135]！"陵起舞，歌曰："径万里兮度沙幕[136]，为君将兮奋匈奴[137]。路穷绝兮矢刃摧[138]，士众灭兮名已隤[139]。老母已死，虽欲报恩将安归！"陵泣下数行，因与武决。单于召会武官属[140]，前以降及物故[141]，凡随武还者九人。

武以始元六年春至京师[142]。诏武奉一太牢谒武帝园庙[143]。拜为典属国[144]，秩中二千石[145]。赐钱二百万，公田二顷，宅一区[146]。常惠、徐圣、赵终根皆拜为中郎[147]，赐帛各二百匹。其余六人老，归家，赐钱人十万，复终身[148]。常惠后至右将军，封列侯，自有传。武留匈奴凡十九岁，始以强壮出，及还，须发尽白。

【注释】

〔1〕本文节选自《汉书·李广苏建传》。苏武传附在其父苏建传后，因此，开头不再写苏武的姓。 〔2〕以父任：因父亲职位关系而任官。郎：官名，为皇帝近侍。汉制，凡二千石以上官员，其子弟得以父荫为郎。 〔3〕稍迁：逐渐升迁。移（yí）：指汉宫廷中的移园。厩（jiù）：马棚。 〔4〕数（shuò）通使：屡次互派使者。相窥观：互相窥探对方情况。 〔5〕留：此处为扣留之意。辈：批。 〔6〕以相当：以相抵偿。当，抵偿。 〔7〕天汉：汉武帝年号（前100—前97）。 〔8〕且鞮（jūdī）侯：单（chán）于的名字。单于：匈奴称其君主为单于。 〔9〕丈人：家长。行（háng）：辈。 〔10〕归：送还。 〔11〕中郎将：官名。节：使者所持的信物，用竹做节杆，上缀牦牛尾，共三层，又称"旄节"。 〔12〕赂：馈送。 〔13〕假吏：本非吏而临时充当吏者。常惠：太原人，随苏武出使匈奴，后与苏武同时归国，拜光禄大夫。 〔14〕士：士卒。斥候：军中侦察人员，此处指在路上担任侦察工作者。俱：同行。 〔15〕置币：摆列礼物。遗（wèi）：赠送。 〔16〕会：适逢。缑（gōu）王：匈奴的一个亲王。长水：水名，在今陕西省蓝田县西北。汉派遣"胡骑"（归化的胡人所组成的骑兵）屯聚于此。虞常当为长水的"胡骑"，后降匈奴。 〔17〕昆邪（húnyé）王：匈奴的一个亲王，居于匈奴西部，武帝元狩二年（前121）降汉。 〔18〕浞（zhuó）野侯：是汉将赵破奴的封号。太初元年（前104），匈奴左大都尉欲杀单于降汉，武帝于太初二年遣赵破奴统兵前往接应，事被单于发觉，破奴被俘，其军皆没于匈奴。当时缑王隶属破奴军，亦投降匈奴。 〔19〕卫律：生长于汉，与协律都尉李延年友善，被延年推荐，出使匈奴。卫律从匈奴回来，李延年因罪全家被杀，卫律怕受牵连，便逃降匈奴，被单于封为丁零王。当时虞常属卫律统辖。将：率领。 〔20〕阏氏（yānzhī）：匈奴对皇后的称号。 〔21〕私候：私下拜访。 〔22〕幸蒙：希望得到。其：指汉廷。 〔23〕发：发动，指起事。 〔24〕亡：逃走。 〔25〕告之：告发此事。 〔26〕生得：活捉。 〔27〕治：审理。 〔28〕发：泄露。 〔29〕状：情况。语：告诉。 〔30〕及：连及，牵连。 〔31〕见犯：被凌辱。乃：才。 〔32〕重（zhòng）：更加，加重。负：辜负，对不起。 〔33〕引：牵引，这里指供出。 〔34〕贵人：指匈奴的贵族。 〔35〕左伊秩訾（zī）：匈奴王号。匈奴王号有左右之分。 〔36〕复加：指加重处分。 〔37〕受辞：受审，取口供。 〔38〕引：抽出，拔出。 〔39〕坎：坑。 〔40〕煴（yūn）火：没有火苗的微火。 〔41〕蹈：通"搯（tāo）"，轻轻拍打。 〔42〕息：呼吸。 〔43〕舆：此处作动词用，以车载送。 〔44〕收系：逮捕监禁。 〔45〕使使：派遣使者。会论：共同判决罪犯。 〔46〕近臣：亲近之臣，此处是卫律自称。 〔47〕募：招求。 〔48〕相坐：相连坐，相连治罪。古代法律，凡犯谋反等大罪者，其亲属等因此连同治罪，称为连坐。 〔49〕拟：比划，做出要砍杀的样子。 〔50〕弥山：满山。 〔51〕膏：肥沃，滋润，这里作动词用。 〔52〕因：依靠。 〔53〕畔：通"叛"。 〔54〕何以女为见：即"何以见女为"，意思是见你干什么。 〔55〕斗两主：使单于和汉天子相争斗。 〔56〕"南越"二句：汉武帝元鼎五年（前112），南越王相吕嘉杀死南越王、王太后及汉使者，武帝遣将讨之，次年，南越降，以南越之地置九郡。屠：犹"夷"，平定。 〔57〕宛王：大宛国王。大宛，西域国名。汉武帝太初元年（前104），派遣使者往大宛求良马，大宛不与，汉使者骂宛王。其国中贵人令其东边之郁成王攻杀汉使。武帝遣李广利率兵征大宛。太初三年，大宛诸贵族杀死国王毋寡，献马出降。县：通"悬"。北阙：指汉宫的北阙。 〔58〕"朝鲜"二句：汉武帝元封二年（前109），遣使涉河说降朝鲜王右渠，为右渠所杀。武帝乃命杨仆、荀彘等往讨。次年，朝鲜尼溪相参杀右渠降汉。 〔59〕若：你。 〔60〕幽：囚禁。窖（jiào）：收藏粮

37

食、物品的地穴。　　〔61〕绝不饮食(yìnsì)：断绝供应，不给吃的喝的。饮食：用为使动词。
〔62〕雨(yù)：下，作动词用。　　〔63〕啮(niè)：咬。旃(zhān)：通"毡"。　　〔64〕北海：当时在匈
奴北境，即今西伯利亚的贝加尔湖。　　〔65〕羝(dī)：公羊。　　〔66〕乳：生育，此指生小羊。
〔67〕别：分开，隔离。　　〔68〕廪(lǐn)食：指匈奴当局所应供给的粮食。　　〔69〕去：通"弆(jǔ)"，
藏。　　〔70〕杖汉节：拄着代表汉朝的节。　　〔71〕於靬(wūqián)王：且鞮侯单于的弟弟。弋
(yì)射：射猎。弋，用绳系在箭上射。　　〔72〕网纺缴(zhuó)：据《太平御览》卷四八六所引，
"网"上有"结"字。结网，编结打猎所用的网。缴，箭的尾部所系的丝绳。　　〔73〕檠(qíng)：矫
正弓弩的工具。这里作动词用，"矫正"的意思。　　〔74〕服匿：盛酒酪的瓦器。穹庐：大型的圆
顶帐篷。　　〔75〕人众：指於靬王部下。徙去：迁离。　　〔76〕丁令：即"丁零"，匈奴族的别支。
当时卫律为丁零王，盗武牛羊者当是卫律指使。　　〔77〕穷厄：穷困。　　〔78〕李陵：汉代名将李
广的孙子，字少卿。武帝时率兵五千与匈奴作战，寡不敌众，又无援兵，力竭而降。侍中：宫廷
内掌管皇帝乘舆服物的官。　　〔79〕求：求见。　　〔80〕素厚：一向交谊深厚。　　〔81〕空自：白白
地，徒然。亡：通"无"。　　〔82〕长君：指苏武长兄苏嘉。奉车：官名，即"奉车都尉"，皇帝出行
时，负责车马的侍从官。　　〔83〕雍：汉代县名，在今陕西省凤翔县南。棫(yù)阳宫：秦时宫名，
在雍地。　　〔84〕辇(niǎn)：皇帝乘坐的车。除：殿阶。　　〔85〕辕：与车轴相连伸向前面作驾车
用的两条长木。　　〔86〕劾(hé)：弹劾。大不敬：不敬皇帝的罪名，依法当斩。　　〔87〕孺卿：苏
武弟苏贤之字。祠：祭祀。河东：郡名，在今山西夏县北。后土：土地神。　　〔88〕宦骑：充当骑
从的宦官。黄门驸马：驸马都尉属下的官名。驸马：即"副马"，本指皇帝副车所用之马，后指
驾驭副马之官。　　〔89〕饮药：犹言服毒。　　〔90〕太夫人：指苏武的母亲。不幸：死的讳称。
〔91〕阳陵：汉景帝陵，后为县，在今陕西省咸阳市东。苏氏墓地当在阳陵。　　〔92〕女弟：妹妹。
〔93〕两女一男：指苏武的两个女儿，一个儿子。　　〔94〕忽忽：迷惘恍惚，神情不定的样子。狂：
精神失常。　　〔95〕系：拘禁。保宫：汉代囚禁犯罪大臣及眷属的地方，又名"居室"。
〔96〕过：超过。　　〔97〕春秋高：年纪大了。　　〔98〕亡：通"无"。亡常，无一定。　　〔99〕夷灭：杀
灭。　　〔100〕勿复有云：不要再说什么了。　　〔101〕成就：用作动词，提拔、栽培的意思。
〔102〕位列将：指父苏建为右将军。　　〔103〕爵通侯：指父苏建封平陵侯。爵，爵号。通侯，汉
爵位中最高一级。　　〔104〕亲近：指为皇帝近臣。　　〔105〕肝脑涂地：形容惨死，这里指不惜牺
牲一切。　　〔106〕效：献出，尽力，这里指效忠于国家。　　〔107〕蒙斧钺汤镬：指被处以极刑。
蒙，受到。斧钺汤镬(huò)，都是古代刑具。　　〔108〕甘乐：甘心乐意。　　〔109〕壹：一定要。
〔110〕自分(fèn)：自己料定。　　〔111〕王：指李陵，匈奴封陵为右校王。　　〔112〕决：同"诀"，分
别。　　〔113〕恶(wù)：羞愧。　　〔114〕区(ōu)脱：本指边界部落，此处指匈奴与汉交界地区。
云中：郡名，在今内蒙古河套东部一带。生口：俘虏。　　〔115〕白服：白色丧服。　　〔116〕临：
哭。专用于哭奠死者。　　〔117〕昭帝：汉武帝的小儿子，名弗陵，公元前87年即位，公元前83
年与匈奴议和。　　〔118〕和亲：本指与外族结为婚姻，这里指达成和议。　　〔119〕请其守者与
俱：请求看守他的人一起去见汉使。　　〔120〕具：完全、详细。陈道：陈述。　　〔121〕上林：汉苑
名，故址在今陕西省长县西。　　〔122〕让：责备。　　〔123〕谢：指表示歉意地告诉。
〔124〕竹帛：指史籍。　　〔125〕丹青：指图画。丹青所画：指古代丹青所画的杰出人物。
〔126〕驽怯：无能和胆怯。　　〔127〕令：假使。贳(shì)：宽恕。　　〔128〕全其老母：谓不杀陵之
老母。全，保全。　　〔129〕奋：奋起，奋发。积志：蓄积已久的志向。　　〔130〕曹柯之盟：指曹沫

38

劫齐桓公之事。曹沫,春秋时鲁国将领,齐军伐鲁,曹沫三战皆败,鲁庄公献遂邑之地以求和,与齐盟于柯。曹沫于盟时执匕首劫齐桓公,迫使桓公归还所侵之地。柯,春秋时齐邑,故址在今山东省阳谷县东北。　〔131〕宿昔:以前。　〔132〕收:收捕。族:灭族。　〔133〕大戮:大耻辱。　〔134〕顾:留恋。　〔135〕壹别长绝:这一次分别就要永久隔绝了。　〔136〕径:行经,穿过。度:同"渡"。幕:通"漠"。　〔137〕奋:奋击。　〔138〕矢刃摧:指兵器都被损坏。〔139〕陨:同"殒",败坏。　〔140〕会:聚集。召会:召集。　〔141〕物故:死亡。　〔142〕始元:汉昭帝年号。始元六年,即公元前81年。　〔143〕奉:呈献。太牢:用一牛、一豕、一羊为祭品。园:陵寝,帝、后的葬所。　〔144〕典属国:官名,掌管少数民族事务。　〔145〕中二千石:汉代二千石的官秩分三等,"中二千石"为最高。　〔146〕区:所。　〔147〕常惠、徐圣、赵终根:均为随苏武出使的属吏。中郎:官名,掌管宿卫侍值等。　〔148〕复:免除徭役。

【阅读提示】

　　本文记叙了苏武出使匈奴,被扣留十九年,历尽千辛万苦,终于回到汉廷的经历。通过苏武所受种种迫害和北海牧羊等许多情节的生动描写,刻画出苏武这一忠于国家和民族的英雄形象,歌颂了苏武富贵不能淫、威武不能屈的高尚节操。文中还着重叙写了卫律、李陵这两个不同类型的投降人物,通过人物的对比描写,更加突出了苏武高尚的民族气节。"苏武牧羊"的故事长期在民间广为流传。可见人民群众对这一人物形象的景仰和爱戴。当然,对于苏武来说,忠于自己的民族和国家与忠于国君是等同的,他所表现的民族气节不可避免地有其历史局限性。

□汉乐府

　　乐府本是秦汉时设立的掌管音乐的机构。当时的乐府,一方面为文人创作的诗歌制谱配乐并演奏,一方面采集民间歌辞。魏晋以后,人们将乐府所唱的诗也称乐府,于是"乐府"便由官署的名称,一变而为诗体的名称。作为诗体名称,乐府又有广义和狭义的不同。狭义的乐府指汉以来入乐的诗,包括文人制作的和采自民间的。广义的乐府包括那些并未入乐,而袭用乐府旧题或模拟乐府体裁的作品。宋、元时甚至把与音乐有关的词、曲也包括在内。现存的两汉乐府民歌总共三四十首,大多收在宋人郭茂倩所编的《乐府诗集》中。

　　汉乐府民歌继承了《诗经》民歌的现实主义传统,多方面地反映了汉代的社会生活。

饮马长城窟行

　　青青河畔草,绵绵思远道^[1]。远道不可思^[2],宿昔梦见之^[3]。梦见在我傍,忽觉在他乡[4]。他乡各异县,展转不相见[5]。枯桑知天风,海水知天寒。入门各自媚[6],谁肯相为言[7]!

客从远方来,遗我双鲤鱼[8]。呼儿烹鲤鱼[9],中有尺素书[10]。长跪读素书[11],书中竟何如?上言加餐食,下言长相忆。

【注释】

〔1〕绵绵:连绵不断之貌。这里义含双关,看到细密绵延的野草而引起缠绵不断的思念。远道:犹言"远方"。 〔2〕不可思:是无可奈何的反语。人在远方,想也是白想。 〔3〕宿昔:昨夜。 〔4〕觉:醒。 〔5〕展转:同"辗转",不定。 〔6〕媚:爱悦。 〔7〕言:问讯。 〔8〕双鲤鱼:指信函。古人寄信藏于木函中,函用刻为鱼形的两块木板制成,一底一盖,所以称之为"双鲤鱼"。 〔9〕烹鲤鱼:指打开信函。 〔10〕尺素书:指书信。 〔11〕长跪:伸直了腰跪着,以示恭敬。古人平日席地而坐,坐时两膝着地,坐在脚后跟上,犹如今日之跪。

【阅读提示】

这是一首闺妇思夫的诗。上半写闺妇因丈夫久出不归,日夜想念,由"思"而入梦,梦醒而生悲的孤凄之情。思妇的相思之苦,犹如"枯桑"、"海水"一样,埋在心里,只有她自己经受煎熬,别人难以体会。尤其是他人的团聚,更增加了自己的离别之苦。诗的下半写闺妇接读丈夫来信的复杂心情。一方面是惊喜的,而另一方面,丈夫在信中示关怀、表相思,也意味着丈夫归期的渺茫,这又不能不使闺妇极度地失望。这首诗写的是一般的相思之情,却写得缠绵婉转,细腻深沉,由浅而深地揭示出思妇复杂而微妙的内心世界。

□古诗十九首

《古诗十九首》是汉代无名氏作品,原非一时一人所作,梁代萧统因各篇风格相近,将它们合在一起,收入《文选》,题为《古诗十九首》,后世遂沿用这一名称。这十九首诗,作者均不可考,大概可推知为东汉末期的作品,内容大多写夫妇、朋友间的离愁别绪和士子彷徨失意的消极情绪,是早期文人五言诗的重要作品。这些诗艺术成就较高,钟嵘《诗品》说它"天衣无缝,一字千金",历来被奉为五言诗的一种典范。

迢迢牵牛星[1]

迢迢牵牛星,皎皎河汉女[2]。纤纤擢素手[3],札札弄机杼[4]。终日不成章[5]，泣涕零如雨[6]。河汉清且浅，相去复几许[7]？盈盈一水间[8]，脉脉不得语[9]。

【注释】

〔1〕本诗是《古诗十九首》的第十首。原无题，据首句加。迢（tiáo）迢：远貌。牵牛星：俗称牛郎星，是天鹰星座中最亮的一颗星，在银河南。 〔2〕皎皎：明亮貌。河汉：俗称天河，即银河。河汉女：指织女星，是天琴星座中最亮的一颗星，在银河北，同牵牛星隔河相对。〔3〕纤纤：形容手的细长柔美。擢（zhuó）：举，摆动。素手：白手。 〔4〕札（zhá）札：象声词，织布声。杼（zhù）：织布机上的梭子。 〔5〕终日：尽日。不成章：指织不成布。章：布上的纹理，代指布。 〔6〕零：落。 〔7〕相去：相距，相离。 〔8〕盈盈：水清浅貌。间：隔。 〔9〕脉脉：含情相视貌。

【阅读提示】

这首诗借天上的牵牛织女被银河阻隔不能互诉衷情的神话故事，抒写人间的男女相思离别之苦。想象丰富，风格独特。诗中首尾六句都用叠字开头，使语言富有音乐性和节奏感，给人以强烈的美的感受。

魏晋南北朝文学

魏晋南北朝历时约四百年,政治上处于长期分裂和动荡不安的状态,文学现象也比较复杂。这一时期的文学上承秦汉,下开唐代,有中古文学之称。

诗歌是这一时期重要的文学样式。汉末建安时期,曹氏父子(曹操、曹丕、曹植)周围集中了一批优秀作家,如"建安七子"(孔融、陈琳、徐干、王粲、阮瑀、刘桢、应瑒)、蔡琰以及其他许多文人。他们的诗歌,反映现实,抒发怀抱,风格慷慨悲凉,形成了诗歌中"建安风骨"的传统。

从正始开始,文人崇尚老庄,高谈玄理,遗落世事,诗风也开始转变。有名的"竹林七贤"(嵇康、阮籍、山涛、向秀、阮咸、王戎、刘伶)及其所代表的文学倾向,就是这一时期的产物。

西晋时期成就较大的作家是左思,他的《咏史》八首,抒写了寒门知识分子的怨愤。晋末陶渊明的诗以浓厚的生活气息和平淡自然的风格在当时的文坛上独树一帜,开创了诗歌中的田园诗派。

晋宋之际,谢灵运大力写作山水诗,追求对仗工整,刻意雕琢。与谢灵运同时代的著名诗人有颜延之与鲍照,人称"永嘉三雄"。

齐永明年间,王融、谢朓、沈约等,根据四声和双声叠韵来研究诗句中的声、韵、调的配合,形成了被人称为"永明体"的新体诗,反映出诗歌从比较自由到讲究格律的趋势。谢朓的山水诗,清新流丽,韵律调谐,与谢灵运前后齐名。

梁陈时代诗风每况愈下,惟有庾信由南入北以后,诗文多表达对故国的思念和屈身为宦的无奈,具有真情实感。

南朝乐府民歌题材狭隘,几乎全是情歌。但语言清新自然,情调婉转缠绵。北朝乐府民歌题材广泛,语言质朴,刚健豪放,与南朝民歌风格迥异。

散文、小说、辞赋及文学理论在魏晋南北朝时期都有很大的建树和发展。

鲁迅称曹操是"改造文章的祖师",曹丕、曹植、"建安七子"的文章也都具有新的时代特点。魏晋之际阮籍和嵇康的文章内容深刻,艺术上使气骋辞,以情披文。两晋时期王羲之的名篇《兰亭集序》,情旨高妙,为后世所称道。晋末陶渊明的散文、辞赋同他的诗歌一样,语言平淡,感情真挚,境界高远。

宋、齐、梁、陈几代，骈语盛行，四六行文，蔚为风气。这时期的书札小品，如吴均的《与朱元思书》，清新秀丽，刻画山水，前所罕见。

在北朝，这时期出现了几部著名的散文著作。郦道元的《水经注》在描写山川景物上取得很大的成就；杨衒之的《洛阳伽蓝记》描写了佛寺的建筑，还记载了许多类似志怪小说的神话和传说；颜之推的《颜氏家训》风格平易亲切。

魏晋南北朝又是我国小说发展的重要时期。这时产生了众多的志怪小说，以干宝的《搜神记》最为有名。刘义庆的《世说新语》则对后世的笔记小说影响深远。

魏晋南北朝时期出现了一系列文学批评著作。其中最有成就和影响的是曹丕的《典论·论文》、陆机的《文赋》、刘勰的《文心雕龙》和钟嵘的《诗品》等。

□ 曹　植

曹植（192—232），字子建，曹操第三子，曹丕同母弟，沛国谯（今安徽省亳县）人。封陈王，谥曰思，故世称陈思王。早年曾以才学出众为曹操赏识，曹操一度欲立为太子。及曹丕、曹睿相继称帝，备受猜忌压迫，郁郁而死。

曹植是建安文学的杰出代表，他的生活和创作以曹丕即位为界分为前后两期。前期的作品大都描写在邺城的安逸生活和建功立业的政治抱负；后期的作品则主要表现受压抑的悲愤和哀伤情怀。他的诗歌艺术成就较高，《诗品》说他"骨气奇高，词采华茂"，对五言诗的发展起了很大的推动作用。辞赋以《洛神赋》最为著名。有《曹子建集》。

洛　神　赋[1]

黄初三年[2]，余朝京师[3]，还济洛川[4]。古人有言，斯水之神[5]，名曰宓妃[6]。感宋玉对楚王神女之事[7]，遂作斯赋，其辞曰：

余从京域[8]，言归东藩[9]。背伊阙[10]，越轘辕[11]，经通谷[12]，陵景山[13]。日既西倾，车殆马烦[14]。尔乃税驾乎蘅皋[15]，秣驷乎芝田[16]，容与乎阳林[17]，流眄乎洛川[18]。于是精移神骇[19]，忽焉思散[20]。俯则未察，仰以殊观[21]。睹一丽人，于岩之畔。

乃援御者而告之曰[22]：尔有觌于彼者乎[23]？彼何人斯，若此之艳也！御者对曰：臣闻河洛之神，名曰宓妃。然则君王之所见也，无乃是乎[24]？其状若何，臣愿闻之。

余告之曰：其形也，翩若惊鸿[25]，婉若游龙[26]，荣曜秋菊[27]，华茂春松[28]。

仿佛兮若轻云之蔽月[29]，飘飖兮若流风之回雪[30]。远而望之，皎若太阳升朝霞[31]。迫而察之[32]，灼若芙蓉出渌波[33]。秾纤得衷[34]，修短合度[35]。肩若削成，腰如约素[36]。延颈秀项[37]，皓质呈露[38]，芳泽无加[39]，铅华弗御[40]。云髻峨峨[41]，修眉联娟[42]。丹唇外朗[43]，皓齿内鲜[44]。明眸善睐[45]，辅靥承权[46]。瓌姿艳逸[47]，仪静体闲[48]。柔情绰态[49]，媚于语言。奇服旷世[50]，骨像应图[51]。披罗衣之璀粲兮[52]，珥瑶碧之华琚[53]。戴金翠之首饰，缀明珠以耀躯。践远游之文履[54]，曳雾绡之轻裾[55]。微幽兰之芳蔼兮[56]，步踟蹰于山隅[57]。于是忽焉纵体[58]，以遨以嬉。左倚采旄[59]，右荫桂旗[60]。攘皓腕于神浒兮[61]，采湍濑之玄芝[62]。

余情悦其淑美兮，心振荡而不怡[63]。无良媒以接欢兮[64]，托微波而通辞[65]。愿诚素之先达兮[66]，解玉佩以要之[67]。嗟佳人之信修兮[68]，羌习礼而明诗[69]。抗琼珶以和予兮[70]，指潜渊而为期[71]。执眷眷之款实兮[72]，惧斯灵之我欺[73]。感交甫之弃言兮[74]，怅犹豫而狐疑。收和颜而静志兮[75]，申礼防以自持[76]。

于是洛灵感焉，徙倚彷徨[77]。神光离合[78]，乍阴乍阳[79]。竦轻躯以鹤立，若将飞而未翔。践椒涂之郁烈[80]，步蘅薄而流芳[81]。超长吟以永慕兮[82]，声哀厉而弥长。

尔乃众灵杂遝[83]，命俦啸侣[84]。或戏清流，或翔神渚[85]。或采明珠，或拾翠羽[86]。从南湘之二妃[87]，携汉滨之游女[88]。叹匏瓜之无匹兮[89]，咏牵牛之独处[90]。扬轻袿之猗靡兮[91]，翳修袖以延伫[92]。体迅飞凫[93]，飘忽若神。凌波微步[94]，罗袜生尘。动无常则[95]，若危若安。进止难期[96]，若往若还。转眄流精[97]，光润玉颜。含辞未吐，气若幽兰。华容婀娜[98]，令我忘餐。

于是屏翳收风[99]，川后静波[100]。冯夷鸣鼓[101]，女娲清歌[102]。腾文鱼以警乘[103]，鸣玉鸾以偕逝[104]。六龙俨其齐首[105]，载云车之容裔[106]。鲸鲵踊而夹毂[107]，水禽翔而为卫。于是越北沚[108]，过南冈，纡素领[109]，回清阳[110]，动朱唇以徐言，陈交接之大纲[111]。恨人神之道殊兮，怨盛年之莫当[112]。抗罗袂以掩涕兮[113]，泪流襟之浪浪[114]。悼良会之永绝兮，哀一逝而异乡。无微情以效爱兮[115]，献江南之明珰[116]。虽潜处于太阴[117]，长寄心于君王。忽不悟其所舍[118]，怅神宵而蔽光[119]。

于是背下陵高[120]，足往神留。遗情想像，顾望怀愁。冀灵体之复形[121]，御轻舟而上溯。浮长川而忘反[122]，思绵绵而增慕。夜耿耿而不寐[123]，沾繁霜而至曙。命仆夫而就驾，吾将归乎东路。揽騑辔以抗策[124]，怅盘桓而不能去[125]。

【注释】

〔1〕洛神:洛水之神,相传为古帝宓(fú)羲氏之女。 〔2〕黄初:魏文帝曹丕年号。黄初三

44

年系公元223年。 〔3〕朝京师：到京师洛阳朝拜文帝。 〔4〕济：渡。洛川：即洛水，源出今陕西省，流经今河南省。 〔5〕斯水：此水，指洛水。 〔6〕宓妃：传说宓羲氏之女，溺洛水而死，遂为洛水之神。 〔7〕"感宋玉"句：宋玉有《高唐赋》、《神女赋》，均记载与楚襄王对答梦遇巫山神女之事。 〔8〕京域：京师地区，指魏都洛阳。 〔9〕东藩：东方藩国。当时曹植被立为鄄城（今山东省鄄城县）王，鄄城在洛阳东北，故曰东藩。 〔10〕背：背向，此指离开。伊阙：山名，又称阙塞山、龙门山，在洛阳南面。 〔11〕轘（huán）辕：山名，在今河南省偃师县东南。《元和志》说："道路险阻，凡十二曲，将去复还，故曰轘辕。" 〔12〕通谷：山谷名，在洛阳城南。 〔13〕陵：登。景山：山名，在今河南省偃师县。 〔14〕殆：通"怠"，倦怠。烦：疲乏。 〔15〕尔乃：于是就。税驾：停车。税：放置。蘅：杜蘅，香草名。皋：水边高地。 〔16〕秣（mò）：饲。驷：一车四马，这里指驾车的马。芝田：种有芝草的田。 〔17〕容与：从容悠闲的样子。阳林：地名。 〔18〕流眄（miǎn）：纵目四望。 〔19〕精移神骇：神思恍惚。骇，散。 〔20〕忽焉：忽然。思散：思绪散乱。 〔21〕以：同"而"。殊观：所见异常。 〔22〕援：拉，扯。御者：车夫。 〔23〕觌（dí）：见。 〔24〕无乃：莫非就是。是：洛神。 〔25〕翩：鸟疾飞，这里指摇曳飘忽的样子。 〔26〕婉：曲折貌。 〔27〕曜：明亮，鲜明。 〔28〕华茂：华美茂盛。 〔29〕仿佛：若隐若现的样子。 〔30〕飘飖：飘动不定。流风：飘风，回风。回：旋转。 〔31〕皎：白而有光。 〔32〕迫：靠近。 〔33〕灼：鲜明貌。渌（lù）：水清貌。 〔34〕秾（nóng）：花木茂盛貌，这里指人体丰盈。纤：细，指人体细小。衷：中。 〔35〕修：长。 〔36〕约：缠束。素：精白的丝织品。 〔37〕延：长。秀：秀美。 〔38〕皓质：洁白的皮肤。 〔39〕芳泽：润肤油脂。 〔40〕铅华：铅粉，用作化妆品。 〔41〕云髻：像乌云似的发髻。峨峨：高耸貌。 〔42〕修眉：细长的眉毛。联娟：微微弯曲状。 〔43〕朗：明亮。 〔44〕鲜：鲜明洁美。 〔45〕明眸：明亮的眼珠。睐（lài）：顾盼。 〔46〕辅：通"酺"，面颊。靥（yè）：酒窝。权：颧骨。 〔47〕瓌姿：瑰丽的姿态。瓌：同瑰。艳逸：美丽洒脱。 〔48〕仪：仪态，容止。闲：娴雅。 〔49〕绰：宽缓。 〔50〕奇服旷世：美丽的衣服举世无有。 〔51〕骨像：骨骼相貌。应图：意即相当于图画中人。 〔52〕璀粲：明净貌。 〔53〕珥：本为耳饰，这里作"佩戴"解。瑶：美玉。碧：碧玉。琚：美玉名。 〔54〕践：踏，这里指脚下穿的。远游：履名。文履：有纹饰的鞋。 〔55〕雾绡（xiāo）：轻薄如雾般的生丝织品。裾：衣前襟，这里指裙边。 〔56〕微：香气微通。芳蔼：香气。 〔57〕踟蹰：徘徊。山隅：山角。 〔58〕纵体：体态轻举状。 〔59〕采旄：彩色的旗帜。采：同"彩"。旄：原为旗杆上用牦牛尾做的饰品，这里指旗。 〔60〕桂旗：用桂枝做竿的旗。 〔61〕攘：举起。皓腕：雪白的手腕。浒：水边。 〔62〕湍濑：急流。玄芝：黑色的芝草。 〔63〕"心振荡"句：意谓心口忐忑不安，怕她不愿接受，故为不乐。怡：喜悦。 〔64〕接欢：通接欢情，指互通情愫。 〔65〕通辞：犹沟通言辞。 〔66〕素：通"愫"，真情。先达：先于别人而传达给洛神。 〔67〕要（yāo）：同"邀"。 〔68〕信：确实。修：美好。 〔69〕羌：发语词。 〔70〕抗：举。琼珶（dì）：美玉。和：应答，应和。 〔71〕潜渊：深渊，为洛神所居住。 〔72〕执：怀着。款实：诚实的心意。 〔73〕斯灵：此神，指洛神。我欺：欺我。 〔74〕交甫：指郑交甫。李善注引《韩诗内传》说，郑交甫在汉水旁遇二女子，赠交甫玉佩，交甫将玉佩放在怀里，走了十步，发现玉佩不见了，回看二女，也已不见。弃言：背弃誓言。 〔75〕静志：镇定情志。 〔76〕申：施展。礼防：礼仪的防线。 〔77〕徙倚：低徊。 〔78〕神光：洛神的光彩。 〔79〕乍阴乍阳：忽明忽暗。 〔80〕椒涂：涂着花椒泥的道路。郁烈：香气浓烈。 〔81〕蘅：杜蘅，香草名。薄：草木丛生的地方。流

45

芳:香气浮动。 〔82〕超:惆怅。永慕:长久地思念。 〔83〕杂遝(tà):众多貌。 〔84〕命俦啸侣:呼朋唤侣。命、啸:均是呼叫的意思。 〔85〕渚:小洲。 〔86〕翠羽:翠鸟的羽毛,可用以为饰物。 〔87〕南湘之二妃:湘水之神。据刘向《列女传》记载,相传舜南巡,死于苍梧,他的二妃娥皇、女英往寻,自投湘水,遂为湘水之神。 〔88〕汉滨:汉水之滨。游女:汉水的女神。 〔89〕匏(páo)瓜:星名,又名天鸡,孤独地在河鼓星东,故曰"无匹"。 〔90〕牵牛:星名。古代神话,牵牛、织女二星为夫妇,终年隔天河相对,只有每年七月七日夜间才得一会,故称"独处"。 〔91〕袿(guī):妇女上衣。猗(yī)靡:随风飘动的样子。 〔92〕翳(yì):遮蔽,这里指遮住阳光。延伫:久久地站立。 〔93〕凫(fú):水鸟名,也叫水鸭。 〔94〕凌波微步:指在水波上细步行走。 〔95〕常则:固定的规则。 〔96〕难期:难以预测。 〔97〕转眄流精:转目顾盼之间流露光彩。 〔98〕华容:即花容。 〔99〕屏翳:传说中的风神。 〔100〕川后:河水之神,即河伯。 〔101〕冯(píng)夷:河伯名。 〔102〕女娲:古代神话中的女皇,相传笙簧是她发明的。 〔103〕腾:升。文鱼:一种能飞的鱼。警乘:为车乘警卫。 〔104〕銮:做成鸾鸟形状的车铃。 〔105〕俨:矜持庄重的样子。齐首:指齐头并进。 〔106〕云车:神仙所乘之车。《文选》刘良注:"神以云为车而驭龙也。"容裔:高低起伏状。 〔107〕鲸鲵(ní):鲸鱼。雄为鲸,雌为鲵。踊:跳跃。毂(gǔ):车轮中心承轴的圆木,这里指车。 〔108〕沚(zhǐ):水中小洲。 〔109〕纡:回。素领:白皙的颈项。 〔110〕清阳:清秀的眉目。 〔111〕陈:陈述。交接之大纲:指交际往来的纲要。 〔112〕莫当:不能相配。 〔113〕抗:举起。罗袂(mèi):罗袖。 〔114〕浪浪:泪流不止的样子。 〔115〕效爱:致相爱之意。 〔116〕珰(dāng):耳珠。 〔117〕太阴:众神居住的幽深之地。 〔118〕不悟:不觉得。舍:止。 〔119〕宵:暗冥。一说通"消"。蔽光:隐去光彩。 〔120〕陵高:登高。 〔121〕冀:希望。复形:复出原形。 〔122〕长川:指洛水。反:同"返"。 〔123〕耿耿:心绪不宁的样子。 〔124〕骖(fēi):在车辕外拉边套的马。辔:马缰绳。抗策:举起马鞭。 〔125〕盘桓:犹徘徊。

【阅读提示】

这是一篇著名的抒情小赋。作者借助神话传说中关于宓妃的题材,展开美丽的想象,描写了一个动人的人神相恋的悲剧故事。全篇想象丰富,词采华茂,尤其是对洛神的描摹,虚实相济,多方取譬,将洛神写得艳丽惊人而又飘忽超脱,风姿绰约而又纯洁多情。篇中写人神之间的恋情,也是真情流露,深挚感人,充满了浓郁的抒情意味,摆脱了汉赋那种堆砌奇字而缺少真情的弊病。作者在曹丕称帝后,深受猜忌和压抑,本篇或寄托了他不得遇合、衷情不能相通的苦闷。旧说此赋是有感于甄后而作,系小说家附会之谈,恐不可据信。

□李 密

李密(224—287),又名虔,字令伯,三国时犍(qián)为武阳(今四川省彭山县)人。父早死,母何氏改嫁,由祖母刘氏抚养成人。初仕蜀汉,官至尚书郎,几次出使吴国,有辩才。蜀亡后,屏居乡里,累举不应;泰始三年(267),晋武帝立太子,征为太子洗马,诏书累下,他为此上《陈情表》,以奉养祖母为由,辞不赴命。祖母死后,服丧期满,应征为太子洗马、尚书郎,曾转为汉中太守,后怀怨免官,老死家中。李密另著有《述理论》十篇,已佚。

陈 情 表[1]

　　臣密言:臣以险衅[2],夙遭闵凶[3]。生孩六月,慈父见背[4];行年四岁,舅夺母志[5]。祖母刘愍臣孤弱[6],躬亲抚养[7]。臣少多疾病,九岁不行[8],零丁孤苦,至于成立[9]。既无叔伯,终鲜兄弟[10],门衰祚薄[11],晚有儿息[12]。外无期功强近之亲[13],内无应门五尺之僮[14]。茕茕孑立,形影相吊[15]。而刘夙婴疾病[16],常在床蓐[17],臣侍汤药,未曾废离。

　　逮奉圣朝[18],沐浴清化[19]。前太守臣逵[20],察臣孝廉[21];后刺史臣荣[22],举臣秀才[23]。臣以供养无主[24],辞不赴命。诏书特下,拜臣郎中[25],寻蒙国恩[26],除臣洗马[27]。猥以微贱[28],当侍东宫[29]。非臣陨首所能上报[30]。臣具以表闻,辞不就职。诏书切峻[31],责臣逋慢[32];

　　郡县逼迫,催臣上道;州司临门[33],急于星火。臣欲奉诏奔驰,则刘病日笃[34];欲苟顺私情,则告诉不许[35]。臣之进退。实为狼狈[36]。

　　伏惟圣朝以孝治天下[37],凡在故老[38],犹蒙矜育[39],况臣孤苦,特为尤甚。且臣少仕伪朝[40],历职郎署[41],本图宦达[42],不矜名节[43]。今臣亡国贱俘,至微至陋,过蒙拔擢[44],宠命优渥[45],岂敢盘桓[46],有所希冀。但以刘日薄西山[47],气息奄奄[48],人命危浅[49],朝不虑夕。臣无祖母,无以至今日;祖母无臣,无以终余年。母孙二人,更相为命[50],是以区区不能废远[51]。

　　臣密今年四十有四,祖母刘今年九十有六,是臣尽节于陛下之日长,报养刘之日短也。乌鸟私情[52],愿乞终养[53]。臣之辛苦,非独蜀之人士及二州牧伯所见明知[54],皇天后土[55],实所共鉴[56]。愿陛下矜愍愚诚[57],听臣微志[58],庶刘侥幸,保卒余年[59]。臣生当陨首,死当结草[60]。臣不胜犬马怖惧之情[61],谨拜表以闻。

【注释】

　　[1]表:属奏章一类的文体,古时臣民对君王有所陈请,就使用这种上行的文书。 [2]险衅:厄运,指命运坎坷。 [3]夙:早,指幼年时。闵:同"悯",忧患。凶:指死丧的事。 [4]见背:相弃,指死去。 [5]舅夺母志:指李密的舅父强迫李密的母亲改嫁。志:这里指寡妇守节之志。 [6]愍(mǐn):怜惜。 [7]躬亲:亲自。 [8]不行:不会走路。 [9]成立:长大成人。 [10]鲜(xiǎn):少,这里指没有。 [11]门衰:家门衰微。祚(zuò):福分。 [12]儿

息:儿子。 〔13〕外:指自己一房之外。期、功:都是古代服丧的名称,是按亲属关系的远近来规定服丧的期限。期:服丧一年。功:有大小之分,大功服丧九个月,小功服丧五个月。强近:勉强亲近。整句话的意思是说没有什么亲近的亲戚。 〔14〕僮:仆役。 〔15〕茕茕(qióng)孑(jié)立:孤孤单单。吊:安慰。 〔16〕婴:缠绕。 〔17〕蓐(rù):同"褥",草席。 〔18〕逮:及至。圣朝:指晋朝。 〔19〕清化:清明的教化。 〔20〕太守:指犍为郡的太守。逵:人名,姓氏生平不详。 〔21〕察:举荐。孝廉:汉代以后选举官吏的一种名目。凡孝敬父母、行为廉洁的人,经各郡荐举出来,称为"孝廉",由朝廷授予各种官职。 〔22〕刺史:指当时益州刺史。刺史是州的长官。荣:人名。姓氏生平不详。 〔23〕秀才:由州推举入朝做官的人才,与明清所谓秀才含义不同。 〔24〕供养无主:无人承担供养祖母之事。 〔25〕拜:任命。郎中:官名,尚书曹司中一职。 〔26〕寻:不久。 〔27〕除:授职。洗马:太子的侍从官。 〔28〕猥(wěi):自谦词,表示谦卑。 〔29〕当:任,充当。东宫:太子住所,这里借指太子。 〔30〕陨首:杀身。 〔31〕切峻:急切严厉。 〔32〕逋:逃避,指逃避征聘。慢:怠慢,指对皇上傲慢。 〔33〕州司:州官。 〔34〕日笃:一天天加重。 〔35〕告诉:陈述苦衷。不许:不被允许。 〔36〕狼狈:形容进退两难。 〔37〕伏惟:奏章常用的敬语。伏:俯伏。惟:想。 〔38〕故老:多指元老旧臣,这里指老年人。 〔39〕矜(jīn)育:怜悯养育。 〔40〕伪朝:指蜀汉。 〔41〕历职郎署:曾在蜀国的郎署里历任郎一类的官。署:官署。 〔42〕宦:做官。达:显达。 〔43〕矜:炫耀。 〔44〕拔擢(zhuó):提拔。 〔45〕宠命:特加恩惠的任命。优渥(wò):优厚。 〔46〕盘桓:徘徊迟疑。 〔47〕薄:迫近。日薄西山,比喻年寿将终。 〔48〕奄奄:气息微弱的样子。 〔49〕危浅:危弱。 〔50〕更相为命:相依为命。 〔51〕区区:拳拳,感情恳切。废远:废养远离。 〔52〕乌鸟私情:乌鸦反哺之情。相传乌鸦衰老时,幼鸦要捕食喂它。此用来比喻对长辈的孝心。 〔53〕终养:奉养至终。 〔54〕二州:指梁州、益州。牧、伯:古代州官的名称,即刺史。 〔55〕皇天后土:天神地祇。 〔56〕鉴:察。 〔57〕矜愍:怜惜。 〔58〕听:听任,任从。 〔59〕保卒余年:享尽天年。 〔60〕结草:春秋时,晋大夫魏武子临终嘱其子魏颗将爱妾殉葬,魏颗没有从命,将父妾嫁了出去。后来魏颗与秦将杜回作战,看见一个老人结草绊倒杜回,杜回因此被他俘获。夜里魏颗梦见老人,老人自称是被嫁之妾的父亲,特来报恩。(见《左传·宣公十五年》)后世用"结草"指代报恩。 〔61〕犬马怖惧之情:臣子对皇上的谦卑之辞,用犬马自比。

【阅读提示】

　　本文是李密在晋泰始三年(267)写给晋武帝的表章,请求允许自己留在家乡侍奉祖母。在表中,作者陈述自己与祖母相依为命,暂时不能应诏的苦衷;曲折委婉地表明自己辞不赴命,绝非怀念蜀汉,不事二主。词意极其恳切。全文直抒胸臆,不尚雕饰。特别是作者把进退两难的处境和祖孙间真挚深厚的感情写得情透理足,婉转凄恻。情理相兼,情理交融。情以动人,理以服人。所以武帝读后也终于感动而罢召。文章的语言颇具特色,如"茕茕孑立,形影相吊","日薄西山,气息奄奄",都形象生动,词意真切,传为千古名句。此外,句法间用骈散,行文流畅,辞气婉转。

□左　思

左思，字太冲，齐国临淄(今山东省淄博市)人。生卒年不详，与陆机、潘岳等同时。他博学能文，但出身寒门，不好交游，仕进不得意，唯以著作为事。曾以十年时间写成《三都赋》，豪贵之家，竞相传抄，一时洛阳为之纸贵。所作《咏史》诗八首，错综史实，融会古今，对门阀制度表示强烈不满。他的《娇女》诗也很有名。后人辑有《左太冲集》。

咏　史(其二)

郁郁涧底松[1]，离离山上苗[2]。以彼径寸茎[3]，荫此百尺条[4]。世胄蹑高位[5]，英俊沉下僚[6]。地势使之然，由来非一朝。金张籍旧业[7]，七叶珥汉貂[8]。冯公岂不伟[9]，白首不见招[10]。

【注释】

〔1〕郁郁：枝叶茂密的样子。涧：两山之间。 〔2〕离离：下垂的样子。山上苗：指山上的小树。 〔3〕径寸茎：直径仅一寸的茎干。 〔4〕荫：遮蔽。此：指涧底松。条：树枝，这里指树木。 〔5〕世胄(zhòu)：世家子弟。蹑(niè)：登。 〔6〕下僚：低下的官职。 〔7〕金张：金日磾(mìdī)和张汤两家族。金日磾家自汉武帝到汉平帝，七代为内侍(见《汉书·金日磾传》)。张汤家自汉宣帝以后，有十余人为侍中、中常侍(见《汉书·张汤传》)。籍：同"藉"，依靠。旧业：先人的遗业。 〔8〕七叶：七世。珥(ěr)：插。汉貂(diāo)：汉代侍中、中常侍等官帽上插貂鼠尾为饰。《汉书·金日磾传赞》："七世内侍，何其盛也。"戴逵《释疑论》："张汤酷吏，七世珥貂。" 〔9〕冯公：冯唐，汉文帝时人，到年老了还做中郎署长的小官。伟：奇异，出众。〔10〕招：指被皇帝征召重用。

【阅读提示】

左思的《咏史》诗共八首，大都借咏古人、古事，抒写自己的怀抱。本篇原列第二。这首诗用"涧底松"和"山上苗"两个鲜明对立的形象作比，说明有才能而出身寒微的人只能屈居下位，而世族子弟却能凭借父兄的余荫窃居高位，表现了作者对当时"上品无寒门，下品无世族"的门阀制度的不满。诗歌通体运用对比，由自然现象的不平，写到社会观象的不平，最后引史事证之，说明这种不平由来已久。全诗激荡着一股郁勃不平之气。结尾以冯公的经历反问，显得沉痛有力。

□王羲之

王羲之(303—361),字逸少,会稽(今浙江绍兴)人,祖籍琅琊(今山东临沂)。士族出身,曾任右军将军、会稽内史等,世称"王右军"。他是我国历史上著名的书法家,有"书圣"之称。在文学上也有较深的造诣,但文名为书名所掩,不大为人所重。原有集十卷,已佚,后人辑有《王右军集》两卷。

兰亭集·序

永和九年[1],岁在癸丑[2],暮春之初,会于会稽山阴之兰亭[3],修禊事也[4]。群贤毕至,少长咸集。此地有崇山峻岭,茂林修竹,又有清流激湍[5],映带左右,引以为流觞曲水[6],列坐其次[7],虽无丝竹管弦之盛[8],一觞一咏[9],亦足以畅叙幽情。是日也,天朗气清,惠风和畅[10]。仰观宇宙之大,俯察品类之盛[11],所以游目骋怀[12],足以极视听之娱[13],信可乐也[14]。

夫人之相与[15],俯仰一世[16]。或取诸怀抱,晤言一室之内[17];或因寄所托,放浪形骸之外[18]。虽趣舍万殊[19],静躁不同[20],当其欣于所遇[21],暂得于己,快然自足,曾不知老之将至[22]。及其所之既倦[23],情随事迁,感慨系之矣[24]。向之所欣,俯仰之间,已为陈迹,犹不能不以之兴怀[25];况修短随化[26],终期于尽[27]。古人云:"死生亦大矣[28]。"岂不痛哉!

每览昔人兴感之由[29],若合一契[30],未尝不临文嗟悼[31],不能喻之于怀[32]。固知一死生为虚诞[33],齐彭殇为妄作[34]。后之视今,亦犹今之视昔,悲夫!故列叙时人[35],录其所述。虽世殊事异,所以兴怀,其致一也[36]。后之览者,亦将有感于斯文。

【注释】

〔1〕永和:东晋穆帝年号。永和九年即公元353年。 〔2〕癸丑:古人用天干地支纪年,永和九年属癸丑。 〔3〕会稽:郡名,包括今浙江北部、江苏东南部一带。山阴:县名,在今浙江绍兴。兰亭:在绍兴境内。 〔4〕修禊(xì):古代的一种风俗,在三月初三,人们欢聚水滨洗濯,说是可以消除不祥。 〔5〕激湍:流势急猛的水。 〔6〕流觞(shāng):把盛酒的杯子放在水上,让它随着水流漂浮,杯子流到谁面前谁就取杯饮酒。曲水:回环的水溪。 〔7〕列坐其次:在曲水旁边依次就座。次,处所,地方。 〔8〕丝、弦:指琴瑟一类弦乐器。竹、管:指箫笛一类管乐器。这里丝竹管弦泛指音乐。 〔9〕一觞一咏:指饮酒和赋诗。 〔10〕惠风:和风。〔11〕品类:物类,指万物。 〔12〕游目骋怀:纵目四望,尽情舒展胸怀。 〔13〕极:尽。〔14〕信:诚,实在。 〔15〕相与:相处。 〔16〕俯仰:低头抬头之间,形容时间短暂。 〔17〕晤

言:对面交谈。 〔18〕因寄所托:随着爱好,寄托情怀。放浪形骸:指摆脱一切礼法的拘束。放浪:放纵。形骸:指身体。 〔19〕万殊:千差万别。 〔20〕静躁:指性情的安静和急躁。〔21〕欣于所遇:对所接触的情事感到高兴。 〔22〕曾(zēng):竟,简直。 〔23〕所之既倦:对于原来向往的东西已经厌倦。之:作动词用,有追求、获取的意思。 〔24〕系:附着。〔25〕以之兴怀:因它引起心中的感触。 〔26〕修短随化:人的寿命的长短听凭造化决定。化:造化,指天。 〔27〕终期于尽:最后总归有穷尽的一日。指死亡。期:期限。 〔28〕死生亦大矣:《庄子·德充符》篇中假托孔子的话。 〔29〕由:原因,缘由。 〔30〕契:符契。古代符契,刻字之后,剖为两半,双方各执一半收存以作凭证。 〔31〕临文:面对前人的文章。〔32〕喻:明白,知道。怀:内心。 〔33〕一死生:将生死等同看待。一:齐。 〔34〕彭:指彭祖,古代传说中的长寿者,活到八百岁。殇(shāng):未成年夭折者。"一死生,齐彭殇"是庄子的观点,见《庄子·齐物论》。 〔35〕列叙:逐一记叙。时人:指当时参加兰亭集会的人。〔36〕致:情趣。

【阅读提示】

　　东晋穆帝永和九年三月三日,王羲之与当时的名士谢安、孙绰等四十一人在兰亭聚会,临流赋诗,各抒怀抱。事后这些诗汇编成集。《〈兰亭集〉序》就是王羲之为这个诗集写的序。作者记叙了当时宴集的盛况,并且即事抒情,对人事聚散无常、年寿不永发出深沉的喟叹,情绪比较消沉。但作者在文中明确地指斥"一死生"、"齐彭殇"的论调为"虚诞"、"妄作",这在崇尚老庄思想的东晋时代还是比较可贵的。文章感情色彩十分浓厚。前面的叙事情景交融,充满诗情画意;后面的感慨和议论,思绪深沉,低回曲折。文笔清新疏朗,情韵绵邈,不带魏晋以来的排偶习气。这篇文章当时由王羲之以他绝妙的行书书写,成为后世极为推崇的著名法帖。

□ 陶渊明

　　陶渊明(365—427),字元亮,一说名潜,字渊明,卒后友人私谥"靖节",故又称"陶靖节"。浔阳柴桑(今江西九江市)人。他生活于东晋和刘宋易代的大动乱时期,其时政治极度黑暗。陶渊明二十九岁入仕,曾任江州祭酒、镇军参军、彭泽令等小官。四十一岁时因不堪官场污浊,毅然挂冠弃职,退隐农村。他的诗多表现田园风光、农耕生活以及处于这种生活中的恬静心境,平淡自然,意味深沉。开创了我国田园诗体,对后代有深远的影响。另外他也有一些抨击官场腐败和"金刚怒目式"(鲁迅语)的诗歌,说明他对政治始终没有忘怀。有《陶渊明集》。

归去来兮辞(并序)[1]

　　余家贫,耕植不足以自给。幼稚盈室[2],瓶无储粟[3],生生所资[4],未见其术。亲故多劝余为长吏[5],脱然有怀[6],求之靡途[7]。会有四方之事[8],诸侯以惠爱为德[9],家叔以余贫苦[10],遂见用于小邑[11]。于时风波未静[12],心惮远役[13]。彭泽去家百里[14],公田之利[15],足以为酒,故便求之。及少日[16],眷然有归欤之情[17]。何则[18]?质性自然[19],非矫励所得[20];饥冻虽切[21],违己交病[22]。尝从人事[23],皆口腹自役[24]。于是怅然慷慨[25],深愧平生之志[26]。犹望一稔[27],当敛裳宵逝[28]。寻程氏妹丧于武昌[29],情在骏奔[30],自免去职[31]。仲秋至冬[32],在官八十余日。因事顺心,命篇曰《归去来兮》[33]。乙巳岁十一月也[34]。

　　归去来兮,田园将芜胡不归[35]!既自以心为形役[36],奚惆怅而独悲[37]?悟已往之不谏[38],知来者之可追[39]。实迷途其未远,觉今是而昨非。舟遥遥以轻飏[40],风飘飘而吹衣。问征夫以前路[41],恨晨光之熹微[42]。

　　乃瞻衡宇[43],载欣载奔[44]。僮仆欢迎[45],稚子候门。三径就荒[46],松菊犹存。携幼入室,有酒盈樽[47]。引壶觞以自酌[48],眄庭柯以怡颜[49]。倚南窗以寄傲[50],审容膝之易安[51]。园日涉以成趣[52],门虽设而常关。策扶老以流憩[53],时矫首而遐观[54]。云无心以出岫[55],鸟倦飞而知还。景翳翳以将入[56],抚孤松而盘桓[57]。

　　归去来兮,请息交以绝游。世与我而相违,复驾言兮焉求[58]!悦亲戚之情话[59],乐琴书以消忧。农人告余以春及[60],将有事于西畴[61]。或命巾车[62],或棹孤舟[63]。既窈窕以寻壑[64],亦崎岖而经丘[65]。木欣欣以向荣,泉涓涓而始流[66]。善万物之得时[67],感吾生之行休[68]。

　　已矣乎[69],寓形宇内复几时[70],曷不委心任去留[71],胡为乎遑遑欲何之[72]?富贵非吾愿,帝乡不可期[73]。怀良辰以孤往[74],或植杖而耘耔[75]。登东皋以舒啸[76],临清流而赋诗。聊乘化以归尽[77],乐夫天命复奚疑[78]!

【注释】

〔1〕来:语助词。辞:文体名,一种抒情小赋。　〔2〕幼稚:未成年的孩子。　〔3〕瓶:储放粮食的陶器。　〔4〕生生:维持生活。　〔5〕长吏:职位较高的吏,如县令、县丞等。　〔6〕脱然:豁然。有怀:有这个想法。　〔7〕靡途:没有门路。　〔8〕会:时值。四方之事:经营四方的大事。指当时刘裕起兵勤王。　〔9〕诸侯:指州郡的地方长官。以惠爱为德:认为对人才施加恩惠是有德的表现。　〔10〕家叔:指陶渊明的叔父陶夔(kuí),时任太常卿。　〔11〕见:被。

52

邑:县。　〔12〕风波未静:指战争没有停息。当时刘裕等起兵勤王,讨伐桓玄的战事还在进行。　〔13〕惮(dàn):怕。远役:指到离家远的地方做官。　〔14〕彭泽:县名。在今江西省彭泽县西南。去:距离。　〔15〕公田:供俸禄的田地。　〔16〕少日:不多几日。　〔17〕眷然:思恋的样子。　〔18〕何则:为什么呢?　〔19〕质性:本性,天性。　〔20〕矫励:造作勉强。　〔21〕切:迫切,急迫。　〔22〕违己交病:违反自己的本性,身心都痛苦。交:俱。病:痛苦。　〔23〕人事:指官场中的人事交往。　〔24〕口腹自役:为了糊口而强迫自己去做官。　〔25〕怅然:失意的样子。慷慨:感情激昂不平。　〔26〕平生之志:指隐居。　〔27〕一稔(rěn):谷物一熟,即一年。　〔28〕敛裳宵逝:谓收拾行李连夜离去。　〔29〕寻:不久。程氏妹:陶渊明的嫁到程家的妹妹。　〔30〕骏奔:如骏马奔驰,指心情急迫。　〔31〕自免:自动辞官。　〔32〕仲秋至冬:从阴历八月到冬天。　〔33〕命:命名。　〔34〕乙巳岁:此为晋安帝义熙元年(405)。　〔35〕芜:荒芜。胡:何,为什么。　〔36〕心为形役:心神被形体所驱使。　〔37〕奚:何,为什么。惆怅:悲愁的样子。　〔38〕谏:纠正。　〔39〕追:弥补,挽回。　〔40〕遥遥:船在水上漂流的样子。飏(yáng):飞扬,形容船行驶得很轻快。　〔41〕征夫:行人。　〔42〕熹(xī)微:天色微明。　〔43〕衡宇:以横木为门的简陋居室。　〔44〕载欣载奔:一面心里高兴,一面加快脚步。　〔45〕僮(tóng):未成年的奴仆。　〔46〕三径:庭院中的小路。汉代蒋诩隐居后,在院中开了三条小路,只与隐士求仲、羊仲交往。后人便以"三径"指代隐士所居。就:近于。　〔47〕盈:满。樽(zūn):酒器。　〔48〕觞(shāng):酒杯。自酌:自斟自饮。　〔49〕眄(miǎn):闲看。庭柯:院子里的树木。怡颜:脸上现出欣喜之色。　〔50〕寄傲:寄托自己高傲的情志。　〔51〕审:深知。容膝:只能容纳双膝的小屋。形容住处的狭小。　〔52〕园日涉以成趣:每天到园里走走,自成一种乐趣。　〔53〕策:拄着。扶老:手杖。流:周游。憩(qì):休息。　〔54〕矫首:抬头。遐(xiá)观:远眺。　〔55〕岫(xiù):山峰。　〔56〕景:同"影",这里指太阳。翳(yì)翳:昏暗的样子。　〔57〕盘桓:徘徊。　〔58〕驾言:驾车出游。言:语助词。焉求:何求。　〔59〕情话:知心话。　〔60〕春及:春天到了。　〔61〕事:农事,指耕种。西畴(chóu):西边的田地。　〔62〕巾车:有布篷的车子。　〔63〕棹(zhào):船桨,这里用作动词,划。　〔64〕窈窕:山路幽深曲折的样子。壑(hè):山沟。　〔65〕崎岖:山路高低不平的样子。　〔66〕涓涓:水流细小不绝的样子。　〔67〕善:羡慕。　〔68〕行休:即将结束,指老死。　〔69〕已矣乎:算了吧。已:止。　〔70〕寓形宇内:寄身于天地之间,即活在世上。　〔71〕曷:何。委心:随心。去留:指死生。　〔72〕遑遑:心神不定的样子。之:往。　〔73〕帝乡:天帝所居之仙境。期:企求。　〔74〕怀良辰:盼望着好时光。孤往:独自出游。　〔75〕植杖:放下手杖。耘:除草。耔(zǐ):用土培苗。　〔76〕东皋:水边高地。舒啸:放声长啸。　〔77〕聊:姑且。乘化:随顺大自然的变化。归尽:指到死。　〔78〕乐夫天命:乐天安命。奚疑:何疑,疑虑什么。

【阅读提示】

　　本篇选自《陶渊明集》,是作者辞去彭泽令后初归家时所作。文中抒写了他辞官归田的喜悦心情、纵情山水田园的生活乐趣以及乐天知命的人生态度,表达了作者对仕宦生活的厌恶,是作者彻底告别官场的"宣言书"。文章强调隐居耕作,一方面表现了作者质性自然的个性,另一方面,也是对当时黑暗政治的一种消极反抗。

本文虽然属于辞赋一类，但没有一般辞赋雕琢板滞的弊病，语言自然畅达，情致恬淡旷逸。写景、叙事、抒情、议论融为一体。宋代的欧阳修说："晋无文章，惟陶渊明《归去来兮辞》一篇而已。"（元李公焕《笺注陶渊明集》卷五引）

□谢灵运

谢灵运（385—433），陈郡阳夏（今河南太康县）人，世居会稽（浙江绍兴）。东晋名将谢玄之孙，世袭康乐公，故称"谢康乐"。曾任永嘉太守、临川内史等职，后因反抗刘宋王朝，被杀于广州。他是我国第一个大量创作山水诗的作家，被称为中国山水诗之始祖，是革除东晋玄言诗风的重要诗人。其山水诗扩大了诗歌表现领域，展示了自然美。有《谢康乐集》。

登池上楼[1]

潜虬媚幽姿[2]，飞鸿响远音[3]。薄霄愧云浮[4]，栖川怍渊沉[5]。进德智所拙[6]，退耕力不任[7]。徇禄反穷海[8]，卧痾对空林[9]。衾枕昧节候[10]，褰开暂窥临[11]。倾耳聆波澜[12]，举目眺岖嵚[13]。初景革绪风[14]，新阳改故阴[15]。池塘生春草，园柳变鸣禽[16]。祁祁伤豳歌[17]，萋萋感楚吟[18]。索居易永久[19]，离群难处心[20]。持操岂独古[21]，无闷征在今[22]。

【注释】

〔1〕池：指谢公池，在今浙江省永嘉县西北。 〔2〕虬（qiú）：有角的小龙。媚：自我怜惜。幽姿：深藏不露的姿态。 〔3〕响远音：鸣声传得很远。 〔4〕薄霄：迫近云霄。薄：通"迫"。〔5〕栖川：栖息在水里。怍（zuò）：惭愧。 〔6〕进德：增进品德，做一番事业。 〔7〕退耕：归隐躬耕。力不任：体力承受不了。 〔8〕徇禄：追求禄位，指做官。反：归。穷海：荒僻的海边，指永嘉。 〔9〕卧痾（ē）：卧病。空林：秋冬树木叶落，故称"空林"。 〔10〕衾（qīn）：被子。昧节候：不知季节变化。 〔11〕褰（qiān）开：拉开。这里指拉开帷帘，打开窗户。窥临：临窗眺望。〔12〕倾耳：侧着耳朵。聆（líng）：听。 〔13〕岖嵚（qūqīn）：崎岖险峻的高山。 〔14〕初景：初春的阳光。革：除去、消除。绪风：冬天残余的寒风。 〔15〕新阳：指春天。故阴：指冬天。〔16〕变鸣禽：禽鸟变换了种类。 〔17〕祁祁伤豳歌：《诗经·豳风·七月》："春日迟迟，采蘩祁祁，女心伤悲，殆及公子同归。"祁祁：众多的样子。这句意谓"采蘩祁祁"这首豳歌引起了诗人的伤悲。 〔18〕萋萋感楚吟：《楚辞·招隐士》"王孙游兮不归，春草生兮萋萋。"萋萋：春草茂盛的样子。这句意谓"春草生兮萋萋"这首楚歌使诗人感伤。 〔19〕索居：独居。易永久：容易感到日子漫长。 〔20〕离群：离开朋友。处心：安心。 〔21〕持操：保持高尚的节操。〔22〕无闷：没有烦闷。《易经·乾卦》："遁世无闷。"征：验，证明。

本诗是作者外放永嘉（即今浙江温州）太守时所作。写诗人久病初起登楼临眺时的所见所感。诗中描绘出初春的景色，也刻画出穷海之滨、高山峻岭的画面。作者触景伤情，发泄了官场失意的牢骚，流露出向往隐居生活的意向。本诗景物描写生动，"池塘生春草，园柳变鸣禽"，造语天然，有声有色，使人感到生意盎然，是其中的名句。

☐ 鲍　照

鲍照（约 414—466），字明远，东海（今江苏涟水县北）人。出身贫寒，曾任临海王子顼的前军参军，故世称鲍参军。后子顼作乱，照为乱军所杀。他一生饱受门阀制度的压抑，很不得意。作品多表现怀才不遇的愤懑和对世族大地主政治的不满。他擅长写作七言歌行，能吸取民歌的精华，又有自己的创造，对唐代诗人的创作产生了积极影响。有《鲍参军集》。

拟行路难[1]

对案不能食，拔剑击柱长叹息。丈夫生世会几时[2]，安能蹀躞垂羽翼[3]？弃置罢官去，还家自休息。朝出与亲辞，暮还在亲侧。弄儿床前戏，看妇机中织。自古圣贤尽贫贱，何况我辈孤且直。

【注释】

〔1〕《行路难》为乐府《杂曲歌辞》旧题，据郭茂倩引《乐府解题》说："《行路难》备言世路艰难及离别悲伤之意。"鲍照《拟行路难》共十八首，本诗原列第六首。　〔2〕会：当。一作"能"。〔3〕蹀躞（diéxiè）：小步走路的样子。

鲍照因出身寒微而进身不得，壮志不能遂，以致一生坎坷。这首诗抒写的就是这种被压抑的怨愤心情。全诗感情跌宕起伏，由激愤到平缓，最后再把不平之情推向高潮，突出地表现了诗人耿直倔强的性格。

☐ 南北朝乐府民歌

南朝乐府民歌，以宋郭茂倩所编《乐府诗集·清商曲辞》中的"吴声歌"和"西曲歌"为主。在"杂曲歌辞"和"杂歌谣辞"中也有少量南朝民歌。这些民歌几乎全是情歌,大部分出自女子之口。形式上,主要是五言四句,为绝句的形成奠定了基础。语言清新自然,双关语的广泛运用,使诗意委婉含蓄,新鲜多趣。

北朝乐府民歌,大多保存在《乐府诗集·梁鼓角横吹曲》中,少数收在《杂曲歌辞》和《杂歌谣辞》中。所谓"鼓角横吹曲"是当时北方民族在马上演奏的一种军乐,乐器有鼓有角。这些民歌多半是北魏以后的作品,后来陆续流传到南方,由梁代乐府机关保存下来,所以叫"梁鼓角横吹曲"。北朝民歌题材广泛,有丰富的社会内容。风格雄浑刚健,表情豪迈爽朗。有杰出的作品《木兰辞》和《敕勒歌》。

西 洲 曲

忆梅下西洲[1],折梅寄江北[2]。单衫杏子红[3],双鬓鸦雏色[4]。西洲在何处?两桨桥头渡。日暮伯劳飞[5],风吹乌臼树[6]。树下即门前,门中露翠钿[7]。开门郎不至,出门采红莲[8]。采莲南塘秋,莲花过人头。低头弄莲子[9],莲子青如水[10]。置莲怀袖中,莲心彻底红[11]。忆郎郎不至,仰首望飞鸿[12]。鸿飞满西洲,望郎上青楼[13]。楼高望不见,尽日栏杆头。栏杆十二曲,垂手明如玉。卷帘天自高,海水摇空绿[14]。海水梦悠悠[15],君愁我亦愁。南风知我意,吹梦到西洲。

【注释】

〔1〕下:往。 〔2〕江北:指所思念的男子的住处。 〔3〕红:一作"黄"。 〔4〕鸦雏色:像小乌鸦一样的颜色。形容女子头发乌黑发亮。 〔5〕伯劳:鸟名。农历五月始鸣,喜欢单栖。〔6〕乌臼树:落叶乔木,高约二丈,夏季开花。 〔7〕翠钿:用翠玉做成或镶嵌的首饰。〔8〕莲:谐"怜"(怜爱)。以下几句的"莲"字,都有双关的意思。 〔9〕莲子:隐"怜子"(爱你)。〔10〕青如水:隐喻爱情的纯洁。 〔11〕莲心:隐"怜心"(爱你之心)。彻底红:隐喻怜爱之深透。 〔12〕望飞鸿:盼望书信。古人有鸿雁传书的说法。 〔13〕青楼:涂饰青色的楼房,是古代女子居处的通称。 〔14〕海水:即江水。一说指秋夜的蓝天。 〔15〕海水梦悠悠:是说思梦如海水悠悠不断。

【阅读提示】

《乐府诗集》把这首《西洲曲》归在"杂曲歌辞"中,题作"古辞"。这首诗写一个女子对江北情人的深长思念。无论春夏秋冬,思念之情始终无法排解。作者没有明写季节的变换,而用景物来暗示,却能不留痕迹。这些景色还与主人公的心理融合在一起,衬托出主人公细腻、缠绵的情感。诗中多用"接字"和"钩句",使意义连贯并形成优美的节奏,显示出成熟的艺术技巧。

敕 勒 歌[1]

敕勒川[2]，阴山下[3]，天似穹庐[4]，笼盖四野。天苍苍，野茫茫，风吹草低见牛羊[5]。

【注释】

〔1〕敕勒：是匈奴族的后裔，北朝时居住在朔州（今山西省北部）一带。 〔2〕川：平原。〔3〕阴山：阴山山脉，起自甘肃河套西北，绵亘于内蒙古南部，与内兴安岭相接。 〔4〕穹（qióng）庐：圆顶毡帐，即蒙古包。 〔5〕见：同"现"。

【阅读提示】

这首北齐的敕勒民歌，是从鲜卑语翻译过来的，所以句式长短不齐。全诗寥寥二十七字，就生动地展现了广阔无边的塞北草原的风光。境界开阔，气魄宏大，在粗犷中透露出豪迈奔放之气，有极强的艺术感染力。

唐代文学

　　"盛唐气象"往往让后人艳羡不已。唐代是古代文学最为繁盛的一个时期，诗、文、小说、词全面发展，尤其是诗歌，代表着中国古典诗歌的最高成就。一时诗国天空群星璀璨，诗人辈出，流派纷呈，山水、田园、边塞，不拘一格；诗的形式体制完备成熟，"诗之盛于唐也！其体，则三、四、五言，六、七、杂言，乐府，歌行，近体，绝句，靡弗备矣"（胡应麟《诗薮》外编卷三）。诗艺臻于极境，风格多样，诗人的个性、风采、精神在诗歌中得到了最为完美的表现。"李翰林之飘逸，杜工部之沉郁，孟襄阳之清雅，王右丞之精致，储光羲之真率，王昌龄之声俊，高适、岑参之悲壮，李颀、常建之超凡，此盛唐之盛也。"（高棅《唐诗品汇》）尤其是李白和杜甫，成为中国诗歌史上的双子星座，一以潇洒飘逸，一以沉郁顿挫，成为后世难以企及的艺术典范。散文方面，中唐时期以韩愈、柳宗元为代表兴起了声势浩大的古文运动，以接续孔孟之道自任，创作出许多脍炙人口的传记、山水游记、寓言、杂说等新型的短篇散文，成为古代散文的精品。小说方面，出现了传奇，打破六朝志怪、志人小说的残篇断语，开始有意为之，富于文采、构思奇特，成为小说发展史上关键的转折点。除此之外，通俗文学在这一时期也有了长足的发展，变文之类的民间讲唱广为流传；词从民间萌芽到文人手中逐渐发展成熟，出现了西蜀和南唐两个创作中心和以花间词派和李煜为代表的重要词人，为宋代词的全面繁荣开启了先声。

□ 王　勃

　　王勃（649 或 650—676 或 675），字子安，绛州龙门（今山西河津）人。出身望族，为隋末大儒王通之孙。六岁善文辞，世人目为神童。麟德三年（666）应制科，对策高第，被授予朝散郎之职。乾封初年（666）为沛王李贤征为王府侍读，两年后因戏为《檄英王鸡》文，被高宗怒逐出府。总章二年（669）五月漫游蜀中，诗文由是大进。咸亨三年（672）王勃返回长安，四年补虢州参军，恃才傲物，为同侪所嫉。咸通五年因匿杀官奴曹达犯死罪,因赦免职。其父王福畤亦因此事牵连,由雍州司户参军贬为交趾令。上元二年(675)王勃赴交趾省亲,渡海溺水,受惊吓而卒。

王勃工诗文,与杨炯、卢照邻、骆宾王皆以文章齐名,被称为"初唐四杰"。著有《王子安集》。

滕 王 阁[1]

滕王高阁临江渚[2], 佩玉鸣鸾罢歌舞[3]。
画栋朝飞南浦云[4], 珠帘暮卷西山雨[5]。
闲云潭影日悠悠, 物换星移几度秋。
阁中帝子今何在[6]? 槛外长江空自流。

【注释】

〔1〕滕王阁:故址在今江西南昌赣江滨,唐高祖李渊之子滕王元婴为洪州(今南昌市)都督时所建,为江南三大名楼之一。 〔2〕江渚:"江"指赣江;"渚"为水中小洲。"渚"与"舞""雨"押韵。 〔3〕佩玉鸣鸾:身上佩戴的玉饰、响铃。语出《礼记·玉藻》:"君子在车则闻鸾和之声,行则鸣珮玉。"表示人行车走,这里代指参加盛宴的宾客。 〔4〕南浦:地名。在江西省南昌县西南,章江至此分流。聂文郁注:"本诗南浦……应是江西南昌西面的南浦。"王安石《南浦》诗:"南浦随花去,回舟路已迷。" 〔5〕西山:山名。在江西省新建县西,一名南昌山,即古散原山。 〔6〕帝子:指滕王李元婴。当时李元婴因奢靡无度,被贬滁州。

【阅读提示】

唐高宗上元三年(676),诗人远道去交趾探望父亲,途经洪州(今江西南昌),在阎都督宴会上即席创作《滕王阁序》,序末"四韵俱成"句中的"四韵"即是指这首诗。这是一首七言古体诗。前四句写滕王及滕王阁当年的繁荣兴盛情景,后四句写岁月推移,世事变迁,繁华难久,唯江水奔流不息,昭示诗人对人生无常、宇宙永恒的怅惘与感喟,有抚今追昔之意。《增定评注唐诗正声》云:"流丽而深静,所以为佳,是唐人短歌之绝。"王夫之《唐诗选评》评此诗曰:"浏利雄健,两难兼者兼之。'佩玉鸣鸾'四字以重得轻。"王力先生《诗词格律》也说:"这首诗平仄合律,粘对基本上合律,简直是两首律诗连在一起,不过其中一首是仄韵绝句罢了。注意:这种仄韵与平韵的交替,四句一换韵,到后来成为入律古风的典型。高适、王维等人的七言古风,基本上是依照这个格式的。"

送杜少府之任蜀川[1]

城阙辅三秦[2]，风烟望五津[3]。
与君离别意， 同是宦游人[4]。
海内存知己， 天涯若比邻[5]。
无为在歧路， 儿女共沾巾[6]。

【注释】

〔1〕杜少府：名不详。少府：唐人对县尉的尊称。蜀川：犹言蜀地；又作"蜀州"。《新唐书·地理志》载：蜀州，"垂拱二年析益州置"。垂拱二年为公元686年，其时王勃已去世十年，故当以"蜀川"为是。 〔2〕城阙：唐代的都城长安。阙：宫门前的望楼。三秦：今陕西省一带，古时为秦国。项羽灭秦后分秦地为雍、塞、翟三国，分封秦降将章邯等三人为王，故称"三秦"。这里泛指长安附近的关中之地。 〔3〕风烟：风尘烟岚，指极目远望时所见到的景象。五津：蜀中长江自灌县以下至犍为一段的五个著名渡口，即白华津、万里津、江首津、涉头津、江南津。这里以五津代指蜀地。津：渡口。 〔4〕宦游：因仕宦而漂泊。 〔5〕比邻：近邻。古时五家相连为比。 〔6〕"无为"两句：不要因为分别就像小儿女一样伤感流泪。

【阅读提示】

这首送别诗，大约作于高宗乾封年间(666—667)，当时年青的诗人在长安供职。全诗意境开阔，音节嘹亮，气势宏大，颇能体现初盛唐时期人们气象高远的精神风貌，表现出诗人真挚的友情和旷达的胸怀。首联是典型的"地名对"，场景开阔，气势雄伟，从三秦大地，一幻为友人所去千里之外的宦游之处，"风烟"即是实景，亦暗寓客中送客的意绪。"风烟"与"望"字之中，已露惜别之意、关切之情。接着又以灵动的"流水对"，点出"同是宦游人"的离别共感，更增一层凄凉。接下去应铺叙离愁别绪，作者却笔锋偏转，奇峰突起，拓开前人送别的传统领域，不是黯然销魂，不是儿女沾巾，而是天下为家，万里朋情的达观胸怀。情理交融，乃全诗最为警拔之处，俨然已开盛唐气象。"海内存知己"这句名联，化用曹植《赠白马王彪》诗"丈夫志四海，万里犹比邻"。但王勃的诗句更精炼、更概括、更蕴藉，确能独标高格，自铸伟辞，"凭空挺起，是大家笔力"。(高步瀛《唐宋诗举要》卷四)而高宗总章二年(669)，王勃因"戏为《檄英王鸡》文"，被逐出沛王府，五月游蜀。此后，他所写的大量送别诗，如《江亭夜月送别二首》、《别人四首》、《别薛华》、《重别薛华》等，就很难有这样的高华爽朗之音了。如《别薛华》："送送多穷路，遑遑独问津。悲凉千里道，凄断百年身。心事同漂泊，生涯共苦辛。无论去与往，俱是梦中人。"一派凄凉酸辛之辞。

骆宾王

骆宾王(635？—684？)字务光，婺州义乌(今浙江义乌)人。唐高宗、武后时期著名文学家，初唐"四杰"之一。七岁能诗，号"神童"。乾封元年(666)应举及第，曾官云南、西南，居蜀二年。仪凤三年(678)任长安主簿，入朝为侍御史，不久因罪下狱(678)一年多，获释后贬为临海(今浙江天台)县丞。光宅元年(684)，徐敬业在扬州起兵讨伐武则天，骆宾王参与其事，作《讨武曌檄》。兵败下落不明。

骆宾王作诗擅长歌行体，《帝京篇》是其代表作，与卢照邻《长安古意》齐名。有《骆宾王集》。存诗一百余首，文三十余篇。

在狱咏蝉(并序)

余禁所禁垣西，是法厅事也，有古槐数株焉。虽生意可知，同殷仲文之古树[1]；而听讼斯在，即周召伯之甘棠[2]。每至夕照低阴，秋蝉疏引，发声幽息，有切尝闻。岂人心异于曩时[3]，将[4]虫响悲于前听？嗟乎！声以动容，德以象贤。故洁其身也，禀君子达人之高行；蜕其皮也，有仙都羽化之灵姿。候时而来，顺阴阳之数；应节为变，审藏用之机。有目斯开，不以道昏而昧其视；有翼自薄，不以俗厚而易其真。吟乔树之微风，韵姿天纵；饮高秋之坠露，清畏人知。仆失路艰虞，遭时徽缠[5]。不哀伤而自怨，未摇落而先衰。闻蟪蛄之流声，悟平反之已奏；见螳螂之抱影，怯危机之未安。感而缀诗[6]，贻诸知己。庶情沿物应，哀弱羽之飘零；道寄人知，悯余声之寂寞。非谓文墨，取代幽忧云尔。

西陆蝉声唱[7]，南冠[8]客思深。
不堪玄鬓影[9]，来对白头吟[10]。
露重飞难进，风多响易沉。
无人信高洁，谁为表予心？

【注释】

〔1〕"虽生意"两句：东晋殷仲文，见大司马桓温府中老槐树，叹曰："此树婆娑，无复生意。"借此自叹其不得志。这里即用其事。 〔2〕"而听讼"两句：传说周代召伯巡行，听民间之讼而不烦劳百姓，就在甘棠(即棠梨)下断案，后人因相戒不要损伤这树。召伯：即召公。周代燕国始祖名，因封邑在召(今陕西岐山西南)而得名。 〔3〕曩时：前时。 〔4〕将：抑或。 〔5〕徽缠：亦作"徽墨"，绳索。古时常特指拘系罪人者。《易·坎》："上六，系用徽缠，置于丛棘。"陆

德明释文引刘表云："三股曰徽，两股曰纆，皆索名。"这里是被囚禁的意思。　〔6〕缀诗：成诗。〔7〕西陆：指秋天。《隋书·天文志》："日循黄道东行……行西陆谓之秋。"　〔8〕南冠：楚冠，这里是囚徒的意思。用《左传·成公九年》楚钟仪戴着南冠被囚于晋国军府事。　〔9〕玄鬓：指蝉的黑色翅膀，这里比喻自己正当盛年。　〔10〕白头吟：乐府曲名，《乐府诗集》解题说是鲍照、张正见、虞世南诸作，皆自伤清直却遭诬谤。两句意谓，自己正当玄鬓之年，却来默诵《白头吟》那样哀怨的诗句。

【阅读提示】

　　此诗作于唐高宗仪凤三年(678)，骆宾王时任侍御史，因上书言事触怒武后，被诬下狱。触物伤情，借蝉喻志，写下这首咏蝉诗，表白自己的心意。首两句以秋蝉起兴，以蝉声逗起客思；三四两句用流水对"不堪"和"来对"联系物我，巧妙地借两鬓乌玄的秋蝉来反衬白头诗人的自伤老大，无一字涉及"悲愁"而凄恻之情尽在言外。五六两句纯用"比"体，无一字不在说蝉，也无一字不在说自己。第七句仍用比体，以餐风饮露、不食人间烟火的秋蝉喻自己高洁的品格；最后一问，蝉与诗人又浑然一体了，达到了物我相融的境界。全诗感情充沛，取譬明切，用典自然，语多双关，于咏物中寄情寓兴，由物及人，由人及物，达到物我一体的境界，是咏物诗的杰作。唐代咏蝉诗有三绝，此篇即为其一。其他两首为虞世南的《蝉》："垂绫饮清露，流响出疏桐。居高声自远，非是藉秋风。"李商隐的《蝉》："本以高难饱，徒劳恨费声。五更疏欲断，一树碧无情。薄宦梗犹泛，故园芜已平。烦君最相警，我亦举家清。"清施补华《岘佣说诗》评云："三百篇比兴为多，唐人犹得此意。同一咏蝉，虞世南'居高声自远，端不藉秋风'，是清华人语；骆宾王'露重飞难进，风多响易沉'，是患难人语；李商隐'本以高难饱，徒劳恨费声'，是牢骚人语。比兴不同如此。"

在军登城楼〔1〕

城上风威冷，　江中水气寒。
戎衣何日定〔2〕，歌舞入长安。

【注释】

　　〔1〕城楼：指广陵城楼。　〔2〕戎衣：军服，战衣。语出《尚书·武成》："一戎衣，天下大定。"孔传："衣，服也。一着戎服而灭纣。"一说谓用兵伐殷。

【阅读提示】

　　弘道元年(683)，唐高宗去世，武则天把持朝政，废中宗(李哲)为庐陵王，立相王(李旦)为睿宗，重用武三思等人，排斥异己，刑法严苛，引起人民不满。不久被贬为柳州司马的李敬业提出"匡复唐室"的口号,在扬州起兵征讨武则天。被贬为临海丞的骆宾王也投奔李敬业麾下,任匡复府的艺文令,此诗便写于这个时期。诗歌以对句起兴,在深秋的一个清晨,诗人登上了广陵城楼,纵目远望,浮思遐想。此刻楼高风急,江雾浓重,风雨潇潇。"城上风威冷,江中水气寒"两句晓畅隽永,看似质朴平易不着笔力。诗人借用了《梁书·元帝纪》中"信与江水同流,气与寒风共愤"的典故,恰到好处地抒发了同仇敌忾的豪情与激愤。第三句诗"戎衣何日定","何日"力透纸背,借周武王讨伐殷纣王的故事隐喻李敬业讨伐武则天是仁义之举,说明"匡复"是正义的,顺应民心和天意,因此也必定是会胜利的。诗的最后一句,"歌舞入长安",水到渠成轻松自然地作了结尾,表现出诗人必胜的信念及勇往直前,不成功则成仁的彻底反抗精神和大无畏气概。全诗善于用典,属对工整,语言朴实,音韵和谐流畅。

□张若虚

张若虚(约660—约720),扬州(今江苏省扬州市)人,曾任兖州兵曹。唐中宗李显神龙年间与贺知章等人同以吴越名士扬名京都。唐玄宗李隆基开元初年又和贺知章、张旭、包融齐名,号称"吴中四士"。《春江花月夜》别具特色,历来为人们所称颂。今仅存诗二首。

春江花月夜[1]

春江潮水连海平，　海上明月共潮生。
滟滟[2]随波千万里，何处春江无月明？
江流宛转绕芳甸[3]，月照花林皆似霰。
空里流霜不觉飞[4]，汀上白沙看不见。
江天一色无纤尘，　皎皎空中孤月轮。
江畔何人初见月？　江月何年初照人？
人生代代无穷已，　江月年年只相似。
不知江月照何人，　但见长江送流水。
白云一片去悠悠，　青枫浦[5]上不胜愁。
谁家今夜扁舟子？　何处相思明月楼？
可怜楼上月徘徊[6]，应照离人妆镜台。
玉户帘中卷不去，　捣衣砧上拂还来。
此时相望不相闻，　愿逐月华流照君。

鸿雁[7]长飞光不度，鱼龙潜跃水成文。
昨夜闲潭梦落花，　可怜春半不还家。
江水流春去欲尽，　江潭落月复西斜。
斜月沉沉藏海雾，　碣石潇湘[8]无限路。
不知乘月几人归，　落月摇情满江树。

【注释】

〔1〕本诗选自《全唐诗》卷二十一。《春江花月夜》是乐府旧题，属《清商曲·吴声歌曲》，相传创自南朝陈后主叔宝。　〔2〕滟滟：波光闪烁。　〔3〕芳甸：花草丛生的原野。　〔4〕"空里"句：古人认为霜像雪一样，是从天上落下来的，所以称为"飞霜"。这里是指月色如霜，只觉其流而不觉其飞。　〔5〕青枫浦：故址在今湖南浏阳境内，此指长满枫林的水边。　〔6〕徘徊：指月影缓缓移动。曹植《七哀诗》："明月照高楼，流光正徘徊。上有愁思妇，悲叹有余哀。"〔7〕鸿雁：《汉书·苏武传》载有大雁传书之事，后因以指书信。　〔8〕碣石潇湘：借指天南地北。碣石：山名，故址在今河北省。潇湘：水名，在今湖南省。

【阅读提示】

　　《春江花月夜》是乐府《清商曲·吴声歌曲》旧题，创制者说法不一。或说"未详所起"，或说陈后主所作，或说隋炀帝所作。今据郭茂倩《乐府诗集》所录，尚有隋炀帝二首，诸葛颖一首，张子容二首，温庭筠一首。或格局狭小，或脂粉气过浓，均不如张若虚意境开阔，情韵悠长。全诗以"春江花月夜"为中心展开描写，抒写游子思妇别离相思之苦，并由此生发出对宇宙无穷、人生短暂的思索，美景、诗情与哲理完美统一。诗中意象充实，境界阔大，写景则春江潮水、海上明月、流霜芳甸，写人则扁舟游子、楼头思妇，言情则碣石潇湘、落月满怀，诗人又舍去具体描摹，以诗心传诗情，由众多意象融织成清新朦胧的诗境。诗的情感也是异常丰富，既有对美好生活的感受体认，花好月圆的强烈企盼，又有对人生短促的伤感怅惘，宇宙亘古的深沉思索，而这一切又融入既透明纯净又似有似无的春江花月色之中，创造出一个神话般的美妙境界。这种"哀而不伤"的开朗感情基调正是初盛唐时代精神的体现。全诗语言优美自然，声韵和谐，声情与文情丝丝入扣，深沉柔和，宛转谐美。诗凡三十六句，四句一换韵，以平声庚韵起，中间以仄声霰韵、平声真韵、仄声纸韵、平声尤、灰、文、麻韵，最后以仄声遇韵收篇，一唱三叹，回环往复，所以闻一多先生热情地赞美它是"诗中的诗，顶峰上的顶峰"（《宫体诗的自赎》），所谓"孤篇横绝，竟为大家"、"以孤篇压倒全篇"了。

□陈子昂

　　陈子昂（661—702），字伯玉，梓州射洪（今四川射洪西北）人。文明元年

(684)举进士,拜麟台正字,后迁右拾遗。屡次上书言事,触忤权贵。曾两次从军边塞。圣历初(698)辞官返乡。为县令段简所诬陷,屈死狱中。陈子昂为初唐重要诗人。论诗强调"风雅"、"兴寄",提倡汉魏风骨,其诗风质朴刚健,明朗豪放,对唐诗的发展影响很大。著有《陈伯玉集》。

感遇三十八首(其二)

兰若生春夏,芊蔚[1]何青青!
幽独空林色,朱蕤[2]冒紫茎。
迟迟白日晚,袅袅秋风生。
岁华尽摇落,芳意竟何成?

【注释】

〔1〕芊蔚:草木茂盛的样子。 〔2〕朱蕤:朱红色的花。

【阅读提示】

《感遇》是陈子昂所写的以感慨身世为主旨的组诗,共38首,本篇是其中的第二首。诗咏兰若,同时寄寓个人的身世之感。通篇用比兴手法,是这首诗鲜明的特色,借歌咏香兰、杜若,赞美兰若压倒群芳的风姿,以此来寄托自己年华流逝、理想破灭的悲叹,寓意凄婉,寄慨遥深。全诗用语平易自然,不假雕饰,和其他38首《感遇》诗一样,继承了阮籍《咏怀》诗托物感怀的传统手法,扭转了初唐诗坛"采丽竞繁"的形式主义诗风,体现出诗人标举风雅比兴、汉魏风骨的创作主张。

登幽州台歌[1]

前不见古人,后不见来者。
念天地之悠悠,独怆然而涕下[2]!

【注释】

〔1〕幽州台:即蓟北楼,又名招贤台。相传为燕昭王招徕天下人才而筑。幽州:郡名,治所在今北京大兴县。 〔2〕怆然:凄恻伤感的样子。

【阅读提示】

万岁通天元年(696),契丹攻陷营州,武则天派武攸宜率军征讨,陈子昂随军任参谋。多次上言，而武攸宜既少谋略，又刚愎自用，不仅不听陈子昂的劝谏，反而把他降为兵曹。陈子昂壮志难伸，登上幽州台，慷慨悲吟，写下了这首传唱千古的诗篇。此诗虽短，却写得苍劲奔放，极富感染力，前两句以"前""后"引起，俯仰古今，以见时间之绵长；第三句登楼远眺，"悠悠"状空间之辽阔。在无限的时空中，抒发出孤单寂寞、悲凉苦闷的情绪。整首诗在艺术上也极有特色，意象鲜明，采用参差错落的楚辞句式，音节富于变化。前两句比较急促，喻自己生不逢时，抑郁不平之气喷薄而出；后两句舒缓流畅，又表现出诗人无可奈何、曼声长叹的情景。

□王　维

王维(701—761)，字摩诘，祖籍太原祁(今山西祁县)。21岁中进士。宰相张九龄执政时，王维被提拔为右拾遗，转监察御史。天宝年间，王维在终南山和辋川过着亦官亦隐的生活。公元756年，王维被攻陷长安的安禄山叛军所俘，迫任伪职。因在被俘期间作《凝碧池》诗怀念朝廷、痛骂安禄山，得到唐肃宗的赞许，升迁为尚书右丞。晚年在半官半隐、奉佛参禅、吟山咏水的生活中度过。王维的诗歌多是描山摹水、歌咏田园风光的，苏轼曰："味摩诘之诗，诗中有画；观摩诘之画，画中有诗。"王维不仅工诗善画，且精通音律，擅长书法。有《王右丞集》。

汉江临泛[1]

楚塞三湘接[2]，荆门九派通[3]。
江流天地外，　山色有无中。
郡邑浮前浦[4]，波澜动远空。
襄阳好风日[5]，留醉与山翁[6]。

【注释】

〔1〕汉江：即汉水，流经陕西汉中、安康，湖北襄阳、汉川，在武汉市流入长江。方回《瀛奎律髓》中题名为《汉江临眺》，临眺，登高远望。汉江从襄阳城中流过，把襄阳与樊城一分为二(合称"襄樊")，以及襄樊周围大大小小的无数城郭，一个个都像在眼前的水道两旁漂浮。临泛江上，随着小舟在波澜中摇晃，感觉远处的天空都在摇动。非常恰当地扣合，写出"临泛"的独特观感。假如是《汉江临眺》，就不会有这样的感觉。所以此诗还是应题为《汉江临泛》为是。　〔2〕楚塞：楚地疆界。三湘：漓湘、蒸湘、潇湘的总称，多泛指湘江流域及洞庭湖地区。〔3〕荆门：山名，荆门山，在今湖北宜都县西北的长江南岸，战国时为楚之西塞。九派：九条支

流,长江至浔阳分为九支。这里指江西九江。 〔4〕浦:水边。 〔5〕好风日:风景天气好。
〔6〕山翁:指山简,晋代竹林七贤之一山涛的幼子,西晋将领,镇守襄阳,有政绩,好酒,每饮必
醉。这里借指襄阳地方官。

【阅读提示】

　　这首《汉江临泛》可谓王维融画入诗的佳作。细细读来,展现在面前的是一
幅色彩素雅、格调清新、意境优美的水墨山水画。画面布局,远近相映、疏密相
间,加之以形写意,轻笔淡墨,又融情于景,便给人以美的享受。王维同时代的殷
璠在《河岳英灵集》中说:"维诗词秀调雅,意新理惬,在泉为珠,着壁成绘。"首联
是画幅的背景,众水奔竞,勾勒出汉江雄浑壮阔的景象;颔联用山光水色作为画
幅的远景,汉江滔滔不绝,青山隐约迷蒙,显得开阔疏朗,与首联疏密相间,错落
有致。颈联是画幅的核心,写诗人舟行汉江的错觉,写出了波涛汹涌的磅礴气
势。最后的尾联顺势走笔,抒发诗人对襄阳风物的热爱之情。

终　南　山〔1〕

太乙近天都〔2〕,连山到海隅。
白云回望合,　青霭入看无〔3〕。
分野中峰变〔4〕,阴晴众壑殊。
欲投人处宿,　隔水问樵夫。

【注释】

　　〔1〕终南山,在长安南五十里,秦岭主峰之一。古人又称秦岭山脉为终南山。 〔2〕太乙:
秦岭之一峰,唐人每称终南山。一名太一,如《元和郡县志》:"终南山在县(京兆万年县)南五
十里。按经传所说,终南山一名太一,亦名中南"。天都:帝都,此指长安。 〔3〕青霭:山中的
岚气。 〔4〕"分野"两句:言终南山高大,分隔山南山北两种景象,各山谷间的阴晴变化也有
所不同。

【阅读提示】

　　此诗大约是开元、天宝之际王维隐居终南山时所作。诗人抓取最为典型的
山景,采用多重视角,表现出终南山峰峦起伏的万千姿态。有远眺,"近天都""到
海隅"极言其广,亦极具气势;有近望,"回望""入看",白云、青霭历历在目;移步
换形,又见群峰之变,众壑起伏。虽对景物着墨不多,却极为传神,富有神韵。诗
人又不愧为着色的高手,"青""白"状写山中烟云变幻,俨然一幅泼墨山水。对于
尾联,历来有不同的理解、不同的评价。有些人认为它与前三联不统一、不相称,
从而持否定态度。王夫之辩解说:"'欲投人处宿,隔水问樵夫',则山之辽廓荒远
可知,与上六句初无异致,且得宾主分明,非独头意识悬相描摹也。"(《姜斋诗话》

卷二)沈德潜也说:"或谓末二句与通体不配。今玩其语意,见山远而人寡也,非寻常写景可比。"(《唐诗别裁》卷九)

□ 孟浩然

孟浩然(689—740),字浩然,襄州襄阳(今湖北襄樊市)人。早年隐居家乡襄阳附近的鹿门山,闭门读书,以诗自娱。四十岁时游长安,应进士不第。布衣而终。与王维交谊甚笃,诗风相近,同为盛唐山水田园诗派的主要作家。其诗意境清远,有恬淡清纯之妙。李白、杜甫都十分尊崇他的人格与诗句。有《孟浩然集》。

望洞庭湖赠张丞相

八月湖水平, 涵虚混太清[1]。
气蒸云梦泽[2],波撼岳阳城。
欲济无舟楫, 端居耻圣明[3]。
坐观垂钓者[4],徒有羡鱼情。

【注释】
〔1〕"涵虚"句:是说湖水浩瀚,水天一色。涵虚:包含天空,指天倒映在水中。太清:天空。 〔2〕云梦泽:云梦,古泽名。在湖北省长江南北两侧,江南为梦,江北为云,后世大部分淤成陆地。今属江汉平原及周边一带。 〔3〕端居:闲居,此指隐居。 〔4〕垂钓者:隐喻执政者。

【阅读提示】
公元733年,孟浩然来到长安,写这首诗给当时的宰相张九龄,希望得到他的推荐和提携。诗的前四句写景,写洞庭湖波涛汹涌、辽阔无际的壮观景象。后四句由眼前的景转为抒情。面对这浩瀚无际的湖水,诗人想到了自己要从政却无人引荐,就如同想要横渡洞庭湖却没有船和桨一样。最后向张丞相表白自己出仕求官的思想。因为有了前面壮阔景象的衬托,使后面的求人之词显得不卑不亢、不露寒酸相,非常得体。整首诗委婉含蓄,不落俗套,是干谒诗中的上乘之作。

秋登万山[1]寄张五

北山白云里[2]，隐者自怡悦。
相望试登高[3]，心随雁飞灭[4]。
愁因薄暮起，　兴是清秋[5]发。
时见归村人，　平沙[6]渡头歇。
天边树若荠，　江畔舟[7]如月。
何当载酒来，　共醉重阳节。

【注释】

〔1〕万山：在襄阳西北十里，又称方山、蔓山、汉皋山等。一作"兰山"，是有误的版本。张五：一作张子容，兄弟排行不对，张子容排行第八。〔2〕北山：即万山。〔3〕试：一作"始"。〔4〕"心随"一句：又作"心飞逐鸟灭"、"心随飞雁灭"、"心随鸟飞灭"等。〔5〕清秋：一作"清境"。〔6〕平沙：又作"沙行"。〔7〕舟：又作"洲"。

【阅读提示】

　这是一首怀人之作。全诗情景交融，浑然一体。情飘逸而真挚，景清淡而优美，为孟浩然诗歌的代表作之一。首联从晋代陶弘景的《答诏问山中何所有》："山中何所有，岭上多白云。只可自怡悦，不堪持赠君"脱化而来，自表隐逸情趣。三四两句起，进入题意。由"相望"而思念而"登万山"远眺，既是写景，又是抒情，情景交融。雁逝长空，又近黄昏时分，诗人的心头不禁泛起淡淡的哀愁。下四句写登高所见，时当薄暮，村人三三两两逐渐归来。或行走于沙滩，或坐歇于渡头，既充满浓郁的生活气息，又有几分悠闲自得的情调。放眼望去，那天边的树林细如荠菜，而那白色的沙洲，在黄昏的朦胧中却清晰可见，似乎蒙上了一层月色。这四句诗是全篇精华所在。在这些描述中，诗人既未着力刻画人物的动作，也未着力描写景物的色彩。用朴素的语言如实地写来，平淡而又自然，既能显示出农村的静谧气氛，又能表现出自然界的优美景象。"何当载酒来，共醉重阳节"，照应开端数句。既明点出"秋"字，更表明了对朋友的思念，显示出友情的真挚。全诗用语平易自然，诗风清淡，沈德潜评孟浩然的诗为"语淡而味终不薄"，在这首诗中得到突出的体现。

□ 高　适

　高适(702？—765)，字达夫，一字仲武，渤海蓚(今河北景县)人。二十岁后曾到长安,求仕不遇。漫游燕、赵,后客居梁、宋等地。天宝三年(744)秋,与李白、杜甫相会,共同饮酒赋诗,结下深厚的友谊。"安史之乱"起,他协助哥舒翰守潼关以抵抗叛军,升侍御史、谏议大夫。肃宗至德二年(757),因围攻永王璘有功,得唐肃宗嘉许,官职累进,历任淮南节度使,蜀、彭二州刺史,西川节度使,大都督府长史等职。后封渤海县侯。与岑参并称"高岑",同为盛唐边塞诗代表。有《高常侍集》。

燕歌行[1](并序)

开元二十六年,客有从御史大夫张公出塞而还者[2],作《燕歌行》以示适。感征戍之事,因而和焉。

汉家烟尘在东北[3],汉将辞家破残贼。男儿本自重横行,天子非常赐颜色。摐金[4]伐鼓下榆关[5],旌旆逶迤碣石间[6]。校尉羽书飞瀚海[7],单于猎火照狼山[8]。山川萧条极边土,胡骑凭陵杂风雨[9]。战士军前半死生,美人帐下犹歌舞。大漠穷秋塞草衰,孤城落日斗兵稀。身当恩遇常轻敌,力尽关山未解围。铁衣远戍辛勤久,玉箸应啼别离后。少妇城南欲断肠,征人蓟北空回首[10]。边风飘飖那可度,绝域苍茫更何有?杀气三时作阵云[11],寒声一夜传刁斗。相看白刃血纷纷,死节从来岂顾勋。君不见沙场征战苦,至今犹忆李将军[12]。

【注释】

〔1〕燕歌行:乐府旧题,内容多写征戍之事。 〔2〕张公:即张守珪。张在开元二十六年(738)因隐瞒部下的败绩,被贬为括州刺史。 〔3〕汉家:实指唐朝,唐人诗中写时事,多以汉喻唐。 〔4〕摐(chuāng)金:即击钲,古代行军常用以协调步伐。 〔5〕榆关:即今山海关。 〔6〕碣石:山名,在今河北昌黎县。 〔7〕羽书:指军中的紧急文书。 〔8〕狼山:即狼居胥山,在今内蒙古西北部。 〔9〕凭陵:指依仗某种有利条件侵凌别人。 〔10〕蓟北:指蓟县以北一带,泛指东北边地。 〔11〕三时:意指历时很久。 〔12〕李将军:指西汉名将李广。

【阅读提示】

《燕歌行》为乐府《相和歌辞·平调曲》旧题,多咏东北边地征戍之苦、思妇相思之情。始见于曹丕之作。高适于意境、题材上作了重大开拓。诗以张守珪平定契丹可突干及其余党叛乱的几次战争为背景,热情歌颂了将士们的爱国热情。诗歌通过一次战役全过程的叙写,讽刺、抨击了将领的骄傲轻敌、荒淫失职,赞扬了战士英勇卫国的精神。尤以结尾处"李广难封"的历史典故,把将士们的思想境界提升到一个更高的层次。全诗气势畅达,笔力矫健,"纵横出没如云中龙,不以古文四宾主法制之,意难见也"。四句一换韵,平仄相间,不仅是高适的"第一大篇"(近人赵熙语),而且是整个唐代边塞诗中的杰作。

□ 岑 参

岑参(715—770),南阳(今属河南)人。天宝进士。曾两次到西北边陲,在高仙芝、封常清幕府中度过六七年边塞生活。后官至嘉州刺史,卒于成都。长于七言歌行。所作善于描绘塞上风光和战争景象,气势雄健,情辞慷慨,风格明快,语言变化自如。与高适并称"高岑",为盛唐边塞诗代表。有《岑嘉州集》十卷。

走马川行奉送封大夫出师西征

君不见走马川行雪海边,平沙莽莽黄入天。轮台九月风夜吼[1],一川碎石大如斗,随风满地石乱走。匈奴草黄马正肥,金山西见烟尘飞[2],汉家大将西出师。将军金甲夜不脱,半夜军行戈相拨,风头如刀面如割。马毛带雪汗气蒸,五花连钱旋作冰[3],幕中草檄砚水凝。虏骑闻之应胆慑,料知短兵不敢接,车师西门伫献捷[4]。

【注释】

〔1〕轮台:唐时属庭州,隶北庭都护府,在今新疆米泉县境内。 〔2〕金山:指天山主峰。〔3〕五花连钱:一说指斑驳的毛色,一说指名贵的马。 〔4〕车师:安西都护府所在地,在今新疆吐鲁番市东北。

【阅读提示】

唐玄宗天宝十三年(754),封常清担任北庭都护、西伊节度、翰海军使,调岑参为安西北庭节度判官。这首诗是岑参在轮台送封常清出师西征播仙时所写。岑参边塞诗素以"奇峭"著称,气势磅礴,想象新奇,充满浪漫色彩。多歌颂边防将士英勇献身的精神,描绘雄奇壮丽的边塞风光。这首诗也具有这些特点,风沙的猛烈、人物的豪迈,都给人以雄浑壮美之感。

□ 李 白

李白(701—762),字太白,号青莲居士,祖籍陇西成纪(今甘肃省秦安县)。

先世于隋末流徙中亚。李白出生于中亚的碎叶城(今吉尔吉斯境内)。五岁时随父迁居绵州昌明县(今四川省江油县)的青莲乡。天宝初,因道士吴筠推荐,受玄宗礼遇,供奉翰林。后因得罪宠臣、贵妃,被赐金遣还。安史之乱中,入永王李璘幕。永王遇害,受牵连入狱,流放夜郎(今贵州桐梓),途中遇赦。晚年漂泊于武昌、浔阳、宣城等地。代宗宝应元年(762)卒于当涂。存诗 1035 首。有《李太白集》。

宣州谢朓楼饯别校书叔云[1]

弃我去者,昨日之日不可留;乱我心者,今日之日多烦忧。

长风万里送秋雁,对此可以酣高楼[2]。

蓬莱[3]文章建安骨[4],中间小谢[5]又清发[6]。

俱怀逸兴[7]壮思飞,欲上青天览[8]明月。

抽刀断水水更流,举杯销愁愁更愁。

人生在世不称意[9],明朝散发[10]弄扁舟[11]。

【注释】

〔1〕此诗选自《李太白全集》(中华书局 1977 年版)卷一八。《文苑英华》题作《陪侍御叔华登楼歌》,则所别者一为李云,一为李华。李白另有五言诗《饯校书叔云》,作于某春季,且无登楼事,与此诗无涉。诸家注本多系此诗于天宝十二载(753)秋,然于"叔华"、"叔云"均含糊其辞。待考。《新唐书·李华传》:"天宝十一载迁监察御史。"《新唐书·宰相世系表》二上:赵郡李氏西祖房景昕子仲云,左司员外郎;叔云,监察御史。宣州:今安徽宣城一带。谢朓楼,又名北楼、谢公楼,在陵阳山上,谢朓任宣城太守时所建。李白于天宝十二载由梁园(今开封)南行,秋至宣城。李白另有五言诗《秋登宣城谢朓北楼》。校书:官名,即校书郎,掌管朝廷的图书整理工作。叔云:李白的叔叔李云。 〔2〕酣(hān)高楼:畅饮于高楼。 〔3〕蓬莱:此指东汉时藏书之东观。《后汉书》卷二三《窦融列传》附窦章传是时学者称东观为老氏藏室,道家蓬莱山。李贤注:言东观经籍多也。蓬莱,海中神山,为仙府,幽经秘籍并皆在也。 〔4〕建安骨:建安风骨,指建安时期以曹操父子和"建安七子"的诗文创作风格为代表的文学风格。建安,为汉献帝(196—220)的年号。 〔5〕小谢:指谢朓。后人将他和谢灵运并举,称为大谢、小谢。这里用以自喻。 〔6〕清发:指清新秀发的诗风。发:秀发,诗文俊逸。 〔7〕逸兴(xīng):飘逸豪放的兴致,多指山水游兴。王勃《滕王阁序》:"遥襟甫畅,逸兴遄飞。"李白《送贺宾客归越》:"镜湖流水漾清波,狂客归舟逸兴多。" 〔8〕览:通"揽",摘取的意思。 〔9〕称(chèn)意:称心如意。 〔10〕散发:不束冠,意谓不做官。这里是形容狂放不羁。古人束发戴冠,散发表示闲适自在。 〔11〕弄扁(piān)舟:指隐逸于江湖之中。扁舟:小船。

天宝元年(742),李白因玉真公主之荐来到长安,供职于翰林院。两年后,因被谗毁而离开朝廷,重新又开始了漫游生活。天宝十二年秋,李白来到宣州,遇族叔李云并同登谢朓楼,此诗即李白为之饯行而作。全诗辞语慷慨豪放,抒发了诗人怀才不遇的牢骚和愤懑。诗并不直言离别,开头破空而来,既不写楼,亦不叙别,而是突兀而起,直抒郁结,抒发虚度光阴、报国无门的痛苦。三四两句以万里长风吹送落雁转到爽朗壮阔的境界,酣饮高楼的豪情壮志不禁油然而生。"蓬莱"两句既关合主客身份,以"蓬莱文章"借指李云的文章,以"小谢"自指,同时又照应题目中的谢朓楼和校书官职。"俱怀"二句进一步渲染双方的意兴,飘然欲飞。最后四句又跌落到现实,以挥洒出世的忧愤作结。全诗感情色彩浓烈,情绪如狂涛漫卷,笔势如天马行空,结构大开大合,直起直落。典型地代表了李白为诗不主故常、豪纵奔逸的个性和风格。

登金陵凤凰台[1]

凤凰台上凤凰游, 凤去台空江自流。
吴宫花草埋幽径[2],晋代衣冠成古丘[3]。
三山半落青天外[4],一水中分白鹭洲[5]。
总为浮云能蔽日[6],长安不见使人愁。

【注释】

〔1〕凤凰台:旧址在南京城外凤凰山。传说南朝宋文帝元嘉年间有凤凰集于此,因筑台山上,名凤凰台。 〔2〕吴宫:三国时吴国建都金陵。 〔3〕晋代衣冠:借指东晋名门显贵之人。〔4〕三山:位于南京市西南长江东岸边,三峰并列,南北相连,故称。陆游《入蜀记》云:"三山,自石头及凤凰台望之,杳杳有无中耳。及过其下,距金陵才五十余里。"〔5〕一水:指长江。一作"二水"。白鹭洲:原为南京西南长江中的一个沙洲,后来江流西移,洲与陆地逐渐连成一片。 〔6〕浮云:喻指奸邪之人。浮云蔽日:比喻皇帝受到奸邪之臣的蒙蔽,贤者不得任用。

天宝年间,李白因遭谗毁而离开长安。上元二年(761)南游金陵,此诗盖作于此时(一说为流放夜郎遇赦返回后所作)。首联叙写凤凰台的传说,今昔对比,物是人非,为全诗定下感伤的基调。颔联和颈联分别关涉"凤去台空"和"江自流"。颔联写近景,繁华不再,风流衰歇,侧重历史的苍凉之感。"径""晋"音近,将上下两句连接得天衣无缝;颈联写远景,三山半隐半现,大江一水中分,气象壮丽,"以乐景写哀,倍增其哀"。末联关注现实,引出对浮云蔽日、国事日非的忧虑。相传李白此作有与崔颢《黄鹤楼》一争高下的用意,故立意与措辞显然都受到崔颢《黄鹤楼》诗的影响,但李诗也有自己的鲜明特点,写出了自己的独特感受,和崔作可谓不分轩轾。恰如纪昀所评:"崔诗直举胸情,气体高浑,白诗寓目山河,别有怀抱,其言皆从心而发,即景而成,意象偶同,胜境各擅,论者不举其高情远意,而沾沾吹索于字句之间,固已蔽矣。至谓白实拟之以较胜负,并谬为捶碎鹤楼等诗,鄙陋之谈,不值一噱也。"

拟古十二首(其九)

生者为过客，　死者为归人[1]。
天地一逆旅[2]，同悲万古尘。
月兔空捣药，　扶桑已成薪[3]。
白骨寂无言，　青松岂知春。
前后更叹息，　浮荣安足珍。

【注释】

〔1〕归人:《列子·天瑞篇》"古者谓死人为归人。夫言死人为归人,则生人为行人矣。"
〔2〕逆旅:旅居。常用以喻人生匆遽短促。晋陶潜《自祭文》:"陶子将辞逆旅之馆,永归于本宅。"〔3〕扶桑:神话中的树名。《山海经·海外东经》:"汤谷上有扶桑,十日所浴,在黑齿北。"郭璞注:"扶桑,木也。"

【阅读提示】

　　李白善用古题作诗,这首诗可以作为代表。全诗想象新颖、诡谲,有如天马行空,纵意驰骋,在艺术表现上好似鬼斧神工,匠心独具。首四句生死并举,感叹荣华富贵的虚幻,流露出一种人生易逝的感伤情绪。次四句采用古代神话传说,铺叙世事变幻,宇宙间的一切都不是永恒的,沧海桑田,没有什么永在的荣华富贵。嫦娥灵药"空"捣;参天神树已变成枯槁的柴薪;白骨无言,再也没有生前的毁誉荣辱;苍翠的松树自生自荣,无知无觉,不可能感受到阳春的温暖。结尾以警策之言"前后更叹息,浮荣安足珍"收束全篇。悠悠人世莫不如此,一时荣华实在不足珍惜。《古诗十九首》的某些篇章在感叹人生短促之后,往往流露出一种及时行乐,纵情享受的颓废情绪。李白在这首拟作里虽也同样叹息人生短暂,却没有宣扬消极颓丧的思想,反而深刻地揭示出封建浮荣的虚幻性。

□杜　甫

　　杜甫(712—770),字子美,生于河南巩县一个官僚家庭。祖父杜审言是唐初著名诗人。杜甫少时曾漫游吴越齐鲁。35岁到长安,奔走谋求功名十年,才得到右卫率府胄曹参军的小官。值安史乱起,一度被俘,后脱身潜投肃宗,初授左拾遗,后贬华州司功参军,不久弃官入蜀,被荐为节度参谋、检校工部员外郎,后世称"杜工部"。他离开成都后,全家寄居夔州(今四川奉节县),后在江陵、衡阳一带辗转流离。唐代宗大历五年(770),诗人病死在湘江的一只小船中。杜甫是我国古典诗歌的集大成者,诸体兼善,无体不工。风格雄浑奔放,而以沉郁顿挫为主。他擅长律诗,又是新乐府诗体的开创者。其诗声律和谐,选字精炼,在我国文学史上有"诗圣"之称。留存至今的有一千四百余首。有《杜少陵集》行世。

哀江头[1]

少陵野老吞声哭[2],春日潜行曲江曲。
江头宫殿锁千门[3],细柳新蒲为谁绿?
忆昔霓旌下南苑,　苑中万物生颜色。
昭阳殿里第一人[4],同辇随君侍君侧。
辇前才人带弓箭[5],白马嚼齿黄金勒。
翻身向天仰射云,　一笑正坠双飞翼。
明眸皓齿今何在?　血污游魂归不得[6]。
清渭东流剑阁深,　去住彼此无消息。
人生有情泪沾臆,　江水江花岂终极!
黄昏胡骑尘满城[7],欲往城南望城北[8]。

【注释】

　　〔1〕江:指曲江,在长安城南。　〔2〕少陵野老:诗人自称。杜甫曾在少陵居住过。〔3〕江头宫殿:曲江为唐玄宗和杨贵妃的游幸之地,筑有行宫。　〔4〕"昭阳"句:用汉成帝皇后赵飞燕指代杨贵妃。　〔5〕才人:宫中女官名。《新唐书·百官志二》:"才人七人,正四品。掌叙燕寝,理丝枲,以献岁功。"　〔6〕血污游魂:指杨贵妃被缢死马嵬驿事。　〔7〕胡骑:指安禄山的骑兵。　〔8〕城南望城北:唐代长安城南为居民住宅区,杜甫也住在这里。城北为宫阙所在地。此句寄寓望官军北来收复长安之意。

【阅读提示】

　　唐肃宗至德元年(756)秋,杜甫离开鄜州去投奔刚刚即位的唐肃宗,途中被叛军劫持,带到了沦陷后的长安。第二年的春天,诗人游曲江,触景生情,感慨万千,哀恸欲绝,写下了这首诗。诗分三层,前四句写长安沦陷后曲江的荒凉衰败,"哭""曲"寄寓"黍离之悲",一个愁肠百结、纡曲难伸的诗人形象巍然矗立在我们面前;中间八句由"忆昔"引起回忆安史之乱前春到曲江,唐玄宗、杨贵妃游幸的盛况。表面上写盛世繁华,实则以乐写哀,倍觉其哀。最后八句写诗人在曲江水边产生的感慨和对亡国帝妃的哀怜。全诗以"哀"笼罩,结构跌宕起伏,纡曲有致,沉郁顿挫,把诗人内心对国破家亡的深哀大恸刻画得淋漓尽致。宋人张戒说:"无穷之恨,《黍离》《麦秀》之悲,寄于言外。题云《哀江头》,乃子美在贼中时,潜行曲江,睹江水江花,哀思而作。其词婉而雅,其意微而有礼,真可谓得诗人之旨者。"(《岁寒堂诗话》卷上)

登　高

风急天高猿啸哀[1],渚清沙白鸟飞回[2]。

无边落木萧萧下[3],不尽长江滚滚来。

万里悲秋常作客[4],百年[5]多病独登台。

艰难苦恨繁霜鬓[6],潦倒新停浊酒杯[7]。

【注释】

　　〔1〕啸哀:指猿的叫声凄厉。所谓"巴东三峡巫峡长,猿鸣三声泪沾裳"。　〔2〕渚(zhǔ):水中的小块陆地。　〔3〕落木:指秋天飘落的树叶。萧萧:风吹树叶声。　〔4〕万里:远离故乡,指夔州距长安遥远。常作客:长期漂泊他乡。杜甫自乾元二年(759)弃官流寓秦州、同谷、成都,至大历二年(767)在夔州作此诗,颠沛流离近十年,杜甫有诗云:"一辞故国十经秋。"〔5〕百年:一生。　〔6〕艰难:兼指国运和自身命运。苦恨:极其遗憾。苦:极。繁霜鬓:形容白发多,如鬓边着霜雪。繁:这里作动词,增多。　〔7〕潦倒:衰颓,失意。这里指衰老多病,志不得伸。

【阅读提示】

　　此诗为唐代宗大历二年(767)重阳节,杜甫在夔州登高思念故国所作。全诗境界壮阔,慷慨激越,被誉为"古今七言律诗之冠"。前四句极写登高所见,气势磅礴,气象高浑。后四句写登高所感,情景交融,沉郁顿挫。首联起势警拔,壁立万仞,"风急""天高""渚清""沙白"皆从大处入笔,"猿啸""鸟飞"则如小处衬应;颔联状写无边落木,滚滚长江,连用叠字,已觉气势非凡,而又冠以"无边""不尽"，悲壮中犹显阔大，直如"建瓴走坂""百川入海"，可谓"古今独步"的"句中化境"。后半首写悲秋，诗人融入了自己老病孤愁、只身漂泊的身世之感；注入了政局动荡、时世艰难的家国之恨。全诗如一幅大开大合的泼墨山水，诗人由秋江鸟飞，两岸猿啸写到萧萧落木，滚滚长江；再由异乡漂泊，穷愁多病写到白发断炊，抒发了忧国伤时的真挚感情，雄浑而悲壮，且通篇对仗，格律谨严，不愧为旷代奇作。

月　夜

今夜鄜州月[1]，闺中只独看。
遥怜小儿女[2]，未解忆长安。
香雾云鬟湿，　清辉玉臂寒[3]。
何时倚虚幌，　双照泪痕干[4]？

【注释】

〔1〕鄜(fū)州：今陕西省富县。当时杜甫的家属在鄜州的羌村，杜甫在长安。这两句设想妻子在鄜州独自对月怀人的情景。　〔2〕怜：爱。未解：不懂得。　〔3〕香雾：夜雾本无香，而从妻子的云鬟中散出，故云；凄清的月光照在妻子的玉臂上，显得寒凉。湿、寒二字，写出夜已深而人未寐的情景。　〔4〕虚幌：透明的窗帷。双照：指月光照着自己与妻子二人。

【阅读提示】

此诗为诗人困居长安望月思家所作。诗写离乱中两地相思，构思独特，情深意真，明白如话，凄婉感人，不愧为天下第一等情诗。诗首联点题，起势不凡。从对方入手，视角独特，不写长安望月，而写鄜州之月，闺中独看。浦起龙云："心已驰神到彼，诗从对面飞来，悲婉微至，精丽绝伦，又妙在无一字不从月色照出也。"（《读杜心解》）次联用流水对，用笔隐微，用"小儿女"的"未解"反衬妻子的闺中独看，情感翻进一层，亦突出首联的"独"字，益见深情如许；三联着力描绘妻子月夜独望的情景，雾湿云鬟，冷浸玉臂，语丽情深。"湿""寒"二字，见出伫立之久，思念之切！末联以希冀相逢，"双照"而泪痕始干，则"独看"而泪痕不干，也就意在言外了。全诗情感层层递进，转而弥深，悲婉感人。写妻子焦心，为一层；写小儿女未解，反衬妻子之忆，又进一层，直写月夜独望，又为一层，不以自己身陷敌军，生死未卜为怀，而以妻子对自己的挂念入题擒笔，情感越发真挚。诗题为《月夜》，字字从月色中照出，而以"独看"、"双照"为一诗之眼。词旨婉切，章法紧密。如清黄生所说："'照'字应'月'字，'双'字应'独'字，语意玲珑，章法紧密，五律至此，无忝诗圣矣！"（《杜诗说》卷四）

秋兴八首（其一）[1]

玉露凋伤枫树林[2]，巫山巫峡气萧森[3]。
江间波浪兼天涌[4]，塞上风云接地阴[5]。
丛菊两开他日泪[6]，孤舟一系故园心[7]。
寒衣处处催刀尺[8]，白帝城高急暮砧[9]。

【注释】
〔1〕这是八首中的第一首，写夔州一带的秋景，寄寓诗人自伤漂泊、思念故园的心情。
〔2〕玉露：秋天的霜露，因其白，故以玉喻之。凋伤：草木在秋风中凋落。 〔3〕巫山巫峡：即指
夔州（今奉节）一带的长江和峡谷。萧森：萧瑟阴森。 〔4〕兼天涌：波浪滔天。 〔5〕塞上：指
巫山。接地阴：风云盖地。"接地"又作"匝地"。 〔6〕丛菊两开：杜甫去年秋天在云安，今年
秋天在夔州，从离开成都算起，已历两秋，故云"两开"。一谓菊花开，又言泪眼开。他日：往
日，指多年来的艰难岁月。 〔7〕故园：此处当指长安。 〔8〕催刀尺：指赶裁冬衣。"处处
催"，见得家家如此。 〔9〕白帝城：即今奉节城，在瞿塘峡上口北岸的山上，与夔门隔岸相对。
急暮砧：黄昏时急促的捣衣声。砧：捣衣石。

【阅读提示】
《秋兴八首》是大历元年（766）秋杜甫在夔州时所作一组七言律诗，因秋而感
发诗兴，故曰《秋兴》。这一组诗历来被公认为杜甫抒情诗中艺术性最高的诗。
杜甫自肃宗乾元二年（759）弃官，至今已历七载，战乱频仍，国无宁日，人无定所，
当此秋风萧瑟之时，不免触景生情。八首诗是一个完整的乐章，主题是"故国之
思"，缜密严整，脉络分明，为历代评家所重，这里为第一首。此诗为全组诗的序
曲。通过对巫山巫峡秋色秋声的形象描绘，烘托出阴沉萧森、动荡不安的环境气
氛，抒发了诗人忧国之情和孤独抑郁之感。全诗幽冷寒艳，对仗精工，情绪抑郁
纤结，结构动荡开合。《唐宋诗醇》引钱谦益云："首篇颔联悲壮，颈联凄紧，以节
则杪秋，以时则薄暮，刀尺苦寒，急砧促别。末句标举兴会，略有五重，所谓嵯峨
萧瑟，真不可言。"黄生评此诗曰："杜公七律，当以《秋兴》为裘领，乃公一生心神
结聚所作也。"

□ 韩　愈

韩愈（768—824），字退之，河内河阳（今河南孟州）人。祖籍昌黎（今河北通
县），世称韩昌黎。唐德宗贞元八年（792）进士。宪宗时，随宰相裴度平定淮西之

乱,升任刑部侍郎,因上疏反对迎佛骨,被贬为潮州(今广东潮州)刺史。穆宗时,官至吏部侍郎。韩愈和柳宗元同是古文运动的倡导者,其散文被列为"唐宋八大家"之首。他主张继承先秦两汉散文的传统,反对六朝以来讲究声律、对仗而忽视内容的骈体文,提倡散体,主张"辞必己出","唯陈言之务去"。韩愈的诗歌气势壮阔,笔力雄健,力求新奇,自成一家,开了"以文为诗"的风气,对后来的宋诗影响很大。但有时不免流于险怪。有《昌黎先生集》。

左迁至蓝关示侄孙湘[1]

一封朝奏九重天[2],夕贬潮州路八千[3]。
欲为圣明除弊事[4],肯将衰朽惜残年[5]!
云横秦岭家何在[6]?雪拥蓝关马不前。
知汝远来应有意[7],好收吾骨瘴江边[8]。

【注释】

〔1〕据日本藏《又玄集》,此诗题作《贬官潮州出关作》。唐宪宗元和十四年(819)正月,韩愈上书谏迎佛骨,由刑部侍郎贬为潮州刺史,这首诗作于赴潮州途中。"左迁"古代以右为尊以左为卑,所以称降职为左迁。蓝关:即蓝田关,在今陕西省蓝田县南。"侄孙湘"侄孙韩湘,字北渚,穆宗长庆三年(823)登进士第,官大理丞,是韩愈之侄韩老成的儿子。 〔2〕一封:指韩愈《谏迎佛骨表》。封:指谏书。九重天:指皇帝。 〔3〕潮州:又称潮阳郡,州治在今广东省汕头市潮阳县。路八千:言长安和潮州间相距遥远。 〔4〕圣明:对唐宪宗李纯的颂词。弊事:政治上的弊端,指迎佛骨事。明:一作"朝"。事:一作"政"。 〔5〕肯:岂肯。衰朽:衰弱多病。惜残年:顾惜晚年的生命。这时韩愈已五十二岁。 〔6〕秦岭:即终南山,又名南山、太乙山。横亘在陕西省南部,为我国地理上的南北分界线。 〔7〕汝:指韩湘。应有意:应知道我此去凶多吉少。应:一作"须"。 〔8〕"好收"句:意思是说自己必死于潮州,向韩湘交代后事。《左传·僖公三十二年》蹇叔哭师时有:"必死是间,余收尔骨焉。"韩愈用其意。瘴江边:充满瘴气的江边,指贬所潮州。瘴:瘴气,旧指南方山林间湿热蒸郁致人疾病的烟气。

【阅读提示】

韩愈一生以恢复儒家传统、消除佛道影响为己任。元和十四年正月,唐宪宗迎佛骨于凤翔,大兴佛事。韩愈上《谏迎佛骨表》,力谏宪宗"迎佛骨入大内",触犯"人主之怒",几被定为死罪,后经裴度等人说情,才由刑部侍郎贬为潮州刺史。当韩愈到达离京师不远的蓝关时,侄孙韩湘赶来同行。韩愈此时悲感交集,长歌当哭,写下了这首名篇。"欲为"联直抒理想,老而弥坚,使人见得铮铮铁骨,感人至深。五六句就景抒情,"家何在",词意悲壮。韩愈有一首哭女作写道:以罪贬潮州刺史,乘驿赴任,其后家亦谴逐,小女道死,殡之层峰驿旁山下。"数条藤束木皮棺，草殡荒山白骨寒。惊恐入心身已病，扶舁沿路众知难。绕坟不眠号三匝，设祭惟闻饭一盘。致汝无辜由我罪，百年惭痛泪阑干。"可见当时心境之一斑。结语用《左传》蹇叔哭师之语："心死是间，吾收尔骨焉"，至今读来倍觉凄楚难言。全诗笔势纵横，大气磅礴，有撼动人心的力量。在艺术手法上，既有格律诗谨严的特点，同时又以"文章之法"行之，表现了韩愈诗歌"以文为诗"的特点，从中也可以见出杜甫诗歌对韩愈的影响。

答张十一功曹〔1〕

山净江空水见沙，　哀猿啼处两三家〔2〕。
篔筜竞长纤纤笋〔3〕，踯躅闲开艳艳花〔4〕。
未报恩波知死所〔5〕，莫令炎瘴送生涯。
吟君诗罢看双鬓，　斗觉霜毛一半加〔6〕。

【注释】

〔1〕钱仲联《集释》谓此诗"境地情绪，明系作于湘南而非江陵"。并辩"功曹"事，认为原题当为"答张十一"，"功曹"二字或为其后追加，或为李汉编集时所加。　〔2〕蒋之翘云："起二句，荒寒如画。"宗传璧云："荒则然矣，寒则未必。细按此诗下文，似在春初。'水见沙'是冬春之间常见的现象。"　〔3〕篔筜（yúndāng）：一种粗大的竹子。　〔4〕踯躅：又名羊踯躅、闹羊花，属杜鹃花科，落叶灌木，春季开花，红黄色，极鲜。　〔5〕恩波：谓帝王的恩泽。　〔6〕斗：同"陡"，忽然、顿时之意。霜毛：指白发。

【阅读提示】

韩愈一生中两次遭贬，此诗是他第一次被贬到广东阳山后的第二年春天所作。张十一名署，德宗贞元十九年（803）与韩愈同为监察御史，一起被贬。张到郴州临武令任上曾有诗赠韩愈，诗云："九疑峰畔二江前，恋阙思乡日抵年。白简趋朝曾并命，苍梧左宦一联翩。鲛人远泛渔舟火，鹏鸟闲飞露里天。涣汗几时流率土，扁舟西下共归田。"韩愈写此诗作答。诗前四句写景抒情，既有明净的春山春水，又有荒僻冷落的气氛渲染。"竞""闲"二字，生动形象，传神写照；后四句叙事抒情，既有无辜被贬的悲愁与怨愤，又有对未来建功立业的憧憬。全诗含蓄深沉，清新雅敬。清程学恂曰："退之七律只十首，吾独取此篇为能真得杜意。"此所谓"杜意"，主要是指"怨而不怒"，不忘君国的精神。最后两句把感情推向高潮，言人已不堪悲愁，又读悲愁凄苦之诗，突然之间就觉得衰老了许多。这是含不尽之意见于言外的写法，婉转含蓄，韵味深厚。王夫之《唐诗评选》许之为"寄悲正在比兴处"。

张中丞传·后叙

元和二年四月十三日夜[1]，愈与吴郡张籍阅家中旧书[2]，得李翰所为《张巡传》[3]。翰以文章自名[4]，为此传颇详密。然尚恨有阙者：不为许远立传[5]，又不载雷万春事首尾[6]。

远虽材若不及巡者，开门纳巡[7]，位本在巡上。授之柄而处其下[8]，无所疑忌，竟与巡俱守死，成功名，城陷而虏，与巡死先后异耳[9]。两家子弟材智下[10]，不能通知二父志[11]，以为巡死而远就虏，疑畏死而辞服于贼。远诚畏死，何苦守尺寸之地，食其所爱之肉[12]，以与贼抗而不降乎？当其围守时，外无蚍蜉蚁子之援[13]，所欲忠者，国与主耳，而贼语以国亡主灭[14]。远见救援不至，而贼来益众，必以其言为信；外无待而犹死守[15]，人相食且尽，虽愚人亦能数日而知死所矣。远之不畏死亦明矣！乌有城坏其徒俱死，独蒙愧耻求活？虽至愚者不忍为，呜呼！而谓远之贤而为之邪？

说者又谓远与巡分城而守，城之陷，自远所分始[16]。以此诟远，此又与儿童之见无异。人之将死，其脏腑必有先受其病者；引绳而绝之，其绝必有处。观者见其然，从而尤之，其亦不达于理矣！小人之好议论，不乐成人之美如是哉！如巡、远之所成就，如此卓卓，犹不得免，其他则又何说！

当二公之初守也，宁能知人之卒不救，弃城而逆遁？苟此不能守，虽避之他处何益？及其无救而且穷也，将其创残饿羸之余[17]，虽欲去，必不达。二公之贤，其讲之精矣[18]！守一城，捍天下，以千百就尽之卒，战百万日滋之师，蔽遮江、淮，沮遏其势[19]，天下之不亡，其谁之功也！当是时，弃城而图存者，不可一二数；擅强兵坐而观者，相环也。不追议此，而责二公以死守，亦见其自比于逆乱，设淫辞而助之攻也。

愈尝从事于汴、徐二府[20]，屡道于两府间，亲祭于其所谓双庙者[21]。其老人往往说巡、远时事云：南霁云之乞救于贺兰也[22]，贺兰嫉巡、远之声威功绩出己上，不肯出师救；爱霁云之勇且壮，不听其语，强留之，具食与乐，延霁云坐。霁云慷慨语曰："云来时，睢阳之人不食月余日矣！云虽欲独食，义不忍；虽食，且不下咽！"因拔所佩刀，断一指，血淋漓，以示贺兰。一座大惊，皆感激为云泣下。云知贺兰终无为云出师意，即驰去。将出城，抽矢射佛寺浮图，矢着其上砖半箭，曰："吾归破贼，必灭贺兰！此矢所以志也。"愈贞元中过泗州[23]，船上人犹指以相语。城陷，贼以刃胁降巡，巡不屈，即牵去，将斩之；又降霁云，云未应。巡呼云曰："南八[24]，男儿死耳，不可为不义屈！"云笑曰："欲将以有为也；公有言，云敢不死！"即不屈。

张籍曰："有于嵩者，少依于巡。及巡起事，嵩常在围中[25]。籍大历中于和

81

州乌江县见嵩〔26〕，嵩时年六十余矣。以巡初尝得临涣县尉〔27〕，好学，无所不读。籍时尚小，粗问巡、远事，不能细也。云："巡长七尺余，须髯若神。尝见嵩读《汉书》，谓嵩曰：'何为久读此？'嵩曰：'未熟也。'巡曰：'吾于书读不过三遍，终身不忘也。'因诵嵩所读书，尽卷不错一字。嵩惊，以为巡偶熟此卷，因乱抽他帙以试〔28〕，无不尽然。嵩又取架上诸书试以问巡，巡应口诵无疑。嵩从巡久，亦不见巡常读书也。为文章，操纸笔立书，未尝起草。初守睢阳时，士卒仅万人〔29〕，城中居人户亦且数万，巡因一见问姓名，其后无不识者。巡怒，须髯辄张。及城陷，贼缚巡等数十人坐，且将戮。巡起旋，其众见巡起，或起或泣。巡曰：'汝勿怖！死，命也。'众泣不能仰视。巡就戮时，颜色不乱，阳阳如平常。远宽厚长者，貌如其心；与巡同年生，月日后于巡，呼巡为兄，死时年四十九。"嵩，贞元初死于亳、宋间〔30〕。或传嵩有田在亳、宋间，武人夺而有之，嵩将诣州讼理，为所杀。嵩无子。张籍云。

【注释】

〔1〕元和：唐宪宗李纯的年号（806—820）。 〔2〕张籍（约767—约830）：字文昌，吴郡（治所在今江苏省苏州市）人，唐代著名诗人，韩愈学生。 〔3〕李翰：字子羽，官至翰林学士，与张巡友善，客居睢阳时，曾亲见张巡战守事迹。张巡死后，有人诬其降贼，因撰《张巡传》上肃宗，并有《进张中丞传表》（见《全唐文》卷四三〇）。 〔4〕以文章自名：《旧唐书·文苑传》：翰"为文精密，用思苦涩"。自名：自许。 〔5〕许远（709—757）：字令威，杭州盐官（今浙江省海宁县）人。安史乱时，任睢阳太守，后与张巡合守孤城，城陷被掳往洛阳，至偃师被害。事见两唐书本传。 〔6〕雷万春：张巡部下勇将。 〔7〕开门纳巡：肃宗至德二载（757）正月，叛军安庆绪部将尹子奇带兵十三万围睢阳，许远向张巡告急，张巡自宁陵率军入睢阳城（见《资治通鉴》卷二一九）。 〔8〕柄：权柄。 〔9〕城陷而虏二句：此年十月，睢阳陷落，张巡、许远被虏。张巡与部将被斩，许远被送往洛阳邀功。 〔10〕两家句：据《新唐书·许远传》载，安史之乱平定后，大历年间，张巡之子张去疾轻信小人挑拨，上书代宗，谓城破后张巡等被害，惟许远独存，是屈降叛军，请追夺许远官爵。诏令去疾与许远之子许岘及百官议此事。两家子弟即指张去疾、许岘。 〔11〕通知：通晓。 〔12〕"食其"句：尹子奇围睢阳时，城中粮尽，军民以雀鼠为食，最后只得以妇女与老弱男子充饥。当时，张巡曾杀爱妾、许远曾杀奴仆以充军粮。 〔13〕蚍蜉（pífú）：黑色大蚁。蚁子：幼蚁。 〔14〕"而贼"句：安史之乱时，长安、洛阳陷落，玄宗逃往西蜀，唐室岌岌可危。 〔15〕外无待：睢阳被围后，河南节度使贺兰进明等皆拥兵观望，不来相救。 〔16〕"说者"句：张巡和许远分兵守城，张守东北，许守西南。城破时叛军先从西南处攻入，故有此说。 〔17〕羸（léi）：瘦弱。 〔18〕"二公"句：谓二公功绩前人已有精当的评价。此指李翰《进张中丞传表》所云："巡退军睢阳，扼其咽领，前后拒守，自春徂冬，大战数十，小战数百，以少击众，以弱击强，出奇无穷，制胜如神，杀其凶丑九十余万。贼所以不敢越睢阳而取江淮，江淮所以保全者，巡之力也。" 〔19〕沮（jǔ）遏：阻止。 〔20〕"愈尝"句：韩愈曾先后在汴州（治所在今河南省开封市）、徐州（治所在今江苏省徐州市）任推官之职。唐称幕僚为从事。 〔21〕双庙：张巡、许远死后，后人在睢阳立庙祭祀，称为双庙。 〔22〕南霁云

（？—757）：魏州顿丘（今河南省清丰县西南）人。安禄山反叛，被遣至睢阳与张巡议事，为张所感，遂留为部将。贺兰：复姓，指贺兰进明。时为御史大夫、河南节度使，驻节于临淮一带。〔23〕贞元：唐德宗李适年号（785—805）。泗州：唐属河南道，州治在临淮（今江苏省泗洪县东南），当年贺兰屯兵于此。　〔24〕南八：南霁云排行第八，故称。　〔25〕常：通"尝"，曾经。〔26〕大历：唐代宗李豫年号（766—779）。和州乌江县：在今安徽省和县东北。　〔27〕"以巡"句：张巡死后，朝廷封赏他的亲戚、部下，于嵩因此得官。临涣：故城在今安徽省宿县西南。〔28〕帙（zhì）：书套，也指书本。　〔29〕仅：几乎。　〔30〕亳（bó）：亳州，治所在今安徽省亳县。宋：宋州，治所在睢阳。

【阅读提示】

此篇作于唐宪宗元和二年（807），是表彰安史之乱期间睢阳（今河南商丘）守将张巡、许远的一篇名作。

题中的张中丞即张巡，本来是真源（今河南鹿邑）县令，叛军进入河南后，张巡领兵在雍丘（今河南杞县）等地抗战。至德二载（757）正月，睢阳太守许远向张巡告急，巡领兵进睢阳与许远共同守城，直至壮烈牺牲。张巡守睢阳时，朝廷封其为御史中丞、河南节度副使，故称张中丞。曾随他守睢阳的李翰写过一篇《张中丞传》，韩愈这篇文章是对《张中丞传》的阐发与补充，故题为《〈张中丞传〉后叙》。《后叙》的写作，距张、许殉难虽已半个世纪，本文的用意，并不仅限于评价张、许，实际上是对姑息养奸者的抨击。

第一段是引子，第二段主要为许远辩诬，第三段为整个睢阳保卫战辩护，第四段是文章的主体，尤以南霁云乞师和就义为最详，把南霁云放在贺兰进明嫉妒张巡、许远的功绩，而又企图强留霁云的尖锐矛盾环境中，展示人物的性格。通过一些细节描写，诸如南霁云由不忍独食到断指、射塔等，其临危不惧、慷慨爽朗的个性便呼之欲出了。

韩愈是唐宋八大家之首，《文章精义》评其为文风云"韩如潮"，是说韩愈的文章如潮水一样浩荡奔腾，气势壮阔，富有变化。宋人张耒也说："韩退之穷文之变，每不循轨辙。"（《明道杂志》）本文忽而议论，忽而叙事，议论、叙事中又插入描写和抒情。尤其是围绕南霁云，除让贺兰进明从反面加以陪衬外，后面还有作者贞元中过泗州的补笔，不仅把传说坐实，而且在紧张激烈的气氛中，突然宕开一笔，更显得顿挫生姿，摇曳不尽。

□ 柳宗元

柳宗元（773—819），字子厚，河东（今山西永济市）人。是唐代杰出的文学家和思想家。贞元九年（793）进士。参加了以王叔文为首的政治改革集团，反对藩镇割据和宦官专权,推行免除部分苛捐杂税等具有进步意义的政策,因此触犯了宦官权豪的利益,遭到权贵的阻挠。革新失败后,柳宗元先被贬为永州(今湖南零陵县)司马,十年后,改为柳州(今属广西)刺史,最后病死在柳州,年仅四十六岁。人称柳河东,有《柳河东集》。

登柳州城楼寄漳汀封连四州刺史[1]

城上高楼接大荒[2],海天愁思正茫茫。
惊风乱飐芙蓉水[3],密雨斜侵薜荔墙[4]。
岭树重遮千里目, 江流曲似九回肠。
共来百越文身地[5],犹自音书滞一乡。

【注释】

〔1〕柳州:今广西壮族自治区柳州市。漳:即漳州,今福建漳州市。汀:即汀州,今属福建。封:即封州,今广东封开县。连州:今属广东。 〔2〕接:连接,一说,目接,看到。大荒:旷远的广野。 〔3〕惊风:狂风。乱飐:吹动。 〔4〕薜荔:一种蔓生植物,也称木莲。 〔5〕百越:即百粤,指当时五岭以南各少数民族地区。文身:古代南方少数民族有在身上刺花纹的风俗。

【阅读提示】

贞元二十一年(805),唐德宗李适死,顺宗继位,重用王叔文、王伾、柳宗元、刘禹锡等人进行改革,由于宦官和藩镇的联合反扑,顺宗退位继而被杀,王叔文赐死,王伾贬后病死,柳、刘、二韩被贬为边州司马;十年后,又将他们贬到更为荒远的柳州、漳州、汀州、封州和连州做刺史。此诗为柳宗元初到柳州所写。前六句写登楼所见之景,海天茫茫,惊风密雨,千里烟树,九转江流,景中寓情,"有百端交集之感"。末句以音书不通,抒写关怀好友处境而不见的惆怅之情。全诗赋中有比,象中含兴,生动地写出了当时的政治斗争以及诗人政治上长期遭受打击的残酷现实,表达了对同处百越文身之地的友人们的深切思念。艺术上,此诗工于炼字,"飐""侵"形象准确,惊心动魄。景中有情,情中有景,景与情水乳交融,正如纪昀所评"如水中之盐,不露痕迹"。

别舍弟宗一[1]

零落残魂倍黯然[2],双垂别泪越江边[3]。
一身去国六千里[4],万死投荒十二年[5]。
桂岭瘴来云似墨[6],洞庭春尽水如天。
欲知此后相思梦, 长在荆门郢树烟[7]。

【注释】

　　〔1〕韩醇《诂训柳集》卷四十二："'万死投荒十二年',自永贞元年(805)乙酉至元和十一年(816)丙申也。诗是年春作。"宗一:宗元从弟,事不详。　〔2〕"零落"句:江淹《别赋》"黯然销魂者,唯别而已矣"。　〔3〕越江:唐汝询《唐诗解》卷四十四"越江,未详所指,疑即柳州诸江也。按柳州乃百越地"。　〔4〕六千里:《通典·州郡十四》"(柳州)去西京五千二百七十里"。〔5〕投荒:抛弃于荒野。此喻被贬谪。　〔6〕桂岭:五岭之一,山多桂树,故名。柳州在桂岭南。《元和郡县志》卷三七《岭南道贺州》载有桂岭县:"桂岭在县东十五里。"　〔7〕荆、郢:古楚都,今湖北江陵西北。《百家注柳集》引孙汝听曰:"荆、郢,宗一将游之处。"何焯《义门读书记》曰:"《韩非子》:张敏与高惠二人为友,每相思不得相见,敏便于梦中往寻。但行至半路即迷。落句正用其意。"

【阅读提示】

　　此诗为伤别并自伤之作。唐汝询《唐诗解》曰:"此亦在柳而送其弟入楚也。流放之余,惊魂未定,复此分别,倍加黯然,不觉泪之双下也。我之被谪既远且久,今又与弟分离,一留桂岭,一趋洞庭,瘴疠风波,尔我难堪矣。弟之此行当在荆郢之间,我之梦魂常不离夫斯土耳。"全诗苍茫劲健,雄浑阔远,感慨深沉,感情浓烈,抒发了诗人政治上郁郁不得志的悲愤之情。诗的一、三、四联着重表现的是兄弟之间的骨肉情谊。第三联是景语,也是情语,用比兴手法把彼此境遇加以渲染和对照。诗的最后一联,以"相思梦"、"郢树烟"作结,情谊深切,意境迷离,具有浓郁的诗味。既叙"别离"之意,又抒"迁谪"之情,苍凉激越,情景交融,确是一首难得的抒情佳作。

渔　翁

渔翁夜傍西岩宿〔1〕,晓汲清湘燃楚竹〔2〕。
烟销日出不见人，欸乃一声山水绿〔3〕。
回看天际下中流，岩上无心云相逐〔4〕。

【注释】

　　〔1〕西岩:永州的西山。　〔2〕湘:湘江。楚竹:即湘竹。相传舜死于苍梧,他的二妃娥皇、女英追至此地,哭泣甚哀,泪染于竹,斑斑如血,故楚竹又称湘竹、湘妃竹。　〔3〕欸乃:象声词,一说指桨声,一说是人长呼之声。唐时湘中棹歌有《欸乃曲》(见元结《欸乃曲序》)。〔4〕无心:陶渊明《归去来兮辞》:"云无心而出岫。"一般是表示庄子所说的那种物我两忘的心灵境界。

这首小诗作于柳州,作者以"渔翁"自指,表现出和大自然的相契之情,而"欸乃一声山水绿"尤为传神,如一幅山水画,淡逸清和,情趣盎然。结尾化以陶渊明的"云无心以出岫",宕开诗境,既有怡情山水的情感抒写,又暗寓政治失意的孤愤。从艺术上来看,全诗以"奇趣"著称,诚如苏轼《书柳子厚〈渔翁〉诗》所云:"诗以奇趣为宗,反常合道为趣。熟味此诗有奇趣。"

永某氏之鼠

永有某氏者,畏日[1],拘忌异甚[2]。以为己生岁直子[3];鼠,子神也,因爱鼠,不畜猫犬,禁僮勿击鼠。仓廪[4]庖厨,悉以恣[5]鼠,不问。由是鼠相告,皆来某氏,饱食而无祸。某氏室无完器,椸[6]无完衣,饮食大率鼠之余也。昼累累与人兼行,夜则窃啮斗暴,其声万状,不可以寝,终不厌。

数岁,某氏徙居他州。后人来居,鼠为态如故。其人曰:"是阴类恶物也,盗暴[7]尤甚。且何以至是乎哉?"假五六猫,阖门[8],撤瓦,灌穴,购僮[9]罗捕之。杀鼠如丘,弃之隐处,臭数月乃已。

呜呼!彼以其饱食无祸为可恒也哉!

【注释】

〔1〕畏日:畏忌不吉利的日子,此指迷信的禁忌。 〔2〕拘忌异甚:禁忌特别多。 〔3〕生岁直子:出生的年份逢子年。 〔4〕仓廪:粮食仓库。 〔5〕恣(zì):放纵。 〔6〕椸(yí):衣柜。 〔7〕盗暴:盗吃食品、糟蹋物品。 〔8〕阖门:关闭门户。 〔9〕购僮:雇用仆人。购:雇用

【阅读提示】

柳宗元写有不少寓言故事,如《黔之驴》《蝜蝂传》《临江之麋》等,虽篇幅短小,却形象鲜明,寓意深刻。《永某氏之鼠》即是把那些自以为"饱食而无祸"的人比喻作老鼠,指出他们"为态如故",以"饱食无祸为可恒",一定会遭到彻底被消灭的惨祸。这则寓言,深刻有力地讽刺了封建剥削阶级丑恶的人情世态,讽刺了纵恶逞凶的官僚和猖獗一时的丑类。揭示出凡是害人的东西,即使一时可以找到"保护伞",但这种庇护是不可能长久的,最终还是没有好下场的。对待那些坏人坏事,决不能姑息、妥协,要勇于面对、坚决予以打击。决不能任由他们胡作非为。暗喻小人得志虽能嚣张一时,却不能长久。

□白居易

白居易(772—846),字乐天,晚年号香山居士。祖籍太原(今属山西),后迁居下邽(今陕西渭南)。唐德宗贞元十六年(800)中进士,授秘书省校书郎。唐宪宗元和年间任左拾遗及左赞善大夫。元和十年(815),因宰相武元衡遇刺而死一事,上表急请严缉凶手,得罪权贵,贬为江州司马。唐敬宗宝历元年(825)任苏州刺史,后官至刑部尚书。在文学上,主张"文章合为时而著,歌诗合为事而作",诗文兼善,尤以诗名世,与元稹并称元白,有《白氏长庆集》七十一卷。

长 恨 歌[1]

汉皇重色思倾国,御宇多年求不得[2]。杨家有女初长成,养在深闺人未识[3]。天生丽质难自弃,一朝选在君王侧。回眸一笑百媚生,六宫粉黛无颜色[4]。春寒赐浴华清池[5],温泉水滑洗凝脂。侍儿扶起娇无力,始是新承恩泽时。云鬓花颜金步摇,芙蓉帐暖度春宵[6]。春宵苦短[7]日高起,从此君王不早朝。承欢侍宴无闲暇,春从春游夜专夜[8]。后宫佳丽三千人[9],三千宠爱在一身。金屋妆成娇侍夜,玉楼宴罢醉和春[10]。姊妹弟兄皆列土,可怜光彩生门户[11];遂令天下父母心,不重生男重生女[12]。骊宫高处入青云,仙乐风飘处处闻[13]。缓歌慢舞凝丝竹[14],尽日君王看不足。

渔阳鼙鼓动地来,惊破霓裳羽衣曲[15]。九重城阙烟尘生,千乘万骑西南行[16]。翠华摇摇行复止,西出都门百余里[17]。六军不发无奈何,宛转蛾眉马前死[18]。花钿委地无人收,翠翘金雀玉搔头[19]。君王掩面救不得,回看血泪相和流。黄埃散漫风萧索,云栈萦纡登剑阁[20]。峨嵋山下少人行,旌旗无光日色薄。蜀江水碧蜀山青,圣主朝朝暮暮情。行宫见月伤心色[21],夜雨闻铃肠断声。

天旋地转回龙驭[22],到此踌躇不能去。马嵬坡下泥土中,不见玉颜空死处。君臣相顾尽沾衣,东望都门信马归。归来池苑皆依旧,太液芙蓉未央柳[23]。芙蓉如面柳如眉,对此如何不泪垂。春风桃李花开日,秋雨梧桐叶落时。西宫南苑多秋草,落叶满阶红不扫[24]。梨园弟子白发新,椒房阿监青娥老[25]。夕殿萤飞思悄然,孤灯挑尽未成眠。迟迟钟鼓初长夜,耿耿星河欲曙天[26]。鸳鸯瓦冷霜华重,翡翠衾寒谁与共[27]。悠悠生死别经年,魂魄不曾来入梦[28]。

临邛道士鸿都客,能以精诚致魂魄[29]。为感君王辗转思,遂教方士殷勤觅。排空驭气奔如电,升天入地求之遍[30]。上穷碧落下黄泉[31],两处茫茫皆不见。忽闻海上有仙山,山在虚无缥缈间。楼阁玲珑五云起,其中绰约多仙子[32]。中有一人字太真,雪肤花貌参差是[33]。金阙西厢叩玉扃,转教小玉报双成[34]。

　　闻道汉家天子使,九华帐里梦魂惊[35]。揽衣推枕起徘徊,珠箔银屏迤逦开[36]。云鬓半偏新睡觉,花冠不整下堂来。风吹仙袂飘飘举,犹似霓裳羽衣舞[37]。玉容寂寞泪阑干[38],梨花一枝春带雨。含情凝睇谢君王,一别音容两渺茫[39]。昭阳殿里恩爱绝,蓬莱宫中日月长[40]。回头下望人寰处[41],不见长安见尘雾。唯将旧物表深情,钿合金钗寄将去[42]。钗留一股合一扇,钗擘黄金合分钿[43]。但教心似金钿坚,天上人间会相见。临别殷勤重寄词,词中有誓两心知。七月七日长生殿,夜半无人私语时。在天愿作比翼鸟,在地愿为连理枝。天长地久有时尽,此恨绵绵无绝期[44]。

【注释】

　　〔1〕唐宪宗元和元年(806)十二月,白居易任盩厔(今陕西周至县)县尉时,与友人陈鸿、王质夫同游仙游寺,谈起50多年前的"天宝遗事"(唐玄宗和杨贵妃的故事)。根据王质夫的提议,白居易写了这篇《长恨歌》,陈鸿写了传奇小说《长恨歌传》。　　〔2〕汉皇:汉家天子。此指唐玄宗李隆基。唐人文学创作常以汉称唐。御宇:驾驭天下。　〔3〕杨家:蜀州司户杨玄琰,有女杨玉环,自幼由叔父杨玄珪抚养,17岁被册封为玄宗之子寿王李瑁之妃。22岁时,玄宗命其出宫为道士,道号太真。27岁被玄宗册封为贵妃。所谓"养在深闺人未识",是作者有意为帝王避讳的说法。　〔4〕六宫:古代皇帝设六宫,正寝(日常处理政务之地)一、燕寝(休息之地)五,合称六宫。六宫粉黛指六宫中的女性。　〔5〕华清池:即华清池温泉,在今陕西省临潼县南的骊山下。唐贞观十八年(644)建汤泉宫,咸亨二年(671)改名温泉宫,天宝六年(747)扩建后改名华清宫。唐玄宗每年冬、春季都到此居住。　〔6〕云鬓:形容美发如云。金步摇:一种金首饰,上面缀着垂珠之类,走路时摇曳生姿。芙蓉帐:绣着莲花的帐子。　〔7〕春宵苦短:嫌春宵太短。　〔8〕专夜:皇帝只和她同宿。　〔9〕后宫佳丽三千人:汉武帝、元帝时后宫嫔妃有"三千人"。唐太宗时多余的宫女有"数万","精简"一次就放出三千名。唐玄宗时宫女有四万。　〔10〕金屋:指杨贵妃的住所。据《汉武故事》载:汉武帝年幼时曾说,如果能娶表妹阿娇做妻子,就给她造一座金房子住。妆成:打扮好。醉和春:醉态中含着春情。　〔11〕列土:分封土地。此指杨家人都受了特殊的封赏。杨玉环受封贵妃后,其父追封太尉、齐国公,叔擢升光禄卿,母封凉国夫人,大姐、三姐、八姐分封为韩国夫人、虢国夫人、秦国夫人。宗兄铦、锜、钊(国忠)分封鸿胪寺卿、御史、右丞相。可怜:可爱,值得羡慕。　〔12〕重生女:陈鸿《长恨歌传》云,当时民谣有"生女勿悲酸,生男勿喜欢","男不封侯女作妃,看女却为门上楣"等。〔13〕骊宫:即华清宫,因在骊山下,故称。　〔14〕丝竹:弦乐器和管乐器。　〔15〕渔阳:郡名,辖今北京市平谷县和河北省的蓟县等地,当时属于平卢、范阳、河东三镇节度使安禄山的辖区。天宝十四载(755)冬,安禄山在范阳起兵叛乱。鼙鼓:古代骑兵用的小鼓,此借指战争。霓裳羽衣曲:舞曲名,据说为唐开元年间西凉节度使杨敬述所献,经唐玄宗润色并制作歌辞,改用此名。乐曲着意表现虚无缥缈的仙境和仙女形象。天宝后曲调失传。　〔16〕九重城阙:九重门的京城,此指长安。烟尘生:指发生战事。天宝十五年(756)六月,安禄山破潼关,逼近长安。玄宗带领杨贵妃等出延秋门向西南方向逃走。当时随行护卫并不多,"千乘万骑"是夸

88

大之辞。 〔17〕翠华:用翠鸟羽毛装饰的旗帜,皇帝仪仗队用。百余里:指到了距长安一百多里的马嵬坡。 〔18〕六军:泛指禁卫军。当护送唐玄宗的禁卫军行至马嵬坡时,不肯再走,先以谋反为由杀杨国忠,继而请求处死杨贵妃。宛转:形容美人临死前哀怨缠绵的样子。蛾眉:古代美女的代称,此指杨贵妃。 〔19〕花钿:用金翠珠宝等制成的花朵形首饰。委地:丢弃在地上。翠翘:像翠鸟长尾一样的头饰。金雀:雀形金钗。玉搔头:玉簪。 〔20〕黄埃:黄尘。云栈:高入云霄的栈道。萦纡:萦回盘绕。剑阁:又称剑门关,在今四川剑阁县北,是由秦入蜀的要道。此地群山如剑,峭壁中断处,两山对峙如门。诸葛亮相蜀时,凿石驾凌空栈道以通行。 〔21〕行宫:皇帝外出时的临时住所。 〔22〕天旋日转:指时局好转。肃宗至德二年(757),郭子仪军收复长安。龙驭:皇帝的车驾。 〔23〕太液:汉宫中有太液池。未央:汉有未央宫。此皆借指唐长安皇宫。 〔24〕西宫南苑:皇宫之内称为大苑。西宫即西苑太极宫,南苑为兴庆宫。玄宗返京后,初居南苑。上元元年(760),权宦李辅国假借肃宗名义,胁迫玄宗迁往西苑,并流贬玄宗亲信高力士、陈玄礼等人。 〔25〕梨园弟子:指玄宗当年训练的乐工舞女。梨园:唐玄宗时宫中教习音乐的机构,曾选“坐部伎”三百人教练歌舞,随时应诏表演,号称“皇帝梨园弟子”。椒房:后妃居住之所,因以花椒和泥抹墙,故称。阿监:宫中的侍从女官。青娥:年轻的宫女。 〔26〕耿耿:明亮。 〔27〕鸳鸯瓦:屋顶上俯仰相对合在一起的瓦。翡翠衾:布面绣有翡翠鸟的被子。 〔28〕经年:年复一年。 〔29〕临邛:今四川邛崃县。鸿都:东汉都城洛阳的宫门名,这里借指长安。精诚:至诚。致:招来。 〔30〕排空驭气:即腾云驾雾。〔31〕穷:穷尽。碧落:即天空。黄泉:指地下。 〔32〕绰约:体态轻盈柔美。 〔33〕太真:杨玉环为道士时的道号。参差:仿佛,差不多。 〔34〕金阙:黄金装饰的宫殿门楼。玉扃:玉石做的门环。小玉:吴王夫差女。双成:传说中西王母的侍女。这里皆借指杨贵妃在仙山的侍女。 〔35〕九华帐:绣饰华美的帐子。 〔36〕珠箔:珠帘。银屏:饰银的屏风。迤逦:接连不断地。 〔37〕袂:衣袖。 〔38〕寂寞:此指神色黯淡凄楚。阑干:纵横。 〔39〕凝睇:凝视。 〔40〕昭阳殿:汉成帝宠妃赵飞燕的寝宫。此借指杨贵妃住过的宫殿。蓬莱:传说中的海上仙山。这里指贵妃在仙山的居所。 〔41〕人寰:人间。 〔42〕寄将去:托道士带回。 〔43〕“钗留”二句:把金钗、钿盒分成两半,自留一半。 〔44〕长生殿:在骊山华清宫内,天宝元年造。按“七月”以下六句为作者虚拟之词。陈寅恪在《元白诗笺证稿·长恨歌》中云:“长生殿七夕私誓之为后来增饰之物语,并非当时真确之事实”。“玄宗临幸温汤必在冬季、春初寒冷之时节。今详检两唐书玄宗记无一次于夏日炎暑时幸骊山。”而所谓长生殿者,亦非华清宫之长生殿,而是长安皇宫寝殿之习称。比翼鸟:传说中的鸟名,据说只有一目一翼,雌雄并在一起才能飞。连理枝:两棵树的枝干连在一起,叫连理。古人常用此二物比喻情侣相爱、永不分离。

【阅读提示】

《长恨歌》是白居易诗中脍炙人口的名篇,作于元和元年(806),当时诗人正在盩厔县(今陕西周至)任县尉。这首诗是他和友人陈鸿、王质夫同游仙游寺,有感于唐玄宗、杨贵妃的故事而创作的。

有关这首诗的主题,大抵分三种:其一为爱情主题说。认为诗作是颂扬李杨的爱情,肯定他们对爱情的真挚与执著。其二为政治主题说。认为诗的重点在于讽喻,揭露“汉皇重色思倾国”必然带来的“绵绵长恨”,谴责因唐明皇荒淫而导致安史之乱,借以垂诫后世君主。其三为双重主题说。认为诗作是揭露与歌颂统一,讽喻和同情交织,既洒一掬同情之泪,又责之以荒佚失政,而从作者创作意图来看,白居易自言"一篇长恨有风情"(《白居易集》卷十六《编集拙诗成一十五卷因题末戏赠元九李十二》),说明作者是为歌"风情"而作此诗,政治说等其他主题多有附会之嫌。在这首长篇叙事诗里,作者以精练的语言,优美的形象,叙事和抒情结合的手法,叙述了唐玄宗、杨贵妃在安史之乱中的爱情悲剧。全诗形象鲜明,情景交融,缠绵凄丽,韵律优美,具有很强的艺术感染力,是千古传诵的佳作。

杜 陵 叟 [1]

伤农夫之困也 [2]

杜陵叟,杜陵居, 岁种薄田一顷余。
三月无雨旱风起,麦苗不秀多黄死 [3]。
九月降霜秋早寒,禾穗未熟皆青乾 [4]。
长吏明知不申破,急敛暴征求考课 [5]。
典桑卖地纳官租,明年衣食将何如?
剥我身上帛,夺我口中粟。
虐人害物即豺狼 [6],何必钩爪锯牙食人肉?
不知何人奏皇帝 [7],帝心恻隐知人弊。
白麻纸上书德音 [8],京畿尽放今年税。
昨日里胥方到门, 手持尺牒榜乡村 [9]。
十家租税九家毕, 虚受吾君蠲免恩 [10]。

【注释】
〔1〕此诗是白居易《新乐府》50首的第30首。杜陵:地名,今陕西长安东南。西汉时为杜县,因汉宣帝筑陵于此,故名。 〔2〕伤农夫之困也:白居易的新乐府,每首诗的题目下都有用以表明该诗创作意图的小序。困:困厄。 〔3〕秀:开花。 〔4〕青乾:庄稼未成熟就已干枯。〔5〕考课:按照一定的标准考核官吏的政绩,并以此来定官吏的升降或赏罚。 〔6〕虐人:即虐民,侵害百姓。 〔7〕不知何人:实际上是作者本人。 〔8〕白麻纸:唐代专门用来书写皇帝重要诏书的一种纸。 〔9〕尺牒:指免租税的公文。 〔10〕蠲(juān):免除。

【阅读提示】
唐宪宗元和三年(808)冬天到第二年春,江南的许多地区和京城长安一带遭受了非常严重的旱灾。时任左拾遗的白居易和友人李绛一起上疏皇帝,陈述民间疾苦,请求"减免租税","以实惠及人"。唐宪宗勉强批准了白居易的奏请,还下了"罪己诏"。但实际上只不过是笼络人心的骗局,等到"德音"下达的时候,百姓的租税大多已经交纳完毕,免税的诏书对老百姓来说等于是一纸空文。全诗可分为前后两部分,前半部分揭示了农民生活受苦受难的直接原因,一个是上天的自然灾害,另一个则是人为的灾祸。诗的深刻在于第二部分,指出官僚制度的黑暗与腐败,横征暴敛,巧取豪夺才是百姓受苦的根本原因,表现出强烈的现实主义精神。

□刘禹锡

刘禹锡(772—842),字梦得,洛阳人。他和柳宗元等人同为永贞革新的核心人物。革新失败后被贬为朗州司马,后任连州、夔州等地刺史。晚年任太子宾客,世称"刘宾客"。终官检校礼部尚书。其诗精炼含蓄,往往能以清新的语言表达自己对人生或历史的深刻理解,白居易对之推崇备至,誉为"诗豪"。有《刘梦得集》。

西塞山怀古[1]

王濬楼船下益州[2],金陵王气黯然收。
千寻铁锁沉江底, 一片降幡出石头[3]。
人世几回伤往事, 山形依旧枕寒流。
从今四海为家日, 故垒萧萧芦荻秋[4]。

【注释】
〔1〕西塞山:今湖北黄石市西塞山区东,紧临长江,一名道士洑矶。六朝时是长江中流的军事要塞之一。 〔2〕王濬:西晋武帝时益州(今四川成都)刺史,武帝任命他为龙骧将军伐吴,沿长江东下。 〔3〕石头:即石头城,旧址在南京清凉山,孙权时所筑。 〔4〕故垒:古战场上的营垒。

【阅读提示】
唐穆宗长庆四年(824),刘禹锡自夔州调往和州(今安徽和县)任刺史。他在赴任途中,经过西塞山时写了这首诗。此诗是歌咏六朝兴亡历史的怀古名篇。开头两句"下"、"收"对举,写出了一方的声势显赫和另一方的闻风丧胆。三、四两句顺势而下,一直写到战事结束。东吴国君孙皓以为凭借长江天险,再在江底暗置铁锥、江面横锁千寻铁链,一定万无一失了。谁料想王濬用大筏冲垮铁锥、用火炬烧毁铁链,一鼓作气,直取金陵。第五句隐括六朝以来的变迁,言简意赅。第六句点出西塞山,"依旧"二字更显得人事之变化。第七句宕开一笔,以四海一统点题收结;第八句是说往日的军事营垒现已荒废在一片秋风芦荻之中。诗人怀古慨今,借古喻今,以警告当时凭险割据的藩镇,表现出作者对国家的赤诚忠心。全诗寓意深广,雄浑骏爽,趣远情深而又鲜明如画,含思婉转而又骨力豪劲。颇受历代评家好评,《唐诗鼓吹笺注》称首联一雄壮一惨淡,后四句于衰飒中见其高雅自然,于感慨中见壮丽,是"唐人怀古之绝唱"。《一瓢诗话》云:"似议非议,有论无论,笔着纸上,神来天际,气魄法律,无不精到,洵是此老一生杰作,自然压倒元、白。"

□李　贺

李贺(790—816),字长吉,河南昌谷(今河南省宜阳县)人。唐皇室远支。因避父亲晋肃讳,不能参加进士科考试,堵塞了仕进之路,仅作过几年奉礼郎。年少失意,心情抑郁,年仅二十七岁就去世了。李贺早年即工诗,有才名,受知于韩愈、皇甫湜。其诗继承了《楚辞》的浪漫主义精神,以丰富的想象力和新颖诡异的语言,表现出幽奇神秘的意境,形成了自己的独创风格。有《李长吉歌诗》四卷,《外集》一卷。

雁门太守行

黑云压城城欲摧,　甲光向日金鳞开[1]。
角声满天秋色里,　塞上燕脂凝夜紫[2]。
半卷红旗临易水[3],霜重鼓寒声不起。
报君黄金台上意[4],提携玉龙[5]为君死。

【注释】

〔1〕甲光:铠甲迎着太阳闪出的光。甲:指铠甲。战衣:又作月。形容铠甲闪光如金色鱼鳞。金:像金子一样的颜色和光泽。 〔2〕"塞上燕脂凝夜紫"句:长城附近多紫色泥土,所以叫做"紫塞"。"塞上"一作"塞土"。燕脂,即胭脂,深红色。这里写夕晖掩映下,塞土有如胭脂凝成,紫色更显得浓艳。 〔3〕易水:水名,大清河上源支流,源出今河北省易县,向东南流入大清河。 〔4〕黄金台:故址在今河北省易县东南,相传战国燕昭王所筑,置千金于台上,以招聘人才、招揽隐士。 〔5〕玉龙:指一种珍贵的宝剑,这里代指剑。

　　《雁门太守行》是乐府旧题,李贺生活的时代藩镇叛乱此起彼伏。这首诗可能是写平定藩镇叛乱的战争。诗共八句,前四句写日落前边塞凝重萧瑟的场景。首句既是写景,也是写事,渲染了敌军兵临城下的紧张气氛和危急形势。"黑云压城城欲摧",一个"压"字,把敌军来势凶猛,交战双方力量悬殊、守军将士处境艰难等等,淋漓尽致地揭示出来。颈联写部队黑夜行军和投入战斗。尾联引用典故写出将士誓死报效国家的决心。全诗构思新奇,想象丰富,最大的特点是浓辞丽藻的运用,金色、胭脂色和紫红色,非但鲜明,而且浓艳,它们和黑色、秋色、玉白色等等交织在一起,构成色彩斑斓的画面,给人以奇诡新奇的感觉,这是李贺诗的独特之处。

秋　来

桐风惊心壮士苦[1],衰灯络纬啼寒素[2]。
谁看青简一编书,　不遣花虫粉空蠹。
思牵今夜肠应直,雨冷香魂吊书客。
秋坟鬼唱鲍家诗[3],恨血千年土中碧[4]。

【注释】

　　[1]壮士:指有才有理想的人。　[2]络纬:即莎鸡,俗名络丝娘、纺织娘。　[3]鲍家诗:指南朝宋文学家鲍照的作品,鲍照写了很多挽诗。　[4]土中碧:用苌弘碧血典。《庄子》记载:"苌弘死于蜀,藏其血,三年化为碧。"

　　这首诗写秋天来临时诗人的愁苦情怀,抒发诗人怀才不遇的感慨。前两句是全诗的引子,"苦"字奠定了全诗的基调,并笼罩以下六句。秋风吹落梧桐,残灯照壁,墙边络纬哀鸣,岁月流逝,又是一年将尽,诗人因此而觉无限的悲苦。"谁看"两句,与首句"苦"字呼应,写诗人感慨万千的叹息。五六两句承上,诗人辗转反侧,忧思缠绕,似乎九曲回肠都要被拉直了;诗人苦苦思索着,衰灯明灭中,仿佛看到了一位古代诗人的"香魂"前来凭吊自己这个"书客"。这两句用笔极其诡谲多姿,写尽了诗人极其沉痛的心情。最后两句,借古人之酒杯,浇胸中之块垒,才志之士而怀才不遇,正是千古同悲。李贺世称"诗鬼",全诗桐风,衰灯,寒素,秋坟,恨血,种种凄凉的意象勾织成一幅凄清幽冷的画面,创造出富有浪漫主义色彩的以幻象写真情的独特境界。在用韵上,前半篇是声调悠长、切合抒写哀怨之情的去声字"素"与"蠹"。后半篇则与抒写伤痛已极的感情相适应,韵脚也由哀怨、悠长的去声字变为抑郁短促的入声字"客"与"碧",表现出诗人抑郁未伸的情怀,情感十分凄凉。

□杜 牧

杜牧(803—约852),字牧之,号樊川,京兆万年(今陕西西安)人。他是宰相杜佑的孙子,考上进士后,先在江西、淮南等地做幕僚,后内迁监察御史,官终中书舍人。在文学上他主张"以意为主"、"不务奇丽",对纠正晚唐浮艳的文风起过积极的作用。其诗和李商隐并称"小李杜"。有《樊川集》。

早 雁

金河秋半虏弦开[1],云外惊飞四散哀。
仙掌月明孤影过[2],长门灯暗数声来[3]。
须知胡骑纷纷在, 岂逐春风一一回?
莫厌潇湘少人处, 水多菰米岸莓苔。

【注释】

〔1〕金河:在今内蒙古呼和浩特市南。秋半:八月。虏弦开:指回鹘南侵。 〔2〕仙掌:指长安建章宫内铜铸仙人举掌托起承露盘。 〔3〕长门:汉宫名,汉武帝时陈皇后失宠时幽居长门宫。

【阅读提示】

唐武宗会昌二年(842)八月,北方回鹘族乌介可汗率兵南侵,边民纷纷逃亡。杜牧时任黄州刺史,闻此而忧之。此诗借雁抒怀,以惊飞四散的鸿雁比喻流离失所的人民,对他们有家而不能归的悲惨处境寄予深切的同情。又借汉言唐,对当权统治者昏庸腐败,不能守边安民进行讽刺。通篇为咏物体,前四句写大雁惊飞,影过皇城,鸣声回荡在长安城上空。后四句安慰大雁:胡骑尚在,你们到春天时也不要急于北飞,潇湘之地也可以觅食。全诗采用比兴象征手法,表面上似乎句句写雁,实际上句句关乎时事。风格婉曲细腻,清丽含蓄,是杜诗中别开生面之作。

题宣州开元寺水阁，阁下宛溪、夹溪居人

六朝文物草连空[1]，天淡云闲今古同。

鸟去鸟来山色里，　人歌人哭水声中[2]。

深秋帘幕千家雨，　落日楼台一笛风。

惆怅无因见范蠡[3]，参差烟树五湖[4]东。

【注释】

　　〔1〕六朝：吴、东晋、宋、齐、梁、陈六个朝代都建都建康（今南京），故合称六朝。文物：旧注为礼乐典章等传统制度。连空：连天。　〔2〕人歌人哭：指人生之喜庆吊丧。《礼记·檀弓下》："晋献文子成室，晋大夫发焉。张老曰：'美哉轮焉！美哉奂焉！歌于斯，哭于斯，聚国族于斯。'""歌哭"典出于此。此句意思是，群居的人们生老蕃息于此。　〔3〕范蠡：春秋时越国大夫，曾助越王勾践灭吴复国，功成身退。　〔4〕五湖，太湖及其相属的四个小湖。《吴越春秋》卷六《勾践伐吴外传》："（范蠡）乃乘扁舟，出三江，入五湖，人莫知其所适。"

【阅读提示】

　　这是一首庄严凝重的怀古之作，写于唐文宗开成三年（838）。一年前杜牧应宣歙观察使崔郸之邀任宣州团练判官。任职期间，杜牧常去城中开元寺游赏，有多首赋咏之作。此篇抒写俯瞰宛溪，极目五湖的今古感慨。首联写诗人登上水阁纵目山川，唯见草色连天，六朝文物已不见踪迹，只有天上闲云依旧。尘世功名富贵的短暂与大自然的永恒构成鲜明对比，使人顿感功名不可久恃。中间两联仍写登楼所见：飞鸟来去出没在青山绿水之间，夹溪而居的人们生老蕃息于此，日日如此，年年依旧。连绵的秋雨像是给千家万户挂上了天然的帘幕，夕阳映照楼台，清风送出一曲悠扬的笛声。在这个场景中，无心机的飞鸟，纯朴的乡民，绵绵秋雨，风中笛声，一切都在大自然中祥和安宁地存在着。尾联笔锋急转，诗人从一片安静祥乐的眼前之景中回到今古对比的怅惘中，仿佛看到了那曾经功勋卓绝而终于功成身退、泛游江湖的范蠡，不禁心生弃绝官场、纵情山水的逍遥之念。全诗绘景有声有色，意蕴丰富，有功业不可久恃的今古感慨，有穿越时空的景物描写，有对风物世态的深邃领悟，有对隐逸古人的缅怀追慕。元代陈绎曾《诗谱》谓"杜牧诗主才，气俊思活"，本诗正是如此。

☐ 李 商 隐

李商隐（813—858），字义山，号玉谿生，怀州河内（今河南沁阳）人。开成二

年(837)进士,授秘书省校书郎,补弘农尉。当时牛、李党争激烈,他也被卷入其中。早年他受到牛党令狐楚的赏识,并因此考上进士。后受到李德裕党人河阳节度使王茂元的宠爱,任为书记。李商隐和牛李两派的人都有交往,但不因某一方得势而趋附。所以他常常遭到攻击,一生不得志,没有担任过重要官职。四十五岁死于郑州。其诗善用典故,构思精巧,风格秾丽,意旨比较隐晦,以《无题》组诗最为著名。有《李义山诗集》。

锦　瑟[1]

锦瑟无端五十弦[2],一弦一柱思华年。
庄生晓梦迷蝴蝶[3],望帝春心托杜鹃[4]。
沧海月明珠有泪[5],蓝田日暖玉生烟[6]。
此情可待成追忆,　只是当时已惘然。

【注释】

〔1〕本诗以首句二字为题,相当于无题诗,并不是咏物之作。　〔2〕"锦瑟"句:瑟是古代一种弹奏的弦乐器。锦瑟是瑟的美称。传说古瑟本为五十弦,后改为二十五弦。　〔3〕"庄生"句:《庄子·齐物论》上说他梦见自己变为蝴蝶,醒来感到迷茫,不知是庄周梦为蝴蝶,还是蝴蝶梦为庄周。这句大意是说理想破灭、往事如梦。　〔4〕"望帝"句:周末蜀国君主杜宇,号望帝,传说他死后魂魄化为杜鹃鸟,啼声哀怨。春心:指对某种美好希望的向往和追求。〔5〕珠有泪:传说古时南海有鲛人,哭泣时流下的眼泪,就是亮晶晶的珠子。　〔6〕蓝田:即蓝田山,在今陕西蓝田县,著名的产玉之地。

【阅读提示】

《锦瑟》是李商隐最享有盛名的代表作,自宋元以来,对这首诗的主题众说纷纭,莫衷一是。或以为是悼亡之作,或以为是爱国之篇,或以为是自比文才之论,或以为是抒写思念侍儿锦瑟。但以悼亡死者说为最多。我们认为这是李商隐晚年自伤身世的"自传"性诗篇,开头两句见物(瑟)起兴,由瑟的五十根弦,想到了自己走过的人生历程,中间四句用了几个象征性的典故,情绪性地回忆了自己的人生经历,这里既有对人生如梦的感叹,也有对青春年华流逝的悲痛,更有对自己怀才不遇的愤懑。最后两句收束全篇,如此情怀,不要说现在追怀甚感怅恨,即便在当时也已是令人不胜怅然了。全诗意境惝恍迷离,恰如晚唐诗人司空图所云:"诗家美景,如蓝田日暖,良玉生烟,可望而不可置于眉睫之前也。"(引戴叔伦语)

无　题

相见时难别亦难[1]，东风无力百花残。
春蚕到死丝方尽，　蜡炬成灰泪始干[2]。
晓镜但愁云鬓改，　夜吟应觉月光寒。
蓬山此去无多路[3]，青鸟殷勤为探看[4]。

【注释】

〔1〕"相见"句：前一个"难"字指困难、难得，后一个"难"字指难堪、难分难舍。　〔2〕泪：即烛泪，蜡烛燃烧时流下的蜡油。　〔3〕蓬山：蓬莱山，传说中的海上三仙山之一，这里借指对方的住处。　〔4〕青鸟：神话里的三足鸟，它能传递东西，所以借指传递消息的人。

【阅读提示】

这首诗写作年代不明，有说作于开成三年(838)之前。就内容而言，吴、冯、张、汪诸家皆以为寓意令狐氏之作。或谓进士及第后，调弘农尉时，寓意君王之作。然皆属猜度而无实证。我们认为，这是一首寄情诗。首联是极度相思而发出的深沉感叹，在聚散两依依中突出别离的苦痛。"东风无力百花残"一句，既写自然环境，也是抒情者心境的反映，物我交融，心灵与自然取得了精微的契合。颈联是脍炙人口的名句，以双关和象征的手法写出自己的痴情苦意以及九死而不悔的爱情追求。颔联想象被怀念的女子的生活情景，暗含离人相思、心心相印之意，并示关切、珍重之意。结尾说相距本不远，但既难相见，又难通音信，希望能有人代为传递信息，带去问候。此诗乃义山诗中最广为传诵的名篇，绵缈深沉而不晦涩，华丽而又自然，情怀凄苦而不失优美。

□李　煜

李煜(937—978)，初名从嘉，字重光，南唐皇帝，世称李后主。徐州人。宋建隆二年(961年)在金陵即位，在位十五年。他嗣位的时候，南唐已奉宋正朔，苟安于江南一隅。公元975年11月，宋兵攻破金陵，后主肉袒出降，被俘到汴京，封违命侯。公元978年的七夕，宋太宗将他毒死。后主前期词作风格绮丽柔靡，不脱"花间"习气。后期词作，凄凉悲壮，意境深远，正如王国维《人间词话》所言："词至李后主而眼界始大，感慨遂深。"其词今存三十多首，南宋人辑有《南唐二主词》，是他和其父李璟的合集。

破 阵 子

四十年来家国[1]，三千里地山河。凤阁龙楼连霄汉，玉树琼枝作烟萝[2]，几曾识干戈？　　一旦归为臣虏，沈腰潘鬓消磨[3]。最是仓皇辞庙日，教坊犹奏别离歌[4]，垂泪对宫娥。

【注释】

〔1〕四十年：指从南唐烈祖李昪建国到后主被宋灭亡，共三十九年，此举其成数。　〔2〕烟萝：形容树枝叶繁茂，如同笼罩着雾气。　〔3〕沈：指沈约，曾有"革带常应移孔……以此推算，岂能支久"之语，后用沈腰指代人日渐消瘦。潘：指潘岳，曾有诗云："余春秋三十二，始见二毛"，后以潘鬓指代中年白发。用此典故表示因亡国之痛而愁白头发。　〔4〕教坊：古代朝廷中掌管女乐的官署。

【阅读提示】

这是李煜降宋之际的词作。上片回忆南唐强盛时的繁华逸乐。那四十年来的家国基业，那三千里地的辽阔疆域，那巍峨的、装饰着龙凤的官殿楼阁，这一切都已如过眼云烟，一去不复返了！"几曾识干戈"，抒发了多少自责与悔恨。下片"一旦"二字承上片"几曾"之句意，笔锋一叠，而悔恨之意更甚。终有一天国破家亡，人不由得消瘦苍老，尤其是拜别祖先的那天，匆忙之中，偏偏又听到教坊里演奏别离的曲子，又增伤感，不禁面对宫女恸哭垂泪。后主被俘虽见载于《东坡志林》，但出之于后主，则倍觉凄苦。

浪 淘 沙

帘外雨潺潺[1]，春意阑珊[2]。罗衾不耐五更寒[3]。梦里不知身是客，一晌贪欢[4]。　　独自莫凭栏，无限江山，别时容易见时难。流水落花春去也，天上人间。

【注释】

〔1〕潺潺：下雨声。　〔2〕阑珊：将尽，衰落。　〔3〕罗衾：丝绵被子。　〔4〕一晌：霎时，片刻。

【阅读提示】

这首词为李煜被俘入汴京后所作。上片采用倒叙的手法，写尽词人春夜雨声中的凄苦感受。由一晌贪欢而梦醒，由醒而觉得五更，由凄寒失寐而听雨声，囚禁的痛苦与欢娱的梦境形成强烈的反差，更觉痛苦不堪。下片写无限江山已随流水、落花、春光，一去不复返了！故国难寻，也只能在梦中找回一点慰藉了。结末"流水"二句，既与上片"春意"遥相照应，与上片"春意阑珊"相呼应，同时也暗喻来日无多，不久于人世。李煜失去了无限江山，却赢得了"在词中尤不失为南面王"（沈雄《古今词话》）的赞誉。"诗穷而后工"，李煜的创作实践再一次证实了欧阳修的这一论断。

□陈玄祐

约唐代宗大历末前后在世。生平事迹亦不详，著有传奇文《离魂记》。

离 魂 记

天授[1]三年，清河张镒，因官家于衡州[2]。性简静，寡知友。无子，有女二人。其长早亡；幼女倩娘，端妍绝伦。镒外甥太原王宙，幼聪悟，美容范。

镒常器重，每曰："他时当以倩娘妻之。"后各长成。宙与倩娘常私感想于寤寐，家人莫知其状。后有宾寮之选者[3]求之，镒许焉。女闻而郁抑；宙亦深恚恨。托以当调，请赴京，止之不可，遂厚遣之。宙阴[4]恨悲恸，决别[5]上船。

日暮，至山郭数里。夜方半，宙不寐，忽闻岸上有一人，行声甚速，须臾至船。问之，乃倩娘徒行跣足[6]而至。宙惊喜发狂，执手问其从来。泣曰："君厚意如此，寝食相感。今将夺我此志，又知君深情不易，思将杀身奉报，是以亡命[7]来奔。"宙非意所望，欣跃特甚。遂匿倩娘于船，连夜遁去。

倍道兼行，数月至蜀。凡五年，生两子，与镒绝信。其妻常思父母，涕泣言曰："吾曩日不能相负，弃大义而来奔君[8]。向今五年，恩慈间阻。覆载之下[9]，胡颜独存也？"宙哀之，曰："将归，无苦。"遂俱归衡州。

既至，宙独身先镒家，首谢其事。镒曰："倩娘病在闺中数年，何其诡说也！"宙曰："见[10]在舟中！"镒大惊，促使人验之。果见倩娘在船中，颜色怡畅，讯使者曰："大人安否？"家人异之，疾走报镒。室中女闻，喜而起，饰妆更衣，笑而不语，出与相迎，翕然而合为一体，其衣裳皆重。其家以事不正，秘之。惟亲戚间有潜知之者。后四十年间，夫妻皆丧。二男并孝廉擢第[11]，至丞、尉。

玄祐少常闻此说，而多异同，或谓其虚。大历末，遇莱芜县令张仲规，因备述其本末。镒则仲规堂叔祖，而说极备悉，故记之。

【注释】

　　〔1〕天授：周武则天年号(690－692)。　〔2〕衡州：也称衡阳郡，治所在今衡阳市，约辖今衡山、常宁、耒阳等地。　〔3〕宾寮之选者：寮通僚，宾寮即幕僚。选：选部，即吏部。幕僚中将赴吏部选官的人。　〔4〕阴：暗地里，私下。　〔5〕决别：通"诀别"。　〔6〕跣足：光脚。唐代风俗，人们在入室内时要脱鞋。这里形容倩娘出行匆忙，未及穿鞋。　〔7〕亡命：逃亡。命：指名籍(相当于今户口簿)。古时对逃亡的人，要把其名字从名籍中勾销，故称为"亡命"。　〔8〕弃大义来奔君：奔，指男女间没有经过礼教规定的手续而私自结合，通常指女子往就男子而言。按封建礼法，这样的女子是无法取得正妻的地位的。白居易诗中就有"聘则为妻奔是妾"的说法。由于违反封建礼义，故称"弃大义"。　〔9〕覆载之下：生存于天地之间(的情况下)。覆载：天覆地载，天地间。　〔10〕见：通"现"。　〔11〕孝廉擢第：以"孝廉"的资格，考取了明经或进士。"孝廉"：汉有举孝廉制度，唐初亦有，但旋废。此处泛指州郡推荐应考者。

【阅读提示】

　　唐传奇是指唐代流行的文言短篇小说。它远继神话传说和史传文学，近承魏晋南北朝志怪和志人小说，发展成为一种以史传笔法写奇闻异事的小说体式。唐传奇"始有意为小说"，内容丰富，题材广泛，大多取材于现实生活。

　　《离魂记》运用浪漫主义手法，反映了封建社会中千千万万青年男女迫切追求的愿望，在当时具有一定的进步意义；它赞同这对青年不服从封建礼教的规定，具有反抗封建道德的作用。

　　本篇虽着墨不多，但设想奇幻，情节曲折，摆脱了一般爱情小说的陈套，极富浪漫色彩。创作时间虽然在大历以后，但在遣词敷色方面，并不富艳秾丽，而意境的翻新，在唐人小说中却是独具一格。作者把倩女的人物形象塑造成为一个封建礼教的叛逆者，这和其他作品里所塑造的形象相比，又有所不同，表现出作者的艺术匠心，颇能增强感人的力量，激发人们对美好生活的渴望。

　　本篇对后代小说和戏曲也有很大的影响。"倩女离魂"的故事过去一直被人艳称。以它作为题材而改编的戏曲，有元人郑德辉的《倩女离魂》。明人凌蒙初《二刻拍案惊奇》里《大姐魂游完宿愿，小姨病起续前缘》，其故事梗概和这篇小说相近，脱胎痕迹，非常明显。

宋代文学

钱钟书论唐宋文学有"唐音、宋调"之别,和唐代文学相比,宋代文学具有精致、内敛的品格。这既缘于文学自身的演进规律,同时也受到特定的政治、经济、文化背景的影响。宋代是中国文化发展的高峰,文学创作也取得了辉煌的成就。北宋散文是唐代韩、柳散文的继续和发展,宋初柳开、王禹偁等人反对唐末五代的浮艳文风,揭开了宋代古文运动的序幕。欧阳修是古文运动的领袖,在他与苏轼等人的共同努力下,扭转了为文奇险、浮靡的创作倾向,开辟了一代散文的纡徐流转、萧散自然的风格。宋诗方面,欧阳修、苏舜卿、梅尧臣诸家以清丽平淡的诗风开端,后经王安石、苏轼至黄庭坚、陈师道等人,形成"以学问为诗、以议论为诗、以文字为诗"的一代诗风。词到宋代也达到极盛,宋初词承袭晚唐五代的婉约风格,于柳永别开生面,创制慢词,长于铺叙,在词的体制、内容、风格等方面多有突破;苏轼变革词风,开豪放派之先河,辛弃疾大其堂庑,沉雄悲壮。李清照提倡词"别是一格",周邦彦雅正是尚,姜夔清空,吴文英绚烂,各呈风采,并辔驱驰,把词的创作推向极致。而小说新的体裁——"话本"逐渐脱离口头创制,杂剧也渐渐萌芽滋生,成为后世主要的文学样式。

□范仲淹

范仲淹(989—1052),字希文,吴县(今属江苏)人。为官颇有政绩。宋真宗朝进士。庆历三年(1043)七月,授参知政事,主持庆历改革,因守旧派阻挠而未果。次年罢政,自请外任,历知邓州、杭州、青州。卒谥文正,世称范文正公。范仲淹流传下来的词只有六首,但意境开阔,沉郁苍凉,突破了唐末五代词的绮靡风气,为豪放词派的先声。有《范文正公集》。

苏 幕 遮

碧云天，黄叶地。秋色连波，波上寒烟翠。山映斜阳[1]天接水，芳草无情，更在斜阳外[2]。　黯乡魂[3]，追旅思[4]。夜夜除非、好梦留人睡。明月楼高休独倚，酒入愁肠，化作相思泪。

【注释】

〔1〕山映斜阳：即斜阳照山。　〔2〕斜阳外：斜阳照不到的地方。　〔3〕黯乡魂：因思念家乡而忧伤。　〔4〕追旅思：往事的追忆引起了羁旅的愁怀。

【阅读提示】

这是一首描写羁旅乡愁的词。全词借景抒情，情景交融。"状难写之景如在目前，含不尽之意见于言外。"上片写景，境界阔大，且景中有情。"碧云天，黄叶地"二句，一高一低，一俯一仰，展现了际天极地的苍莽秋景，为元代王实甫《西厢记》"长亭送别"一折所本。下片抒情，真挚感人，又情中有景。因思念家乡而黯然神伤，只能寄希望于夜夜好梦。但高楼独倚，更是触动乡愁，借酒浇愁，都化作乡思之泪，反而使人更加怀念远方的亲人。全词低回婉转，而又不失沉雄清刚之气。邹祗谟《远志斋词衷》："范希文《苏幕遮》一阕，前段多入丽语，后段纯写柔情，遂成绝唱。"

☐柳　永

柳永(987？—1053？)，字耆卿，初名三变，字景庄。福建崇安(一作乐安)人。因排行第七，故又称柳七。为人落拓不羁，常出入于秦楼楚馆，为妓女、乐工们填词。柳永是北宋第一个专力写词的作家，他精通音律，大量制作慢词，对我国词体的发展起到了重要的作用。柳词善于运用铺叙、渲染等手法，擅长以俚语、俗语入词，雅俗共赏，所以流传很广，甚至连西夏也"凡有井水饮处，即能歌柳词"。有《乐章集》传世，存词二百一十多首，按宫调编次，共十六个宫调一百五十个词调。

望 海 潮

东南形胜，三吴都会[1]，钱塘自古繁华。烟柳画桥，风帘翠幕[2]，参差十万人家。云树绕堤沙[3]。怒涛卷霜雪，天堑无涯[4]。市列珠玑，户盈罗绮，竞豪奢。

重湖[5]叠巘[6]清嘉。有三秋桂子,十里荷花。羌管弄晴,菱歌泛夜,嬉嬉钓叟莲娃。千骑拥高牙[7]。乘醉听箫鼓,吟赏烟霞。异日图将好景,归去凤池夸[8]。

【注释】

〔1〕三吴:古时指吴兴(今浙江湖州)、吴郡(今江苏苏州)和会稽(今浙江绍兴)。 〔2〕风帘翠幕:挡风的帘子和翠色的帷幕。 〔3〕云树:形容树木远望如云。堤沙:指钱塘江堤。 〔4〕天堑:天然的壕沟。此指钱塘江。 〔5〕重湖:西湖有里湖、外湖之别,故云。 〔6〕叠巘:层层叠叠的山峰。 〔7〕高牙:军前大旗,借指高级军官。此指词人的朋友、两浙转运使孙何。 〔8〕凤池:即凤凰池,原是皇帝禁苑中池沼,此借指朝廷。

【阅读提示】

此词是咏城市的名作,写尽了杭州的繁华昌盛和西湖的佳丽秀美。无论是形容杭城的物阜民康、钱江潮的雄伟壮观,还是铺叙西湖的秀丽、山色的明媚,都抓住了典型事物,用赋体的写法,一一铺陈,写得有声有色,声情并茂。向来被人们视为用词写就的杭州赋。尤其是"三秋桂子,十里荷花"更是简洁而又典型地写出了杭州夏秋两季的代表景物,传唱千古。据宋代罗大经《鹤林玉露》记载:"此词流播,金主亮闻歌,欣然有慕于'三秋桂子,十里荷花',遂起投鞭渡江之志。"由此可见,柳永此词在当时就已远播北方的金朝。

八声甘州

对潇潇[1]暮雨洒江天,一番洗清秋。渐霜风凄紧[2],关河冷落,残照当楼。是处红衰翠减[3],苒苒物华休[4]。惟有长江水,无语东流。 不忍登高临远,望故乡渺邈,归思难收。叹年来踪迹,何事苦淹留[5]?想佳人、妆楼颙望[6],误几回、天际识归舟。争知我[7]、倚栏干处,正恁凝愁!

【注释】

〔1〕潇潇:形容风雨急骤。 〔2〕凄紧:寒气逼人。 〔3〕红衰翠减:指花叶凋零。 〔4〕物华:美丽的景物。休:消逝。 〔5〕淹留:久留。 〔6〕颙望:抬头凝望。 〔7〕争:怎么。

【阅读提示】

这是柳永抒写羁旅行役之苦的名作。上片用层层铺叙的手法描绘登高所见的萧瑟秋景,词人登上临江的高楼,感到寒风渐冷渐急,眼中所见到处是花叶凋零,一片凄凉。长江无语一路向东流去,不管词人的乡愁,不管万物的凋残!下片用委婉曲折的笔法抒写归心似箭的思乡之情。真不该登高眺望,本想看一眼远方的故乡,但故乡遥不可及,反而触发了自己绵绵不尽的思归之情。想来家中的亲人也一定在妆楼上天天盼着自己回家,也不知有多少次错把天边驶来的船看作是我的归舟呢。她哪里知道我此刻也正在靠着栏杆,因为不能回家而发愁呢。全词大开大合,细腻沉挚,历来为人们所激赏,是一篇流传千古的名篇,代表了柳词的最高成就。

□ 苏 轼

苏轼(1037—1101),字子瞻,号东坡居士,世称苏东坡。眉州眉山(今属四川)人。嘉祐二年进士。先后任凤翔签判、开封推官、杭州通判和密州、徐州、湖州等地长官;元丰中贬居黄州四年许。元祐中任中书舍人、翰林学士、知制诰等职,后又任杭州、颍州、扬州、定州等地知州,晚年远贬惠州、儋州,北返中病逝于常州。苏轼是北宋中期的文坛领袖,兼擅诗、词、文、书法、绘画,散文成就很高,为唐宋八大家之一。词作多达三百四十多首,突破了相思离别、男欢女爱的藩篱,反映社会现实生活,抒写报国爱民的情怀。词风大多雄健激昂,顿挫跌宕。语言和音律上亦有创新。在词的发展史上开创了豪放词派,与辛弃疾并称"苏辛"。有《东坡乐府》。

定 风 波

三月七日,沙湖道中遇雨,雨具先去,同行皆狼狈,余独不觉。已而遂晴,故作此。

莫听穿林打叶声,何妨吟啸[1]且徐行。竹杖芒鞋[2]轻胜马,谁怕? 一蓑烟雨任平生。　料峭春风吹酒醒,微冷,山头斜照却相迎。回首向来萧瑟[3]处,归去,也无风雨也无晴。

【注释】

〔1〕吟啸:吟诗、长啸,以示洒脱。　〔2〕芒鞋:草鞋。　〔3〕萧瑟:风雨吹打树林的声音。

【阅读提示】

此词作于元丰五年(1082),借道中遇雨之小事,即景抒情,抒写词人被贬黄州、备受打击后,仍能旷达处世、超然物外的心情。

江城子·密州出猎[1]

　　老夫[2]聊发少年狂。左牵黄，右擎苍[3]。锦帽貂裘[4]，千骑卷平冈。为报倾城随太守，亲射虎，看孙郎[5]。　　酒酣胸胆尚开张。鬓如霜，又何妨。持节云中，何日遣冯唐[6]？会挽雕弓如满月，西北望，射天狼[7]

【注释】

　　〔1〕密州：今山东诸城。宋神宗熙宁八年(1075)苏轼做密州太守。　〔2〕老夫：苏轼自指。〔3〕黄：借指黄狗。苍：借指苍鹰。　〔4〕锦帽貂裘：锦蒙帽和貂鼠裘。　〔5〕孙郎：指孙权。孙权年轻时曾骑马射虎。　〔6〕"持节"两句：用汉文帝时魏尚、冯唐的典故，暗示自己希望得到朝廷的重用。　〔7〕天狼：星名。古人以为天狼星出现必有外敌入侵。这里喻指西夏对北宋的威胁。

【阅读提示】

　　此词作于熙宁八年(1075)冬。上片写打猎的壮阔场面，下片抒发戍边杀敌报国的雄心壮志。风格豪迈奔放，气势雄壮，具有一种阳刚之美，是苏轼豪放词的代表作。

和子由[1]渑池[2]怀旧

　　人生到处知何似[3]，应似飞鸿踏雪泥。
　　泥上偶然留指爪，　鸿飞那复计东西。
　　老僧已死成新塔[4]，坏壁[5]无由见旧题。
　　往日崎岖还记否，　路长人困蹇驴[6]嘶。

【注释】

　　〔1〕子由：苏轼弟苏辙字子由。　〔2〕渑池：今河南渑池县。这首诗是和苏辙《怀渑池寄子瞻兄》而作。　〔3〕"人生"句：此是和作，苏轼依苏辙原作中提到的雪泥引发出人生之感。〔4〕老僧：即指奉闲。据苏辙原诗自注："昔与子瞻应举，过宿县中寺舍，题老僧奉闲之壁。"〔5〕坏壁：指奉闲僧舍。嘉祐三年(1056)，苏轼与苏辙赴京应举途中曾寄宿奉贤僧舍并题诗僧壁。　〔6〕蹇驴：跛脚的驴。苏轼自注："往岁，马死于二陵(按即崤山，在渑池西)，骑驴至渑池。"

【阅读提示】

　　本诗收录于《东坡七集》。创作于北宋嘉祐六年(1061)，当时诗人赴任陕西路过渑池（今属河南）。其弟苏辙送至郑州，然后返回京城开封，但眷眷手足之情难遣，写了首《怀渑池寄子瞻兄》寄赠。全诗表达对人生来去无定的怅惘和往事旧迹的深情眷念。在苏轼看来，整个人生也充满了不可知，就像鸿雁飞行，偶一驻足雪上，留下印迹，而鸿飞雪化，一切又都不复存在。而既要深究人生底蕴，又要充满乐观向上的精神，才是人生的命义所在。诗的前四句单行入律，用唐人旧格，散中有整，行文自然。"雪泥鸿爪"的比喻，老僧新塔、坏壁旧题的惊叹，含意丰富，意味隽永。全诗动荡明快，意境恣逸，是苏轼七律中的名篇，富有理趣美。

前赤壁赋[1]

壬戌之秋[2]，七月既望[3]，苏子与客泛舟游于赤壁之下。清风徐来，水波不兴。举酒属客[4]，诵明月之诗，歌窈窕之章[5]。少焉，月出于东山之上，徘徊于斗牛之间[6]。白露横江，水光接天。纵一苇之所如[7]，凌万顷之茫然。浩浩乎如冯虚御风[8]，而不知其所止；飘飘乎如遗世独立，羽化而登仙[9]。

于是饮酒乐甚，扣舷而歌之。歌曰："桂棹兮兰桨[10]，击空明兮溯流光。渺渺兮于怀，望美人兮天一方。"客有吹洞箫者，倚歌而和之。其声呜呜然，如怨如慕，如泣如诉；余音袅袅，不绝如缕。舞幽壑之潜蛟，泣孤舟之嫠妇[11]。

苏子愀然，正襟危坐[12]，而问客曰："何为其然也？"客曰："月明星稀，乌鹊南飞，此非曹孟德之诗乎[13]？西望夏口，东望武昌[14]。山川相缪[15]，郁乎苍苍，此非孟德之困于周郎者乎[16]？方其破荆州，下江陵，顺流而东也，舳舻千里[17]，旌旗蔽空，酾酒临江，横槊赋诗；固一世之雄也，而今安在哉？况吾与子渔樵于江渚之上，侣鱼虾而友麋鹿[18]，驾一叶之扁舟，举匏樽以相属；寄蜉蝣与天地[19]，渺沧海之一粟。哀吾生之须臾，羡长江之无穷。挟飞仙以遨游，抱明月而长终。知不可乎骤得，托遗响于悲风。"

苏子曰："客亦知夫水与月乎？逝者如斯，而未尝往也；盈虚者如彼，而卒莫消长也。盖将自其变者而观之，而天地曾不能一瞬；自其不变者而观之，则物于我皆无尽也。而又何羡乎？且夫天地之间，物各有主。苟非吾之所有，虽一毫而莫取。惟江上之清风，与山间之明月，耳得之而为声，目遇之而成色。取之无禁，用之不竭。是造物者之无尽藏也[20]，而吾与子之所共适。"

客喜而笑，洗盏更酌，肴核既尽，杯盘狼藉。相与枕藉乎舟中[21]，不知东方之既白。

【注释】

〔1〕赤壁：黄州的叫赤鼻矶，不是三国时赤壁大战的旧址，当地人误以为"赤壁"，苏轼将错就错，借以抒发自己的怀抱。苏轼曾于宋神宗元丰五年（1082）的 7 月 16 日和 10 月 15 日两

106

次泛游赤壁,并写了两篇赋,第一篇称《前赤壁赋》,第二篇称《后赤壁赋》。 〔2〕壬戌:即宋神宗元丰五年(1082)。 〔3〕既望:农历每月十五日为"望",十六日为既望。 〔4〕属(zhǔ):倾注,引申为劝酒。属客:意为劝客人喝酒。 〔5〕"诵明月"两句:《诗经》中有《陈风·月出》篇,其中"月出皎兮"一章里有"舒窈纠兮"的句子,"窈纠"同"窈窕"。 〔6〕斗牛:星座名,即斗宿(南斗)和牛宿。 〔7〕一苇:喻指苇叶似的小船。 〔8〕冯(píng)虚御风:指在天空中乘风遨游。冯:通"凭",依靠。虚:指天空。 〔9〕羽化:道教称成仙为羽化,意为成仙后就能像鸟一样飞升。 〔10〕桂棹:桂树做的棹;兰桨:木兰树做的桨。 〔11〕舞、泣:都用作使动词。潜蛟:指潜藏的蛟龙。嫠(lí)妇:寡妇。 〔12〕正襟:整理衣襟。危坐:端正地坐着。 〔13〕"月明"两句:是曹操《短歌行》中的诗句。 〔14〕夏口:今湖北武昌。武昌:今湖北鄂城(非今之武昌)。 〔15〕缪(liáo):通"缭",盘绕。 〔16〕"孟德"句:指曹操在赤壁大战中被周瑜击败一事。孟德:曹操的字。周郎:周瑜 24 岁时为中郎将,吴中皆称他为周郎。 〔17〕舳舻(zhúlú):指战船。船尾称舳,船头称舻。 〔18〕侣、友:都用作动词。 〔19〕蜉蝣:夏秋之交,生长在水边的一种小虫,朝生暮死,生命极其短促。 〔20〕造物者:指大自然。无尽藏:佛教用语,指无穷无尽的宝藏。 〔21〕枕藉:互相枕靠着交错地躺在一起。

【阅读提示】

宋神宗元丰二年(1079),苏轼因"乌台诗案"被捕入狱,经弟弟苏辙等人的多方营救,才免于死罪,贬为黄州团练副使。

第一部分写诗人置身于水光月色之中,遗世独立,飘飘欲仙的心情,为下文抒情、议论作铺垫。第二部分写饮酒唱歌,由喜而愁,由乐而悲的情感变化,摹写箫声的凄恻悲凉和无限的苦情悲怨,其中"扣舷之歌"在文章中起到了由乐跌入悲的过渡作用。客人即景生情,从月夜泛舟,引发赤壁怀古,由赤壁其地,曹操其人,引发宇宙永恒、人生短暂的悲叹。第三部分写因得到解脱而复喜。苏子借眼前的流水和当空的明月作比喻,反驳客人关于人生、宇宙的看法,说出了人生变与不变的道理。最后"客喜而笑",主客认识取得一致。这两部分的主客对话,实际上反映了作者思想中积极的人生观与消极的人生观的矛盾斗争。整篇文章即景生情、借物喻理,将写景、抒情、说理融会统一,是唐宋文赋中的佼佼者。

□黄庭坚

黄庭坚(1045—1105),字鲁直,自号山谷道人,晚号涪翁,洪州分宁(今江西修水)人。英宗治平四年(1067)进士。哲宗立,召为校书郎、《神宗实录》检讨官。后擢起居舍人。绍圣初,新党谓其修史"多诬",贬涪州别驾,安置黔州等地。徽宗初,羁管宜州卒。工诗文,早年受知于苏轼,与张耒、晁补之、秦观并称"苏门四学士"。诗与苏轼并称"苏黄",为江西诗派开山,有《豫章黄先生文集》。

寄黄几复[1]

我居北海君南海[2]，寄雁[3]传书谢不能。
桃李春风一杯酒， 江湖夜雨十年灯。
持家但有四立壁[4]，治病不蕲三折肱[5]。
想见读书头已白， 隔溪猿哭瘴溪藤。

【注释】

〔1〕黄几复：名介，南昌人，是黄庭坚少年时的好友，时为广州四会（今广东四会）县令。
〔2〕"我居"句：《左传·僖公四年》："君处北海，寡人处南海，惟是风马牛不相及也。"作者在
"跋"中说："几复在广州四会，予在德州德平镇，皆海滨也。"〔3〕"寄雁"句：传说雁南飞时不
过衡阳回雁峰，更不用说岭南了。 〔4〕四立壁：《史记·司马相如传》："家居徒四壁立。"
〔5〕蕲：祈求。肱：上臂，手臂由肘到肩的部分，古代有三折肱而为良医的说法。 〔6〕瘴溪：旧
传岭南边远之地多瘴气。

【阅读提示】

　　这首诗作于宋神宗元丰八年（1085），此时黄庭坚监德州（今属山东）德平镇。
黄几复此时知四会县。首联起笔突兀，抒写了对远方友人的思念之情。前句化
用《左传》中楚子对齐桓公所说的"君处北海，寡人处南海"，后句化用"雁足传书"
的典故，说明海天茫茫相距辽远。领联"桃李春风一杯酒，江湖夜雨十年灯"回忆
昔日相聚宴游之乐，并进一步抒写相别十年的思念之深。两句所描绘的情景有
巨大反差，形成了强烈对比，从而更加凸现了思念之情。颈联"持家但有四立壁，
治病不蕲三折肱"称赞友人为官清廉、从政有方。尾联"想见读书头已白，隔溪猿
哭瘴溪藤"赞美友人认真读书、好学不倦，颇有为博学多才的友人偏居荒蛮之地
不得重用鸣不平的意味。
　　黄庭坚是宋代江西诗派的开山祖师。他的诗具有生、新、瘦、硬的艺术风格，
善于运用典故。他把古代典籍中的词语经过转化、改造，吸收融合在自己的作品
中，从而使诗歌的涵义更加丰富、情致更加含蓄。因此，他的诗表现出深厚的学
养，具有浓郁的书卷气。这首诗就集中体现了这种艺术特点。

□秦　观

　　秦观（1049—1100），字少游、太虚，号淮海居士，扬州高邮（今江苏省高邮）

人。元丰八年(1085)中进士。元祐初,先后任太学博士、秘书省正字及国史院编修等职,和黄庭坚、张耒、晁补之同出苏轼之门,人称"苏门四学士"。绍圣初年,被贬到彬州、雷州等地。徽宗立,放还,行至滕州,病逝。秦观工诗词。词多写男女情爱,也颇有感伤身世之作,风格委婉含蓄,清丽淡雅。有《淮海词》。

踏莎行·郴州旅舍〔1〕

雾失楼台,月迷津渡。桃源望断无寻处〔2〕。可堪孤馆闭春寒,杜鹃声里斜阳暮。　　驿寄梅花,鱼传尺素。砌成此恨无重数。郴江幸自绕郴山,为谁流下潇湘去〔3〕?

【注释】

〔1〕郴州:今湖南郴州市。　〔2〕桃源:晋·陶渊明《桃花源记》里虚构的世外仙境,在郴州市北。　〔3〕潇湘:指湖南境内的潇江、湘江二水,汇合后称潇湘。

【阅读提示】

此词为作者绍圣四年(1097)贬谪郴州时所写。词中抒写了作者流徙僻远之地的凄苦失望之情和思念家乡的怅惘之感。词的上片以写景为主,描写了词人登高怅望时的所见和谪居的环境,景中有情,表现出苦闷迷惘、孤独寂寞的情怀。下片以抒情为主,写出谪居生活中的无限哀愁,情中带景。全词即景生情,寓情于景,写得婉转含蓄,尤其是最后两句用郴江、郴山喻人的分别,似乎问得十分无理,却有力地写出了内心的沉痛,深受苏轼的好评。

□周邦彦

周邦彦(1056—1121),字美成,号清真居士,钱塘(今浙江杭州)人。少年落拓不羁,后因向神宗献《汴都赋》,由诸生被擢为大学正。历任地方官多年。精通音律,能自度曲,曾提举大晟府,是北宋重要词家。其词集北宋婉约派之大成,讲究形式格律和语言技巧,历来被奉为词坛正宗,词风浑厚和雅,富艳精工。有《片玉词》,存词二百零六首。

兰陵王·柳

柳阴直,烟里丝丝弄碧。隋堤上〔1〕、曾见几番,拂水飘绵送行色〔2〕。登临望

109

故国[3]，谁识京华倦客[4]。长亭路、年去岁来，应折柔条过千尺[5]。　　闲寻旧踪迹，又酒趁哀弦，灯照离席，梨花榆火催寒食[6]。愁一箭风快[7]，半篙波暖，回头迢递便数驿。望人在天北。　　凄恻，恨堆积。渐别浦萦回[8]，津堠岑寂[9]，斜阳冉冉春无极。念月榭携手，露桥闻笛，沉思前事，似梦里，泪暗滴。

【注释】

〔1〕隋堤：汴河堤，为隋炀帝所筑，堤上多种柳树。　〔2〕飘绵：指飞舞的柳花。　〔3〕故国：指故乡。　〔4〕京华倦客：作者自指。京华：京城。　〔5〕柔条：指柳条。古人折柳赠别，以示留恋之意。　〔6〕梨花榆火：指梨花盛开、榆柳取火的寒食节。榆火：清明节早晨宫中把榆柳钻取的新火赐给近臣，称榆火。　〔7〕一箭风快：比喻顺风的船像箭一样飞快。　〔8〕别浦：徐坚《初学记》"大水有小口别通曰浦"，此指行人离别的河岸。萦回：水流回旋。　〔9〕津：指渡口。堠：守望兼记里数的土堆，五里一堠。

【阅读提示】

这首词的题目是咏柳，实际上是借咏柳来写离别，寄托作者官场失意与身世飘零的喟叹。词分三片，是典型的长调。上片紧扣题目，从柳树上说出别恨。起句直点本题。"隋堤上"三句，写垂柳送行之态，"登临"句逆接，"谁识"句落到自身。"长亭路"三句更见长久漂泊之苦。中片转入自己当前的情事，写送别时的情景。"闲寻"承"登临"而来，"又酒趁"三句，从追想旧踪迹回到了眼前的别筵。"愁一箭"四句是代行者设想之词，这种翻进一层、从想象中着笔的手法，是周邦彦最擅长的。下片写别后情怀，正面抒写离恨。别浦、津堠，斜阳冉冉，开拓出绮丽悲壮的境界。"念月榭"两句，转到对往事的回忆，用笔极吞吐之妙。全词以叙事为主，叙事中抒情，构思工巧，措辞典雅，结尾收以重拙之笔，更显词风的浑厚。周邦彦发扬了柳永以来创制长调的艺术手法，不仅层层铺叙，始终不懈，一笔到底，而且还致力于结构的严整与富有变化，呈现出一种回环曲折、前后呼应、疏密相间和不即不离的特点。

六丑·蔷薇谢后作

正单衣试酒，怅客里、光阴虚掷。愿春暂留，春归如过翼[1]，一去无迹。为问花何在？夜来风雨，葬楚宫倾国[2]。钗钿堕处遗香泽[3]。乱点桃蹊[4]，轻翻柳陌[5]，多情为谁追惜？但蜂媒蝶使[6]，时叩窗槅。　　东园岑寂，渐蒙笼暗碧[7]。静绕珍丛底[8]，成叹息。长条故惹行客。似牵衣待话，别情无极。残英小、强簪巾帻[9]。终不似一朵钗头颤袅，向人攲侧。漂流处、莫趁潮汐。恐断红、尚有相思字[10]，何由见得？

【注释】

〔1〕过翼:如鸟飞过。 〔2〕楚宫倾国:楚王宫中的美人,此处比喻蔷薇花。韩偓《哭花》诗:"夜来风雨葬西施。"倾国:容颜绝代的佳人。汉李延年歌:"北方有佳人,绝世而独立。一顾倾人城,再顾倾人国。"(见《汉书·外戚传》)这里喻指蔷薇。 〔3〕钗钿:镶嵌有螺钿的头钗。喻指花瓣。 〔4〕乱点桃蹊:花儿零乱地落在桃树下的小路上。 〔5〕轻翻柳陌:花瓣在柳树下的小路上,随风翻飞。 〔6〕蜂媒蝶使:蜜蜂和蝴蝶,因它们来往奔忙于花间,故称为花的媒人和使者。 〔7〕渐蒙笼暗碧:意为绿树渐渐繁茂成荫。蒙笼:遮盖,指树荫。 〔8〕珍丛:珍贵的蔷薇花丛。 〔9〕强簪巾帻:勉强把落花插在头巾上。 〔10〕"断红"句:取用《云溪友议》中所载的"红叶题诗"的故事:唐代宫女题诗于红叶上,漂流出御沟,为文士卢渥拾得,后来二人结成佳偶。

【阅读提示】

这首词是借悼惜落花,来抒发客居异乡为官的惆怅之情。词的上片抒写春归花谢之景象。起首两句,直抒胸臆,感叹光阴虚掷,"正""怅"二字领起全篇。接下来以鸟飞作比喻,形容春归之迅速,一句一转,惜春之情愈转愈深。周济云:"'愿春暂留,春归如过翼,一去无迹'十三字千回百折,千锤丰炼"(《宋四家词选》),写出作者惜春、留春、怨春的层层感情,言简意繁。再以美人为喻,写落红飘零与追惜之情,特用问语"为问花何在"、"多情为谁追惜"振起,以突出"无家"与"无人追惜"之意,内隐词人自己的身世遭际之感。下片着意刻画人惜花、花恋人的生动情景。"成叹息"三字感慨落花有情,赏者无意,引起下文。"长条故惹行客,似牵衣待话,别情无极"三句,"故""似"虚字生神,描摹细微,缠绵往复,诚为一叹,写花恋人。尤以最后三句"漂流处、莫趁潮汐。恐断红、尚有相思字,何由见得",复用问语,逆挽而不直下,拙重而不呆滞。且活用"红叶题诗"故事,流露出依依不舍的恋花深情。周济评曰:"不说人惜花,却说花恋人。不从无花惜春,却从有花惜春。不惜已簪之'残英',偏惜欲去之'断红'"(《宋四家词选》)。全词构思新颖别致,章法回环曲折,摹写物态,曲尽其妙,词风缠绵沉郁。既抒写了自己的"惜花"心情,又表露出自伤自悼的游宦之感。黄蓼园曰:"自伤年老远宦,意境落寞,借花起兴。以下是花是己,比兴无端。指与物化,奇清四溢,不可方物。人巧极而天工生矣。结处意致尤缠绵无已,耐人寻味"(《蓼园词选》)。

□李清照

李清照(1084—1155?),号易安居士,齐州章丘(今属山东济南)人,十八岁嫁赵明诚,南渡不久,赵明诚病卒。她颠沛流离,在寂寞中度过晚年。以词著称,前期多写其悠闲生活,后期多悲叹身世。工于造语,善用白描,语言清丽。论词强调协律,崇尚典雅、情致,提出词"别是一家"之说,反对以作诗文之法作词。后人有《漱玉词》辑本。

声声慢

寻寻觅觅,冷冷清清,凄凄惨惨戚戚。乍暖还寒时候[1],最难将息[2]。三杯两盏淡酒,怎敌他、晚来风急。雁过也,正伤心,却是旧时相识。　　满地黄花堆积,憔悴损,如今有谁堪摘?守着窗儿,独自怎生得黑[3]。梧桐更兼细雨,到黄昏、点点滴滴。这次第[4],怎一个愁字了得[5]?

【注释】

〔1〕乍:突然。　〔2〕将息:调养。　〔3〕怎生:怎样。　〔4〕次第:一连串的情况。〔5〕了:完毕,了结。

【阅读提示】

黄墨谷考订此词作于建炎三年(1129)秋。是年,金兵逼近,赵明诚卒,朝廷权贵觊觎李清照的金石文物,内外交困,是李清照处境最为艰难的时候。词作抒发了词人晚年漂泊独处、孤苦无依的生活景况以及内心深处绝望的哀愁。开篇连用十四叠字,情景凄婉,形神兼具,诚为绝唱。作者借酒消愁,怎奈晚来寒风,长空雁过,家国沦亡之感不仅又萦绕心头。下片缘情布景,以萧瑟的黄花,反衬"凄凄惨惨戚戚"的心境,惜花中寄寓深情。"梧桐"句,合时地而成高境,把感伤之情,推向高潮。"点点滴滴",力透纸背,带给人强烈的震撼力。此词一字一泪,缠绵哀怨,极富艺术感染力。不愧为李清照晚年的一首力作。

武 陵 春

风住尘香[1]花已尽,日晚倦梳头。物是人非事事休,欲语泪先流。
闻说双溪春尚好[2],也拟泛轻舟。只恐双溪舴艋舟[3],载不动许多愁。

【注释】

〔1〕尘香:落花化为尘土,而芳香犹在。　〔2〕双溪:浙江金华的一条河。东港、西港二水流至金华汇合,称婺港,又称双溪,是当时的游览胜地。这里指的是李清照将要春游的地方。〔3〕舴艋(zéměng)舟:形似蚱蜢的小船。

　　这是词人于绍兴五年(1135)避乱金华时所作。她历尽乱离之苦,所以词情极为悲戚。上片极言眼前景物之不堪,心情之凄苦。下片进一步表现悲愁之深重。全词充满"物是人非事事休"的痛苦。表现了她的故国之思。构思新颖,想象丰富。一波三折,欲吐还吞,通过暮春景物勾画出内心活动,以舴艋舟载不动愁的艺术形象来表达悲愁之多。写得新颖奇巧,深沉哀婉,遂为绝唱。

□陆　游

　　陆游(1125—1210),字务观,号放翁,晚号龟堂老人。越州山阴(今浙江绍兴)人。绍兴中应礼部试,为秦桧所黜。后孝宗即位,赐进士出身,曾任镇江、隆兴通判,官至宝章阁待制。晚年退居家乡。为南宋的大诗人,词也很有成就。有《剑南诗稿》、《放翁词》传世。

诉　衷　情

　　当年万里觅封侯,匹马戍梁州[1]。关河梦断何处[2],尘暗旧貂裘[3]。
胡未灭[4],鬓先秋[5],泪空流。此身谁料,心在天山[6],身老沧洲[7]!

【注释】

　　[1]梁州:今陕西汉中一带,因梁山而得名。　[2]关河:关塞和河防,指边疆。　[3]貂裘:皮裘衣服。这里暗用苏秦说秦王,失志而归,黑貂之裘已蔽破的典故。　[4]胡:指当时占据中原的金兵。　[5]鬓先秋:两鬓早已白如秋霜。　[6]天山:在新疆,这里借指南宋与金对峙的西北前线。　[7]沧洲:水边,指隐者的居处。这里指浙江绍兴镜湖边,作者晚年闲居之处。

【阅读提示】

　　这首词是作者晚年闲居绍兴时所作。陆游四十八岁时应四川宣抚使王炎之邀,到抗金前线的南郑军中度过了八个月的战斗生活。词开篇"当年"气势壮阔,即是对这段生活的追忆。而一生的抗金理想不灭,现实却总是残酷的,自己被逐罢居家中,"关河梦断"两句又跌落到现实生活中,壮志难酬,尘暗征袍。作者只有泪眼空流,山河破碎,而自己却早已鬓发斑白了。最后两句概括了词人晚年理想和现实的尖锐矛盾,写出了作者的悲愤情怀。全词声调急促,开合跌宕,情调激越,洋溢着强烈的爱国热情。

关 山 月 [1]

和戎诏下十五年 [2],将军不战空临边。
朱门沉沉按歌舞, 厩马肥死弓断弦。
戍楼刁斗催落月 [3],三十从军今白发。
笛里谁知壮士心? 沙头空照征人骨。
中原干戈古亦闻, 岂有逆胡传子孙?
遗民忍死望恢复 [4],几处今宵垂泪痕!

【注释】

〔1〕关山月:汉乐府横吹曲名。 〔2〕和戎:指隆兴元年(1163)的宋金和议,至淳熙四年(1177)首尾正好十五年。 〔3〕戍楼:边防的岗楼。刁斗:铜锅,古代行军时白天用作炊具,夜间敲着它打更。 〔4〕遗民:指留在金统治区的人民。

【阅读提示】

这首诗是以乐府旧题写时事,作于陆游罢官闲居成都时。诗中采用对比的手法一方面痛斥了南宋朝廷文恬武嬉、不恤国难的态度,同时表现了爱国将士报国无门的苦闷以及中原百姓切望恢复的愿望,体现了诗人忧国忧民、渴望统一的爱国情怀。全诗十二句,每四句一转韵,分写将军权贵、戍边战士和中原百姓。构思非常巧妙,以月夜统摄全篇,将三个场景融成一个整体,构成一幅关山月夜的全景图。可以说,这是当时南宋社会的一个缩影。诗人还选取了一些典型事物,如朱门、厩马、断弓、白发、征人骨、遗民泪等,表现了诗人鲜明的爱憎感情。全诗语言凝练,一字褒贬,具有很强的表现力。姚鼐评陆游诗:"放翁激发忠愤,横极才力,上法子美,下揽子瞻,裁制既富,变境亦多。"(《今体诗钞序目》)此诗可以当之。

□辛弃疾

辛弃疾(1140—1207),字幼安,号稼轩,历城(今山东济南)人。早年曾率众参加耿京领导的抗金义军,任掌书记。历任地方通判、提点刑狱、转运副使、安抚使等职。多次上书,力主抗金复国。不为所用,闲居江西上饶等地达二十年之久,忧愤以终。其词风格多样,而以豪放为主。热情洋溢,慷慨悲壮,笔力雄厚,与苏轼并称为"苏辛"。存词六百多首,有《稼轩长短句》。

摸鱼儿

淳熙己亥[1]，自湖北漕移湖南[2]，同官王正之置酒小山亭[3]，为赋。

更能消、几番风雨，匆匆春又归去。惜春长怕花开早，何况落红无数。春且住，见说道、天涯芳草无归路。怨春不语。算只有殷勤，画檐蛛网，尽日惹飞絮。

长门事[4]，准拟佳期又误。蛾眉曾有人妒[5]。千金纵买相如赋[6]，脉脉此情谁诉？君莫舞，君不见、玉环飞燕皆尘土[7]！闲愁最苦。休去倚危栏，斜阳正在，烟柳断肠处。

【注释】

〔1〕淳熙己亥：即宋孝宗淳熙六年(1179)。 〔2〕漕：漕司，转运使的简称。移：调任。〔3〕王正之：名正己，字正之，作者的朋友。小山亭：在漕司衙内。 〔4〕长门事：汉武帝陈皇后失宠后居住在长门宫，后用以代指失宠。 〔5〕蛾眉：细长弯曲的眉毛，代指美女。 〔6〕相如赋：陈皇后以黄金百斤请司马相如写了《长门赋》，武帝读后颇受感动，陈皇后复得宠幸。〔7〕玉环：即杨贵妃，唐玄宗最宠爱的妃子，安史之乱时在马嵬坡被迫缢死。飞燕：汉成帝的皇后赵飞燕，一度受到宠爱，后废为平民，自杀而死。

【阅读提示】

本篇作于淳熙六年春。时辛弃疾四十岁，南归至此已有十七年之久。作者时由湖北转运副使调官湖南。行前，同僚王正之在山亭摆下酒席为他饯别，作者见景生情，借词作抒写出长期积郁于胸的愤懑之情。表面上写的是失宠女人的苦闷，实际上却抒发了作者对国事的忧虑和屡遭排挤打击的沉重心情。上片写暮春的景物，以惜春、怨春、留春的复杂情感寄托对国事垂危的忧虑与痛心。以"更能消"三字起笔，实际上意指南宋的政治形势。下片托古喻今，以陈皇后寂寞宫守，佳期难继，美人遭妒来暗示自己南渡以来屡遭朝廷冷落的遭遇，抒发报国无门、有志难伸的悲愤。结拍复入现实，以烟柳斜阳的凄迷景象，象征南宋王朝昏庸腐朽，日落西山，岌岌可危的社会现实。全词善用比兴和典故，借用男女之情来表达现实关怀，表面看，这首词写得极为"婉约"，实际上却极哀怨，极沉痛，缠绵曲折而又沉郁顿挫，呈现出别具一格的词风。

水龙吟·登建康赏心亭[1]

楚天千里清秋，水随天去秋无际。遥岑远目，献愁供恨，玉簪螺髻[2]。落日楼头,断鸿声里,江南游子,把吴钩看了⁽³⁾,栏杆拍遍,无人会,登临意。 休说鲈鱼堪脍,尽西风,季鹰归未⁽⁴⁾?求田问舍,怕应羞见,刘郎才气⁽⁵⁾。可惜流年,忧愁风雨,树犹如此⁽⁶⁾!倩何人唤取,红巾翠袖⁽⁷⁾,揾英雄泪!

【注释】

〔1〕建康:今江苏南京市。赏心亭:遗址在今南京市水西门。 〔2〕玉簪螺髻:如簪如髻的山峰。 〔3〕吴钩:吴地产的宝刀。 〔4〕季鹰:西晋张翰,字季鹰。他在洛阳做官,见秋风起,因思吴中莼菜羹、鲈鱼脍,遂弃官回家(《世说新语·识鉴篇》)。 〔5〕刘郎:指刘备。 〔6〕树犹如此:东晋时桓温北征,路过金城,见前种柳树皆已十围,"慨叹说:'木犹如此,人何以堪!'攀枝折条,泫然流泪"(见《世说新语·言语篇》)。 〔7〕红巾翠袖:女子装束,借指歌女。

【阅读提示】

该词作于乾道四至六年(1168—1170)间建康通判任上。这时作者南归已多年,却投闲置散,作一个建康通判,不得一遂报国之愿。偶有登临周览之际,便一抒郁结心头的悲愤之情。赏心亭是南宋建康城上的一座亭子。据《景定建康志》记载:"赏心亭在(城西)下水门城上,下临秦淮,尽观赏之胜。"词的上片借景抒情。登高远望,一目千里,天高云淡的秋天空旷开阔,滚滚长江向天边流去,更是一望无际。看着落日西沉、听着孤雁哀鸣,词人空有杀敌报国的雄心而没有杀敌的机会,只能徒然地细看宝刀,把栏杆拍遍,也没有人能理解词人此时的心情。下片借历史人物抒发自己失意的悲痛。不要提那美味的鲈鱼,自己不会像张翰那样忘怀时事、回乡隐居。但是,年华如流水般消逝,树却长得这般高大了,国家形势风雨飘摇,不能不令人忧愁。全词情景交融,抒情与议论结合,内容深广而感情激烈,是辛弃疾的代表作。

□ 姜　夔

姜夔(1155?—1221?),字尧章,号白石道人,饶州鄱阳(今属江西)人。少年孤贫,屡试不第,终生未仕,一生转徙江湖。工诗词、精音乐、善书法,对词的造诣尤深。有诗词、诗论、乐书、字书、杂录等多种著作。今存《白石道人歌曲》,有词八十多首,其词情意真挚,格律严密,语言华美,风格清幽冷峻。上承周邦彦,下开吴文英、张炎一派,是格律派的代表作家,与辛弃疾、吴文英鼎足而三,对后世影响较大。

扬 州 慢

淳熙丙申正日,予过维扬。夜雪初霁,荠麦弥望。入其城,则四顾萧条,寒水自碧。暮色渐起,戍角悲吟。余怀怆然,感慨今昔,因自度此曲。千岩老人以为有《黍离》之悲也。

淮左名都[1],竹西佳处[2],解鞍少驻初程。过春风十里[3],尽荠麦青青。自胡马窥江去后[4],废池乔木,犹厌言兵。渐黄昏、清角吹寒,都在空城。　　杜郎俊赏[5],算而今重到须惊。纵豆蔻词工,青楼梦好[6],难赋深情。二十四桥仍在[7],波心荡、冷月无声。念桥边红药[8],年年知为谁生。

【注释】

〔1〕淮左:宋代在淮扬一带设置淮南东路和淮南西路。淮南东路称淮左,扬州是淮左地区著名的都会。　〔2〕竹西:扬州城东禅智寺侧有竹西亭。唐·杜牧《题扬州禅智寺》诗:"谁知竹西路,歌吹是扬州?"〔3〕春风十里:喻扬州的繁荣。此句及下面"豆蔻词工"等句,均出自杜牧《赠别》诗:"娉娉袅袅十三余,豆蔻梢头二月初。春风十里扬州路,卷上朱帘总不如。"〔4〕胡马窥江:指金兵于宋高宗建炎三年(1129)和绍兴三十一年(1161)两次南侵,扬州都受到严重破坏。　〔5〕杜郎:指杜牧。　〔6〕青楼:妓楼。杜牧《遣怀》:"十年一觉扬州梦,赢得青楼薄倖名。"〔7〕二十四桥:旧址在今扬州市西郊。相传古时有二十四位美人吹箫于此,故名。〔8〕红药:指红芍药花。

【阅读提示】

淳熙三年(1176),姜夔路过扬州,亲眼目睹了战争洗劫后的萧条景象,抚今追昔,发为吟咏,写下这篇著名的词作。词的上片采用今昔对比的方式,尽写兵事后的扬州景象,在作者的想象之中,扬州是"名都""佳处",而现今则断壁残垣,凄凉荒芜。"'犹厌言兵'四字,包括无限伤乱语"。"渐黄昏,清角吹寒,都在空城",极为苍凉哀怨。下片化用典故写情,用杜牧重至扬州的假想,怀古伤今,抒发感慨。而"二十四桥仍在,波心荡、冷月无声",亦极具神韵。张炎《词源》说姜夔的词"不惟清空,又且骚雅,读之使人神观飞越。""骚雅"便有格调,"清空"即有神韵。全词写扬州战乱后的萧条景象,感怀家国,哀时伤乱,抒写了深沉的"黍离之悲"。"寒"、"空"、"荡"等字,锤炼精工,不愧为咏史的佳作。

暗 香

辛亥之冬[1],余载雪诣石湖[2]。止既月[3],授简索句[4],且征新声[5],作此两曲,石湖把玩不已,使工妓肆习之[6],音节谐婉,乃名之曰:"暗香"、"疏影"。

　　旧时月色,算几番照我,梅边吹笛?唤起玉人,不管清寒与攀摘。何逊[7]而今渐老,都忘却春风词笔。但怪得[8]竹外疏花,香冷入瑶席。　　江国,正寂寂,叹寄与路遥,夜雪初积。翠尊[9]易泣,红萼[10]无言耿[11]相忆。长记曾携手处,千树压、西湖寒碧。又片片、吹尽也,几时见得?

【注释】

　　〔1〕辛亥:光宗绍熙二年。　〔2〕石湖:在苏州西南,与太湖通。范成大居此,因号石湖居士。　〔3〕止既月:指住满一月。　〔4〕简:纸。　〔5〕征新声:征求新的词调。　〔6〕工伎:乐工、歌妓。隶习:学习。　〔7〕何逊:南朝梁诗人,早年曾任南平王萧伟的记室。任扬州法曹时,廨舍有梅花一株,常吟咏其下。后居洛思之,请再往。抵扬州,花方盛片,逊对树彷徨终日。杜甫诗"东阁官梅动诗兴,还如何逊在扬州"。　〔8〕但怪得:惊异。　〔9〕翠尊:翠绿酒杯,这里指酒。　〔10〕红萼:指梅花。　〔11〕耿:耿然于心,不能忘怀。

【阅读提示】

　　夏承焘先生《姜白石词编年笺校》称此词"作于辛亥之冬,正其最后别合肥之年",而"时所眷者已离合肥他去"。词以梅花为线索,通过回忆对比,寄寓个人身世飘零和昔盛今衰的慨叹。上片写"旧时"梅边月下的欢乐;首三句从题前说起,极言情境之美。"唤起"两句,引出玉人,犯寒摘花,月色笛声,花光人影,融成一片。"何逊"两句,笔锋陡转,折入现状,两相对照,因而对梅生出些许"怪"意,实含无限深情。下片写路遥积雪,江国寂寂,红萼依然,玉人何在!往日的欢会,只能留在"长记"之中了。"长记曾携手处,千树压、西湖寒碧"历来是传诵的名句,邓廷桢《双砚斋随笔》言此为:"状梅之多,皆神情超越,不可思议,写生独步也。"全词笔法婉曲,意境悠远,辞句雅丽,韵律和谐,情思绵邈而意味隽永。张炎曰:"前无古人,后无来者,自立新意,真为绝唱。"(《词源》)近人郑文焯更是誉之为"千古词人咏梅绝调"(《郑校白石道人歌曲》)。

□吴文英

　　吴文英(约1200—约1260),字君特,号梦窗,晚号觉翁,四明(今浙江宁波)人。一生未第,游幕终身,于苏州、杭州、越州三地居留最久。其词善用典故,体物入微,遣词清丽,运意幽深;上承温庭筠,近师周邦彦,在辛弃疾、姜夔词之外,自成一格。有《梦窗甲乙丙丁稿》四卷,存词三百四十余首。

风 入 松

听风听雨过清明,愁草瘗花铭[1]。楼前绿暗分携路[2],一丝柳,一寸柔情。料峭春寒中酒[3],交加晓梦啼莺[4]。　　西园日日扫林亭[5],依旧赏新晴。黄蜂频扑秋千索,有当时、纤手香凝。惆怅双鸳不到[6],幽阶一夜苔生。

【注释】

〔1〕瘗(yì)花铭:葬花的铭文。庾信有《瘗花铭》,这里借用其篇名。　〔2〕分携:分手,此指与伊人分手时所经行的道路。　〔3〕中(zhòng)酒:喝醉酒。　〔4〕"交加"句:言莺啼声此起彼落,惊醒我的好梦。此句暗用金昌绪《春怨》:"打起黄莺儿,莫教枝上啼。啼时惊妾梦,不得到辽西。"　〔5〕西园:在苏州,是词人和情人寓居之地。梦窗词中多次提到西园,如《浪淘沙》:"往事一潸然,莫过西园。"　〔6〕双鸳:指女子的绣花鞋,这里兼指女子本人。此句由庾肩吾《咏长信宫中草》"全由履迹少,并欲上阶生"和李白《长干行》"门前迟行迹,一一生绿苔"化出。

【阅读提示】

此词为怀念苏州去姬之作。通首言情,却不出相思二字,只从物象、行迹和心理隐微之处淡淡画出,情深而语极纯雅。写人淡扫鹅眉,只以纤手、双鸳侧面烘托,写景也只是风雨阴柳、蜂扑秋千,委婉细腻中透出质实淡雅。全词含蓄蕴藉,情意深厚,尤以"黄蜂"二句"于无情处见多情,幽想妙辞"(俞陛云《唐五代两宋词选释》),谭献亦认为"是痴语,是深语"。

八声甘州·灵岩[1]陪庾幕[2]诸公游

渺空烟四远,是何年、青天坠长星?幻苍崖云树[3],名娃金屋[4],残霸宫城。箭径酸风射眼[5],腻水染花腥[6]。时靸双鸳响[7],廊[8]叶秋声。　　宫里吴天沉醉,倩五湖倦客[9],独钓醒醒。问苍波无语,华发奈山青。水涵空、阑干高处,送乱鸦、斜日落渔汀。连呼酒,上琴台[10]去,秋与云平。

【注释】

〔1〕灵岩:山名,在江苏苏州市西南的木渎镇西北,上有春秋时吴国的遗迹馆娃宫、琴台等。　〔2〕庾幕:指提举常平仓官衙中的幕僚。　〔3〕苍崖云树:青山丛林。　〔4〕名娃金屋:指吴王夫差为西施筑馆娃宫事。　〔5〕箭径:即采香径。《苏州府志》:"采香径在香山之旁,小溪也。吴王种香于香山,使美人泛舟于溪水采香。今自灵岩山望之,一水直如矣,故俗名箭径。"酸风射眼:寒风吹得眼睛发痛。化用李贺《金铜仙人辞汉歌》"魏官牵牛指千里,东关酸风射眸子"句意。酸风:凉风。　〔6〕腻水:宫女濯妆的脂粉水。语出杜牧《阿房宫赋》:"渭水涨

119

腻,弃脂粉矣。"〔7〕靸(sǎ):一种草制的拖鞋。此作动词,指穿着拖鞋。双鸳:指女鞋。
〔8〕廊:响屧廊。《吴郡志·古迹》:响屧廊在灵岩山寺,相传吴王令西施辈步屐。廊虚而响,故
名。 〔9〕五湖倦客:指范蠡。范蠡辅佐越王勾践灭吴后,功成身退,放舟五湖(太湖)。
〔10〕琴台:在苏州灵岩山上。清汪懋麟《雨中重游灵岩》诗:"取径直造琴台颠,白云一气杳
难破。"

【阅读提示】

　　吴文英词,世人多以错彩镂金,组绣肇悦视之,而却不识其惊奇绝艳,更无论
卓荦奇特之气。这首词为作者在苏州游灵岩山时所作。通过叙述吴越争霸往
事,叹古今兴亡之感和白发无成之恨。寄寓着作者对时政的深深忧虑。全词意
境高远雄浑,结构纵横交错,气魄雄浑、格调高雅清丽,意境深远,堪称咏怀古迹
的佳作。清代陈廷焯在《白雨斋词话》卷二评吴文英词"在超逸中见沉郁",可以
当之。全篇以一"幻"字为眼目,借吴越争霸的往事以写其满眼兴亡、一腔悲慨之
感。上片通过景物描写一寓怀古讽今之情,下片主要通过人事讽刺当世。该词
起句不凡,直接写登高所见之苍茫景色。为全词定下基调。以"幻"字逗引出有
关吴王夫差的遗迹:采香径,响屧廊,虚实相映,真幻相生。下片承前点人,"宫里
吴王沉醉"语率意浑。一言陶醉于歌舞升平之中的吴王,一以独醒之范蠡自喻。
苍波青山,水天相涵,栏杆高处,由近及远,思绪万千。直到归鸦争树,斜照沉汀,
一切幻境沉思,悉还现实,不禁憬然、悢然,百端交集。"送乱鸦、斜日落渔汀",真
是好极! 此方是一篇之警策,全幅之精神。一"送"字,尤为神笔!(周汝昌语)而
上片追问何年,深具历史苍茫之感,下片"问苍波"六句,又自抒老大无成,表现了
对吴王失败的痛惜和回天乏力的无可奈何之情,也寄寓着对时政的深深忧虑,寓
情于景,与开篇几句遥相呼应。末尾三句以景结情,感情激越而貌似平和,极深
婉有情韵。

元代文学

　　元朝是我国历史上第一个由少数民族统治者建立的统一政权。1271年,忽必烈以"元"为国号,取《易经》"乾元"之义,表明了对汉族文明的推崇。忽必烈深知,要巩固元朝的统治,必须用汉法治汉人。他任用许衡、姚枢等儒生,以宽容和尊礼的态度对待佛教、道教。元代文学就是在这样特殊的社会背景和文化背景下发展起来的,有自己独特的风貌。

　　元代文学的精华是杂剧和散曲,统称为"元曲",分别代表元代叙事性文学与抒情性文学的最高成就,它在中国文学史上取得了和唐诗、宋词并列的崇高地位。杂剧是戏剧,散曲是清唱曲。元曲流行的区域主要在北方大都一带,故也称北曲。元杂剧的前期作家主要有关汉卿、王实甫、马致远、白朴、纪君祥、康进之等,后期作家主要有郑光祖、乔吉等。关汉卿、白朴、马致远、郑光祖四人成就最大,合称"元曲四大家"。

　　关汉卿是元杂剧的奠基人,为元代剧坛的领袖。他博学多才,性格倔强而滑稽,以玩世不恭的生活态度表示对现实黑暗的反抗。关汉卿现存剧目六十八种,剧本十八种。代表作为悲剧《窦娥冤》、喜剧《救风尘》、历史剧《单刀会》等。

　　在元代,南方还流行着另一种戏曲形式——南戏。它是由南方语言和南方音乐组合而成的戏曲样式,最初流行于浙江温州一带,称温州杂剧或永嘉杂剧,著名的南戏有高明的《琵琶记》。另外《荆钗记》、《刘知远白兔记》、《拜月亭》、《杀狗记》被称为"四大南戏"。

　　散曲是元代出现的新诗体,分小令和套数两种。小令是单支曲,套数是由两支以上宫调相同的曲子联缀而成的组曲,也称套数、散套。散曲的前期作家主要有关汉卿、白朴、马致远、张养浩等;后期作家主要有张可久、乔吉、睢景臣等。

　　元代诗文从总体上走向衰落,但仍在继承唐宋诗文的基础上继续发展。元诗作家众多,清顾嗣立《元诗选》诸编共收作家二千六百多人。元诗以宗唐为主,但亦受宋诗的影响。前期作家主要有耶律楚材、刘因、卢挚、赵孟頫等;后期诗人有被称为"元诗四家"的虞集、杨载、范梈、揭傒斯,还有王冕、萨都剌和杨维桢也享有盛名。

元词亦呈衰落的趋势。元词人多宗宋词，大致可分为宗苏轼、辛弃疾和宗周邦彦、姜夔两派，北人多学苏、辛，如刘因、萨都刺；南人多学周、姜，如张翥。

元代散文主要以唐代的韩愈和宋代的欧阳修为学习对象，代表作家有姚燧、虞集等。

□ 王实甫

王实甫，元代杂剧作家。名德信。大都（今北京市）人。生卒年与生平事迹均不详。钟嗣成《录鬼簿》将他列入"前辈已死名公才人"，周德清《中原音韵》在称赞关汉卿、郑光祖和白朴、马致远"一新制作"的同时，也称赞了《西厢记》的曲文，并说"诸公已矣，后学莫及"。由此可以推知，王实甫活动的年代可能与关汉卿等相去不远，他的主要创作活动当在元成宗元贞、大德年间（1295—1307）。

王实甫所作杂剧，名目可考的有十三种。今存有《崔莺莺待月西厢记》、《吕蒙正风雪破窑记》和《四大王歌舞丽春堂》三种。《韩采云丝竹芙蓉亭》和《苏小卿月夜贩茶船》都有佚曲。其余仅存名目而见于《录鬼簿》著录者有《东海郡于公高门》、《孝父母明达卖子》、《曹子建七步成章》、《才子佳人多月亭》、《赵光普进梅谏》、《诗酒丽春园》、《陆绩怀橘》、《双蕖怨》、《娇红记》九种。

《西厢记》不仅是王实甫的代表作，而且是元代杂剧创作中最优秀的作品之一。在戏剧结构、矛盾冲突、人物塑造等方面，都取得了很高的艺术成就，无论思想性还是艺术性都达到了元杂剧的一个高峰。《西厢记》所表达"愿普天下有情人都成眷属"的思想，自问世以来博得青年男女的喜爱，被誉为"西厢记天下夺魁"。《西厢记》突破了元杂剧一本四折的格式，长达五本二十一折，便于表达丰富的剧情，这一形式上的大胆革新，对后来的戏剧创作起了引领作用。

西厢记（拷红）

（夫人引侍上云）这几日窃见莺莺语言恍惚，神思加倍，腰肢体态，比向日不同；莫不做下来了么？（侍云）前日晚夕，奶奶睡了，我见姐姐和红娘烧香，半晌不回来，我家去睡了。（夫人云）这桩事都在红娘身上，唤红娘来！（侍唤红科，红云）哥哥唤我怎么？（侍云）奶奶知道你和姐姐去花园里去，如今要打你哩。（红云）呀！小姐，你带累我也！小哥哥，你先去，我便来也。（红唤旦科）姐姐，事发了也，老夫人唤我哩，却怎了？（旦云）好姐姐，遮盖咱！（红云）娘呵，你做的隐秀[1]者，我道你做下来也。（旦念）月圆便有阴云蔽，花发须教急雨催。（红唱）

【越调】【斗鹌鹑】则着你夜去明来，倒有个天长地久；不争[2]你握雨携云，常

122

使我提心在口。你则合带月披星，谁着你停眠整宿？老夫人心数[3]多，情性侈[4]；使不着我巧语花言，将没做有。

【紫花儿序】老夫人猜那穷酸做了新婿，小姐做了娇妻，这小贱人做了牵头[5]。俺小姐这些时春山低翠，秋水凝眸，别样的都休，试把你裙带儿拴，纽门儿扣，比着你旧时肥瘦，出落得精神，别样的风流。

（旦云）红娘，你到那里小心回话者！（红云）我到夫人处，必问：这小贱人！

【金蕉叶】"我着你但去处行监坐守[6]，谁着你迤逗[7]的胡行乱走？"若问着此一节呵如何诉休？你便索与他个"知情"的犯由[8]。

（红云）姐姐，你受责理当，我图甚么来？

【调笑令】你绣帏里效绸缪[9]，倒凤颠鸾百事有。我在窗儿外几曾轻咳嗽，立苍苔将绣鞋儿冰透。今日个嫩皮肤倒将粗棍抽，姐姐呵，俺这通殷勤的着甚来由？

（红云）姐姐在这里等着，我过去。说过呵，休欢喜，说不过，休烦恼。（红见夫人科，夫人云）小贱人，为甚么不跪下！你知么？（红跪云）红娘不知罪。（夫人云）你故自口强哩。若实说呵，饶你；若不实说呵，我直打死你这个贱人！谁着你和小姐花园里去来？（红云）不曾去，谁见来？（夫人云）欢郎见你去来，尚故自推哩。（打科，红云）夫人休闪了手，且息怒停嗔，听红娘说。

【鬼三台】夜坐时停了针绣，共姐姐闲穷究[10]，说张生哥哥病久。咱两个背着夫人，向书房问候。

（夫人云）问候呵，他说甚么？（红云）他说来，道"老夫人事已休，将恩变为仇，着小生半途喜变做忧。"他道："红娘你且先行，教小姐权时落后。"（夫人云）他是个女孩儿家，着他落后怎么！（红唱）

【秃厮儿】我则道神针法灸，谁承望燕侣莺俦。他两个经今月余则是一处宿，何须你一一问缘由？

【圣药王】他每不识忧，不识愁，一双心意两下投。夫人得好休，便好休，这其间何必苦追求？常言道"女大不中留"。

（夫人云）这端事都是你个贱人！（红云）非是张生小姐红娘之罪，乃夫人之过也。（夫人云）这贱人倒指下我来，怎么是我之过？（红云）信者人之根本，"人而无信，不知其可也。大车无輗，小车无軏，其何以行之哉？"当日军围普救，夫人所许退军者，以女妻之。张生非慕小姐颜色，岂肯区区建退军之策？兵退身安，夫人悔却前言，岂得不为失信乎？既然不肯成就其事，只合酬之以金帛，令张生舍此而去。却不当留请张生于书院，使怨女旷夫，各相早晚窥视，所以夫人有此一端。目下老夫人若不息其事，一来辱没相国家谱；二来张生日后名重天下，施恩于人，忍令反受其辱哉？使至官司[11]，老夫人亦得治家不严之罪。官司若推其详，亦知老夫人背义而忘恩，岂得为贤哉？红娘不敢自专[12]，乞望夫人台鉴：

123

莫若恕其小过,成就大事,搁[13]之以去其污,岂不为长便乎?(红唱)

【麻郎儿】秀才是文章魁首[14],姐姐是仕女班头[15];一个通彻三教九流,一个晓尽描鸾刺绣。

【幺篇】世有、便休、罢手,大恩人怎做敌头?起白马将军故友,斩飞虎叛贼草寇。

【络丝娘】不争和张解元参辰卯酉[16],便是与崔相国出乖弄丑。到底干连着自己骨肉,夫人索穷究。

(夫人云)这小贱人也道得是。我不合养了这个不肖之女。待经官呵,玷辱家门。罢罢!俺家无犯法之男,再婚之女,与了这厮罢。红娘唤那贱人来!(红见旦云)且喜姐姐,那棍子则是滴溜溜在我身上,吃我直说过了。我也怕不得许多,夫人如今唤你来,待成合亲事。(旦云)羞人答答的,怎么见夫人?(红云)娘跟前有甚么羞?

【小桃红】当日个月明才上柳梢头,却早人约黄昏后。羞得我脑背后将牙儿衬着衫儿袖。猛凝眸,看时节则见鞋底尖儿瘦。一个恣情的不休,一个哑声儿厮厮[17]。吤!那其间可怎生不害半星儿羞?

(旦见夫人科)(夫人云)莺莺,我怎生抬举你来,今日做这等的勾当!则是我的孽障,待怨谁的是!我待经官来,辱没了你父亲,这等事,不是俺相国人家的勾当。罢罢罢!谁似俺养女的不长进!红娘,书房里唤将那禽兽来!(红唤末科,末云)小娘子唤小生做甚么?(红云)你的事发了也,如今夫人唤你来,将小姐配与你哩。小姐先招了也,你过去。(末云)小生惶恐,如何见老夫人?当初谁在老夫人行说来?(红云)休佯小心,过去便了。

【幺篇】既然泄漏怎干休?是我相投首[18]。俺家里陪酒陪茶倒搁就。你休愁,何须约定通媒媾[19]?我弃了部署不收,你原来"苗而不秀"。吤!你是个银样镴枪头。

(末见夫人科,夫人云)好秀才呵,岂不闻"非先王之德行不敢行"?我待送你去官司里去来,恐辱没俺家谱。我如今将莺莺与你为妻,则是俺三辈儿不招白衣女婿,你明日便上朝取应去。我与你养着媳妇,得官呵,来见我;驳落[20]呵,休来见我。(红云)张生,早则喜也!

【东原乐】相思事,一笔勾,早则展放从前眉儿皱,美爱幽欢恰动头。既能够,张生,你觑兀的般可喜娘庞儿也要人消受。

(夫人云)明日收拾行装,安排果酒,请长老一同送张生到十里长亭去。(旦念)寄语西河堤畔柳,安排青眼送行人。(同夫人下)(红唱)

【收尾】来时节画堂箫鼓鸣春昼,列着一对儿鸾交凤友。那其间才受你说媒红,方吃你谢亲酒。(并下)

【注释】

〔1〕隐秀:藏而不露的意思。　〔2〕不争:因为。　〔3〕心数:心计。　〔4〕伣(zhòu):或作"怞",固执,刚愎。　〔5〕牵头:男女私通的拉线人。　〔6〕但去处:只是去呀,处,语气词。行监坐守:一举一动都要监视。　〔7〕迤逗:即拖逗,勾引的意思。　〔8〕犯由:罪状。　〔9〕绸缪(chóumóu):缠绵,男女欢会。　〔10〕穷究:本指追根问底,此指聊天,说话。　〔11〕官司:官府。　〔12〕自专:自以为是,自作主张。　〔13〕撋(ruán):本义摩弄、搓揉,此指迁就、撮合。　〔14〕文章魁首:文坛领袖。魁首:首领。　〔15〕仕女班头:女中英雄。仕女:贵族妇女,大家闺秀。班头:领袖,首领。　〔16〕参(shēn)辰卯酉:意指不和。参辰:参星和辰星,二星此出彼落,不能同时出现,故以参辰比喻不睦或不能相见。卯酉:十二时辰,卯时为五至七时,酉时为十七是至十九时,喻互不相见、对立不睦。　〔17〕厮耨(nòu):纠缠、戏弄。　〔18〕投首:自首。　〔19〕媒媾(gòu):媒人。媾:结婚。　〔20〕驳落:又作"剥落",落第。

【阅读提示】

《西厢记》第四本第二折戏名为"拷红",是全剧的关键段落,使剧情发生转折,引导出新的境界。这折戏成功地塑造了红娘的形象,聪明伶俐、冷静心细、泼辣直率、心地善良、富有正义感的红娘成为中国文学的典型人物。

在莺莺与张生的事情被发现后,"治家严肃"的老夫人气势汹汹地将红娘叫去,莺莺担心不已。虽然这一切都是老夫人的"赖婚"导致的,但红娘也的确未能尽到"行监坐守"的职责,违背了老夫人的意志,还在老夫人面前口强"红娘不知罪",着实让观众和读者为红娘捏了把汗。而机智的红娘并没有慌乱无措,早已想好对策,她先是"赖",声称"不曾去,谁见来",见赖不过去然后又以退为守,亦真亦假交待部分内容,以探虚实,并以张生的话"红娘你且先行,教小姐权时落后"摆脱罪责,接着红娘唱道:

〔颠厮儿〕我则道神针法灸,谁承望燕侣莺俦。他两个经今月余则是一处宿,何须你一一问缘由?

〔圣药王〕他每不识忧,不识愁,一双心意两相投。夫人得好休,便好休,这其间何必苦追求? 常言道"女大不中留"。

这段话如奇兵突起,极有心计,既为自己开脱,又把崔、张二人的结合说成是自然合理之事,并且劝老夫人应面对现实,不必深究,至此红娘已摆脱被动,扭转乾坤。

最后红娘转守为攻,她首先指出老夫人的"失信"之过,违背了"人之根本",然后一一罗列老夫人的错处,使其心服口服。但红娘在陈述自己的道理时,极有分寸,软中有硬、硬中有软,即便在用字上也滴水不漏,如"张生、小姐、红娘"则称罪、夫人则称"过",做到了有理有节,并抓住老夫人视家谱名声为己命的弱点,指出如欲治罪、必然会出现"辱没家谱"、"背义忘恩"、"治家不严"等严重后果,逼使老夫人不得不放弃初衷,答应了莺莺和张生的婚事。"拷红"中红娘与老夫人的这一段长长的辩词,把一个临威不惧、沉着冷静、头脑清醒、机智灵活、善于辞令的红娘的形象鲜明地表现了出来,令人拍手叫好。

红娘的正义感在"拷红"一折中也得到了集中体现,老夫人在发现莺莺、张生私合之事后,盛气凌人地责备红娘。红娘自认为莺莺、张生没有错,她自己也没有错,站在正义的立场上她勇敢地说出了:"红娘不知罪",并且理直气壮地指出,错在老夫人您自己,"信者人之根本,'人而无信,不知其可也。大车无輗,小车无軏,其何以行之哉?'当日军围普救,夫人所许退军者,以女妻之。张生非慕小姐颜色,岂肯区区建退军之策?兵退身安,夫人悔却前言,岂得不为失信乎?"在这一折戏中,红娘本是被老夫人拷问的,但红娘站在正义的立场上,对老夫人晓以大义和利害关系,变被动为主动,在红娘滔滔不绝的辩解下,老夫人也不得不认为:"这小贱人也道得是"。老夫人在她正义感的震慑下,也为了顾惜家谱名声,只好承认了莺莺和张生的婚事,最终正义取得了胜利,有生命的人性战胜了无生命的礼教。

□张养浩

张养浩(1270—1329),字希孟,号云庄,历城(今山东济南)人。元代著名散曲家,兼长诗文。武宗朝,入拜监察御史,直言敢谏,因上书议论时政遭贬黜。后复官至礼部尚书,参议中书省事。至治元年(1321)弃官归隐,以词曲诗文自适,朝廷屡召而不就。天历二年(1329),关中大旱,应召出任陕西行台中丞,致力救灾,劳瘁去世。一生为官清廉,著述颇富。散曲多写归隐生活,寄寓对现实的不满。有《云庄休居自适小乐府》传世,今存小令一百六十余首,套数两套。

山坡羊·骊山怀古

骊山四顾,阿房一炬,当时奢侈今何处?只见草萧疏[1],水萦纡[2]。至今遗恨迷烟树,列国[3]周齐秦汉楚。赢,都变做了土;输,都变做了土!

【注释】

〔1〕萧疏:稀疏,稀稀落落。 〔2〕萦纡:形容水流回旋迂曲。 〔3〕列国:各国,即周、齐、秦、汉、楚。

【阅读提示】

张养浩写了很多怀古小令,如潼关怀古、未央怀古、北邙山怀古以及本篇的骊山怀古。他的怀古之作,总的说来,高屋建瓴,视野开阔,借历史兴亡,抒现实感慨。这首小令,正是借骊山怀古,表现了对历史兴亡的大彻大悟,感情消极,带有虚无色彩。

□张可久

张可久(约1270—约1348),字小山,一说名伯远,字可久,号小山。庆元路(今浙江宁波鄞县)人。先以路吏转首领官,后曾任桐庐典史,至正初迁为昆山幕僚。因仕途不得意,晚岁久居西湖,以山水声色自娱。一生致力写散曲,尤善小令,与乔吉并称为元散曲两大家。今存小令八百五十五首,套曲九套。作品或写自然景物,或咏颓放生活,或谈禅应酬,题材狭窄,缺乏现实生活感。有《小山乐府》。

卖花声·怀古

美人自刎乌江岸[1],战火曾烧赤壁山[2],将军空老玉门关[3]。伤心秦汉,生民涂炭[4],读书人一声长叹。

【阅读提示】

〔1〕美人自刎:秦末楚汉相争,项羽在垓下(今安徽灵璧县东南)被汉军围困。夜里,他在帐中悲歌痛饮,与美人虞姬诀别,然后乘夜突出重围,在乌江(今安徽和县东)又被江军追杀,于是自刎而死。 〔2〕战火:指三国时的赤壁之战。赤壁在今湖北嘉鱼县境。公元208年,吴蜀联军在这里击败曹操百万大军。 〔3〕将军空老玉六关:东汉班超因久在边塞镇守,年老思归,所以给皇帝写了一封奏章,上面有两句是:"臣不敢望到酒泉郡(在今甘肃),但愿生入玉门关"。 〔4〕秦汉:泛指前代。涂炭:比喻受灾受难。涂,泥涂;炭,炭火。

【阅读提示】

《卖花声·怀古》是张可久散曲较少见的反映现实的作品,通过怀古,抒写战争带给人民的苦难`,表现知识分子同情人民,但又无可奈何的思想。

□赵孟頫

赵孟頫(1254—1322),字子昂,号松雪道人、水晶宫道人等。湖州吴兴(今浙江湖州)人。宋宗室后裔。入元后,先后任兵部郎中、集贤学士、翰林学士承旨等职。博学广识,才华横溢。工书法篆刻,精音乐绘画、诗文亦冠一时。与欧阳询、颜真卿、柳公权并称"楷书四大家",存世书迹有《洛神赋》、《赤壁赋》、《临兰亭帖》、《胆巴碑》等。著有《松雪斋集》。

岳鄂王墓[1]

鄂王墓上草离离,秋日荒凉石兽危[2]。
南渡君臣轻社稷,中原父老望旌旗[3]。
英雄已死嗟何及,天下中分遂不支[4]。
莫向西湖歌此曲,水光山色不胜悲。

【注释】

[1]岳鄂王墓:即岳飞墓,在杭州西湖边栖霞岭下。岳飞是南宋抗金名将,曾屡败金兵,战功卓著;绍兴十一年(1142年)被权奸秦桧等阴谋杀害,孝宗时谥武穆,宁宗时追封为鄂王。 [2]离离:野草茂盛的样子。石兽危:石兽庄严屹立。石兽,指墓前的石马、石象、石羊、石狮等。 [3]南渡君臣:指以宋高宗赵构为代表的统治集团。北宋亡后,高宗南渡长江,建都临安(今杭州)。轻:轻视。社稷:原指土、谷之神,此处指代国家。中原:地区名,狭义指今河南省一带,广义指整个黄河流域,此处指沦陷的北方国土。望旌旗:意为盼望南宋大军到来。旌旗,指代军队。 [4]嗟何及:后悔叹息已来不及了。嗟:叹息声。天下中分:指南宋与金南北对峙的局面。不支:无法支撑。

【阅读提示】

赵孟頫作为宋宗室后裔而仕元,从封建正统观念来看,是变节行为,所以后世一直怀疑他的人品。其实从这首诗里,可以读出他内心的矛盾和痛苦。诗歌高度评价了岳飞奋勇抗金的伟大功绩,严厉批判了南宋朝廷的投降主义,对江山易主流露出切肤之痛。

□ 虞　集

虞集(1272—1348),字伯生,号道园,人称邵庵先生。祖籍仁寿(今属四川),迁崇仁(今属江西)。元成宗大德元年(1297),至大都,任大都路儒学教授。仁宗时,为集贤修撰。泰定帝时,升任翰林直学士兼国子祭酒。文宗时,任奎章阁侍书学士,参加《经世大典》的编写工作。晚年告病回乡。虞集与杨载、范梈、揭傒斯先后齐名,人称"虞、杨、范、揭",或称"元诗四大家"。虞集的诗歌,主要特点是歌咏治世。有《道园学古录》。

挽文丞相[1]

徒把金戈挽落晖[2]，南冠无奈北风吹[3]。
子房本为韩仇出[4]，诸葛宁知汉祚移[5]。
云暗鼎湖龙去远[6]，月明华表鹤归迟[7]。
不须更上新亭望[8]，大不如前洒泪时。

【注释】

〔1〕文丞相：文天祥，字宋瑞，号文山，江西吉水人。宋末状元。元兵南下，率义军抗战，拜右丞相，封信国公。后被俘，解送大都。坚贞不屈，慷慨就义。 〔2〕徒把金戈挽落晖：《淮南子·览冥训》载"鲁阳公与韩构难，战酣，日暮，以戈挥之，日为之反三舍。"此句即用该典，意谓宋室江山如夕阳西下，难逃覆亡的命运。文天祥欲力挽狂澜，虽无补于大势，却也大显英雄气概。 〔3〕南冠：本为春秋时期楚人所戴之冠名。后多用《左传》成公九年所载楚人钟仪在晋为囚之典。以南冠代指囚徒。北风吹：喻元兵势大。 〔4〕子房：张良，韩国人，家五世相韩。韩亡，张良谋报韩仇，结勇士刺杀秦始皇未成。后佐刘邦建汉，立大功，封留侯，而韩国终于未复。 〔5〕诸葛：三国时诸葛亮，佐刘备建蜀汉，力图恢复汉室江山，而蜀最终为魏所灭。祚：皇位。祚移：喻改朝换代。 〔6〕鼎湖龙去：《史记·封禅书》载，黄帝铸鼎荆山之下，鼎成，有龙来迎，黄帝乘龙升天而去。后人遂以鼎湖龙飞为典故，指皇帝死去。这一句即用该典，指宋端宗及帝昺已死。 〔7〕华表鹤归：传说古代辽东人丁令威在灵虚山学道，后来道成化鹤飞回辽东，落在城门华表柱上，当时一个少年见到想举弓射之。鹤立即飞向天空徘徊，作诗："有鸟有鸟丁令威，去家千年今始归。城郭如故人民非，何不学仙冢累累。"然后高飞而去。这里引用该典，意谓不见文天祥英魂来归。 〔8〕新亭：《世说新语·言语》载，晋室南迁后"过江诸人，每至美日，辄相邀新亭，藉卉木饮宴。周侯中坐而叹曰：'风景不殊，正自有山河之异！'皆相视而流泪。唯王丞相愀然变色曰：'当共戮力王事，克复神州，何至作楚囚相对？'"此二句用该典，意谓如今整个天下都要被异族统治，不如东晋尚有半壁江山。

【阅读提示】

缅怀前朝忠烈是元代诗歌中反复出现的主题，反映了遭受异族统治的汉族知识分子的精神痛苦。这首诗就典型地反映元初知识分子既留恋旧朝，又无可奈何的彷徨心态。诗歌一方面赞颂了文天祥不畏艰险，奋力抵抗的精神，但又把文天祥的失败归于必然，表现出深切的亡国之痛。

□ 王 冕

王冕(1310—1359)，字元章，号煮石山农、九里先生、饭牛翁、会稽外史、梅花屋主等。浙江诸暨人。出身农家,幼时白天放牛,晚至寺院长明灯下读书,学识深邃。应科举不第。晚年隐居九里山,自筑"梅花屋",种粟养鱼,以卖画为生。能诗善画,尤工墨梅,又善写竹石。诗歌多写隐逸生活,诗风自然质朴、不拘常格。有《竹斋集》。

白　梅

冰雪林中著此身[1],不同桃李混芳尘[2]。
忽然一夜清风发,　散作乾坤万里春[3]。

【注释】

〔1〕著:放进,置入。　〔2〕混:混杂。芳尘:香尘。　〔3〕乾坤:天地。

【阅读提示】

王冕一生喜梅、画梅、咏梅,所以自号"梅花屋主"。王冕咏梅诗的代表作是为自画的梅花所题的《墨梅》诗:"我家洗砚池头树,个个花开淡墨痕。不要人夸好颜色,只留清气满乾坤。"反映了作者追求朴素淡雅、不向世俗献媚的高尚品格和坚贞节操。这首《白梅》以著身冰雪林中的梅花与混迹芳尘的桃李相对照,突出白梅的洁白和清幽,表达了诗人品高志大,不仅要独善其身,还要兼善天下的理想。

□李孝光

李孝光(约1299—约1351),字季和,号五峰狂客。温州乐清(今属浙江)人。少博学,隐居雁荡山五峰下,求学者自四方而来。至正七年(1347)应召至北京,擢文林郎、秘书监丞。擅古文,有《五峰集》。

大龙湫记

大德七年秋八月,予尝从老先生来观大龙湫,苦雨积日夜。是日,大风起西北,始见日出。湫水方大。入谷,未到五里余,闻大声转出谷中。从者心掉[1]。望见西北立石,作人俯势;又如大楗。行过二百步,乃见更作两股相倚立。更进百数步,又如树大屏风。而其颠谽谺[2],犹蟹两螯,时一动摇。行者兀兀,不可入。转缘南山趾,稍北,回视如树圭。又折而入东崦,则仰见大水从天上堕地,不

130

挂著四壁,或盘桓久不下,忽迸落如震霆。东岩趾有诺讵那庵,相去五六步,山风横射,水飞著人。走入庵避,余沫迸入屋犹如暴雨至。水下捣大潭,轰然万人鼓也。人相持语,但见口张,不闻作声,则相顾大笑。先生曰:"壮哉!吾行天下,未见如此瀑布也。"

是后,予一岁或一至。至,常以九月;十月则皆水缩,不能如向所见。今年冬又大旱,客人,到庵外石矼上,渐闻有水声。乃缘石矼下,出乱石间,始见瀑布垂,勃勃如苍烟。乍小乍大,鸣渐壮急。水落潭上洼石,石被激射,反红如丹砂。石间无秋毫土气,产木宜瘠,反碧滑如翠羽凫毛。潭中有斑鱼廿余头,闻转石声,洋洋远去,闲暇回缓,如避世士然。家僮方置大瓶石旁,仰接瀑水。水忽舞向人,又益壮一倍,不可复得瓶。乃解衣脱帽著石上,相持扼扰,欲争取之,因大呼笑。西南石壁上,黄猿数十,闻声,皆自惊扰,挽崖端偃木牵连下,窥人而啼。纵观久之,行出瑞鹿院前——今为瑞鹿寺。日已入,苍林积叶,前行,人迷不得路,独见明月宛宛如故人。老先生谓南山公也。

【注释】

〔1〕掉:动荡。这里指因惊恐而心脏剧烈跳动。   〔2〕谽谺(hānxiā):这里指山高险峻。

【阅读提示】

大龙湫是我国著名的瀑布,大龙湫与灵峰、灵岩,是浙江温州雁荡山风景三绝。这篇游记描写了作者两次游大龙湫的见闻。初游是在秋季,突出了瀑布声如雷霆的壮观;再游是在冬季,旱季的瀑布,清雅如画,别有情趣。

明代文学

　　明代文学的主要成就是小说和戏曲。古代小说史上的各种形式、各类体裁，包括长篇、短篇，文言、白话，在明代都有长足发展，形成了我国小说史上的第一个高峰。明代前期历史题材的章回演义小说《三国演义》，是我国长篇小说的开山之作，它和英雄传奇小说《水浒传》共同拉开了我国小说世界的帷幕。明中叶以后，小说创作进入了新的天地，我国第一部杰出的浪漫主义神魔小说《西游记》、第一部由文人独创的世情小说《金瓶梅》相继问世，为中国长篇小说的发展开拓了新领域。这四部小说被称为明代"四大奇书"。明中叶的短篇小说，也十分兴旺发达：以冯梦龙的"三言"（《喻世明言》、《警世通言》、《醒世恒言》）和凌蒙初的"二拍"（《初刻拍案惊奇》、《二刻拍案惊奇》）为代表，无论在思想内容的深度广度和艺术成就上，都比前人有很大进步。明代还出现了为数不少的文言短篇小说。

　　明代小说创作，从发展过程来说，经历了由人民群众的集体创作，到文人的加工整理，再发展为作家的个人创作的过程。从思想内容来说，广泛而深刻地反映了当时的社会生活和人民的理想、愿望，具有强烈的人民性；从艺术形式来说，开始了典型环境中典型人物的塑造；从创作方法来说，大多是现实主义的，有的作品也达到了积极浪漫主义的新高度。明代小说的这些特点充分体现了中国古典小说的民族风格。

　　戏曲方面，既有杂剧，又有南戏、昆曲和地方戏，相互争奇斗艳，是戏曲史上的重大发展。传奇是明代戏剧的主要成就。由南戏演变而来的传奇呈现了蓬勃发展的局面，涌现了大批有成就的戏曲作家，形成了各具特色的艺术流派。主要有以汤显祖为代表的强调内容、注重文采的"临川派"和以沈璟为代表的讲究音律的"吴江派"，这两个流派影响很大。另外，还有以梁辰鱼为代表的着力词藻的"昆山派"。

　　明代的诗歌、散文，和小说相比，成就较差，它们是在拟古与反拟古的反复斗争中曲折前进的。明初的诗文作家宋濂、刘基、高启等，都亲身经历过元末的大动乱，写出了一些反映现实的作品，永乐时期以"三杨"（杨士奇、杨荣、杨溥）为代表的"台阁体",内容上歌功颂德,艺术上追求雍容典雅、平正淳实的风格,形成一股不良文风,统治文坛数十年。到明中叶,以李东阳为首的"茶陵派",力求以文学的复古来反对"台阁体"文风,但他们侧重形式,成就不高。弘治年间以李梦阳、何景明为首,包括康海、王九思、边贡、王廷相、徐祯卿的"前七子"和嘉靖中以李攀龙、王世贞为首,包括谢榛、宗臣、梁有誉、吴国伦、徐中行的"后七子",先后倡导文学复古运动,他们用理论和实践,取代了"台阁体"在文坛的统治地位。但他们一味摹拟抄袭,盲目复古仿古,仍是形式主义。以王慎中、归有光、唐顺之、茅坤等为代表的"唐宋派",提倡唐宋古文,肯定唐宋古文"八大家"的历史地位,对前后"七子"都持批判态度,但也没有从根本上摆脱前人的束缚。以袁宗道、袁宏道、袁中道为代表的"公安派",反对贵古贱今,主张文学要"独抒性灵,不拘格套",但其作品只注重形式革新,较少反映现实。以钟惺、谭元春为代表的"竟陵派",对前后"七子"及"公安派"都想纠正,但脱离现实生活,只注重雕琢词句,忽视内容的倾向更突出。相比较而言,明末复社张溥的诗文,表现了真实感情;另外,为抗清而慷慨捐躯的陈子龙、夏完淳的作品,表现了民族气节,充满了爱国热情。

□陈子龙

陈子龙(1608—1647),字卧子,号大樽。华亭(今上海松江)人。崇祯十年进士。曾任绍兴推官和兵科给事中,不满朝政腐败,辞官归乡。明亡,起兵抗清,事败被捕,毅然投水死难。曾参加"复社",为后期领袖,并与夏允彝等创建"几社"。诗歌成就较高,誉为明诗殿军。诗歌感慨时事,悲壮苍凉。今有点校本《陈子龙诗集》。

渡 易 水

昨夜匣中鸣并刀[1],燕赵悲歌最不平。
易水潺湲云草碧[2],可怜无处送荆卿!

【注释】

〔1〕并刀:相传并州(今山西大部与内蒙古、河北一带)出产的刀,以锋利著称,人称"并刀"。 〔2〕潺湲(chányáun):形容河水缓缓流动的样子。

　　本诗作于作者母丧服满入都途中,既是怀古,也是伤时。并州产刀,以锋利著称,称之"并刀"。燕赵自古多义士,慷慨悲歌,义气难平。起首两句,写出了豪迈之士的慷慨之气。后两句借荆轲的典故,抒发英雄无用武之地的愤懑。

□夏完淳

　　夏完淳(1631—1647),字存古,号小隐。松江华亭(今上海市松江)人。聪明早熟,天资极高。九岁即能诗文,有"神童"之称。其父夏允彝和陈子龙都是明末为国捐躯的英雄。夏完淳幼受父亲影响,矢志忠义,崇尚名节。十四岁随父亲起兵抗清,十七岁殉国。夏完淳短暂的一生中,著有赋十二篇,各体诗三百三十七首,词四十一首,曲四首,文十二篇。十五岁前的早期作品,受拟古主义影响,内容比较单薄。投身抗清义军后,文风迥然大变,直面人生,正视现实,展示了高昂的抗战激情和坚定的民族气节,形成朴直爽朗、慷慨悲壮的创作风格。今有《夏完淳集》。

别 云 间[1]

三年羁旅客,今日又南冠[2]。
无限山河泪,谁言天地宽!
已知泉路近,欲别故乡难。
毅魄归来日,灵旗空际看。

【注释】

　　〔1〕云间:上海松江古称"云间"。　　〔2〕南冠:囚徒的意思。

【阅读提示】

　　永历元年(1647)秋,夏完淳因倡议反清,上表鲁王事泄,在家乡被捕。此诗就是作者在拜别故乡、押解上路时所吟成的。诗中回顾了三年的抗清斗争,感叹壮志未酬,而身陷囹圄。"无限山河泪,谁言天地宽!"家国沦亡,志士拭泪。自己的生命尚不足惜,但反清复明的大业谁来完成!最后两句表达了不屈的战斗精神,即使到了九泉,也要举着征伐大旗回返家园。

□宋　濂

宋濂(1310—1381),字景濂,号潜溪,又号玄贞子,浦江(今属浙江金华)人。自幼好学,借书抄读。早年师从散文大家吴莱、柳贯、黄溍等人,少负文名。元至正九年(1349)诏征为翰林院编修,以亲老辞。朱元璋称帝后,征至南京,以文学受知,用为左右。洪武二年(1369),奉旨修《元史》。后因长孙宋慎牵连胡惟庸党案,全家流放四川茂州,途中病故,正德中追谥文宪。朱元璋称之为"开国文臣之首",刘基赞许其"当今文章第一",四方学者称他为"太史公"。与刘基、高启并称为明初诗文三大家。他的著作以传记小品和记叙性散文为代表,散文或质朴简洁,或雍容典雅。有《宋学士文集》。

送陈庭学序

西南山水,惟川蜀最奇。然去中州⁽¹⁾万里,陆有剑阁栈道之险,水有瞿唐滟滪⁽²⁾之虞。跨马行筇竹间,山高者累旬日不见其巅际。临上而俯视,绝壑万仞,杳莫测其所穷,肝胆为之掉栗。水行则江石悍利,波恶涡⁽³⁾诡,舟一失势尺寸,辄糜碎土沉,下饱鱼鳖。其难至如此,故非仕有力者,不可以游;非材有文者,纵游无所得;非壮强者多,老死于其地。嗜奇之士恨焉。

天台陈君庭学,能为诗,由中书左司掾屡从大将北征有劳,擢⁽⁴⁾四川都指挥司照磨,由水道至成都。成都,川蜀之要地,杨子云、司马相如、诸葛武侯之所居。英雄俊杰战攻驻守之迹,诗人文士游眺饮射、赋咏歌呼之所,庭学无不历览。既览,必发为诗,以纪其景物时世之变,于是其诗益工。

越三年,以例自免归,会余于京师。其气愈充,其语愈壮,其志意愈高,盖得于山水之助者侈矣。余甚自愧。方余少时,尝有志于出游天下,顾以学未成而不暇。及年壮可出,而四方兵起,无所投足。逮今圣主兴而宇内定,极海之际,合为一家,而余齿已加耄⁽⁵⁾矣,欲如庭学之游,尚可得乎?然吾闻古之贤士若颜回、原宪,皆坐守陋室,蓬蒿没户,而志意常充然,有若囊括于天地者,此其故何也?得无有出于山水之外者乎?庭学其试归而求焉。苟有所得,则以告余,余将不一愧而已也。

【注释】

〔1〕中州:泛指中原。　〔2〕瞿唐滟滪:瞿唐,即瞿塘峡,又称巫峡,长江三峡之一。滟滪(yànyù):滟滪堆,俗称"燕窝石",瞿塘峡口突起的礁石,旧时为长江三峡著名险滩。　〔3〕涡

（wō）：旋涡。　〔4〕擢（zhuó）：升迁。　〔5〕齿：指代年龄。耄（mào）：老，八十、九十曰耄。

【阅读提示】

　　赠序是古文中常见的送别文章。陈庭学其人我们并不熟悉，但从文中可以了解到：他喜欢游山玩水，为文以山水为心。作者认为他诗歌创作的审美情趣存在这点偏差，因此，写了这篇文章进行讽劝和规箴。文章借题发挥，挥洒自如。首先肯定川蜀山水名胜之游对陈庭学作诗功力的补益，结尾提醒其归而于山水之外求为诗之道。本文体现了一个长者对后学的语重心长的启发和诱导，构思十分精巧，语言委婉含蓄。

□刘　基

　　刘基（1311—1375），字伯温，处州（今浙江青田）人。通经史，晓天文，精兵法，时人比为诸葛亮。元至顺二年（1331）中进士。曾任江西高安县丞、江浙儒学副提举等职。因受排挤而弃官归隐青田山中。著《郁离子》以寓志。元至正二十年（1360），刘基与宋濂等应朱元璋征召到南京，辅佐朱元璋，成为明朝开国元勋之一。明初任御史中丞兼太史令，封诚意伯。洪武四年（1371）辞官。文学创作，以诗歌最为突出。散文体裁多样，内容丰富，但以寓言体散文最为出色。有《诚意伯文集》。

苦斋记

　　苦斋者，章溢先生隐居之室也〔1〕。室十有二楹〔2〕，覆之以茅，在匡山之巅。匡山，在处之龙泉县西南二百里〔3〕，剑溪之水出焉。山四面峭壁拔起，岩崿皆苍石〔4〕，岸外而臼中〔5〕。其下惟白云，其上多北风。风从北来者，大率不能甘而善苦。故植物中之，其味皆苦。而物性之苦者，亦乐生焉。于是鲜支、黄蘗、苦楝、侧柏之木〔6〕，黄连、苦杕、亭历、苦参、钩夭之草〔7〕，地黄、游冬、葳、芑之菜〔8〕，楮、栎、草斗之实〔9〕，楛竹之笋〔10〕，莫不族布而罗生焉。野蜂巢其间，采花髓作蜜，味亦苦。山中方言谓之"黄杜"，初食颇苦难，久之弥觉其甘，能已积热，除烦渴之疾。其槚荼〔11〕亦苦于常荼。其泄水皆啮石出，其源沸沸汩汩，瀄滵〔12〕曲折，注入大谷。其中多斑文小鱼，状如吹沙，味苦而微辛，食之可以清酒。

　　山去人稍远，惟先生乐游，而从者多艰其昏晨之往来，故遂择其窊〔13〕而室焉。携童儿数人，启陨箨以艺粟菽〔14〕，茹啖其草木之荑〔15〕实。间则蹑屐登崖〔16〕，倚修木而啸，或降而临清泠。樵歌出林，则拊石而和之，人莫知其乐也。

先生之言曰:"乐与苦,相为倚伏者也。人知乐之为乐,而不知苦之为乐;人知乐其乐,而不知苦生于乐。则乐与苦,相去能几何哉!今夫膏粱之子[17],燕坐于华堂之上[18],口不尝荼蓼之味[19],身不历农亩之劳,寝必重褥,食必珍美,出入必舆隶[20],是人之所谓乐也。一旦运穷福艾[21],颠沛生于不测,而不知醉醇饫肥之肠,不可以实疏粝[22];藉柔覆温之躯,不可以御蓬藋[23]。虽欲效野夫贱隶,跳踉伏,偷性命于榛莽而不可得[24],庸非昔日之乐为今日之苦也耶?故孟子曰:'天之将降大任于是人也,必先苦其心志,劳其筋骨,饿其体肤。'赵子曰:'良药苦口利于病,忠言逆耳利于行。'彼之苦,吾之乐;而彼之乐,吾之苦也。吾闻井以甘竭[25],李以苦存[26],夫差以酣酒亡[27],而勾践以尝胆兴[28],毋亦犹是也夫!"

刘子闻而悟之[29],名其室曰"苦斋",作《苦斋记》。

【注释】

〔1〕章溢:字三益,龙泉(今浙江龙泉县)人。元末不受官,隐居匡山。匡山在龙泉县西南,因山四面高中间低,形如匡(筐),故名匡山。　〔2〕楹:这里指房间,屋一间为一楹。　〔3〕处:古指处州府,治所在浙江丽水县。龙泉县属处州府管辖。　〔4〕崿(è):山崖。　〔5〕岸外而白中:谓其山四边高中间低。　〔6〕鲜支:即栀子,常绿灌木。果实可入药,味苦。黄蘗(bò):又名黄柏,落叶乔木,可作染料,又可供药用,味苦寒。苦楝:又名黄楝,落叶乔木,可入药,味苦。侧柏:常绿乔木,可供药用,味苦涩。　〔7〕黄连:多年生草本。中医学上以根茎入药,性寒味苦。苦杕(dì):不详。亭历:也作"葶苈",草本植物,子可入药,味苦。苦参:多年生草本植物,根、实可入药,味苦。钩夭:又名钩芙、苦芙,菊科宿根草,味苦。　〔8〕地黄:多年生草本植物,可入药,味苦。游冬:菊科植物,一种苦菜。蔵(zhēn):即酸浆草,也叫"苦蔵"。芑(qǐ):一种苦菜。　〔9〕槠(zhū):常绿乔木,种子可食。栎(lì):落叶乔木,俗称柞栎或麻栎。草(zào)斗:即橡子。草,同"皂"。　〔10〕楛竹之魏:即苦竹笋。楛,这里同"苦"。　〔11〕槚(jiǎ)茶:苦茶树。茶,"茶"的古字。　〔12〕栉滵(zhìmì):水流急疾的样子。　〔13〕窊(wā):同"洼",地势低陷的地方。　〔14〕启:开辟,扫除。陨箨(tuò):落下的笋壳。艺:种植。菽(shū):豆类。　〔15〕茹啖(dàn):吃。黄(tí):草木始生的芽。　〔16〕蹑屐(nièjī):踏着木底有齿的登山鞋。　〔17〕膏粱之子:指富家子弟。膏:肥肉;粱:美谷。膏粱谓精美的食物。　〔18〕燕坐:安坐。　〔19〕荼蓼:指野苦菜。荼,陆地上的苦菜;蓼:水生的有辛辣味的野菜。　〔20〕舆隶:古代把人分为十等,舆为第六等,隶为第七等。《左传·昭公》七年:"皂臣舆,舆臣隶。"这里指仆役。　〔21〕艾:尽,停止。　〔22〕疏粝(lì):指粗劣的饭食。　〔23〕御:用。蓬藋(diào):谓用蓬蒿、藋草来垫盖。　〔24〕榛莽:指草木丛生的地方。　〔25〕井以甘竭:《庄子·山木》:"直木先伐,甘井先竭。"　〔26〕李以苦存:《世说新语·雅量》:"王戎七岁,尝与诸小儿游,看道边李树多子折枝。诸儿竞走取之,唯戎不动。人问之,答曰:'树在道边而多子,此必苦李。'取之信然。"　〔27〕夫差:春秋时吴国国君,阖闾之子,为报父仇,曾大败越兵。后沉湎酒色,为越王勾践所攻灭。　〔28〕勾践以尝胆兴:春秋时,越王勾践为吴王夫差所败,后卧薪尝胆,图谋复仇,终于攻灭吴国。　〔29〕刘子:作者自称。

　　本文是一篇游记性质的文章,是作者在元末辞官隐居时的作品,写的是元末隐士、也是作者好朋友章溢隐居时所住的房子。文章巧妙地以"苦"字,作为贯穿全文的脉络,目之所触,耳之所听,足之所至,皆是苦也;连山里的植物、水里的小鱼、野蜂所酿的蜜,其味皆苦。然而至此作者笔锋一转,化景为趣,化趣为理,蜜虽苦,可以除烦渴,鱼虽苦,可以清酒,生动形象地说明苦中往往隐藏了乐、犹如乐中潜伏着苦这一人生哲理。文章末尾运用了朴素的辩证法思想,借章溢之口,阐述了自己的苦乐观。不以苦为苦,不以乐为乐,乐生于苦,苦亦可生乐。面对艰苦的环境,坎坷的人生,应该乐观豁达,超然自得,这正是作者隐居时的思想写照。

□归有光

　　归有光(1506—1571),字熙甫,号项脊生,人称震川先生。昆山(今属江苏)人。家世寒儒,自幼刻苦好学。三十五岁时,乡试中举。直到六十岁时,才中进士。初任浙江长兴县令,后官至南京太仆寺丞,参与撰修《世宗实录》,积劳成疾,卒于南京。归有光反对前后七子"文必秦汉,诗必盛唐"的拟古主义文风。与王慎之、唐顺之、茅坤等被称为"唐宋派"。提倡唐宋古文,强调实见真情。所作散文朴素简洁,即事抒情,感情真挚。有《震川文集》等。

寒花葬志

　　婢,魏孺人媵也[1]。嘉靖丁酉五月四日死,葬虚丘。事我而不卒,命也夫!

　　婢初媵时,年十岁,垂双鬟,曳深绿布裳。一日,天寒,爇[2]火煮荸荠熟,婢削之盈瓯;余入自外,取食之;婢持去,不与。魏孺人笑之。孺人每令婢倚几旁饭,即饭,目眶冉冉动。孺人又指予以为笑。

　　回思是时,奄忽便已十年。吁,可悲也已!

【注释】

　　〔1〕魏孺人媵(yìng):魏孺人,指作者前妻。媵:陪嫁的婢女。　　〔2〕爇(ruò):烘烤。

【阅读提示】

　　《寒花葬志》是归有光叙事抒情散文的名作。寒花,是作者婢女的名字;葬志,是为死者写的记事文章。文章的主旨是追忆亡故之人,全文仅一百多字,构思巧妙,简洁凝练,叙事寄情,一往情深。文章紧扣主题,以忆婢女起,忆寒花三事,忆亡妻结,忆孺人两笑。寒花三事,其一是初来时的打扮,其二是削荸荠时的调皮,其三是吃饭时的神情。通过三个细节的回忆,表现了寒花的质朴、单纯和天真。孺人两笑,一是称许婢女同嘲丈夫,一是引丈夫共笑婢女。既写出了孺人慈爱、宽厚、善良的心肠,也写出了夫妻亲昵、主婢无间的闺房情趣。

□袁宏道

袁宏道(1568—1610),字中郎,又字无学,号石公。湖广公安(今属湖北)人。万历十六年(1588)中举人。万历二十年中进士。曾问学李贽,引以为师,颇受李贽思想影响。与兄宗道、弟中道号称"三袁",被称为"公安派"。"三袁"中成就最高、影响最大的是宏道。他提出的系统理论,反对盲目拟古,主张文随时变,存真去伪,抒写性灵,成为公安派的文学纲领。散文极富特色,清新明畅,文笔优美,语言浅近,卓然成家。著有《敝箧集》、《锦帆集》、《解脱集》、《广陵集》、《瓶花斋集》、《潇碧堂集》、《破砚斋集》、《华嵩游草》等。今人钱伯城整理有《袁宏道集笺校》。

西湖二记

西湖(一)

从武林门而西,望保俶塔突兀层崖中,则已心飞湖上也。午刻入昭庆,茶毕,即棹小舟入湖。山色如娥,花光如颊,温风如酒,波纹如绫,才一举头,已不觉目酣神醉。此时欲下一语描写不得,大约如东阿王[1]梦中初遇洛神时也。余游西湖始此,时万历丁酉[2]二月十四也。

晚同子公渡净寺,觅阿宾[3]旧信僧房。取道由六桥、岳坟、石径塘而归。草草领略,未及遍赏。次早得陶石篑[4]贴子,至十九日,石篑兄弟同学佛人王静虚[5]至,湖山好友,一时凑集矣。

西湖(二)

西湖最盛,为春,为月。一日之盛,为朝烟,为夕岚。

今岁春雪甚盛,梅花为寒所勒,与杏桃相次开发,尤为奇观。石篑数为余言,傅金吾[6]园中梅,张功甫[7]家故物也,急往观之。余时为桃花所恋,竟不忍去。湖上由断桥至苏堤一带,绿烟红雾,弥漫二十馀里。歌吹为风,粉汗为雨,罗纨之盛,多于堤畔之草,艳冶极矣。

然杭人游湖，止午、未、申三时。其实湖光染翠之工，山岚设色之妙，皆在朝日始出，夕舂[8]未下，始极其浓媚。月景尤不可言，花态柳情，山容水意，别是一种趣味。此乐留与山僧、游客受用，安可为俗士道哉！

【注释】

〔1〕东阿王：指三国魏曹植，曾封为东阿王。　〔2〕万历丁酉：万历二十五年（1597）。〔3〕阿宾：作者弟袁中道的小名。　〔4〕陶石篑：陶望龄，字周望，号石篑，会稽人，系作者好友。〔5〕王静虚：王赞化，字静虚，山阴人，为学佛居士。　〔6〕傅金吾：未详。金吾，即执金吾，古官名。　〔7〕张功甫：名镃，南宋名将张俊之孙，其家园林中玉照堂有梅花四百株。　〔8〕夕舂：指夕阳。

【阅读提示】

袁宏道对西湖情有独钟，描述杭州西湖山光水色的散文有十六篇之多。《西湖（一）》一名《初至西湖记》，是其西湖游记的第一篇，起笔就写出了急欲见西湖的渴望心情，"山色如娥，花光如颊，温风如酒，波纹如绫"，一连四个比喻，用写意的手法勾画出自己朝思暮想的西湖的迷人之处。《西湖（二）》又名《晚游六桥待月记》，是作者万历二十五年（1597）二月游西湖时所作。西湖乃人间仙境，春夏秋冬、早晚阴晴，各具神韵，而作者着力描写了西湖由白堤断桥至苏堤六桥一带春日的美景和点染西湖的月景。"独抒性灵，不拘格套"是作者的美学思想，这篇游记即体现了这一思想。作者独赏西湖春天的"月景"、"朝烟"与"夕岚"，与一般游春的"俗士"迥异其趣；为桃花所恋，又与士大夫喜赏梅的情趣相悖，这些都显示出独特的个性与审美观。

□ 张　岱

张岱（1597—1679），字宗子，又字石公，号陶庵，别号蝶庵居士。浙江山阴（今绍兴）人，侨寓杭州。其先世居蜀，亦自称蜀人。出身仕宦家庭，早岁生活优裕，晚年避居山中，穷愁潦倒，但坚持著述。一生落拓不羁，淡泊功名，精通音乐、戏曲，自负长于史学，但为后世所称道的则是散文小品。文笔清新峭拔，时杂诙谐风趣。作品多写山水景物、日常琐事、人物传记，最有特色。著有《琅嬛文集》、《陶庵梦忆》、《西湖梦寻》、《石匮书后集》等。

柳敬亭说书

南京柳麻子，黧黑，满面疤瘰，悠悠忽忽，土木形骸[1]，善说书。一日说书一回，定价一两，十日前先送书帕[2]下定，常不得空。南京一时有两行情人[3]，王月生、柳麻子是也。

余听其说《景阳冈武松打虎》白文[4]，与本传大异。其描写刻画，微入毫发，然又找截[5]干净，并不唠叨。勃夬声如巨钟，说至筋节处，叱咤叫喊，汹汹崩屋。武松到店沽酒，店内无人，蓦地一吼，店中空缸空甓皆瓮瓮有声。闲中着色，细微至此。

主人必屏息静坐，倾耳听之，彼方掉舌。稍见下人咕哗耳语，听者欠伸有倦色，辄不言，故不得强。每至丙夜，拭桌剪灯，素瓷静递，款款言之，其疾徐轻重，吞吐抑扬，入情入理，入筋入骨，摘世上说书之耳，而使之谛听，不怕其不齰[6]舌死也。

柳麻子貌奇丑，然其口角波俏，眼目流利，衣服恬静，直与王月生同其婉娈，故其行情正等。

【注释】

〔1〕土木形骸：指其貌不扬，似土塑木雕。 〔2〕书帕：指请柬和定金。 〔3〕行情人：走红的人。 〔4〕白文：即说大书，只说不唱。 〔5〕找截：补充、删略。 〔6〕齰(zé)：咬。

【阅读提示】

本文选自《陶庵梦忆》，是其中人物传记的名篇。柳敬亭乃明末一位奇人，本姓曹，名逢春，因罪逃亡隐姓改名，精研说书，造诣极高，其事见黄宗羲《柳敬亭》。文章专写柳敬亭高超的说书本领，构思精致巧妙，用词准确洗练，全文不到三百字，把柳敬亭说书的艺术风格描绘得惟妙惟肖，生动传神。

□罗贯中

罗贯中，生卒年不详。名本，别号湖海散人。太原清源（今山西太原市清徐县）人。《录鬼簿续编》著录其有杂剧三种：《赵太祖龙虎风云会》、《忠正孝子连环谏》、《三平章死哭蜚虎子》，现存《赵太祖龙虎风云会》一种。其文学成就，主要还在小说方面，《西湖游览志余》等书称其"编撰小说数十种"，今存其署名的小说有《隋唐志传》、《三遂平妖传》、《残唐五代史演义》、《三国志通俗演义》。此外，罗贯中也是《水浒传》创作的参与者。

三国演义(存目)

【阅读提示】

　　《三国演义》,即《三国志通俗演义》,是中国文学史上第一部章回体长篇小说。

　　《三国演义》诞生于元末明初,是罗贯中在《三国志》及裴松之注的基础上,结合民间传说、话本、戏曲的有关三国故事写成的。《三国演义》作为第一部历史小说,傍依历史,其所包含的历史框架,从汉灵帝建宁元年(168)开始,到晋武帝司马炎太康元年(280)结束,写了一百三十年的历史。其中包括黄巾起义、宦官乱政、董卓专政、军阀混战,形成曹操、刘备、孙权三集团,建立魏、蜀、吴三国,司马炎篡夺魏政权、灭蜀灭吴重新统一的历史事件。

　　作者通过集中描绘三国时代各封建统治集团之间的政治、军事、外交斗争,揭示了东汉末年社会现实的动荡和黑暗,谴责了封建统治者的暴虐,反映了人民的苦难,表达了人民呼唤明君、呼唤安定的强烈愿望。《演义》沿袭了平话"拥刘反曹"的传统,体现了封建时代人民拥明君、反暴君的共同愿望。

　　《三国演义》的艺术成就,则是多方面的,首先是完整的故事结构,用"分久必合"的规律来说明三国的灭亡,统驭全书结构。其次最突出的成就是塑造了许多个性鲜明的人物形象。全书四百多个人物形象中,不管是曹操、刘备、孙权这些群雄之首,还是诸葛亮、关羽、张飞、赵子龙、黄忠、鲁肃、周瑜、黄盖、郭嘉、许攸、张辽、陆逊以及王允、董卓、吕布这些巨谋勇将,忠奸之臣,都具有鲜明生动的个人特性。尤其是对张飞、诸葛亮和曹操的形象塑造,真可谓出神入化,呼之欲出。再次是七实、三虚的艺术手法。为了突出人物的性格,在忠于史实的基础上,进行了大胆的夸张和想象,很多地方进行了艺术虚构。鲁迅先生曾评说《三国演义》的写人"亦颇有失,如欲写刘备之长厚而似伪,状诸葛之多智而似妖"。最后是叙事结构和语言特色。《三国演义》的叙事不同以前的纪传体、通鉴体和纪事本末体,罗贯中"据正史,采小说",以三分天下为主线,平行交叉,主线之中又穿插副线,线索繁复,互相牵制。它的产生,标志着中国古典小说叙事结构取得了实质性的突破。《演义》的语言通俗、简洁。人物语言富于个性化,张飞的豪爽、关羽的高傲、曹操的奸诈、孔明的智慧,常在简练的几笔勾画中显露出来。

□施耐庵

施耐庵,生平不详,仅知他是元末明初人,曾在钱塘(今浙江杭州)生活。自20世纪20年代以来,江苏兴化地区陆续发现了一些有关施氏的资料,对其生平有较详细的说法,大致如此:施耐庵(1296—1370),兴化白驹场(今大丰县白驹镇)人,祖籍苏州。自幼聪明好学,善长能诗擅文,才华出众。二十五岁中进士后,任钱塘县官两年。生活在元朝的残酷统治下,深感自己与当道的权贵不合,决定归隐,闭门著书。农民起义领袖张士诚曾劝他出山,被谢绝,朱元璋也多次召他,坚辞不应聘。元至正二十六年(1366年)冬,朱元璋与张士诚交战,他为避战乱,迁来白驹场西十八里的地方定居。相传定居处的村西头有一芦苇荡,占地十余亩,荡中芦苇繁茂,鱼虾甚多,每到秋冬季节,野鸭成群飞来。荡口直通河溪,沟河交叉。荡中有一土墩,高露水面。施耐庵即以此为梁山水泊,于好友罗贯中结伴,坐了小船到此,登临丘上,以体验其境界,并从事创作,最后终于完成巨著《水浒传》。然此说可疑之处颇多。

水浒传（存目）

【阅读提示】

宋江起义虽发生在北宋末年,但从南宋起,"水浒故事"就在民间流传,成为说书艺人喜爱的题材。南宋画家龚开的《三十六人画赞》、宋末元初的《大宋宣和遗事》讲述的都是"水浒故事",元代杂剧演出了许多"水浒戏"。正是在宋元以来流传的民间故事、话本、戏曲的基础上,经伟大作家的再创作,《水浒传》就在元末明初诞生了

关于《水浒传》的作者,传说纷纭,但大抵不出施耐庵、罗贯中二人。

《水浒传》,又名《忠义水浒传》、《忠义谱》等,是一部正面表现封建社会农民起义的伟大作品。小说热情歌颂了农民起义英雄,生动再现了农民起义发生、发展直至失败的全过程,深刻揭示了农民起义社会根源的实质就是"官逼民反"。

《水浒传》的艺术成就,首先表现在对梁山英雄人物的成功塑造。它以"众虎同心归水泊"为轴线,描写了一百零八条好汉走上梁山的不同经历,塑造了性格各异、光彩夺目的英雄群像。在人物形象塑造上一个突出特点,就是将人物置身于不同的环境中,通过他们不同的经历、身份来表现他们不同的性格特征和不同的反抗道路,有的是奔上梁山,如李逵、鲁智深等;有的是逼上梁山,如宋江、林冲

等;有的是拖上梁山,如卢俊义、秦明等。其次表现在独特的艺术结构。它由相对独立、完整的各个故事连接而成一个整体,围绕主线,环环相扣,形成独特的叙事结构。最后表现在生动活泼的语言。《水浒传》是我国第一部全用通俗口语写成的长篇小说,标志着古代通俗小说语言艺术的成熟。《水浒传》的语言来自市井口语,人物语言性格化,富于表现力。

□吴承恩

吴承恩(约1500—约1582),字汝忠,号射阳山人,淮安府山阳县(今江苏淮安)人。从小天资聪明,兴趣广泛,多才多艺,擅长绘画书法,爱好填词度曲。除勤奋好学外,特别喜欢搜奇猎怪,爱看神仙鬼怪、狐妖猴精之类的小说野史。这类五光十色的神话世界,对其创作《西游记》有着重大的影响。吴承恩的文学才能是多方面的,除了《西游记》外,还写了一本志怪小说《禹鼎志》,创作了许多风格清逸的诗歌,收在《射阳先生存稿》中。

西游记(存目)

【阅读提示】

《西游记》的故事来自于唐太宗贞观年间,是僧人玄奘历尽艰难险阻,到印度取经的真实事迹。唐僧取经的故事,在民间广为流传,经过无数人的创造、取舍、增删、修改、加工,吴承恩成了最后的集大成者。

《西游记》的成书过程大致可分为三个阶段,首先是历史故事向民间故事的演变,《大唐大慈恩寺三藏法师传》、南宋的《大唐三藏法师取经诗话》都是此类。其次是进入平话和戏曲创作,逐步定型,金院本《唐三藏》及元吴昌龄的《唐三藏西天取经》是其代表。最后,正是在上述基础上,吴承恩运用杰出的幽默讽刺才能,创作出《西游记》这样一部前无古人的神魔小说。

全书共一百回,四十一个故事。从内容上可分为三个部分:一至七回写孙悟空出世及大闹天宫;八至十二回写如来说法,唐僧出世,交代取经缘起;十三至一百回写孙悟空等保护唐僧历经九九八十一难前往西天取经的经过。

《西游记》模拟了一个秩序井然的神仙世界,却处处有人间的影子。表面气派不凡的天宫等级森严,至高无上的玉帝却贤愚莫辨,昏庸无能,天庭和人间的王朝相仿佛;地府森严,官官相护,贪赃枉法,无辜的鬼有冤难伸,和地上的衙门并无两样;妖魔鬼怪杀人吃人,贪财好色,仗着魔力法术称霸一方,无恶不作,简直是人间恶霸、官僚的化身。作者用幻想的形式、象征的手法反映明代社会帝王昏庸无道、官员贪赃枉法、贤良遭受迫害、百姓流离失所的黑暗社会现实。

浓郁的浪漫主义是《西游记》的基本艺术特征。作者虚构了一个超自然的世界，在这里，神话人物的神奇法宝和所处的环境又大都有现实的基础，在神奇的形态下体现了人们的某种意愿。在各色神魔妖怪形象的塑造上，既表现他们超自然的神性和动物属性，又能找出社会化个性的踪影。像猪八戒原是天蓬元帅被贬下凡，具有三十六般变化神通，表现了他的神性；贪吃好睡、笨拙等个性，分明就是猪的特点；而懒惰、爱占小便宜，则反映了小私有者小生产者的个性特征。这一动物特性与人格化个性和谐地融为一体，使得作品既有色彩瑰丽的奇想，又有细节的真实性。

孙悟空是《西游记》中塑造得最迷人、最成功的形象。这个神通广大的猴子上天入地，独来独往，率性正直，无拘无束，代表了人类精神中最自由和顽皮的部分，也成了无数人理想的象征和寄托。蔑视权威，要求平等，反抗束缚，追求自由和个性解放的叛逆精神，是孙悟空最突出的性格特点。孙悟空也有普通人的缺点，诸如心高气傲，自命不凡，逞强好胜，不屑干粗重活等。

□汤显祖

汤显祖(1550—1616)，字义仍，号若士，海若，海若士，晚年号茧翁，自署清远道人。江西临川人，明代杰出的戏曲家。万历十一年(1583)中进士，历任南京太常博士、詹事府主簿、礼部祠祭司主事等。万历十九年因抨击朝政，被贬为广东徐闻县典史，两年后调任浙江遂昌知县。四十九岁弃官还乡，致力于戏曲创作。反对程朱理学，批判拟古主义文学，追求个性解放。主要成就是戏曲创作，被现代人称为"东方的莎士比亚"。代表作有《紫萧记》、《邯郸记》、《紫钗记》、《牡丹亭》、《南柯记》等五种传奇，后四种合称"玉茗堂四梦"，又称"临川四梦"。另有《玉茗堂诗文集》。

牡丹亭·寻梦

【夜游宫】(贴上)腻脸朝云罢盥，倒犀簪斜插双鬟。侍香闺起早，睡意阑珊[1]；衣桁[2]前，妆阁畔，画屏间。伏侍千金小姐，丫鬟一位春香。请过猫儿师父，不许老鼠放光。侥幸《毛诗》感动，小姐吉日时良。拖带春香遣闷，从花园里游芳。谁知小姐瞌睡，恰遇著夫人问当[3]。絮了小姐一会，要与春香一场[4]。春香无言知罪，以后劝止娘行。夫人还是不放，少不得发咒禁当[5]。(内介)春香姐,发个甚咒来?(贴)敢再跟娘胡撞,教春香即世里不见儿郎[6]。虽然一时抵对,乌鸦管的凤凰?一夜小姐焦躁,起来促水朝妆。由他自言自语,日高花影纱窗。(内介)快请小姐早膳。(贴)"报道官厨饭熟,且去传递叫茶汤。"(下)

【月儿高】(旦上)几曲屏山展,残眉黛深浅。为甚衾儿里不住的柔肠转?这憔悴非关爱月眠迟倦,可为惜花,朝起庭院?"忽忽花间起梦情,女儿心性未分明。无眠一夜灯明灭,分煞梅香唤不醒[7]。"昨日偶尔春游,何人见梦。绸缪顾盼,如遇平生。独坐思量,情殊怅悒。真个可怜人也。(闷介)(贴捧茶食上)"香饭盛来鹦鹉粒,清茶擎出鹧鸪斑[8]。"小姐早膳哩。(旦)咱有甚心情也!

【前腔】梳洗了才匀面,照台儿未收展[9]。睡起无滋味,茶饭怎生咽?(贴)夫人分付,早饭要早。(旦)你猛说夫人,则待把饥人劝。你说为人在世,怎生叫做吃饭?(贴)一日三餐。(旦)咳,甚瓯儿气力与擎拳!生生的了前件[10]。你自拿去吃便了。(贴)受用余杯冷炙,胜如剩粉残膏。"(下)(旦)春香已去。天呵,昨日所梦,池亭俨然。只图旧梦重来,其奈新愁一段。寻思展转,竟夜无眠。咱待乘此空闲,背却春香,悄向花园寻看。(悲介)哎也,似咱这般,正是:"梦无彩凤双飞翼,心有灵犀一点通。"(行介)一径行来,喜的园门洞开,守花的都不在。则这残红满地呵!

【懒画眉】最撩人春色是今年。少甚么低就高来粉画垣[11],元来春心无处不飞悬。(绊介)哎,睡荼䕷抓住裙衩线,恰便是花似人心好处牵。这一湾流水呵!

【前腔】为甚呵,玉真重溯武陵源[12]?也则为水点花飞在眼前。是天公不费买花钱,则咱人心上有啼红怨。咳,辜负了春三二月天。(贴上)吃饭去,不见了小姐,则得一径寻来。呀,小姐,你在这里!

【不是路】何意婵娟,小立在垂垂花树边[13]?才朝膳,个人无伴怎游园?(旦)画廊前,深深蓦见衔泥燕,随步名园是偶然。(贴)娘回转,幽闺女窄地教人见[14],"那些儿闲串?那些儿闲串[15]?"

【前腔】(旦作恼介)咄,偶尔来前,道的咱偷闲学少年。(贴)咳,不偷闲,偷淡。(旦)欺奴善,把护春台都猜做谎桃源[16]。(贴)敢胡言,这是夫人命,道春多刺绣宜添线,润逼炉香好腻笺[17]。(旦)还说甚来?(贴)这荒园堑,怕花妖木客寻常见。去小庭深院,去小庭深院!

(旦)知道了。你好生答应夫人去,俺随后便来。(贴)"闲花傍砌如依主,娇鸟嫌宠会骂人。"(下)(旦)丫头去了,正好寻梦。

【忒忒令】那一答可是湖山石边,这一答似牡丹亭畔。嵌雕阑芍药牙儿浅,一丝丝垂杨线,一丢丢榆荚钱[18]。线儿春甚金钱吊转!呀,昨日那书生将柳枝要我题咏,强我欢会之时。好不话长!

【嘉庆子】是谁家少俊来近远,敢迤逗这香闺去沁园[19]?话到其间腼腆。他捏这眼,奈烦也天[20];咱嗽这口,待酬言。

【尹令】那书生可意呵，咱不是前生爱眷，又素乏平生半面。则道来生出现，乍便今生梦见。生[21]就个书生，恰恰生生抱咱去眠。那些好不动人春意也。

【品令】他倚太湖石，立著咱玉婵娟。待把俺玉山推倒[22]，便日暖玉生烟[23]。捱过雕阑，转过秋千，肯着裙花展[24]。敢席著地，怕天瞧见。好一会分明，美满幽香不可言。梦到正好时节，甚花片儿吊下来也！

【豆叶黄】他兴心儿紧咽咽[25]，呜著咱香肩[26]。俺可也慢揪揪做意儿周旋[27]。等闲间把一个照人儿昏善[28]，那般形现，那般软绵。忑一片撒花心的红影儿吊将来半天[29]。敢是咱梦魂儿厮缠？咳，寻来寻去，都不见了。牡丹亭，芍药阑，怎生这般凄凉冷落，杳无人迹？好不伤心也！

【玉交枝】（泪介）是这等荒凉地面，没多半亭台靠边，好是[30]咱眯䜩色眼寻难见。明放著白日青天，猛教人抓不到魂梦前。霎时间有如活现，打方旋[31]再得俄延，呀，是这答儿压黄金钏匾[32]。要再见那书生呵，

【玉上海棠】怎赚骗，依稀想像人儿见。那来时荏苒[33]，去也迁延。非远，那雨迹云踪才一转，敢依花傍柳还重现。昨日今朝，眼下心前，阳台一座登时变。再消停一番。（望介）呀，无人之处，忽然大梅树一株，梅子磊磊可爱。

【二犯幺令】偏则他暗香清远，伞儿般盖的周全。他趁这，他趁这春三月红绽雨肥天[34]，叶儿青。偏进著苦仁儿里撒圆[35]。爱杀这昼阴便，再得到罗浮梦边[36]。罢了，这梅树依依可人，我杜丽娘若死后，得葬于此，幸矣。

【江儿水】偶然间心似缱，梅树边。这般花花草草由人恋，生生死死随人愿，便酸酸楚楚无人怨[37]。待打并香魂一片[38]，阴雨梅天，守的个梅根相见。（倦坐介）（贴上）"佳人拾翠春亭远[39]，侍女添香院清。"咳，小姐走乏了，梅树下盹。

【川拨棹】这游花院，怎靠著梅树偃？（旦）一时间望，一时间望眼连天，忽忽地伤心自怜。（泣介）（合）知怎生情怅然，知怎生泪暗悬？（贴）小姐甚意儿？

【前腔】（旦）春归人面，整相看无一言，我待要折，我待要折的那柳枝儿问天，我如今悔，我如今悔不与题笺。（贴）这一句猜头儿是怎言[40]？（合前）（贴）去罢。（旦作行又住介）

【前腔】为我慢归休，缓留连。（内鸟啼介）听，听这不如归春暮天[41]，难道我再，难道我再到这亭园，则挣的个长眠和短眠[42]！（合前）（贴）到了，和小姐瞧奶奶去。（旦）罢了。

【意不尽】软咍咍刚刚扶到画阑偏[43]，报堂上夫人稳便。咱杜丽娘呵，少不得楼上花枝也则是照独眠。

（旦）武陵何处访仙郎？释皎然（贴）只怪游人思易忘。韦庄

（旦）从此时时春梦里，白居易（贴）一生遗恨系心肠。张祜

〔1〕阑珊：衰残，这里是睡意未消的意思。　〔2〕衣桁(héng)：衣架。　〔3〕问当：问、当，均为语助词。　〔4〕一场：这里指打一场或骂一场。　〔5〕禁当：禁就是当，重言，这里是抵对、对付的意思。　〔6〕即世里不见儿郎：一辈子嫁不到丈夫。　〔7〕分：忿。　〔8〕鹦鹉粒：指米饭。语出杜甫《秋兴》："香稻啄余鹦鹉粒。"鹧鸪斑：形容盏中茶影。语出黄庭坚词《满庭芳·咏茶》："冰磁莹玉，金缕鹧鸪斑。"　〔9〕照台儿：镜台。　〔10〕甚瓯儿气力兴擎拳！生生的了前件：哪能有气力捧碗吃饭！勉强算吃过了。擎拳：犹言一举手之力。前件：吃饭。　〔11〕少甚么：多的是。全句，重重的粉墙关不住满园春色。　〔12〕玉真重溯武陵源：比喻自己到花园里来寻梦。玉真：仙人，原指刘辰、阮肇，他们在天台山桃源洞遇见仙女以后，又回到人间。后来重新到天台山去找寻仙女。见元杂剧《误入桃源》。武陵源：晋陶潜《桃花源记》所提到的通向桃花源的溪水名。后来把这篇文章提到的桃花源和刘、阮故事混在一起，武陵、桃源都被用作恋爱的典故。　〔13〕垂垂花树：指梅花。语出杜琢《和裴迪登蜀州东亭送客，逢早梅相忆见寄》："江边树垂垂发。"垂垂：形容花朵下垂。　〔14〕窣：同猝。　〔15〕那些儿闲串：哪儿乱跑？学杜丽娘的母亲可能责问她的口气。　〔16〕护春台：这里指花园。　〔17〕腻：处理纸张使它更加滑润。　〔18〕一丢丢：一串串。下文榆荚，榆树的果实，圆形如钱，又叫榆钱。　〔19〕迤逗这香闺去沁园：逗引我到花园里去沁园，原为东汉明帝沁水公主的园林，借作花园的代称。〔20〕他捏这眼，奈烦也天：他捏这眼，这是回忆梦中幽会时少年对她的抚爱。奈烦也天，极言少年对她温柔体贴，百般爱抚。　〔21〕生：有勉强，半推半就的意思。下句恰恰生生，或即怯怯生生、羞答答。　〔22〕玉山：指身体。三国魏嵇康酒醉，"若玉山之将崩"。见《世说新语·容止》。　〔23〕日暖玉生烟：《全唐诗》卷十李商隐《锦瑟》："蓝田日暖玉生烟。"　〔24〕肯：把持、勒住。　〔25〕兴心儿：着意。　〔26〕咂：吻，吮嗫。　〔27〕慢揸揸：慢吞吞。做意儿：着意。　〔28〕等闲间把一个照人儿昏善：轻易地把一个明白的人弄得这般昏迷软善，到了那般活现、软绵的地步。照人儿：本指镜中人，此处有明朗、明白的意思。杜丽娘用来指自己。昏：从照字引起。　〔29〕忒：受惊。全句，指梦中被花神用花片惊醒。　〔30〕好是：正是。〔31〕打方旋：盘旋，徘徊。　〔32〕匾：扁。全句，原来这就是幽会的所在。　〔33〕荏苒：时间慢慢地过去。即下句迁延的意思。　〔34〕红绽雨肥天：梅子成熟的时候。　〔35〕偏迸着苦仁儿里撒圆：上句"偏则他暗香清远，伞儿般盖的周全"，也用来反衬丽娘的孤单。两句都以"偏"开始，表达了杜丽娘的幽怨。　〔36〕再得到罗浮梦边：意指能和柳梦梅再在梦里相会。罗浮梦边，用隋代赵师雄的神州故事：赵师雄在罗浮山遇见了美人，一起饮酒。他喝醉就睡着了。天亮醒来，才发现自己是在一棵大梅花树下。　〔37〕便酸酸楚楚无人怨：如果要爱什么就爱什么，生死都由自己决定，那么就没有人哭哭啼啼、怨天尤命了。　〔38〕打并：拼着。〔39〕拾翠：拾取翠鸟的羽毛，这里指游园。曹植《洛神赋》："或采明珠，或拾翠羽。"　〔40〕猜头儿：谜。　〔41〕不如归："不如归去"，拟杜鹃鸟的啼声。　〔42〕"短眠"句：难道除了梦中（短眠）、死后（长眠），我就不能再到这亭园里来吗！　〔43〕软咍咍(hāi)：软绵绵。

【阅读提示】

汤显祖曾说："一生四梦，得意处惟在牡丹。"《牡丹亭》即《还魂记》，也称《还魂梦》或《牡丹亭梦》。它是汤显祖的代表作，也是我国戏曲史上浪漫主义的杰作。作品通过杜丽娘和柳梦梅生死离合的爱情故事，热情歌颂了反对封建礼教、追求自由幸福的爱情和强烈要求个性解放的精神。杜丽娘是我国古典文学里继崔莺莺之后出现的最动人的妇女形象之一。

本文选自《牡丹亭》第十二出《寻梦》，主要写杜丽娘在现实中来追寻梦中的爱情。在梦中，杜丽娘第一次享受到美好的爱情，所以不由自主地背着人到花园去寻梦。梦不可寻，又不由得不寻，而且不由得苦苦追寻。"这般花花草草由人恋，生生死死随人愿，便酸酸楚楚无人怨。"为了实现这一理想追求，杜丽娘不惜献出了自己的生命。本出戏，最大的特点是对杜丽娘寻梦时的心理进行了刻画，细腻深刻，委婉曲折。

清代文学

清代是我国历史上最后一个封建王朝,也是古代文学的大总结时期。这一时期,各种文体都很繁荣,文学流派众多,文学理论也比前代有所突破,呈现全面繁荣的局面。

清初诗人可分为两类,一类是抗清爱国志士,如顾炎武、黄宗羲、王夫之,他们的诗表现了强烈的爱国主义精神与民族气节。另一类是仕清又忏悔者,如钱谦益、吴伟业,他们的晚年在痛苦中度过,思想矛盾都表现在诗中。康熙年间的诗坛领袖王士禛创立神韵说,影响极大。乾隆年间的袁枚创性灵说,沈德潜创格调说,翁方纲创肌理说,他们的创作和理论都有各自的特点。

清代的词人、词作、词论均多于前代,被称为文学史上的"词之中兴"。以陈维崧为宗主的阳羡词派、以朱彝尊为领袖的浙西词派、以张惠言为代表的常州词派以及被称为"北宋以来,一人而已"的纳兰性德,在词创作方面都极有建树。

清初散文沿着明代"唐宋派"的路线向前发展,如顾炎武、黄宗羲、王夫之等学者主要写经世致用之文。清初散文另一派以侯方域、魏禧、汪琬为代表,主要从文章风格上力戒晚明文章的纤佻,恢复唐宋散文的传统,被称为"文人之文",号称"清初三大家"。康熙至乾隆年间产生的桐城派,是清代规模最大、影响最大的散文流派,它的代表人物是方苞、刘大櫆、姚鼐,他们以古文正宗自居,主张学习《左传》、《史记》以及唐宋八大家古文。以"义法"为理论核心,"义理、考据、辞章"三者并重。以阴阳刚柔辨析文章风格。讲究雅洁的语言、平实的文风。

清代戏剧作家作品数量都十分可观。杂剧数量一千三百种左右,传奇数量一千一百种左右。杂剧数量虽多于传奇,但清代戏剧的成就主要体现在传奇方面,而又以清初传奇为重头戏。

清初传奇创作主要有三种流派:以李玉为首的苏州派,其身份和作品都具有较强的市民色彩;以吴伟业、尤侗为代表的文人派,其作品有较强的案头化倾向;以李渔为代表的形式派,他们讲究戏剧的娱乐功能和形式技巧。在此三派之后,代表清代戏剧最高成就的是被称为"南洪北孔"的历史剧作家洪昇的《长生殿》和孔尚任的《桃花扇》。

小说创作的繁荣代表了清代文学的主要成就。从数量来看,据《中国通俗小说总目提要》和其他材料的统计,清代白话通俗小说的数量大约在四百种左右;据《中国文言小说总目提要》,清代文言小说数量大约在五百种左右。这个数字超过明代,居历代之首。

从题材类型看,白话小说在明代历史演义、英雄传奇、神魔、世情四大小说类型的基础上,又衍变出才子佳人小说、才学小说、讽刺小说、公案小说等新题材。文言小说在志怪、志人、传奇等传统类型的基础上形成了"剪灯系列"、"虞初系列"、拟唐传奇系列。各种题材的小说异彩纷呈,百花齐放。

到清代,文人独立创作的小说已十分成熟,一些优秀作家认识生活和概括生活的能力都有很大提高,产生了《聊斋志异》、《红楼梦》、《儒林外史》等小说史上的巅峰之作。

□吴伟业

吴伟业(1609—1671),字骏公,号梅村,又署鹿樵生、灌隐老人。江南太仓(今属江苏)人。明崇祯四年(1631)进士,为翰林院编修,官至左庶子,后辞官归隐。明亡后,被迫出仕清朝,背负传统"名节"观念的负担,心情十分痛苦。文学创作长于七言歌行。记事之作,学长庆体而自成新吟,后人称之为"梅村体"。有《梅村集》。

圆 圆 曲

鼎湖[1]当日弃人间,破敌收京下玉关。
恸哭六军俱缟素[2],冲冠一怒为红颜[3]。
红颜流落非吾恋, 逆贼天亡自荒宴[4]。
电扫黄巾定黑山[5],哭罢君亲再相见[6]。
相见初经田窦家[7],侯门歌舞出如花。
许将戚里箜篌伎[8],等取将军油壁车[9]。
家本姑苏浣花里[10],圆圆小字娇罗绮。
梦向夫差苑里游[11],宫娥拥入君王起。
前身合是采莲人[12],门前一片横塘水[13]。
横塘双桨去如飞, 何处豪家强载归?
此际岂知非薄命, 此时只有泪沾衣。
薰天意气连宫掖[14],明眸皓齿无人惜。

夺归永巷闭良家〔15〕，教就新声倾座客。

座客飞觞红日暮，　一曲哀弦向谁诉？

白皙通侯最少年〔16〕，拣取花枝屡回顾〔17〕。

早携娇鸟出樊笼，　待得银河几时渡〔18〕？

恨杀军书抵死催〔19〕，苦留后约将人误。

相约恩深相见难，　一朝蚁贼满长安〔20〕。

可怜思妇楼头柳，　认作天边粉絮看〔21〕。

遍索绿珠围内第，　强呼绛树出雕栏〔22〕。

若非壮士全师胜〔23〕，争得蛾眉匹马还〔24〕。

蛾眉马上传呼进，　云鬟不整惊魂定。

蜡烛迎来在战场，　啼妆满面残红印。

专征萧鼓向秦川〔25〕，金牛道上车千乘〔26〕。

斜谷云深起画楼〔27〕，散关月落开妆镜〔28〕。

传来消息满红乡，　乌桕红经十度霜。

教曲妓师怜尚在，　浣纱女伴忆同行〔29〕。

旧巢共是衔泥燕，　飞上枝头变凤凰。

长向尊前悲老大〔30〕，有人夫婿擅侯王〔31〕。

当时只受声名累，　贵戚名豪尽延致〔32〕。

一斛珠连万斛愁〔33〕，关山漂泊腰肢细。

错怨狂风飏落花，　无边春色来天地。

尝闻倾国与倾城〔34〕，翻使周郎受重名〔35〕。

妻子岂应关大计，　英雄无奈是多情。

全家白骨成灰土，　一代红妆照汗青〔36〕。

君不见馆娃初起鸳鸯宿〔37〕，越女如花看不足。

香径尘生鸟自啼〔38〕，屟廊人去苔空绿〔39〕。

换羽移宫万里愁〔40〕，珠歌翠舞古梁州〔41〕。

为君别唱吴宫曲〔42〕，汉水东南日夜流〔43〕。

【注释】

〔1〕鼎湖：传说黄帝铸鼎于荆山，鼎成，黄帝便骑龙离开人间，后来称黄帝升天为鼎湖。此处指崇祯皇帝的死。　〔2〕恸(tòng)哭：大哭。缟素：丧服。　〔3〕冲冠一怒：即怒发冲冠。红颜：美女，此指陈圆圆。　〔4〕逆贼：指李自成。天亡：天意使之灭亡。荒宴：饮酒荒淫。〔5〕黄巾、黑山：汉末农民起义军黄巾军和黑山军。此处借指明末农民起义军。　〔6〕君：崇祯帝。亲：吴三桂亲属；吴三桂降清后，李自成杀了吴父一家。　〔7〕田窦：西汉时外戚田分蚡，窦婴。这里借指崇祯宠妃田氏之父田宏遇。　〔8〕戚里：皇帝亲戚的住所，指田府。箜篌伎：

152

弹箜篌的艺妓,指圆圆。 〔9〕油壁车:指妇女乘坐的以油漆饰车壁的车子。 〔10〕姑苏:即苏州。浣花里:唐代名妓薛涛居住在成都浣花溪,这里借指圆圆在苏州的住处。 〔11〕夫差:春秋时代吴国的君王,沉迷酒色而亡国。此处暗讽吴三桂。 〔12〕合:应该。采莲人:指西施。 〔13〕横塘:地名,在苏州西南。 〔14〕熏天:形容权势大。宫掖:皇帝后宫。 〔15〕永巷:古代幽禁妃嫔或宫女的处所。良家:指田宏遇家。 〔16〕白皙通侯:画色白净的通侯,指吴三桂。 〔17〕花枝:比喻陈圆圆。 〔18〕银河几时渡:借用牛郎织女七月初七渡过银河相会的传说,比喻圆圆何时能嫁吴三桂。 〔19〕抵死:拼死,拼命。 〔20〕蚁贼:对起义军的诬称。长安:借指北京。 〔21〕“可怜”二句:意谓圆圆已是有夫之人,却仍被当作妓女来对待。天边粉絮:指未从良的妓女。粉絮:白色的柳絮。 〔22〕“遍索”二句:意谓李自成部下四处搜寻圆圆。绿珠:晋朝大臣石崇的宠姬。内第:内宅。绛树:汉末著名舞妓。这里二人皆指圆圆。 〔23〕壮士:指吴三桂。 〔24〕争得:怎得,怎能够。蛾眉:喻美女,此指圆圆。 〔25〕专征:指军事上可以独当一面,自己掌握征伐大权,不必奉行皇帝的命令。秦川:陕西汉中一带。 〔26〕金牛道:从陕西沔县进入四川的古栈道。 〔27〕斜谷:陕西郿县西褒斜谷东口。 〔28〕散关:在陕西宝鸡西南大散岭上。 〔29〕浣纱女伴:西施入吴宫前曾在绍兴的若耶溪浣纱。这里是说圆圆早年做妓女时的同伴。 〔30〕尊:酒杯。老大:年岁老大。 〔31〕有人:指圆圆。 〔32〕延致:聘请。 〔33〕斛(hú):古代十斗为一斛。 〔34〕倾国、倾城:都形容极其美貌的女子。典出《汉书·李夫人传》:“北方有佳人,绝世而独立。一顾倾人城,再顾倾人国。” 〔35〕周郎:指三国时吴国名将周瑜,因娶美女小乔为妻而更加著名。这里借喻吴三桂。 〔36〕一代红妆:指圆圆。照汗青:名留史册。 〔37〕馆娃:即馆娃宫,在苏州附近的灵岩山,吴王夫差为西施而筑。 〔38〕香径:即采香径,在灵岩山附近。 〔39〕屧(xiè)廊:即响屧廊,吴王让西施穿木屧走过以发出声响来倾听、欣赏的一条走廊,在馆娃宫。 〔40〕羽、宫:都是古代五音之一,借指音乐。这里是用音调变化比喻人事变迁。 〔41〕“珠歌”句:指吴三桂沉浸于声色之中。古梁州:指明清时的汉中府,吴三桂曾在汉中建藩王府第,故称。 〔42〕别唱:另唱。吴宫曲:为吴王夫差盛衰所唱之曲,此指《圆圆曲》。 〔43〕汉水:发源于汉中,流入长江。此句语出李白《江上吟》诗:“功名富贵若长在,汉水亦应西北流。”暗寓吴三桂覆灭的必然性。

【阅读提示】

　　吴梅村的《圆圆曲》,以其独特的艺术魅力,蜚声文苑,是继白居易的《长恨歌》之后最值得注意的歌行体长诗之一。《圆圆曲》写的是明末清初著名歌妓陈圆圆的故事。崇祯年间,田畹以重金购买了苏州名妓陈圆圆,献给皇帝,但崇祯皇帝不感兴趣,田畹就取她回家,自己享用,后来又赠送吴三桂为妾。当时明朝军队、清兵、农民起义军三方对峙。镇守山海关的明将吴三桂本打算归附李自成起义军,但听说起义军攻入北京,陈圆圆被刘宗敏掠去,立刻改变了主意,勾引清兵入关。农民起义军被镇压了,明朝也灭亡了,曾经为崇祯皇帝所倚重的吴三桂,倒成了清朝的开国功臣。本诗构思奇谲,用典巧妙,通过叙述陈圆圆传奇式的遭遇,讽刺了不顾大义的吴三桂。

□顾炎武

顾炎武(1613—1682)，初名绛，字忠清。明亡后改名炎武，字宁人，号亭林，别号蒋山傭。江南昆山(今属江苏)人。明末清初著名的思想家、史学家、语言学家。早年参加"复社"，为经世之学。明亡前后，参加抗清斗争。入清不仕，致力于学术研究。晚年侧重经学的考证，注意经世致用，开清代汉学风气。与黄宗羲、王夫之并称"清初三大儒"。平生为学，主张"博学于文，行己有耻"。诗歌沉郁苍凉，具有强烈的爱国精神。有《日知录》、《亭林诗文集》等。

精　卫[1]

万事有不平，尔何空自苦。长将一寸身，衔木到终古？
我愿平东海，身沉心不改。大海无平期，我心无绝时。
呜呼！君不见，西山衔木众鸟多，鹊来燕去自成窠[2]。

【注释】

〔1〕精卫：古代神话中所记载的一种鸟。相传是炎帝的少女，由于在东海中溺水而死，所以死后化身为鸟，名叫精卫，常常到西山衔木石以填东海。 〔2〕"呜呼"三句：讽刺当时托名遗民，而实为自己利禄打算的人。鹊、燕：比喻无远见、无大志，只关心个人利害的人。

【阅读提示】

这首诗题咏"精卫"，寄托着深刻的寓意。"精卫"喻指反清复明的爱国志士，"鹊"、"燕"则喻指投降清廷的民族败类。这首寓言诗，通过运用比兴的手法，热情讴歌了爱国志士志"平东海"的崇高精神，无情鞭挞了民族败类只顾"自成窠"的可耻行径。

□王夫之

王夫之(1619—1692)，字而农，号置斋。衡阳(今属湖南)人。晚年居衡阳之石船山，学者称船山先生。明亡，举兵起义，阻击清军南下。后知事不可为，乃隐遁深山，著书授徒。对天文、历法、数学、地理均有研究，尤精于经学、史学、文学。善诗文，工词曲，论诗多独到之见。今有《船山遗书》、《船山诗文集》等。

正落花诗

弱羽殷勤亢谷风[1]，息肩迟暮委墙东[2]。
销魂万里生前果[3]，化血三年死后功[4]。
香老但邀南国颂[5]，青留长伴小山丛[6]。
堂堂背我随馀子[7]，微许知音一叶桐。

【注释】

〔1〕弱羽：鸟柔弱的羽翅，喻落花花瓣。亢：同"抗"。谷风：东风。 〔2〕息肩：放下担子歇息，暗指归隐。委墙东：花落墙东，比喻归隐深山。 〔3〕销魂万里：江淹《别赋》："黯然销魂者，惟别而已矣。"此指远行，作者为抗清事奔走于湖南、两广。生前果：喻指抗清之志乃前世注定。 〔4〕化血三年：《庄子·外物》："苌弘死于蜀，周人藏其血，三年化而为碧。"此句喻指反清之志至死不渝。 〔5〕南国颂：屈原《橘颂》："受命不迁，生南国兮。"比喻反清斗志不改。〔6〕小山丛：指桂树丛。汉淮南小山《招隐士》："桂树丛生兮山之幽。"〔7〕堂堂：公然不客气。唐薛能《春日使府寓二首》其一："青春背我堂堂去，白发欺人故故生。"馀子，碌碌平庸之辈。

【阅读提示】

王夫之先后写过六组九十九首《落花诗》，花色红，红即朱也，诗歌借咏落花，凭吊朱明王朝，同时抒写自己的民族气节。《正落花诗》作于顺治十七年（1660），是《落花诗》的第一组。这是一首咏物诗，诗人运用隐喻和象征的手法，托物言志，通过赞美落花的高尚品格，曲折地表达了自己的坚贞气节。

□ 施闰章

施闰章（1618—1683），字尚白，号愚山，又号蠖斋，宣城（今属安徽）人。清顺治六年（1649）进士，康熙十八年（1679）举博学鸿儒科进士，授翰林院侍讲，纂修《明史》。与山东莱阳宋琬齐名，时称"南施北宋"。诗风淡素高雅，影响颇大，时称"宣城体"。擅写五言诗，温柔敦厚，辞清句丽。有《施愚山文集》、《施愚山诗集》、《蠖斋诗话》、《青原山志略》等。

钱塘观潮

海色雨中开，涛飞江上台。　声驱千骑疾，气卷万山来。
绝岸愁倾覆，轻舟故溯洄[1]。鸱夷有遗恨[2]，终古使人哀。

【注释】

〔1〕溯洄:逆流而上。 〔2〕鸱夷:一种皮袋,相传战国时代的伍子胥忠谏吴王夫差,可是夫差听信谗言把他逼死,并把他的尸体装在皮袋里投入江中。后来传说伍子胥化为"潮神",乘素车白马于潮头,因而,钱塘江潮又有"子胥潮"。

【阅读提示】

康熙七年(1668)秋,作者曾赴杭州一带旅游,这首诗就是描写此行观钱塘江八月大潮的见闻和感想。"声驱千骑疾,气卷万山来",颔联用夸张、比喻的手法形象地描摹了钱塘江大潮滚滚而来的雄壮气势。"绝岸愁倾覆,轻舟故溯洄",颈联用对比的手法写人,观潮人心惊胆战,弄潮儿却艺高胆大,以此来衬托钱塘潮的声势。"鸱夷有遗恨,终古使人哀",尾联用伍子胥被吴王赐死、化为钱塘江潮神的典故,忠而见疑,有志难伸,寄寓了对世事的感慨。

□王士禛

王士禛(1634—1711),字子真,一字贻上,号阮亭,又号渔洋山人。原籍山东诸城,新城(今桓台县)人,常自称济南人。生于官宦家庭,五岁入塾读书,二十二岁中进士。官至刑部尚书。论诗创"神韵"说,源于唐司空图"自然"、"含蓄"和宋严羽"妙语"、"兴趣"之说,以"不著一字,尽得风流"为作诗要诀。著有《带经堂集》、《南海集》、《蚕尾集》、《渔洋诗话》、《香祖笔记》、《居易录》、《池北偶谈》等,另编有《十种唐诗选》。

秋柳(四首选一)

秋来何处最销魂? 残照西风白下门[1]。
他日差池春燕影[2],只今憔悴晚烟痕。
愁生陌上黄骢曲[3],梦远江南乌夜村[4]。
莫听临风三弄笛, 玉关哀怨总难论[5]。

【注释】

〔1〕白下门:白下城门。白下,故址在今南京市西北。江苏南京,曾是六朝首都,到清代已经衰落,被诗人作为抒发今昔盛衰之感的对象。 〔2〕差池春燕影:谓燕子往来交飞于春柳之间。差池:参差不齐。 〔3〕黄骢曲:《乐府杂录》记载黄骢是唐太宗的爱马,此马死后,太宗命乐工谱《黄骢叠曲》,以示悲悼。 〔4〕乌夜村:晋代何准隐居之地,其女儿诞生于此,后来成为

晋穆帝的皇后。此典喻指盛衰变化、乐极悲生之意。 〔5〕"莫听"二句:用王之涣《凉州词》"羌笛何须怨杨柳,春风不渡玉门关"诗意。总难论,谓其中愁苦至深,难以尽言。

【阅读提示】

《秋柳》四首是王士禛的成名作。顺治十四年(1657),二十三岁的王士禛到济南参加乡试,与济南文坛名士集于大明湖水面亭,即景赋秋柳诗四首,此诗传开,和者甚多,当时被文坛称为"秋柳诗社",王士禛因此闻名天下。一切美好的东西都已逝去,到处是幻灭的悲哀,这是《秋柳》四首所表现的共同主题。本诗是《秋柳》四首中的第一首,诗歌最大的特点是善于用典,通过典故的捏合,加以引申或创造性的发展,表达曲折委婉的思想感情。

□沈德潜

沈德潜(1673—1769),字确士,号归愚。长洲(今江苏吴县)人。乾隆元年(1736)中进士。早年即以诗论和选诗著称。论诗主格调说,与袁枚的性灵说相对立,提倡"温柔敦厚"之"诗教"。诗歌多歌功颂德之作,少数对民间疾苦有所反映。有《沈归愚诗文全集》,编《古诗源》、《唐诗别裁集》、《明诗别裁集》、《清诗别裁集》等。

梅　花

残雪初消欲暝天[1],无枝冷艳破春妍。
山边村落涧边路,　篱外幽香竹外烟[2]。
自我相思经一载,　与君偕隐已多年。
惜花兼怕催人老,　扶杖更深看不眠[3]。

【注释】

〔1〕欲暝天:即"天欲暝",天色将晚,黄昏时候。 〔2〕"山边村落"二句:山边、村落、涧边、篱外、竹外,到处都有梅花的幽香。 〔3〕看不眠:看不够。

【阅读提示】

松、竹、梅被称为"岁寒三友",历代文人咏梅的佳作很多。沈德潜对梅花似乎也有特殊的感情。沈德潜提倡"格调说",主张创作要"言之有物",表达"温柔敦厚"的"诗教"。这首咏梅诗,大致也体现了这一思想。本诗大概是他六十岁之后，六十七岁之前所作。沈德潜大器晚成，六十七岁才考中进士，这在一般人肯定满腹牢骚，怨天尤人，可诗人虽也满腹感慨，却"怨而不怒"，借对梅花的吟咏，表达了与梅为伴、共同隐逸的清高思想，同时对自己年已老而事无成，抒发了无限的感慨。

□郑　燮

郑燮（1693—1765），字克柔，号板桥，兴化（今属江苏）人。应科举为康熙秀才、雍正举人、乾隆进士。曾任山东范县、潍县知县。晚年罢官，退居扬州，以卖画为生，为"扬州八怪"之一。工书法，自创"六分半书"体。擅画兰、竹、石等。诗歌抒情写意，痛快淋漓，善用白描。所作乐府诗，言近旨远。诗、书、画被世人称为"三绝"。有《郑板桥全集》。

潍县署中画竹呈年伯包大中丞括[1]

衙斋卧听萧萧竹[2]，疑是民间疾苦声。
些小吾曹州县吏[3]，一枝一叶总关情[4]。

【注释】
〔1〕潍县：今山东潍坊市区。年伯：本指与父亲同年登科的长辈，明以后泛指父辈。包括：钱塘人，曾任山东布政使，署理巡抚，清代巡抚又称中丞，称"大中丞"表示尊敬。 〔2〕衙斋：官署书房。萧萧：竹枝叶摇动声。 〔3〕些小：小小，一点儿。吾曹：我辈。 〔4〕关情：牵动感情。

【阅读提示】
本诗是郑板桥于乾隆十一、二年间任山东潍县知县时所作。郑板桥曾画过一幅《风竹图》呈送包括，此诗即是题画诗。诗人出身寒微，为官前后均以卖画为生，深刻了解下层人民的疾苦。诗歌托物取喻，借竹发端，表达了自己时刻惦记老百姓的安危冷暖，"一枝一叶总关情"，说明诗人对民情的体察细致入微。作为一首题画赠诗，既有明志自勉之心，又含相与为善之意。

□袁　枚

袁枚（1716—1798），字子才，号简斋，晚年自号随园老人，钱塘（今浙江杭州）

人。乾隆四年(1739)进士,授翰林院庶吉士。后历任溧水、江浦、沭阳、江宁等地知县。乾隆十三年辞官,在南京小仓山修筑随园,吟咏著述其间近五十年。论诗主张抒写性情,强调独创,反对盲目拟古,提倡"性灵说"。与赵翼、蒋士铨并称"乾隆三大家"。著有《小仓山房诗文集》、《随园诗话》和《子不语》等。

遣兴(二十四首选一)

爱好由来着笔难,一诗千改始心安;
阿婆还是初笄女,头未梳成不许看[1]。

【注释】

〔1〕"阿婆"二句:比喻老年写诗还似少时用心。初笄(jī):古代女子成年称及笄,这里是刚成年的意思。头未梳成:比喻诗未改定。

【阅读提示】

《遣兴》二十四首是一组论诗的诗歌,写于乾隆五十六年(1791)。论诗诗是中国古代一种独特的文学批评形式,好的论诗诗通常通过生动的艺术形象来表现诗歌创作的见解,本诗是一首很好的论诗诗。此诗以自己的诗歌创作为例,表达了诗人对诗歌创作要坚持反复修改、精益求精的态度,"阿婆还是初笄女,头未梳成不许看",用生动的比喻说明了这一思想。

□赵　翼

赵翼(1727—1814),字云崧,一字耘松,号瓯北,晚号三半老人。阳湖(今江苏常州)人。乾隆二十六年(1761)进士,授翰林院编修。曾任广西镇安知府、贵州贵西兵备道。后辞官归里,主讲扬州安定书院,潜心著述。长于史学考据,又善诗文,与袁枚、蒋士铨齐名,合称"乾隆三大家"。论诗重"性灵",主创新,与袁枚接近。著有《廿二史札记》、《陔余丛考》、《瓯北诗抄》、《瓯北诗话》等。

论诗五首(选三)

满眼生机转化钧[1],天工人巧日争新。
预支五百年新意,　到了千年又觉陈。

李杜诗篇万口传，至今已觉不新鲜。
江山代有才人出[2]，各领风骚数百年[3]。

只眼须凭自主张[4]，纷纷艺苑漫雌黄[5]。
矮人看戏何曾见，都是随人说短长[6]。

【注释】

〔1〕钧：制陶器所用的转轮。这里指天工化育万物，如陶匠的转钧。 〔2〕江山：天地间。
〔3〕各领风骚：各自领袖诗坛，开一代风气。风骚：风，指《诗经》中之"国风"；骚，指《离骚》。后
人常用以合指诗界、诗风。 〔4〕只眼：独有的眼光。 〔5〕艺苑：文艺园地。雌黄：本为涂抹
错字的颜料，后以比喻随便乱说。 〔6〕"矮人"二句：比喻只知道附和别人，自己没有主见。

【阅读提示】

以七绝组诗论诗，始于唐代大诗人杜甫的《戏为六绝句》。其后模仿者，有元
好问的《论诗绝句三十首》、王士禛《戏仿元遗山〈论诗绝句〉》以及赵翼的《论诗五
首》等。赵翼论诗重"性灵"，主张要独抒性灵，敢于创新。这里选的是前面三首。
前两首主要谈创作，表达了诗歌创新只有独抒己见，与时俱进，才能有永久的生
命力。第三首谈批评鉴赏，强调文学欣赏要有独立的见解，不能人云亦云。

囗陈维崧

陈维崧(1625—1682)，字其年，号迦陵，宜兴(今属江苏)人。出身官宦世家，
早岁能文，补诸生。明亡后，流寓四方。康熙十八年(1679)，举博学鸿词科，授翰
林院检讨。"阳羡词派"的创始人，填词一千六百余首，才气横溢，风格豪放，多抒
写身世之感和感旧怀古之情，也间有反映民间疾苦之作。诗亦沉雄俊爽，尤工骈
文。著有《陈迦陵文集》、《湖海楼诗集》、《迦陵词》等。

醉落魄·咏鹰

寒山几堵[1]，风低削碎中原路。秋空一碧无今古。醉袒貂裘，略记寻呼处。
男儿身手和谁赌？老来猛气还轩举[2]。人间多少闲狐兔[3]。月黑沙黄，此
际偏思汝[4]。

【注释】

〔1〕寒山:秋山,秋天寒气逼人,故称寒山。堵:座。 〔2〕轩举:意气飞扬。 〔3〕闲狐兔:比喻社会上的邪恶势力。 〔4〕汝:你,指鹰。

【阅读提示】

这首词借咏鹰表达了作者虽年纪已老,但志气未衰的情感。词的上片写景,勾画了一幅苍凉的背景;下片抒情,措辞激烈,呼唤鹰一般的英雄人物勇敢站出来,消灭像狐兔一般的贪官污吏,表达了自己的愤慨和志向。

□朱彝尊

朱彝尊(1629—1709),字锡鬯,号竹垞,又号西区舫、惊风亭长,晚称小长庐钓鱼师。秀水(今浙江嘉兴)人。少聪慧绝人,博览群书。康熙十八年(1679),举博学鸿词科,授翰林院检讨,曾参与修纂《明史》。博通经史,擅诗词古文。诗歌清新浑朴,与王士禛齐名,时称"南朱北王"。论词标榜南宋,推崇姜夔,追求清空淳雅,崇尚格律技巧,开创了"浙西词派"。著有《经义考》、《日下旧闻》、《曝书亭集》等,编有《词综》、《明诗综》等。

卖花声·雨花台〔1〕

衰柳白门湾〔2〕,潮打城还。小长干接大长干〔3〕。歌板酒旗零落尽,剩有渔竿。 秋草六朝寒,花雨空坛。更无人处一凭栏。燕子斜阳来又去〔4〕,如此江山〔5〕!

【注释】

〔1〕雨花台:在南京中华门外,相传,梁武帝时云光法师于此讲经,上感于天,为之雨花,故名。 〔2〕白门湾:南京临江地方。白门:本古建康城外门,后指代南京。 〔3〕小长干、大长干:均为南京旧里巷名,故址在城南。 〔4〕燕子斜阳:化用刘禹锡《乌衣巷》诗意。原诗是"朱雀桥边野草花,乌衣巷口夕阳斜。旧时王谢堂前燕,飞入寻常百姓家。" 〔5〕如此江山:慨叹语,谓江山依旧,而人事已非。

【阅读提示】

这首词是作者游南京雨花台时所作。上片写景,寓兴亡之感;下片吊古伤今,化用李煜、刘禹锡的诗词,表达对大明故国的怀念之情。本词构思精巧,以衰柳、江潮、秋草、斜阳等景物,勾勒出一幅表现沧桑兴亡的水墨画,对故国的思念抒发得委婉深挚。全词语言幽雅,用词朴实平淡,但创造了韵致深长的意境。

□纳兰性德

纳兰性德(1655—1685),原名成德,字容若,号楞伽山人,满洲正黄旗人。其父是清康熙朝大学士明珠。康熙十五年(1676)举进士,授乾清门三等侍卫,后晋为一等。善骑射,好读书。诗词俱佳,尤工于词。作词主张直抒胸臆,反对雕饰。词以小令见长,风格清新,颇近南唐李煜,多感伤情调,间有雄浑之作。著有《通志堂集》、《纳兰词》等。

蝶 恋 花

辛苦最怜天上月。一昔[1]如环,昔昔都成玦[2]。若似月轮终皎洁,不辞冰雪为卿热[3]。　　无奈尘缘容易绝。燕子依然,软踏帘钩说。唱罢秋坟愁未歇[4],春丛认取双栖蝶[5]。

【注释】

　　〔1〕昔:通"夕"。　〔2〕玦(jué)玉玦,半环形之玉,借喻不满的月亮。　〔3〕不辞句:意思是不怕严寒而为你送去温暖。卿:"你"的爱称。《世说新语·惑溺》谓:"荀奉倩(粲)与妇至笃,冬月妇病热,乃出中庭,自取冷还,以身熨之。"　〔4〕唱罢句:唐李贺《秋来》"秋坟鬼唱鲍家诗,恨血千年土中碧",这里借用此典,表示虽是哀悼过了亡灵,但是满怀愁情仍不能消解。〔5〕"春丛"句:唐李商隐《偶题二首》:"春丛定是双栖夜,饮罢莫持红烛行",用此典表示死后愿与亡妻一起化作双飞双宿的蝴蝶。

【阅读提示】

这首词大约作于康熙十六年(1677)前后,是一首悼念亡妻的著名词作。前三句以月之圆缺,比喻人生的聚少离多。同时有将明月人性化,形容自己日夜思念的已经亡故的妻子,愿意不畏辛苦,不辞冰雪来到爱人的身边,以自己的身躯热血温暖她。下片诉说自己所忍受的凄楚和孤独,用李贺的诗和化蝶的传说,表达自己极为真挚、深切的愿望,希望与妻子在另一个世界里永不分离、恩恩爱爱。这首词善于设色点染,情辞哀婉动人,缠缠绵绵,打动人心。

□张惠言

张惠言(1761—1802),字皋文,号茗柯,武进(今江苏武进市)人。嘉庆四年进士,官翰林院编修。精通《周易》,工散文,与恽敬同为"阳湖派"古文的代表作家。论词主张以儒家"诗教"为依据,强调比兴,寻求微言大义。所作词深美闳约,质实厚重,为常州词派的创始人。著有《茗柯文集》、《茗柯词》等,编有《词选》、《七十家赋钞》等。

水调歌头·春日赋示杨生子掞

今日非昨日,明日复何如?朅来真悔何事[1]?不读十年书。为问东风吹老,几度枫江兰径,千里转平芜[2]。寂寞斜阳外,渺渺正愁余。　　千古意,君知否?只斯须[3]。名山料理身后,也算古人愚[4]。一夜庭前绿遍,三月雨中红透,天地入吾庐[5]。容易众芳歇[6],莫听子规呼[7]。

【注释】

〔1〕朅(qiè)来:尔来,迄今。　〔2〕"为问"三句:从景物变化,感慨去日苦多。　〔3〕"千古"三句:说千古不过是须臾。斯须:一会儿,须臾。　〔4〕"名山"二句:言以著书立说传名后世,也是古人不明达处。名山:语本司马迁《报任安书》:"仆诚以著此书,藏之名山。"　〔5〕"一夜"三句:言一夜间芳草盈庭,三月好花带雨,此时天地全部映入我庐舍中。　〔6〕众芳歇:百花凋谢。歇:凋零。　〔7〕子规:鸟名,又称杜鹃、杜宇。相传子规的啼声为"不如归去",因此子规的叫声能唤起人们的思乡之情。

【阅读提示】

张惠言的《水调歌头》共五首,这里选的是第四首。词人感叹时光易逝,岁月难留,对自己读书未成,功业未就,表现出无限的伤感。词的上阕从光阴易逝、生命无常,写到了进德修业的自勉,但进德修业也依然改变不了年光之流逝与期待之落空的怅惘和哀愁;下阕针对人类究竟是否能突破生命短暂之拘限的问题,提出了既是情绪的也是理性的思考,"千古间,君知否?只斯须"要向人点明,原来人们所认为的"千古",其实只不过是顷刻的"斯须",而"君知否"则是使人醒觉的一种呼唤和警告。

□黄宗羲

黄宗羲(1610—1695),字太冲,号南雷,学者尊为梨洲先生。浙江余姚人。与顾炎武、王夫之并称明末清初三大思想家;与弟黄宗炎、黄宗会号称"浙东三黄"。早年参加"复社"参与反对阉党与权贵的斗争,后成为"复社"领导人之一。清兵南下时,曾组织"世忠营"武装抵抗。明亡,屡拒清廷征召,隐居著述讲学。学识渊博,天文、历算、音律、经史百家等无不精研。诗歌风格朴实,表现出爱国主义精神和崇高的民族气节。散文,以政论和传记为佳。政论文针砭时弊,笔锋犀利,说理透彻,见地精深。著有《明儒学案》、《宋元学案》、《明夷待访录》、《南雷文定》等。

怪　说

梨洲老人坐雪交亭中[1],不知日之早晚,倦则出门行塍亩间[2],已复就坐,如是而日而月而岁,其所凭之几[3],双肘隐然[4]。庆吊吉凶之礼尽废。一女嫁城中,终年不与往来。一女三年在越,涕泣求归宁[5],闻之不答。莫不怪老人之不情[6]也。

老人曰:"自北兵[7]南下,悬书购余者二[8],名捕者一[9],守围城者一[10],以谋反告讦者二三[11],绝气沙墠者一昼夜[12],其它连染逻哨之所及,无岁无之[13],可谓濒于十死者矣。李斯将腰斩,顾谓其中子[14]曰:'吾欲与若复牵黄犬俱出上蔡东门逐狡兔,岂可得乎!'陆机临死叹曰:'华亭鹤唳,岂可复闻乎!'[15]吾死而不死,则今日者,是复得牵黄犬出上蔡东门,复闻华亭鹤唳之日也。以李斯、陆机所不能得之日,吾得之,亦已幸矣,不自爱惜,而费之于庆吊吉凶之间,九原可作[16],李斯、陆机其不以吾为怪乎! 然则,公[17]之默默而坐,施施[18]而行,吾方傲李斯、陆机以所不如,而又何怪哉! 又何怪哉!"

【注释】

〔1〕梨洲老人:作者自称。雪交亭:亭名,在作者家中。 〔2〕塍(chéng)亩间:田野中。塍:田间的土埂子。 〔3〕几:小桌子。 〔4〕双肘(zhǒu)隐然:两手的臂节在桌上留下的印痕,隐约地看得出来。形容坐的时候很长久。 〔5〕归宁:旧称已嫁女儿回娘家探望父母为归宁。 〔6〕不情:不通人情。 〔7〕北兵:指清兵。 〔8〕悬书购余者二:张榜悬赏,通缉捉拿我的有两次。 〔9〕名捕:指名逮捕。 〔10〕守围城者一:被清兵所围仍坚守在城内的有一次。〔11〕以谋反告讦(jié)者二三:以造反的罪名告发我的有两三次。告讦:告发。 〔12〕绝气沙

164

埠(shàn)者一昼夜:在沙地里死过去的一昼夜。　〔13〕这句是说:此外,被牵连到、被巡逻的兵丁盘查到,没一年没有这类事。　〔14〕顾:回过头看。中子:第二个儿子。　〔15〕陆机:吴郡华亭(今上海市松江县)人,西晋文学家。在西晋皇族争夺政权的斗争"八王之乱"中,遭谗被杀。他被捕时叹息说:"华亭鹤唳,岂可复闻乎!"鹤唳:鹤鸣。　〔16〕九原可作:(死人)在地下如能起来。九原:春秋时晋国卿大夫的墓地;这里泛指墓地。作:起。　〔17〕公:疑系"今"字之误。　〔18〕施施(yí):缓慢行走的样子。

【阅读提示】

　　本文以"说"言志,构思奇特,先写自己的绝情怪行和不近人情,再说明原因。黄宗羲是民族志士,参加了反抗清统治者的武装斗争,前后"濒于十死者矣",所以更要爱惜时间精力,决不能把时间和精力浪费在贺喜、吊丧等世俗的人事应酬上,表现了极强的斗争意志。文章字里行间,饱含愤慨悲壮之情,控诉了清朝统治者对民族志士的残酷迫害,抒发了作者始终不渝、至老弥坚的斗志。

□李　渔

　　李渔(1610—1680),字笠鸿,一字谪凡,号笠翁,别署笠道人、随庵主人、新亭樵客、湖上笠翁。浙江兰溪人。生于江苏如皋,顺治间流寓金陵,康熙中迁杭州。家设戏班,常往各地达官贵人门下演出。在金陵时,开芥子园书坊,精印书画,所编《芥子园画谱》,流传甚广。擅写小说,尤精谱曲。著述甚丰。有杂作《闲情偶寄》,传奇《笠翁十种曲》,小说《无声戏》、《连城璧全集》、《十二楼》、《合锦回文传》、《肉蒲团》等。

芙　蕖

　　芙蕖⑴与草本诸花似觉稍异,然有根无树,一岁一生,其性同也。《谱》云:"产于水者曰草芙蕖,产于陆者曰旱莲。"则谓非草木不得矣。予夏季倚此为命者⑵,非故效颦于茂叔⑶而袭成说于前人也。以芙蕖之可人,其事不一而足,请备述之。

　　群葩当令时,只在花开之数日,前此后此,皆属过而不问之秋矣。芙蕖则不然,自荷钱出水之日,便为点缀绿波,及其茎叶既生,则又日高日上,日上日妍,有风既作飘摇之态,无风亦呈袅娜之姿。是我于花之未开,先享无穷逸致矣。迨至菡萏⑷成花,娇姿欲滴,后先相继,自夏徂秋,此则在花为分内之事,在人为应得之资者也。及花之既谢,亦可告无罪于主人矣,乃复蒂下生蓬,蓬中结实,亭亭独立,犹似未开之花,与翠叶并擎,不至白露为霜而事不已。此皆言其可目者也。

可鼻,则有荷叶之清香,荷花之异馥,避暑而暑为之退,纳凉而凉遂之生。

至其可人之口者,则莲实与藕,皆并列盘餐而互芬齿颊者也。只有霜中败叶,零落难堪,似成弃物矣,乃摘而藏之,又备经年裹物之用。

是芙蕖也者,无一时一刻不适耳目之观;无一物一丝不备家常之用者也。有五谷之实而不有其名,兼百花之长而各去其短,种植之利有大于此者乎?

予四命之中,此命为最。无如酷好一生,竟不得半亩方塘,为安身立命之地。仅凿斗大一池,植数茎以塞责,又时病其漏,望天乞水以救之。殆所谓不善养生而草菅其命者哉。

【注释】

〔1〕芙蕖(fúqú):即荷花,又名莲花。　〔2〕倚此为命者:李渔在《笠翁偶集》中曾说:"予有四命,各司一时:春以水仙、兰花为命,夏以莲为命,秋以海棠为命,冬以蜡梅为命,无此四花,是无命也。"　〔3〕茂叔:北宋周敦颐,字茂叔,有《爱莲说》。　〔4〕菡萏(hàndàn):荷花的别称。

【阅读提示】

芙蕖,即荷花,又名莲花,因其美丽芬芳,历来为文人墨客所喜爱。在传世的咏荷名篇佳作中,最脍炙人口的除了周敦颐的《爱莲说》外,就是李渔的《芙蕖》。《爱莲说》赞美莲花"出淤泥而不染,濯清涟而不妖",把莲花比作"花中君子",主要赞美莲花清高纯洁的品格;而李渔的《芙蕖》则另辟蹊径,以"可人"为线索,叙述了芙蕖的"可目"、"可鼻"、"可口"、"可用"的特点,着力歌颂了芙蕖的奉献精神。这篇短文还显示了作者精湛的写作技巧:描写形神兼备、叙述详略得当、抒情恰到好处、议论画龙点睛。

□侯方域

侯方域(1618—1654),字朝宗,河南商丘人。明户部尚书侯恂之子,祖父及父辈都是东林党人,均因反对宦官专权而被黜。侯方域为复社成员,文章风采,著名于时,与冒襄、陈贞慧、方以智齐名,称"四公子"。入清后曾应河南乡试,中副榜。文与魏禧、汪琬齐名,称"清初三大家"。著有《壮悔堂文集》、《四忆堂诗集》等。

李 姬 传

　　李姬者名香[1]，母曰贞丽[2]。贞丽有侠气，尝一夜博，输千金立尽。所交接皆当世豪杰，尤与阳羡陈贞慧[3]善也。姬为其养女，亦侠而慧，略知书，能辨别士大夫贤否，张学士溥[4]、夏吏部允彝[5]亟称之。少，风调[6]皎爽不群；十三岁，从吴人周如松受歌玉茗堂四传奇[7]，皆能尽其音节。尤工琵琶词[8]，然不轻发也。

　　雪苑侯生[9]，己卯来金陵，与相识。姬尝邀侯生为诗，而自歌以偿之。初，皖人阮大铖者，以阿附魏忠贤论城旦[10]，屏居金陵，为清议[11]所斥。阳羡陈贞慧、贵池吴应箕实首其事，持之力。大铖不得已，欲侯生为解之，乃假所善王将军，日载酒食与侯生游。姬曰："王将军贫，非结客者，公子盍叩之？"侯生三问，将军乃屏人述大铖意。姬私语侯生曰："妾少从假母识阳羡君，其人有高义，闻吴君尤铮铮。今皆与公子善，奈何以阮公负至交乎？且以公子之世望，安事阮公！公子读万卷书，所见岂后于贱妾耶？"侯生大呼称善，醉而卧。王将军者殊怏怏，因辞去，不复通。

　　未几，侯生下第[12]。姬置酒桃叶渡[13]，歌琵琶词以送之，曰："公子才名文藻，雅不减中郎。中郎学不补行[14]，今琵琶所传词固妄，然尝昵董卓，不可掩也。公子豪迈不羁，又失意，此去相见未可期，愿终自爱，无忘妾所歌琵琶词也！妾亦不复歌矣！"

　　侯生去后，而故开府田仰者[15]，以金三百锾，邀姬一见。姬固却之。开府惭且怒，且有以中伤姬。姬叹曰："田公岂异于阮公乎？吾向之所赞于侯公子者谓何？今乃利其金而赴之，是妾卖公子矣！"卒不往。

【注释】

　　〔1〕李姬者名香：李香，又称香君。　〔2〕贞丽：姓李，字淡如，明末秦淮名妓。　〔3〕阳羡：江苏宜兴的古称。陈贞慧：即陈定生。　〔4〕张学士溥：字天如，江苏太仓人，复社发起人之一，崇祯四年进士，授庶吉士，故尊称为学士。　〔5〕夏吏部允彝：字彝仲，江苏松江（今属上海）人，与陈子龙等创立"几社"，与"复社"呼应。明亡参加抗清斗争，被俘后投水自杀。曾在吏部任职，故称为吏部。　〔6〕风调：风韵格调。　〔7〕周如松：即当时著名昆曲家苏昆生，原籍河南，寄籍无锡，故称"吴人"。玉茗堂：汤显祖书斋名。四传奇：指汤的代表作《紫钗记》、《牡丹亭》、《南柯记》与《邯郸记》。　〔8〕琵琶词：指明初高则诚所作传奇《琵琶记》的曲辞。〔9〕雪苑侯生：侯方域自号雪苑。　〔10〕阮大铖：字集之，号圆海，怀宁（今安徽安庆）人。论城旦：指阮大铖在崇祯初年阉党败后名列逆案，被革职为民。论：判罪。城旦：秦汉时罪人所充劳役的一种，白日防寇，夜间筑城，一般以四年为期。此处作处徒刑服苦役的代称。　〔11〕清议：公正的评论。古代一般指乡里或学校中对官吏的批评。后世亦指朝廷中职司风宪监察或翰林院中的官吏对朝政的批评。　〔12〕下第：应科举未中，此处指参加应天乡试。　〔13〕桃

167

叶渡:在南京城内秦淮河与清溪合流处。相传东晋王献之曾于此送其爱妾桃叶渡河,故名。王献之作《桃叶歌》。 〔14〕中郎:指东汉蔡邕,为《琵琶记》中的男主角。邕曾官左中郎将,故称。学不补行:学问虽好却不能弥补其品行上的缺点。 〔15〕开府:明清时称各地的督抚。田仰:贵阳人,马士英的亲戚,弘光时为淮扬巡抚。

【阅读提示】

《李姬传》描写明末秦淮歌妓李香,不仅写了她擅长歌唱的艺术才能和不同流俗的风度,更突出表现了她的见识和品格,如劝说侯方域拒绝阮大铖的利诱,勉励侯方域保持气节,敢于抗拒权贵的诱惑和威胁等。侯方域写《李姬传》,并非事事兼收,平铺直叙,而是选其二三典型事件,用对比的手法展示:"卑贱者"高洁坚贞,"高贵者"卑鄙无耻,突出李姬的性格特征。这篇人物传记短小精悍,结构严谨,虽为古文,但简洁流畅,明白如话,绘声绘色,娓娓动听。《李姬传》无论在思想上或在艺术上,都有可取之处,是侯方域的散文代表作之一,也是清初散文代表作之一。阅读《李姬传》,不妨参阅《桃花扇》,既有助于加深对《李姬传》的了解,也有助于了解艺术种类、艺术创造等问题。

□ 汪 琬

汪琬(1624—1691),字苕文,号钝庵,晚号尧峰,又号玉遮山樵。长洲(今江苏吴县)人。顺治进士,曾任刑部郎中、户部主事等职。康熙时举博学鸿词科,授翰林院编修。晚年以疾告假,结庐太湖尧峰山,专心著述。论文要求明于辞义,合乎经旨。著有《钝翁类稿》、《尧峰文钞》等。

江天一传

江天一,字文石,徽州歙县[1]人。少丧父,事其母及抚弟天表,具有至性。尝语人曰:"士不立品者,必无文章。"前明崇祯间,县令傅岩[2]奇其才,每试辄拔置第一。年三十六,始得补诸生。家贫屋败,躬畚土筑垣以居。覆瓦不完,盛暑则暴[3]酷日中。雨至,淋漓蛇伏,或张敝盖自蔽。家人且怨且叹,而天一挟书吟诵自若也。

天一虽以文士知名,而深沉多智,尤为同郡金金事公声[4]所知。当是时,徽人多盗,天一方佐金事公,用军法团结乡人子弟,为守御计。而会张献忠[5]破武昌,总兵官左良玉[6]东遁,麾下狼兵[7]哗于途,所过焚掠。将抵徽,徽人震恐,金事公谋往拒之,以委天一。天一腰刀帓首[8],黑夜跨马,率壮士驰数十里,与狼兵

168

鏖战祁门，斩馘〔9〕大半，悉夺其马牛器械，徽赖以安。

顺治二年，夏五月，江南大乱，州县望风内附，而徽人犹为明拒守。六月，唐藩自立于福州〔10〕，闻天一名，授监纪推官。先是，天一言于金事公曰："徽为形胜之地，诸县皆有阻隘可恃，而绩溪一面当孔道〔11〕，其地独平地，是宜筑关于此，多用兵据之，以与他县相掎角〔12〕。"遂筑丛山关。已而清师攻绩溪，天一日夜援兵登陴不少息；间出逆战，所杀伤略相当。于是清师以少骑缀天一于绩溪，而别从新岭〔13〕入。守岭者先溃，城遂陷。

大帅购天一甚急。天一知事不可为，遽归，属〔14〕其母于天表，出门大呼："我江天一也"。遂被执。有知天一者，欲释之。天一曰："若以我畏死邪？我不死，祸且族〔15〕矣。"遇金事公于营门，公目之曰："文石！汝有老母在，不可死。"笑谢曰："焉有与人共事而逃其难者乎！公幸勿为我母虑也。"至江宁〔16〕，总督者〔17〕欲不问，天一昂首曰："我为若计，若不如杀我。我不死，必复起兵。"遂牵诣通济门。既至，大呼高皇帝〔18〕者三，南向〔19〕再拜讫，坐而受刑。观者无不叹息泣下。越数日，天表往收其尸，瘗之。而金事公亦于是日死矣。

当狼兵之被杀也，凤阳督马士英〔20〕怒，疏劾徽人杀官军状，将致金事公于死。天一为赍辨疏〔21〕，诣阙上之。复作《吁天说》，流涕诉诸贵人，其事始得白。自兵兴以来，先后治乡兵三年，皆在金事公幕。是时幕中诸侠客号知兵者以百数，而公独推重天一，凡内外机事悉取决焉。其后竟与公同死，虽古义烈之士无以尚也。

予得其始末于翁君汉津〔22〕，遂为之传。

汪琬曰：方胜国〔23〕之末，新安士大夫死忠者有汪公伟、凌公駉与金事公三人〔24〕，而天一独以诸生殉国。予闻天一游淮安，淮安民妇冯氏者刳〔25〕肝活其姑，天一征诸名士作诗文表章之，欲疏于朝，不果。盖其人好奇尚气类如此。天一本名景，别自号石嫁樵夫，翁君汉津云。

【注释】

〔1〕歙(shè)县：今属安徽，清属徽州府。　〔2〕傅岩：字野清，义乌（今属浙江）人，崇祯进士。《南疆逸史·江天一传》："天一年三十六，见知邑令傅公，始得补郡弟子员，令故重天一"。〔3〕暴(pù)："曝"本字，晒。　〔4〕金金事公声：金声字正希，明末休宁（今属安徽）人，崇祯进士，选庶吉士，后授御史、山东金事，皆未就。南明神王授左金都史。南京被清军攻破后，在家乡组织义军抗清。后兵败被俘，不屈死。休宁与江天一的家乡歙县同属徽州府，故称"同郡"。〔5〕张献忠：明末农民起义军领袖。字秉吾，号敬轩，延安府柳树涧人。崇祯三年（1630）在陕西米脂县起义，十三年进军四川，十六年攻克武昌。　〔6〕左良玉：字昆山，山东临清人。因与清军作战有功，被提升为副将。后在河南、陕西等地镇压农民起义，提升为总兵官，封宁南伯。南明福王政权晋封为宁南侯，驻军武昌。　〔7〕狼兵：明代以广西狼人组成的军队。狼人即俍人，明清时指分布于广西一带的壮族。但《南疆逸史·金声传》、《明史·金声传》均称"凤阳督

马士英调黔兵（狼兵）剿寇，过徽州大掠"，为金声所击。未及左良玉事。 〔8〕帕（mò）首：以巾包头。帕：头巾。 〔9〕斩馘（guó）：斩首。馘：割下左耳。 〔10〕"唐藩自立"句：指明藩王唐王朱聿键在福州称帝事。朱聿键：明太祖八世孙唐端王之孙，顺治二年六月，在福州称帝，年号隆武。 〔11〕孔道：通道、要道。 〔12〕掎（jǐ）角：也作"犄角"。语出《左传》，指分兵牵制或夹击对方。 〔13〕新岭：在安徽休宁县南七十里。明御史黄澍降清，导清军破新岭，攻入绩溪。 〔14〕属（zhǔ）：同"嘱"，委托。 〔15〕族：灭族。《书·泰誓》："罪人以族。"孔安国疏："一人有罪，刑及父母兄弟妻子。" 〔16〕江宁：今江苏南京。 〔17〕总督者：指洪承畴。洪原为明三边总督，兵部尚书，后降清，坐镇江宁，总督军务，镇压抗清力量。 〔18〕高皇帝：指明太祖朱元璋。 〔19〕南向：面向南。南向南拜，表示不归顺在北方的清朝。 〔20〕凤阳督马士英：马士英字瑶草，贵阳（今贵州贵阳市）人，万历进士，崇祯末年任安徽省凤阳总督。〔21〕赍（jī）：送，呈递。辨疏：申辩冤苦的奏章。 〔22〕翁君汉津：其人不详。 〔23〕胜国：前朝，指明代。语出《周礼·地官·媒氏》："凡男女之阴讼，听之于胜国之社。"郑玄注："胜国，亡国也。"前朝为本朝所胜，故称前亡之朝代为"胜国"。 〔24〕新安：新安郡，即徽州府。汪公伟：汪伟字叔度，休宁人，崇祯进士，擢检讨，后任东宫讲官。李自成攻北京，自缢死。凌公駉（jiōng）：凌駉字龙翰，歙县人，崇祯进士，福王时授监察御史，巡抚河南，守归德，清兵渡黄河南下，城破自缢死。 〔25〕刲（kuī）：割。

【阅读提示】

江天一是明末清初爱国志士，《南疆逸史》有传。汪琬虽曾出仕清朝，但怀念故国，写了一些抗清志士的传记，《江天一传》是有代表性的一篇。文章开头引用江天一的一句话"士不立品者，必无文章"，自然而然地确定了文章的基调，即围绕突出江天一的道德品质和崇高民族气节落笔的。汪琬以散文闻名，特别擅长记叙文。本文行文流畅，开阖起伏，重点突出，前半篇是以时间为顺序进行正面叙述，后半篇又采用了倒叙和插叙，表现了作者剪裁素材和谋篇布局的艺术才能。

□戴名世

戴名世（1653—1713），字田有，一字褐夫，号药身，又号忧庵。安徽桐城人。世居桐城南山，后人称为南山先生。自幼力学古文，又以史才自负，喜好搜集明代史事，考订野史逸闻，康熙四十一年（1702）刊行《南山集》。康熙四十八年，五十七岁时中进士，授翰林院编修。两年后，即因行世已久的《南山集》中有南明桂王年事，遭御史赵申乔参劾，以"大逆"罪被处死，此案牵连数百人，为清初著名文字狱。在散文方面，戴名世提出了"精"、"气"、"神"三主张，认为作文应"率其自然"、"修辞立其诚"，不仅要有变化，还应有"独知"。

鸟　说

　　余读书之室，其旁有桂一株焉。桂之上，日有声喧喧[1]然者。即而视之，则二鸟巢于枝干之间，去地不五六尺，人手能及之。巢大如盏，精密完固，细草盘结而成。鸟雌一雄一，小不能盈掬，色明洁，娟皎可爱，不知其何鸟也。雏且出矣，雌者覆翼之，雄者往取食。每得食，辄息于屋上，不即下。主人戏以手撼其巢，则下瞰而鸣，小撼之小鸣，大撼之大鸣，手下，鸣乃已。他日，余从外来，见巢坠于地，觅二鸟及鷇[2]，无有。问之，则某氏僮奴取以去。

　　嗟呼！以此鸟之羽毛洁而音鸣好也，奚不深山之适而茂林之栖，乃托身非所，见辱于人奴以死。彼其以世路为甚宽也哉！

【注释】

　　〔1〕喧喧（guān）：二鸟相和之声，同"关关"。　　〔2〕鷇（kū）：鸟卵。

【阅读提示】

　　《鸟说》是一篇讽世寓言。文章借"羽毛洁"、"音鸣好"的鸟，因居闹市，"托身非所"，以致"见辱而死"，对清朝社会残酷的现实，进行了无情的讽刺。满清王朝定鼎中原以后，为了加强对人民思想的控制，大兴文字狱。戴名世作为一个有见地的封建文人已经意识到社会的黑暗，在很多文章里都表达了遁世思想，希冀寻求与世无争的世外桃源。《鸟说》的基本思想就是君子可以远祸。但事实上，戴名世因"南山案"无辜被杀，与本文的鸟儿遭遇非常相似。

□ 方　苞

　　方苞（1668—1749），字凤九，一字灵皋，号望溪，安徽桐城人。康熙四十五年（1706）进士，曾因戴名世《南山集》案牵连入狱，后得赦，官至礼部侍郎。论文提倡"义法"，为"桐城派"散文创始人。散文立论大抵本程朱学说，宣扬封建礼教。有《望溪全集》。

高阳孙文正公逸事

　　杜先生岕尝言：归安[1]茅止生习于高阳孙少师。道公天启二年，以大学士经略蓟、辽，置酒别亲宾，会者百人。有客中坐，前席而言曰："公之出，始吾为国庆，而今重有忧。封疆社稷，寄公一身，公能堪，备物自奉，人莫之非；如不能，虽毁身家，现难逭[2]，况俭觳[3]乎？吾见客食皆凿[4]，而公独饭粗，饰小名以镇物，非所以负天下之重也。"

公揖而谢曰："先生诲我甚当，然非敢以为名也。好衣甘食，吾为秀才时固不厌，自成进士，释褐而归，念此身已不为己有，而朝廷多故，边关日骇，恐一旦肩事任，非忍饥劳，不能以身率众。自是不敢适口体，强自勖厉，以至于今，十有九年矣。"

呜呼！公之气折逆奄[5]，明周成事，合智谋忠勇之士以尽其材，用危困疮痍之卒以致其武，唐、宋名贤中犹有伦比；至于诚能动物，所纠所斥，退无怨言，叛将远人咸喻其志，而革心[6]无贰，则自汉诸葛武侯而后，规模气象，惟公有焉。是乃克己省身忧民体国之实心自然而忾[7]乎天下者，非躬豪杰之才，而概乎有闻于圣人之道，孰能与于此？然惟二三执政与中枢边境事同一体之人实不能容；《易》曰："信及豚鱼。"媢嫉[8]之臣乃不若豚鱼之可格，可不惧哉！

【注释】

〔1〕归安：旧县名，治所在今浙江湖州。 〔2〕逭(huàn)：逃避。 〔3〕觳(què)：简陋。〔4〕凿：精米。 〔5〕奄：同"阉"，指魏忠贤阉党。 〔6〕革心：谓叛将远人洗心改过。 〔7〕忾(qì)：通"迄"，通行，遍及。 〔8〕媢(mào)嫉：嫉妒。

【阅读提示】

方苞的古文长于叙事及论议。《左忠毅公逸事》、《石斋黄公逸事》及本篇均脍炙人口。孙文正，即孙承宗(1563—1638)，字稚绳，高阳(今属河北)人。他是明末著名忠义之臣，《明史》有传。崇祯十一年(1638)清兵进攻高阳，孙承宗率领家人登城防守，都壮烈战死。

所谓"逸事"，指未见于史传的，又非一般人所了解的某些事迹。这篇文章分两大部分，前一部分叙述，后一部分发抒感慨。叙述部分通过语言描写，突出了孙文正的精神境界。

第二部分是作者的感慨，实际是对孙承宗的全面评价，同时对那些倾邪小人进行了鞭挞。作者用极简练的方式分别赞美孙承宗，先说他的智勇，还可以在唐宋名贤中找得到；再说他的忠诚感人，在诸葛亮以后，一人而已。

方苞主张义法。"义"就是"言之有物"，指定的东西要有内容，要以孔孟之道为准则；"法"就是"言之有序"，主张文字的组织剪裁修辞造语等技巧。这篇短文从选材组织到感慨议论都可使我们看出方氏注意义法的特点，值得借鉴。

□刘大櫆

刘大櫆(1698—1779),字才甫,一字耕南,号海峰,安徽桐城人。副贡,曾任黟县教谕。提倡古文,师事方苞,为姚鼐所推崇,是"桐城派"重要作家之一。论文强调"义理、书卷、经济",要求阐发程朱理学,主张在艺术形式上模仿古人之"神气"、"音节"、"字句"。著有《海峰文集》、《诗集》等。

游三游洞记

出夷陵州治,西北陆行二十里,濒大江之左,所谓下牢之关[1]也。路狭不可行,舍舆登舟。舟行里许,闻水声汤汤[2],出于两崖之间。复舍舟登陆,循仄径曲折以上。穷山之巅,则又自上缒危滑以下。其下地渐平,有大石覆压当道,乃伛俯径石腹以出。出则豁然平旷,而石洞穹起,高六十余尺,广可十二丈。二石柱屹立其口,分为三门,如三楹之室焉。

中室如堂,右室如厨,左室如别馆。其中一石,乳而下垂,扣之,其声如钟。而左室外小石突立正方,扣之如磬。其地石杂以土,撞之则逄逄然鼓音。背有石如床,可坐,予与二三子浩歌其间,其声轰然,如钟磬助之响者。下视深溪,水声泠然出地底。溪之外翠壁千寻,其下有径,薪采者负薪行歌,缕缕不绝焉。

昔白乐天[3]自江州[4]司马徙为忠州[5]刺史,而元微之[6]适自通州[7]将北还[8],乐天携其弟知退[9],与微之会于夷陵,饮酒欢甚,留连不忍别去,因共游此洞,洞以此三人得名。其后欧阳永叔[10]暨黄鲁直[11]二公皆以摈斥流离,相继而履其地,或为诗文以纪之。予自顾而嘻,谁摈斥予乎?谁使予之流离而至于此乎?偕予而来者,学使陈公[12]之子曰伯思、仲思[13]。予非陈公,虽欲至此无由,而陈公以守其官未能至,然则其至也,其又有幸有不幸邪?

夫乐天、微之辈,世俗之所谓伟人,能赫然取名位于一时,故凡其足迹所经,皆有以传于后世,而地得因人以显。若予者,虽其穷幽陟险,与虫鸟之适去适来何异?虽然,山川之胜,使其生于通都大邑,则好游者踵相接也;顾乃置之于荒遐僻陋之区,美好不外见,而人亦无以亲炙其光。呜呼!此岂一人之不幸也哉!

【注释】

〔1〕下牢关:在今宜昌市西北。 〔2〕汤汤(shāng):水流的声音。 〔3〕白乐天:白居易,乐天是他的字。 〔4〕江州:今江西九江。 〔5〕忠州:今四川忠县。 〔6〕元微之:元稹,微之是他的字。 〔7〕通州:今四川达县。 〔8〕将北还:指由通州司马改任虢州(今河南灵宝)长

史。　〔9〕知退:白行简的字。　〔10〕欧阳永叔:欧阳修,永叔是他的字。　〔11〕黄鲁直:黄庭坚,鲁直是他的字。　〔12〕学使陈公:指陈浩。学使:即提督学政,也称提学使。　〔13〕伯思、仲思:指陈浩之长子本忠,次子本敬。

【阅读提示】

　　三游洞,在今湖北宜昌市,因唐代诗人白居易、其弟行简与元稹游此洞而得名。这篇游记既生动记述了游历的经过,又在此基础上抒写了游历的感慨。作者胸怀抱负,欲有所作为,无奈命运蹇塞,位卑人微,通过与前人的对比,道出了个人的不幸,反映了内心的悲凉和不平。最后作者又由一己之不幸推及眼前的山川,风景优美的三游洞,鲜为人知,不能不说也是一种不幸,于是抒发感慨:"山川之胜,使其生于通都大邑,则好游者踵相接也;顾乃置之于荒退僻陋之区,美好不外见,而人亦无以亲炙其光。"表面叹息"美好不外见"的山川,实际上也包含着作者对自己和一切怀才不遇者的深深叹惋。

□姚　鼐

　　姚鼐(1732—1815),字姬传,一字梦穀,室名惜抱轩,人称惜抱先生。安徽桐城人。乾隆进士,官至刑部郎中、记名御史。历主江宁、扬州等地书院,凡四十年。治学以经为主,兼及子史、诗文。曾受业于刘大櫆,为"桐城派"主要作家。主张文章以"考据"、"词章"为手段,阐扬儒家的"义理"。所作多为书序、碑传之属。著有《惜抱轩全集》,选有《古文辞类纂》、《五七言今体诗钞》。

游媚笔泉记

　　桐城之西北,连山殆数百里,及县治而迤平。其将平也,两崖忽合,屏蠹埘回,崭横若不可径。龙溪[1]曲流,出乎其间。

　　以岁三月上旬,步循溪西入。积雨始霁,溪上大声从然,十余里旁多奇石、惠草、松、枞、槐、枫、栗、橡,时有鸣巂[2]。溪有深潭,大石出潭中,若马浴起,振鬣宛首而顾其侣。援石而登,俯视溶云,鸟飞若坠。复西循崖可二里,连石若重楼,翼乎临于溪右,或曰宋李公麟之"垂云沜[3]"也;或曰后人求公麟地不可识,被而名之。石罅生大树,荫数十人。前出平土,可布席坐。南有泉,明何文端公[4]摩崖书其上曰:"媚笔之泉"。泉漫石上为圆池,乃引坠溪内。

　　左丈学冲于池侧方平地为室,未就,邀客九人饮于是。日暮半阴,山风卒起,肃振岩壁,榛莽群泉、矶石交鸣。游者悚焉,遂还。是日薑坞先生[5]与往,鼐从,

174

使鼐为之记。

【注释】

〔1〕龙溪：溪水名。　〔2〕鷉(guī)：鸟名，即子规，杜鹃鸟。　〔3〕泮(pàn)：同"泮"。半月形的水池。　〔4〕何文端公：何如宠，字康侯，桐城人。万历二十六年(1598)进士。曾入阁辅政，卒谥文端。　〔5〕薑坞先生：姚范，字南菁，号薑坞，姚鼐伯父。乾隆六年进士，授编修。后辞官，主讲天津、扬州书院。

【阅读提示】

姚鼐主张为文融考据、词章、义理为一体，从本文可见一斑。作者先写桐城西北的形胜，再写循龙溪西入沿途所见之景物风光，而后自然地落在媚笔泉，既展现了优美的景物风光，又点明了作者探幽赏奇的志趣，最后并以山风骤起，游者悚然而归结尾，隐约含蓄地表现了作者积极入世、无意隐逸的情怀。描写生动、形象是本文的特征。如"两崖忽合，屏蠡墉回"、"大石出潭中，若马浴起，振鬣宛首而顾其侣"、"俯视溶云，鸟飞若坠"、"啸振岩壁，榛莽群泉、矶石交鸣"等无不如是。

□刘　蓉

刘蓉(1816—1873)，"蓉"一作"容"，字孟蓉，号霞仙。湖南湘乡人。曾在乡办团练，后跟随曾国藩在江西与太平军作战。同治元年(1862)任四川布政使，奉命与石达开部战斗，俘获石达开。次年调升陕西巡抚，督办全陕军务。后为张宗禹所率西捻军击败，革职回家。著有《养晦堂文集》、《思耕录疑义》等。

习　惯　说

蓉少时，读书养晦堂[1]之西偏一室。俯而读，仰而思；思而弗得，辄起绕室以旋。室有洼，径尺，浸淫[2]日广。每履之，足苦踬[3]焉。既久而遂安之。

一日，父来室中，顾而笑曰："一室之不治，何以天下家国为？"命童子取土平之。后蓉履其地，蹶然[4]以惊，如土忽隆起者；俯视，地坦然，则既平矣。已而复然；又久而后安之。

噫！习之中人[5]甚矣哉！足之履平地，而不与洼适也；及其久，而洼者若平。至使久而即乎其故，则反窒焉而不宁。故君子之学，贵乎慎始。

〔1〕养晦堂：作者居室名，在湖南湘乡。　〔2〕浸淫：渐渐扩展。　〔3〕踬(zhì)：被东西绊到。　〔4〕蹶(jué)然：跌倒的样子。　〔5〕中(zhòng)人：击中人，即深入人心。

【阅读提示】

习惯成自然，这是一个朴素的真理。本文通过一件小事，写出了生活中的这个大道理。文章的中心论点是："故君子之学，贵乎慎始。"治学一开始就要养成良好的习惯，有了良好的习惯，就有了良好的开端，才有可能获得成功。这一道理不仅适用与育才树人，对于做好一切事情，都有普遍的借鉴意义。这篇散文就一件小事谈起，使人感到亲切自然，又由此及彼，联系治学，语浅意深，给人启迪，发人深省。

□曹雪芹

曹雪芹(约1715—约1763)，名霑，字梦阮，号雪芹，又号芹圃、芹溪。祖籍辽阳。祖先原为汉人，后入旗籍，为正白旗。自曾祖起，三代任江宁织造，其祖曹寅尤为康熙帝所信任。雍正初年，其父免职，产业被抄，遂迁居北京，家道衰落，趋于艰困。晚年贫困忧伤，卧病而卒，年未及五十。性情高傲，嗜酒健谈。能诗，又善画石，但作品流传绝少。诗歌立意新奇，诗风接近唐人李贺，友人郭诚誉之"爱君诗笔有奇才，直追昌谷破篱樊"。倾毕生精力，创作了不朽名著《红楼梦》。

红楼梦(存目)

【阅读提示】

《红楼梦》被公认为代表中国古典小说创作的最高成就。《红楼梦》有很多异名，诸如《石头记》、《情僧录》、《风月宝鉴》、《金陵十二钗》等。全书共一百二十回，前八十回为曹雪芹所写，后四十回一般认为是高鹗续写。高鹗的续书虽然在思想高度和艺术成就上不如前八十回，但基本上符合曹雪芹的原意，使得全书的故事完整无缺，因此广泛流传至今。

《红楼梦》以贾宝玉、林黛玉、薛宝钗的恋爱婚姻悲剧为主线，讲述了一个封建贵族大家庭从繁荣走向衰败的故事。小说围绕着中心事件，展开了许多错综复杂的矛盾斗争，生动描绘了一幅极其广阔的社会生活图画，热情歌颂了具有异端思想、追求爱情自由的男女青年，深刻批判了封建社会的政治制度、宗法制度、婚姻制度以及伦理道德,锐敏预示了封建社会和封建统治阶级必然灭亡的历史命运。

《红楼梦》的艺术成就是巨大的。首先体现在典型形象的塑造上。小说塑造了贾宝玉、林黛玉、薛宝钗、王熙凤、晴雯、鸳鸯、贾政、贾赦、贾珍、贾琏等一大批不朽的典型形象。

贾宝玉是一个具有叛逆精神的贵族公子。他衔玉而生,在封建大家庭里受到百般宠爱,但他无意"仕途经济",遭到父亲的责骂和毒打。"女人是水做的骨肉,男人是泥做的骨肉,我见了女儿便清爽,见了男子便觉臭浊逼人",这句话突出了贾宝玉的一个性格特点就是蔑视封建社会的世俗男子,同情、热爱受压迫、受奴役的弱小女子。他的叛逆性格,主要表现在对贵族生活的厌倦冷漠和对真挚爱情的追求上。林黛玉是一个和贾宝玉志同道合的封建叛逆者的形象。寄人篱下,性格敏感,不看重功名富贵,不信奉"女子无才便是德",热烈追求爱情幸福,甚至为此献出了生命。宝黛的爱情悲剧,实际上是个社会悲剧。与宝黛截然相反,宝钗是照着封建正统思想塑造出来的一个"大家闺秀",举止端庄,温文尔雅,循规蹈矩,没有自己的思想和追求,其实是一个悲剧人物。作者还怀着同情和爱怜的感情,塑造了晴雯、鸳鸯等一大批善良、纯洁、有理想、敢于反抗、坚决大胆地追求幸福地生活在最底层的丫环形象。小说还生动刻画出贾赦、贾琏、贾珍、王熙凤等封建统治势力的代表人物的丑恶嘴脸,突出了他们荒淫无耻、贪婪凶残、阴险毒辣的特点。尤其是"嘴甜心苦、两面三刀,上头笑着,脚底下就使绊子,明是一盆火,暗是一把刀"的王熙凤,这个人物塑造得最为成功,是中国古典小说画廊中性格鲜明的最著名的典型之一。

其次,《红楼梦》在结构、情节、语言等方面都有其鲜明的特点,对后世的小说创作产生了深远的影响。此外,《红楼梦》在诗词、戏曲、绘画、建筑、园林等诸多方面都有很高的美学价值。《红楼梦》被誉为剖析中国封建社会的百科全书。

□吴敬梓

吴敬梓(1701—1754),字敏轩,一字粒民;书斋署"文木山房",故晚年自号文木老人;三十三岁时举家移居南京,故又自称秦淮寓客。安徽全椒人。出身名门贵族,曾祖辈四名进士,到了其父辈,家道衰落。少小聪敏,习举业,成秀才。二十九岁应乡试预考,主考以"文章大好人大怪"不取,此后对仕途功名置之度外。雍正十一年(1733),离开家乡,移居南京。博览群书,广为交友。晚年生活贫困,仅靠卖文和友人周济为生。能文善诗,尤以小说著称,传世之作为长篇小说《儒林外史》,另有《诗说》、《文木山房集》等,今已佚。

儒林外史（存目）

【阅读提示】

　　《儒林外史》假托描写明代故事，实际展示的却是十八世纪清代中叶的社会风俗画。全书五十五回，由许多个生动的故事串联起来，这些故事大都以真人真事为原型塑造的。

　　《儒林外史》是一面封建社会的照妖镜。小说通过对封建文人、官僚豪绅、市井无赖等各类人物无耻行为的生动描写，深刻地揭露了行将崩溃的封建制度的腐朽性，强烈地抨击了僵化的科举制度，同时对封建社会的政治制度、伦理道德、社会风气等社会问题也进行的深刻的批判，是中国文学史上批判现实主义的杰作之一。

　　小说成功塑造了生活在封建末世和科举制度下的封建文人群像。如：被科举制度毒害得精神失常、心理变态的范进；本是贫寒青年，但在黑暗社会的染缸里逐渐腐蚀变质，抛弃糟糠之妻，成了忘恩负义的卑鄙小人匡超人；掠夺他人土地，霸占寡妇财产，专靠欺诈哄骗、饱食终日的严贡生等。这些人物形象，是中国讽刺文学中最早出现、最具影响的艺术典型。

　　《儒林外史》还塑造了王冕、杜少卿、庄绍光、迟衡山等正面人物，这些理想人物重操守、轻名利，与那些追名逐利、道德沦丧的人物形成鲜明的对比。

　　《儒林外史》最突出的成就是其杰出的讽刺艺术，堪称我国古代讽刺文学的典范。作者擅长运用典型情节，深刻地揭露社会矛盾，语言准确、精炼、形象，具有讽刺效果。小说的结构形式具有突出的特点，全书五十五回，没有一个贯穿始终的人物和故事，而是以一回或几回写一个或几个人物的故事，自成单元，每个单元既有联系，又可单独存在。众多单元组成完整的小说，这种特殊的长篇结构，对后人的创作颇有影响。

　　《儒林外史》是我国古典讽刺小说的高峰。不仅直接影响了近代谴责小说的创作，而且也启发了现代讽刺文学的发展。《儒林外史》已被译成英、法、德、俄、日等多种文字，成为一部世界性的文学名著。有外国学者认为，这是一部讽刺迂腐与卖弄的作品，可称为世界上一部最不引经据典、最饶有诗意的散文叙述体之典范。它可与意大利薄伽丘、西班牙塞万提斯、法国巴尔扎克等人的作品相媲美。

□蒲松龄

蒲松龄（1640—1715），字留仙，一字剑臣，别号柳泉居士，室名聊斋，世称聊斋先生。淄川（今山东淄博）人。出身小地主小商人家庭，早岁即有文名，深为施闰章、王士禛所重。虽满腹才学，但在科举场上很不得意，屡试不中，年七十一岁，始成贡生。家境贫困，居乡以塾师终老。能诗文，善作俚曲。历经近四十年的光阴，创作出短篇小说集《聊斋志异》，另有《聊斋文集》、《聊斋诗集》、《聊斋俚曲》等。

聊斋志异·连城

乔生，晋宁人，少负才名。年二十余，犹偃蹇[1]，为人有肝胆。与顾生善，顾卒，时恤其妻子。邑宰以文相契重，宰终于任，家口淹滞不能归，生破产扶枢，往返二千余里。以故士林益重之，而家由此益替[2]。

史孝廉有女，字连城，工刺绣，知书。父娇爱之。出所刺"倦绣图"，征少年题咏，意在择婿。生献诗云："慵鬟高髻绿婆娑，早向兰窗绣碧荷。刺到鸳鸯魂欲断，暗停针线蹙双蛾。"又赞挑绣之工云："绣线挑来似写生，幅中花鸟自天成。当年织锦非长技，幸把回文感圣明。"女得诗喜，对父称赏，父贫之。女逢人辄称道，又遣媪矫父命，赠金以助灯火。生叹曰："连城我知己也！"倾怀结想，如饥思啖。

无何，女许字于鹾贾之子王化成[3]，生始绝望，然梦魂中犹佩戴之。未几女病瘵[4]，沉痼不起[5]。有西域头陀自谓能疗，但须男子膺肉一钱，捣合药屑。史使人诣王家告婿，婚笑曰："痴老翁，欲我剜心头肉也！"使返。史乃言于人曰："有能割肉者妻之。"生闻而往，自出白刃，刲膺授僧[6]。血濡袍裤，僧敷药始止。合药三丸，三日服尽，疾若失。史将践其言，先告王。王怒，欲讼官。史乃设筵招生，以千金列几上。曰："重负大德，请以相报。"因具白背盟之由。生怫然曰[7]："仆所以不爱膺肉者，聊以报知己耳。岂货肉哉！"拂袖而归。女闻之，意良不忍，托媪慰谕之，且云："以彼才华，当不久落。天下何患无佳人？我梦不详，三年必死，不必与人争此泉下物也。"生告媪曰："'士为知己者死'，不以色也。诚恐连城未必真知我，但得真知我，不谐何害？"媪代女郎矢诚自剖。生曰："果尔，相逢时当为我一笑，死无憾！"媪既去。逾数日生偶出，遇女自叔氏归，睨之，女秋波转顾，启齿嫣然。生大喜曰："连城真知我者！"

会王氏来议吉期，女前症又作，数月寻死。生往临吊，一痛而绝。史舁送其家[8]。生自知已死，亦无所戚，出村去，犹冀一见连城。遥望南北一道，行人连绪如蚁，因亦混身杂迹其中。俄顷，入一廨署[9]，值顾生，惊问："君何得来?"即把手将送令归。生太息言："心事殊未了。"顾曰："仆在此典牍，颇得委任，倘可效力，不惜也。"生问连城，顾即导生旋转多所，见连城与一白衣女郎，泪睫惨黛[10]，藉坐廊隅。见生至，骤起似喜，略问所来。生曰："卿死，仆何敢生!"连城泣曰："如此负义人，尚不吐弃之，身殉何为? 然已不能许君今生，愿矢来世耳。"生告顾曰："有事君自去，仆乐死不愿生矣。但烦稽连城托生何里，行与俱去耳。"顾诺而去，白衣女郎问生何人，连城为缅述之[11]，女郎闻之，若不胜悲。连城告生曰："此妾同姓，小字宾娘，长沙史太守女。一路同来，遂相怜爱。"生视之，意态怜人。方欲研问，而顾已返，向生贺曰："我为君平章已确，即教小娘子从君返魂，好否?"两人各喜。方将拜别，宾娘大哭曰："姊去，我安归? 乞垂怜救，妾为姊捧帨耳。"连城凄然，无所为计，转谋生。生又哀顾，顾难之，峻辞以为不可，生固强之。乃曰："试妄为之。"去食顷而返，摇手曰："何如! 诚万分不能为力矣!"宾娘闻之，宛转娇啼，惟依连城肘下，恐其即去。惨怛无术[12]，相对默默，而睹其愁颜戚容，使人肺腑酸柔[13]。顾生愤然曰："请携宾娘去，脱有愆尤[14]，小生拼身受之!"宾娘乃喜，从生出。生忧其道远无侣。宾娘曰："妾从君去，不愿归也。"生曰："卿大痴矣! 不归，何以得活也? 他日至湖南，勿复走避，为幸多矣。"适有两媪摄牒赴长沙，生属宾娘，泣别而去。

途中，连城行蹇缓[15]，里余辄一息，凡十余息，始见里门。连城曰："重生后，惧有反覆，请索妾骸骨来，妾以君家生，当无悔也。"生然之。偕归生家。女惕惕若不能步[16]，生伫待之。女曰："妾至此，四肢摇摇，似无所主。志恐不遂，尚宜审谋，不然生后何能自由?"相将入侧厢中。默定少时，连城笑曰："君憎妾耶?"生惊问其故。赧然曰[17]："恐事不谐，重负君矣。请先以鬼报也。"生喜，极尽欢恋。因徘徊不敢遽生，寄厢中者三日。连城曰："谚有之:'丑妇终须见姑嫜[18]。'戚戚于此，终非久计。"乃促生入，才至灵寝，豁然顿苏。家人惊异，进以汤水。生乃使人要史来，请得连城之尸，自言能活之。史喜，从其言。方舁入室，视之已醒。告父曰："儿已委身乔郎矣，更无归理。如有变动，但仍一死!"史归，遣婢往役给奉。王闻，具词申理，官受赂，判归王。生愤懑欲死，亦无奈之。连城至王家，忿不饮食，惟乞速死，室无人，则带悬梁上。越日，益惫，殆将奄逝。王惧，送归史；史复舁归生。王知之，亦无如何，遂安焉。连城起，每念宾娘，欲遣信探之，以道远而艰于往。一日家人进曰："门有车马。"夫妇出视，则宾娘已至庭中矣。相见悲喜。太守亲诣送女，生延入。太守曰："小女子赖君复生，誓不他适，今从其志。"生叩谢如礼。孝廉亦至，叙宗好焉。生名年，字大年。

异史氏曰："一笑之知，许之以身，世人或议其痴。彼田横五百人岂尽愚哉! 此知希人之贵，贤豪所以感结而不能自已也。顾茫茫海内，遂使锦绣才人，仅倾心于峨眉之一笑也。悲夫!"

【注释】

〔1〕偃蹇(yǎnjiǎn)：骄傲，傲慢。　〔2〕替：衰落，衰微。　〔3〕许字：把女子许配于人。嵯(cuó)贾：盐商。　〔4〕瘵(zhài)：病。多指痨病。　〔5〕沉痼(gù)：历时较久，顽固难治的病。〔6〕刲(kuī)：割取。　〔7〕怫(fú)然：愤怒的样子。　〔8〕舁(yú)：抬。　〔9〕廨署(xièshǔ)：官署。廨：古时官吏办公的地方。　〔10〕惨黛：即愁眉。黛：可供画眉的青黑色颜料，借指眉。〔11〕缅述：尽情叙说，备叙。　〔12〕惨怛(dá)：悲痛，忧伤。　〔13〕酸柔：悲伤同情。〔14〕脱：假使，倘若。愆(qiān)：过失，罪责。　〔15〕蹇(jiǎn)缓：步履缓慢。蹇：跛，行走困难。〔16〕惕惕：惊恐不安心绪不宁的样子。　〔17〕赧(nǎn)然：因羞惭而脸红的样子。　〔18〕姑嫜：即公婆，古代妻子对丈夫的母亲和父亲的称呼，称丈夫的母亲为"姑"，丈夫的父亲称为"嫜"。

【阅读提示】

《聊斋志异》是一部文言短篇小说集，共有短篇小说四百九十一篇。其内容大致有三部分：一是揭露嘲讽贪官污吏、恶霸豪绅的贪婪狠毒，批判封建政治制度。如：《促织》、《席方平》等。二是抨击科举制度的腐朽与黑暗，谴责了考场中营私舞弊的风气。如：《司文郎》、《考弊司》、《书痴》等。三是歌颂为了爱情而努力抗争的底层妇女和穷书生，赞美人间坚贞、纯洁的爱情。如：《鸦头》、《细侯》、《山道士》等。

《连城》是《聊斋志异》里描写爱情的优秀篇章之一。小说突破了"一见钟情"、"郎才女貌"、"男女欢恋"等爱情小说的旧模式，而是将爱情建立在"知己"的基础上，热情歌颂了男女主人公为情而死，为情而生，倾心相爱，生死不渝的坚贞爱情，同时抨击了封建礼教和封建专制制度。征诗择婿、割肉疗疾、殉情、还魂自尽……小说情节曲折动人，引人入胜，令人泣下。全篇充满了浪漫主义精神，割肉疗疾、冥追还魂等情节，冲破现实的束缚，把主人公追求爱情幸福，写得酣畅淋漓。

近代文学

　　1840 年,第一次鸦片战争爆发,拉开了中国近代历史的序幕,直到 1919 年"五四"新文化运动兴起而告一段落。这一时期,中国社会延续了两千多年的封建制度开始解体,中国由此迈入了半封建半殖民地的社会发展历程。西学东渐、中西文化的冲突与交汇构成了近代文学的文化背景。

　　首开文学新风气的是以龚自珍、魏源、林则徐等为代表的开明派,以及张际亮、汤鹏、姚燮、贝青乔等。他们敏锐地看到清王朝内外严重的危机,积极建议改革内政,坚决主张抵抗外国资本主义的侵略,写出许多富于时代色彩和历史意义的诗文作品。张维屏、陆嵩、朱琦、林昌彝等,则从不同角度写了某些具有现实意义的诗篇。后来,早期的改良主义者冯桂芬、王韬都曾反对或抛弃桐城派古文;王韬更以一般古文或文言文用之于报复,使古文社会化或通俗化,具有划时代的意义。

　　传统诗文也出现了"宋诗运动"和桐城派中兴。"宋诗运动"继承乾隆、嘉庆间的"宋诗派",以模拟宋诗为贵,由程恩泽、祁寯藻、曾国藩倡导,重要作家有何绍基、郑珍、莫友芝等。桐城派古文在这一时期产生了梅曾亮等著名作家,形成了"中兴"的局面。而经学家阮元,提倡以《文选》为范本,实际是提倡骈文,形成与桐城派古文对立的扬州派骈文。

　　戊戌变法前后,梁启超提出了"诗界革命"、"文界革命"和"小说界革命"的明确主张。梁启超提出"以旧风格含新意境"的"诗界革命"主张,推尊黄遵宪从理论到诗作实践已为"诗界革命"作了榜样。他的"文界革命"主张,是适应资产阶级"开通民智"、改革语文的维新思潮而提出来的。他的散文写作也实践自己的主张,打破一切传统古文的格局,开创了"新文体"。他更提倡"小说界革命",强调小说对改良社会的作用,而特别重视"政治小说",宣传政治主张、政治理想,直接为改良运动服务。这一主张有力地推动了小说创作,其中《官场现形记》、《二十年目睹之怪现状》、《老残游记》、《孽海花》四大谴责小说即代表了这一革命的实绩,亦代表了近代小说创作的最高成就。

　　翻译文学的兴起,也是改良运动的一个重要内容。严复、林纾是这个时期著名的翻译家,他们分别以各自熟练的古文翻译西方社会科学和文学作品,对传播新思想、新文化,起了积极的作用和广泛的影响。

□龚自珍

龚自珍(1792—1841),字璱人,更名易简,字伯定,又更名巩祚,号定庵。浙江仁和(今杭州)人。道光九年(1829)进士,曾任内阁中书、宗人府主事、官礼部主事等职。道光十九年辞官南归,两年后暴卒于江苏丹阳云阳书院。博览群书,贯通百家。论学主公羊学派,讲求通经致用。主张改革内政,抵御外侮,是近代改良主义运动的先驱。善诗能文,自成一派,开创中国近代文学新风。诗歌多表达感时伤世的忧患意识和冲破沉闷、呼唤风雷的理想。有《定庵文集》等,今人辑有《龚自珍全集》。

咏 史

金粉东南十五州[1],万重恩怨属名流[2]。
牢盆狎客操全算[3],团扇才人踞上游[4]。
避席畏闻文字狱[5],著书都为稻粱谋[6]。
田横五百人安在[7],难道归来尽列侯[8]？

【注释】

〔1〕金粉:旧时妇女化妆用的铅粉。这里用来形容骄奢淫逸的生活。十五州:泛指长江下游江南一带繁华富庶的地方。 〔2〕名流:社会上的知名人士。这里是反话,意即所谓的"名流",社会上头面人物。 〔3〕牢盆狎客:指趋附盐官的帮闲、幕僚、门客。牢盆:煮盐的器具,借指把诗盐政的官吏。操全算:操纵整个计划,掌握经济大权。算:计划、筹谋。 〔4〕团扇才人:指出身显贵,无真才实学而轻浮浪荡的公子。团扇:一种圆形扇。汉代班婕妤写有《团扇歌》。东晋丞相王导的孙子王珉,好拿白团扇,二十多岁当了中书令,但于政务一窍不通,因门阀政治而为高官。才人:才子。 〔5〕避席:古时席地而坐,离开座位称避席,以此表示敬意。这里指因畏惧而起身逃离。文字狱:封建统治者为镇压知识分子的反抗,蓄意从其著述中摘取只言片语,罗织罪名,因其以文字断罪,故称文字狱。 〔6〕稻粱谋:谋稻粱,谋求衣食。〔7〕"田横"句:田横,秦末汉初人,自立为齐王,后被刘邦打败。刘邦称帝后,田横带五百人逃到海岛。刘邦派人招降,曰:"田横来,大者王,小者乃侯耳!不来,且举兵加诛焉。"田横与门客两人前往洛阳,至洛阳外三十里处,因耻于事刘,自刎而死,两门客亦自刎。岛上余众五百余人,听到消息皆自杀身亡。 〔8〕列侯:周时公、侯、伯、子、男五等封爵中的一种。汉朝时,王室子弟封侯称诸侯,异姓封侯为列侯。

自西晋左思开创"咏史诗"以来,历代文人都纷纷以"咏史"来借古讽今,针砭时弊。这首咏史诗,吟咏"东南十五州"的社会现实,表面繁华富庶,实际上政治黑暗,幕僚帮闲把握大权,身居高位者却百无一能。名为咏史,实为讽今,表达了对醉心功名利禄的"名流"权贵和趋炎附势者的鞭挞。笔锋犀利,讽刺辛辣,具有强烈的批判精神,洋溢着炽热的忧国情怀。

□林则徐

林则徐(1785—1850),清朝后期政治家、思想家和诗人。福建侯官人(今福建省福州),字元抚,又字少穆、石麟,晚号竢村老人、竢村退叟、七十二峰退叟、瓶泉居士、栎社散人等。嘉庆十六年(1815)进士,入翰林院为庶吉士。为官四十年,廉洁奉公;又重视水利事业,救灾赈民。主张严禁鸦片、抵抗西方的侵略、坚持维护中国主权和民族利益深受全世界中国人的敬仰。领导虎门销烟,是中国近代史上第一位民族英雄和爱国者。曾编译《四洲志》等外文书籍、资料,开创了中国近代学习和研究西方的风气,是近代维新思想的先驱。

赴戍登程口占示家人

力微任重久神疲, 再竭衰庸定不支[1]。
苟利国家生死以[2],岂因祸福避趋之。
谪居正是君恩厚[3],养拙刚于戍卒宜[4]。
戏与山妻谈故事, 试吟断送老头皮[5]。

【注释】

〔1〕衰庸:衰老而无能,自谦之词。 〔2〕"苟利"句:郑国大夫子产改革军赋,受到时人的诽谤,子产曰:"何害! 苟利社稷,死生以之。"(见《左传·昭公四年》)诗语本此。以:用,去做。〔3〕"谪居"句:自我宽慰语。谪居:因有罪被遣戍远方。 〔4〕养拙:犹言藏拙,有守本分、不显露自己的意思。刚:正好。戍卒宜:做一名戍卒为适当。这句诗谦恭中含有愤激与不平。〔5〕"戏与"二句:南宋时赵令畤所著的《侯鲭录》记载:"宋真宗闻隐者杨朴能诗,召对,问:'此来有人作诗送卿否?'对曰:'臣妻有一首云:更休落魄耽怀酒,且莫猖狂爱咏诗。今日捉将官里去,这回断送老头皮。'上大笑,放还山。东坡赴诏狱,妻子送出门,皆哭,坡顾谓曰:'子独不能如杨处士妻作一首诗送我乎?'妻子失笑,坡乃去。"这两句诗用此典故,表达他的旷达胸襟。山妻:对自己妻子的谦词。故事:旧事,典故。

【阅读提示】

这首诗作于道光二十二年(1842),原诗共两首,这是第二首。1841年,由于投降派的陷害,林则徐因查禁鸦片、抗击英国侵略者而获罪,被清廷革职查办,充军新疆伊犁。1842年8月途经陕西西安与家人告别时,口占留家人。诗中表明了林则徐在禁烟抗英问题上,不顾个人安危的态度,虽遭革职充军也无悔意。虽然他蒙受冤屈,但报国之志并未稍减,依然表示:即使被谪贬边疆,只要对国家有利,也将不顾个人的生死祸福为之奋斗。全诗感情充沛而深沉,诗人的一腔报国热血、一颗忧国之心,流露在字里行间。

□黄遵宪

黄遵宪(1848—1905),字公度,广东嘉应州(今梅州市)人。光绪二年(1877)举人。历任清廷驻日本、英国参赞及驻美国旧金山、新加坡总领事。后官湖南长宝盐法道,兼署湖南按察使。参加戊戌变法,协助巡抚陈宝箴推行新政。戊戌政变后被弹劾。论诗主张"我手写我口",努力创作"以旧风格含新意境"的"新派诗",被推誉为"诗界革命"的旗帜。其诗"诗之外有事,诗之中有人",具体、生动地反映了咸丰以来、"庚子事变"前后的社会现实,被誉为"史诗"。有《人境庐诗草》等。

哀旅顺

海水一泓烟九点[1],壮哉此地实天险。
炮台屹立如虎阚[2],红衣大将威望俨[3]。
下有洼池列巨舰[4],晴天雷轰夜电闪[5]。
最高峰头纵远览, 龙旗百丈迎风飐[6]。
长城万里此为堑[7],鲸鹏相摩图一啖[8]。
昂头侧睨何眈眈[9],伸手欲攫终不敢[10]。
谓海可填山易撼, 万鬼聚谋无此胆[11]。
一朝瓦解成劫灰[12],闻道敌军蹈背来[13]。

【注释】

〔1〕"海水"句:李贺《梦天》诗:"遥望齐州九点烟,一泓海水杯中泻。"此诗由之变化而来。一泓:一湾水。烟九点:指中国九州。 〔2〕虎阚(hǎn):虎怒貌。 〔3〕红衣大将:指大炮。《清朝文献通考》卷一九四:"太宗文皇帝天聪五年(1631),红衣大炮成,钦定名镌曰:'天祐助威大将军'。"俨:俨然,庄严可惧。 〔4〕洼池:此指港湾。 〔5〕"晴天"句:写军舰和炮台上练

兵发炮的情景。　〔6〕龙旗：清朝的国旗上绣有龙，故称。飐（zhān）：招展。　〔7〕"长城"句：旅顺好似万里长城的天堑。堑（qiàn）：护城河，深沟。　〔8〕"鲸鹏"句：谓世界列强争先恐后地欲侵占旅顺，蚕食中国。摩：磨擦，挨挤。啖：吃。　〔9〕眈眈（dān）：注视欲攫貌。〔10〕攫（jué）：本意为鸟用爪疾取，引申为夺取。　〔11〕万鬼：指世界列强。　〔12〕劫灰：劫火之灰，佛家语。梁朝释慧皎《高僧传·竺法兰》云："昔汉武穿昆明池底，得黑灰，以问东方朔。朔云：'不知，可问西域胡人。'后法兰既至，众人追以问之。兰云：'世界终尽，劫火洞烧，此灰是也。'"此指战火焚毁后的残迹。　〔13〕蹈背：指日本侵略军由海上从背后攻陷旅顺。

【阅读提示】

　　1894 年冬，日本侵略者占领旅顺。诗人以此为背景，鞭挞了清政府统治集团的腐败无能，表达了对国家前途命运的深切担忧。全诗主要写旅顺军港的地理位置险要、军事设施齐全、大炮等武器威严，易守难攻，只有最后两句道出军港失陷，采用鲜明的对比手法，造成突如其来的悲痛效果。

□康有为

　　康有为（1858—1927），原名祖诒，字广厦，号长素，又号更生。广东南海（今广东广州）人。故又称南海先生。出身仕宦家庭。早孤，幼年受教于祖父。光绪进士，授工部主事，未就职。近代资产阶级改良主义运动的领袖，领导了"公车上书"和"戊戌变法"运动。变法失败后，逃亡国外。其后思想日趋保守，反对孙中山领导的民主革命。政论文打破传统古文程式，汪洋恣肆，骈散不拘，开梁启超"新文体"的先路。诗歌想象奇特，辞采瑰丽，多反映挽救民族危亡、以天下为己任的宏伟抱负。著有《新学伪经考》、《孔子改制考》、《大同书》、《南海先生诗集》等。

出都留别诸公五首（其二）

天龙作骑万灵从[1]，独立飞来缥缈峰。
怀抱芳馨兰一握[2]，纵横宙合雾千重[3]。
眼中战国成争鹿[4]，海内人才孰卧龙[5]？
抚剑长号归去也，　千山风雨啸青锋[6]。

【注释】

　　〔1〕"天龙"句：天龙是坐骑，众神是随从。骑（jì）：这里作名词用，指坐骑。万灵：众神。〔2〕芳馨兰一握：比喻志趣高洁，怀揣芳香，手握兰草。　〔3〕宙合：《宙合》本《管子》篇名，原指古往今来无所不包的意思。雾千重：喻诗句混乱昏暗。　〔4〕战国：此处指帝国主义列强。争

186

鹿:即逐鹿,指帝国主义列强瓜分中国,竞争不已。 〔5〕卧龙:徐庶称诸葛亮为卧龙,作者隐以自喻。 〔6〕青锋:剑名。后两句意思是朝廷既然不用我,我只好跑到山里仰天长啸了。

【阅读提示】

《出都留别诸公》五首是康有为的代表诗作,大概作于 1888 年 11 月"上书"失败之后,诗歌意气豪迈,对国家危亡的命运,表现出十分关切和深深的担忧。

这里选的是第二首。诗中先化用《离骚》"芳草美人"之喻,表现了诗人怀抱高洁,志趣高远,满怀热望寻求救国之路,希望辅佐君王变革图强。面对清政府腐败,国势日蹙,外国列强疯狂入侵,雾瘴满天,诗人又以"卧龙"自比,虽然"上书"失败,但救国志向不失弥坚,直干云天。

□梁启超

梁启超(1873—1929),字卓如,号任公,别号饮冰子、哀时客、饮冰室主人、自由斋主人等。广东新会人。十七岁中举,后随其师康有为参与维新变法,事败后流亡日本。曾任袁世凯政府的司法总长、段祺瑞内阁的财政总长。晚年先后在清华、南开任教授,并专心著述。兴趣广泛,学识渊博,在文学、史学、哲学、佛学等诸多领域,都有较深的造诣。一生著述宏富,撰写了《清代学术概论》、《中国近三百年学术史》、《先秦政治思想史》、《中国历史研究法》、《中国文化史》等具有很高学术价值的著作。诗歌多反映改造社会的雄心壮志,具有鲜明的爱国思想。有《饮冰室文集》。

读陆放翁集四首(选二)

诗界千年靡靡风[1],兵魂消尽国魂空。
集中十九从军乐[2],亘古男儿一放翁[3]。

辜负胸中十万兵, 百无聊赖以诗鸣[4]。
谁怜爱国千行泪, 说到胡尘意不平。

【注释】

〔1〕靡靡:柔弱不振。 〔2〕十九:十分之九。 〔3〕亘古:从古代到现在。 〔4〕百无聊赖:精神上没有依托,形容非常无聊。

187

　　《读陆放翁集》四首作于 1899 年"戊戌变法"失败后出走日本期间,写读陆游诗集引起的感慨。这里选的是前两首。第一首指出千百年来诗风柔弱不振,以致刚健雄直的战斗性和勇于为国献身的精神都消亡了,只有陆游的诗歌十分之九是抒写从军报国的渴望和欢欣的。第二首主旨是为陆游鸣不平。陆游具有杰出的军事才能,却英雄无用武之地,只好用诗歌来抒发怀抱。

　　梁启超为什么对陆游如此器重,这与他倡导的"诗界革命"有关系,他在阐述"诗界革命"时,特别推崇爱国主义和为国而战的"尚武精神",希冀以此来造文风,振作民气,达到救国拯民的目的。

□林　纾

　　林纾(1852—1924),原名群玉,字琴南,号畏庐,别属冷红生,闽县(今福建福州)人。近代文学家、翻译家。光绪举人,曾任教于京师大学堂。曾依靠他人口述,用古文翻译欧美等国小说一百七十余种,其中不少为外国名作,译笔流畅,当时颇有影响。晚年反对"五四"新文化运动,为守旧派代表人物。著有《畏庐文集》、《畏庐诗存》及传奇、小说、笔记等多种。

记超山梅花[1]

　　夏容伯同声[2],嗜古士也,隐于栖溪。余与陈吉士、高啸桐[3]买舟访之。约寻梅于超山。由溪上易小舟,循浅濑[4]至超山之北。沿岸已见梅花。里许,遵陆至香海楼,观宋梅。梅身半枯,侧立水次;古干诘屈,苔蟠其身,齿齿[5]作鳞甲。年久,苔色幻为铜青。旁列十余树,容伯言皆明产也。景物凄黯无可纪,余索然将返。容伯导余过唐玉潜祠[6]下,花乃大盛;纵横交纠,玉雪一色;步武[7]高下,沿梅得径。远馥林麓,近偃陂陀[8];丛芬积缟,弥满山谷。几四里始出梅窝,阴松列队,下闻溪声,余来船已停濑上矣。余以步,船人以水,沿溪行,路尽适相值也。是晚仍归栖溪。

　　迟明,复以小舟绕出山南,花益多于山北。野水古木,渺漫滞黟[9],小径岐出为八、九道,抵梅而尽。至乾元观,观所谓水洞者。潭水清冽,怪石怒起水上,水附壁而止。石状豁閜[10],阴绿惨淡。石脉直接旱洞。旱洞居观右偏。三十余级,及洞口,深窈沉黑中,有风水荡击之声。同游陈寄湖、涤寮兄弟,爇管[11]入,不竟洞而出。潭之右偏,镌"海云洞"三大字,宋赵清献笔也。寻丁酉轩父子石像,已剥落,诗碣犹隐隐可读。容伯饭我观中。余举箸叹息,以生平所见梅花,咸不如此之多且盛也。容伯言：“冬雪霁后，花益奇丽，过于西溪。”然西溪余两至，均失梅候。今但作《超山梅花记》，一寄容伯，一寄余友陈寿慈于福州。寿慈亦嗜梅者也。

【注释】

〔1〕超山：在杭州市北约40公里的临平镇境内，自唐以来，即以“十里梅花香雪海”而成为著名的探梅胜地。 〔2〕夏容伯同声：夏同声，字容伯，浙江钱塘（今杭州）人。 〔3〕陈吉士：陈希贤，字吉士，福建闽县人，林纾弟子。高啸桐：高凤岐，字啸桐福建长乐人，系作者好友。〔4〕濑(lài)：从沙石上流过的湍急水流。 〔5〕齿齿：形容排列密集整齐。 〔6〕唐玉潜祠：宋代隐士唐钰的祠堂。 〔7〕步武：古代以六尺为步，半步为武。这里的意思是跟着前人足迹行走。 〔8〕陂陀(pōtuó)：指山坡倾斜不平的样子。 〔9〕渺溾(háo)：水面宽广。滞翳：树木枝叶遮蔽。 〔10〕豁閒(xiā)：开裂。 〔11〕爇(ruò)管：点燃火把。

【阅读提示】

光绪二十五年(1899)，林纾受聘在杭州执教。这年正月，前往超山探梅，写了这篇游记。文章生动记叙了与友人探梅的经过，从山北香海楼观宋梅、唐玉潜祠，游梅窝，至山南的乾元观、海云洞，移步换景，情景交融，文笔精练，令人回味。全文以访友为由开头，以寄文予友作结，充满了对“嗜古”、“嗜梅”之友人的情谊，也表达了作者个人的爱好情趣。

现代文学

　　从 1917 年初倡导文学革命,到 1949 年 7 月中华全国文学艺术工作者代表大会召开,这三十多年是中国文学史上一个崭新的时期。这一时期的文学,史称新文学或现代文学。

　　胡适从美国寄回的《文学改良刍议》和陈独秀积极响应且更为激进的《文学革命论》,拉开了"五四"文学革命的帷幕;鲁迅、周作人兄弟和郭沫若、郁达夫、闻一多、冰心、徐志摩、戴望舒等在日本和欧美此起彼伏的文学新潮和创作风格中汲取营养,他们与接受了东西方崭新文学观念和艺术技巧的本土作家共同努力,筚路蓝缕、创蓁辟莽,创作出一大批崭新的作品,并创建了"文学研究会"、"创造社"、"新月社"等社团流派,形成了现代文学蔚为大观的繁盛景象和反对封建专制、追求科学民主的时代主潮。

　　新文学先驱者在创作实践上首先以诗歌为突破口,并从诗体的解放入手。胡适的《尝试集》显示了白话新诗的最初成就;郭沫若的《女神》显示了新诗狂飙突进的风姿。继之,新诗人向三个方向努力:一路借鉴欧美,以闻一多、徐志摩、戴望舒和后起的"七月"、"九叶集"派为代表;一路学习民歌,以刘半农、刘大白和后起的李季为代表;一路发掘传统,以冯至等为代表,并在三十年代后期实现了"历史的综合",艾青堪称代表。

　　鲁迅于 1918 年 5 月发表的《狂人日记》是中国文学史上第一篇用现代体式创作的白话短篇小说,以其内容与形式的现代化特征,成为我国现代小说的伟大开端;继而《呐喊》、《彷徨》先后问世,为中国现代小说奠立了坚实的基石;此后,冰心、许地山、叶圣陶等探究人生和社会的"问题小说";郁达夫、废名等的"自叙传"抒情小说;许杰、王鲁彦、蹇先艾等"乡土小说";茅盾、巴金、老舍、丁玲、张天翼、沙汀、艾芜、萧军、萧红等剖析现实社会矛盾的小说;以沈从文等为代表的"京派"小说,以施蛰存、穆时英等为代表的"新感觉派"小说,以赵树理、丁玲、周立波为代表的解放区小说,先后登场,风动一时,显示了现代小说的丰硕成果。

　　"五四"白话散文的潮流虽稍迟于新诗,但成就"几乎在小说戏曲和诗歌之上"(鲁迅语)。鲁迅、周作人、朱自清、郁达夫、俞平伯、瞿秋白、冰心、巴金、林语堂、梁实秋、丰子恺、何其芳、李广田、冯雪峰、夏衍、唐弢、柯灵等巨匠名家的创作，或宗写实主义，或持浪漫作风，或杂糅古风与欧美气度，无论反映现实，抒写心灵，描画山水，记录哲思，还是揭露黑暗，抗议强暴，讴歌理想，呼唤光明；也无论冷峻严厉，或平和冲淡；苦涩苍劲，或清浅晓畅；雍容华贵，或凝练质朴，无不识见精卓，个性独具，把新文学散文园地装点得姹紫嫣红，分外妖娆。

中国现代话剧始于留日学生组织的春柳社，1907年在东京演出了《茶花女》第三幕，可谓中国话剧的先声。"五四"时期话剧运动再次兴起，批判传统旧剧，介绍外国戏剧理论和翻译、改编外国剧作，建立了现代话剧的表演体制和众多戏剧团体，欧阳予倩、洪深、田汉、丁西林、郭沫若等人的创作是现代话剧的最初收获。在左翼话剧运动高涨的背景下，曹禺的《雷雨》、《日出》先后问世，风动一时，标示着中国话剧走向成熟。此后又有夏衍的《上海屋檐下》、郭沫若的历史剧《屈原》以及田汉、洪深、于伶、李健吾、陈白尘等不同风格的剧作，既表现重大的时代主题，又刻划了独特的人物性格。在毛泽东《在延安文艺座谈会上的讲话》指引下，解放区的新秧歌运动和歌剧、话剧创作成绩斐然，《白毛女》即是突出代表，为我国民族歌剧的发展奠定了基础。

现代文学三十几年的历程，在历史长河里只是短暂的一瞬，却是中国文学由传统走向现代的必要过渡，古典文学通向新世纪文学的一座桥梁。

□鲁　迅

鲁迅（1881—1936），原名周树人，字豫才，浙江绍兴人。中国现代文学家、思想家、革命家。一生文学创作近四百万字，翻译五百多万字，古籍整理六十多万字。主要作品有小说集《呐喊》《彷徨》《故事新编》，散文诗集《野草》，散文集《朝花夕拾》，杂文集《坟》、《热风》、《华盖集》、《二心集》、《伪自由书》、《且界亭杂文》等。

风　波[1]

临河的土场上，太阳渐渐的收了他通黄的光线了。场边靠河的乌桕树叶，干巴巴的喘过气来，几个花脚蚊子在下面哼着飞舞。面河的农家的烟突里，逐渐减少了炊烟，女人孩子们都在自己门口的土场上泼些水，放下小桌子和矮凳；人知道，这已经是晚饭的时候了。

老人男人坐在矮凳上，摇着大芭蕉扇闲谈，孩子飞也似的跑，或者蹲在乌桕树下赌玩石子。女人端出乌黑的蒸干菜和松花黄的米饭，热蓬蓬冒烟。河里驶过文人的酒船，文豪见了，大发诗兴，说，"无思无虑，这真是田家乐呵！"

但文豪的话有些不合事实，就因为他们没有听到九斤老太的话。这时候，九斤老太正在大怒，拿破芭蕉扇敲着凳脚说："我活到七十九岁了，活够了，不愿意眼见这些败家相，——还是死的好。立刻就要吃饭了，还吃炒豆子，吃穷了一家子！"

伊的曾孙女儿六斤捏着一把豆，正从对面跑来，见这情形，便直奔河边，藏在乌桕树后，伸出双丫角的小头，大声说，"这老不死的！"

九斤老太虽然高寿，耳朵却还不很聋，但也没有听到孩子的话，仍旧自己说，"这真是一代不如一代！"

这村庄的习惯有点特别，女人生下孩子，多喜欢用秤称了轻重，便用斤数当作小名。九斤老太自从庆祝了五十大寿以后，便渐渐的变了不平家，常说伊年青的时候，天气没有现在这般热，豆子也没有现在这般硬；总之现在的时世是不对了。何况六斤比伊的曾祖，少了三斤，比伊父亲七斤，又少了一斤，这真是一条颠扑不破的实例。所以伊又用劲说，"这真是一代不如一代！"

伊的儿媳⁽²⁾七斤嫂子正捧着饭篮走到桌边，便将饭篮在桌上一摔，愤愤的说，"你老人家又这么说了。六斤生下来的时候，不是六斤五两么？你家的秤又是私秤，加重称，十八两秤；用了准十六，我们的六斤该有七斤多哩。我想便是太公和公公，也不见得正是九斤八斤十足，用的秤也许是十四两……"

"一代不如一代！"

七斤嫂还没有答话，忽然看见七斤从小巷口转出，便移了方向，对他嚷道，"你这死尸怎这时候才回来，死到那里去了！不管人家等着你开饭！"

七斤虽然住在农村，却早有些飞黄腾达的意思。从他的祖父到他，三代不捏锄头柄了；他也照例的帮人撑着航船，每日一回，早晨从鲁镇进城，傍晚又回到鲁镇，因此很知道些时事；例如什么地方，雷公劈死了蜈蚣精；什么地方，闺女生了一个夜叉之类。他在村人里面，的确已经是一名出场人物了。但夏天吃饭不点灯，却还守着农家习惯，所以回家太迟，是该骂的。

七斤一手捏着象牙嘴白铜斗六尺多长的湘妃竹烟管，低着头，慢慢地走来，坐在矮凳上。六斤也趁势溜出，坐在他身边，叫他爹爹。七斤没有应。

"一代不如一代！"九斤老太说。

七斤慢慢地抬起头来，叹一口气说，"皇帝坐了龙庭了。"

七斤嫂呆了一刻，忽而恍然大悟的道，"这可好了，这不是又要皇恩大赦了么！"

七斤又叹一口气，说，"我没有辫子。"

"皇帝要辫子么？"

"皇帝要辫子。"

"你怎么知道呢？"七斤嫂有些着急，赶忙的问。

"咸亨酒店里的人，都说要的。"

七斤嫂这时从直觉上觉得事情似乎有些不妙了，因为咸亨酒店是消息灵通的所在。伊一转眼瞥见七斤的光头，便忍不住动怒，怪他恨他怨他；忽然又绝望起来，装好一碗饭，搡在七斤的面前道，"还是赶快吃你的饭罢！哭丧着脸，就会长出辫子来么？"

太阳收尽了他最末的光线了，水面暗暗地回复过凉气来；土场上一片碗筷声响，人人的脊梁上又都吐出汗粒。七斤嫂吃完三碗饭，偶然抬起头，心坎里便禁不住突突地发跳。伊透过乌桕叶，看见又矮又胖的赵七爷正从独木桥上走来，而且穿着宝蓝色竹布的长衫。

赵七爷是邻村茂源酒店的主人，又是这三十里方圆以内的唯一的出色人物兼学问家；因为有学问，所以又有些遗老的臭味。他有十多本金圣叹批评的《三国志》[3]，时常坐着一个字一个字的读；他不但能说出五虎将姓名，甚而至于还知道黄忠表字汉升和马超表字孟起。

革命以后，他便将辫子盘在顶上，像道士一般；常常叹息说，倘若赵子龙在世，天下便不会乱到这地步了。七斤嫂眼睛好，早望见今天的赵七爷已经不是道士，却变成光滑头皮，乌黑发顶；伊便知道这一定是皇帝坐了龙庭，而且一定须有辫子，而且七斤一定是非常危险。因为赵七爷的这件竹布长衫，轻易是不常穿的，三年以来，只穿过两次：一次是和他呕气的麻子阿四病了的时候，一次是曾经砸烂他酒店的鲁大爷死了的时候；现在是第三次了，这一定又是于他有庆，于他的仇家有殃了。

七斤嫂记得，两年前七斤喝醉了酒，曾经骂过赵七爷是"贱胎"，所以这时便立刻直觉到七斤的危险，心坎里突突地发起跳来。

赵七爷一路走来，坐着吃饭的人都站起身，拿筷子点着自己的饭碗说，"七爷，请在我们这里用饭！"七爷也一路点头，说道"请请"，却一径走到七斤家的桌旁。七斤们连忙招呼，七爷也微笑着说"请请"，一面细细的研究他们的饭菜。

"好香的干菜，——听到了风声了么？"赵七爷站在七斤的后面七斤嫂的对面说。

"皇帝坐了龙庭了。"七斤说。

七斤嫂看着七爷的脸，竭力陪笑道，"皇帝已经坐了龙庭，几时皇恩大赦呢？"

"皇恩大赦？——大赦是慢慢的总要大赦罢。"七爷说到这里，声色忽然严厉起来，"但是你家七斤的辫子呢，辫子？这倒是要紧的事。你们知道：长毛时候，留发不留头，留头不留发，……"

七斤和他的女人没有读过书，不很懂得这古典的奥妙，但觉得有学问的七爷这么说，事情自然非常重大，无可挽回，便仿佛受了死刑宣告似的，耳朵里嗡的一声，再也说不出一句话。

"一代不如一代，——"九斤老太正在不平，趁这机会，便对赵七爷说，"现在的长毛,只是剪人家的辫子,僧不僧,道不道的。从前的长毛,这样的么？我活到七十九岁了,活够了。从前的长毛是——整匹的红缎子裹头,拖下去,拖下去,一直拖到脚跟；王爷是黄缎子,拖下去,黄缎子；红缎子,黄缎子,——我活够了,七十九岁了。"

七斤嫂站起身,自言自语的说,"这怎么好呢？这样的一班老小,都靠他养活的人,……"

赵七爷摇头道,"那也没法。没有辫子,该当何罪,书上都一条一条明明白白写着的。不管他家里有些什么人。"

七斤嫂听到书上写着,可真是完全绝望了；自己急得没法,便忽然又恨到七斤。伊用筷子指着他的鼻尖说,"这死尸自作自受！造反的时候,我本来说,不要撑船了,不要上城了。他偏要死进城去,滚进城去,进城便被人剪去了辫子。从前是绢光乌黑的辫子,现在弄得僧不僧道不道的。这囚徒自作自受,带累了我们又怎么说呢？这活死尸的囚徒……"

村人看见赵七爷到村,都赶紧吃完饭,聚在七斤家饭桌的周围。七斤自己知道是出场人物,被女人当大众这样辱骂,很不雅观,便只得抬起头,慢慢地说道:

"你今天说现成话,那时你……"

"你这活死尸的囚徒……"

看客中间,八一嫂是心肠最好的人,抱着伊的两周岁的遗腹子,正在七斤嫂身边看热闹；这时过意不去,连忙解劝说,"七斤嫂,算了罢。人不是神仙,谁知道未来事呢？便是七斤嫂,那时不也说,没有辫子倒也没有什么丑么？况且衙门里的大老爷也还没有告示,……"

七斤嫂没有听完,两个耳朵早通红了；便将筷子转过向来,指着八一嫂的鼻子,说,"阿呀,这是什么话呵！八一嫂,我自己看来倒还是一个人,会说出这样昏诞胡涂话么？那时我是,整整哭了三天,谁都看见；连六斤这小鬼也都哭,……"六斤刚吃完一大碗饭,拿了空碗,伸手去嚷着要添。七斤嫂正没好气,便用筷子在伊的双丫角中间,直扎下去,大喝道,"谁要你来多嘴！你这偷汉的小寡妇！"

扑的一声,六斤手里的空碗落在地上了,恰巧又碰着一块砖角,立刻破成一个很大的缺口。七斤直跳起来,捡起破碗,合上检查一回,也喝道,"入娘的！"一巴掌打倒了六斤。

六斤躺着哭,九斤老太拉了伊的手,连说着"一代不如一代",一同走了。

八一嫂也发怒,大声说,"七斤嫂,你'恨棒打人'……"

赵七爷本来是笑着旁观的；但自从八一嫂说了"衙门里的大老爷没有告示"这话以后,却有些生气了。这时他已经绕出桌旁,接着说,"'恨棒打人',算什么呢。大兵是就要到的。你可知道,这回保驾的是张大帅[4],张大帅就是燕人张翼德的后代,他一支丈八蛇矛,就有万夫不当之勇,谁能抵挡他,"他两手同时捏起

194

空拳,仿佛握着无形的蛇矛模样,向八一嫂抢进几步道,"你能抵挡他么!"

八一嫂正气得抱着孩子发抖,忽然见赵七爷满脸油汗,瞪着眼,对准伊冲过来,便十分害怕,不敢说完话,回身走了。赵七爷也跟着走去,众人一面怪八一嫂多事,一面让开路,几个剪过辫子重新留起的便赶快躲在人丛后面,怕他看见。赵七爷也不细心察访,通过人丛,忽然转入乌桕树后,说道"你能抵挡他么!"跨上独木桥,扬长去了。

村人们呆呆站着,心里计算,都觉得自己确乎抵不住张翼德,因此也决定七斤便要没有性命。七斤既然犯了皇法,想起他往常对人谈论城中的新闻的时候,就不该含着长烟管显出那般骄傲模样,所以对七斤的犯法,也觉得有些畅快。他们也仿佛想发些议论,却又觉得没有什么议论可发。嗡嗡的一阵乱嚷,蚊子都撞过赤膊身子,闯到乌桕树下去做市;他们也就慢慢地走散回家,关上门去睡觉。七斤嫂咕哝着,也收了家伙和桌子矮凳回家,关上门睡觉了。

七斤将破碗拿回家里,坐在门槛上吸烟;但非常忧愁,忘却了吸烟,象牙嘴六尺多长湘妃竹烟管的白铜斗里的火光,渐渐发黑了。他心里但觉得事情似乎十分危急,也想想些方法,想些计划,但总是非常模糊,贯穿不得:"辫子呢辫子?丈八蛇矛。一代不如一代!皇帝坐龙庭。破的碗须得上城去钉好。谁能抵挡他?书上一条一条写着。入娘的!……"

第二日清晨,七斤依旧从鲁镇撑航船进城,傍晚回到鲁镇,又拿着六尺多长的湘妃竹烟管和一个饭碗回村。他在晚饭席上,对九斤老太说,这碗是在城内钉合的,因为缺口大,所以要十六个铜钉,三文一个,一总用了四十八文小钱。

九斤老太很不高兴的说,"一代不如一代,我是活够了。三文钱一个钉;从前的钉,这样的么?从前的钉是……我活了七十九岁了,——"

此后七斤虽然是照例日日进城,但家景总有些黯淡,村人大抵回避着,不再来听他从城内得来的新闻。七斤嫂也没有好声气,还时常叫他"囚徒"。

过了十多日,七斤从城内回家,看见他的女人非常高兴,问他说,"你在城里可听到些什么?"

"没有听到些什么。"

"皇帝坐了龙庭没有呢?"

"他们没有说。"

"咸亨酒店里也没有人说么?"

"也没人说。"

"我想皇帝一定是不坐龙庭了。我今天走过赵七爷的店前,看见他又坐着念书了,辫子又盘在顶上了,也没有穿长衫。"

"……"

"你想,不坐龙庭了罢?"

"我想，不坐了罢。"

现在的七斤，是七斤嫂和村人又都早给他相当的尊敬，相当的待遇了。到夏天，他们仍旧在自家门口的土场上吃饭；大家见了，都笑嘻嘻的招呼。九斤老太早已做过八十大寿，仍然不平而且健康。六斤的双丫角，已经变成一支大辫子了；伊虽然新近裹脚，却还能帮同七斤嫂做事，捧着十八个铜钉⁽⁵⁾的饭碗，在土场上一瘸一拐的往来。

一九二〇年十月⁽⁶⁾

【注释】

〔1〕本篇最初发表于 1920 年 9 月《新青年》月刊第八卷第一号，后收入《呐喊》。 〔2〕伊的儿媳：从上下文看，这里的"儿媳"应是"孙媳"。 〔3〕金圣叹批评的《三国志》：指小说《三国演义》。金圣叹(1609—1661)，明末清初文人，曾批注《水浒》、《西厢记》等书，他把自己所加的序文、读法和评语等编为"圣叹外书"。《三国演义》是元末明初罗贯中所著，后经清代毛宗岗改编，卷首有假托为金圣叹所作的序，并有"圣叹外书"字样，每回前均附加评语，通常就都把这评语认为圣叹所作。 〔4〕张大帅：指张勋(1854—1923)，江西奉新人，北洋军阀之一。原为清朝军官，辛亥革命后，他和所部官兵仍留着辫子，表示忠于清王朝，被称为辫子军。1917年 7 月 1 日他在北京扶持清废帝溥仪复辟，7 月 12 日即告失败。 〔5〕十八个铜钉：据上文应是"十六个"。作者在 1926 年 11 月 23 日致李霁野的信中曾说："六斤家只有这一个钉过的碗，钉是十六或十八，我也记不清了。总之两数之一是错的，请改成一律。" 〔6〕据《鲁迅日记》，本篇当作于 1920 年 8 月 5 日。

【阅读提示】

小说以民国六年(1917)七月张勋复辟的闹剧为背景，通过鲁镇船夫七斤因被革命党剪了辫子，怕被重新坐了龙庭的皇帝杀头而引起的一场"风波"，深刻揭示了辛亥革命的不彻底性和国民的劣根性。小说结尾写复辟失败，七斤家的"风波"也随之平息，一切又恢复了旧态，九斤老太照样发着"一代不如一代"的怨言，七斤的女儿六斤又被裹了小脚，生活仍如一潭死水。作品真实地描绘出帝制余孽还在广大城乡肆虐，民众特别是广大农民仍处于封建势力和封建思想的统治控制之下，"皇权"意识自觉不自觉地左右着他们的生活和行为。

作品以船夫七斤头上的"辫子"为题旨的切入口，揭示深刻重大的社会思想主题，表现了作者"以小见大"、"平中寓深"的非凡手笔；采用白描手法塑造人物形象，人物性格的发掘入木三分；以简练笔墨所勾画的一幅幅江南水乡风俗画，不仅暗示了小说的节奏，亦寓意着"死水微澜"的农村生活，成为当时社会现实的真实写照，蕴藏着发人深省的画外真谛。

□郁达夫

郁达夫(1896—1945)，名文，字达夫，浙江富阳人。中国现代作家，创造社主要成员。代表作有小说《沉沦》、《春风沉醉的晚上》、《薄奠》、《迟桂花》等，另有散文集多种及文论与旧体诗词集。郁达夫认为"文学作品，都是作家的自叙传"，因而他的作品主观抒情色彩比较浓重，也常在某种人物身上投射自己的影子。本篇即是如此。

春风沉醉的晚上（存目）

【阅读提示】

本篇以贫民窟里的知识分子与烟厂女工的生活为对照，写出他们共同的不幸命运。作品对他们的处境流露出"同是天涯沦落人"的愁绪和感慨，同时，作品也歌颂了女工善良美好的心灵，突出了她在苦难深重的情况下坚韧的意志和朴素的反抗精神，以此反衬并批判了知识分子的软弱和灰色情调。作品中的"我"很大程度上是作者的自画像。陈二妹的形象也是通过"我"的眼光、感触和印象来刻画的，带有"我"的情绪色彩。但比之于作家的其他小说，本篇已有较多的现实主义因素，比较真实、客观地反映了自己以外的现实和人物。陈二妹和"我"的形象具有同样重要的思想艺术价值，这在他的小说中无疑是一个突破。

□老　舍

老舍(1899—1966)，原名舒庆春，字舍予，满族，生于北京。中国现代作家。代表作有长篇小说《骆驼祥子》、《四世同堂》、《正红旗下》（未完），短篇小说《月牙儿》、《断魂枪》等，话剧代表作有《茶馆》等。

断　魂　枪

生命是闹着玩，事事显出如此；从前我这么想过，现在我懂得了。

沙子龙的镖局已改成客栈。

东方的大梦没法子不醒了。炮声压下去马来与印度野林中的虎啸。半醒的人们，揉着眼，祷告着祖先与神灵；不大会儿，失去了国土、自由与权利。门外立着不同面色的人，枪口还热着。他们的长矛毒弩，花蛇斑彩的厚盾，都有什么用呢；连祖先与祖先所信的神明全不灵了啊！龙旗的中国也不再神秘，有了火车呀，穿坟过墓的破坏着风水。枣红色多穗的镖旗，绿鲨皮鞘的钢刀，响着串铃的口马，江湖上的智慧与黑话，义气与声名，连沙子龙，他的武艺，事业，都梦似的变成昨夜的。今天是火车，快枪，通商与恐怖。听说，有人还要杀下皇帝的头呢！

这是走镖已没有饭吃，而国术还没被革命党与教育家提倡起来的时候。

谁不晓得沙子龙是利落，短瘦，硬棒，两眼明得像霜夜的大星？可是，现在他身上放了肉。镖局改了客栈，他自己在后小院占着三间北房，大枪立在墙角，院子里有几只楼鸽。只是在夜间，他把小院的门关好，熟习熟习他的"五虎断魂枪"。这条枪与这套枪，二十年的工夫，在西北一带，给他创出来："神枪沙子龙"五个字，没遇见过敌手。现在，这条枪与这套枪不会再替他增光显胜了；只是摸摸这凉，滑，硬而发颤的杆子，使他心中少难过一些而已。只有在夜间独自拿起枪来，才能相信自己还是"神枪沙"。在白天，他不大谈武艺与往事；他的世界已被狂风吹了走。

在他手下创练起来的少年们还时常来找他。他们大多数是没落子弟，都有点武艺，可是没地方去用。有的在庙会上去卖艺：踢两趟腿，练套家伙，翻几个跟头，附带着卖点大力丸，混个三吊两吊的。有的实在闲不起了，去弄筐果子，或挑些毛豆角，赶早儿在街上论斤吆喝出去。那时候米贱肉贱，肯卖膀子力气本来可以混个肚儿圆；他们可是不成：肚量既大，而且得吃口管事儿的；干饽饽、辣饼子咽不下去。况且他们还时常去走会：五虎棍，开路，太狮少狮……虽然算不了什么——比起走镖来——可是到底有个机会活动活动，露露脸。是的，走会捧场是买脸的事，他们打扮的得像个样儿，至少得有条青洋绉裤子，新漂白细市布的小褂，和一双鱼鳞洒鞋——顶好是青缎子抓地虎靴子。他们是神枪沙子龙的徒弟——虽然沙子龙并不承认——得到处露脸，走会得赔上俩钱，说不定还得打场架。没钱，上沙老师那里去求。沙老师不含糊，多少不拘，不让他们空着手儿走。可是，为打架或献技去讨教一个招数，或是请给说个对子——什么空手夺刀，或虎头钩进枪——沙老师有时说句笑话，马虎过去："教什么？拿开水浇吧！"有时直接把他们逐出去。他们不大明白沙老师是怎么了，心中也有点不乐意。

可是，他们到处为沙老师吹腾，一来是愿意使人知道他们的武艺有真传授，受过高人的指教；二来是为激动沙老师：万一有人不服气而找上老师来，老师难道还不露一两手真的么？所以：沙老师一拳就砸倒了个牛！沙老师一脚把人踢到房上去，并没使多大的劲！他们谁也没见过这种事，但是说着说着，他们相信这是真的了，有年月，有地方，千真万确，敢起誓！

王三胜——沙子龙的大伙计——在土地庙拉开了场子，摆好了家伙。抹了一鼻子茶叶末色的鼻烟，他抡了几下竹节钢鞭，把场子打大一些。放下鞭，没向四围作揖，叉着腰念了两句："脚踢天下好汉，拳打五路英雄！"向四围扫了一眼："乡亲们，王三胜不是卖艺的；玩艺儿会几套，西北路上走过镖，会过绿林中的朋友。现在闲着没事，拉个场子陪诸位玩玩。有爱练的尽管下来，王三胜以武会友，有赏脸的，我陪着。神枪沙子龙是我的师傅；玩艺地道！诸位，有愿下来的没有？"他看着，准知道没人敢下来，他的话题，可是那条钢鞭更硬，十八斤重。

王三胜，大个子，一脸横肉，努着对大黑眼珠，看着四围。大家不出声。他脱了小褂，紧了紧深月白色的腰里硬，把肚子杀进去。给手心一口吐沫，抄起大刀来：

"诸位，王三胜先练趟瞧瞧。不白练，练完了，带着的扔几个；没钱，给喊个好，助助威。这儿没生意口。好，上眼！"

大刀靠了身，眼珠努出多高，脸上绷紧，胸脯子鼓出，像两块老桦木根子。一踩脚，刀横起，大红缨子在肩前摆动。削砍劈拔，蹲越闪转，手起风生，忽忽直响。忽然刀在右手心上旋转，身弯下去，四围鸦雀无声，只有缨铃轻叫。刀顺过来，猛的一个踩泥，身子直挺，比众人高着一头，黑塔似的。收了势："诸位！"一手持刀，一手叉腰，看着四围。稀稀的扔了几个铜钱，他点点头。"诸位！"他等着，等着，地上依旧是那几个亮而削薄的铜钱，外层的人偷偷散去。他咽了口气："没人懂！"他低声的说，可是大家全听见了。

"有功夫！"西北角上一个黄胡子老头儿答了话。

"啊？"王三胜好似没听明白。

"我说：你——有——功——夫！"老头子的语气很不得人心。

放下大刀，王三胜随着大家的头往西北看。谁也没看起这个老人：小干巴个儿，披着件粗蓝布大衫，脸上窝窝瘪瘪，眼陷进去很深，嘴上几根细黄胡，肩上扛着条小黄草辫子，有筷子那么细，而绝对不像筷子那么直顺。王三胜可是看出这老家伙有功夫，脑门亮，眼睛亮——眼眶虽深，眼珠可黑得像两口小井，深深的闪着黑光。王三胜不怕：他看得出别人有功夫没有，可更相信自己的本事，他是沙子龙手下的大将。

"下来玩玩，大叔！"王三胜说得很得体。

点点头，老头儿往里走。这一走，四处全笑了。他的胳臂不大动；左脚往前迈，右脚随着拉上来，一步步的向前拉扯，身子整着，像是患过瘫痪病。蹭到场中，把大衫扔在地上，一点没理会四围怎样笑他。

"神枪沙子龙的徒弟，你说？好，让你使枪吧；我呢？"老头子非常的干脆，很像久想动手。

人们全回来了，邻场耍狗熊的无论怎么敲锣也不中用了。

"三截棍进枪吧?"王三胜要看老头子一手,三截棍不是随便就拿得起来的家伙。

老头子又点点头,拾起家伙来。

王三胜努着眼,抖着枪,脸上十分难看。

老头子的黑眼珠更深更小了,像两个香火头,随着面前的枪尖儿转,王三胜忽然觉得不舒服,那俩黑眼珠似乎要把枪尖吸进去! 四处已围得风雨不透,大家都觉出老头子确是有威。为躲那对眼睛,王三胜耍了个枪花。老头子的黄胡子一动:"请!"王三胜一扣枪,向前躬步,枪尖奔了老头子的喉头去,枪缨打了一个红旋。老人的身子忽然活展了,将身微偏,让过枪尖,前把一挂,后把撩王三胜的手。拍,拍,两响,王三胜的枪撒了手。场外叫了好。王三胜连脸带胸口全紫了,抄起枪来;一个花子,连枪带人滚了过来,枪尖奔了老人的中部。老头子的眼亮得发着黑光;腿轻轻一屈,下把掩裆,上把打着刚要抽回的枪杆;拍,枪又落在地上。

场外又是一片彩声。王三胜流了汗,不再去拾枪,努着眼,木在那里。老头子扔下家伙,拾起大衫,还是拉拉着腿,可是走得很快了。大衫搭在臂上,他过来拍了王三胜一下:

"还得练哪,伙计!"

"别走!"王三胜擦着汗:"你不离,姓王的服了! 可有一样,你敢会会沙老师?"

"就是为会他才来的!"老头子的干巴脸上皱起点来,似乎是笑呢。"走;收了吧;晚饭我请!"

王三胜把兵器拢在一处,寄放在变戏法二麻子那里,陪着老头子往庙外走。后面跟着不少人,他把他们骂散。

"你老贵姓?"他问。

"姓孙哪,"老头子的话与人一样,都那么干巴。"爱练;久想会会沙子龙。"

沙子龙不把你打扁了! 王三胜心里说。他脚底下加了劲,可是没把孙老头落下。他看出来,老头子的腿是老走着查拳门中的连跳步;交起手来,必定很快。但是,无论他怎么快,沙子龙是没对手的。准知道孙老头要吃亏,他心中痛快了些,放慢了些脚步。

"孙大叔贵处?"

"河间的,小地方。"孙老者也和气了些:"月棍年刀一辈子枪,不容易见功夫!说真的,你那两手就不坏!"

王三胜头上的汗又回来了,没言语。

到了客栈,他心中直跳,唯恐沙老师不在家,他急于报仇。他知道老师不爱管这种事,师弟们已碰过不少回钉子,可是他相信这回必定行,他是大伙计,不比那些毛孩子;再说,人家在庙会上点名叫阵,沙老师还能丢这个脸么?

"三胜,"沙子龙正在床上看着本《封神榜》,"有事吗?"

三胜的脸又紫了,嘴唇动着,说不出话来。

沙子龙坐起来,"怎么了,三胜?"

"栽了跟头!"

只打了个不甚长的哈欠,沙老师没别的表示。

王三胜心中不平,但是不敢发作;他得激动老师:"姓孙的一个老头儿,门外等着老师呢;把我的枪,枪,打掉了两次!"他知道"枪"字在老师心中有多大分量。没等吩咐,他慌忙跑出去。

客人进来,沙子龙在外间屋等着呢。彼此拱手坐下,他叫三胜去泡茶。三胜希望两个老人立刻交了手,可是不能不沏茶去。孙老者没话讲,用深藏着的眼睛打量沙子龙。沙很客气:

"要是三胜得罪了你,不用理他,年纪还轻。"

孙老者有些失望,可是看出沙子龙的精明。他不知怎样好了,不能拿一个人的精明断定他的武艺。"我来领教领教枪法!"他不由的说出来。

沙子龙没接碴儿。王三胜提着茶壶走进来——急于看二人动手,他没管水开了没有,就沏在壶中。

"三胜,"沙子龙拿起个茶碗来,"去找小顺们去,天汇见,陪孙老者吃饭。"

"什么?"王三胜的眼珠几乎掉出来。看了看沙老师的脸,他敢怒而不敢言的说了声"是啦!"走出去,撅着大嘴。

"教徒弟不易!"孙老者说。

"我没收过徒弟。走吧,这个水不开! 茶馆去喝,喝饿了就吃。"沙子龙从桌子上拿起缎子褡裢,一头装着鼻烟壶,一头装着点钱,挂在腰带上。

"不,我还不饿!"孙老者很坚决,两个"不"字把小辫从肩上抢到后边去。

"说会子话儿。"

"我来为领教领教枪法。"

"功夫早搁下了,"沙子龙指着身上,"已经放了肉!"

"这么办也行,"孙老者深深的看了沙老师一眼:"不比武,教给我那趟五虎断魂枪。"

"五虎断魂枪?"沙子龙笑了:"早忘净了! 早忘净了! 告诉你,在我这儿住几天,咱们逛逛各处,临走,多少送点盘缠。"

"我不逛,也用不着钱,我来学艺!"孙老者立起来,"我练趟给你看看,看够得上学艺不够!"一屈腰已到了院中,把楼鸽都吓飞起去。拉开架子,他打了趟查拳:腿快,手飘洒,一个飞脚起去,小辫儿飘在空中,像从天上落下来一个风筝;快之中,每个架子都摆得稳,准,利落;来回六趟,把院子满都打到,走得圆,接得紧,身子在一处,而精神贯串到四面八方。抱拳收势,身儿缩紧,好似满院乱飞的燕子忽然归了巢。

"好！好!"沙子龙在台阶上点着头喊。

"教给我那趟枪!"孙老者抱了抱拳。

沙子龙下了台阶,也抱着拳:"孙老者,说真的吧;那条枪和那套枪都跟我入棺材,一齐入棺材!"

"不传?"

"不传!"

孙老者的胡子嘴动了半天,没说出什么来。到屋里抄起蓝布大衫,拉拉着腿:"打搅了,再会!"

"吃过饭走!"沙子龙说。

孙老者没言语。

沙子龙把客人送到小门,然后回到屋中,对着墙角立着的大枪点了点头。

他独自上了天汇,怕是王三胜们在那里等着。他们都没有去。

王三胜和小顺们都不敢再到土地庙去卖艺,大家谁也不再为沙子龙吹腾;反之,他们说沙子龙栽了跟头,不敢和个老头儿动手;那个老头子一脚能踢死个牛。不要说王三胜输给他,沙子龙也不是"个儿"。不过呢,王三胜到底和老头子见了个高低,而沙子龙连句硬话也没敢说。"神枪沙子龙"慢慢似乎被人们忘了。

夜静人稀,沙子龙关好了小门,一气把六十四枪刺下来;而后,挂着枪,望着天上的群星,想起当年在野店荒林的威风。叹一口气,用手指慢慢摸着凉滑的枪身,又微微一笑:"不传！不传!"

【阅读提示】

本篇是老舍短篇小说的扛鼎之作,表现的主题内涵十分丰富,主人公沙子龙绝非自私保守、冥顽不化可以概括的性格典型。作品将这个末路英雄的清醒意识写到了极致。他不得不亲手埋葬自己昔日的辉煌,把镖局改为客栈,淡出江湖,因为他深知"今天是火车、快枪、通商与恐怖"的时代,新式武器早已淘汰了"祖先的神灵",只能空怀"五虎断魂枪"的绝技而孤芳自赏,流露出孤傲倔强而又消极无奈的心情。他找不到自己生存的位置,找不到传统文化在现代社会中的延续点和连接线。更可悲的是王三胜、小顺子和孙老者们,根本不认识这可悲的民族文化境遇,还抱着祖宗的绝技不放,显示了作者对国民劣根性痼疾的嘲讽。小说以白描手法写人,简练传神。而欲扬先抑和对比、烘托的手法,又使两个拳师各从不同侧面烘托了主人公的性格和心态。

□沈从文

沈从文(1902—1988),原名沈岳焕,湖南凤凰县人。小学毕业后曾在家乡土著部队当文书,五年间辗转于湘、川、黔、鄂四省边界地区,对那里的风俗人情留下深刻印象。1922年只身来到北京。1924年起,在《晨报副刊》、《现代评论》、《京报·民众文艺》上发表文章。1930年起,先后在武汉大学、青岛大学任教。1933年回到北京,接编《大公报·文艺副刊》,成为京派小说的柱石。主要作品有《从文小说习作选》、中篇小说《边城》、长篇小说《长河》、散文集《湘行散记》等。

萧　萧

乡下人吹唢呐接媳妇,到了十二月是成天会有的事情。

唢呐后面一顶花轿,四个伕子平平稳稳的抬着。轿中人被铜锁锁在里面,虽穿了平时不上过身的体面红绿衣裳,也仍然得荷荷大哭。在这些小女人心中,做新娘子,从母亲身边离开,且准备作他人的母亲,从此将有许多新事情等待发生。像做梦一样,将同一个陌生男子汉在一个床上睡觉,做着承宗接祖的事情,这些事想起来,当然有些害怕,所以照例觉得要哭哭,于是就哭了。

也有做媳妇不哭的人。萧萧做媳妇就不哭。这小女子没有母亲,从小寄养到伯父种田的庄子上,出嫁只是从这家转到那家。因此到那一天这小女人还只是笑。她又不害羞,又不怕,她是什么事也不知道,就做了人家的媳妇了。

萧萧做媳妇时年纪十二岁,有一个小丈夫,年纪还不到三岁。丈夫比她年少九岁,断奶还不多久。地方规矩如此,过了门,她喊他做弟弟。她每天应作的事是抱弟弟到村前柳树下去玩,到溪边去玩,饿了,喂东西吃,哭了,就哄他,摘南瓜花或狗尾草戴到小丈夫头上,或者亲嘴,一面说,"弟弟,哪,再来。"在那肮脏的小脸上亲了又亲,孩子于是便笑了。

孩子一欢喜兴奋,行动粗野起来,会用短短的小手乱抓萧萧的头发。那是平时不大能收拾蓬蓬松松在头上的黄发。有时候,垂到脑后那条小辫儿被拉得太久,把红绒线结也弄松了,生气了,就挞那弟弟,弟弟自然哇的哭出声来,萧萧便也装成要哭的样子,用手指着弟弟的哭脸,说,"哪,人不讲理,可不行!"

天晴落雨日子混下去,每日抱抱丈夫,也帮家中作点杂事,能动手的就动手。又时常到溪沟里去洗衣,搓尿片,一面还捡拾有花纹的田螺给坐到身边的丈夫玩。到了夜里睡觉,便常常做这种年龄人所做的梦,梦到后门角落或别的什么地方捡得大把大把铜钱,吃好东西,爬树,自己变成鱼到水中各处溜。或一时仿佛身子很小很轻，飞到天上众星中，没有一个人，只是一片白，一片金光，于是大喊"妈!"人就吓醒了。醒来心还只是跳。吵了隔壁的人，不免骂着，"疯子，你想什么! 白天疯玩，晚上就做梦!"萧萧听着却不作声，只是咕咕的笑。也有很好很爽快的梦，为丈夫哭醒的事。那丈夫本来晚上在自己母亲身边睡，有时吃多了，或因另外情形，半夜大哭，起来放水拉稀是常有的事。丈夫哭到婆婆无可奈何，于是萧萧轻脚轻手爬起床来，睡眼朦胧走到床边，把人抱起，给他看月亮，看星光。或者互相觑着，孩子气的"嗨嗨，看猫呵，"那样喊着哄着，于是丈夫笑了，玩了一会，慢慢合上眼。人睡了，放上床，站在床边看着，听远处一递一声的鸡叫，知道天快到什么时候了，于是仍然蜷到小床上睡去。天亮了，虽不做梦，却可以无意中闭眼开眼，看一阵在面前空中变幻无端的黄边紫心葵花，那是一种真正的享受。

萧萧嫁过了门，做了拳头大丈夫的小媳妇，一切并不比先前受苦，这只看她半年来身体发育就可明白。风里雨里过日子，象一株长在园角落不为人注意的蓖麻，大叶大枝，日增茂盛。这小女人简直是全不为丈夫设想那么似的，一天比一天长大起来了。

夏夜光景说来如做梦。大家饭后坐到院中心歇凉，挥摇蒲扇，看天上的星同屋角的萤，听南瓜棚上纺织娘子咯咯咯拖长声音纺车，远近声音繁密如落雨，禾花风悠悠吹到脸上，正是让人在各种方便中说笑话的时候。

萧萧好高，一个人常常爬到草料堆上去，抱了已经熟睡的丈夫在怀里，轻轻的轻轻的随意唱着那自编的山歌，唱来唱去却把自己也催眠起来，快要睡去了。

在院坝中，公公婆婆，祖父祖母，另外还有帮工汉子两个，散乱的坐在小板凳上，摆龙门阵学古，轮流下去打发上半夜。

祖父身边有个烟包，在黑暗中放光。这用艾蒿作成的烟包，是驱逐长脚蚊的得力东西，蜷在祖父脚边，就如一条乌梢蛇。间或又拿起来晃那么几下。

想起白天场上的事，那祖父开口说话：

"听三金说，前天又有女学生过身。"

大家就哄然笑了。

这笑的意义何在？只因为大家印象中，都知道女学生没有辫子，留下个鹌鹑尾巴，象个尼姑，又不完全象。穿的衣服象洋人又不象洋人，吃的，用的……总而言之事事不同，一想起来就觉得怪可笑!

萧萧不大明白，她不笑。所以老祖父又说话了。他说："萧萧，你长大了，将来也会做女学生!"

大家于是更哄然大笑起来。

萧萧为人并不愚蠢，觉得这一定是不利于己的一件事情，所以接口便说："爷爷，我不做女学生!"

"你象个女学生，不做可不行。"

"我不做。"

众人有意取笑，异口同声说："萧萧，爷爷说得对，你非做女学生不行！"

萧萧急得无可如何，"做就做，我不怕。"其实做女学生有什么不好，萧萧全不知道。

女学生这东西，在本乡的确永远是奇闻。每年一到六月天，据说放"水假"日子一到，照例便有三三五五女学生，由一个荒谬不经的热闹地方来，到另一个远地方去，取道从本地过身。从乡下人眼中看来，这些人都近于另一世界中活下的人，装扮奇奇怪怪，行为更不可思议。这种女学生过身时，使一村人都可以说一整天的笑话。

祖父是当地一个人物，因为想起所知道的女学生在大城中的生活情形，所以说笑话要萧萧也去作女学生。一面听到这话就感觉一种打哈哈趣味，一面还有那被说的萧萧感觉一种惶恐，说这话的不为无意义了。

女学生由祖父方面所知道的是这样一种人：她们穿衣服不管天气冷热，吃东西不问饥饱，晚上交到子时才睡觉，白天正经事全不作，只知唱歌打球，读洋书。她们都会花钱，一年用的钱可买十六只水牛。她们在省里京里想往什么地方去时，不必走路，只要钻进一个大匣子中，那匣子就可以带她到地。她们在学校，男女一处上课，人熟了，就随意同那男子睡觉，也不要媒人，也不要财礼，名叫"自由"。她们也做州县官，带家眷上任，男子仍然喊作老爷，小孩子叫少爷。

她们自己不喂牛，却吃牛奶羊奶，如小牛小羊；买那奶时是用铁罐子盛的。她们无事时到一个唱戏地方去，那地方完全象个大庙，从衣袋中取出一块洋钱来（那洋钱在乡下可买五只母鸡），买了一小方纸片儿，拿了那纸片到里面去，就可以坐下看洋人扮演影子戏。她们被冤了，不赌咒，不哭。她们年纪有老到二十四岁还不肯嫁人的，有老到三十四十还好意思嫁人的。她们不怕男子，男子不能使她们受委屈，一受委屈就上衙门打官司，要官罚男子的款，这笔钱她有时独占自己花用，有时同官平分。她们不洗衣煮饭，也不养猪喂鸡；有了小孩子也只花五块钱、十块钱一月，雇人专管小孩，自己仍然整天看戏打牌，读那些没有用处的闲书……总而言之，说来事事都希奇古怪，和庄稼人不同，有的简直可以说岂有此理。这时经祖父一为说明，听过这话的萧萧，心中却忽然有了一种模模糊糊的愿望，以为倘若她也是个女学生，她是不是照祖父说的女学生一个样子去做那些事？

不管好歹，做女学生并不可怕，因此一来却已为这乡下姑娘体念到了。

因为听祖父说起女学生是怎样的人物，到后萧萧独自笑得特别久。笑够了时，她说："祖爹，明天有女学生过路，你喊我，我要看看。"

"你看，她们捉你去作丫头。"

"我不怕她们。"

"她们读洋书念经你也不怕?"

"念观音菩萨消灾经,念紧箍咒,我都不怕。"

"她们咬人,和做官的一样,专吃乡下人,吃人骨头渣渣也不吐,你不怕?"

萧萧肯定的回答说:"也不怕。"

可是这时节萧萧手上所抱的丈夫,不知为什么,在睡梦中哭了,媳妇于是用作母亲的声势,半哄半吓说,"弟弟,弟弟,不许哭,不许哭,女学生咬人来了。"

丈夫还仍然哭着,得抱起各处走走。萧萧抱着丈夫离开了祖父,祖父同人说另外一样古话去了。

萧萧从此以后心中有个"女学生"。做梦也便常常梦到女学生,且梦到同这些人并排走路。仿佛也坐过那种自己会走路的匣子,她又觉得这匣子并不比自己跑路更快。在梦中那匣子的形体同谷仓差不多,里面有小小灰色老鼠,眼珠子红红的,各处乱跑,有时钻到门缝里去,把个小尾巴露在外边。

因为有这样一段经过,祖父从此喊萧萧不喊"小丫头",不喊"萧萧",却唤作"女学生"。在不经意中萧萧答应得很好。

乡下的日子也如世界上一般日子,时时不同。世界上人把日子糟蹋,和萧萧一类人家把日子吝惜是同样的,各有所得,各属分定。许多城市中文明人,把一个夏天全消磨到软绸衣服、精美饮料以及种种好事情上面。萧萧的一家,因为一个夏天的劳作,却得了十多斤细麻,二三十担瓜。

作小媳妇的萧萧,一个夏天中,一面照料丈夫,一面还绩了细麻四斤。到秋八月工人摘瓜,在瓜间玩,看硕大如盆上面满是灰粉的大南瓜,成排成堆摆到地上,很有趣味。时间到摘瓜,秋天真的已来了,院子中各处有从屋后林子里树上吹来的大红大黄木叶。萧萧在瓜旁站定,手拿木叶一束,为丈夫编小笠帽玩。

工人中有个名叫花狗,年纪二十三岁,抱了萧萧的丈夫到枣树下去打枣子。小小竹竿打在枣树上,落枣满地。

"花狗大[1],莫打了,太多了吃不完。"

虽听这样喊,还不停手。到后,仿佛完全因为丈夫要枣子,花狗才不听话。萧萧于是又喊他那小丈夫:"弟弟,弟弟,来,不许捡了。吃多了生东西肚子痛!"

丈夫听话,兜了一堆枣子向萧萧身边走来,请萧萧吃枣子。

"姐姐吃,这是大的。"

"我不吃。"

"要吃一颗!"

她两手哪里有空! 木叶帽正在制边,工夫要紧,还正要个人帮忙!

"弟弟,把枣子喂我口里。"

丈夫照她的命令作事,作完了觉得有趣,哈哈大笑。

她要他放下枣子帮忙捏紧帽边，便于添加新木叶。

丈夫照她吩咐作事，但老是顽皮的摇动，口中唱歌。这孩子原来象一只猫，欢喜时就得捣乱。

"弟弟，你唱的是什么？"

"我唱花狗大告我的山歌。"

"好好的唱一个给我听。"

丈夫于是就唱下去，照所记到的歌唱：

> 天上起云云起花，
> 包谷林里种豆荚，
> 豆荚缠坏包谷树，
> 娇妹缠坏后生家。

> 天上起云云重云，
> 地下埋坟坟重坟，
> 娇妹洗碗碗重碗，
> 娇妹床上人重人。

歌中意义丈夫全不明白，唱完了就问好不好。萧萧说好，并且问跟谁学来的。她知道是花狗教的，却故意盘问他。

"花狗大告我，他说还有好歌，长大了再教我唱。"

听说花狗会唱歌，萧萧说：

"花狗大，花狗大，您唱一个好听的歌我听听。"

那花狗，面如其心，生长得不很正气，知道萧萧要听歌，人也快到听歌的年龄了，就给她唱"十岁娘子一岁夫"。那故事说的是妻年大，可以随便到外面作一点不规矩事情，夫年小，只知道吃奶，让他吃奶。这歌丈夫完全不懂，懂到一点儿的是萧萧。把歌听过后，萧萧装成"我全明白"那种神气，她用生气的样子，对花狗说："花狗大，这个不行，这是骂人的歌！"

花狗分辩说："不是骂人的歌。"

"我明白，是骂人的歌。"

花狗难得说多话，歌已经唱过了，错了陪礼，只有不再唱。他看她已经有点懂事了，怕她回头告祖父，会挨一顿臭骂，就把话支开，扯到"女学生"上头去。他问萧萧，看没看过女学生习体操唱洋歌的事情。

若不是花狗提起，萧萧几乎已忘却了这事情。这时又提到女学生，她问花狗近来有没有女学生过路，她想看看。

花狗一面把南瓜从棚架边抱到墙角去，告她女学生唱歌的事，这些事的来源还是萧萧的那个祖父。他在萧萧面前说了点大话,说他曾经到官路上见到四个女学生,她们都拿得有旗子,走长路流汗喘气之中仍然唱歌,同军人所唱的一模一样。不消说,这自然完全是胡诌的笑话。可是那故事把萧萧可乐坏了。因为花狗说这个就叫做"自由"。

花狗是"起眼动眉毛,一打两头翘"会说会笑的一个人。

听萧萧带着歆羡口气说,"花狗大,你膀子真大。"他就说,"我不止膀子大。"

"你身个子也大。"

"我全身无处不大。"

到萧萧抱了她的丈夫走去以后,同花狗在一起摘瓜,取名字叫哑巴的,开了平时不常开的口,他说:"花狗,你少坏点。人家是十三岁黄花女,还要等十年才圆房!"

花狗不做声,打了那伙计一掌,走到枣树下捡落地枣去了。

到摘瓜的秋天,日子计算起来,萧萧过丈夫家有一年了。

几次降霜落雪,几次清明谷雨,一家人都说萧萧是大人了。天保佑,喝冷水,吃粗砺饭,四季无疾病,倒发育得这样快。婆婆虽生来象一把剪子,把凡是给萧萧暴长的机会都剪去了,但乡下的日头同空气都帮助人长大,却不是折磨可以阻拦得住。萧萧十五岁时高如成人,心却还是一颗糊糊涂涂的心。

人大了一点,家中做的事也多了一点。绩麻、纺车、洗衣、照料丈夫以外,打猪草推磨一些事情也要作,还有浆纱织布。凡事都学,学学就会了。乡下习惯,凡是行有余力的都可从劳作中攒点私房,两三年来仅仅萧萧个人分上所聚集的粗细麻和纺就的棉纱,已够萧萧坐到土机上抛三个月的梭子了。

丈夫早断了奶。婆婆有了新儿子,这五岁儿子就象归萧萧独有了。不论做什么,走到什么地方去,丈夫总跟到身边。

丈夫有些方面很怕她,当她如母亲,不敢多事。他们俩"感情不坏"。

地方稍稍进步,祖父的笑话转到"萧萧你也把辫子剪去好自由"那一类事上去了。听着这话的萧萧,某个夏天也看过一次女学生,虽不把祖父笑话认真,可是每一次在祖父说过这笑话以后,她到水边去,必用手捏着辫子悄悄,设想没有辫子的人那种神气,那点趣味。

因为打猪草,带丈夫上螺蛳山的山阴是常有的事。

小孩子不知事,听别人唱歌也唱歌。一唱歌,就把花狗引来了。

花狗对萧萧生了另外一种心,萧萧有点明白了,常常觉得惶恐不安。但花狗是男子,凡是男子的美德恶德都不缺少,劳动力强,手脚勤快,又会玩会说,所以一面使萧萧的丈夫非常欢喜同他玩,一面一有机会即缠在萧萧身边,且总是想方设法把萧萧那点惶恐减去。

山大人小,到处树木蒙茸,平时不知道萧萧所在,花狗就站在高处唱歌逗萧萧身边的丈夫；丈夫小口一开，花狗穿山越岭就来到萧萧面前了。

见了花狗，小孩子只有欢喜，不知其他。他原要花狗为他编草虫玩，做竹箫哨子玩，花狗想方法支使他到一个远处去找材料，便坐到萧萧身边来，要萧萧听他唱那使人开心红脸的歌。她有时觉得害怕，不许丈夫走开；有时又象有了花狗在身边，打发丈夫走去反倒好一点。终于有一天，萧萧就这样给花狗把心窍子唱开，变成个妇人了。

那时节，丈夫走到山下采刺莓去了，花狗唱了许多歌，到后却向萧萧唱：娇家门前一重坡，别人走少郎走多，铁打草鞋穿烂了，不是为你为哪个？

末了却向萧萧说："我为你睡不着觉"。他又说他赌咒不把这事情告给人。听了这些话仍然不懂什么的萧萧，眼睛只注意到他那一对粗粗的手膀子，耳朵只注意到他最后一句话。

末了花狗大便又唱歌给她听。她心里乱了。她要他当真对天赌咒，赌了咒，一切好象有了保障，她就一切尽他了。到丈夫返身时，手被毛毛虫螫伤，肿了一片，走到萧萧身边。萧萧捏紧这一只小手，且用口去呵它，吮它，想起刚才的糊涂，才仿佛明白自己作了一点不大好的糊涂事。

花狗诱她做坏事情是麦黄四月，到六月，李子熟了，她欢喜吃生李子。她觉得身体有点特别，在山上碰到花狗，就将这事情告给他，问他怎么办。

讨论了多久，花狗全无主意。虽以前自己当天赌得有咒，也仍然无主意。这家伙个子大，胆量小。个子大容易做错事，胆量小做了错事就想不出办法。

到后，萧萧捏着自己那条乌梢蛇似的大辫子，想起城里了，她说："花狗大，我们到城里去自由，帮帮人过日子，不好么？"

"那怎么行？到城里去做什么？"

"我肚子大了。"

"我们找药去。场上有郎中卖药。"

"你赶快找药来，我想……"

"你想逃到城里去自由，不成的。人生面不熟，讨饭也有规矩，不能随便！"

"你这没有良心的，你害了我，我想死！"

"我赌咒不辜负你。"

"负不负我有什么用？帮我个忙，赶快拿去肚子里这块肉罢。我害怕！"

花狗不再做声，过了一会，便走开了。不久丈夫从他处回来，见萧萧一个人坐在草地上哭，眼睛红红的。丈夫心中纳罕，看了一会，问萧萧："姐姐，为什么哭？"

"不为什么，灰尘落到眼睛里，痛。"

"我吹吹吧。"

"不要吹。"

"你瞧我，得这些这些。"

他把从溪中捡来的小蚌小石头陈列在萧萧面前，萧萧泪眼婆娑的看了一会，勉强笑着说，"弟弟，我们要好，我哭你莫告家中。告我可要生气。"到后这事情家中当真就无人知道。

过了半个月，花狗不辞而行，把自己所有的衣裤都拿去了。祖父问同住的哑巴知不知道他为什么走路，走哪儿去。哑巴只是摇头，说花狗还欠了他两百钱，临走时话都不留一句，为人少良心。哑巴说他自己的话，并没有把花狗走的理由说明。因此这一家希奇一整天，谈论一整天。不过这工人既不偷走物件，又不拐带别的，这事过后不久，自然也就把他忘掉了。

萧萧仍然是往日的萧萧。她能够忘记花狗就好了。但是肚子真有些不同了，肚中东西总在动，使她常常一个人干着急，尽做怪梦。

她脾气坏了一点，这坏处只有丈夫知道，因为她对丈夫似乎严厉苛刻了好些。

仍然每天同丈夫在一处，她的心，想到的事自己也不十分明白。她常想，我现在死了，什么都好了。可是为什么要死？她还很高兴活下去，愿意活下去。

家中人不拘谁在无意中提起关于丈夫弟弟的话，提起小孩子，提起花狗，都象使这话如拳头，在萧萧胸口上重重一击。

到八月，她担心人知道更多了，引丈夫庙里去玩，就私自许愿，吃了一大把香灰。吃香灰被她丈夫见到了，丈夫问这是做什么，萧萧就说肚子痛，应当吃这个。虽说求菩萨许愿，菩萨当然没有如她的希望，肚子中长大的东西仍在慢慢的长大。

她又常常往溪里去喝冷水，给丈夫见到了，丈夫问她她就说口渴。

一切她所想到的方法都没有能够使她与自己不欢喜的东西分开。大肚子只有丈夫一人知道，他却不敢告这件事给父母晓得。因为时间长久，年龄不同，丈夫有些时候对于萧萧的怕同爱，比对于父母还深切。

她还记得花狗赌咒那一天里的事情，如同记着其他事情一样。到秋天，屋前屋后毛毛虫都结茧，成了各种好看的蝶蛾，丈夫象故意折磨她一样，常常提起几个月前被毛毛虫所螫的旧话，使萧萧心里难过。她因此极恨毛毛虫，见了那小虫就想用脚去踹。

有一天，又听人说有好些女学生过路，听过这话的萧萧，睁了眼做过一阵梦，愣愣的对日头出处痴了半天。

萧萧步花狗后尘，也想逃走，收拾一点东西预备跟了女学生走的那条路上城。但没有动身，就被家里人发觉了。

家中追究这逃走的根源，才明白这个十年后预备给小丈夫生儿子继香火的萧萧肚子，已被别人抢先下了种。这真是了不得的一件大事。一家人的平静生活，为这一件事全弄乱了。生气的生气，流泪的流泪，骂人的骂人，各按本分乱下去。悬梁,投水,吃毒药,被禁困的萧萧,诸事漫无边际的全想到了,究竟年纪太小,舍不得死,却不曾做。于是祖父从现实出发,想出了个聪明主意,把萧萧关在房里,派人好好看守着,请萧萧本族的人来说话,看是"沉潭"还是"发卖"? 萧萧家中人要面子,就沉潭淹死她,舍不得就发卖。萧萧只有一个伯父,在近处庄子里为人种田,去请他时先还以为是吃酒,到了才知道是这样丢脸事情,弄得这老实忠厚家长手足无措。

大肚子作证,什么也没有可说。伯父不忍把萧萧沉潭,萧萧当然应当嫁人作二路亲了。

这处罚好象也极其自然,照习惯受损失的是丈夫家里,然而却可以在改嫁上收回一笔钱,当作赔偿损失的数目。那伯父把这事告给了萧萧,就要走路。萧萧拉着伯父衣角不放,只是幽幽的哭。伯父摇了一会头,一句话不说,仍然走了。

一时没有相当的人家来要萧萧,因此暂时就仍然在丈夫家中住下。这件事情既经说明白,照乡下规矩倒又象不什么要紧,只等待处分,大家反而释然了。先是小丈夫不能再同萧萧在一处,到后又仍然如月前情形,姊弟一般有说有笑的过日子了。

丈夫知道了萧萧肚子中有儿子的事情,又知道因为这样萧萧才应当嫁到远处去。但是丈夫并不愿意萧萧去,萧萧自己也不愿意去,大家全莫名其妙,只是照规矩象逼到要这样做,不得不做。

在等候主顾来看人,等到十二月,还没有人来,萧萧只好在这人家过年。

萧萧次年二月间,十月满足坐草生了一个儿子,团头大眼,声响洪壮,大家把母子二人照料得好好的,照规矩吃蒸鸡同江米酒补血,烧纸谢神。一家人都欢喜那儿子。

生下的既是儿子,萧萧不嫁别处了。

到萧萧正式同丈夫拜堂圆房时,儿子已经年纪十岁,能看牛割草,成为家中生产者一员了。平时喊萧萧丈夫做大叔,大叔也答应,从不生气。

这儿子名叫牛儿。牛儿十二岁时也接了亲,媳妇年长六岁。媳妇年纪大,才能诸事作帮手,对家中有帮助。唢呐吹到门前时,新娘在轿中呜呜的哭着,忙坏了那个祖父曾祖父。

这一天,萧萧抱了自己新生的月毛毛,却在屋前榆蜡树篱笆看热闹,同十年前抱丈夫一个样子。

一九二九年冬作

【注释】

〔1〕大:即大哥简称。

在沈从文的小说创作中,反映湘西风土人情的作品无疑是最富特色和光彩的部分,而《萧萧》正是其中颇具深度的一篇。

小说叙述了童养媳萧萧的命运,但与一般在婆媳姑嫂的戏剧性关系中展示童养媳命运的作品不同,而是着力于风土人情的描绘,形成一幅以湘西社会风俗为背景的人物画。萧萧从做童养媳的那天起就注定了要一生吞饮作为女人的不幸,当她被花狗诱惑而失身怀孕后,面临的是"沉潭"或"发卖"的悲惨命运,然而大伯和夫家的迷信与善良,让她躲过劫难又住在家中。但细读作品不难发现,萧萧的命运带有极大的偶然性,她的一生却只能服从于外在力量的摆布,从来没有过主宰自己的命运的权利。萧萧仿佛是幸运的,但这幸运又都有赖于巧合:她恰好有一位忠厚善良的伯父和与她投缘的"小弟弟",又偏偏没等来买她的主顾,更主要的她还恰好生下个大胖小子惹得全家喜欢。否则是断不能避免严厉惩罚的。可是现实生活中又有多少女子能幸运地遭遇这么多巧合呢?作家在这里是否暗示着萧萧这类童养媳悲剧命运的必然性?小说结尾是颇具深意的,"这一天,萧萧抱了自己新生的月毛毛,却在屋前榆蜡树篱笆看热闹,同十年前抱丈夫一个样子",大儿子正在迎娶年长六岁的媳妇,又一个"萧萧"诞生了。而这清淡的笔墨,却点出令人心颤的故事,一个说不出滋味的十年春秋,一个周而复始的轮回。生命悲剧的不断轮回,根因就在于乡下人理性的蒙昧;作品中祖父对女学生的嘲弄、奚落正说明了这些乡下人与现代文明的隔绝以及导致的理性缺失。

在这篇小说中,矛盾都被放在情节与细节之后,作者从不正面描写冲突,它的着重点不在于矛盾、冲突以及因之而生的高潮;它描写人性,态度宽和,笔致从容,情节是舒缓的,细节却丰富而微妙。风俗画的描绘也偏重于祥和、舒缓一面,叙事基调缺少与事件本身相一致的悲怨。《萧萧》是沈从文的避风港,保留着湘西一贯的完美与朴实,这个未受动乱世事染指的宁静、恬美的乡村世界,就是他要努力揭示的优美、质朴、善良、宽容的人性美和人情美,一个他心中爱与美的永恒的"人性的希腊小庙"。

□ 沙 汀

沙汀(1904—1992),原名杨朝熙,四川安县人。30年代初开始文学创作,并加入"左联",成为有影响的左翼作家。主要作品有短篇小说集《法律外的航线》、《土饼》、《苦难》,长篇小说《淘金记》、《困兽记》、《还乡记》等。沙汀是一位具有独特艺术风格的作家。作品主要以四川乡镇为背景,采用冷峻、客观、暴露、讽刺手法和含蓄深沉的艺术气质描写现实社会。细致刻划人物的典型细节,描绘出一幅幅社会风习的画面,以极强的幽默感和浓烈的地方色彩著称。

在其香居茶馆里

坐在其香居茶馆里的联保主任方治国,当他看见正从东头走来,嘴里照例扰嚷不休的邢么吵吵的时候,简直立刻冷了半截,觉得身子快要坐不稳了。

使他发生这种异状的原因是:为了种种胡涂措施,目前他正处在全镇市民的围攻当中,这是一;其次,么吵吵的第二个儿子,因为缓役了四次,又从不出半文钱壮丁费,好多人讲闲话了;加之,新县长又宣布了要认真整顿"役政",于是他就赶紧上了封密告,而在三天前被兵役科捉进城了。

而最为重要的还在这里:正如全市市民批评的那样,么吵吵是个不忌生冷的人,甚么话他都嘴一张就说了,不管你受得住受不住。就是联保主任的令尊在世的时候,也经常对他那张嘴感到头痛。因为尽管么吵吵本人并不可怕,他的大哥可是全县极有威望的耆宿,他的舅子是财务委员,县政上的活跃分子,都是很不好沾惹的。

么吵吵终于一路吵过来了。这是那种精力充足,对这世界上任何物事都采取一种毫不在意的态度的典型男性。他时常打起哈哈在茶馆里自白道:"老子这张嘴么,就这样:说是要说的,吃也是要吃的;说够了回去两杯甜酒一喝,倒下去就睡!……"

现在,么吵吵一面跨上其香居的阶沿,拖了把圈椅坐下,一面直着嗓子,干笑着嚷叫道:

"嗨,对! 看阳沟里还把船翻了么!……"

他所参加的那张茶桌已经有三个茶客,全是熟人:十年前当过视学的俞视学;前征收局的管帐,现在靠着利金生活的黄光锐;会文纸店的老板汪世模汪二。

他们大家,以及旁的茶客,都向他打着招呼:

"拿碗来! 茶钱我给了。"

"坐上来好吧,"俞视学客气道,"这里要舒服些。"

"我要那么舒服做甚么哇?"出乎意外,么吵吵横着眼睛嚷道,"你知道么,我坐上席会头昏的,——没有那个资格!……"

本份人的视学禁不住红起脸来。但他随即猜出来么吵吵是针对着联保主任说的,因为当他嚷叫的时候,视学看见他充满恶意地瞥了一眼坐在后面首席上的方治国。

除却联保主任,那张桌子还坐得有张三监爷。人们都说他是方治国的军师,实际上,他可只能跟主任坐坐酒馆,在紧要关头进点不着边际的忠告。但这并不特别,他原是对甚么事都关心的,而往往忽略了自己。他的老婆孩子经常在家里挨饿，他却很少管顾。

同监爷对面坐着的是黄毛牛肉，正在吞服一种秘制的戒烟丸药。他是主任的重要助手；虽然并无多少才干，惟一的本领就是毫无顾忌。"现在的事你管那么多做甚么哇？"他常常这么说，"拿得到手的就拿！"

毛牛肉应付这世界上一切经常使人大惊小怪的事变，只有一种态度：装做不懂。

"你不要管他的，发神经！"他小声向主任建议。

"这回子把蜂窝戳破了。"主任方治国苦笑说。

"我看要赶紧'缝'啊！"捧着暗淡无光的黄铜烟袋，监爷皱着脸沉吟道，"另外找一个人去'抵'怎样？"

"已经来不及了呀。"主任叹口气说。

"管他做甚么呵！"毛牛肉眨眼而且努嘴，"是他妈个火炮性子。"

这时候，么吵吵已经拍着桌子，放开嗓子在叫嚷了。但是他的战术依然停留在第一阶段，即并不指出被攻击的人的姓名，只是隐射着对方，正象一通没头没脑的漫骂那样。

"搞到我名下来了！"他显得做作地打了一串哈哈，"好得很！老子今天就要看他是甚么东西做出来的：人吗？狗吗？你们见过狗起草么，嗨，那才有趣！……"

于是他又比又说地形容起来了。虽然已经蓄了十年上下的胡子，么吵吵的粗鲁话可是越来越多。许多闲着无事的人，有时候甚至故意挑弄他说下流话。他的所谓"狗"，是指他的仇人方治国说的，因为主任的外祖父曾经当过衙役，而这又正是方府上下人等最大的忌讳。

因为他形容得太恶俗了，俞视学插嘴道：

"少造点口孽呵！有道理讲得清的"

"我有啥道理哇！"么吵吵忽然板起脸嚷道，"有道理，我也早当了什么主任了。两眼墨黑，见钱就拿！"

"吓，邢表叔！……"

气得脸青面黑的身材瘦小的主任，一下子忍不住站起来了。

"吓，邢表叔！"他重复说，"你说话要负责啊！"

"甚么叫做负责哇？我就不懂！表叔！"么吵吵模拟着主任的声调，这惹得大家忍不住笑起来，"你认错人了！认真是你表叔，你也不吃我了！"

"对，对，对，我吃你！"主任解嘲地说，一面坐了下去。

"不是吗？"么吵吵拍了一巴掌桌了，嗓子更加高了，"兵役科的人亲自对我老大说的！你的报告真做得好呢。我今天倒要看你长的几个卵子！……"

么吵吵一个劲说下去。而他愈来愈加觉得这不是开玩笑，也不是平日的瞎吵瞎闹,完全为了个痛快;他认真感觉到忿激了。

他十分相信,要是一年半以前,他是用不着这么样着急的,事情好办得很。只需给他大哥一个通知,他的老二就会自自由由走回来的。因为以往抽丁,象他这种家庭一直就没人中过签。但是现在情形已经两样,一切要照规矩办了。而最为严重的,是他的老二已经抓进城了。

他已经派了他的老大进城,而带回来的口信,更加证明他的忧虑不是没有根据。因为那捎信人说,新县长是认真要整顿兵役的,好几个有钱有势的青年人都偷跑了;有的成天躲在家里。么吵吵的大哥已经试探过两次,但他认为情形险恶。额外那捎信人又说,壮丁就快要送进省了。

凡是邢大老爷都感觉棘手的事,人还能有什么办法呢?他的老二只有当炮灰了。

"你怕我是聋子吧,"么吵吵简直在咆哮了,"去年蒋家寡母子的儿子五百,你放了;陈二靴子两百,你也放了! 你比土匪头儿肖大个子还要厉害。钱也拿了,脑袋也保住了,——老子也有钱的,你要张一张嘴呀?"

"说话要负责啊! 邢么老爷! ……"

主任又出马了,而且现出假装的笑容。

主任是一个胡涂而胆怯的人。胆怯,因为他太有钱了;而在这个边野地区,他又从来没有摸过枪炮。这地区是几乎每个人都能来两手的,还有人靠着它维持生计。好些年前,因为预征太多,许多人怕当公事,于是联保主任这个头衔忽然落在他头上了,弄得一批老实人莫名其妙。

联保主任很清楚这是实力派的阴谋,然而,一向忍气吞声的日子驱使他接受了这个挑战。他起初老是垫钱,但后来他尝到甜头了:回扣、黑粮,等等。并且,当他走进茶馆的时候,招呼茶钱的声音也来得响亮。而在三年以前,他的大门上已经有了一道县长颁赠的匾额:

尽瘁桑梓

但是,不管怎样,正象他自己感觉到的一般,在这回龙镇,还是有人压住他的。他现在多少有点失悔自己做了胡涂事情;但他佯笑着,满不在意似地接着说道:

"你发气做啥啊,都不是外人! ……"

"你也知道不是外人么?"么吵吵反问,但又并不等候回答,一直嚷叫下去道,"你既知道不是外人,就不该搞我了,告我的密了!"

"我只问你一句! ……"

联保主任又一下站起来了,而他的笑容更加充满一种讨好的意味。

"你说一句就是了!"他接着说,"兵役科甚么人告诉你的?"

"总有那个人呀，"么吵吵冷笑说。"象还是谣言呢！"

"不是！你要告诉我甚么人说的啦。"联保主任说，态度装得异常诚恳。

因为看见么吵吵松了劲，他察觉出可以说理的机会到了。于是就势坐向俞视学侧面去，赌咒发誓地分辩起来，说他一辈子都不会做出这样胆大胡涂的事情来的！

他坐下，故意不注意么吵吵，仿佛视学他们倒是他的对手。

"你们想吧。"他说。摊开手臂，蹩着瘦瘦的铁青的脸蛋，"我姓方的是吃饭长大的呀！并且，我一定要抓他的人做啥呢？难道'委员长'会赏我个状元当么？没讲的话，这街上的事，一向糊得圆我总是糊的！"

"你才会糊！"么吵吵叹着气抵了一句。

"那总是我吹牛啊！"联保主任无可奈何地辩解说，瞥了一眼他的对手，"别的不讲，就拿救国公债说吧，别人写的多少，你又写的多少？"

他随又把嘴凑近视学的耳朵边呻唤道：

"连丁八字都是五百元呀！"

联保主任表演得如此精采，这不是没原因的，他想充分显示出事情的重要性，和他对待么吵吵的一片苦心。同时，他发觉看热闹的人已经越来越多，几乎街都快扎断了，漏出风声太不光采，而且容易引起纠纷。

大约视学相信了他的话，或者被他的态度感动了，兼之又是出名的好好先生，因此，他斯斯文文地扫了扫喉咙，开始劝解起么吵吵来。

"么哥！我看这样啊：人不抓，已经抓了，横竖是为国家，……"

"这你才会说！"么吵吵一下撑起来了，目虚起眼睛问视学道，"这样会说，你那么一大堆，怎么不挑一个送起去呢？"

"好！我两个讲不通。"

视学满脸通红，故意勾下脑袋喝茶去了。

"再多讲点就讲通了！"么吵吵重又坐了下去，接着满脸怒气嚷道，"没有生过娃娃当然会说生娃娃很舒服！今天怎么把你个好好先生遇到了啊：冬瓜做不做得甑子？做得。蒸垮了呢？那是要垮呀，——你个老哥子真是！"

他的形容引来一片笑声，他自己却并不笑，他把他那结结实实的身子移动了一下，抹抹胡子，又把袖头两挽，理直气壮地宣告道：

"闲话少讲！方大主任，说不清楚你今天走不掉的！"

"好呀！"主任应声道，一面懒懒退还原地方去，"回龙镇只有这样大一个地方哩，我会往哪里跑？就要跑也跑不脱的。"

联保主任的声调和表情照例带着一种嘲笑的意味，至于是嘲笑自己，或者嘲笑对方，那就要凭你猜了。他是经常凭借了这点武器来掩护自己的；而且经常弄得顽强的敌手哭笑不得。人们一般都叫他做软硬人；碰见老虎他是绵羊，如果对方是绵羊呢,他又变成了老虎了。

当他回到原位的时候,毛牛肉一面吞服着戒烟丸,生气道:

"我白还懒得答呢,你就让他吵去!"

"不行不行,"监爷意味深长地说,"事情不同了。"

监爷一直这样坚持自己的意见,是颇有理由的。因为他确信这镇上正在对准联保主任进行一种大规模的控告,而邢大老爷,那位全县知名的绅耆,可以使这控告成为事实,也可以打消它。这也就是说,现在联络邢家是个必要措施。何况谁知道新县长是怎样一副脾气的人呢!

这时候,茶堂里的来客已增多了。连平时懒于出门的陈新老爷也走来了。新老爷是前清科举时代最末一科的秀才,当过十年团总,十年哥老会的头目,八年前才退休的。他已经很少过问镇上的事情了,但是他的意见还同团总时代一样有效。

新老爷一露面,茶客们都立刻直觉到:么吵吵已经布置好一台讲茶了。茶堂里响起一片零乱的呼唤声。有照旧坐在坐位上向堂倌叫喊的,有站起来叫喊的,有的一面挥着钞票一面叫喊,但是都把声音提得很高很高,深恐新老爷听不见。

其间一个茶客,甚至于怒气冲冲地吼道:

"不准乱收钱啦!嗨!这个龟儿子听到没有?……"

于是立刻跑去塞一张钞票在堂倌手里。

在这种种热情的骚动中间,争执的双方,已经很平静了。联保主任知道自己会亏理的,他正在积极地制造舆论,希望能于自己有利。而么吵吵则一直闷着张脸,这是因为当着这许多漂亮人物面前,他忽然深切地感觉到,既然他的老二被抓,这就等于说他已经失掉了面子!

这镇上是流行着这样一种风气的,凡是照规矩行事的,那就是平常人,重要人物都是站在一切规矩之外的。比如陈新老爷,他并不是个惜疼金钱的脚色,但是就连打醮这类事情,他也没有份的;否则便会惹起人们大惊小怪,以为新老爷失了面子,和一个平常人没多少区别了。

面子在这镇上的作用就有如此厉害,所以么吵吵闷着张脸,只是懒懒地打着招呼。直到新老爷问起他是否欠安的时候,这才稍稍振作起来。

"人倒是好的,"他苦笑着说,"就是眉毛快给人剪光了!"

接着他又一连打了一串干燥无味的哈哈。

"你瞎说!"新老爷严正地切断他,"简直瞎说!"

"当真哩!不然。也不敢劳驾你哥子动步了。"

为了表示关切,新老爷深深叹了口气。

"大哥有信来没有呢?"新老爷接着又问。

"他也没办法呀!……"

么吵吵呻唤了。

"你想吧，"为了避免人们误会，以为他的大哥也成了没面子的脚色了，他随又解释道，"新县长的脾气又没有摸到，叫他怎么办呢？常言说，新官上任三把火，又是闹起要整顿役政的，谁知道他会发些什么猫儿毛病？前天我又托蒋门神打听去了。"

"新县长怕难说话，"一个新近从城里回来的小商人插入道，"看样子就晓得了：随常一个人在街上串，戴他妈副黑眼镜子……"

严肃沉默的空气没有让小商人说下去。

接着，也没有人敢再插嘴，因为大家都不知道应该如何表示自己的感情。表示高兴吧，这是会得罪人的，因为情形的确有些严重；但说是严重吧，也不对，这又会显得邢府上太无能了。所以彼此只好暧昧不明地摇头叹气，喝起茶来。

看见联保主任似乎正在考虑一种行动。毛牛肉包着丸药，小声道：

"不要管他！这么快县长就叫他们喂家了么？"

"去找新老爷是对的！"监爷意味深长地说。

这个脸面浮肿、常以足智多谋自负的没落士绅，正投了联保主任的机，方治国早就考虑到这个必要的措施了。使得他迟疑的，是他觉得，比较起来，新老爷同邢家的关系一向深厚得多，他不一定捡到得便宜。虽然在派款和收粮上面，他并没有对不住新老爷的地方；逢年过节，他也从未忘记送礼，但在几件小事情上，他是开罪过新老爷的。

比如，有一回曾布客想抵制他，抬出新老爷来，说道：

"好的，我们到新老爷那里去说！"

"你把时候记错了！"主任发火道，"新老爷吓不倒我！"

后来，事情虽然照旧是在新老爷的意志下和平解决了的，但是他的失言一定已经散播开去，新老爷给他记下一笔帐了。但他终于站了起来，向着新老爷走过去了。

这个行动，立刻使得人们很振作了，大家全都期待着一个新的开端。有几个人在大声喊叫堂馆拿开水来，希望缓和一下他们的紧张心情。么吵吵自然也是注意到联保主任的攻势的，但他不当作攻势看，以为他的对手是要求新老爷调解的；但他猜不准这个调解将会采取一种什么方式。

而且，从么吵吵看来，在目前这样一种严重问题上，一个能够叫他满意的调解办法，是不容易想出来的。这不能道歉了事，也不能用金钱的赔偿弥补，那么剩下来的只有上法庭起诉了！但一想到这个，他就立刻不安起来，因为一个决心整饬役政的县长，难道会让他占上风？！

么吵吵觉得苦恼，而且感觉一切都不对劲。这个一向坚实乐观的汉子，第一次遭到烦扰的袭击了，简直就同一个处在这种境况的平常人不差上下；一点抓拿没有!

他忽然在桌子上拍了一掌,苦笑着自言自语道:

"哼! 乱整吧,老子大家乱整!"

"你又来了!"俞视学说,"他总会拿话出来说嘛。"

"这还有甚么说的呢?"么吵吵苦着脸反驳道,"你个老哥子怎么不想想啊:难道甚么天王老子会有这么大的面子,能够把人给我取回来么?!"

"不是那么讲。取不出来,也有取不出来的办法。"

"那我就请教你!"么吵吵认真快发火了,但他尽力克制着自己,"甚么办法呢?! ——说一句对不住了事? ——打死了让他赔命?……"

"也不是那样讲。……"

"那又是怎样讲呢?"么吵吵毕竟大发其火,直着嗓子叫了,"老实说吧,他就没有办法! 我们只有到场外前大河里去喝水了!"

这立刻引起一阵新的骚动。全部预感到精采节目就要来了。

一个站在阶沿下人堆里的看客,大声回绝着朋友的催促道:

"你走你的嘛,我还要玩一会!"

提着茶壶穿堂走过的堂倌,也在兴高采烈叫道:

"让开一点,看把脑袋烫肿!"

在当街的最末一张条桌上,那里离么吵吵隔着四张桌子,一种平心静气的谈判已经快要结束。但是效果显然很少,因为长条子的陈新老爷,忽然气冲冲站起来了。

陈新老爷仰起瘦脸,颈子一扭,大叫道:

"你倒说你娃条鸟啊! ……"

但他随又坐了下去,手指很响地击着桌面。

"老弟!"他一直望着联保主任,几乎一字一顿地说,"我不会害你的! 一个人眼光要放远大一点,目前的事是谁也料不到的! ——懂么?"

"我懂呵! 难道你会害我?"

"那你就该听大家的劝呀!"

"查出来要这个啦,——我的老先人!"

联保主任苦涩地叫着,同时用手拿在后颈上一比;他怕杀头。

这的确也很可虑,因为严惩兵役舞弊的明令,已经来过三四次了。这就算不作数,我们这里隔上峰还远,但是县长对于我们就全然不相同了:他简直就在你的鼻子前面。并且,既然已经把人抓起去了,就要额外买人替换,一定也比平日困难得多。

加之,前一任县长正是为了壮丁问题被撤职的,而新县长一上任便宣称他要扫除役政上的种种积弊。谁知道他是不是也如一般新县长那样,上任时候的官

219

腔总特别打得响,结果说过算事,或者他硬要认真地干一下? 他的脾气又是怎样的呢? ……

此外,联保主任还有一个不能冒这危险的重大理由。他已经四十岁了,但他还没有取得父亲的资格。他的两个太太都不中用,虽然一般人把责任归在这作丈夫的先天不足上面;好象就是再活下去,他也永远无济于事,作不成父亲。

然而,不管如何,看光景他是决不会冒险了。所以停停,他又解嘲地继续道:

"我的老先人! 这个险我不敢冒。认真是我告了他的密都说得过去! ……"

他伴笑着,而且装做很安静。同么吵吵一样,他也看出了事情的诸般困难的,而他首先应该矢口否认那个密告的责任。但他没有料到,他把新老爷激恼了。

新老爷没有让他说完,便很生气地反驳道。

"你这才会装呢! 可惜是大老爷亲自听兵役科说的!"

"方大主任!"么吵吵忽然直接地插进来了,"是人做出来的就撑住哇! 我告诉你:赖,你今天无论如何赖不脱的!"

"嘴巴不要伤人啊!"联保主任忍不住发起火来。

他态度严正,口气充满了警告气味;但是么吵吵可更加蛮横了。

"是的,老子说了:是人做出来的你就撑住!"

"好嘛,你多凶啊。"

"老子就是这样!"

"对对对,你是老子! 哈哈! ……"

联保主任响着干笑,一面退回自己原先的坐位上去。他觉得他在全镇的市民面前受了侮辱,他决心要同他的敌人斗到底了。仿佛就是拼掉老命他都决不低头。

联保主任的幕僚们依旧各有各的主见。毛牛肉说:

"你愈让他愈来了,是吧!"

"不行不行,事情不同了。"监爷叹着气说。

许多人都感到事情已经闹成僵局,接着来的一定会是谩骂,是散场了。因为情形明显得很,争吵的双方都是不会动拳头的。那些站在大街上看热闹的,已经在准备回家吃午饭了。

但是,茶客们却谁也不能轻易动身,担心有失体统。并且新老爷已经请了么吵吵过去,正在进行一种新的商量,希望能有一个顾全体面的办法。虽然按照常识,一个二十岁的青年人的生命,绝不能和体面相提并论,而关于体面的解释也很不一致。

然而,不管怎样,由于一种不得已的苦衷,么吵吵终于是让步了。

"好好,"他带着决然忍受一切的神情说,"就照你哥子说的做吧!"

"那么方主任，"新老爷紧接着站起来宣布说，"这一下就看你怎样，一切用费么老爷出，人由你找。事情也由你进城去办；办不通还有他们大老爷，——"

"就请大老爷办不更方便些么？"主任嘴快地插入说。

"是呀！也请他们大老爷，不过你负责就是了。"

"我负不了这个责。"

"甚么呀?!"

"你想，我怎么能负这个责呢？"

"好！"

新老爷简捷地说，闷着脸坐下去了。他显然是被对方弄得不快意了；但是，沉默一会，他又耐着性子重新劝说起来。

"你是怕用的钱会推在你身上吧？"新老爷笑笑说。

"笑话！"联保主任毫不在意地答道，"我怕什么？又不是我的事。"

"那又是甚么人的事呢？"

"我晓得的呀！"

联保主任回答这句话的时候，带着一种做作的安闲态度，而且嘲弄似地笑着，好象他是甚么都不懂得，因此甚么也未觉得可怕；但他没有料到么吵吵冲过来了。而且.那个气得胡子发抖的汉子，一把扭牢他的领口就朝街面上拖。

"我晓得你是个软硬人！——老子今天跟你拼了！……"

"大家都是面子上的人，有话好好说啊！"茶客们劝解着。

然而，一面劝解，一面偷偷溜走的也就不少。堂馆已经在忙着收茶碗了。监爷在四处向人求援；昏头昏脑地胡乱打着漩子；而这也正证明着联保主任并没有白费自己的酒肉。

"这太不成话了！"他摇头叹气说，"大家把他们分开吧！"

"我管不了！"视学边往街上溜去边说，"看血喷在我身上。"

毛牛肉在收捡着戒烟丸药，一面咭咭咕咕嚷道：

"这样就好！哪个没有生得手么？好得很！"

但当儿药收捡停当的时候，他的上司已经吃了亏了。联保主任不断淌着鼻血，左眼睛已经青肿起来。他是新老爷解救出来的，而他现在已经被安顿在茶堂门口一张白木圈椅上面。

"你姓邢的是对的！"他摸摸自己的肿眼睛说，"你打得好！"

"你嘴硬吧！"么吵吵气喘吁吁地唾着牙血，"你嘴硬吧！"

毛牛肉悄悄向联保主任建议，说他应该马上找医生诊治一下，取个伤单；但是他的上司拒绝了他，反而要他赶快去雇滑杆。因为联保主任已经决定立刻进城控告去了。

联保主任的眷属，特别是他的母亲，那个以悭吝出名的小老太婆，早已经赶来了。

"咦,兴这样打么?"她连连叫道,"这样眼睛不认人么?!"

邢么太太则在丈夫耳朵边报告着联保主任的伤势。

"眼睛都肿来象毛桃子了!……"

"老子还没有打够!"吐着牙血,么吵吵吸口气说。

别的来看热闹的妇女也很不少,整个市镇几乎全给翻了转来。吵架打架本来就值得看,一对有面子的人物弄来动手动脚,自然也就更可观了!因而大家的情绪比看把戏还要热烈。

但正当这人心沸腾的时候,一个左腿微跛,满脸胡须的矮汉子忽然从人丛中挤了进来。这是蒋米贩子,因为神情呆板,大家又叫他蒋门神。前天进城赶场,么吵吵就托过他捎信的,因此他立刻把大家的注意一下子集中了。那首先抓住他的是邢么太太。

这是个顶着假发的肥胖妇人,爱做作,爱饶舌,诨名九娘子。她颤声颤气问那个米贩子道:

"托你打听的事情呢?……坐下来说吧!"

"打听的事情?"米贩子显得见怪似地答道,"人已经出来啦。"

"当真的呀!"许多人吃惊了,一齐叫了出来。

"那还是假的么? 我走的时候,还在十字口茶馆里打牌呢。昨天夜里点名,他报数报错了,队长说他没资格打国仗,就开革了;打了一百军棍。"

"一百军棍?!"又是许多声音。

"不是大老爷面子大,你就再挨几个一百也出来不了呢。起初都讲新县长厉害,其实很好说话。前天大老爷请客,一个人老早就跑去了:戴他妈副黑眼镜子……"

米贩子叙说着,而他忽然一眼注意到了么吵吵和联保主任。

"你们是怎么搞的? 你牙齿痛吗? 你的眼睛怎么肿啦?……"

1940 年

【阅读提示】

《在其香居茶馆里》是一篇具有浓重地方色彩和讽刺喜剧风格的小说。作品围绕兵役问题,描写了川北回龙镇当权派和地方实力派之间的矛盾斗争,深刻地揭露了国民党反动统治的黑暗腐败及其兵役制度的虚伪骗局。

作者善于运用个性化的语言和外在活动表现人物的性格特征,联保主任方治国"软硬人"的贪婪、阴诈;邢么吵吵"不忌生冷"的粗野、跋扈都刻划得入木三分。其他如张三监爷、黄毛牛肉等人的个性也毫不雷同。对新县长和邢家大哥则用暗写手法,着墨不多,但整个事件以至所有在场人物,无不受到他们的操纵。

作品的情节安排、结构布局颇具戏剧特点。作者把矛盾安排在其香居茶馆里展开,让全镇各种势力的代表人物纷纷登场,使场景十分集中;情节完整,矛盾冲突渐次展开,斗争激烈,忽而又急转直下,直至方邢两人大打出手,将情节推向高潮,结尾让"蒋门神"出场带来的消息,使一场闹得不可开交的纠纷立刻变成一出无谓的笑剧,不仅收到强烈的戏剧效果,而且极富讽刺意味。小说安排了两条线索,茶馆里的勾心斗角是明线,新县长和邢家大老爷的肮脏交易是暗线,幕前幕后交织在一起,具有以小延大,以窄连宽的艺术效果。

□吴组缃

吴组缃(1908—1994),原名吴祖襄,字仲华,安徽泾县人。代表作有短篇小说《一千八百担》以及短篇小说集《西柳集》、《饭余集》、《吴组缃小说散文集》和长篇小说《鸭咀涝》(又名《山洪》)等。

菉竹山房

阴历五月初十日和阿圆到家,正是南方的"火梅"[1]天气:太阳和淫雨交替迫人,那苦况非身受者不能想象。母亲说,前些日子二姑姑托人传了口信来,问我们到家没有?说"我做姑姑的命不好,连侄儿侄媳也冷淡我。"意思之间,是要我和阿圆到她老人家村上去住些时候。

二姑姑家我只于年小时去过一次,至今十多年了。我连年羁留外乡,过的是电灯电影洋装书籍柏油马路的现代生活。每常想起家乡,就如记忆一个年远的传说一样。我脑中的二姑姑家,到现在更是模糊得如云如烟。那座阴森敞大的三进大屋,那间摊乱着雨蚀虫蛀的古书的学房,以及后园中的池塘竹木,想起来都如依稀的梦境。

二姑姑的故事好似一个旧传奇的仿本。她的红颜时代我自然没有见过,但从后来我所见到的她的风度上看来:修长的身材,清癯白皙的脸庞,尖狭而多睫毛的凄清的眼睛,如李立翁所夸赞的那双尖瘦美丽的小足,以及沉默少言笑的阴暗调子,都和她的故事十分相称。

故事在这里不必说得太多。其实,我所知道的也就有限;因为家人长者都讳谈[2]它。我所知道的一点点,都是日长月远,家人谈话中偶然流露出来,由零碎摭拾起来的。

多年以前,叔祖的学塾[3]中有个聪明年少的门生,是个三代孤子。因为看见叔祖房里的幛幔，笔套，与一幅大云锦上的刺绣，绣的都是各种姿态的美丽蝴蝶，心里对这绣蝴蝶的人起了羡慕之情；而这绣蝴蝶的姑娘因为听叔祖常常夸说这人，心里自然也早就有了这人。这故事中的主人以后是乘一个怎样的机缘相见相识，我不知道，长辈们恐怕也少知道。在我所撷拾的零碎资料中，这以后便是这悲惨故事的顶峰：一个三春天气的午间，冷清的后园的太湖石洞中，祖母因看牡丹花，拿住了一对仓皇失措的系裤带的顽皮孩子。

这幕才子佳人的喜剧闹了出来，人人夸说的绣蝴蝶的小姐一时连丫头也要加以鄙夷。放佚风流[4]的叔祖虽从中尽力撮合周旋，但当时究未成功。若干年后，扬子江中八月大潮，风浪陡作，少年赴南京应考，船翻身亡。绣蝴蝶的小姐那时是十九岁，闻耗后，在桂花树下自缢[5]，为园丁所见，救活了，没死。少年家觉得这小姐尚有稍些可风之处[6]，商得了女家同意，大吹大擂接小姐过去迎了灵枢；麻衣红绣鞋，抱着灵牌参拜家堂祖庙，做了新娘。

这故事要不是二姑姑的，并不多么有趣；二姑姑要没这故事，我们这次也就不致急于要去。母亲自然怂恿我们去。说我们是新结婚，也难得回家一次。二姑姑家孤寂了一辈子，如今如此想念我们，这点子人情是不能不尽的。但是阿圆却有点怕我们家乡的老太太。这些老太太——举个例，就如我的大伯娘，她老人家就最喜欢搂阿圆在膝上喊宝宝，亲她的脸，咬她的肉，摩挲她的臂膊；又要我和她接吻给她老人家看。一得闲空，就托支水烟袋坐到我们房里来，盯着眼看守着我们作迷迷笑脸，满口反复地说些叫人红脸不好意思的夸羡的话。这种种罗唣[7]，我倒不大在意；可是阿圆就老被窘得脸红耳赤，不知该往哪里躲。——因此，阿圆不愿去。

我知道弊病之所在，告诉阿圆：二姑姑不是这种善于表现的快乐天真的老太太。而且我会投年轻姑娘之所好，照二姑姑原来的故事又编上了许多的动人的穿插，说得阿圆感动得红了眼睛叹长气。听说二姑姑决不会给她那种罗唣，她的不愿去的心就完全消除，再听了二姑姑的故事，有趣得如从线装书中看下来的一样；又想到借此可以暂时躲避家下的老太太；而且又知道金燕村中风景好，箖竹山房的屋舍阴凉宽畅：于是阿圆不愿去的心，变成急于要去了。

我说金燕村，就是二姑姑的村；箖竹山房就是二姑姑的家宅。沿着荆溪的石堤走，走的七八里地，回环合抱的山峦渐渐拥挤，两岸葱翠古老的槐柳渐密，溪中暗赭色的大石渐多，哗哗的水激石块声越听越近。这段溪，渐不叫荆溪，而是叫响潭。响潭的两岸，槐树柳树榆树更多更老更葱茏，两面缝合，荫罩着乱喷白色水沫的河面，一缕太阳光也晒不下来。沿着响潭两岸的树林中，疏疏落落点缀着二十多座白垩瓦屋。西岸上，紧临着响潭，那座白屋分外大；梅花窗的围墙上面探露着一丛竹子；竹子一半是绿色的，一半已开了花，变成槁色。——这座村子便是金燕村，这座大屋便是二姑姑的家宅箖竹山房。

阿圆是个都市中生长的小姐,从前只在中国山水画上见过的景致,一朝忽然身历其境,欣跃之情自然难言。我一时回想起平日见惯的西式房子,柏油马路,烟囱,工厂,……等等,也觉得是重入梦境,作了许多缥缈之想。

二姑姑多年不见,显见得老迈了。

"昨天夜里结了三颗大灯花,今朝喜鹊在屋脊上叫了三四次,我知道要来人。"

那只苍白皱摺的脸没多少表情。说话的语气,走路的步法,和她老人家的脸庞同一调子:阴暗,凄淡,迟钝。她引我们进到内屋里,自己珊珊颤颤地到房里去张罗果盘,吩咐丫头为我们打脸水。——这丫头叫兰花,本是我家的丫头,三十多岁了。二姑姑陪嫁丫头死去后,祖父便拨了身边的这丫头来服侍姑姑,和姑姑作伴。她陪姑姑住守这所大屋子已二十多年,跟姑姑念诗念经,学姑姑绣蝴蝶,她自己说不要成家的。

二姑姑说没指望我们来得如此快,房子都没打扫。领我们参观全宅,顺便叫我们自己拣一间合意的住。四个人分作三排走,姑姑在前,我俩在次,兰花在最后。阿圆蹈着姑姑的步子走,显见得拘束不自在,不时昂头顾我,作有趣的会意之笑。我们都无话说。

屋子高大,阴森,也是和姑姑的人相谐调的。石阶,地砖,柱础,甚至板壁上,都染涂着一层深深浅浅的黯绿,是苔尘。一种与陈腐的土木之气混合的霉气扑满鼻官。每一进屋的梁上都吊有淡黄色的燕子窝,有的已剥落,只留着痕迹;有的正孵着雏儿,叫得分外响。

我们每走到一进房子,由兰花先上前开锁;因为除姑姑住的一头两间的正屋而外,其余每一间房,每一道门都是上了锁的。看完了正屋,由侧门一条巷子走到花园中。邻着花园有座雅致的房,门额上写着"邀月"两个八分字。百叶窗,古瓶式的门,门上也有明瓦纸的册叶小窗。我爱这地方近花园较别处明朗清新得多,和姑姑说,我们就住这间房。姑姑叫兰花开了锁,两扇门一推开,就噗噗落下三只东西来:两只是壁虎,一只是蝙蝠。我们都怔了一怔。壁虎是悠悠地爬走了;兰花拾起那只大蝙蝠,轻轻放到墙隅里,呓语着似地念了一套怪话:

"福公公,你让让房,有贵客要在这里住。"

阿圆惊惶不安的样子,牵一牵我的衣角,意思大约是对着这些情景,不敢在这间屋里住。二姑姑年老还不失其敏感,不知怎样她老人家就窥知了阿圆的心事:

"不要紧。——这些房子,每年你姑爹回家时都打扫一次。停会,叫兰花再好好来收拾。福公公虎爷爷都会让出去的。"

又说:

"这间邀月庐是你姑爹最喜欢的地方;去年你姑爹回来,叫我把它修葺[8]一

225

下。你看看，里面全是新崭崭的。"

我探身进去张看，兜了一脸蜘蛛网。里面果然是新崭崭的。墙上字画，桌上陈设，都很整齐。只是蒙上一层薄薄的尘灰罢了。

我们看兰花扎了竹叶把，拿了扫帚来打扫。二姑姑自回前进去了。阿圆用一个小孩子的神秘惊奇的表情问我说：

"怎么说姑爹？……"

兰花放下竹叶把，瞪着两只阴沉的眼睛低幽地告诉阿圆说：

"爷爷灵验得很啦！三朝两天来给奶奶托梦。我也常看见的，公子帽，宝蓝衫，常在这园里走。"

阿圆扭着我的袖口，只是向着兰花的两只眼睛瞪看。兰花打扫好屋子，又忙着抱被褥毯子席子为我们安排床铺。里墙边原有一张檀木榻，榻几上面摆着一套围棋子，一盘瓷制的大蟠桃。把棋子蟠桃连同榻几拿去，铺上被席，便是我们的床了。二姑姑姗姗颤颤地走来，拿着一顶蚊帐给我们看，说这是姑爹用的帐，是玻璃纱制的；问我们怕不怕招凉。我自然愿意要这顶凉快帐子，但是阿圆却望我瞪着眼，好像连这顶美丽的帐子也有可怕之处。

这屋子的陈设是非常美致的，只看墙上的点缀就知道。东墙上挂着四幅大锦屏，上面绣着"菉竹山房唱和诗"，边沿上密密齐齐地绣着各色的小蝴蝶，一眼看上去就觉得很灿烂。西墙上挂着一幅彩色的钟馗捉鬼图[9]，两边有洪北江[10]的"梅雪松风清几榻，天光云影护琴书"的对子。床榻对面的南墙上有百叶窗子可以看花园，窗下一书桌，桌上一个朱砂古瓶，瓶里插着马尾云拂。

我觉得这地方好。陈设既古色古香；而窗外一丛半绿半黄的修竹，和墙外隐约可听的响潭之水，越衬托得闲适恬静。

不久吃晚饭，我们都默然无话。我和阿圆是不知在姑姑面前该说些什么好；姑姑自己呢，是不肯多说话的。偌大屋子如一座大古墓，没一丝人声；只有堂厅里的燕子啾啾地叫。兰花向天井檐上张一张，自言自语地说：

"青姑娘还不回来呢！"

二姑姑也不答话，点点头。阿圆偷眼看看我。——其实我自己也正在纳罕着的。吃了饭，正洗脸，一只燕子由天井飞来，在屋里绕了一道，就钻进檐下的窝里去了。兰花停了碗，把筷子放在嘴沿上，低低地说：

"青姑娘，你到这时才回来——。"悠悠地长叹一口气。

我释然，向阿圆笑笑；阿圆却不曾笑，只瞪着眼看兰花。

我说邀月庐清新明朗，那是指日间而言。谁知这天晚上，大雨复作；一盏三支灯草的豆油檠摇晃不定，远远正屋里二姑姑和兰花低幽地念着晚经，听来简直是"秋坟鬼唱鲍家诗"[11]；加以外面雨声虫声风弄竹声合奏起一支凄戾的交响曲，显得这周遭的确鬼气殊多。也不知是循着怎样的一个线索，很自然地便和阿圆谈起聊斋[12]的故事来。谈一回，她越靠紧我一些，两眼只瞪着西墙上的钟馗捉鬼图，额上鼻上渐渐全渍着汗珠。钟馗手下按着的那个鬼，披着发，撕开血盆口，露出两支大獠牙，栩栩欲活。我偶然瞥一眼，也不由得一惊。这时觉得那钟馗，那恶鬼，姑姑和兰花，连同我们自己俩，都成了鬼故事中的人物了。

阿圆瑟缩地说："我想睡。"

她紧紧靠住我，我走一步，她走一步。睡到床上，自然很难睡着。不知辗转了多少时候，雨声渐止，月光透过百叶窗，映照得满屋凄幽。一阵飒飒的风摇竹声后，忽然听得窗外有脚步之声。声音虽然轻微，但是入耳十分清楚。

"你……听见了……没有？"阿圆把头钻在我的腋下，喘息地低声问。

"……"我也不禁毛骨悚然。

那声音渐听渐近，没有了；换上的是低沉的戚戚声，如鬼低诉。阿圆已浑身汗濡。我咳了一声，那声音突然寂止；听见这突然寂止，想起兰花日间所说的话，我也不由得不怕了。

半晌没有声息，紧张的心绪稍稍平缓，但是两人的神经都过分紧张，要想到梦乡去躲身，究竟不能办到。为要解除阿圆的恐怖，我找了些快乐高兴的话和她谈说。阿圆也就渐渐敢由我的腋下伸出头来了。我说：

"你想不想你的家？"

"想。"

"怕不怕了？"

"还有点怕。"

正答着话，她突然尖起嗓子大叫一声，搂住我，嚎啕，震抖，迫不成声：

"你……看……门上……！"

我看门上——门上那个册叶小窗露着一个鬼脸，向我们张望；月光斜映，隔着玻璃纱帐看得分外明晰。说时迟，那时快。那个鬼脸一晃，就沉下去不见了。我不知从那里涌上一股勇气，推开阿圆，三步跳去，拉开门。

门外是两个女鬼！

一个由通正屋的小巷窜远了；一个则因逃避不及，正在我的面前蹲着。

"是姑姑吗？"

"唔——"幽沉的一口气。

我抹着额上的冷汗，不禁轻松地笑了。我说：

"阿圆，别怕了，是姑姑。"

朋友某君供给我这篇短文的材料，说是虽无意思，但颇有趣味；叫我写写看。我知道不会弄得好，果然，被我白白糟蹋了。

一九三二，十一月二十六日载记

227

【注释】

〔1〕"火梅"天气:我国长江下游,每年四五月间,梅子黄熟,连日阴雨,被称为梅雨季节。因为太阳和淫雨交替迫人,又叫"火梅"天气。 〔2〕讳谈:因为有所忌而不说。 〔3〕学塾:又称私塾。旧时私人办的学馆。 〔4〕放佚风流:旧时指一种人的风度:有才气而不受礼法拘束,品格清高,举止潇洒。 〔5〕自缢:上吊自杀。 〔6〕可风之处:可以教化之处。 〔7〕罗唣:吵闹,纠缠。此处同"唠叨"。 〔8〕修葺:泛指修理房屋。 〔9〕《钟馗捉鬼图》:钟馗是传说中一个捉鬼的勇士,旧时民间有悬挂《钟馗捉鬼图》以驱除邪祟的风俗。相传最早的钟馗像是唐朝画家吴道子所作。 〔10〕洪北江:即洪亮吉,清乾隆时的进士,研究经史、地理的学者,善诗文,著作有《洪北江全集》。 〔11〕"秋坟鬼唱鲍家诗":是唐朝诗人李贺所作《秋来》中的诗句。"鲍家诗"指南朝诗人鲍照的诗。 〔12〕《聊斋》:即《聊斋志异》,清初文言短篇小说集,蒲松龄作。

【阅读提示】

作品以新婚的"我"和妻子阿圆去看望二姑为线索,从独特的角度描写了一个传统女性凄苦无爱的人生历程,揭示了封建礼教对人性和生命的压抑与摧残。小说没有正面描写二姑爱情悲剧的故事情节,也不细致刻画人物的心理性格,而是着力于环境氛围的渲染烘托。让人在阴森、死寂而略带鬼气的氛围中,感悟到二姑墓中人似的性格特征和她与世隔绝、虽生犹死的悲惨境遇。结末风雨之夜的"窥房"是神来之笔,在艺术上出奇制胜,在思想上发人深省。不仅把阴森恐怖的气氛渲染到极致,更深刻揭示了两个女人特别是二姑畸变的心理状态。而且,这看似悖情逆理的举动,却又是人性的表现,透露出二姑虽在坟墓般的环境中生活,但内心深处仍有对人世生活的羡慕和向往。

□郭沫若

郭沫若(1892—1978),原名郭开贞,生于四川乐山沙湾。现代著名诗人、学者、社会活动家。1919—1920之交,完成第一本诗集《女神》的创作,成为中国新诗的奠基人。出版的诗集有《女神》、《瓶》、《前茅》、《战声》、《凤凰》等。还有《棠棣之花》、《屈原》、《虎符》、《高渐离》、《孔雀胆》、《南冠草》、《蔡文姬》、《武则天》等历史剧和《我的幼年》、《反正前后》、《创造十年》、《北途伐次》、《沸羹集》等散文集。

天　狗[1]

一

我是一条天狗呀！

我把月来吞了，

我把日来吞了，

我把一切的星球来吞了，

我把全宇宙来吞了。

我便是我了！

二

我是月底光，

我是日底光，

我是一切星球底光，

我是 X 光线底光，

我是全宇宙底 Energy 底总量！

三

我飞奔，

我狂叫，

我燃烧。

我如烈火一样地燃烧！

我如大海一样地狂叫！

我如电气一样地飞跑！

我飞跑，

我飞跑，

我飞跑，

我剥我的皮，

我食我的肉，

我嚼我的血，

我啮我的心肝，

我在我神经上飞跑，

我在我脊髓上飞跑，

我在我脑筋上飞跑。

四

我便是我呀！
我的我要爆了！

【注释】

〔1〕选自诗集《女神》。

【阅读提示】

在狂飙突进，冲决一切封建藩篱，高扬个性解放思想大旗的五四时代，《天狗》可谓是最典型、最充分地反映出这个时代精神的独具特色的典范作品。诗作以奇异的想象和超凡的象征塑造了一个具有强烈的叛逆精神和狂放的个性追求的"天狗"形象。以恢宏的气魄和极度的夸张，突现了"天狗"气吞日月，雄视宇宙，顶天立地，光芒四射的雄奇造型，喷发出五四时代文学独具的澎湃激情和破旧迎新的主题。

□ 冯　至

冯至(1905—1993)，原名冯承植，河北涿县人。1921年入北京大学外文系学习，期间开始诗歌创作。他是沉钟社的诗人，早期诗作以格调幽婉、韵味浓烈著称。写有诗集《昨日之歌》、《北游及其他》。抗日战争中任教于西南联合大学，写有《十四行集》等。冯至不仅是诗人，还是德国文学研究专家和翻译家。

什么能从我们身上脱落

什么能从我们身上脱落
我们都让它化作尘埃；
我们安排我们在这时代
像秋日的树木，一棵棵

把树叶和些过迟的花朵
都交给秋风，好舒开树身
伸入严冬；我们安排我们

在自然里，像蜕化的蝉蛾

把残壳都丢在泥里土里；
我们把我们安排给那个
未来的死亡，像一段歌曲，

歌声从音乐的身上脱落，
归终剩下了音乐的身躯
化作一脉的青山默默。

【阅读提示】

　　本诗借自然界的"蜕化"现象，歌颂生命的新生和永恒。诗人观察树木和蝉蛾这样常见的自然现象，从小昆虫经过一次交媾便结束其美妙一生的现象中得到"死与变"的启示，引发出对生命的沉思和感喟：生死相互对待和转化，"死亡"成为"永生"的起点，由此达到生的充实与死的庄严；进而超越死亡，与永恒的自然同在。诗人在有关人与自然、现在与将来、生存与死亡等关系的思考与探究中，找到了肯定的答案，显示出其生命哲学和人文关怀的深广度。

　　整部《十四行集》的主题，就是对于生命的"沉思"，或者借生命来"沉思"。这也是本诗最重要的气质。在冯至那里，"沉思"既是一种创作状态，也是一种文学风格。《十四行集》是所谓"中年"的诗，不同于早期凄清幽婉的诗风，而显现出质朴凝重、蕴含沉潜的风致。

　　"十四行"（Sonnet），又译"商籁体"，起源于 14 世纪的意大利，后流行于欧洲各国。

　　"十四行诗"格律要求极严，用汉语写作，无异于"戴着镣铐跳舞"。但冯至将西洋诗的传统与汉诗的语言魅力完美地结合起来，在保持四行／四行／三行／三行的基本形式和音节错落整饬的基础上，又有所变化，创造了新的汉语十四行。

□陈敬容

　　陈敬容（1917—1989），女，汉族，四川乐山人。"九叶"诗派诗人。初中时开始学习写诗。1934 年底只身离家前往北京，自学中外文学，并在北京大学和清华大学中文系旁听。这时期开始发表诗歌和散文。1938 年在成都参加中华全国文艺界抗敌协会。曾任小学教师和杂志社、书局的编辑。后到上海专门从事创作和翻译。1948 年参与创办《中国新诗》月刊,任编委。1949 年在华北大学学习,同年底开始从事政法工作。1956 年任《世界文学》编辑,1973 年退休。

铸 炼

将最初的叹息,
最后的悲伤,
一齐投入生命的熔炉,
铸炼成金色的希望。

给黑夜开一个窗子,
让那儿流进来星辉、月光,
在绝静的深山,一片风
就能激起松涛的巨响。

不眠的夜,梦幻与烛火
一同摇落,一同
向暗角缭绕又低翔。

当一声钟敲落永夜,
哭泣吧,亲爱的心啊,
窗上已颤动着银白的曙光。

5 月 15 日夜客重庆

【阅读提示】

　　《铸炼》写于抗日战争即将取得最后胜利的转折时刻。诗人在诗里真挚恳切地鼓励生活在暗夜里的人们不要叹息和哀伤,而要抬起头来迎接那"敲落永夜",带来第一线"银白的曙光"的那"一声钟"——民族解放的日子。诗作在平静的抒唱中却汹涌着感情的波涛,那对于"松涛"的怀想,那喜极而泣的摹写,无不显示着诗人拥抱光明的激情和对于胜利前景的坚定信念。

　　诗作注重意象的暗示而避免直白的陈述,它隐去感情的直接抒发,而运用一连串最能使人对这种感情引起联想与共鸣的意象(黑夜、松涛、钟声、曙光等)来表述。作品深沉幽渺的诗美,正得力于这种间接性的艺术表现方法,以及不求规范但求突出感觉的新异的语言组合。

□鲁　藜

鲁藜(1914—1999)，福建同安人。"七月"诗派的重要诗人。1936年参加左联，同年加入中国共产党。1938年入延安抗大学习，发表震撼诗坛的《延安组诗》，被誉为"传遍世界的福音"。曾任晋察冀军区民运干事、战地记者。解放后，历任天津市文学工作者协会主席，中国作协第四届理事、天津分会主席。著有诗集《醒来的时候》、《时间的歌》、《天青集》、《鲁藜诗选》等。《泥土》是他的名作，影响过几代人。

泥　土

老是把自己当作珍珠
就时时有怕被埋没的痛苦

把自己当作泥土吧
让众人把你踩成一条道路

【阅读提示】

这是一首格言式的抒情小诗，既可看成是诗人的自勉，要求自己以为国家民族、人民大众无私献身的精神，甘做不为人知的铺路的泥土；同时也可说是对他人的一种善意告诫，提醒人们克服可能出现的高傲情绪，应该甘于平凡，不要考虑索取，而是多些给予。张扬了一种富于社会责任感的人生态度，一种勇于牺牲小我利益的集体主义精神。

小诗讲究真实、独特的感受，写法上也贵凝练而忌曼衍，重含蓄而忌浅露。诗人酷爱"泥土"的朴实、平凡，这种感情渗透到他的诗句里，用极其寻常的词语——"让众人把你踩成一条道路"——赋予浓郁的诗情和深刻的哲理。既避免枯燥的说教，又摈弃华丽的装饰，诗人在作哲理的思索时注意审美的把握，"珍珠"与"泥土"的比喻妥帖确切，使诗意在两者的对比中得到了充分的表达。

□胡　适

胡适(1891—1962)，著名文学家、学者、教育家、社会活动家。字适之，安徽绩溪人。早年赴美，就读于康奈尔大学和哥伦比亚大学。1917年回国，在新文化运动中颇负盛名,风动一时。曾任北京大学教授、文学院院长、校长,台湾"中央"研究院院长等。有《胡适文集》、《胡适全集》等存世。

赠与今年的大学毕业生

这一两个星期里,各地的大学都有毕业的班次,都有很多的毕业生离开学校去开始他们的成人事业。学生的生活是一种享有特殊优待的生活,不妨幼稚一点,不妨吵吵闹闹,社会都能纵容他们,不肯严格的要他们负行为的责任。现在他们要撑起自己的肩膀来挑他们自己的担子了。在这个国难最紧急的年头,他们的担子真不轻! 我们祝他们的成功,同时也不忍不依据自己的经验,赠他们几句送行的赠言,——虽未必是救命毫毛,也许做个防身的锦囊罢!

你们毕业之后,可走的路不出这几条:绝少数的人还可以在国内或国外的研究院继续做学术研究;少数的人可以寻着相当的职业;此外还有做官,办党,革命三条路;此外就是在家享福或者失业闲居了。第一条继续求学之路,我们可以不讨论。走其余几条路的人,都不能没有堕落的危险。堕落的方式很多,总括起来,约有这两大类:

第一是容易抛弃学生时代求知识的欲望。你们到了实际社会里,往往所学非所用,往往所学全无用处,往往可以完全用不着学问,而一样可以胡乱混饭吃,混官做。在这种环境里,即使向来抱有求知识学问的决心的人,也不免心灰意懒,把求知的欲望渐渐冷淡下去。况且学问是要有相当的设备的,书籍,实验室,师友的切磋指导,闲暇的工夫,都不是一个平常要糊口养家的人所能容易办到的。没有做学问的环境,又谁能怪我们抛弃学问呢?

第二是容易抛弃学生时代理想的人生的追求。少年人初次和冷酷的社会接触,容易感觉理想与事实相去太远,容易发生悲观和失望。多年怀抱的人生理想,改造的热诚,奋斗的勇气,到此时候,好像全不是那么一回事,渺小的个人在那强烈的社会炉火里,往往经不起长时期的烤炼就熔化了,一点高尚的理想不久就幻灭了。抱着改造社会的梦想而来,往往是弃甲曳兵而走,或者做了恶势力的俘虏。你在那俘房牢狱里,回想那少年气壮时代的种种理想主义,好像都成了自误误人的迷梦! 从此以后,你就甘心放弃理想人生的追求,甘心做现在社会的顺民了。

要防御这两方面的堕落,一面要保持我们求知识的欲望,一面要保持我们对理想人生的追求。有什么好方法子呢? 依我个人的观察和经验,有三种防身的药方是值得一试的。

第一个方子只有一句话:"总得时时寻一两个值得研究的问题!"问题是知识学问的老祖宗;古往今来一切知识的产生与积聚,都是因为要解答问题,——要解答实用上的困难和理论上的疑难。所谓"为知识而求知识",其实也只是一种好奇心追求某种问题的解答,不过因为那种问题的性质不必是直接应用的,人们就觉得这是"无所为"的求知识了。我们出学校之后,离开了做学问的环境,如果没有一二个值得解答的疑难问题在脑子里盘旋,就很难继续保持求学问的热心。可是,如果你有了一个真有趣的问题天天逗你去想他,天天引诱你去解决他,天天对你挑衅笑你无可奈何他,——这时候,你就会同恋爱一个女子发了疯一样,坐也坐不下,睡也睡不安,没工夫也得偷出工夫去陪她,没钱也得搏衣节食去巴结她。没有书,你自会变卖家私去买书;没有仪器,你自会典押衣物去置办仪器;没有师友,你自会不远千里去寻师访友。你只要能时时有疑难问题来逼你用脑子,你自然会保持发展你对学问的兴趣,即使在最贫乏的知识环境中,你也会慢慢的聚起一个小图书馆来,或者设置起一所小试验室来。所以我说:第一要寻问题。脑子里没有问题之日,就是你知识生活寿终正寝之时!古人说,"待文王而兴者,凡民也。若夫豪杰之士,虽无文王犹兴。"试想葛理略(Galileo)和牛顿(Newton)有多少藏书?有多少仪器?他们不过是有问题而已。有了问题而后他们自会造出仪器来解决他们的问题。没有问题的人们,关在图书馆里也不会用书,锁在试验室里也不会有什么发现。

　　第二个方子也只有一句话:"总得多发展一点非职业的兴趣。"离开学校之后,大家总是寻个吃饭的职业。可是你寻得的职业未必就是你所学的,或者未必是你所心喜的,或者是你所学的而实在和你性情不相近的。在这种状况之下,工作就往往成了苦工,就不感兴趣了。为糊口而做那种非"性之所近而力之所能勉"的工作,就很难保持求知的兴趣和生活的理想主义。最好的救济方法只有多多发展职业以外的正当兴趣与活动。一个人应该有他的职业,也应该有他非职业的玩艺儿,可以叫做业余活动。凡一个人用他的闲暇来做的事业,都是他的业余活动。往往他的业余活动比他的职业还更重要,因为一个人的前程往往全靠他怎样利用他的闲暇时间。他用他的闲暇来打麻将,他就成了个赌徒;你用你的闲暇来做社会服务,你也许成个社会改革者;或者你用你的闲暇去研究历史,你也许成个史学家。你的闲暇往往定你的终身。英国十九世纪的两个哲人,弥儿(J. S. Mill)终身做东印度公司的秘书,然而他的业余工作使他在哲学上,经济学上,政治思想史上都占一个很高的位置;斯宾塞(Spencer)是一个测量工程师,然而他的业余工作使他成为前世纪晚期世界思想界的一个重镇。古来成大学问的人,几乎没有一个不善用他的闲暇时间的。特别在这个组织不健全的中国社会,职业不容易适合我们的性情,我们要想生活不苦痛不堕落,只有多方发展业余的兴趣,使我们的精神有所寄托,使我们的剩余精力有所施展。有了这种心爱的玩艺儿,你就做六个钟头抹桌子工夫也不会感觉烦闷了,因为你知道,抹了六点钟的桌子之后,你可以回家做你的化学研究,或画完你的大幅山水,或写你的小说戏曲，或继续你的历史考据，或做你的社会改革事业。你有了这种称心如意的活动，生活就不枯寂了，精神也就不会烦闷了。

第三个方法也只有一句话："你得有一点信心。"我们生当这个不幸的时代，眼中所见，耳中所闻，无非是叫我们悲观失望的。特别是在这个年头毕业的你们，眼见自己的国家民族沉沦到这步田地，眼看世界只是强权的世界，望极天边好像看不见一线的光明——在这个年头不发狂自杀，已算是万幸了，怎么还能够保持一点内心的镇定和理想的信任呢？我要对你们说：这时候正是我们要培养我们的信心的时候！只要我们有信心，我们还有救。古人说："信心（Faith）可以移山。"又说："只要工夫深，生铁磨成绣花针。"你不信吗？当拿破仑的军队征服普鲁士占据柏林的时候，有一位教授叫做费希特（Fichte）的，天天在讲堂劝他的国人要有信心，要信仰他们的民族是有世界的特殊使命的，是必定要复兴的。费希特死的时候，谁也不能预料德意志统一帝国何时可以实现。然而不满五十年，新的统一的德意志帝国居然实现了。

一个国家的强弱盛衰，都不是偶然的，都不能逃出因果的铁律的。我们今日所受的苦痛和耻辱，都只是过去种种恶因种下的恶果。我们要收将来的善果，必须努力种现在新因。一粒一粒的种，必有满仓满屋的收成，这是我们今日应有的信心。

我们要深信：今日的失败，都由于过去的不努力。

我们要深信：今日的努力，必定有将来的大收成。

佛典里有一句话："福不唐捐。"唐捐就是白白的丢了。我们也应该说："功不唐捐！"没有一点努力是会白白的丢了的。在我们看不见想不到的时候，在我们看不见的方向，你瞧！你下的种子早已生根发叶开花结果了！

你不信吗？法国被普鲁士打败之后，割了两省地，赔了五十万万法郎的赔款。这时候有一位刻苦的科学家巴斯德（Pasteur）终日埋头在他的化学试验室里做他的化学试验和微菌学研究。他是一个最爱国的人，然而他深信只有科学可以救国。他用一生的精力证明了三个科学问题：（1）每一种发酵作用都是由于一种微菌的发展；（2）每一种传染病都是一种微菌在生物体内的发展；（3）传染病的微菌，在特殊的培养之下可以减轻毒力，使它从病菌变成防病的药苗。——这三个问题，在表面上似乎都和救国大事业没有多大关系。然而从第一个问题的证明，巴斯德定出做醋酿酒的新法，使全国的酒醋业每年减除极大的损失。从第二个问题的证明，巴斯德教全国的蚕丝业怎样选种防病，教全国的畜牧农家怎样防止牛羊瘟疫，又教全世界怎样注重消毒以减少外科手术的死亡率。从第三个问题的证明，巴斯德发明了牲畜的脾热瘟的疗治药苗，每年替法国农家减除了二千万法郎的大损失；又发明了疯狗咬毒的治疗法，救济了无数的生命。所以英国的科学家赫胥黎(Huxley)在皇家学会里称颂巴斯德的功绩道:"法国给了德国五十万万法郎的赔款,巴斯德先生一个人研究科学的成绩足够还清这一笔赔款了。"

巴斯德对于科学有绝大的信心,所以他在国家蒙奇辱大难的时候,终不肯抛弃他的显微镜与试验室。他绝不想他的显微镜底下能偿还五十万万法朗的赔款,然而在他看不见想不到的时候,他已收获了科学救国的奇迹了。

朋友们,在你最悲观失望的时候,那正是你必须鼓起坚强的信心的时候。你要深信:天下没有白费的努力。成功不必在我,而功力必不唐捐。

二十一,六,二十七夜

【阅读提示】

本文是作者 1932 年 6 月写给即将走上社会的大学毕业生的。文章首先指出,毕业生们无论走哪条就业之路,都有堕落的危险。倘若抛弃求知的欲望和学生时代的理想人生的追求,成为庸人、顺民,就是堕落。因为大学生是社会栋梁,国家中坚,民族希望,文化的传承者,对自己的要求必须有所不同。这一当头棒喝,就使人对下面所谈的"救命的药方"心存期冀。

为防御"两方面的堕落",作者开出了"三种防身的药方":一是寻找"值得研究的问题",二是多发展"非职业的兴趣",三是"总得有一点信心"。

这不是一般的赠言,也不是含混的祝福,更不是空泛的嘱咐!作者对此自视颇高,"虽未必是救命的毫毛,也许作个防身的锦囊罢!"而且毫不动摇,一以贯之。两年后他给毕业生的赠言还是这三句:要寻问题,要培养业余兴趣,要有信心。直到 1960 年,他送给毕业生的仍然是这个"防身药方"的三味药:"问题丹"、"兴趣散"和"信心汤"! 可谓苦口婆心,不厌其烦,谆谆嘱咐,语重心长!

虽然毕业生的境遇和机缘各不相同,未必都能完满实现上述三个理想。但预先服下这"三味药",时时心存此念,自会终身受益。

本文虽非演讲的记录,但是拟写的演讲稿。作者是著名学者,又以师长身份面对学子,却毫无盛气凌人的派头,教训的口吻,而是态度平等,口气平和,字里行间蕴含着诚恳与真情,因而使人感动。

□周作人

周作人(1885—1967),浙江绍兴人,鲁迅之弟,现代著名作家。作为现代文学史上有影响的散文家,周作人最早在理论上从西方引入"美文"的概念,提倡文艺性的叙事抒情散文,对中国现代散文的发展起了积极的作用。"五四"时期,周作人是新文化运动重要代表人物之一。"五四"以后,周作人写了大量散文,风格平和冲淡,清隽幽雅。30 年代后提倡闲适幽默的小品文,沉溺于"草木虫鱼"的狭小天地。他的散文集有《自己的园地》、《雨天的书》、《泽泻集》、《谈龙集》、《谈虎集》、《永日集》、《看云集》、《夜读抄》、《苦茶随笔》、《苦竹杂记》、《风雨谈》、《瓜豆集》、《秉烛谈》、《药堂语录》、《知堂文集》等。

乌 篷 船[1]

子荣君[2]:

接到手书,知道你要到我的故乡去,叫我给你一点什么指导。老实说,我的故乡,真正觉得可怀恋的地方,并不是那里;但是因为在那里生长,住过十多年,究竟知道一点情形,所以写这一封信告诉你。

我所要告诉你的,并不是那里的风土人情,那是写不尽的,但是你到那里一看也就会明白的,不必罗唆地多讲。我要说的是一种很有趣的东西,这便是船。你在家乡平常总坐人力车,电车,或是汽车,但在我的故乡那里这些都没有,除了在城内或山上是用轿子以外,普通代步都是用船。船有两种,普通坐的都是"乌篷船",白篷的大抵作航船用,坐夜航船到西陵去也有特别的风趣,但是你总不便坐,所以我就可以不说了。乌篷船大的为"四明瓦"(Symenngoa),小的为脚划船(划读 uoa)亦称小船。但是最适用的还是在这中间的"三道",亦即三明瓦。篷是半圆形的,用竹片编成,中夹竹箬,上涂黑油,在两扇"定篷"之间放着一扇遮阳,也是半圆的,木作格子,嵌着一片片的小鱼鳞,径约一寸,颇有点透明,略似玻璃而坚韧耐用,这就称为明瓦。三明瓦者,谓其中舱有两道,后舱有一道明瓦也。船尾用橹,大抵两支,船首有竹篙,用以定船。船头着眉目,状如老虎,但似在微笑,颇滑稽而不可怕,唯白篷船则无之。三道船篷之高大约可以使你直立,舱宽可以放下一顶方桌,四个人坐着打麻将,——这个恐怕你也已学会了罢?小船则真是一叶扁舟,你坐在船底席上,篷顶离你的头有两三寸,你的两手可以搁在左右的舷上,还把手都露出在外边。在这种船里仿佛是在水面上坐,靠近田岸去时泥土便和你的眼鼻接近,而且遇着风浪,或是坐得稍不小心,就会船底朝天,发生危险,但是也颇有趣味,是水乡的一种特色。不过你总可以不必去坐,最好还是坐那三道船罢。

你如坐船出去,可是不能像坐电车的那样性急,立刻盼望走到。倘若出城,走三四十里路(我们那里的里程是很短,一里才及英里三分之一),来回总要预备一天。你坐在船上,应该是游山的态度,看看四周物色,随处可见的山,岸旁的乌桕,河边的红蓼和白蘋,渔舍,各式各样的桥,困倦的时候睡在舱中拿出随笔来

238

看，或者冲一碗清茶喝喝。偏门外的鉴湖一带，贺家池，壶觞左近，我都是喜欢的，或者往娄公埠骑驴去游兰亭（但我劝你还是步行，骑驴或者于你不很相宜），到得暮色苍然的时候进城上都挂着薜荔的东门来，倒是颇有趣味的事。倘若路上不平静，你往杭州去时可于下午开船，黄昏时候的景色正最好看，只可惜这一带地方的名字我都忘记了。夜间睡在舱中，听水声橹声，来往船只的招呼声，以及乡间的犬吠鸡鸣，也都很有意思。雇一只船到乡下去看庙戏，可以了解中国旧戏的真趣味，而且在船上行动自如，要看就看，要睡就睡，要喝酒就喝酒，我觉得也可以算是理想的行乐法。只可惜讲维新以来这些演剧与迎会都已禁止，中产阶级的低能人别在"布业会馆"等处建起"海式"的戏场来，请大家买票看上海的猫儿戏。这些地方你千万不要去。——你到我那故乡，恐怕没有一个人认得，我又因为在教书不能陪你去玩，坐夜船，谈闲天，实在抱歉而且惆怅。川岛君夫妇现在偶山下，本来可以给你介绍，但是你到那里的时候他们恐怕已经离开故乡了。初寒，善自珍重，不尽。

十五年十一月十八日夜，于北京。

【注释】

〔1〕写于 1926 年 11 月，选自《泽泻集》。 〔2〕子荣：是周作人的笔名，始用于 1923 年 8 月 26 日《晨报副刊》发表的《医院的阶陛》一文。以后，1923 年、1925 年均用过此笔名，在本文之后，1927 年 9、10 月所作《诅咒》、《功臣》等文中，也用过"子荣"的笔名。一说"子荣"此笔名系从周作人在日本时的恋人"乾荣子"的名字点化而来。本文收信人与写信人是同一人，是作者写给自己的信。

【阅读提示】

《乌篷船》是周作人早期散文中很为人所称赞的一篇。作者采用书信体的形式，选取了江浙水乡普通的生活场景，以对比和以静写动的描写方法和顺序，介绍描写了家乡乌篷船以及船中所见两岸风光。全篇娓娓絮谈，信笔所至，谈天说地、生活琐事只要和乌篷船相关，无不入文；但却又不枝不蔓，点到则止，保持淡然平和，给人一种简约亲切、平和冲淡的美感。另，本文写信与收信者皆是作者自己，是作者写给自己的信，因而此文也可以看作是作者寂寞灵魂的内心对白。

□ 巴 金

巴金（1904—2005），原名李尧棠，字芾甘，四川成都人。1923 年从故家出走,离开闭塞的四川来到上海、南京求学。1927 到 1928 年旅居巴黎,开始文学创作,出版处女作《灭亡》。回国后继续从事文学创作,从 1929 年到 1949 年底,共创作十八部中、长篇小说,十二本短篇小说集,十六部散文随笔集,还有大量翻译作品。其中,《爱情三部曲》(《雾》、《雨》、《电》)、《激流三部曲》(《家》、《春》、《秋》)和《憩园》、《寒夜》是其中、长篇小说的主要代表。"文革"后巴金重返文坛,出版了《随想录》,成为新时期文学的重要著作。巴金的散文多描写自然风光和人生世态,洋溢着渴望自由、追求光明的热情,《爱尔克的灯光》就体现了这样的特色。

爱尔克的灯光[1]

傍晚,我靠着逐渐黯淡的最后的阳光的指引,走过十八年前的故居。这条街、这个建筑物开始在我的眼前隐藏起来,像在躲避一个久别的旧友。但是它们的改变了的面貌于我还是十分亲切。我认识它们,就像认识我自己。

还是那样宽的街,宽的房屋。巍峨的门墙代替了太平缸和石狮子,那一对常常做我们坐骑的背脊光滑的雄狮也不知逃进了哪座荒山。然而大门开着,照壁上"长宜子孙"四个字却是原样地嵌在那里,似乎连颜色也不曾被风雨剥蚀。我望着那同样的照壁,我被一种奇异的感情抓住了,我仿佛要在这里看出过去的十九个年头,不,我仿佛要在这里寻找十八年以前的遥远的旧梦。

守门的卫兵用怀疑的眼光看我。他不了解我的心情。他不会认识十八年前的年轻人。他却用眼光驱逐一个人的许多亲密的回忆。

黑暗来了。我的眼睛失掉了一切。于是大门内亮起了灯光。灯光并不曾照亮什么,反而增加了我心上的黑暗。我只得失望地走了。我向着来时的路回去。已经走了四五步,我忽然掉转头,再看那个建筑物。依旧是阴暗中一线微光。我好像看见一个盛满希望的水碗一下子就落在地上打碎了一般,我痛苦地在心里叫起来。在这条被夜幕覆盖着的近代城市的静寂的街中,我仿佛看见了哈立希岛上的灯光。那应该是姐姐爱尔克点的灯吧。她用这灯光来给她的航海的兄弟照路。每夜每夜灯光亮在她的窗前,她一直到死都在等待那个出远门的兄弟回来。最后她带着失望进入坟墓。

街道仍然是清静的。忽然一个熟习的声音在我耳边轻轻地唱起了这个欧洲的古传说。在这里不会有人歌咏这样的故事。应该是书本在我心上留下的影响。但是这个时候我想起了自己的事情。

十八年前在一个春天的早晨,我离开这个城市、这条街的时候,我也曾有一个姐姐,也曾答应过有一天回来看她,跟她谈一些外面的事情。我相信自己的诺言。那时我的姐姐还是一个出阁才只一个多月的新嫁娘,都说她有一个性情温良的丈夫,因此也会有长久的幸福的岁月。

然而人的安排终于被"偶然"毁坏了。这应该是一个"意外"。但是这"意外"却毫无怜悯地打击了年轻的心。我离家不过一年半光景,就接到了姐姐的死讯。我的哥哥用了颤抖的哭诉的笔叙说一个善良女性的悲惨的结局,还说起她死后受到的冷落的待遇。从此那个作过她丈夫的所谓温良的人改变了,他往一条丧失人性的路走去。他想往上爬,结果却不停地向下面落,终于到了用鸦片烟延续生命的地步。对于姐姐,她生前我没有好好地爱过她,死后也不曾做过一样纪念她的事。她寂寞地活着,寂寞地死去。死带走了她的一切,这就是在我们那个地方的旧式女子的命运。

我在外面一直跑了十八年。我从没有向人谈过我的姐姐。

只有偶尔在梦里我看见了爱尔克的灯光。一年前在上海我常常睁起眼睛做梦。我望着远远的在窗前发亮的灯,我面前横着一片大海,灯光在呼唤我,我恨不得腋下生出翅膀,即刻飞到那边去。沉重的梦压住我的心灵,我好像在跟许多无形的魔手挣扎。我望着那灯光,路是那么远,我又没有翅膀。我只有一个渴望:飞!飞!那些熬煎着心的日子!那些可怕的梦魇!

但是我终于出来了。我越过那堆积着像山一样的十八年的长岁月,回到了生我养我而且让我刻印了无数儿时回忆的地方。我走了很多的路。

十九年,似乎一切全变了,又似乎都没有改变。死了许多人,毁了许多家。许多可爱的生命葬入黄土。接着又有许多新的人继续扮演不必要的悲剧。浪费,浪费,还是那许多不必要的浪费——生命,精力,感情,财富,甚至欢笑和眼泪。我去的时候是这样,回来时看见的还是一样的情形。关在这个小圈子里,我禁不住几次问我自己:难道这十八年全是白费?难道在这许多年中间所改变的就只是装束和名词?我痛苦地搓自己的手,不敢给一个回答。

在这个我永不能忘记的城市里,我度过了五十个傍晚。我花费了自己不少的眼泪和欢笑,也消耗了别人不少的眼泪和欢笑。我匆匆地来,也将匆匆地去。用留恋的眼光看我出生的房屋,这应该是最后的一次了。我的心似乎想在那里寻觅什么。但是我所要的东西绝不会在那里找到。我不会像我的一个姑母或者嫂嫂,设法进到那所已经易了几个主人的公馆,对着园中的花树垂泪,慨叹着一个家族的盛衰。摘吃自己栽种的树上的苦果,这是一个人的本分。我没有跟着那些人走一条路,我当然在这里找不到自己的脚迹。几次走过这个地方,我所看见的还只是那四个字:"长宜子孙"。

"长宜子孙"这四个字的年龄比我的不知大了多少。这也该是我祖父留下的东西吧。最近在家里我还读到他的遗嘱。他用空空两手造就了一份家业。到临死还周到地为儿孙安排了舒适的生活。他叮嘱后人保留着他修建的房屋和他辛苦地搜集起来的书画。但是儿孙们回答他的还是同样的字:分和卖。我很奇怪,为什么这样聪明的老人还不明白一个浅显的道理，财富并不"长宜子孙"，倘使不给他们一个生活技能，不向他们指示一条生活道路！"家"这个小圈子只能摧毁年轻心灵的发育成长，倘使不同时让他们睁起眼睛去看广大世界；财富只能毁灭崇高的理想和善良的气质，要是它只消耗在个人的利益上面。"长宜子孙"，我恨不能削去这四个字！许多可爱的年轻生命被摧残了，许多有为的年轻心灵被囚禁了。许多人在这个小圈子里面憔悴地捱着日子。这就是"家"！"甜蜜的家"！这不是我应该来的地方。爱尔克的灯光不会把我引到这里来的。

于是在一个春天的早晨，依旧是十八年前的那些人把我送到门口，这里面少了几个，也多了几个。还是和那次一样，看不见我姐姐的影子，那次是我没有等待她，这次是我找不到她的坟墓。一个叔父和一个堂兄弟到车站送我，十八年前他们也送过我一段路程。

我高兴地来，痛苦地去。汽车离站时我心里的确充满了留恋。但是清晨的微风，路上的尘土，马达的叫吼，车轮的滚动，和广大田野里一片盛开的菜子花，这一切驱散了我的离愁。我不顾同行者的劝告，把头伸到车窗外面，去呼吸广大天幕下的新鲜空气。我很高兴，自己又一次离开了狭小的家，走向广大的世界中去！

忽然在前面田野里一片绿的蚕豆和黄的菜花中间，我仿佛又看见了一线光，一个亮，这还是我常常看见的灯光。这不会是爱尔克的灯里照出来的，我那个可怜的姐姐已经死去了。这一定是我的心灵的灯，它永远给我指示我应该走的路。

1941 年 3 月在重庆

【注释】

〔1〕本文选自散文集《龙·虎·狗》。此文写于 1941 年 3 月，原载 1941 年 4 月 19 日重庆《新蜀报》副刊《蜀道》，最初收入散文集《龙·虎·狗》，后收入《巴金文集》第十卷。

【阅读提示】

本文以"灯光"为题，也以"灯光"为线索贯穿全文。全文通过对象征旧家庭、旧礼教走向没落，崩溃的故居大门内亮起的昏暗的灯光，蕴含着一个姐弟情深的悲哀的故事，象征着旧家庭生活的悲剧和希望的破灭的哈立希岛上的灯光即姐姐爱尔克的灯光和出现在作者奔向广大世界的前进道路上、象征作者对新生活的信念和对理想的追求的"我心灵的灯"这三种灯光的叙述，展开对封建家庭"长宜子孙"的批判，从而指明年青人应该走出"狭小的家"，"走向广大的世界"，寻求光明的前途。作者以"灯"贯穿全文，体现着作者思想感情逐层推进的过程，标志着文章思想内容的不断深化。全文熔叙事、抒情、议论于一炉，是一篇不可多得的抒情散文。

□梁实秋

梁实秋(1903—1987),祖籍浙江杭州,出生于北京,中国现代著名文学评论家、文学家和翻译家。原名梁治华,字实秋,一度以秋郎、子佳为笔名,号均默。先后任教于东南大学,暨南大学,北京大学,中山大学等校。梁实秋曾与徐志摩、闻一多创办新月书店,主编《新月》月刊,为"新月派"代表人物。他的散文清丽、生动、幽默、隽永,深得读者喜爱;代表作有《雅舍小品》、《雅舍谈吃》、《看云集》、《偏见集》、《秋室杂文》、长篇散文集《槐园梦忆》等。此外,梁实秋独立完成翻译《莎士比亚全集》四十卷。

雅　舍[1]

到四川来,觉得此地人建造房屋最是经济。火烧过的砖,常常用来做柱子,孤零零的砌起四根砖柱,上面盖上一个木头架子,看上去瘦骨磷磷,单薄得可怜;但是顶上铺了瓦,四面编了竹篦墙,墙上敷了泥灰,远远的看过去,没有人能说不像是座房子。我现在住的"雅舍"正是这样一座典型的房子。不消说,这房子有砖柱,有竹篦墙,一切特点都应有尽有。讲到住房,我的经验不算少,什么"上支下摘","前廊后厦","一楼一底","三上三下","亭子间","茆草棚","琼楼玉宇"和"摩天大厦",各式各样,我都尝试过。我不论住在哪里,只要住得稍久,对那房子便发生感情,非不得已我还舍不得搬。这"雅舍",我初来时仅求其能蔽风雨,并不敢存奢望,现在住了两个多月,我的好感油然而生。虽然我已渐渐感觉它并不能蔽风雨,因为有窗而无玻璃,风来则洞若凉亭,有瓦而空隙不少,雨来则渗如滴漏。纵然不能蔽风雨,"雅舍"还是自有它的个性。有个性就可爱。

"雅舍"的位置在半山腰,下距马路约有七八十层的土阶。前面是阡陌螺旋的稻田。再远望过去是几抹葱翠的远山,旁边有高粱地,有竹林,有水池,有粪坑,后面是荒僻的榛莽未除的土山坡。若说地点荒凉,则月明之夕,或风雨之日,亦常有客到,大抵好友不嫌路远,路远乃见情谊。客来则先爬几十级的土阶,进得屋来仍须上坡,因为屋内地板乃依山势而铺,一面高,一面低,坡度甚大,客来无不惊叹,我则久而安之,每日由书房走到饭厅是上坡,饭后鼓腹而出是下坡,亦不觉有大不便处。

"雅舍"共是六间,我居其二。篦墙不固,门窗不严,故我与邻人彼此均可互通声息。邻人轰饮作乐,咿唔诗章,喁喁细语,以及鼾声,喷嚏声,吮汤声,撕纸声,脱皮鞋声,均随时由门窗户壁的隙处荡漾而来,破我岑寂。入夜则鼠子瞰灯,才一合眼,鼠子便自由行动,或搬核桃在地板上顺坡而下,或吸灯油而推翻烛台,或攀援而上帐顶,或在门框桌脚上磨牙,使得人不得安枕。但是对于鼠子,我很惭愧的承认,我"没有法子"。"没有法子"一语是被外国人常常引用着的,以为这话最足代表中国人的懒惰隐忍的态度。其实我的对付鼠子并不懒惰。窗上糊纸,纸一戳就破;门户关紧,而相鼠有牙,一阵咬便是一个洞洞。试问还有什么法子?洋鬼子住到"雅舍"里,不也是"没有法子"?比鼠子更骚扰的是蚊子。"雅舍"的蚊风之盛,是我前所未见的。"聚蚊成雷"真有其事!每当黄昏时候,满屋里磕头碰脑的全是蚊子,又黑又大,骨骼都像是硬的。在别处蚊子早已肃清的时候,在"雅舍"则格外猖獗,来客偶不留心,则两腿伤处累累隆起如玉蜀黍,但是我仍安之。冬天一到,蚊子自然绝迹,明年夏天——谁知道我还是否住在"雅舍"!

"雅舍"最宜月夜——地势较高,得月较先。看山头吐月,红盘乍涌,一霎间,清光四射,天空皎洁,四野无声,微闻犬吠,坐客无不悄然!舍前有两株梨树,等到月升中天,清光从树间筛洒而下,地上阴影斑斓,此时尤为幽绝。直到兴阑人散,归房就寝,月光仍然逼进窗来,助我凄凉。细雨蒙蒙之际,"雅舍"亦复有趣。推窗展望,俨然米氏章法,若云若雾,一片弥漫。但若大雨滂沱,我就又惶悚不安了,屋顶湿印到处都有,起初如碗大,俄而扩大如盆,继则滴水乃不绝,终乃屋顶灰泥突然崩裂,如奇葩初绽,砉然一声而泥水下注,此刻满室狼藉,抢救无及。此种经验,已数见不鲜。

"雅舍"之陈设,只当得简朴二字,但洒扫拂拭,不使有纤尘。我非显要,故名公巨卿之照片不得入我室;我非牙医,故无博士文凭张挂壁间;我不业理发,故丝织西湖十景以及电影明星之照片亦均不能张我四壁。我有一几一椅一榻,酣睡写读,均已有着,我亦不复他求。但是陈设虽简,我却喜欢翻新布置。西人常常讥笑妇人喜欢变更桌椅位置,以为这是妇人天性喜变之一征。诬否且不论,我是喜欢改变的。中国旧式家庭,陈设千篇一律,正厅上是一条案,前面一张八仙桌,一边一把靠椅,两旁是两把靠椅夹一只茶几。我以为陈设宜求疏落参差之致,最忌排偶。"雅舍"所有,毫无新奇,但一物一事之安排布置俱不从俗。人入我室,即知此是我室。笠翁《闲情偶寄》之所论,正合我意。

"雅舍"非我所有,我仅是房客之一。但思"天地者万物之逆旅",人生本来如寄,我住"雅舍"一日,"雅舍"即一日为我所有。即使此一日亦不能算是我有,至少此一日"雅舍"所能给予之苦辣酸甜,我实躬受亲尝。刘克庄词:"客里似家家似寄。"我此时此刻卜居"雅舍","雅舍"即似我家。其实似家似寄,我亦分辨不清。

长日无俚,写作自遣,随想随写,不拘篇章,冠以"雅舍小品"四字,以示写作所在,且志因缘。

【注释】

〔1〕《雅舍》是梁实秋的散文集《雅舍小品》的首篇,是这本小品集的代序言。本文写于重庆,当时抗日战争已经爆发,国难当头,大学教授到重庆只能住陋室,梁实秋将陋室称为"雅舍"。

【阅读提示】

梁实秋的散文内容庞杂广泛,惯于用潇洒闲适的笔调,从平凡的题材,刻画世态人相,揭示人生真谛,觅求生活情趣。《雅舍》就是这样的散文佳作。明明是陋室,却偏偏称"雅舍",本文通过对自己生活环境幽默诙谐的自我调侃,表现了作者闲适散淡、开朗乐观的心态,不与人争的生活态度和旷达超脱的情趣。本文语言典雅清朗而又富于幽默感,偶用文言词句,也是信笔而至,明白流畅,雅俗共赏。

□ 曹 禺

曹禺(1910—1996),原名万家宝,祖籍湖北潜江,生于天津。1922年入天津南开中学,曾参加南开新剧团,1925年开始接触戏剧活动,参与演出过易卜生的《玩偶之家》等话剧。1928年进南开大学,后转入清华大学西洋文学系。1933年写出处女作《雷雨》,奠定了他在中国话剧史上的地位。此后又陆续发表《日出》、《原野》、《北京人》等。新中国成立后创作过历史剧《胆剑篇》、《王昭君》等。

雷 雨(存目)

【阅读提示】

剧本以20世纪20年代的中国城市社会为背景,描写了一个带着浓厚封建色彩的资本家周朴园家庭生活的悲剧。通过周、鲁两家间复杂的人物关系和尖锐的矛盾冲突,展现了旧家庭的黑暗和罪恶,以及地主资产阶级的专横、冷酷与伪善,贫苦人民的悲惨遭遇和舛错命运,揭示了旧社会旧制度必然崩溃与灭亡的前景。

全剧八人,以周朴园为中心,通过他与繁漪的冲突和与鲁侍萍的关系这明暗两条线索展开剧情;两条线索同时并存,互为影响交相钳制,使剧情紧张曲折引人入胜。作品吸取外国优秀剧作的经验,具有戏剧性强、爆发力大的特点;并采用在危机上开幕的结构方法,不是渐次展示剧情,而是在后果的猝然爆发中交代前因;剧情的发展既符合生活逻辑,又符合人物性格逻辑,最后高潮的出现,具有很强的说服力。

当代文学

　　"中国当代文学"指的是 1949 年中华人民共和国成立后直到当前,发生在中国内地的作家创作、文学活动、文学现象以及这一阶段文学总体的历史演进。这一时期的文学大体可分为四个阶段。

　　第一阶段:1949—1965 年,又称建国十七年文学。

　　1947 年 7 月,全国"第一次文代会"召开。这次会议标志着中国当代文学拉开了帷幕。中国当代文学继承了解放区文学传统,自然要发扬战争时代的文学特征,使文学自觉地成为社会主义革命和建设事业的有机组成部分。比如,强调文学创作的政治目的性和政治功利性,运用战时两军对阵的二元对立思维模式来构思创作(即敌我阵营绝对分明),强调英雄主义和革命乐观主义等。

　　第二阶段:1966—1976 年,又称"文革"文学。

　　综观"文革"时期的文学,"革命样板戏"是公开文学中最引人注目的类型。自"文革"开始到 70 年代初,"革命样板戏"是官方提倡最力、影响最大的文艺作品。

　　地下文学则是"文革"文学的一个特别现象。"文革"期间,除了样板戏没有更多类型的作品可以欣赏,而且公开文学多属于"假、大、空"的作品,于是一些作家私底下创作,以手抄本的形式进行小范围传播,作为反抗或说真话的方式。

　　第三阶段:1977—1989 年,又称新时期文学。

　　1978 年召开的十一届三中全会标志着抗战以来影响了中国文化建构四十年的战争文化规范被否定。1979 年 10 月,在第四次文代会上,邓小平明确提出了"不要横加干涉"的意见;1980 年,中共中央正式提出了"文艺为人民服务,为社会主义服务"的总方针;1984 年 12 月召开的中国作家协会第四次会员代表大会,提出了"创作自由"的口号。

　　从 80 年代初起,中国又一次出现了大规模介绍西方文化思想的热潮。新时期文学深受西方 20 世纪的哲学思潮影响。同时,新时期文学也常被看成是对"五四"文学传统的"复归"。

　　第四阶段:1990—1999 年,又称 90 年代文学。

　　90 年代最重要的现象就是文学的市场化、商品化。一部作品从写作、出版

246

到流通等各个环节都受到市场干预和选择。此外,网络文学的出现也是 90 年代重要的文化现象。

90 年代的文学创作趋势有两个:一是文学潮流的淡化。90 年代的作家们不再像 80 年代那样集中去表现同一个主题。商业化的大潮中,作家队伍也开始分化,文学理念和文学追求也各不相同。90 年代已初步形成了一个多元、对话、复调的文学格局;一是个人化写作倾向。90 年代,作家开始了对"小写的自我"的推崇,借琐碎日常的"个人经验"甚至"身体写作"来摆脱 80 年代的集体性的政治化的思想。90 年代也是一个转型时期,长期遵循的行为规范已被打破,而新的规范也没建立,个人经验便成为作家描述现实的主要参照。

□北　岛

北岛,原名赵振开。祖籍浙江湖州,生于北京。1970 年开始写作,1978 年同诗人芒克创办民间诗歌刊物《今天》杂志,成为朦胧派诗歌领军人物。80 年代末移居国外。曾任教于加利福尼亚州戴维斯大学,担任斯坦福大学、加利福尼亚大学伯克莱分校、香港中文大学客座教授。2007 年,北岛任教于香港中文大学。

出版的诗集有:《陌生的海滩》(1978 年)、《北岛诗选》(1986 年)、《在天涯》(1993 年)、《午夜歌手》(1995 年)、《零度以上的风景线》(1996 年)、《开锁》(1999 年),其他作品有:《波动》及英译本(1984 年)、《归来的陌生人》(1987 年)、《蓝房子》(1999 年)、《失败之书》(2004 年)、《青灯》(2008 年)。

回　答[1]

卑鄙是卑鄙者的通行证,
高尚是高尚者的墓志铭。
看吧,在那镀金的天空中,
飘满了死者弯曲的倒影。

冰川纪过去了,
为什么到处都是冰凌?
好望角发现了,
为什么死海里千帆相竞?

我来到这个世界上,

只带着纸、绳索和身影，
为了在审判之前，
宣读那些被判决的声音：

告诉你吧，世界，
我——不——相——信！
纵使你脚下有一千名挑战者，
那就把我算做第一千零一名。

我不相信天是蓝的；
我不相信雷的回声；
我不相信梦是假的；
我不相信死无报应。

如果海洋注定要决堤，
就让所有的苦水都注入我心中；
如果陆地注定要上升，
就让人类重新选择生存的峰顶。

新的转机和闪闪的星斗，
正在缀满没有遮拦的天空。
那是五千年的象形文字，
那是未来人们凝视的眼睛。

【注释】

〔1〕本篇选自《北岛诗歌集》，南海出版公司 2003 年版。

【阅读提示】

    朦胧派诗歌的总体特色表现在四个方面：一是普遍对社会现实持怀疑态度和审视态度，对司空见惯的社会现象进行批判和追问；二是对真实性的理解，不再追求物理现实的真实，转向追求主观情感的真实；三是强调诗歌的抒情主体的独立性和独特性，追求"小我"的真实感受；四是突出诗的意象化和象征性。北岛作为朦胧派的奠基者之一，其诗作有着明显的朦胧派诗歌特色。

    《回答》是北岛最著名的诗作，篇首"卑鄙是卑鄙者的通行证，高尚是高尚者的墓志铭"已成为中国新诗的名句，为广大民众熟悉。《回答》作于 1976 年，此时的中国刚经历一场灾难深重的"十年浩劫",中国的年青诗人睁开被蒙蔽已久的双眼,重新审视那段历史,发现在中国的大地上充斥着谎言、罪恶、黑暗和残忍。曾经有着理想主义激情的一代人面对历史的真相,作出了振聋发聩的《回答》:诗人用了五个"我不相信"来竭力强调自己对社会现实的质疑、否定和挑战。

诗歌大量运用象征手法,"冰凌"、"死海"等形象生动地写出了现实生活的困境和艰难。诗中那新颖的意象和丰富的情感的巧妙组合,带有明显的朦胧诗特点。

□舒　婷

舒婷,福建泉州人,原名龚佩瑜,1969 年下乡插队,1972 年返城当工人,1979年开始发表诗歌作品,1980 年至福建省文联工作,从事专业写作。出版的诗集有《双桅船》(1982)、《舒婷、顾城抒情诗选》(1982)、《会唱歌的鸢尾花》(1986)、《始祖鸟》(1992)、《舒婷的诗》(1994)等。

惠安女子[1]

野火在远方,远方
在你琥珀色的眼睛里

以古老部落的银饰
约束柔软的腰肢
幸福虽不可预期,但少女的梦
蒲公英一般徐徐落在海面上
啊,浪花无边无际

天生不爱倾诉苦难
并非苦难已经永远绝迹
当洞箫和琵琶在晚照中
唤醒普遍的忧伤
你把头巾一角轻轻咬在嘴里

这样优美地站在海天之间
令人忽略了:你的裸足

　　　　　所踩过的碱滩和礁石

　　　　于是,在封面和插图中
　　　　你成为风景,成为传奇

　　　　　　　　　　　　　　　1981 年 4 月

【注释】

　　〔1〕本篇选自《舒婷的诗》,人民文学出版社 1994 年版。

【阅读提示】

　　福建的惠安临近东海,古时的男人或是出海打鱼,或是远渡南洋谋生,惠安女子则承担起家中的重担。这种习俗一代代延续下来,即便是现在,我们还能看到惠安女子在海边劳作的身影。因为环境和习俗的原因,惠安女子虽是汉族,却有着独特的服饰衣着。她们戴斗笠,裹方巾,穿短褂,束银带,这古老而美丽的服饰,加上自然绰约的身姿,便成为画家笔下、摄影家镜头下追逐的一道特别风景,但是,在我们感叹于这天地间的美景时,又有多少人关心这道风景背后的惠安女子沉重的生活压力。

　　作为女性诗人,舒婷的诗歌中充满了"女性意识"。她敏锐地意识到了惠安女子"美丽"背后的"苦难":"你的裸足所踩过的碱滩和礁石",这艰辛生活的象征。舒婷作为朦胧诗派的女性诗人,坚决地追求个体尤其是女性的人生价值和生命的独立性。这在她的其他诗歌中也有表现。如《致橡树》和《神女峰》。舒婷常常用象征主义的感觉和暗示、意象的组合和跳跃来营造诗的艺术境界。《惠安女子》一诗也是通过"惠安女子"这一中心意象表达了诗人对女性的生命价值的独特思考。她的笔端总流露出"柔软"和"感伤"的情调,显出了女性诗人特有的婉约忧伤的一面。

□海　子

　　海子(1964—1989),原名查海生。生于安徽省怀宁县高河查湾。1979 年 15 岁时考入北京大学法律系,大学期间开始诗歌创作。1983 年自北大毕业后分配至北京中国政法大学哲学教研室工作。1989 年 3 月 26 日在山海关卧轨自杀,年仅 25 岁。诗人在短暂的一生中创作了大量作品。1984 年创作成名作《亚洲铜》,第一次使用"海子"作为笔名。结集出版了《土地》、《海子、骆一禾作品集》、《海子的诗》、《海子诗全编》等。

麦　地〔1〕

吃麦子长大的
在月亮下端着大碗
碗内的月亮
和麦子
一样没有声响

和你俩不一样
在歌颂麦地时
我要歌颂月亮

月亮下
连夜种麦的父亲
身上像流动金子

月亮下
有十二只鸟
飞过麦田
有的衔起一颗麦粒
有的则迎风起舞，矢口否认

看麦子时我睡在地里
月亮照我如照一口井
家乡的风
家乡的云
收聚翅膀
睡在我的双肩

麦浪——
天堂的桌子
摆在田野上
一块麦地

收割季节
麦浪和月光
洗着快镰刀

月亮知道我
有时比泥土还要累
而羞涩的情人
眼前晃动着
麦秸

我们是麦地的心上人
收麦这天我和仇人
握手言和
我们一起干完活
合上眼睛，命中注定的一切
此刻我们心满意足地接受

妻子们兴奋地
不停用白围裙
擦手

这时正当月光普照大地
我们各自领着
尼罗河、巴比伦或黄河
的孩子　在河流两岸
在群蜂飞舞的岛屿或平原
洗了手
准备吃饭

就让我这样把你们包括进来吧
让我这样说
月亮并不忧伤
月亮下
一共有两个人
穷人和富人

纽约和耶路撒冷

还有我

我们三个人

一同梦到了城市外面的麦地

白杨树围住的

健康的麦地

健康的麦子

养我性命的麦子

【注释】

〔1〕本篇选自《海子诗全编》,上海三联书店 1997 年版。

【阅读提示】

　　海子出生于安徽省怀宁县高河查湾,他在乡村生活十多年,他的童年和少年都是在广袤的麦地上度过的,麦地成为一种无处不在的记忆,深深地烙在海子的脑海中。因此,在他的诗歌中,自己童年和少年时期的乡村生活经验便凝练成一个特别的意象:麦地。由此扩展开来,还有:村庄、月亮、天空等词汇。这些意象都是一些带有原型意味的意象。海子借此表达了他对传统农业社会的深情眷恋。同时,这麦地,也是海子本人的生命寄托和精神家园的象征。

　　诗歌从"种麦"写起,起首便描绘了一幅典型的北方农村劳作场景:皎洁的月亮挂在高高的天空,翻滚的麦浪之中,"父亲"正躬身种麦,那身影在静默中凝聚成一个神圣而庄严的符号,让人体悟到劳动的庄严。接着是"看麦",麦浪,是"天堂的桌子",这里表达了诗人对粮食和劳作的感恩情怀;最后是"收麦","收麦这天我和仇人/握手言和",共同的劳作和收获让人群由疏离而亲近,由冷漠而亲和,由此表现了劳作的深远意义及对人类命运的关系,题旨由此获得提升。

　　诗歌的最后两节从具体的劳作场景荡开,思绪由中国的腹地黄河飞升到尼罗河、巴比伦,到现代大都会纽约和古老圣城耶路撒冷,诗人向读者展示了一个朴素的道理:无论身处何处,无论是穷是富,人类都离不开养人性命的粮食。由此,诗人表达了对于粮食、对于大地、对于劳作的素朴而强烈的感激之情。

□ 韩　东

　　韩东,南京人。1982 年毕业于山东大学哲学系。在此期间开始诗歌创作。1985 年与于坚等创立了诗刊《他们》。韩东的代表作有《有关大雁塔》、《你见过大海》等诗。曾与李亚伟等发起先锋派诗歌运动。韩东的诗歌往往选用简约平淡的文字表达哲理。

有关大雁塔^{〔1〕}

有关大雁塔
我们又能知道些什么
有很多人从远方赶来
为了爬上去
做一次英雄
也有的还来做第二次
或者更多
那些不得意的人们
那些发福的人们
统统爬上去
做一做英雄
然后下来
走进这条大街
转眼不见了
也有有种的往下跳
在台阶上开一朵红花
那就真的成了英雄
当代英雄
有关大雁塔
我们又能知道什么
我们爬上去
看看四周的风景
然后再下来

1982 年

【注释】

〔1〕本篇选自《后朦胧诗选》，春风文艺出版社 1994 年版。

【阅读提示】

20 世纪 80 年代中后期，一批比"朦胧派"诗人更为年轻的作者涉足诗坛。此时，社会思潮也发生了微妙变化。这一代诗人不再以社会政治伦理视角去看待历史。韩东的诗歌主张是逃离诗人的社会承担、逃离诗歌语言的文化语义,带有非文化和削平深度模式的后现代倾向。因此,在创作上,他的实验性诗歌提供了与朦胧诗迥异的艺术风貌。他的《有关大雁塔》就与杨炼的《大雁塔》形成鲜明的对照。在杨炼长达二百多行的长诗中,大雁塔被赋予了浓重的历史感与人文色彩,它是民族命运的象征,是民族苦难历史的见证者;而韩东笔下的大雁塔就是一座平平常常的建筑物,没有被人格化,也没有被赋予深层的崇高的文化内涵,朦胧派的审美特征中最重要的特点就是充满意象的"象征",借用比喻、通感、暗喻等修辞手法。而在《有关大雁塔》中,全诗都是大白话,刻意回避了形容词和各种比喻、暗喻。

□汪曾祺

汪曾祺(1920—1997),江苏高邮人。早年毕业于西南联大,历任中学教师、北京市文联干部、《北京文艺》编辑、北京京剧院编辑。在 80 年代以后,进入创作的高峰期,出版有小说集《晚饭花集》、《汪曾祺短篇小说选》、散文集《蒲桥集》、《孤蒲深处》、《旅食小品》、《矮纸集》、《汪曾祺小品》和文学评论集《晚翠文谈》,以及《汪曾祺自选集》(1987)、《汪曾祺文集》(四卷,1993)、《汪曾祺全集》(八卷,1998)等。

跑 警 报[1]

西南联大有一位历史系的教授,——听说是雷海宗先生,他开的一门课因为讲授多年,已经背得很熟,上课前无需准备;下课了,讲到哪里算哪里,他自己也不记得。每回上课,都要先问学生:"我上次讲到哪里了?"然后就滔滔不绝地接着讲下去。班上有个女同学,笔记记得最详细,一句不落。雷先生有一次问她:"我上一课最后说的是什么?"这位女同学打开笔记夹,看了看,说:"您上次最后说:'现在已经有空袭警报,我们下课。'"

这个故事说明昆明警报之多。我刚到昆明的头二年,一九三九、一九四○年,三天两头有警报。有时每天都有,甚至一天有两次。昆明那时几乎说不上有空防力量,日本飞机想什么时候来就来。有时竟至在头一天广播:明天将有二十七架飞机来昆明轰炸。日本的空军指挥部还真言而有信,说来准来!

一有警报,别无他法,大家就都往郊外跑,叫做"跑警报"。"跑"和"警报"联在一起,构成一个语词,细想一下,是有些奇特的,因为所跑的并不是警报。这不像"跑马"、"跑生意"那样通顺。但是大家就这么叫了,谁都懂,而且觉得很合适。

也有叫"逃警报"或"躲警报"的，都不如"跑警报"准确。"躲"，太消极；"逃"又太狼狈。唯有这个"跑"字于紧张中透出从容，最有风度，也最能表达丰富生动的内容。

有一个姓马的同学最善于跑警报。他早起看天，只要是万里无云，不管有无警报，他就背了一壶水，带点吃的，夹着一卷温飞卿或李商隐的诗，向郊外走去。直到太阳偏西，估计日本飞机不会来了，才慢慢地回来。这样的人不多。

警报有三种。如果在四十多年前向人介绍警报有几种，会被认为有"神经病"，这是谁都知道的。然而对今天的青年，却是一项新的课题。一曰"预行警报"。

联大有一个姓侯的同学，原系航校学生，因为反应迟钝，被淘汰下来，读了联大的哲学心理系。此人对于航空旧情不忘，曾用黄色的"标语纸"贴出巨幅"广告"，举行学术报告，题曰《防空常识》。他不知道为什么对"警报"特别敏感。他正在听课，忽然跑了出去，站在"新校舍"的南北通道上，扯起嗓子大声喊叫："现在有预行警报，五华山挂了三个红球！"可不！抬头望南一看，五华山果然挂起了三个很大的红球。五华山是昆明的制高点，红球挂出全市皆见。我们一直很奇怪：他在教室里，正在听讲，怎么会"感觉"到五华山挂了红球呢？——教室的门窗并不都正对五华山。

一有预行警报，市里的人就开始向郊外移动。住在翠湖迤北的，多半出北门或大西门，出大西门的似尤多。大西门外，越过联大新校门前的公路，有一条由南向北的用浑圆的石块铺成的宽可五六尺的小路。这条路据说是古驿道，一直可以通到滇西。路在山沟里。平常走的人不多。常见的是驮着盐巴、碗糖或其他货物的马帮走过。赶马的马锅头侧身坐在木鞍上，从齿缝里咝咝地吹出口哨（马锅头吹口哨都是这种吹法，没有撮唇而吹的），或低声唱着呈贡"调子"：

> 哥那个在至高山那个放呀放放牛，
> 妹那个在至花园那个梳那个梳梳头。
> 哥那个在至高山那个招呀招招手，
> 妹那个在至花园点那个点点头。

这些走长道的马锅头有他们的特殊装束。他们的短褂外部套了一件白色的羊皮背心，脑后挂着漆布的凉帽，脚下是一双厚牛皮底的草鞋状的凉鞋，鞋帮上大都绣了花，还钉着亮晶晶的"鬼眨眼"亮片。——这种鞋似只有马锅头穿，我没见从事别种行业的人穿过。马锅头押着马帮，从这条斜阳古道上走过，马项铃哗棱哗棱地响，很有点浪漫主义的味道，有时会引起远客的游子一点淡淡的乡愁……

有了预行警报，这条古驿道就热闹起来了。从不同方向来的人都涌向这里，形成了一条人河。走出一截，离市较远了，就分散到古道两旁的山野，各自寻找一个合适的地方呆下来，心平气和地等着，——等空袭警报。

联大的学生见到预行警报，一般是不跑的，都要等听到空袭警报：汽笛声一短一长，才动身。新校舍北边围墙上有一个后门，出了门，过铁道（这条铁道不知起讫地点，从来也没见有火车通过），就是山野了。要走，完全来得及。——所以雷先生才会说"现在已经有空袭警报"。只有预行警报，联大师生一般都是照常上课的。

跑警报大都没有准确地点，漫山遍野。但人也有习惯性，跑惯了哪里，愿意上哪里。大多是找一个坟头，这样可以靠靠。昆明的坟多有碑，碑上除了刻下坟主的名讳，还刻出"×山×向"，并开出坟茔的"四至"。这风俗我在别处还未见过。这大概也是一种古风。

说是漫山遍野，但是有几个比较集中的"点"。古驿道的一侧，靠近语言研究所资料馆不远，有一片马尾松林，就是一个点。这地方除了离学校近，有一片碧绿的马尾松，树下一层厚厚的干了的松毛，很软和，空气好，——马尾松挥发出很重的松脂气味，晒着从松枝间漏下的阳光，或仰面看松树上面的蓝得要滴下来的天空，都极舒适外，是因为这里还可以买到各种零吃。昆明做小买卖的，有了警报，就把担子挑到郊外来了。五味俱全，什么都有。最常见的是"丁丁糖"。"丁丁糖"即麦芽糖，也就是北京人祭灶用的关东糖，不过做成一个直径一尺多，厚可一寸许的大糖饼，放在四方的木盘上，有人掏钱要买，糖贩即用一个刨刃形的铁片楔入糖边，然后用一个小小铁锤，一击铁片，丁的一声，一块糖就震裂下来了，——所以叫做"丁丁糖"。其次是炒松子。昆明松子极多，个大皮薄仁饱，很香，也很便宜。我们有时能在松树下面捡到一个很大的成熟了的生的松球，就掰开鳞瓣，一颗一颗地吃起来。——那时候，我们的牙都很好，那么硬的松子壳，一嗑就开了！

另一个集中点比较远，得沿古驿道走出四五里，驿道右侧较高的土山上有一横断的山沟（大概是哪一年地震造成的），沟深约三丈，沟口有二丈多宽，沟底也宽有六七尺。这是一个很好的天然防空沟，日本飞机若是投弹，只要不是直接命中，落在沟里，即便是在沟顶上爆炸，弹片也不易蹦进来。机枪扫射也不要紧，沟的两壁是死角。这道沟可以容数百人。有人常到这里，就利用闲空，在沟壁上修了一些私人专用的防空洞，大小不等，形式不一。这些防空洞不仅表面光洁，有的还用碎石子或碎瓷片嵌出图案，缀成对联。对联大都有新意。我至今记得两副，一副是：

人生几何
恋爱三角

一副是：

见机而作

入土为安

对联的嵌缀者的闲情逸致是很可叫人佩服的。前一副也许是有感而发，后一副却是记实。

警报有三种。预行警报大概是表示日本飞机已经起飞。拉空袭警报大概是表示日本飞机进入云南省境了，但是进云南省不一定到昆明来。等到汽笛拉了紧急警报：连续短音，这才可以肯定是朝昆明来的。空袭警报到紧急警报之间，有时要间隔很长时间，所以到了这里的人都不忙下沟，——沟里没有太阳，而且过早地像云冈石佛似的坐在洞里也很无聊，大都先在沟上看书、闲聊、打桥牌。很多人听到紧急警报还不动，因为紧急警报后日本飞机也不定准来，常常是折飞到别处去了。要一直等到看见飞机的影子了，这才一骨碌站起来，下沟，进洞。联大的学生，以及住在昆明的人，对跑警报太有经验了，从来不仓皇失措。

上举的前一副对联或许是一种泛泛的感慨，但也是有现实意义的。跑警报是谈恋爱的机会。联大同学跑警报时，成双作对的很多。空袭警报一响，男的就在新校舍的路边等着，有时还提着一袋点心吃食，宝珠梨、花生米……他等的女同学来了，"嗨！"于是欣然并肩走出新校舍的后门。跑警报说不上是同生死，共患难，但隐隐约约有那么一点危险感，和看电影、遛翠湖时不同。这一点危险感使两方的关系更加亲近了。女同学乐于有人伺候，男同学也正好殷勤照顾，表现一点骑士风度。正如孙悟空在高老庄所说："一来医得眼好，二来又照顾了郎中，这是凑四合六的买卖"。从这点来说，跑警报是颇为罗曼蒂克的。有恋爱，就有三角，有失恋。跑警报的"对儿"并非总是固定的，有时一方被另一方"甩"了，两人"吹"了，"对儿"就要重新组合。写（姑且叫做"写"吧）那副对联的，大概就是一位被"甩"的男同学。不过，也不一定。

警报时间有时很长，长达两三个小时，也很"腻歪"。紧急警报后，日本飞机轰炸已毕，人们就轻松下来。不一会，"解除警报"响了：汽笛拉长音，大家就起身拍拍尘土，络绎不绝地返回市里。也有时不等解除警报，很多人就往回走：天上起了乌云，要下雨了。一下雨，日本飞机不会来。在野地里被雨淋湿，可不是事！一有雨，我们有一个同学一定是一马当先往回奔，就是前面所说那位报告预行警报的姓侯的。他奔回新校舍，到各个宿舍搜罗了很多雨伞，放在新校舍的后门外，见有女同学来，就递过一把。他怕这些女同学挨淋。这位侯同学长得五大三粗，却有一副贾宝玉的心肠。大概是上了吴雨僧先生的《红楼梦》的课，受了影响。侯兄送伞，已成定例。警报下雨，一次不落。名闻全校，贵在有恒。——这些伞，等雨住后他还会到南院女生宿舍去取回来，再归还原主。

跑警报,大都要把一点值钱的东西带在身边。最方便的是金子,——金戒指。有一位哲学系的研究生曾经作了这样的逻辑推理:有人带金子,必有人会丢掉金子,有人丢金子,就会有人捡到金子,我是人,故我可以捡到金子。因此,他跑警报时,特别是解除警报以后,他每次都很留心地巡视路面。他当真两次捡到过金戒指!逻辑推理有此妙用,大概是教逻辑学的金岳霖先生所未料到的。

　　联大师生跑警报时没有什么可带,因为身无长物,一般大都是带两本书或一册论文的草稿。有一位研究印度哲学的金先生每次跑警报总要提了一只很小的手提箱。箱子里不是什么别的东西,是一个女朋友写给他的信——情书。他把这些情书视如性命,有时也会拿出一两封来给别人看。没有什么不能看的,因为没有卿卿我我的肉麻的话,只是一个聪明女人对生活的感受,文字很俏皮,充满了英国式的机智,是一些很漂亮的 Essay,字也很秀气。这些信实在是可以拿来出版的。金先生辛辛苦苦地保存了多年,现在大概也不知去向了,可惜。我看过这个女人的照片,人长得就像她写的那些信。

　　联大同学也有不跑警报的,据我所知,就有两人。一个是女同学,姓罗。一有警报,她就洗头。别人都走了,锅炉房的热水没人用,她可以敞开来洗,要多少水有多少水!另一个是一位广东同学,姓郑。他爱吃莲子。一有警报,他就用一个大漱口缸到锅炉火口上去煮莲子。警报解除了,他的莲子也烂了。有一次日本飞机炸了联大,昆明北院、南院,都落了炸弹,这位郑老兄听着炸弹乒乒乓乓在不远的地方爆炸,依然在新校舍大图书馆旁的锅炉上神色不动地搅和他的冰糖莲子。

　　抗战期间,昆明有过多少次警报,日本飞机来过多少次,无法统计。自然也死了一些人,毁了一些房屋。就我的记忆,大东门外,有一次日本飞机机枪扫射,田地里死的人较多。大西门外小树林里曾炸死了好几匹驮木柴的马。此外似无较大伤亡。警报、轰炸,并没有使人产生血肉横飞,一片焦土的印象。

　　日本人派飞机来轰炸昆明,其实没有什么实际的军事意义,用意不过是吓唬吓唬昆明人,施加威胁,使人产生恐惧。他们不知道中国人的心理是有很大的弹性的,不那么容易被吓得魂不附体。我们这个民族,长期以来,生于忧患,已经很"皮实"了,对于任何猝然而来的灾难,都用一种"儒道互补"的精神对待之。这种"儒道互补"的真髓,即"不在乎"。这种"不在乎"精神,是永远征不服的。

　　为了反映"不在乎",作《跑警报》。

1984 年 12 月 6 日

【注释】

〔1〕本篇选自《汪曾祺文集·散文卷》,江苏文艺出版社 1994 年版。

　　《跑警报》讲述抗日战争时期在西南联大学生躲避日军飞机空袭的一段生活场景。汪曾祺很善于从闲笔入手，他从一则课堂趣事中巧妙地引出了"跑警报"的主题。在文章中，汪曾祺提到："也有叫'逃警报'或'躲警报'的，都不如'跑警报'准确。'躲'，太消极；'逃'又太狼狈。唯有这个'跑'字于紧张中透出从容，最有风度，也最能表达丰富生动的内容。"事实上，汪曾祺就是用这种从容而又幽默的语言写出了中国人面对灾难时的淡定和坦然。

　　汪曾祺在文章中描述了跑警报过程中发生的种种趣事，看书、闲聊、打桥牌、谈恋爱。跑警报，不但没有生命遭受威胁的紧张感，反而透出一种生活气息："昆明做小买卖的，有了警报，就把担子挑到郊外来了。五味俱全，什么都有。"同时，汪曾祺也刻画了一组面对灾难，各具性格特色的人物，如每当空袭警报响起，就"背一壶水，带点吃的，夹着一卷温飞卿或李商隐的诗，向郊外走去"的马姓男生，面对空袭，能从容地洗头的罗姓女生和不动声色搅和冰塘莲子的郑姓男生。

　　汪曾祺有意发掘严酷的生活中的浪漫与诗意，正是要借此宣扬一种乐观通达的人生态度，即中国人"不在乎"的民族心理。

□余光中

　　余光中，福建永春人，出生于南京。曾在金陵大学与厦门大学外文系就学，1951 年毕业于台湾大学外文系。1959 年获爱荷华大学艺术硕士学位。曾任台湾师范大学、政治大学与香港中文大学教授、高雄市中山大学文学院院长。其人"左手为诗，右手为文"，著有诗集《舟子的悲歌》(1952)、《莲的联想》(1964)、《白玉苦瓜》(1974)，散文集《左手的缪斯》(1963)、《逍遥游》(1965)、《听听那冷雨》(1974)等各十余部，另外还有评论集《掌上雨》(1963)。

听听那冷雨〔1〕

　　惊蛰一过，春寒加剧。先是料料峭峭，继而雨季开始，时而淋淋漓漓，时而淅淅沥沥，天潮潮地湿湿，即使在梦里，也似乎有把伞撑着，而就凭一把伞，躲过一阵潇潇的冷雨，也躲不过整个雨季，连思想也都是潮润润的。每天回家，曲折穿过金门街到厦门街迷宫式的长巷短巷，雨里风里，走入霏霏令人更想入非非，想这样子的台北凄凄切切完全是黑白片的味道，想整个中国整部中国的历史无非是一张黑白片子，片头到片尾，一直是这样下着雨的。这种感觉，不知道是不是从安东尼奥尼那里来的。不过那一块土地是久违了，二十五年，四分之一的世纪,即使有雨,也隔着千山万山,千伞万伞。二十五年,一切都断了,只有气候,只有气象报告还牵连在一起。大寒流从那块土地上弥天卷来,这种酷冷吾与古大陆分担,不能扑进她怀里,被她的裾边扫一扫也算是安慰孺慕之情。

这样想时,严寒里竟有一点温暖的感觉了。这样想时,他希望这些狭长的巷子永远延伸下去,他的思路也可以延伸下去,不是金门街到厦门街,而是金门到厦门。他是厦门人,至少是广义的厦门人,二十年来,不住在厦门,住在厦门街,算是嘲弄吧,也算是安慰。不过说到广义,他同样也是广义的江南人,常州人,南京人,川娃儿,五陵少年。杏花春雨江南,那是他的少年时代了。再过半个月就是清明,安东尼奥尼的镜头摇过去,摇过去又摇过来。残山剩水犹如是,皇天后土犹如是。纭纭黔首纷纷黎民从北到南犹如是。那里面是中国吗?那里面当然还是中国,永远是中国。只是杏花春雨已不再,牧童遥指已不再,剑门细雨渭城轻尘也都已不再。然则他日思夜梦的那片土地,究竟在哪里呢?

在报纸的头条标题里吗?还是香港的谣言里?还是傅聪的黑键白键马思聪的舞弓拨弦?还是安东尼奥尼的镜底勒马洲的望中?还是呢,故宫博物院的壁头和玻璃柜内,京戏的锣鼓声中太白和东坡的韵里?

杏花。春雨。江南。六个方块字,或许那片土就在那里面。而无论赤县也好神州也好中国也好,变来变去,只要仓颉的灵感不灭,美丽的中文不老,那形象,那磁石一般的向心力当必然长在。因为一个方块字是一个天地。太初有字,于是汉族的心灵,祖先的回忆和希望便有了寄托。譬如凭空写一个"雨"字,点点滴滴,滂滂沱沱,淅淅沥沥,一切云情雨意,就宛然其中了。视觉上的这种美感,岂是什么 rain 也好 pluie 也好所能满足?翻开一部《辞源》或《辞海》,金木水火土,各成世界,而一入"雨"部,古神州的天颜千变万化,便悉在望中,美丽的霜雪云霞,骇人的雷电霹雹,展露的无非是神的好脾气与坏脾气,气象台百读不厌门外汉百思不解的百科全书。

听听,那冷雨。看看,那冷雨。嗅嗅闻闻,那冷雨,舔舔吧,那冷雨。雨在他的伞上,这城市百万人的伞上,雨衣上,屋上,天线上,雨下在基隆港,在防波堤,在海峡的船上,清明这季雨。雨是女性,应该最富于感性。雨气空蒙而迷幻,细细嗅嗅,清清爽爽新新,有一点薄荷的香味。浓的时候,竟发出草和树林之后特有的淡淡土腥气,也许那竟是蚯蚓和蜗牛的腥气吧,毕竟是惊蛰了啊。也许地上的地下的生命,也许古中国层层叠叠的记忆皆蠢蠢而蠕,也许是植物的潜意识和梦吧,那腥气。

第三次去美国,在高高的丹佛山居住了两年。美国的西部,多山多沙漠,千里干旱,天,蓝似盎格鲁·撒克逊人的眼睛;地,红如印第安人的肌肤;云,却是罕见的白鸟。落基山簇簇耀目的雪峰上,很少飘云牵雾。一来高,二来干,三来森林线以上,杉柏也止步,中国诗词里"荡胸生层云"或是"商略黄昏雨"的意趣,是落基山上难睹的景象。落基山岭之胜,在石,在雪。那些奇岩怪石,相叠互倚,砌一场惊心动魄的雕塑展览,给太阳和千里的风看。那雪,白得虚虚幻幻,冷得清清醒醒,那股皑皑不绝一仰难尽的气势,压得人呼吸困难,心寒眸酸。不过要领略"白云回望合,青霭入看无"的境界,乃须回中国。台湾湿度很高,最饶云气氤氲雨意迷离的情调。两度夜宿溪头,树香沁鼻,宵寒袭肘,枕着润碧湿翠苍苍交叠的山影和万籁都歇的俱寂,仙人一样睡去。山中一夜饱雨,次晨醒来,在旭日未升的原始幽静中,冲着隔夜的寒气,踏着满地的断柯折枝和仍在流泻的细股雨水,一径探入森林的秘密,曲曲弯弯,步上山去,溪头的山,树密雾浓,翁郁的水气从谷底冉冉升起,时稠时稀,蒸腾多姿,幻化无定,只能从雾破云开的空处,窥见乍现即隐的一峰半壑,要纵览全貌,几乎是不可能的。至少上山两次,只能在白茫茫里和溪头诸峰玩捉迷藏的游戏,回到台北,世人问起,除了笑而不答心自闲,故作神秘之外,实际的印象也无非山在虚无之间罢了。云缭烟绕,山隐水迢的中国风景,由来予人宋画的韵味。那天下也许是赵家的天下,那山水却是米家的山水,而究竟,是米氏父子下笔像中国的山水,还是中国的山水上纸像宋画。恐怕是谁也说不清楚了吧?

　　雨不但可嗅,可观,更可以听,听听那冷雨。听雨,只要不是石破天惊的台风暴雨,在听觉上总是一种美感。大陆上的秋天无论是疏雨滴梧桐,或是骤雨打荷叶,听去总有一点凄凉,凄清凄楚,于今在岛上回味,则在凄楚之外,更笼上一层凄迷了。饶你多少豪情侠气,怕也经不起三番五次的风吹雨打。一打少年听雨,红烛昏沉。二打中年听雨,客舟中,江阔云低。三打白头听雨的僧庐下。这更是亡宋之痛。一颗敏感心灵的一生,楼上,江上,庙里,用冷冷的雨珠子串底。十年前,他曾在一场摧心折骨的鬼雨中迷失了自己。雨,该是一滴湿漓漓的灵魂,在窗外喊谁。

　　雨打在树上和瓦上,韵律都清脆可听。尤其是铿铿敲在屋瓦上,那古老的音乐,属于中国。王禹偁在黄冈,破如椽的大竹为屋瓦。据说住在竹楼上面,急雨声如瀑布,密雪声比碎玉。而无论鼓琴,咏诗,下棋,投壶,共鸣的效果都特别好。这样岂不像住在竹筒里面,任何细脆的声响,怕都会加倍夸大,反而令人耳朵过敏吧。

　　雨天的屋瓦,浮漾湿湿的流光,灰而温柔,迎光则微明,背光则幽黯,对于视觉,是一种低沉的安慰,至于雨敲在鳞鳞千瓣的瓦上,由远而近,轻轻重重轻轻,夹着一股股的细流沿瓦槽与屋檐潺潺泻下,各种敲击音与滑音密织成网,谁的千指百指在按摩耳轮,"下雨了!"温柔的灰美人来了,她冰冰的纤手在屋顶拂弄着无数的黑键啊灰键,把响午一下子奏成了黄昏。

　　在古老的大陆上,千屋万户是如此。二十多年前,初来这岛上,日式的瓦屋亦是如此。先是天暗了下来,城市像罩在一块巨幅的毛玻璃里,阴影在户内延长复加深。然后凉凉的水意弥漫在空间,风自每一个角落里旋起,感觉得到,每一个屋顶上呼吸沉重都覆着灰云。雨来了,最轻的敲打乐敲打这城市。苍茫的屋顶,远远近近,一张张敲过去,古老的琴,那细细密密的节奏,单调里自有一种柔婉与亲切,滴滴点点滴滴,似幻似真,若孩时在摇篮里,一曲耳熟的童谣摇摇欲睡,母亲吟哦鼻音与喉音。或是在江南的泽国水乡,一大筐绿油油的桑叶被啃于千百头蚕,细细琐琐屑屑,口器与口器咀咀嚼嚼。雨来了,雨来的时候瓦这么说,一片瓦说千亿片瓦说,说轻轻地奏吧沉沉地弹,徐徐地叩吧挞挞地打,间间歇歇敲一个雨季,即兴演奏从惊蛰到清明,在零落的坟上冷冷奏挽歌,一片瓦吟千亿片瓦吟。

在日式的古屋里听雨,听四月,霏霏不绝的黄梅雨,朝夕不断,旬月绵延,湿黏黏的苔藓从石阶下一直侵到舌底,心底。到七月,听台风台雨在古屋顶上一夜盲奏,千层海底的热浪沸沸被狂风挟挟,掀翻整个太平洋只为向他的矮屋檐重重压下,整个海在他的蜗壳上哗哗泻过。不然便是雷雨夜,白烟一般的纱帐里听羯鼓一通又一通,滔天的暴雨滂滂沛沛扑来,强劲的电琵琶忐忐忑忑忐忐忑忑,弹动屋瓦的惊悸腾腾欲掀起。不然便是斜斜的西北雨斜斜刷在窗玻璃上,鞭在墙上打在阔大的芭蕉叶上,一阵寒潮泻过,秋意便弥湿日式的庭院了。

在日式的古屋里听雨,春雨绵绵听到秋雨潇潇,从少年听到中年,听听那冷雨。雨是一种单调而耐听的音乐是室内乐是室外乐,户内听听,户外听听,冷冷,那音乐。雨是一种回忆的音乐,听听那冷雨,回忆江南的雨下得满地是江湖下在桥上和船上,也下在四川在秧田和蛙塘,下肥了嘉陵江下湿布谷咕咕的啼声,雨是潮潮润润的音乐,下在渴望的唇上,舐舐那冷雨。

因为雨是最最原始的敲打乐,从记忆的彼端敲起。瓦是最最低沉的乐器,灰蒙蒙的温柔覆盖着听雨的人,瓦是音乐的雨伞撑起。但不久公寓的时代来临,台北你怎么一下子长高了,瓦的音乐竟成了绝响。千片万片的瓦翩翩,美丽的灰蝴蝶纷纷飞走,飞入历史的记忆。现在雨下下来下在水泥的屋顶和墙上,没有音韵的雨季。树也砍光了,那月桂,那枫树,柳树和擎天的巨椰,雨来的时候不再有丛叶嘈嘈切切,闪动湿湿的绿光迎接。鸟声减了啾啾,蛙声沉了咯咯,秋天的虫吟也减了唧唧。七十年代的台北不需要这些,一个乐队接一个乐队便遣散尽了。要听鸡叫,只有去诗经的韵里找。现在只剩下一张黑白片,黑白的默片。

正如马车的时代去后,三轮车的伕工也去了。曾经在雨夜,三轮车的油布篷挂起,送她回家的途中,篷里的世界小得多可爱,而且躲在警察的辖区以外,雨衣的口袋越大越好,盛得下他的一只手里握一只纤纤的手。台湾的雨季这么长,该有人发明一种宽宽的双人雨衣,一人分穿一只袖子此外的部分就不必分得太苛。而无论工业如何发达,一时似乎还废不了雨伞。只要雨不倾盆,风不横吹,撑一把伞在雨中仍不失古典的韵味。任雨点敲在黑布伞或是透明的塑胶伞上,将骨柄一旋,雨珠向四方喷溅,伞缘便旋成了一圈飞檐。跟女友共一把雨伞,该是一种美丽的合作吧。最好是初恋,有点兴奋,更有点不好意思,若即若离之间,雨不妨下大一点。真正初恋,恐怕是兴奋得不需要伞的,手牵手在雨中狂奔而去,把年轻的长发和肌肤交给漫天的淋淋漓漓,然后向对方的唇上颊上尝凉凉甜甜的雨水。不过那要非常年轻且激情,同时,也只能发生在法国的新潮片里吧。

　　大多数的雨伞想不会为约会张开。上班下班,上学放学,菜市来回的途中。现实的伞,灰色的星期三。握着雨伞。他听那冷雨打在伞上。索性更冷一些就好了,他想。索性把湿湿的灰雨冻成干干爽爽的白雨,六角形的结晶体在无风的空中回回旋旋地降下来。等须眉和肩头白尽时,伸手一拂就落了。二十五年,没有受故乡白雨的祝福,或许发上下一点白霜是一种变相的自我补偿吧。一位英雄,经得起多少次雨季? 他的额头是水成岩削成还是火成岩? 他的心底究竟有多厚的苔藓? 厦门街的雨巷走了二十年与记忆等长,一座无瓦的公寓在巷底等他,一盏灯在楼上的雨窗子里,等他回去,向晚餐后的沉思冥想去整理青苔深深的记忆。

　　前尘隔海。古屋不再。听听那冷雨。

【注释】

〔1〕本篇选自余光中散文集《听听那冷雨》,中国社会科学出版社 2003 年版。

【阅读提示】

　　《听听那冷雨》是余光中的散文代表作之一。"雨"是中国古代诗人反复歌咏的意象,"君问归期未有期,巴山夜雨涨秋池"。"雨",总是与游子、乡愁等意象联系在一起。同样,余光中通过对台湾春寒料峭中漫长雨季的细腻感受的描写,抒发了一个漂泊他乡的游子对故国、故土的无尽的乡愁。

　　作者通过通感、叠字、排比等多种表现手法,巧妙地利用了长句短句相间造成的节奏感,调动了听觉、视觉、嗅觉、味觉等多种感觉器官,把雨的形、色、声、味表现得淋漓尽致。如"听听,那冷雨。看看,那冷雨。嗅嗅闻闻,那冷雨,舔舔吧,那冷雨。雨在他的伞上,这城市百万人的伞上,雨衣上,屋上,天线上,雨下在基隆港,在防波堤,在海峡的船上,清明这季雨",仔细读读这些句子,你会有种丝丝雨幕漫卷而来的感觉。

贾平凹

　　贾平凹,原名贾平娃,生于陕西丹凤。1975 年西北大学中文系毕业,曾任陕西人民出版社文艺编辑、《长安》文学月刊编辑。1982年后就职西安市文联,从事专业创作。1992年创刊《美文》。任中国作家协会理事,作协陕西分会主席,西安市文联主席等职。主要作品有小说《商州》、《浮躁》、《废都》、《白夜》、《高老庄》、《怀念狼》、《病相报告》、《秦腔》、《高兴》等;散文集有《月迹》、《爱的踪迹》、《心迹》、《贾平凹散文自选集》、《坐佛》、《朋友》、《我的小桃树》等。曾获得全国文学大奖三次,"华语文学传媒大奖·二〇〇五年度杰出作家"及美国美孚飞马文学奖,法国费米那文学奖和法兰西文学艺术最高荣誉。

秦　腔[1]

　　山川不同,便风俗区别,风俗区别,便戏剧存异。普天之下人不同貌,剧不同腔;京、豫、晋、越、黄梅、二簧、四川高腔,几十种品类。或问:历史最悠久者,文武最正经者,是非最汹汹者?曰:秦腔也。正如长处和短处一样突出便见其风格,对待秦腔,爱者便爱得要死,恶者便恶得要命。外地人——尤其是自夸于长江流域的纤秀之士——最害怕秦腔的震撼;评论说得婉转的是:唱得有劲;说得直率的是:大喊大叫。于是,便有柔弱女子,常在戏台下以绒堵耳,又或在平日教训某人:你要不怎么怎么样,今晚让你去看秦腔!秦腔成了惩罚的代名词。所以,别的剧种可以各省走动,唯秦腔则如秦人一样,死不离窝;严重的乡土观念,也使其离不了窝:可能还在西北几个地方变腔走调的有些市场,却绝对冲不出往东南而去的潼关呢。

　　但是,几百年来,秦腔却没有被淘汰,被沉沦,这使多少人有大惑而不得其解。其解是有的,就在陕西这块土地上。如果是一个南方人,坐车轰轰隆隆往北走,渡过黄河,进入西岸,八百里秦川大地,原来竟是:一抹黄褐的平原;辽阔的地平线上,一处一处用木椽夹打成一尺多宽墙的土屋,粗笨而庄重;冲天而起的白杨,苦楝,紫槐,枝干粗壮如桶,叶却小似铜钱,迎风正反翻覆……。你立即就会明白了:这里的地理构造竟与秦腔的旋律维妙维肖的一统!再去接触一下秦人吧,活脱脱的一群秦始皇兵马俑的复出:高个,浓眉,眼和眼间隔略远,手和脚一样粗大,上身又稍稍见长于下身。当他们背着沉重的三角形状的犁铧,赶着山包一样团块组合式的秦川公牛,端着脑袋般大小的耀州瓷碗,蹲在立的卧的石碌子碌碡上吃着牛肉泡馍,你不禁又要改变起世界观了:啊,这是块多么空旷而实在的土地,在这块土地摸爬滚打的人群是多么"二愣"的民众!那晚霞烧起的黄昏里,落日在地平线上欲去不去的痛苦的妊娠,五里一村,十里一镇,高音喇叭里传播的秦腔互相交织,冲撞,这秦腔原来是秦川的天籁,地籁,人籁的共鸣啊!于此,你不渐渐感觉到了南方戏剧的秀而无骨吗?不深深地懂得秦腔为什么形成和存在而占却时间、空间的位置吗?

八百里秦川，以西安为界，咸阳，兴平，武功，周至，凤翔，长武，岐山，宝鸡，两个专区几十个县为西府；三原，泾阳，高陵，户县，合阳，大荔，韩城，白水，一个专区十几个县为东府。秦腔，就源于西府。在西府，民性敦厚，说话多用去声，一律咬字沉重，对话如吵架一样，哭丧又一呼三叹。呼喊远人更是特殊：前声拖十二分的长，末了方极快地道出内容。声韵的发展，使会远道喊人的人都从此有了唱秦腔的天才。老一辈的能唱，小一辈的能唱，男的能唱，女的能唱；唱秦腔成了做人最体面的事，任何一个乡下男女，只有唱秦腔，才有出人头地的可能，大凡有出息的，是个人才的，哪一个何曾未登过台，起码不能吼一阵乱弹呢！

　　农民是世上最劳苦的人，尤其是在这块平原上，生时落草在黄土炕上，死了被埋在黄土堆下；秦腔是他们大苦中的大乐。当老牛木犁疙瘩绳，在田野已经累得筋疲力尽，立在犁沟里大喊大叫来一段秦腔，那心胸肺腑，关关节节的困乏便一尽儿涤荡净了。秦腔与他们，要和"西凤"白酒，长线辣子，大叶卷烟，牛肉泡馍一样成为生命的五大要素。若与那些年长的农民聊起来，他们想象的伟大的共产主义生活，首先便是这五大要素。他们有的是吃不完的粮食，他们缺的是高超的艺术享受，他们教育自己的子女，不会是那些文豪们讲的，幼年不是祖母讲着动人的迷丽的童话，而是一字一板传授着秦腔。他们大都不识字，但却出奇地能一本一本整套背诵出剧本，虽然那常常是之乎者也的字眼从那一圈胡子的嘴里吐出来十分别扭。有了秦腔，生活便有了乐趣，高兴了，唱"快板"，高兴得像被烈性炸药爆炸了一样，要把整个身心粉碎在天空！痛苦了，唱"慢板"，揪心裂肠的唱腔却表现了多么有情有味的美来，美给了别人的享受，美也熨平了自己心中愁苦的皱纹。当他们在收获时节的土场上，在月在中天的庄院里，大吼大叫唱起来的时候，那种难以想象的狂喜，激动，雄壮，与那些献身于诗歌的文人，与那些有吃有穿却总感空虚的都市人相比，常说的什么伟大的永恒的爱情是多么渺小、有限和虚弱啊！

　　我曾经在西府走动了两个秋冬，所到之处，村村都有戏班，人人都会清唱。在黎明或者黄昏的时分，一个人独独地到田野里去，远远看着天幕下一个一个山包一样隆起的十三个朝代帝王的陵墓，细细辨认着田埂上，荒草中那一截一截汉唐时期石碑上的残字，高高的土屋上的窗口里就飘出一阵冗长的二胡声，几声雄壮的秦腔叫板，我就痴呆了，感觉到那村口的土尘里，一头叫驴的打滚是那么有力，猛然发现了自己心胸中一股强硬的气魄随同着胳膊上的肌肉疙瘩一起产生了。

　　每到农闲的夜里，村里就常听到几声锣响：戏班排演开始了。演员们都集合起来，到那古寺庙里去。吹、拉、弹、奏、翻、打、念、唱，提袍甩袖，吹胡瞪眼，古寺庙成了古今真乐府，天地大梨园。导演是老一辈演员，享有绝对权威；演员是一家几口，夫妻同台，父子同台，公公儿媳也同台。按秦川的风俗：父和子不能不有其序，爷和孙却可以无道，弟与哥嫂可以嬉闹无常，兄与弟媳则无正事不能多言。

但是，一到台上，秦腔面前人人平等，兄可以拜弟媳为帅为将，子可以将老父绳绑索捆。寺庙里有窗无扇，屋梁上蛛丝结网，夏天蚊虫飞来，成团成团在头上旋转，熏蚊草就墙角燃起，一声唱腔一声咳嗽。冬天里四面透风，柳木疙瘩火当中架起，一出场一脸正经，一下场凑近火堆，热了前怀，凉了后背。排演到什么时候，什么时候都有观众，有抱着二尺长的烟袋的老者，有凳子高、桌子高趴满窗台的孩子。庙里一个跟头未翻起，窗外就哇地一声叫倒好，演员出来骂一声：谁说不好的滚蛋！他们抓住窗台死不滚去，倒要连声讨好：翻得好！翻得好！更有殷勤的，跑回来偷拿了红薯、土豆，在火堆里煨熟给演员作夜餐，赚得进屋里有一个安全位置。排演到三更鸡叫，月儿偏西，演员们散了，孩子们还围了火堆弯腰踢腿，学那一招一式。

一出戏排成了，一人传出，全村振奋，扳着指头盼那上演日期。一年十二个月，正月元宵日，二月龙抬头，三月三，四月四，五月初五过端午，六月六日晒丝绸，七月过半，八月中秋，九月初九，十月一日，再是那腊月五豆，腊八，二十三……月月有节，三月一会，那戏必是上演的。戏台是全村人的共同的事业，宁肯少吃少穿也要筹资积款，买上好的木石，请高强的工匠来修筑。村子富不富，就比这戏台阔不阔。一演出，半下午人就扛凳子去占坐位了，未等戏开，台下坐的、站的人头攒拥，台两边阶上立的卧的是一群顽童。那锣鼓就叮叮咣咣地闹台，似乎整个世界要天翻地覆了。各类小吃趁机摆开，一个食摊上一盏马灯，花生，瓜子，糖果，烟卷，油茶，麻花，烧鸡，煎饼，长一声短一声叫卖不绝。锣鼓还在一声儿敲打，大幕只是不拉，演员偶尔从幕边往下望望，下边就喊：开演呀，场子都满了！幕布放下，只说就要出场了，却又叮叮咣咣不停。台下就乱了，后边的喊前边的坐下，前边的喊后边的为什么不说最前边的立着；场外的大声叫着亲朋子女名字，问有坐处没有，场内的锐声回应快进来；有要吃煎饼的喊熟人去买一个，熟人买了站在场外一扬手，"日"地一声隔人头甩去，不偏不倚目标正好；左边的喊右边的踩了他的脚，右边的叫左边的挤了他的腰，一个说：狗年快完了，你还叫啥哩？一个说：猪年还没到，你便拱开了！言语伤人，动了手脚；外边的趁机而入，一时四边向里挤，里边向外扛。人的旋涡涌起，如四月的麦田起风，根儿不动，头身一会儿倒西，一会儿倒东；喊声、骂声、哭声一片。有拼命挤将出来的，一出来方觉世界偌大，身体胖肿，但差不多却光了脚，乱了头发。大幕又一挑，站出戏班头儿，大声叫喊要维持秩序，立即就跳出一个两个所谓"二干子"人物来。这类人物多是头脑简单，四肢发达，却十二分忠诚于秦腔，此时便拿了树条儿，哪里人挤，哪里打去，如凶神恶煞一般。人人恨骂这些人，人人又都盼有这些人，叫他们是秦腔宪兵，宪兵者越发忠于职责，虽然彻夜不得看戏，但大家一夜满足了，他们也就满足了一夜。

终于台上锣鼓停了，大幕拉开，角色出场。但不管男的女的，出来偏不面对

267

观众，一律背身掩面，女的就碎步后移，水上漂一样，台下就叫：瞧那腰身，那肩头，一身的戏哟！是男的就摇那帽翎，一会双摇，一会单摇，一边上下飞闪，一边纹丝不动，台下便叫：绝了，绝了！等到那角色儿猛一转身，头一高扬，一声高叫，声如炸雷豁啷啷直从人们头顶碾过，全场一个冷颤，从头到脚，每一个手指尖儿，每一根头发梢儿都麻酥酥的了。如果是演《救裴生》，那慧娘站在台中往下蹲，慢慢地，慢慢地，慧娘蹲下去了，全场人头也矮下去了半尺，等那慧娘往起站，慢慢地，慢慢地，慧娘站起来了，全场人的脖子也全拉长了起来。他们不喜欢看生戏，最欢迎看熟戏，那一腔一调都晓得，哪个演员唱得好，就摇头晃脑跟着唱，哪个演员走了调，台下就有人要纠正。说穿了，看秦腔不为求新鲜，他们只图过过瘾。

在这样的地方，这样的环境，这样的气氛，面对着这样的观众，秦腔是最逞能的，它的艺术的享受，是和拥挤而存在，是有力气而获得的。如果是冬天，那风在刮着，像刀子一样，如果是夏天，人窝里热得如蒸笼一般，但只要不是大雪，冰雹，暴雨，台下的人是不肯撤场的。最可贵的是那些老一辈的秦腔迷，他们没有力气挤在台下，也没有好眼力看清演员，却一溜一排地蹲在戏台两侧的墙根，吸着草烟，慢慢将唱腔品赏。一声叫板，便可以使他们坠入艺术之宫，"听了秦腔，肉酒不香"，他们是体会得最深。那些大一点的，脾性野一点的孩子，却占领了戏场周围所有的高空，杨树上，柳树上，槐树上，一个枝杈一个人。他们常常乐而忘了险境，双手鼓掌时竟从树杈上掉下来，掉下来自不会损伤，因为树下是无数的人头，只是招致一顿臭骂罢了。更有一些爬在了场边的麦秸垛上，夏天四面来风，好不凉快，冬日就趴个草洞，将身子缩进去，露一个脑袋，也正是有闲阶级享受不了秦腔吧，他们常就瞌睡了，一觉醒来，月在西天，戏毕人散，只好苦笑一声悄然没声儿地溜下来回家敲门去了。

当然，一次秦腔演出，是一次演员亮相，也是一次演员受村人评论的考场。每每角色一出场，台下就一片喊喊喳喳：这是谁的儿子，谁的女子，谁家的媳妇，娘家何处？于是乎，谁有出息，谁没能耐，一下子就有了定论。有好多外村的人来提亲说媒，总是就在这个时候进行。据说有一媒人将一女子引到台下，相亲台上一个男演员，事先夸口这男的如何俊样，如何能干，但戏演了过半，那男的还未出场，后来终于出来，是个国民党的伪兵，持枪还未走到中台，扮游击队长的演员挥枪一指，"叭"地一声，那伪兵就倒地而死，爬着钻进了后幕。那女子当下哼一声，闭了嘴，一场亲事自然了了。这是喜中之悲一例。据说还有一例，一个老头在脖子上架了孙孙去看戏，孙孙吵着要回家，老头好说好劝只是不忍半场而去，便破费买了半斤花生，他眼盯着台上，手在下边剥花生，然后一颗一颗扬手喂到孙孙嘴里，但喂着喂着，竟将一颗塞进孙孙鼻孔，吐不出，咽不下，口鼻出血，连夜送到医院动手术，花去了七十元钱。但是，以秦腔引喜的事却不计其数。每个村里，总会有那么个老汉，夜里看戏，第二天必是头一个起床往戏台下跑。戏台下一片石头、砖头，一堆堆瓜子皮，糖果纸，烟屁股，他掀掀这块石头，踢踢那堆尘土，少不了要捡到一角两角甚至三元四元钱币来，或者一只鞋，或者一条手帕。这是村里钻刁人干的营生，而馋嘴的孩子们有的则夜里趁各家锁门之机，去地里摘那香瓜来吃，去谁家院里将桃杏装在背心兜里回来分红。自然少不了有那些青春妙龄的少男少女，则往往在台下混乱之中眼送秋波，或者就悄悄退出，相依相偎到黑黑的渠畔树林子里去了……

秦腔在这块土地上，有着神圣的不可动摇的基础。凡是到这些村庄去下乡，到这些人家去做客，他们最高级的接待是陪着看一场秦腔，实在不逢年过节，他们就会要合家唱一会乱弹，你只能点头称好，不能耻笑，甚至不能有一点不入神的表示。他们一生最崇敬的只有两种人：一是国家领导人，一是当地的秦腔名角。即是在任何地方，这些名角没有在场，只要发现了名角的父母，去商店买油是不必排队的，进饭馆吃饭是会有座位的，就是在半路上挡车，只要喊一声：我是某某的什么，司机也便要嘎地停车。但是，谁要侮辱一下秦腔，他们要争死争活地和你论理，以至大打出手，永远使你记住教训。每每村里过红白丧喜之事，那必是要包一台秦腔的，生儿以秦腔迎接，送葬以秦腔致哀，似乎这人生的世界，就是秦腔的舞台，人只要在舞台上，生，旦，净，丑，才各显了真性，恶的夸张其丑，善的凸现其美，善的使他们获得美的教育，恶的也使丑里化作了美的艺术。

广漠旷远的八百里秦川，只有这秦腔，也只能有这秦腔，八百里秦川的劳作农民只有也只能有这秦腔使他们喜怒哀乐。秦人自古是大苦大乐之民众，他们的家乡交响乐除了大喊大叫的秦腔还能有别的吗？

1983 年 5 月 2 日于五味村

【注释】

〔1〕本篇选自《贾平凹散文选集》，百花文艺出版社 2004 年版。

【阅读提示】

《秦腔》通过对秦人自导、自演、自观、自评秦腔的痴醉迷狂的传统风俗的描述，不但传神地表现了一个地方剧种的特色，更展现了八百里秦川人潜藏于意识深层的刚烈、豪放、忍耐的地域特质和蓬勃旺盛的生命力。在散文的叙述视点上，作者突破了传统散文抒写个人情志的内视结构，而是以阔大的视野，在一定的审美距离下审视客观外在世界，表现了秦地老百姓的生存状态。在贾平凹笔下，秦腔便是黄土地上的老百姓生生不息的命运之声。"当老牛木犁疙瘩绳，在田野已经累得筋疲力尽，立在犁沟里大喊大叫来一段秦腔，那心胸肺腑，关关节节的困乏便一尽儿涤荡净了。"在这里，"秦腔是他们大苦中的大乐"，是秦地人平庸和苦难的日常生活的自我宣泄和自我升华,是他们生命中美感和欢乐的源泉。

□余秋雨

余秋雨,浙江余姚人。曾任上海戏剧学院院长、教授,上海写作学会会长。在内地和台湾出版中外艺术史论专著多部,曾赴海内外许多大学和文化机构讲学。获中国作家协会鲁迅文学奖、中国出版奖、上海优秀文学作品奖、台湾联合报读书人最佳书奖(连续两届)、台湾中国时报白金作家奖、马来西亚最受欢迎的华语作家奖、香港电台最受欢迎书籍奖等。余秋雨作为学者与作家,兼及学术与创作两个领域,论著有《中国戏剧文化史述》、《戏剧审美心理学》、《戏剧理论史稿》、《艺术创造的工程》等,散文集有《文化苦旅》、《文明的碎片》、《山居笔记》、《霜冷长河》等。

风雨天一阁[1]

一

不知怎么回事,天一阁对于我,一直有一种奇怪的阻隔。照理,我是读书人,它是藏书楼,我是宁波人,它在宁波城,早该频频往访的了,然而却一直不得其门而入。1976 年春到宁波养病,住在我早年的老师盛钟健先生家,盛先生一直有心设法把我弄到天一阁里去看一段时间书,但按当时的情景,手续颇烦人,我也没有读书的心绪,只得作罢。后来情况好了,宁波市文化艺术界的朋友们总要定期邀我去讲点课,但我每次都是来去匆匆,始终没有去过天一阁。

是啊,现在大批到宁波作几日游的普通上海市民回来都在大谈天一阁,而我这个经常钻研天一阁藏本重印书籍、对天一阁的变迁历史相当熟悉的人却从未进阁,实在说不过去。直到 1990 年 8 月我再一次到宁波讲课,终于在讲完的那一天支支吾吾地向主人提出了这个要求。主人是文化局副局长裴明海先生,天一阁正属他管辖,在对我的这个可怕缺漏大吃一惊之余立即决定,明天由他亲自陪同,进天一阁。

但是,就在这天晚上,台风袭来,暴雨如注,整个城市都在柔弱地颤抖。第二天上午如约来到天一阁时,只见大门内的前后天井、整个院子全是一片汪洋。打落的树叶在水面上翻卷,重重砖墙间透出湿冷冷的阴气。

看门的老人没想到文化局长会在这样的天气陪着客人前来,慌忙从清洁工人那里借来半高统雨鞋要我们穿上,还递来两把雨伞。但是,院子里积水太深,才下脚,鞋统已经进水,唯一的办法是干脆脱掉鞋子,挽起裤管蹚水进去。本来浑身早已被风雨搅得冷飕飕的了,赤脚进水立即通体一阵寒噤。就这样,我和裴明海先生相扶相持,高一脚低一脚地向藏书楼走去。天一阁,我要靠近前去怎么这样难呢?明明已经到了跟前,还把风雨大水作为最后一道屏障来阻拦。我知道,历史上的学者要进天一阁看书是难乎其难的事,或许,我今天进天一阁也要在天帝的主持下举行一个狞厉的仪式?

天一阁之所以叫天一阁,是创办人取《易经》中"天一生水"之义,想借水防火,来免去历来藏书者最大的忧患火灾。今天初次相见,上天分明将"天一生水"的奥义活生生地演绎给了我看,同时又逼迫我以最虔诚的形貌投入这个仪式,剥除斯文,剥除参观式的优闲,甚至不让穿着鞋子踏入圣殿,背躬曲膝、哆哆嗦嗦地来到跟前。今天这里再也没有其他参观者,这一切岂不是一种超乎寻常的安排?

二

不错,它只是一个藏书楼,但它实际上已成为一种极端艰难、又极端悲怆的文化奇迹。

中华民族作为世界上最早进入文明的人种之一,让人惊叹地创造了独特而美丽的象形文字,创造简帛,然后又顺理成章地创造了纸和印刷术。这一切,本该迅速地催发出一个书籍海洋,把壮阔的华夏文明播扬翻腾。但是,野蛮的战火几乎不间断地在焚烧着脆薄的纸页,无边的愚昧更是在时时吞食着易碎的智慧。一个为写书、印书创造好了一切条件的民族竟不能堂而皇之地拥有和保存很多书,书籍在这块土地上始终是一种珍罕而又陌生的怪物,于是,这个民族的精神天地长期处于散乱状态和自发状态,它常常不知自己从哪里来,到哪里去,自己究竟是谁,要干什么。

只要是智者,就会为这个民族产生一种对书的企盼。他们懂得,只有书籍,才能让这么悠远的历史连成缆索,才能让这么庞大的人种产生凝聚,才能让这么广阔的土地长存文明的火种。很有一些文人学士终年辛劳地以抄书、藏书为业,但清苦的读书人到底能藏多少书,而这些书又何以保证历几代而不流散呢?"君子之泽,五世而斩",功名资财、良田巍楼尚且如此,更遑论区区几箱书?宫廷当然有不少书,但在清代之前,大多构不成整体文化意义上的藏书规格,又每每毁于改朝换代之际,是不能够去指望的。鉴于这种种情况,历史只能把藏书的事业托付给一些非常特殊的人物了。这种人必得长期为官,有足够的资财可以搜集书籍;这种人为官又最好各地迁移,使他们有可能搜集到散落四处的版本;这种人必须有极高的文化素养,对各种书籍的价值有迅捷的敏感;这种人必须有清晰的管理头脑,从建藏书楼到设计书橱都有精明的考虑,从借阅规则到防火措施都有周密的安排;这种人还必须有超越时间的深入谋划,对如何使自己的后代把藏书保存下去有预先的构想。当这些苛刻的条件全都集于一身时,他才有可能成为古代中国的一名藏书家。

这样的藏书家委实也是出过一些的,但没过几代,他们的事业都相继萎谢。他们的名字可以写出长长一串,但他们的藏书却早已流散得一本不剩了。那么,这些名字也就组合成了一种没有成果的努力,一种似乎实现过而最终还是未能实现的悲剧性愿望。

能不能再出一个人呢,哪怕仅仅是一个,他可以把上述种种苛刻的条件提升得更加苛刻,他可以把管理、保存、继承诸项关节琢磨到极端,让偌大的中国留下一座藏书楼,一座,只是一座! 上天,可怜可怜中国和中国文化吧。

这个人终于有了,他便是天一阁的创建人范钦。

清代乾嘉时期的学者阮元说:"范氏天一阁,自明至今数百年,海内藏书家,唯此岿然独存。"

这就是说,自明至清数百年广阔的中国文化界所留下的一部分书籍文明,终于找到了一所可以稍加归拢的房子。

明以前的漫长历史,不去说它了,明以后没有被归拢的书籍,也不去说它了,我们只向这座房子叩头致谢吧,感谢它为我们民族断残零落的精神史,提供了一个小小的栖脚处。

三

范钦是明代嘉靖年间人,自二十七岁考中进士后开始在全国各地做官,到的地方很多,北至陕西、河南、南至两广、云南,东至福建、江西,都有他的宦迹。最后做到兵部右侍郎,官职不算小了。这就为他的藏书提供了充裕的财力基础和搜罗空间。在文化资料十分散乱,又没有在这方面建立起像样的文化市场的当时,官职本身也是搜集书籍的重要依凭。他每到一地做官,总是非常留意搜集当地的公私刻本,特别是搜集其他藏书家不甚重视、或无力获得的各种地方志、正书、实录以及历科试士录,明代各地仕人刻印的诗文集,本是很容易成为过眼烟云的东西,他也搜得不少。这一切,光有搜集的热心和资财就不够了。乍一看,他是在公务之暇把玩书籍,而事实上他已经把人生的第一要务看成是搜集图书,做官倒成了业余,或者说,成了他搜集图书的必要手段。他内心隐潜着的轻重判断是这样,历史的宏观裁断也是这样。好像历史要当时的中国出一个藏书家,于是把他放在一个颠簸九州的官位上来成全他。

一天公务,也许是审理了一宗大案,也许是弹劾了一名贪官,也许是调停了几处官场恩怨,也许是理顺了几项财政关系,衙堂威仪,朝野声誉,不一而足。然而他知道,这一切的重量加在一起也比不过傍晚时分差役递上的那个薄薄的蓝布包袱,那里边几册按他的意思搜集来的旧书,又要汇入行箧。他那小心翼翼翻动书页的声音，比开道的鸣锣和吆喝都要响亮。

范钦的选择，碰撞到了我近年来特别关心的一个命题：基于健全人格的文化良知，或者倒过来说，基于文化良知的健全人格。没有这种东西，他就不可能如此矢志不移，轻常人之所重，重常人之所轻。他曾毫不客气地顶撞过当时在朝廷权势极盛的皇亲郭勋，因而遭到廷杖之罚，并下过监狱。后来在仕途上仍然耿直不阿，公然冒犯权奸严氏家族，严世藩想加害于他，而其父严嵩却说："范钦是连郭勋都敢顶撞的人，你参了他的官，反而会让他更出名。"结果严氏家族竟奈何范钦不得。我们从这些事情可以看到，一个成功的藏书家在人格上至少是一个强健的人。

这一点我们不妨把范钦和他身边的其他藏书家作个比较。与范钦很要好的书法大师丰坊也是一个藏书家，他的字毫无疑问要比范钦写得好，一代书家董其昌曾非常钦佩地把他与文徵明并列，说他们两人是"墨池董狐"，可见在整个中国古代书法史上，他也是一个耀眼的星座。他在其他不少方面的学问也超过范钦，例如他的专著《五经世学》，就未必是范钦写得出来的。但是，作为一个地道的学者艺术家，他太激动，太天真，太脱世，太不考虑前后左右，太随心所欲。起先他也曾狠下一条心变卖掉家里的千亩良田来换取书法名帖和其他书籍，在范钦的天一阁还未建立的时候他已构成了相当的藏书规模，但他实在不懂人情世故，不懂口口声声尊他为师的门生们也可能是巧取豪夺之辈，更不懂得藏书楼防火的技术，结果他的全部藏书到他晚年已有十分之六被人拿走，又有一大部分毁于火灾，最后只得把剩余的书籍转售给范钦。范钦既没有丰坊的艺术才华，也没有丰坊的人格缺陷，因此，他以一种冷峻的理性提炼了丰坊也会有的文化良知，使之变成一种清醒的社会行为。相比之下，他的社会人格比较强健，只有这种人才能把文化事业管理起来。太纯粹的艺术家或学者在社会人格上大多缺少旋转力，是办不好这种事情的。

另一位可以与范钦构成对比的藏书家正是他的侄子范大澈。范大澈从小受叔父影响，不少方面很像范钦，例如他为官很有能力，多次出使国外，而内心又对书籍有一种强烈的癖好；他学问不错，对书籍也有文化价值上的裁断力，因此曾被他搜集到一些重要珍本。他藏书，既有叔父的正面感染，也有叔父的反面刺激。据说有一次他向范钦借书而范钦不甚爽快，便立志自建藏书楼来悄悄与叔父争胜，历数年努力而楼成，他就经常邀请叔父前去作客，还故意把一些珍贵秘本放在案上任叔父随意取阅。遇到这种情况，范钦总是淡淡的一笑而已。在这里，叔侄两位藏书家的差别就看出来了。侄子虽然把事情也搞得很有样子，但背后却隐藏着一个意气性的动力，这未免有点小家子气了。在这种情况下，他的终极性目标是很有限的，只要把楼建成，再搜集到叔父所没有的版本，他就会欣然自慰。结果，这位作为后辈新建的藏书楼只延续几代就合乎逻辑地流散了，而天一阁却以一种怪异的力度屹立着。

实际上,这也就是范钦身上所支撑着的一种超越意气、超越嗜好、超越才情,因此也超越时间的意志力。这种意志力在很长时间内的表现常常让人感到过于冷漠、严峻,甚至不近人情,但天一阁就是靠着它延续至今的。

四

藏书家遇到的真正麻烦大多是在身后,因此,范钦面临的问题是如何把自己的意志力变成一种不可动摇的家族遗传。不妨说,天一阁真正堪称悲壮的历史,开始于范钦死后。我不知道保住这座楼的使命对范氏家族来说算是一种荣幸,还是一场延绵数百年的苦役。

活到八十高龄的范钦终于走到了生命尽头,他把大儿子和二媳妇(二儿子已亡故)叫到跟前,安排遗产继承事项。

老人在弥留之际还给后代出了一个难题,他把遗产分成两份,一份是万两白银,一份是一楼藏书,让两房挑选。

这是一种非常奇怪的遗产分割法。万两白银立即可以享用,而一楼藏书则除了沉重的负担没有任何享用的可能,因为范钦本身一辈子的举止早已告示后代,藏书绝对不能有一本变卖,而要保存好这些藏书每年又要支付一大笔费用。为什么他不把保存藏书的责任和万两白银都一分为二让两房一起来领受呢?为什么他要把权利和义务分割得如此彻底要后代选择呢?

我坚信这种遗产分割法老人已经反复考虑了几十年。实际上这是他自己给自己出的难题:要么后代中有人义无反顾、别无他求地承担艰苦的藏书事业,要么只能让这一切都随自己的生命烟消云散!他故意让遗嘱变得不近情理,让立志继承藏书的一房完全无利可图。因为他知道这时候只要有一丝掺假,再隔几代,假的成分会成倍地扩大,他也会重蹈其他藏书家的覆辙。他没有丝毫意思讽刺或鄙薄要继承万两白银的那一房,诚实地承认自己没有承接这项历史性苦役的信心,总比在老人病榻前不太诚实的信誓旦旦好得多。但是,毫无疑问,范钦更希望在告别人世的最后一刻听到自己企盼了几十年的声音。他对死神并不恐惧,此刻却不无恐惧地直视着后辈的眼睛。

大儿子范大冲立即开口,他愿意继承藏书楼,并决定拨出自己的部分良田,以田租充当藏书楼的保养费用。

就这样,一场没完没了的接力赛开始了。多少年后,范大冲也会有遗嘱,范大冲的儿子又会有遗嘱……,后一代的遗嘱比前一代还要严格。藏书的原始动机越来越远,而家族的繁衍却越来越大,怎么能使后代众多支脉的范氏世谱中每一家每一房都严格地恪守先祖范钦的规范呢?这实在是一个值得我们一再品味的艰难课题。在当时,一切有历史跨度的文化事业只能交付给家族传代系列,但家族传代本身却是一种不断分裂、异化、自立的生命过程。让后代的后代接受一个需要终生投入的强硬指令，是十分违背生命的自在状态的；让几百年之后的后裔不经自身体验就来沿袭几百年前某位祖先的生命冲动，也难免有许多憋气的地方。不难想象，天一阁藏书楼对于许多范氏后代来说几乎成了一个宗教式的朝拜对象，只知要诚惶诚恐地维护和保存，却不知是为什么。按照今天的思维习惯，人们会在高度评价范氏家族的丰功伟绩之余随之揣想他们代代相传的文化自觉，其实我可肯定此间埋藏着许多难以言状的心理悲剧和家族纷争，这个在藏书楼下生活了几百年的家族非常值得同情。

后代子孙免不了会产生一种好奇，楼上究竟是什么样的呢？到底有哪些书，能不能借来看看？亲戚朋友更会频频相问，作为你们家族世代供奉的这个秘府，能不能让我们看上一眼呢？

范钦和他的继承者们早就预料到这种可能，而且预料藏书楼就会因这种点滴可能而崩坍，因而已经预防在先。他们给家族制定了一个严格的处罚规则，处罚内容是当时视为最大屈辱的不予参加祭祖大典，因为这种处罚意味着在家族血统关系上亮出了"黄牌"，比杖责鞭笞之类还要严重。处罚规则标明：子孙无故开门入阁者，罚不与祭三次；私领亲友入阁及擅开书橱者，罚不与祭一年；擅将藏书借出外房及他姓者，罚不与祭三年，因而典押事故者，除追惩外，永行摈逐，不得与祭。

在此，必须讲到那个我每次想起都很难过的事件了。嘉庆年间，宁波知府丘铁卿的内侄女钱绣芸是一个酷爱诗书的姑娘，一心想要登天一阁读点书，竟要知府作媒嫁给了范家。现代社会学家也许会责问钱姑娘你究竟是嫁给书还是嫁给人，但在我看来，她在婚姻很不自由的时代既不看重钱也不看重势，只想借着婚配来多看一点书，总还是非常令人感动的。但她万万没有想到，当自己成了范家媳妇之后还是不能登楼，一种说法是族规禁止妇女登楼，另一种说法是她所嫁的那一房范家后裔在当时已属于旁支。反正钱绣芸没有看到天一阁的任何一本书，郁郁而终。

今天，当我抬起头来仰望天一阁这栋楼的时候，首先想到的是钱绣芸那忧郁的目光。我几乎觉得这里可出一个文学作品了，不是写一般的婚姻悲剧，而是写在那很少有人文主义气息的中国封建社会里，一个姑娘的生命如何强韧而又脆弱地与自己的文化渴求周旋。

从范氏家族的立场来看，不准登楼，不准看书，委实也出于无奈。只要开放一条小缝，终会裂成大隙。但是，永远地不准登楼，不准看书，这座藏书楼存在于世的意义又何在呢？这个问题，每每使范氏家族陷入困惑。

范氏家族规定，不管家族繁衍到何等程度，开阁门必得各房一致同意。阁门的钥匙和书橱的钥匙由各房分别掌管，组成一环也不可缺少的连环，如果有一房不到是无法接触到任何藏书的。既然每房都能有效地行使否决权,久而久之,每房也都产生了终极性的思考:被我们层层叠叠堵住了门的天一阁究竟是干什么用的?

就在这时,传来消息,大学者黄宗羲先生要想登楼看书!这对范家各房无疑是一个巨大的震撼。黄宗羲是"吾乡"余姚人,与范氏家族没有任何血缘关系,照理是严禁登楼的,但无论如何他是靠自己的人品、气节、学问而受到全国思想学术界深深钦佩的巨人,范氏各房也早有所闻。尽管当时的信息传播手段非常落后,但由于黄宗羲的行为举止实在是奇崛响亮,一次次在朝野之间造成非凡的轰动效应。他的父亲本是明末东林党重要人物,被魏忠贤宦官集团所杀,后来宦官集团受审,十九岁的黄宗羲在廷质时竟义愤填膺地锥刺和痛殴漏网余党,后又追杀凶手,警告阮大铖,一时大快人心。清兵南下时他与两个弟弟在家乡组织数百人的子弟兵"世忠营"英勇抗清,抗清失败后便潜心学术,边著述边讲学,把民族道义、人格道德溶化在学问中启世迪人,成为中国古代学术天域中第一流的思想家和历史学家。他在治学过程中已经到绍兴钮氏"世学楼"和祁氏"淡生堂"去读过书,现在终于想来叩天一阁之门了。他深知范氏家族的森严规矩,但他还是来了,时间是康熙十二年,即 1673 年。

出乎意外,范氏家族的各房竟一致同意黄宗羲先生登楼,而且允许他细细地阅读楼上的全部藏书。这件事,我一直看成是范氏家族文化品格的一个验证。他们是藏书家,本身在思想学术界和社会政治领域都没有太高的地位,但他们毕竟为一个人而不是为其他人,交出他们珍藏严守着的全部钥匙。这里有选择,有裁断,有一个庞大的藏书世家的人格闪耀。黄宗羲先生长衣布鞋,悄然登楼了。铜锁一具具打开,1673 年成为天一阁历史上特别有光彩的一年。

黄宗羲在天一阁翻阅了全部藏书,把其中流通未广者编为书目,并另撰《天一阁藏书记》留世。由此,这座藏书楼便与一位大学者的人格连结起来了。

从此以后,天一阁有了一条可以向真正的大学者开放的新规矩,但这条规矩的执行还是十分苛严,在此后近二百年的时间内,获准登楼的大学者也仅有 10 余名,他们的名字,都是上得了中国文化史的。

这样一来,天一阁终于显现本身的存在意义,尽管显现的机会是那样小。封建家族的血缘继承关系和社会学术界的整体需求产生了尖锐的矛盾,藏书世家面临着无可调和的两难境地:要么深藏密裹使之留存,要么发挥社会价值而任之耗散。看来像天一阁那样经过最严格的选择作极有限的开放是一个没办法中的办法。但是,如此严格地在全国学术界进行选择,已远远超出了一个家族的职能范畴了。

直到乾隆决定编纂《四库全书》,这个矛盾的解决才出现了一些新的走向。乾隆谕旨各省采访遗书,要各藏书家,特别是江南的藏书家积极献书。天一阁进呈珍贵古籍六百余种，其中有九十六种被收录在《四库全书》中，有三百七十余种列入存目。乾隆非常感谢天一阁的贡献，多次褒扬奖赐，并授意新建的南北主要藏书楼都仿照天一阁格局营建。

天一阁因此而大出其名，尽管上献的书籍大多数没有发还，但在国家级的"百科全书"中，在钦定的藏书楼中，都有了它的生命。我曾看到好些著作文章中称乾隆下令天一阁为《四库全书》献书是天一阁的一大浩劫，颇觉言之有过。藏书的意义最终还是要让它广泛流播，"藏"本身不应成为终极的目的。连堂堂皇家编书都不得不大幅度地动用天一阁的珍藏，家族性的收藏变成了一种行政性的播扬，这证明天一阁获得了大成功，范钦获得了大成功。

五

天一阁终于走到了中国近代。什么事情一到中国近代总会变得怪异起来，这座古老的藏书楼开始了自己新的历险。

先是太平军进攻宁波时当地小偷趁乱拆墙偷书，然后当废纸论斤卖给造纸作坊。曾有一人出高价从作坊买去一批，却又遭大火焚毁。

这就成了天一阁此后命运的先兆，它现在遇到的问题已不是让某位学者上楼的问题了，竟然是窃贼和偷儿成了它最大的对手。

1914年，一个叫薛继渭的偷儿奇迹般地潜入书楼，白天无声无息，晚上动手偷书，每日只以所带枣子充饥，东墙外的河上，有小船接运所偷书籍。这一次几乎把天一阁的一半珍贵书籍给偷走了，它们渐渐出现在上海的书铺里。

继渭的这次偷窃与太平天国时的那些小偷不同，不仅数量巨大、操作系统，而且最终与上海的书铺挂上了钩，显然是受到书商的指使。近代都市的书商用这种办法来侵吞一个古老的藏书楼，我总觉得其中蕴含着某种象征意义。把保护藏书楼的种种措施都想到了家的范钦确实没有在防盗的问题上多动脑筋，因为这对在当时这样一个家族的院落来说构不成一种重大威胁。但是，这正像范钦想象不到会有一个近代降临，想象不到近代市场上那些商人在资本的原始积累时期会采取什么手段。一架架的书橱空了，钱绣芸小姐哀怨地仰望终身而未能上的楼板，黄宗羲先生小心翼翼地踩踏过的楼板，现在只留下偷儿吐出的一大堆枣核在上面。

当时主持商务印书馆的张元济先生听说天一阁遭此浩劫，并得知有些书商正准备把天一阁藏本卖给外国人，便立即拨巨资抢救，保存于东方图书馆的"涵芬楼"里。涵芬楼因有天一阁藏书的润泽而享誉文化界，当代不少文化大家都在那里汲取过营养。但是，如所周知，它最终竟又全部焚毁于日本侵略军的炸弹之下。

这当然更不是数百年前的范钦先生所能预料的了。他"天一生水"的防火秘

277

咒也终于失效。

六

然而毫无疑问，范钦和他后代的文化良知在现代并没有完全失去光亮。除了张元济先生外，还有大量的热心人想努力保护好天一阁这座"危楼"，使它不要全然成为废墟。这在现代无疑已成为一个社会性的工程，靠着一家一族的力量已无济于事。幸好，本世纪三十年代、五十年代、六十年代直至八十年代，天一阁一次次被大规模地修缮和充实着，现在已成为重点文物保护单位，也是人们游览宁波时大多要去访谒的一个处所。天一阁的藏书还有待于整理，但在文化信息密集、文化沟通便捷的现代，它的主要意义已不是以书籍的实际内容给社会以知识，而是作为一种古典文化事业的象征存在着，让人联想到中国文化保存和流传的艰辛历程，联想到一个古老民族对于文化的渴求是何等悲怆和神圣。

我们这些人，在生命本质上无疑属于现代文化的创造者，但从遗传因子上考察又无可逃遁地是民族传统文化的孑遗，因此或多或少也是天一阁传代系统的繁衍者，尽管在范氏家族看来只属于"他姓"。登天一阁楼梯时我的脚步非常缓慢，我不断地问自己：你来了吗？你是哪一代的中国书生？

很少有其他参观处所能使我像在这里一样心情既沉重又宁静。阁中一位年老的版本学家颤巍巍地捧出两个书函，让我翻阅明刻本，我翻了一部登科录，一部上海志，深深感到，如果没有这样的孤本，中国历史的许多重要侧面将杳无可寻。

由此想到，保存这些历史的天一阁本身的历史，是否也有待于进一步发掘呢？裴明海先生递给我一本徐季子、郑学溥、袁元龙先生写的《宁波史话》的小册子，内中有一篇介绍了天一阁的变迁，写得扎实清晰，使我知道了不少我原先不知道的史实。但在我看来，天一阁的历史是足以写一部宏伟的长篇史诗的。我们的文学艺术家什么时候能把他们的目光投向这种苍老的屋宇和庭园呢？什么时候能把范氏家族和其他许多家族数百年来的灵魂史祖示给现代世界呢？

【注释】

〔1〕本篇选自余秋雨散文集《文化苦旅》，知识出版社 1992 年版。

【阅读提示】

20 世纪 90 年代在散文创作中最引人注目的事件是"大散文"概念的提出。此类散文以文化气氛的宏大和思想的恣肆为特征，创作上往往呈现出博大、深邃、雄浑、阳刚的风格。余秋雨的散文创作正是这类"大散文"的代表。

余秋雨并不局限于传统的散文创作方法，而采用了诸多小说手法，如通过合理的想象,把枯燥乏味的历史材料还原成一个个历史现场,并赋予完整生动的故事情节,同时借用描写、记叙、抒情与议论等各种表达手法,成就了把自然山水、历史文化和人文思考熔为一炉的"大散文"。他自己曾经讲过自己的创作思路:"让自然山水直挺挺地站着,然后自己贴附上去,于是,我身上的文化感受逗引出他们身上的文化蕴涵"。

天一阁是江南三大藏书楼之一,也是一个极具象征意味的地方,正如余秋雨形容的"它实际上已成为一种极端艰难、又极端悲怆的文化奇迹"。明代嘉靖年代范钦建起了天一阁,并定下了严密的家族规矩来防范藏书的散失。他的子孙一代代接力般守着这个天一阁,但天一阁最终无法逃脱走向破败的命运。天一阁的变迁实际上就是中华文明变迁的一个缩影。

□刘以鬯

刘以鬯,原名刘同绎,字昌年,生于上海,祖籍浙江镇海。1941年毕业于上海圣约翰大学文学系。抗战时期任重庆《国民公报》副刊编辑,重庆《扫荡报》电讯主任兼副刊编辑,抗战后回上海,任《博正文化社》编辑,1948年到香港,曾赴新加坡与马来西亚新闻界工作。1957年后定居香港。曾任《香港文学》杂志社社长、总编辑,香港作家联谊会会长。1936年开始发表作品。著有小说集《天堂与地狱》(1951)、《寺内》(1977)、《春雨》(1985),长篇小说《酒徒》(1962)、《陶瓷》(1979),论文集《端木蕻良论》(1977)、《看树看林》(1982)、《短绠集》(1985)等。

蛇[1]

一

许仙右腿有个疤,酒盅般大。有人问他:"生过什么疮?"他摇摇头,不肯将事情讲出。其实,这也不是什么可耻的事情,讲出来,决不会失面子。不讲,因为事情有点古怪。那时候,年纪刚过十一,在草丛间捉蟋蟀,捉到了,放入竹筒。喜悦似浪潮,飞步奔跑,田路横着一条五尺长的白蛇,纵身跃过,回到家,右腿发红。起先还不觉得什么,后来痛得难忍。郎中为他搽药,浮肿逐渐消失。痊愈时,伤口结了一个疤,酒盅般大。从此,见到粗麻绳或长布带之类的东西,就会吓得魂不附体。

二

清明。扫墓归来的许仙踏着山径走去湖边。西湖是美丽的。清明时节的西湖更美。对湖有乌云压在山峰。群鸟在空中扑扑乱飞。狂风突作,所有的花花草草都在摇摆中显示慌张。清明似乎是不能没有雨的。雨来了。雨点击打湖面,仿佛投菜入油锅,发出刺耳的沙沙声。他渴望见到船,小船居然一摇一摆地划了过来。登船。船在水中摆荡。当他用衣袖拂去身上的雨珠时,"船家! 船家!"呼唤声突破雨声的包围。如此清脆。如此动听。岸上有两个女人。许仙斜目偷看,不能不惊诧于对方的妍媚。船老大将船划近岸去。两个女人登船后进入船舱。四目相接。心似鹿撞。垂柳的指尖轻拂舱盖,船在雨的漫漫中划去。于是,简短的谈话开始了。他说:"雨很大。"她说:"雨很大。"舱外是一幅春雨图,图中色彩正在追逐一个意象。风景的色彩原是浓的,一下子给骤雨冲淡了,树木用葱郁歌颂生机。保俶塔忽然不见。于是笑声格格,清脆悦耳。风送雨条。雨条在风中跳舞。船老大的兴致忽然高了,放开嗓子唱几句山歌,有人想到一个问题:"碎月会在三潭下重圆?"白素贞低着头,默然不语。高围墙里的对酌,是第二天的事。第二天,落日的余晖涂金黄于门墙。许仙的靴子仍染昨日之泥。"你来啦?"花香自门内冲出。许仙进入大厅,坐在瓷凳上。除了用山泉泡的龙井外,白素贞还亲手斟了一杯酒。烛光投在酒液上,酒液有微笑的倒影。喝下这微笑,视线开始模糊。入金的火,遂有神奇的变与化。荒诞起自酒后,所有的一切都很甜。

三

烛火跳跃。花烛是不能吹熄的。欲望在火头寻找另一个定义。帐内的低语,即使贴耳门缝的丫鬟也听不清楚。那是一种快乐的声音。俏皮的丫鬟知道:一向喜欢西湖景致的白素贞也不愿到西湖去捕捉天堂感了。从窗内透出的香味,未必来自古铜香炉。夜风,正在摇动帘子,墙外传来打更人的钟声,他们还没有睡。

四

许仙开药铺,生病的人就多了起来。邻人们都说白素贞有旺夫运,许仙笑得抿不拢嘴。药铺生意兴隆,值得高兴。而最大的喜悦却来自白素贞的耳语,轻轻一句"我已有了",许仙喜得纵身而起。

五

药铺后边有个院子。院子草木丛杂,且有盆栽。太多的美丽,反而显得凌乱。"这院子，"许仙常常这样想，"应该减少一些花草与树木。"但是，树木与花草偏偏日益深茂。这一天，有人向许仙借医书。医书放在后边的屋子里，必须穿过院子。穿过院子时，一条蛇由院径游入幽深处。许仙眼前出现一阵昏黑，跌倒在地而自己不知。定惊散不一定有效，受了惊吓的许仙还是醒转了。丫鬟扶他入房时，他见到忧容满面的白素贞。"那……那条蛇……"他想讲的是："那条蛇钻入草堆"，但是，说了四个字，就没有力气将余下的半句讲出。他在发抖。一个可怕的想象占领思虑机构。那条蛇虽然没有伤害他，却使他感到极大的不安。那条蛇不再出现。对于他，那条蛇却是无所不在的。白素贞为了帮助他消除可怕的印象，吩咐伙计请捉蛇人来。捉蛇人索取一两银子。白素贞给他二两。捉蛇人在院子里捉到几条枯枝，说了一句"院中没有蛇"之后，大摇大摆走到对面酒楼去喝酒了。白素贞叹口气，吩咐伙计再请一个捉蛇人来。那人索取二两银子。白素贞送他三两。捉蛇人的熟练手法并未收到预期的效果，坚说院中无蛇。白素贞劝许仙不要担忧，许仙说："亲眼见到的，那条蛇游入乱草堆中。"白素贞吩咐伙计把院中的草木全部拔去。院中无蛇。蛇在许仙脑中。白素贞亲自煎了一大碗药茶给他喝下。他眼前有条影不停摇摆。他做了一场梦。梦中，白素贞拿了长剑到昆仑山去盗灵芝草。草是长在仙境的。仙境有天兵天将。白素贞拿了长剑到昆仑山去盗灵芝草。草是长在仙境的。仙境中有天兵天将。白素贞走到那么遥远的地方去盗草，只为替他医病。他病得半死。没有灵芝草，就会见阎王。白素贞与白鹤比剑。白素贞与黄鹿比剑。不能在比剑时取胜，唯有用眼泪赢得南极仙翁的同情与怜悯。她用仙草救活了许仙。……许仙从梦中醒转，睁开惺忪的眼，见白素贞依旧坐在床边，疑窦顿起，用痰塞的声调问："你是谁？"

六

病愈后的许仙仍不能克服蟠据内心的恐惧，每一次踏院径而过，总觉得随时的袭击会来自任何一方。白素贞的体贴引起他的怀疑。他不相信世间会有全美的女人。

七

于是有了这样一个阴霾的日子，白素贞在家裹粽；许仙在街上被手持禅杖的和尚拦住去路。和尚自称法海，有一对发光的眼睛。法海和尚说："白素贞是妖精。"法海和尚说："白素贞是一条蛇。"法海和尚说："在深山苦炼一千年的蛇精，不愿做神仙。"法海和尚说："一千年来，常从清泉的倒影中见到自己而不喜欢自己的身形。"法海和尚说："妖怪抵受不了凡尘的引诱，渴望遍尝酸与甜的滋味。"法海和尚说："她以千年道行换取人间欢乐。"法海和尚说："人间的欢乐使她忘记自己是妖精。她不喜欢深山中的清泉与夜风与丛莽。"法海和尚说："明天是端午节,给她一杯雄黄酒,她会现原形。"……法海和尚向他化缘。

八

　　桨因鼓声而划。龙舟与龙舟在火伞下争夺骄傲于水上。白素贞不去凑热闹,只怕过分的疲劳影响胎气。许仙是可以去看看的,却不去。药铺不开门,他比平时更加忙碌。他一向怯懦,有了五毒饼,有了吉祥葫芦,胆子也就壮了起来。大清早,菖蒲与艾子遍插门框,配以符咒,任何毒物都要走避。这一天,他的情绪特别紧张。除了驱毒,还想寻求一个问题的解答。他的妻子,究竟是不是贪图人间欢乐的妖精?他将钟馗捉鬼图贴在门扉,以之作为门禁,企图禁锢白素贞于房中。白素贞态度自若,不畏不避。于是,雄黄酒成为唯一有效的镇邪物。相对而坐时许仙斟了一满杯,强要白素贞喝下。白素贞说:"为了孩子,我不能喝。"许仙说:"为了孩子,你必须喝。"白素贞不肯喝。许仙板着脸孔生气。白素贞最怕许仙生气,只好举杯浅尝。许仙干了一杯之后,要她也干。她说:"喝得太多,会醉。"许仙说:"醉了,上床休息。"白素贞昂起脖子,将杯中酒一口喝尽。头很重。眼前的景物开始旋转。"我有点不舒服,"她说,"我要回房休息。"许仙扶她回房。她说:"我在宁静中睡一觉,你到前边去看伙计们打牌。"许仙嗤鼻哼了一声,摇摇摆摆经院子到前边去。过了一个多时辰,摇摇摆摆经院子到后屋来,轻轻推开虚掩着的门扉,蹑足走到床边,床上有一条蛇,吓得魂不附体,疾步朝房门走去,门外站着白素贞。"怎么啦?""床上有条蛇。"白素贞拔下插在门框上的艾虎蒲剑,大踏步走进去,以为床上当真有蛇,床上只有一条刚才解下的腰带!

九

　　许仙走去金山寺,找法海和尚。知客僧说:"法海方丈已于上月圆寂。"许仙说:"前日还在街上遇见他。"知客僧说:"你遇到的,一定是另外一个和尚。"

一九七八年八月十一日

【注释】

　　〔1〕本篇选自《刘以鬯实验小说》,中国人民大学出版社1994年版。

【阅读提示】

　　《蛇》取材于中国民间神话故事《白蛇传》。许仙与白娘子的爱情故事富有浓郁的浪漫主义色彩,而《蛇》对这一故事进行了大胆改写,抹去了原著中的神话色彩,白素贞不过是一位普通女性,对丈夫温顺体贴,而许仙则是一个胆小、神经质的年轻人,因少年时代被白蛇咬过,所以对蛇特别害怕,以至于误听谗言,以为妻

282

子是蛇精化身。

刘以鬯曾表示："我相信用新的表现方法写旧故事，是一条可以走的路子"。他受到西方现代主义思潮的影响，提倡实验小说，力求探索人的"内在真实"。在这篇小说中，作家运用了弗洛伊德的精神分析法来重新诠释了这个神话故事：一个人在年幼时的生活体验或创伤，往往会影响终身，甚至于陷入某种病态心理之中。

□白先勇

白先勇，回族，台湾当代著名作家，生于广西桂林。中国国民党高级将领白崇禧之子。1956年以第一志愿考取台湾成功大学水利工程学系。翌年转学台湾大学外国文学系，改读英国文学。1958年，他在《文学杂志》发表了第一篇短篇小说《金大奶奶》。两年后，他与台大的同学欧阳子、陈若曦、王文兴等共同创办了《现代文学》杂志，并在此发表了《月梦》、《玉卿嫂》、《毕业》等小说多篇。1965年，取得爱荷华大学硕士学位后，在加州大学圣塔芭芭拉分校教授中国语文及文学。出版有短篇小说集《寂寞的十七岁》、《台北人》、《纽约客》，散文集《蓦然回首》，长篇小说《孽子》等。

游园惊梦（存目）

【阅读提示】

《游园惊梦》叙述了女主人公蓝田玉在迟暮之年应当年姐妹淘窦夫人之邀台北赴宴的经历。小说通过对比手法，写出了这位守寡的将军夫人悲剧性的命运遭际，侧面反映了原国民党上层阶级撤离大陆后的境遇变迁和五六十年代的台湾现实。蓝田玉一生命运的兴衰，都与昆曲《游园惊梦》有着重大关系：钱将军因听其演唱《游园惊梦》，被她的才艺倾倒才娶她为夫人；在南京一次演唱中，蓝田玉无意间发现其情人郑参谋竟与她的亲妹子月月红有私情，急火攻心失去了嗓音；在台北窦夫人的宴会上，当她重听《游园惊梦》时，又一次勾起最痛苦的回忆，她再度失声。

本篇将传统的古典文学技巧和西方现代主义的艺术手法熔为一炉。《游园惊梦》通篇以蓝田玉的视角，用心理描写和意识流手法呈现其内心活动。小说设置了明暗两条线，明写钱夫人由台南赶赴台北参加窦夫人的宴请，从登门一直写到席散离去，暗写整个赴宴过程中的她的复杂心态，以及世事无常的沧桑之感。

同时,小说运用了戏剧穿插,将古典戏剧的情节、气氛与小说主人公的内心处境和悲剧命运相互对照。另外,还采用象征、暗示等手法,突出了人物性格,强化了艺术氛围和悲剧主题。

□ 阿　城

阿城,原名钟阿城,北京人。中学未读完,"文化大革命"开始,去山西农村插队,此时开始习画。为到草原写生,转往内蒙古,而后去云南建设兵团农场落户。"文革"后,《世界图书》编辑部破格录用阿城,重返北京。回城后曾在中国图书进出口公司、东方造型艺术中心、中华国际技术开发总公司工作。现旅居国外。1984 年开始发表小说、散文、评论等;1992 年获意大利 NONINO 国际文学成就奖;1984 年小说《棋王》获全国"最佳中篇小说奖";1995 年《威尼斯日记》获台湾"最佳图书奖"。

棋王(存目)

【阅读提示】

《棋王》、《树王》、《孩子王》三部曲,是阿城的代表作。三篇皆取材于其亲历的知青生活。但无论在主题意旨还是表现形式上都与通常的知青小说有很大不同。阿城无意去描绘一种悲剧性的历史遭遇和个人经验,也避免了当时流行的浪漫主义和理想主义的风格模式,他在日常化的平和叙说中,传达出了对中国传统文化精神的认同。

阿城作品中的人与环境大多和谐统一,有一种冲淡、虚静之美。而他塑造的人物都给人以淡泊、无为、超脱的印象。王一生就是这样一个典型。身处"文革"乱世之中,他不问世事,痴迷于象棋,被称为棋呆子。他的棋"汇道禅于一炉,神机妙算",其实,这既是他的棋道,也是他的"人道",他借助于象棋,超越世俗,超越痛苦。但阿城对传统文化的审美观照不仅仅止步于庄禅,在貌似庄禅的超脱旷达内隐藏着儒家的进取精神,因而淡泊之中有崇高,虚静之中有壮烈。在关键时刻王一生的执著、顽强便表现出来了。如结局的九局连环的车轮大战的描写,就把人面对事业与人生的挑战所执的顽强态度表现出来了。

□ 廖一梅

廖一梅,毕业于中央戏剧学院,现为中国国家话剧院编剧。1999 年创作的话剧《恋爱的犀牛》是中国小剧场戏剧史上最受欢迎的作品之一。由她编剧的戏剧《魔山》、《艳遇》都是广受欢迎的作品。2005 年 3 月由她编剧的多媒体音乐话剧《琥珀》在香港艺术节首演,此后在新加坡、北京、上海、深圳等地巡演,成为亚洲剧坛的旗帜性作品。著有小说《悲观主义的花朵》、《魔山》,剧本集《琥珀＋恋爱的犀牛》。

恋爱的犀牛(存目)

【阅读提示】

由廖一梅编剧、孟京辉导演的一系列小剧场实验剧在 20 世纪 90 年代末引起了很大的关注。《恋爱的犀牛》、《思凡》《我爱……》等剧都曾引起轰动,也被很多校园剧团搬演。《恋爱的犀牛》更是长演不衰,从 1999 年首演到现在,已演出超过一百场。

关于《恋爱的犀牛》,廖一梅认为:"《犀牛》并非在探讨世俗爱情,它不想具体说明一个人和另一个人合适与否,《犀牛》要说的是人怎样追求自己的梦想,怎样在世界面前保持自己的尊严。"而《犀牛》中便塑造了这样一个用独特方式保持尊严的男主人公马路。"每个人获得尊严的方式不同,"廖一梅说,"对马路来说,坚持到底就是一种尊严,是一种对生命的信仰,坚持会产生奇迹。"

廖一梅在戏剧中努力探讨的并非是现实生活中的各种问题,而是在任何时代、任何人都可能遇到的一种处境。因而,她的戏剧实际上都带有寓言的特征。

导演孟京辉对廖一梅的创作有过这样的评价:"廖一梅开创的梦呓似的戏剧语言、在现实中表达的诗化意向都是对剧本文学的超越。"

外国文学

　　外国文学可以分为欧美文学和亚非文学,不同的历史背景和地域文化,却呈现了一样的精彩。本书主要选取的是欧美文学。纵观欧美文学史,从公元前十一世纪发展至今,在漫长的历史长河中,群星闪耀,光芒四溢。古希腊罗马文学和早期基督教文学是欧美文学的源头。古希腊文学的主要成就是神话和荷马史诗。恩格斯认为,古希腊的神话和荷马的史诗是"希腊人由野蛮时代带入文明时代的主要遗产"。公元五世纪,欧洲社会进入了中世纪,一直到十七世纪中叶爆发的英国资产阶级革命。中世纪文学中,宗教神学占有突出的地位。此外,还出现了骑士文学、英雄史诗和民谣、城市文学等文学类型。中世纪最伟大的作家但丁,被称为"中世纪的最后一位诗人,同时又是新时代的最初一位诗人"。其代表作《神曲》在欧洲文学史上具有划时代的伟大意义。中世纪后期,欧洲新兴资产阶级发起了波及雕塑、绘画、音乐、文学等广大文化艺术领域的思想文化运动,即文艺复兴运动。英国作家莎士比亚是欧洲文艺复兴时期最伟大的戏剧家和诗人。十七世纪的欧洲文学占主导地位的是古典主义文学。古典主义文学是一种维护王权,重视规则的文艺思想。法国作家莫里哀是十七世纪古典主义喜剧的代表作家。十八世纪,欧洲主要资本主义国家兴起了第二次思想文化运动——启蒙运动。启蒙作家为了宣传启蒙思想进行各种文学创作,创造了书信体小说、对话体小说、教育小说、哲理小说、正剧等新的文学形式。十九世纪的欧美文学可以分为两条主线,即浪漫主义文学和现实主义文学。浪漫主义文学歌颂大自然,重视中世纪的民间文学,作品中充满夸张和想象,具有浓厚的抒情色彩。现实主义文学则真实地展示社会生活的各个方面,再现典型环境中的典型人物。二十世纪初,客观世界的深刻变化,也带来了人类自身认识的变化。艺术世界出现了多元化的特点,出现了以"反传统"为特点,充满求新意识和先锋意识的诸多文学流派,被统称为现代主义。现代主义以第二次世界大战为线,大致可分为两个时期。前期的主要流派有:未来主义、超现实主义、后期象征主义、表现主义、意识流小说等。后期的主要流派有:存在主义文学、荒诞派戏剧、新小说、黑色幽默、魔幻现实主义等,有人将后期的现代主义文学称为"后现代主义"。

□［古希腊］荷马

公元前十二世纪末，希腊半岛南部地区的阿开亚人和小亚细亚西北部沿海的特洛亚人之间发生了一场为时十年的战争，最后希腊人毁灭了特洛亚城。战争结束后，以歌颂战争中部落首领和英雄事迹为内容的短歌渐渐流传开来。在传唱的过程中，英雄传说和神话故事交织在一起，由民间乐师口头传授，世代相传。在公元前八、九世纪，相传有一位名叫荷马的盲诗人把这些民间流传的短歌进行了整理并加以系统化，形成了足以成为古希腊民族精神代表的两部史诗——《伊利亚特》和《奥德赛》。公元前六世纪，荷马史诗最终形成了文字。公元前三至前二世纪由亚历山大学者将两部史诗均编订为二十四卷，这就是后人所见的"荷马史诗"的定本。

伊利亚特[1]

第三卷
阿勒珊德罗斯同墨涅拉奥斯决斗

特洛亚人列好队，每队有长官率领，
这时候他们鼓噪、呐喊，向前迎战，
有如飞禽啼鸣，白鹤凌空的叫声
响彻云霄，它们躲避暴风骤雨，
呖呖齐鸣，飞向长河[2]边上的支流，
给侏儒种族带去屠杀和死亡的命运，
它们在大清早发动一场邪恶的斗争。
阿开奥斯人却默默地行军，口喷怒气，
满怀热情，互相帮助，彼此支援。

有如南风把雾气吹到山岭上面，
这种雾气牧人不喜欢它，窃贼则认为
比夜晚更好，一个人只能见投石的距离，
他们进军时，脚下就是这样扬起一阵阵
旋转的尘埃；他们很快穿过平原。

待双方这样相向进军，互相逼近时，
神样的阿勒珊德罗斯从特洛亚人当中
作为代战者站出来，他肩上披一张豹皮，
挂一把弯弓、一柄剑，手里挥舞两支
有铜尖的长枪，向阿尔戈斯人当中全体
最英勇的将士挑战，要打一场恶仗。

阿瑞斯非常喜爱的战士墨涅拉俄斯，
看见他大步大步走到众人面前，
有如一匹狮子在迫于饥饿的时候，
遇见野山羊或戴角的花斑鹿，心里喜悦，
它贪婪地把它吞食，尽管有健跑的猎狗
和强壮的青年，要把它赶走，
墨涅拉俄斯看见神样的阿勒珊德罗斯，
他心里就是这样喜悦，认为可以
向罪人报复，便立即戎装跳下战车。

当神样的阿勒珊德罗斯看见墨涅拉俄斯
在那些代战者当中露面时，他心里震惊，
退到他的伴侣里面，避免送命。
有如一个人在山谷中间遇见蟒蛇，
他往后退，手脚颤抖，脸面发白，
再往后跳，神样的阿勒珊德罗斯也这样
害怕阿特柔斯的儿子，退到勇敢的
特洛亚人的队伍中间迅速躲藏。

赫克托尔看见了，就用羞辱的话谴责他：
"不祥的帕里斯，相貌俊俏，诱惑者，好色狂，
但愿你没有出生，没有结婚就死去！
那样一来，正好合乎我的心意，
比起你成为骂柄，受人鄙视好得多。
长头发的阿开奥斯人一定大声讥笑，
认为一个王子成为一个代战者
是由于他相貌俊俏，却没有力量和勇气。
你是不是这样在渡海的船舶上面

航过大海？那时候你召集忠实的伴侣，
混在外国人里面，把一个美丽的妇人、
执矛的战士们[3]的弟妇从遥远的土地上带来，
对于你的父亲、城邦和人民是大祸，
对于敌人是乐事，于你自己则可耻。
你不等待阿瑞斯喜爱的墨涅拉俄斯吗？
那你就会知道你占去什么人的如花妻子，
你的竖琴、美神的赠品、头发、容貌
救不了你，在你躺在尘埃里的时候。
特洛亚人太胆怯，否则你早就穿上
石头堆成的衬袍[4]，因你干的坏事。"

　　神样的阿勒珊德罗斯王子这样回答说：
"赫克托尔，你责备我的话非常恰当，
一点不过分，你的这颗心是这样坚强，
有如一把斧子被人拿来砍木材，
巧妙地造成船板，凭借那人的腕力，
你胸中的心就是这样无所畏惧。
你不要拿黄金的美神赠我的礼物责怪我。
切不可蔑视神明的厚礼，那好似他们
亲自赠予，一个人想得也不一定能得到。
如果你要我战斗，你就叫特洛亚人
和全体阿开奥斯人坐下，把战神喜爱的
墨涅拉俄斯和我放在两军之间，
为争取海伦和她的财产单独决斗。
我们两人谁获得胜利，比对方强大，
就让他把这个女人和财产带回家。
其余的人就保证友谊，发出誓言，
你们好住在肥沃的特洛亚，他们好回到
牧马的阿尔戈斯和多美女的阿开奥斯土地。"

　　他这样说，赫克托尔听了非常高兴，
他去两军之间，横着长枪挡退
特洛亚人的阵线，将士全都坐下。
长头发的阿开奥斯人却把快箭瞄准他，

飞来无数矢镞，投来无数石块。
人民的国王阿伽门农这样大喊：
"阿开奥斯人，赶快住手，不要投射，
头戴闪亮铜盔的赫克托尔有话要说。"

他这样说，他们停战，安静下来。
赫克托尔就在两军之间这样发言：
"特洛亚人和胫甲精美的阿开奥斯人，
请听帕里斯的讲话，战争就因他而引起。
他要求特洛亚人和全体阿开奥斯人
把他们的精良武器放在养育人的土地上，
让他同阿瑞斯喜爱的墨涅拉俄斯
在两军之间为海伦和她的财产而战斗，
他们两人谁获得胜利，比对方强大，
就让他把这个女人和财产带回家。
其余的人就保证友谊，发出誓言。"

他这样说，他们就不言语，安静下来，
擅长呐喊的墨涅拉俄斯对他们这样说：
"现在请听我说，我心里特别忧愁，
我认为现在阿尔戈斯人和特洛亚人
可以分手，你们曾经为我的争执
和阿勒珊德罗斯的行为忍受许多苦难。
我们两人中有一人注定要遭死亡和厄运，
就让他死去，其他人赶快分手回去。
你们去牵两条绵羊——白公羊和黑母羊
祭地神和赫利奥斯，我们牵一条来祭宙斯。
你们把强大的普里阿摩斯带到这里来起誓，
免得有人破坏向宙斯发出的誓言，
因为老国王的儿子们很是傲慢成性。
年轻人的心变来变去，总是不坚定，
但是老年人参与事情，他瞻前顾后，
所以后果对双方都是最好不过。"

他这样说，阿开奥斯人和特洛亚人

很是喜欢，希望结束这艰苦的战争。
他们把各自的战车停留在阵线里面，
自己走出来，把武器放下，堆在地上，
彼此靠近，中间只有很小的空地。
赫克托尔派遣两个传令官到城里去
把绵羊牵来，把普里阿摩斯国王请来。
阿伽门农主上则派遣塔尔提比奥斯
到空心船上去，吩咐他把绵羊牵来，
传令官听从神样的阿伽门农的命令。

　　众神的信使伊里斯来找白臂的海伦，
她化为海伦的小姑、安特洛尔的儿媳、
安特洛尔之子赫利卡昂的妻子拉奥狄克，
这人是所有普里阿摩斯的女儿中最俊美的女子。
她发现海伦在大厅里织一件双幅的
紫色布料，上面有驯马的特洛亚人
和身披铜甲的阿开奥斯人的战斗图形，
那都是他们为了她作战遭受的痛苦经历。
捷足的伊里斯靠近她站着，对她这样说：
"亲爱的夫人，到这里来，你可以看见
驯马的特洛亚人和披铜甲的阿开奥斯人的
惊奇行动，他们在平原上曾可泣地战斗，
一心要打那种置人于死命的战争。
他们现在安静地坐下，停止战斗，
依靠在盾牌边上，长枪插在身边。
阿勒珊德罗斯和勇敢的墨涅拉俄斯将为你
各自举起长枪进行一场决斗，
谁获得胜利，你将被称为谁的妻子。"

　　女神这样说，使海伦心里甜蜜地怀念
她的前夫，她的祖城和她的父母；
她立即拿一块白色的面巾把头遮起来，
流着泪从她的房间里面走出来，
她不是单独一人，有两个侍女伴随，
她们是牛眼睛的克吕墨涅和皮特透斯的女儿

埃特拉,她们一起去到斯开埃城门上。

　　普里阿摩斯正同潘托奥斯、提摩特斯、
兰波斯、克吕提奥斯、阿瑞斯的后裔希克塔昂、
行为谨慎的乌卡勒昂、安特诺尔这些长老
坐在斯开埃城门上面,他们年老,
无力参加战斗,却是很好的演说家,
很像森林深处爬在树上的知了,
发出百合花似的悠扬高亢的歌声,
特洛亚的领袖们就是这样坐在望楼上。
他们望见海伦来到望楼上面,
便彼此轻声地说出有翼飞翔的话语:
"特洛亚人和胫甲精美的阿开奥斯人
为这样一个妇人长期遭受苦难,
无可抱怨;看起来她很像永生的女神;
不过尽管她如此美丽,还是让她
坐船离开,不要成为我们和后代的祸害。"

　　他们这样说,老国王呼唤海伦,对她说:
"亲爱的孩子,你到这里来,坐在我面前,
可以看见你的前夫、你的亲戚
和你的朋友;在我看来,你没有过错,
只应归咎于神,是他们给我引起
阿开奥斯人来打这场可泣的战争。
你来告诉我,那个魁梧的战士是谁,
他这个阿开奥斯人是这样勇武这样高,
比别人超出一头,这样英俊的人
我从来没有见过,他很像一个国君。"

　　妇女中神样的女人海伦回答他说:
"亲爱的公公,在我的眼里,你可畏可敬。
但愿我在跟着你的儿子来到这里,
离开房间、亲人、娇女和少年伴侣前,
早就乐于遭受不幸的死亡的命运。
但没有那回事,因此我哭泣,一天天憔悴。

你向我询问的这件事情，我一定告诉你。
那人是阿特柔斯之子、权力广大的阿伽门农，
他是一个高贵的国王、强大的枪手，
又是我这个无耻人的夫兄，如果那是他。"

她这样说，老人感到惊奇，赞叹说：
"阿特柔斯的快乐的儿子，幸运的骄子，
受福的人，那么多阿开奥斯年轻人服从你。
我曾经去到盛产葡萄的弗里基亚，
在那里见过许多驱快马的弗里基亚战士，
他们是奥特柔斯和神样的米格冬的人民，
远在珊加里奥斯河边扎寨安营。
我当时在他们那里，被视为他们的盟友，
在那些强似男子的阿玛宗人来攻的时候；
但他们不及目光炯炯的阿开奥斯人这样多。"

其次，老人看见奥德修斯，他问道：
"亲爱的孩子，你来告诉我，那个人是谁？
他比阿特柔斯之子阿伽门农
矮一头，但他的肩膀和胸膛却更宽阔。
他的武器放在养育万物的大地上，
他像畜群的大公羊巡视士兵的行列。
在我看来，他好似一条毛蓬蓬的公羊，
穿行在一大群白色的绵羊中间。"

宙斯的后裔海伦回答普里阿摩斯说：
"那个人是拉埃尔特斯的儿子、足智多谋的
奥德修斯，生长在巨石嶙峋的伊塔卡岛，
懂得各种巧妙的伎俩和精明的策略。"

行为谨慎的安特诺尔回答她说：
"夫人，你说的这些话很真实，没有错误。
神样的奥德修斯和英武的墨涅拉奥斯
曾到过这里，作为涉及你的事的信使，
是我在大厅里设宴欢迎，款待他们，

因此知道他们俩的身材和精明的策略。
他们混在聚集的特洛亚人中间，
大家站立时，墨涅拉奥斯肩宽过人，
他们坐下时，奥德修斯却更显得气宇轩昂。
在他们当着众人编制言词和策略时，
墨涅拉奥斯发言流畅，简要又清楚，
他不是好长篇大论或说话无边际的人，
尽管论岁数他比奥德修斯年轻。
足智多谋的奥德修斯站起来的时候，
他立得很稳，眼睛向下盯住地面，
他不把他的权杖向后或向前舞动，
而是用手握得紧紧的，样子很笨；
你会认为他是个坏脾气的或愚蠢的人。
但是在他从胸中发出洪亮的声音时，
他的言词像冬日的雪花纷纷飘下，
没有凡人能同奥德修斯相比，
尽管我们对他的外貌不觉惊奇。”

　　此后，老人看见埃阿斯，他这样说：
“另一个阿开奥斯人是谁？他英勇魁梧，
他的头和宽大的肩膀超越阿尔戈斯人。”

　　身披长袍的神样的海伦回答他说：
“他是高大的埃阿斯，阿开奥斯人的堡垒。
神样的伊多墨纽斯在克里特人当中
站在他对面，他周围聚集着克里特人的领袖。
他从克里特来，英武的墨涅拉奥斯曾多次
在我们家里对他非常殷勤地款待。
现在我看见其他的目光炯炯的阿开奥斯人，
我认识他们，能够叫出他们的名字；
但我没看见那两个布置军队的将领，
驯马的卡斯托尔和拳击手波吕丢克斯，
我的同胞兄弟，同一个母亲生养。
他们不是没有从可爱的拉克得蒙随军前来，
就是乘坐渡海的船舶来到这里，

却由于畏惧涉及我的可羞的舆论
和许多斥责而没有参加将士的行列。"

　　她这样说；但是在他们的亲爱的祖国，
拉克得蒙的土地已经把他们埋葬。

　　这时候，两个传令官正在穿过城市，
把两只绵羊、一袋用山羊皮盛着的美酒、
大地的果汁带来。传令官伊代奥斯
端着一只亮晶晶的调缸和一些金杯，
站在老人旁边，这样提醒他说：
"拉奥墨冬的后代，快起来，驯马的特洛亚人
和身披铜甲的阿开奥斯人的英勇的将领
召请你下到平原，证实可靠的誓言。
阿勒珊德罗斯和阿瑞斯宠爱的墨涅拉奥斯
将为一个女人的缘故用长枪决斗，
这女人和她的财产将归其中的胜利者；
其余的人就保证友谊，发出誓言，
我们好住在肥沃的特洛亚，他们好回到
牧马的阿尔戈斯平原和多美女的阿开奥斯土地。"

　　他这样说，老人听了发抖，吩咐
伴侣给马上轭，他们立刻从命。
普里阿摩斯登车，把缰绳往后拉紧，
安特诺尔在他旁边登上漂亮的轻车，
他们赶着快马穿过斯开埃到平原。

　　到了特洛亚人和阿开奥斯人那里，
他们就从车上下到养育万物的大地上，
去到特洛亚人和阿开奥斯人中间。
人民的国王阿伽门农立刻站起来，
足智多谋的奥德修斯也跟着起立，
那些传令官把证实可靠的誓言的祭品
聚在一起，在调缸里面给酒兑水，
然后把净水洒在每个国王的手上。

阿特柔斯的儿子举手把那柄挂在
大剑鞘旁边的宽刀拔出来，割下些羊毛，
传令官们把羊毛分送给特洛亚人
和阿开奥斯人的英勇将领。
阿特柔斯的儿子举手大声祷告说：
"宙斯、伊达山的统治者、最光荣最伟大的主宰啊，
眼观万物、耳听万事的赫利奥斯啊，
大地啊，在下界向伪誓的死者报复的神啊，
请你们作证，监视这些可信赖的誓言。
如果阿勒珊德罗斯杀死墨涅拉奥斯，
就让他占有海伦和她的全部财产，
我们则坐上渡海的船舶离开这里；
如果金色头发的墨涅拉奥斯杀死
阿勒珊德罗斯，就让特洛亚人归还
海伦和她的全部财产，向阿尔戈斯人
付出值得后人记忆的可观赔偿，
我就要为了获得赔款而继续战斗，
待在这里，直到我看见战争的终点。"

　　他这样说，用那把无情的铜剑割破
绵羊的喉咙，把它们扔在地上喘气，
断送性命，是铜剑夺去了它们的力量。
将士把酒从调缸里面舀到杯里，
向永生永乐的天神祭奠，祷告祈求。
阿开奥斯人和特洛亚人中有人这样说：
"宙斯、最光荣最伟大的神啊，永生的众神啊，
两军之一要是谁首先破坏盟誓，
愿他们和他们的全体孩子的脑浆
如同这些酒流在地上，妻子受奴役。"

　　他们这样说，但是克罗诺斯的儿子
并不使他们的祈求祷告成为现实。
达尔达诺斯之子普里阿摩斯这样说：
"特洛亚人和胫甲精美的阿开奥斯人，
我要回到多风的伊利昂，不忍看见

我的亲爱的儿子同战神阿瑞斯宠爱的
墨涅拉奥斯决斗；宙斯和其他的天神
知道他们中有一个的死期预先注定。"

　　神样的国王这样说，他把羊肉放进车，
自己登上去，双手把缰绳往后拉紧，
安特诺尔在旁边登上漂亮的轻车，
他们两人便离开战场，返回伊利昂。
普里阿摩斯之子赫克托尔和奥德修斯
首先为即将进行的决斗量出地面，
再把两只阄拿来，放在铜盔里摇动，
决定两个对手谁首先投掷铜枪。
将士同声祈祷，把手举向天神，
阿开奥斯人和特洛亚人中有人这样说：
"宙斯、伊达山的统治者、最光荣最伟大的主宰啊，
他们两人谁给对方制造麻烦，
就让他死在枪下，阴魂进入冥府，
让我们保证友谊和可以信赖的誓言。"

　　他们这样说，头盔闪亮的伟大的赫克托尔
朝后看，摇铜盔，帕里斯的阄很快跳出来。
将士们一排排坐下，在他们每个人身旁
站着健跑的骏马，竖着精良的武器。
神样的阿勒珊德罗斯，美发的海伦的丈夫，
立即在肩膀周围披上漂亮的铠甲，
他首先把胫甲套在腿上，胫甲很美观，
用许多银环把它们紧紧扣在腿肚上；
再把同胞兄弟吕卡昂的精美胸甲
挂在身前，使它合乎自己的体型；
他又把一柄嵌银的铜剑挂在肩上，
再把一块结实的大盾牌背上肩头，
一顶饰马鬃的铜盔戴在强壮的头上，
鬃毛在铜盔顶上摇摆，令人心颤；
他手里拿着一把很合用的结实的长枪。
尚武的墨涅拉奥斯也这样武装起来。

他们这样在各自的队伍里武装齐备，
走到特洛亚人和阿开奥斯人阵前，
样子很吓人，旁观的、驯马的特洛亚人
和胫甲精美的阿开奥斯人都感到惊奇。
他们在那块量好的空地上靠近站立，
彼此怒目而视，挥舞手中的长枪。
阿勒珊德罗斯先投掷那支有长影的铜枪，
击中了墨涅拉奥斯的半径等长的圆盾，
但铜尖未能穿过去，被坚固的盾牌碰弯。
于是阿特柔斯的儿子用强健的右手
举着铜枪冲上去，对父亲宙斯祷告说：
"宙斯王，请让我报复首先害我的神样的
阿勒珊德罗斯，使他死在我的手下，
叫后生的人不敢向对他表示友谊的
东道主人做出任何的罪恶行为。"

他这样说，平衡长影铜枪掷出去，
击中普里阿摩斯的儿子的等径圆盾。
那支有力的长枪穿过那发亮的盾牌，
再迅速刺穿无比精制的胸甲，
枪尖正好在肋旁刺破精美的衬袍，
阿勒珊德罗斯往旁边一闪，躲过了厄运。
阿特柔斯的儿子拔出嵌银的铜剑，
高高立起来砍中阿勒珊德罗斯的盔顶，
但铜剑在上面破成三四块，从手里落下。
阿特柔斯之子仰望天空大声呼唤：
"宙斯，没有别的天神比你更坏事，
我认为我已向阿勒珊德罗斯的邪恶报仇，
但我的铜剑在手里破成块，我的长枪
白白从手里投掷出去，没击中要害。"

他这样说，猛扑过去抓住有鬃饰的盔顶，
转过身拖向胫甲精美的阿开奥斯人的阵线。
帕里斯被嫩喉咙下面的绣花带扼住气，

那本是系在他的下巴上,把头盔拉紧。
若不是宙斯之女阿佛罗狄忒看见,
把那根用牛皮制成的带子使劲弄断,
墨涅拉奥斯就会把他拖走,大享声名。
那只空头盔落在他的强有力的手里,
他把它一甩,扔向那些胫甲精美的
阿开奥斯人,由他的忠实伴侣捡起。
他转身冲去,想拿铜枪刺死仇人;
但是阿佛罗狄忒把帕里斯王子救起来,
对一位女神这是轻而易举的事情,
她把他笼罩在一团浓密的云雾之中,
安放在他的馨香馥郁的卧室里面。
她立刻去召唤海伦,在望楼上遇见她,
她的身边环绕着许多特洛亚妇女。

女神拉着她的馨香的衬袍摇摇,
她化身为一个抽织羊毛的年老的妇人,
那人曾住在拉克得蒙,抽织好羊毛,
深为海伦所喜爱;美神这样子对她说:
"快来,阿勒珊德罗斯召唤你快回家去,
他正在房间里,躺在那张嵌银饰的榻上,
你不会认为他是在同敌人战斗后回来,
倒会想他要去参加舞会或跳完舞蹈,
回来坐在家里想好好休息休息。"

她这样说,激动了海伦胸中的情绪。
海伦看见这位女神的秀丽的颈项、
可爱的胸脯、发亮的眼睛、她感到惊奇,
呼唤女神的名称,立即对她这样说:
"好女神,你为什么存心这样欺骗我?
你是想把我引到弗里基亚,或引到
可爱的墨奥尼埃的人烟稠密的城市,
要是那里有你喜爱的发音清晰的人。
现在墨涅拉奥斯已战胜阿勒珊德罗斯,
想把我这个可恨的女人带到他家里。

你是为这事来到这里施展骗术。
你去坐在他身边，离开天神的道路，
不要让你的脚把你送回奥林波斯。
你是永远为他受苦受难，保护他，
直到你成为他的妻子或是女奴。
我不到他那里——那是件令人气愤的事——
去分享他的卧榻；所有的特洛亚妇女
今后一定会谴责我，我心里已非常痛苦。"

　　神圣的阿佛罗狄忒发怒，对她这样说：
"狠心的女人，不要刺激我，免得我生气，
抛弃你，憎恨你，正如我现在爱你的程度，
也免得我在特洛亚人和达那奥斯人之间
制造可悲的仇恨，使你毁灭于不幸。"

　　她这样说，宙斯的女儿不免惊慌，
她裹上灿烂的袍子，默默无言地离去，
她躲过特洛亚人，有女神给她带路。

　　她们到达阿勒珊德罗斯的富丽的宫殿，
妇女们很快就各自去做自己的事情，
那个美丽的妇人进入那间高大的房间，
爱笑的女神阿佛罗狄忒为她端来
一张凳子，摆在阿勒珊德罗斯面前，
提大盾的宙斯的女儿海伦在那里坐下，
侧目而视，并且谴责她的丈夫说：
"你已从战争中回来，但愿你在那里丧命，
被一个英勇的人，我的前夫杀死。
你从前曾经自夸，论力量、手臂、枪法，
你比阿瑞斯喜爱的墨涅拉奥斯强得多。
你去向阿瑞斯喜爱的墨涅拉奥斯挑战，
使他再同你对打；不过我还是劝你，
就此心甘罢休，不要再去同金发的
墨涅拉奥斯单独交手，失去理智，
免得你很快就在他的枪尖下丧命。"

阿勒珊德罗斯用这些话回答她说：
"夫人，请不要用辱骂谴责我的心灵，
这一回墨涅拉奥斯有雅典娜帮助战胜我，
下一回是我战胜他，我们也有神相助。
你过来，我们上去睡觉，享受爱情；
欲念从没有这样笼罩着我的心灵，
我从可爱的拉克得蒙把你弄到手，
同乘渡海的船舶在克拉那埃岛上
同你睡眠，在爱情上面结合的时候，
也没有这样爱你，甜蜜的欲望占据我。"

　　他这样说，就带头上去，妻子跟随。

　　他们两人睡在嵌着银饰的榻上；
阿特柔斯的儿子却像野兽一样
在人群中间穿行，好发现阿勒珊德罗斯。
但没有一个特洛亚人或是他们的盟友能够
给英武的墨涅拉奥斯指出阿勒珊德罗斯
他们要是看见了，也不会友爱地隐藏他，
因为他被他们全体如黑色的死亡来憎恨。
于是阿伽门农，人民的国王说道：
"特洛亚人，达尔达诺斯人和你们的盟友，
请听我说，胜利已归于英武的墨涅拉奥斯，
你们把阿尔戈斯的海伦和她的财产
一起交出来，对我们付出合适的赔偿，
值得后世出生的人永远铭记。"

　　阿伽门农这样说，阿开奥斯人一片赞许。

【注释】

　　〔1〕选自《荷马史诗·伊利亚特》，［古希腊］荷马著，罗念生、王焕生译，人民文学出版社1994年版。　〔2〕古希腊人认为大地如一块圆饼，有长河环绕。　〔3〕指那些向海伦求婚的人。　〔4〕意思是："遭受石击刑"。对于惹动公愤的人，群众可以用石头把他砸死。

　　"荷马史诗"中的两部史诗都是二十四卷,是一部生动地记载古希腊人生活方式、民情风俗的百科全书。《伊利亚特》是一部战争史诗,描述了公元前十二世纪末,希腊半岛南部地区的阿开亚人和小亚细亚北部的特洛亚人之间的一场战争。战争经历了十年的漫长时间,最终以特洛亚城的毁灭而告终。《奥德赛》是一部漂流史诗,讲述了古希腊最伟大的智者奥德修斯在特洛伊战争结束后,历经十年艰辛和磨难,终于回乡的故事。家是每个人灵魂的归宿,《奥德赛》构筑了文学史上关于漂泊、乡愁的文学母题。

　　荷马史诗规模宏大,既有真实的生活场景的描述,也充满瑰丽的离奇色彩,表现了朴素的现实主义与浪漫主义的融合。两部史诗塑造了众多丰富、立体的文学形象,如《伊利亚特》中的阿基琉斯、赫克托尔、阿伽门农等。阿基琉斯勇敢善战、追求个人荣誉,具有古希腊英雄的共同特征;同时在战场上他又任性固执、残忍冲动,但在面对特洛亚老国王的哀求时又表现出敦厚善良的一面。所以,黑格尔在《美学》中这样评价阿基琉斯:"这是一个人! 高贵的人格的多方面性在这个人身上显出了他的全部丰富性。"在艺术结构上,两部史诗都采用了倒叙的结构,从结尾开始写,从高潮入手。荷马史诗的语言自然、质朴,运用了丰富的比喻,这些比喻取自于生活又富有情趣,被称为"荷马式的比喻"。

□[英]莎士比亚

　　莎士比亚(1564—1616),英国文艺复兴时期著名剧作家、诗人。

　　他有"英国戏剧之父"之称,共写有三十七部戏剧,一百五十四首十四行诗,二首长诗和其他诗歌。主要剧作有历史剧《查理三世》、《亨利四世》,喜剧《仲夏夜之梦》、《威尼斯商人》,悲剧《哈姆莱特》、《奥赛罗》、《李尔王》、《麦克白》等。

　　他的剧作塑造了众多性格鲜明的典型形象,情节生动丰富,语言精练优美,对欧洲文学和戏剧的发展有重大意义。马克思称莎士比亚为"人类最伟大的天才之一"。恩格斯盛赞其作品的现实主义精神与情节的生动性、丰富性。

哈姆莱特

第五幕　第二场
城堡中的厅堂

（哈姆莱特及霍拉旭上）

哈姆莱特　这个题目已经讲完,现在我可以让你知道另外一段事情。你还记得当初的一切经过情形吗?

霍　拉　旭　记得,殿下!

哈姆莱特　当时在我的心里有一种战争,使我不能睡眠;我觉得我的处境比锁在脚镣里的叛变的水手还要难堪。我就卤莽行事。——结果倒卤莽对了,我们应该承认,有时候一时孟浪,往往反而可以做出一些为我们的深谋密虑所做不成功的事;从这一点上,我们可以看出来,无论我们怎样辛苦图谋,我们的结果却早已有一种冥冥中的力量把它布置好了。

霍　拉　旭　这是无可置疑的。

哈姆莱特　我从舱里起来,把一件航海的宽衣罩在我的身上,在黑暗之中摸索着找寻那封公文,果然给我达到目的,摸到了他们的包裹;我拿着它回到我自己的地方,疑心使我忘记了礼貌,我大胆地拆开了他们的公文,在那里面,霍拉旭——啊,堂皇的诡计!——我发现一道严厉的命令,借了许多好听的理由为名,说是为了丹麦和英国双方的利益,决不能让我这个除恶的人物逃脱,接到公文之后,必须不等磨好利斧,立即枭下我的首级。

霍　拉　旭　有这等事?

哈姆莱特　这一封就是原来的国书;你有空的时候可以仔细读一下。可是你愿意听我告诉你后来我怎么办吗?

霍　拉　旭　请您告诉我。

哈姆莱特　在这样重重诡计的包围之中,我的脑筋不等我定下心来思索,就开始活动起来了;我坐下来另外写了一通国书,字迹清清楚楚。从前我曾经抱着跟我们那些政治家们同样的意见,认为字体端正是一件有失体面的事,总是想竭力忘记这一种技能,可是现在它却对我有了大大的用处。你知道我写些什么话吗?

霍　拉　旭　嗯,殿下。

哈姆莱特　我用国王的名义,向英王提出恳切的要求,因为英国是他忠心的藩属,因为两国之间的友谊,必须让它像棕榈树一样发荣繁茂,因为和平的女神必须永远戴着她的荣冠,沟通彼此的情感,以及许许多多诸如此类的重要理由,请他在读完这一封信以后,不要有任何的迟延,立刻把那两个传书的来使处死,不让他们有从容忏悔的时间。

霍　拉　旭　可是国书上没有盖印,那怎么办呢?

哈姆莱特　啊,就在这件事上,也可以看出一切都是上天预先注定。我的衣袋里恰巧藏着我父亲的私印,它跟丹麦的国玺是一个式样的;我把伪造的国书照着原来的样子折好，签上名字，盖上印玺，把它小心封好，归还原处，一点没有露出破绽。下一天就遇见了海盗，那以后的情形，你早已知道了。

霍 拉 旭　这样说来，吉尔登斯呑和罗森格兰兹是去送死的了。

哈姆莱特　哎，朋友，他们本来是自己钻求这件差使的；我在良心上没有对不起他们的地方，是他们自己的阿谀献媚断送了他们的生命。两个强敌猛烈争斗的时候，不自量力的微弱之辈，却去插身在他们的刀剑中间，这样的事情是最危险不过的。

霍 拉 旭　想不到竟是这样一个国王！

哈姆莱特　你想，我是不是应该——他杀死了我的父王，奸污了我的母亲，篡夺了我的嗣位的权利，用这种诡计谋害我的生命，凭良心说我是不是应该亲手向他复仇雪恨？如果我不去剪除这一个戕害天性的蟊贼，让他继续为非作恶，岂不是该受天谴吗？

霍 拉 旭　他不久就会从英国得到消息，知道这一回事情产生了怎样的结果。

哈姆莱特　时间虽然很局促，可是我已经抓住眼前这一刻工夫；一个人的生命可以在说一个"一"字的一刹那之间了结。可是我很后悔，好霍拉旭，不该在雷欧提斯之前失去了自制；因为他所遭遇的惨痛，正是我自己的怨愤的影子。我要取得他的好感。可是他倘不是那样夸大他的悲哀，我也决不会动起那么大的火性来的。

霍 拉 旭　不要作声！谁来了？

（奥斯里克上）

奥斯里克　殿下，欢迎您回到丹麦来！

哈姆莱特　谢谢您，先生。（向霍拉旭旁白）你认识这只水苍蝇吗？

霍 拉 旭　（向哈姆莱特旁白）不，殿下。

哈姆莱特　（向霍拉旭旁白）那是你的运气，因为认识他是一件丢脸的事。他有许多肥田美壤；一头畜生要是作了一群畜生的主子，就有资格把食槽搬到国王的席上来了。他"咯咯"叫起来简直没个完，可是——我方才也说了——他拥有大批粪土。

奥斯里克　殿下，您要是有空的话，我奉陛下之命，要来告诉您一件事情。

哈姆莱特　先生，我愿意恭聆大教。您的帽子是应该戴在头上的，您还是戴上去吧。

奥斯里克　谢谢殿下，天气真热。

哈姆莱特　不，相信我，天冷得很，在刮北风哩。

奥斯里克　真的有点儿冷，殿下。

哈姆莱特　可是对于像我这样的体质，我觉得这一种天气却是闷热得厉害。

奥斯里克	对了,殿下;真是说不出来的闷热。可是,殿下,陛下叫我来通知您一声,他已经为您下了一个很大的赌注了。殿下,事情是这样的——
哈姆莱特	请您不要这样多礼。(促奥斯里克戴上帽子)
奥斯里克	不,殿下,我还是这样舒服些,真的。殿下,雷欧提斯新近到我们的宫廷里来;相信我,他是一位完善的绅士,充满着最卓越的特点,他的态度非常温雅,他的仪表非常英俊;说一句发自衷心的话,他是上流社会的指南针,因为在他身上可以找到一个绅士所应有的品质的总汇。
哈姆莱特	先生,他对于您这一番描写,的确可以当之无愧;虽然我知道,要是把他的好处一件一件列举出来,不但我们的记忆将要因此而淆乱,交不出一篇正确的账目来,而且他这一艘满帆的快船,也决不是我们失舵之舟所能追及;可是,凭着真诚的赞美而言,我认为他是一个才德优异的人,他的高超的禀赋是那样稀有而罕见,说一句真心的话,除了在他的镜子里以外,再也找不到第二个跟他同样的人,纷纷追踪求迹之辈,不过是他的影子而已。
奥斯里克	殿下把他说得一点不错。
哈姆莱特	您的用意呢? 为什么我们要用尘俗的呼吸,嘘在这位绅士的身上呢?
奥斯里克	殿下?
霍 拉 旭	自己所用的语言,到了别人嘴里,就听不懂了吗? 早晚你会懂的,先生。
哈姆莱特	您向我提起这位绅士的名字,是什么意思?
奥斯里克	雷欧提斯吗?
霍 拉 旭	他的嘴里已经变得空空洞洞,因为他的那些好听话都说完了。
哈姆莱特	正是雷欧提斯。
奥斯里克	我知道您不是不明白——
哈姆莱特	您真能知道我这人不是不明白,那倒很好;可是,说老实话,即使你知道我是明白人,对我也不是什么光采的事。好,您怎么说?
奥斯里克	我是说,您不是不明白雷欧提斯有些什么特长——
哈姆莱特	那我可不敢说,因为也许人家会疑心我有意跟他比并高下;可是要知道一个人的底细,应该先知道他自己。
奥斯里克	殿下,我的意思是说他的武艺;人家都称赞他的本领一时无两。
哈姆莱特	他会使些什么武器?
奥斯里克	长剑和短刀。
哈姆莱特	他会使这两种武器吗? 很好。
奥斯里克	殿下,王上已经用六匹巴巴里的骏马跟他打赌;在他的一方面,照我所知道的,押的是六柄法国的宝剑和好刀,连同一切鞘带钩子之类的

附件,其中有三柄的挂机尤其珍奇可爱,跟剑柄配得非常合式,式样非常精致,花纹非常富丽。

哈姆莱特　您所说的挂机是什么东西?

霍 拉 旭　我知道您要听懂他的话,非得翻查一下注解不可。

奥斯里克　殿下,挂机就是钩子。

哈姆莱特　要是我们腰间挂着大炮,用这个名词倒还合适;在那一天没有来到以前,我看还是就叫它钩子吧。好,说下去;六匹巴巴里骏马对六柄法国宝剑,附件在内,外加三个花纹富丽的挂机,法国产品对丹麦产品。可是,用你的话来说,这样"押"是为了什么呢?

奥斯里克　殿下,王上跟他打赌,要是你们两人交起手来,在十二个回合之中,他至多不过多赢您三着;可是他却觉得他可以稳赢九个回合。殿下要是答应的话,马上就可以试一试。

哈姆莱特　要是我答应个"不"字呢?

奥斯里克　殿下,我的意思是说,您答应跟他当面比较高低。

哈姆莱特　先生,我还要在这儿厅堂里散散步。您去回陛下说,现在是我一天之中休息的时间。叫他们把比赛用的钝剑预备好了,要是这位绅士愿意,王上也不改变他的意见的话,我愿意尽力为他博取一次胜利;万一不幸失败,那我也不过丢了一次脸,给他多剁了两下。

奥斯里克　我就照这样去回话吗?

哈姆莱特　您就照这个意思去说,随便您再加上一些什么新颖词藻都行。

奥斯里克　我保证为殿下效劳。

哈姆莱特　不敢,不敢。(奥斯里克下)多亏他自己保证,别人谁也不会替他张口的。

霍 拉 旭　这一只小鸭子顶着壳儿逃走了。

哈姆莱特　他在母亲怀抱里的时候,也要先把他母亲的奶头恭维几句,然后吮吸。像他这一类靠着一些繁文缛礼撑撑场面的家伙,正是愚妄的世人所醉心的;他们的浅薄的牙慧使傻瓜和聪明人同样受他们的欺骗,可是一经试验,他们的水泡就爆破了。

（一贵族上）

贵　　族　殿下,陛下刚才叫奥斯里克来向您传话,知道您在这儿厅上等候他的旨意;他叫我再来问您一声,您是不是仍旧愿意跟雷欧提斯比剑,还是慢慢再说。

哈姆莱特　我没有改变我的初心,一切服从王上的旨意。现在也好,无论什么时候都好,只要他方便,我总是随时准备着,除非我丧失了现在所有的力气。

贵　　族	王上、娘娘,跟其他的人都要到这儿来了。
哈姆莱特	他们来得正好。
贵　　族	娘娘请您在开始比赛以前,对雷欧提斯客气几句。
哈姆莱特	我愿意服从她的教诲。(贵族下)
霍 拉 旭	殿下,您在这一回打赌中间,多半要失败的。
哈姆莱特	我想我不会失败。自从他到法国去以后,我练习得很勤;我一定可以把他打败。可是你不知道我的心里是多么不舒服;那也不用说了。
霍 拉 旭	啊,我的好殿下——
哈姆莱特	那不过是一种傻气的心理;可是一个女人也许会因为这种莫名其妙的疑虑而惶惑。
霍 拉 旭	要是您心里不愿意做一件事,那么就不要做吧。我可以去通知他们不用到这儿来,说您现在不能比赛。
哈姆莱特	不,我们不要害怕什么预兆;一只雀子的死生,都是命运预先注定的。注定在今天,就不会是明天,不是明天,就是今天;逃过了今天,明天还是逃不了,随时准备着就是了。一个人既然在离开世界的时候,只能一无所有,那么早早脱身而去,不是更好吗?随它去。
	(国王、王后、雷欧提斯、众贵族、奥斯里克及侍从等持钝剑等上)
国　　王	来,哈姆莱特,来,让我替你们两人和解和解。(牵雷欧提斯、哈姆莱特二人手使相握)
哈姆莱特	原谅我,雷欧提斯;我得罪了你,可是你是个堂堂男子,请你原谅我吧。这儿在场的众人都知道,你也一定听见人家说起,我是怎样被疯狂害苦了。凡是我的所作所为,足以伤害你的感情和荣誉、激起你的愤怒来的,我现在声明都是我在疯狂中犯下的过失。难道哈姆莱特会做对不起雷欧提斯的事吗?哈姆莱特决不会做这种事。要是哈姆莱特在丧失他自己的心神的时候,做了对不起雷欧提斯的事,那样的事不是哈姆莱特做的,哈姆莱特不能承认。那么是谁做的呢?是他的疯狂。既然是这样,那么哈姆莱特也是属于受害的一方,他的疯狂是可怜的哈姆莱特的敌人。当着在座众人之前,我承认我在无心中射出的箭,误伤了我的兄弟;我现在要向他请求大度包涵,宽恕我的不是出于故意的罪恶。
雷欧提斯	按理讲,对这件事情,我的感情应该是激动我复仇的主要力量,现在我在感情上总算满意了;但是另外还有荣誉这一关,除非有什么为众人所敬仰的长者,告诉我可以跟你捐除宿怨,指出这样的事是有前例可援的,不至于损害我的名誉,那时我才可以跟你言归于好。目前我且先接受你友好的表示,并且保证决不会辜负你的盛情。

307

哈姆莱特	我绝对信任你的诚意，愿意奉陪你举行这一次友谊的比赛。把钝剑给我们。来。
雷欧提斯	来，给我一柄。
哈姆莱特	雷欧提斯，我的剑术荒疏已久，只能给你帮场；正像最黑暗的夜里一颗吐耀的明星一般，彼此相形之下，一定更显得你的本领的高强。
雷欧提斯	殿下不要取笑。
哈姆莱特	不，我可以举手起誓，这不是取笑。
国　王	奥斯里克，把钝剑分给他们。哈姆莱特侄儿，你知道我们怎样打赌吗？
哈姆莱特	我知道，陛下；您把赌注下在实力较弱的一方了。
国　王	我想我的判断不会有错。你们两人的技术我都领教过；但是后来他又有了进步，所以才规定他必须多赢几着。
雷欧提斯	这一柄太重了；换一柄给我。
哈姆莱特	这一柄我很满意。这些钝剑都是同样长短的吗？
奥斯里克	是，殿下。（二人准备比剑）
国　王	替我在那桌子上斟下几杯酒。要是哈姆莱特击中了第一剑或是第二剑，或者在第三次交锋的时候争得上风，让所有的碉堡上一齐鸣起炮来；国王将要饮酒慰劳哈姆莱特，他还要拿一颗比丹麦四代国王戴在王冠上的更贵重的珍珠丢在酒杯里。把杯子给我；鼓声一起，喇叭就接着吹响，通知外面的炮手，让炮声震彻天地，报告这一个消息，"现在国王为哈姆莱特祝饮了！"来，开始比赛吧；你们在场裁判的都要留心看着。
哈姆莱特	请了。
雷欧提斯	请了，殿下。（二人比剑）
哈姆莱特	一剑。
雷欧提斯	不，没有击中。
哈姆莱特	请裁判员公断。
奥斯里克	中了，很明显的一剑。
雷欧提斯	好；再来。
国　王	且慢；拿酒来。哈姆莱特，这一颗珍珠是你的；祝你健康！把这一杯酒给他。（喇叭齐奏。内鸣炮）
哈姆莱特	让我先赛完这一局；暂时把它放在一旁。来。（二人比剑）又是一剑；你怎么说？
雷欧提斯	我承认给你碰着了。
国　王	我们的孩子一定会胜利。

王　　后	他身体太胖,有些喘不过气来。来,哈姆莱特,把我的手巾拿去,揩干你额上的汗。王后为你饮下这一杯酒,祝你的胜利了,哈姆莱特。
哈姆莱特	好妈妈!
国　　王	乔特鲁德,不要喝。
王　　后	我要喝的,陛下;请您原谅我。
国　　王	(旁白)这一杯酒里有毒;太迟了!
哈姆莱特	母亲,我现在还不敢喝酒;等一等再喝吧。
王　　后	来,让我擦干你的脸。
雷欧提斯	陛下,现在我一定要击中他了。
国　　王	我怕你击不中他。
雷欧提斯	(旁白)可是我的良心却不赞成我干这件事。
哈姆莱特	来,该第三个回合了,雷欧提斯。你怎么一点不起劲?请你使出你全身的本领来吧;我怕你在开我的玩笑哩。
雷欧提斯	你这样说吗?来。(二人比剑)
奥斯里克	两边都没有中。
雷欧提斯	受我这一剑!(雷欧提斯挺剑刺伤哈姆莱;二人在争夺中彼此手中之剑各为对方夺去,哈姆莱特以夺来之剑刺雷欧提斯,雷欧提斯亦受伤)
国　　王	分开他们!他们动起火来了。
哈姆莱特	来,再试一下。(王后倒地)
奥斯里克	嗳哟,瞧王后怎么啦!
霍拉旭	他们两人都在流血。您怎么啦,殿下?
奥斯里克	您怎么啦,雷欧提斯?
雷欧提斯	唉,奥斯里克,正像一只自投罗网的山鹬,我用诡计害人,反而害了自己,这也是我应得的报应。
哈姆莱特	王后怎么啦?
国　　王	她看见他们流血,昏了过去了。
王　　后	不,不,那杯酒,那杯酒——啊,我的亲爱的哈姆莱特!那杯酒,那杯酒;我中毒了。(死)
哈姆莱特	啊,奸恶的阴谋!喂!把门锁上!阴谋!查出来是哪一个人干的。(雷欧提斯倒地)
雷欧提斯	凶手就在这儿,哈姆莱特。哈姆莱特,你已经不能活命了;世上没有一种药可以救你,不到半小时,你就要死去。那杀人的凶器就在你的手里,它的锋利的刀上还涂着毒药。这奸恶的诡计已经回转来害了我自己;瞧!我躺在这儿,再也不会站起来了。你的母亲也中了毒。

	我说不下去了。国王——国王——都是他一个人的罪恶。
哈姆莱特	锋利的刃上还涂着毒药！——好，毒药，发挥你的力量吧！（刺国王）
众　　人	反了！反了！
国　　王	啊！帮帮我，朋友们；我不过受了点伤。
哈姆莱特	好，你这败坏伦常、嗜杀贪淫、万恶不赦的丹麦奸王！喝干了这杯毒药——你那颗珍珠是在这儿吗？——跟我的母亲一道去吧！（国王死）
雷欧提斯	他死得应该；这毒药是他亲手调下的。尊贵的哈姆莱特，让我们互相宽恕；我不怪你杀死我和我的父亲，你也不要怪我杀死你！（死）
哈姆莱特	愿上天赦免你的错误！我也跟着你来了。我死了，霍拉旭。不幸的王后，别了！你们这些看见这一幕意外的惨变而战栗失色的无言的观众，倘不是因为死神的拘捕不给人片刻的停留，啊！我可以告诉你们——可是随它去吧。霍拉旭，我死了，你还活在世上；请你把我的行事的始末根由昭告世人，解除他们的疑惑。
霍　拉　旭	不，我虽然是个丹麦人，可是在精神上我却更是个古代的罗马人；这儿还留剩着一些毒药。
哈姆莱特	你是个汉子，把那杯子给我；放手；凭着上天起誓，你必须把它给我。啊，上帝！霍拉旭，我一死之后，要是世人不明白这一切事情的真相，我的名誉将要永远蒙着怎样的损伤！你倘然爱我，请你暂时牺牲一下天堂上的幸福，留在这一个冷酷的人间，替我传述我的故事吧。（内军队自远处行进及鸣炮声）这是哪儿来的战场上的声音？
奥斯里克	年轻的福丁布拉斯从波兰奏凯班师，这是他对英国来的钦使所发的礼炮。
哈姆莱特	啊！我死了，霍拉旭；猛烈的毒药已经克服了我的精神，我不能活着听见英国来的消息。可是我可以预言福丁布拉斯将被推戴为王，他已经得到我这临死之人的同意；你可以把这儿所发生的一切事实告诉他。此外仅余沉默而已。（死）
霍　拉　旭	一颗高贵的心现在碎裂了！晚安，亲爱的王子，愿成群的天使们用歌唱抚慰你安息！——为什么鼓声越来越近了？（内军队行进声）（福丁布拉斯、英国使臣及余人等上）
福丁布拉斯	这一场比赛在什么地方举行？
霍　拉　旭	你们要看些什么？要是你们想知道一些惊人的惨事，那么不用再到别处去找了。
福丁布拉斯	好一场惊心动魄的屠杀！啊，骄傲的死神！你用这样残忍的手腕，一下子杀死了这许多王裔贵胄，在你的永久的幽窟里，将要有一席多

么丰美的盛筵！

使臣甲　这一个景象太惨了。我们从英国奉命来此，本来是要回复这儿的王上，告诉他我们已经遵从他的命令，把罗森格兰兹和吉尔登斯吞两人处死；不幸我们来迟了一步，那应该听我们说话的耳朵已经没有知觉了，我们还希望从谁的嘴里得到一声感谢呢？

霍拉旭　即使他能够向你们开口说话，他也不会感谢你们；他从来不曾命令你们把他们处死。可是既然你们都来得这样凑巧，有的刚从波兰回来，有的刚从英国到来，恰好看见这一幕流血的惨剧，那么请你们叫人把这几个尸体抬起来放在高台上面，让大家可以看见，让我向那懵无所知的世人报告这些事情的发生经过；你们可以听到奸淫残杀、反常悖理的行为、冥冥中的判决、意外的屠戮、借手杀人的狡计，以及陷入自害的结局；这一切我都可以确确实实地告诉你们。

福丁布拉斯　让我们赶快听你说；所有最尊贵的人，都叫他们一起来吧。我在这一个国内本来也有继承王位的权利，现在国中无主，正是我要求这一个权利的机会；可是我虽然准备接受我的幸运，我的心里却充满了悲哀。

霍拉旭　关于那一点，我受死者的嘱托，也有一句话要说，他的意见是可以影响许多人的；可是在这人心惶惶的时候，让我还是先把这一切解释明白了，免得引起更多的不幸、阴谋和错误来。

福丁布拉斯　让四个将士把哈姆莱特像一个军人似的抬到台上，因为要是他能够践登王位，一定会成为一个贤明的君主的；为了表示对他的悲悼，我们要用军乐和战地的仪式，向他致敬。把这些尸体一起抬起来。这一种情形在战场上是不足为奇的，可是在宫廷之内，却是非常的变故。去，叫兵士放起炮来。（奏丧礼进行曲；众舁尸同下。内鸣炮）

（朱生豪　译）

【阅读提示】

《哈姆莱特》是莎士比亚悲剧中的名篇。该剧本以传说中的十二世纪丹麦历史作为蓝本，描述了丹麦王子哈姆莱特所进行的反封建斗争，无情地揭露了以克劳迪斯为首的专制王朝的罪恶，集中体现了作者的人文主义思想，号召人们为改造社会而斗争。

本文所选的是《哈姆莱特》最后一幕的最后一场戏，也是全剧矛盾冲突的最高潮。正义与邪恶、进步与反动、光明与黑暗在这里进行较量，最后是同归于尽。但哈姆莱特的正义事业必定会由他的后续者完成，未来是光明的。

作品成功塑造了哈姆莱特这一文艺复兴时期人文主义者的典型形象。他是人文主义所理想的王子,但剧本写到他一直处于理想与现实的矛盾中。而哈姆莱特之所以一直处于难解的矛盾中,有客观和主观两方面原因:客观上,在新旧交替时代,他所代表的新兴力量还比较弱小;主观上,他有许多自身难以克服的弱点和局限。哈姆莱特这种矛盾的性格特征,反映了人文主义思想的历史进步性和局限性。他的悲剧既是文艺复兴时期一代人文主义者的悲剧,也是时代的悲剧。

《哈姆莱特》在艺术成就上的特点:一是情节丰富生动,戏剧冲突复杂;二是语言丰富多彩。作者善于运用不同的语言,刻画不同的人物性格,表现人物在不同时期的思想感情。另外,剧中人物形象个性鲜明,人物长于内心独白。

□[德]席勒

席勒(1759—1805),德国伟大的诗人、剧作家和文艺理论家。席勒青年时期,在狂飙突进精神的影响下,写出了成名作《强盗》和《阴谋与爱情》,确立了他的反对封建制度、争取自由和唤起民族觉醒的创作道路。

他创作了大量的优秀抒情诗和叙事诗。诗作蕴涵着高远的格调和深刻的思想,抒情诗多歌颂爱情、友谊、勇气和忠诚等,叙事诗情节曲折紧张,寓意深远。

欢 乐 颂

欢乐啊,美丽的神奇的火花,
来自极乐世界的姑娘,
天仙啊,我们意气风发,
走进你神圣的殿堂。
无情的时尚隔开了大家,
靠你的魔力重新聚齐;
在你温柔的羽翼之下,
人人都互相结为兄弟。

合 唱

大家拥抱吧,千万生民,
把这飞吻送给全世界!
弟兄们,在那星空上界,
一定住着个慈爱的父亲。

谁有这种极大的幸运，
能有个朋友友好相处，
谁能获得一位温柔的女性，
就让他来一同欢呼！
确实，在这扰攘的世界，
总要能够得一知己。
如果不能，就让他离开
这个同盟去向隅暗泣。

合　唱

聚居寰宇的芸芸众生，
你们对同情要知道尊重，
她引导你们升向星空，
那儿高坐着不可知的神。

众生都吮吸自然的乳房，
从那儿吸取欢乐的乳汁，
人不论邪恶，不论善良。
都尾随她的蔷薇的足迹。
她赐给我们亲吻和酒宴，
一个刎颈之交的知己；
赐予虫豸的乃是快感，
而天使则求接近上帝。

合　唱

你们下跪了，千万生民？
世人啊，是预感到造物主？
他一定在星空上居住，
去星空上界将他找寻！

在那永恒的大自然之中，
欢乐是强有力的发条；
把世界大钟的齿轮推动，
欢乐、欢乐也不可缺少。

她从幼芽里催发花枝，
她吸引群星照耀太空，
望远镜也看不到的天体，
她也使它们在空间转动。

合　唱

就像在那壮丽的太空。
她的天体在飞舞，弟兄们，
高高兴兴地奔赴前程，
像一个欣获胜利的英雄。

她对探索者笑脸相迎，
从真理的辉煌的镜中。
她给受苦者指点迷津，
引向道德的陡峭的高峰。
在阳光闪烁的信仰山头，
可看到她的大旗飘动，
就是透过裂开的棺柩，
也见她站在天使队中。

合　唱

毅然忍耐吧，千万生民！
为更好的世界容忍！
在上面的星空世界，
伟大的主会酬报我们。

我们对神灵无以为报，
只要能肖似神灵就行。
即使有困苦忧伤来到，
要跟快活人一起高兴。
应该忘记怨恨和复仇，
对于死敌要加以宽恕。
不要逼得他泪水长流，
不要让他尝后悔之苦。

合　唱

把我们的账簿烧光！
跟全世界进行和解！
弟兄们——在那星空上界，
神在审判，像世间一样。

欢乐在酒杯里面起泡；
喝了金色的葡萄美酒，
绝望者变成勇敢的英豪，
吃人的人也变得温柔——
当你们传递满满的酒盅，
弟兄们，从座位上起身，
要让酒泡飞溅上天空，
把这杯献给善良的神！

合　唱

星辰的颤音将他颂扬，
还有天使的赞美歌声，
把这杯献给善良的神，
他在那边星空之上！

遇到重忧要坚持勇敢，
要帮助流泪的无辜之人，
要永远信守立下的誓言，
对友与敌都待以真诚。
在国王驾前也意气昂昂，
弟兄们，别吝惜生命财产，
让有功者把花冠戴上，
让骗子们彻底完蛋！

合　唱

巩固这个神圣的团队，
凭这金色的美酒起誓，
对于盟约要矢志不移，

凭星空的审判者起誓!

（钱春绮　译）

【阅读提示】

　　1785 年 10 月的一天,在德累斯顿近郊的罗斯维兹村,诗人席勒应一对新婚夫妇的邀请来参加他们的婚宴。宴会上,诗人为新人的幸福、朋友的热情和现场的欢乐气氛所深深感染,写下了这首颂诗。其实,与其说是诗人在写欢乐,不如说是在写爱,这种爱超越时代,超越种族,超越地域,超越国界,深入人心。

　　《欢乐颂》有着严整的形式。每行都用四步扬抑格(一重一轻)诗律写出,非常有规则。这样的节奏给人以庄严和生气勃勃的感觉。这首诗后经伟大音乐家贝多芬谱曲,壮丽的《欢乐颂》可谓是自由与心灵永恒的赞歌,它与优美的旋律一起传遍了世界,在人们心中久久回荡。

□[英]济慈

　　济慈(1795—1821),英国浪漫主义的杰出诗人。在他短暂的诗歌创作生涯中,表达了对真实的、永恒的美的世界的不懈追求与向往。他以具体可感的意象,优美自然的语言,纯净的风格和完美的结构传达了他对自然与人生的美好愿望。

　　1818 年到 1820 年,是济慈诗歌创作的鼎盛时期,他先后完成了《伊莎贝拉》、《圣亚尼节前夜》、《许佩里恩》等著名长诗,最脍炙人口的《夜莺颂》、《希腊古瓮颂》、《秋颂》等名篇也是在这一时期内写成的。

　　济慈诗才横溢,与雪莱、拜伦齐名。他去世时年仅二十六岁,可他留下的诗篇一直誉满人间,被认为充分地体现了西方浪漫主义诗歌的特色,他也被推崇为欧洲浪漫主义运动的杰出代表。

夜 莺 颂

我的心疼痛,困倦和麻木使神经

　痛楚,仿佛我啜饮了毒汁满杯,

或者吞服了鸦片,一点不剩,

　一会儿,我就沉入了忘川[1]河水:

并不是嫉妒你那幸福的命运,

　是你的欢乐使我过分地欣喜——

　　想到你呀,轻翼的林中天仙,

你让悠扬的音乐
充盈在山毛榉的一片葱茏和浓荫里，
　　你放开嗓门，尽情地歌唱着夏天。

哦，来一口葡萄酒吧！来一口
　　长期在深深的地窖里冷藏的佳酿！
尝一口，就想到花神，田野绿油油，
　　舞蹈，歌人的吟唱，欢乐的骄阳！
来一大杯吧，盛满了南方的温热，
　　盛满了诗神的泉水[2]，鲜红，清冽，
　　　　还有泡沫在杯沿闪烁如珍珠，
　　　　　　把杯口也染成紫色；
我要痛饮呵，再悄悄离开这世界，
　　同你一起隐入那幽深的林木：

远远地隐去，消失，完全忘掉
　　你在绿叶里永不知晓的事情，
忘掉世上的疲倦，病热，烦躁，
　　这里，人们对坐着互相听呻吟，
瘫痪者颤动着几根灰白的发丝，
　　青春渐渐地苍白，瘦削，死亡；
　　　　这里，只要想一想就发愁，伤悲，
　　　　　　绝望中两眼呆滞；
这里，美人保不住慧眼的光芒，
　　新生的爱情顷刻间就为之憔悴。

去吧！去吧！我要向着你飞去，
　　不是伴酒神乘虎豹的车驾驰骋，
尽管迟钝的脑子困惑，犹豫，
　　我已凭诗神无形的羽翼登程：
已经跟你在一起了！夜这样柔美，
　　恰好月亮皇后登上了宝座，
　　　　群星仙子把她拥戴在中央；
　　　　　　但这里是一片幽晦，
只有微风吹过朦胧的绿色

和曲折的苔径才带来一线天光。

我这里看不见脚下有什么鲜花，
　　看不见枝头挂什么温馨的嫩蕊，
只是在暗香里猜想每一朵奇葩，
　　猜想这时令怎样把千娇百媚
赐给草地，林莽，野生的果树枝；
　　那白色山楂花，开放在牧野的蔷薇；
　　　　隐藏在绿叶丛中易凋的紫罗兰；
　　　　　　那五月中旬的爱子——
盛满了露制醇醪的麝香玫瑰，
　　夏夜的蚊蝇在这里嗡嗡盘桓。
我在黑暗里谛听着：已经多少次
　　　　几乎把安宁的死神当作恋人，
我用深思的诗韵唤他的名字，
　　　　请他把我这口气化入空明；
此刻呵，无上的幸福是停止呼吸，
　　　　趁这午夜，安详地向人世告别，
　　　　　　而你呵，正在把你的惊魂倾吐，
　　　　　　　　如此地心醉神迷！

你永远唱着，我已经失去听觉——
　　在你安慰的歌声中，我变成一堆土。

你永远不会死去，不朽的精禽！
　　饥馑的世纪也未能使你屈服；
我今天夜里一度听见的歌音
　　在往古时代打动过皇帝和村夫：
恐怕这同样的歌声也曾经促使
　　路得[3]流泪，她满怀忧伤地站在
　　　　异国的谷田里，一心思念着家邦；
　　　　　　这歌声还曾多少次
迷醉了窗里人[4]，她开窗面对大海
　　险恶的浪涛，在那失落的仙乡。

失落！呵，这字眼像钟声一敲，

　　催我离开你，回复孤寂的自己！

再见！幻想这个骗人的小妖，

　　徒有虚名，再不能使人着迷。

再见！再见！你哀怨的歌音远去，

　　流过了草地，越过了静静的溪水，

　　　　飘上了山腰，如今已深深地埋湮

　　　　　　在附近的密林幽谷：

这是幻象？还是醒时的梦寐？

　　音乐远去了：——我醒着，还是在酣眠？

　　　　　　　　　　　　　　　　　（屠岸　译）

【注释】

〔1〕忘川：希腊神话中的冥府之河，名烈溪，鬼魂饮了此河之水，便忘却一切。　〔2〕诗神的泉水：希腊赫立崆山（阿波罗和缪斯诸神常居之地）上的泉水，泉名希波克丽涅，据希腊神话，此泉为飞马之蹄一击，地裂而迸出；饮此泉能获得诗的灵感。　〔3〕路得：据《圣经·路得记》，路得离开原籍摩押，定居在伯利恒，为波阿斯干活，与之结婚。《旧约》上未写夜莺的歌声，也未写路得流泪。此处均为济慈的想象。　〔4〕窗里人：中世纪的传奇故事中，常常讲美丽的公主被囚禁在海中古堡里，英勇的骑士泅渡惊涛骇浪，救出公主，并获得她的爱情。此处济慈想象夜莺的歌声打动了美人的心，使她打开窗户，盼望骑士到来。也可能是指希腊神话中希罗与勒安得的故事：青年勒安得每夜泅渡赫勒斯滂海峡（即达达尼尔海峡）去与情人希罗相会。最后一次，希罗的灯熄灭，他溺毙在大海里。希罗找到他的尸体后，投海而死。

【阅读提示】

《夜莺颂》是济慈最著名的颂诗之一。夜莺在自然界无拘无束地自由飞翔，她像"轻翼的仙灵"，放开歌喉鸣唱。但是，当时的英国社会却充满"疲倦、热病和烦躁"，因此诗人急于"展开诗歌的无形羽翼"，"悄然离开这世界，和你（夜莺）同去幽深的林中隐没"。题目虽然是"夜莺颂"，但是，诗歌中基本上没有直接描写夜莺的词，诗人主要是想借助"夜莺"这个美丽的形象来抒发自己的感情。

该诗具有强烈的浪漫主义色彩，用美丽的比喻和一泻千里的优美语言表达了诗人心中强烈的思想感情和对自由世界的深深向往。从这首诗中，我们能很好体会到后人的评论：英国浪漫主义诗歌在济慈那里达到了完美。

我们可以这样认为：夜莺就是济慈，夜莺散播美妙的歌声，散播永恒的美，这也是济慈身为诗人的使命。

□[美]梭罗

梭罗(1817—1862),美国著名作家、哲学家,著名散文集《瓦尔登湖》的作者。

梭罗除了被人尊称为"第一个环境保护主义者"之外,还是一位关注人类生存状况的、有影响的哲学家,他的著名论文《论公民的不服从权利》影响了托尔斯泰和圣雄甘地。

1845 年 7 月 4 日梭罗开始了一项为期两年的试验,他移居到离家乡康科德城(Concord)不远,优美的瓦尔登湖畔的次生林里,尝试过一种简单的隐居生活。他于 1847 年 9 月 6 日离开瓦尔登湖。出版于 1854 年的散文集《瓦尔登湖》详细记载了他在瓦尔登湖畔两年又两个月的生活。

湖(节选)

一个湖是风景中最美、最有表情的姿容。它是大地的眼睛;望着它的人可以测出他自己的天性的深浅。湖所产生的湖边的树木是睫毛一样的镶边,而四周森林蓊郁的群山和山岸是它的浓密突出的眉毛。

站在湖东端的平坦的沙滩上,在一个平静的九月下午,薄雾使对岸的岸线看不甚清楚,那时我了解了所谓"玻璃似的湖面"这句话是什么意思了。当你倒转了头看湖,它像一条最精细的薄纱张挂在山谷之上,衬着远处的松林而发光,把大气的一层和另外的一层隔开了。你会觉得你可以从它下面走过去,走到对面的山上,而身体还是干的,你觉得掠过水面的燕子很可以停在水面上。是的,有时它们氽水到水平线之下,好像这是偶然的错误,继而恍然大悟。当你向西,望到湖对面去的时候,你不能不用两手来保护你的眼睛,一方面挡开本来的太阳光,同时又挡开映在水中的太阳光;如果,这时你能够在这两种太阳光之间,批判地考察湖面,它正应了那句话,所谓"波平如镜"了。其时只有一些掠水虫,隔开了同等距离,分散在全部的湖面,而由于它们在阳光里发出了最精美的想像得到的闪光来,或许还会有一只鸭子在整理它自己的羽毛,或许正如我已经说过的,一只燕子飞掠在水面上,低得碰到了水。还有可能,在远处,有一条鱼在空中画出了一个大约三四英尺的圆弧来,它跃起时一道闪光,降落入水,又一道闪光,有时,全部的圆弧展露了,银色的圆弧;但这里或那里,有时会漂着一枝蓟草,鱼向它一跃,水上便又激起水涡。这像是玻璃的溶液,已经冷却,但是还没有凝结,而其中连少数尘垢也还是纯洁而美丽的,像玻璃中的细眼。你还常常可以看到一片更平滑、更黝黑的水,好像有一张看不见的蜘蛛网把它同其余的隔开似的,成了水妖的栅栏,躺在湖面。从山顶下瞰,你可以看到,几乎到处都有跃起的鱼;在这样凝滑的平面上,没有一条梭鱼或银鱼在捕捉一个虫子时,不会破坏全湖的均势。真是神奇,这简简单单的一件事,却可以这么精巧地显现,——这水族界的谋杀案会暴露出来——我站在远远的高处,看到了那水的扩大的圆涡,它们的直径有五六竿长。甚至你还可以看到水蝎(学名 Gyrinus)不停地在平滑的水面滑了四分之一英里;它们微微地犁出了水上的皱纹来,分出两条界线,其间有着很明显的漪澜;而掠水虫在水面上滑来滑去却不留下显明可见的痕迹。在湖水激荡的时候,便看不到掠水虫和水蝎了,显然只在风平浪静的时候,它们才从它们的港埠出发,探险似的从湖岸的一面,用短距离的滑行,滑上前去,滑上前去,直到它们滑过全湖。这是何等愉快的事啊。秋天里,在这样一个晴朗的天气中,充分地享受了太阳的温暖,在这样的高处坐在一个树桩上,湖的全景尽收眼底,细看那圆圆的水涡,那些圆涡一刻不停地刻印在天空和树木倒影中间的水面上,要不是有这些水涡,水面是看不到的。在这样广大的一片水面上,并没有一点儿扰动,就有一点儿,也立刻柔和地复归于平静而消失了,好像在水边装一瓶子水,那些颤栗的水波流回到岸边之后,立刻又平滑了。一条鱼跳跃起来,一个虫子掉落到湖上,都这样用圆涡、用美丽的线条来表达,仿佛那是泉源中的经常的喷涌,它的生命的轻柔的搏动,它的胸膛的呼吸起伏。那是欢乐的震抖,还是痛苦的颤栗,都无从分辨。湖的现象是何等的和平啊!人类的工作又像在春天里一样地发光了。是啊,每一树叶、桠枝、石子和蜘蛛网在下午茶时又在发光,跟它们在春天的早晨承露以后一样。每一支划桨的或每一只虫子的动作都能发出一道闪光来,而一声桨响,又能引出何等的甜蜜的回音来啊!

(徐迟 译)

【阅读提示】

本文节选自《瓦尔登湖》。该书是美国现代文学中散文作品最早的典范之一,是美国大自然散文的名著,1985 年曾被《美国遗产》杂志列为"十本构成美国人性的书"之榜首。作者梭罗积极倡导一种生活观念,一种与现代物质生活日益丰富对立的简朴的生活方式。他崇尚大自然,并且付诸实践和行动,他避开城市的喧嚣,独自深入林中,与鸟兽为邻,听蟋蟀弹琴唱歌。他不仅仔细地观察自然,用心灵感知春天的脚步和冬天的雪飘,而且凭借自己的嗅觉,更可靠地去探索自然秘密。他把关于自然的观察与体验详细地记录下来,并赋予其通俗的哲学意义,这便是《瓦尔登湖》一书的缘起。

这篇《瓦尔登湖》中的片段,是梭罗细致观察、发现和感知的结晶。他用生动的文字从视觉、听觉和触觉上,多维度地把湖上的一幕描画得如此细致、准确和鲜活。读之,栩栩如生,恍如身临其境。

□［爱尔兰］叶芝

叶芝（1865—1939），爱尔兰诗人、剧作家、散文家。叶芝出生于爱尔兰首府都柏林，父亲是画家，自幼受家庭文艺氛围的熏陶，很早就开始了诗歌创作。叶芝的一生对诗歌创作进行了不懈的艺术探索，他的诗歌吸收了浪漫主义、唯美主义、神秘主义、象征主义和玄学诗的精华，最终形成了独特的诗歌风格。

叶芝是"爱尔兰文艺复兴运动"的发起人之一，早期的诗歌着重表现爱尔兰古老的文化传统，并在诗歌中融入了神秘主义和浪漫主义色彩。后期诗歌创作中，诗人转向了更为广阔的现实生活，将爱国热情、对人类文明的反思融入了创作。1923 年，叶芝获得了诺贝尔文学奖，被艾略特称为"二十世纪最伟大的英语诗人"。

当你年老时[1]

当你年老，鬓斑，睡意昏沉，
在炉旁打盹时，取下这本书，
慢慢诵读，梦忆从前你双眸
神色柔和，眼波中倒影深深；

多少人爱你风韵妩媚的时光，
爱你的美丽出自假意或真情，
但唯有一人爱你灵魂的至诚，
爱你渐衰的脸上愁苦的风霜；

然后垂下头，在炽燃的炉边，
忧伤地低诉：爱神如何逃走，
在头顶上的群山巅漫步闲游，
把他的面孔隐没在繁星中间。

【注释】

〔1〕选自《叶芝诗集》，傅浩译，河北教育出版社 2003 年版。

【阅读提示】

这首诗歌写于 1891 年，是诗人赠给毛德·冈的一首爱情诗。这是诗人仿效彼埃尔·德·沙龙(1524—1585)的同名十四行诗所写。毛德·冈是叶芝钟爱一生的女子,叶芝二十三岁与之初见,便深深地爱上了她。诗歌《箭》写了叶芝初见她时的印象:"颀长而高贵,胸房和面颊/却像苹果花一样色泽淡雅。"毛德·冈是狂热的民族主义者,这让一直从事爱尔兰民族独立运动的叶芝更增添了一份对她的特殊的爱,这份爱忠贞不渝。毛德·冈与叶芝一直保持若即若离的关系,此后更是拒绝了诗人的多次求婚。1903年毛德·冈与麦克布莱德结婚的消息给叶芝以毁灭性的打击。爱情的不幸,让诗人陷入了深深的痛苦,也激发了诗人的创作灵感。《当你老了》、《他希望得到天堂中的锦绣》、《白鸟》……都是叶芝为毛德·冈写下的爱情诗篇。

该诗在淡淡的忧伤中传达出一种永恒的爱。美丽的容颜终有老去的一天,诗人把爱推至极点,炉火边爱人的鬓斑、风霜也不能撼动诗人"灵魂的至诚",当诗人的"面孔隐没在繁星中间",这永恒的爱也随着浩渺宇宙超越了时空。

□[法]莫泊桑

莫泊桑(1850—1893),法国著名批判现实主义作家。莫泊桑的文学成就以短篇小说最为突出贡献。他一生中共创作三百多部中、短篇小说,其中最为著名的有《羊脂球》、《我的叔叔于勒》、《项链》等,还有长篇小说《她的一生》、《漂亮朋友》等。

莫泊桑善于开掘生活,从日常琐事和芸芸众生中提炼出具有典型意义的题材。他的小说善于发现小人物身上的高贵品质,并形诸笔端。他的短篇小说尤以笔触细腻、章法多变、舒展自如而享誉世界,被称为"短篇小说之王"。

米龙老爹

一个月以来,烈日在田地上展开了炙人的火焰。喜笑颜开的生活都在这种火雨下面出现了,地面上一望全是绿的,蔚蓝的天色一直和地平线相接。那些在平原上四处散布的诺曼第省的田庄,在远处看来像是一些围在细而长的山毛榉树的圈子里的小树林子。然而走到跟前,等到有人打开了天井边的那扇被虫蛀坏的栅栏门,却自信是看见了一个广阔无边的园子,因为所有那些象农夫身体一般骨干嶙峋的古老苹果树正都开着花。乌黑钩曲的老树干在天井里排列成行,在天空之下展它们那些雪白而且粉红的光彩照人的圆顶。花的香气和敞开的马房里的浓厚气味以及正在发酵的兽肥的蒸气混在一块儿——兽肥的上面被成群的鸡盖满了的。

已经是日中了。那一家人正在门前的梨树的阴影下面吃午饭：男女家长，四个孩子，两个女长工和三个男长工。他们几乎没有说话。他们吃着菜羹，随后他们揭开了那盘做荤菜的马铃薯煨咸肉。

一个女长工不时立起身来，走到储藏饮食物品的房里，去斟满那只盛苹果酒的大罐子。

男人，年约四十的强健汉子，端详他房屋边的一枝赤裸裸的没有结实的葡萄藤，它曲折得像一条蛇，在屋檐下面沿着墙伸展。

末了他说："老爹这枝葡萄，今年发芽的时候并不迟，也许可以结果子了。"

妇人也回过头来端详，却一个字也不说。

那枝葡萄，正种在老爹从前被人枪杀的地方。

那是1870年打仗时候的事。普鲁士人占领了整个地方。法国的裴兑尔白将军正领着北军和他们抵抗。

普军的参谋处正驻扎在这个田庄上。庄主是个年老的农人，名叫彼德的米龙老爹，竭力款待他们，安置他们。

一个月以来，普军的先头部队留在这个村落里做侦察工作。法军却在相距十法里内外一带地方静伏不动；然而每天夜晚，普兵总有好些骑兵失踪。

凡是那些分途到附近各处去巡逻的人，若是他们只是两三个成为一组出发的，都从没有转来过。

到早上，有人在一块地里，一个天井旁边，一条壕沟里，寻着了他们的尸首。他们的马也伸着腿倒在大路上，项颈被人一刀割开了。

这类的暗杀举动，仿佛是被一些同样的人干的，然而普兵没有法子破案。

地方上感到恐怖了。许多乡下人，每每因为一个简单的告发就被普兵枪决了，妇女们也被他们拘禁起来了，他们原来想用恐吓手段使儿童们有所透露，结果却什么也没有发现。但是某一天早上，他们瞧见了米龙老爹躺在自己马房里，脸上有一道刀伤。

两个刺穿了肚子的普国骑兵在一个和这庄子相距三公里远的地方被人寻着了。其中的一个，手里还握着他那把血迹模糊的马刀。可见他曾经格斗过的，自卫过的。

一场军事审判立刻在这庄子前面的露天里开庭了，那老头子被人带过来了。

他的年龄是六十八岁。身材矮瘦，脊梁是略带弯曲的，两只大手简直像一对蟹螯。一头稀疏得像是乳鸭羽绒样的乱发，头皮随处可见。项颈上的枯黄而起皱的皮肤显出好些粗的静脉管，一直延到腮骨边失踪却又在鬓脚边出现。在本地，他是一个以难于妥协和吝啬出名的人。

他们教他站在一张由厨房搬到外面的小桌子跟前，前后左右有四个普兵看守。五个军官和团长坐在他的对面。

团长用法国话发言了：

"米龙老爹，自从到了这里以后，我们对于您，除了夸奖以外真没有一句闲话。在我们看来，您对于我们始终是殷勤的，并且甚至可以说是很关心的。但是您今日却有一件很可怕的事被人告发了，自然非问个明白不成。您脸上带的那道伤是怎样来的呢？"

那个乡下人一个字也不回答。

团长接着又说：

"您现在不说话，这就定了您的罪，米龙老爹，但是我要您回答我，您听见没有？您知道今天早上在伽尔卫尔附近寻着的那两个骑兵是谁杀的吗？"

那老翁干脆地答道：

"是我。"

团长吃了一惊，缄默了一会，双眼盯着这个被逮捕的人了。米龙老爹用他那种乡下人发呆的神气安闲自在地待着，双眼如同向他那个教区的神父说话似的低着没有抬起来。惟一可以看出他心里慌张的，就是他如同喉管完全被人扼住了一般，显而易见地在那儿不断地咽口水。

这老翁的一家人：儿子约翰，儿媳妇和两个孙子，都惊惶失措地立在他后面十步内外的地方。

团长接着又说：

"您可也知道这一月以来，每天早上，我们部队里那些被人在田里寻着的侦察兵是被谁杀了的吗？"

老翁用同样的乡愚式的安闲自在态度回答：

"是我。"

"全都是您杀的吗？"

"全都是，对呀，都是我。"

"您一个人？"

"我一个人。"

"您是怎样动手干的，告诉我吧。"

这一回，那汉子现出了心焦的样子，因为事情非得多说话不可，这显然使他为难。他吃着嘴说：

"我现在哪儿还知道？我该怎么干就怎么干。"

团长接着说：

"我通知您，您非全盘告诉我们不可。您很可以立刻就打定主意。您从前怎样开始的呢？"

那汉子向着他那些立在后面注意的家属不放心地瞧了一眼，又迟疑了一会儿，后来突然打定了主意：

"我记得那是某一天夜晚，你们到这里来的第二天夜晚，也许在十点钟光景。您和您的弟兄们，用过我二百五十多个金法郎的草料和一条牛两只羊。我当时想道：他们就是接连再来拿我一百个，我一样要向他们讨回来。并且那时候我心上还有别样的盘算，等会儿我再对您说。我望见了你们有一个骑兵坐在我的仓后面的壕沟边抽烟斗。我取下了我的镰刀，蹑着脚从后面掩过去，使他听不见一点声音。蓦地一下，只有一下，我就如同割下一把小麦似的割下了他的脑袋，他当时连说一下'喔'的功夫都没有。您只须在水荡里去寻：您就会发现他和一块顶住栅栏门的石头一齐装在一只装煤的口袋里。

"我那时就有了我的打算。我剥下了他全身的服装，从靴子剥到帽子，后来一齐送到了那个名叫马丁的树林子里的石灰窑的地道后面藏好。"

那老翁不做声了。那些感到惊惶的军官面面相觑了。后来讯问又开始了，下文就是他们所得的口供：

那汉子干了这次谋杀敌兵的勾当，心里就存着这个观念："杀些普鲁士人吧！"他像一个热忱爱国而又智勇兼备的农人一样憎恨他们。正如他说的一样，他是有他的打算的。他等了几天。

普军听凭他自由来去，随意出入，因为他对于战胜者的退让是用很多的服从和殷勤态度表示的，他并且由于和普兵常有往来学会了几句必要的德国话。现在，他每天傍晚总看见有些传令兵出发，他听明白那些骑兵要去的村落名称以后，就在某一个夜晚出门了。

他由他的天井里走出来，溜到了树林里，进了石灰窑，再钻到了窑里那条长地道的末端，最后在地上寻着了那个死兵的服装，就把自己穿戴停当。

后来他在田里徘徊一阵，为了免得被人发觉，他沿着那些土坎子爬着走，他听见极小的声响，就像一个偷着打猎的人一样放心不下。

到他认为钟点已经到了的时候，便向着大路前进，后来就躲在矮树丛里。他依然等着。末了，在夜半光景，一阵马蹄的"大走"声音在路面的硬土上响起来了。为了判度前面来的是否只有一个单独的骑兵，这汉子先把耳朵贴在地上，随后他就准备起来。

骑兵带着一些紧要文件用"大走"步儿走过来了。那汉子睁眼张耳地走过去。等到相隔不过十来步，米龙老爹就横在大路上像受了伤似地爬着走，一面用德国话喊着："救命呀！救命呀！"骑兵勒住了马，认明白那是一个失了坐骑的德国兵，以为他是受了伤的，于是滚鞍下马，毫不疑虑的走近前来，他刚刚俯着身躯去看这个素不认识的人，肚皮当中却吃了米龙老爹的马刀的弯弯儿的长刃。他倒下来了，立刻死了，最后仅仅颤抖着挣扎了几下。

于是这个诺曼底人感到一种老农式的无声快乐因而心花怒发了，自己站起来了，并且为了闹着玩儿又割断了那尸首的头颈。随后他把尸首拖到壕沟边就

326

扔在那里面。

那匹安静的马等候他的主人。米龙老爹骑了上去。教它用"大颠"的步儿穿过平原走开了。

一小时以后,他又看见两个归营的骑兵并辔而来。他一直对准他们赶过去,又用德国话喊着:"救人!救人"那两个普兵认明了军服,让他走近前来,绝没有一点疑忌。于是他,老翁,像弹丸一般在他们两人之间溜过去,一马刀一手枪,同时干翻了他们两个人。

随后他又宰了那两匹马,那都是德国马!然后从容地回到了石灰窑,把自己骑过的那匹马藏在那阴暗的地道中间。他在那里脱掉军服,重新披上了他自己那套破衣裳,末了回家爬到床上,一直睡到第二天早晨。

他有四天没有出门,等候那场业已开始侦查的公案的结束,但是,第五天,他又出去了,并且又用相同的计略杀了两个普兵。从此他不再住手了,每天夜晚,他总逛到外面去找机会,骑着马在月光下面驰过荒废无人的田地,时而在这里,时而在那里,如同一个迷路的德国骑兵,一个专门猎取人头的猎人似的,杀过了一些普鲁士人。每次,工作完了以后,这个年老的骑士任凭那些尸首横在大路上,自己却回到了石灰窑,藏起了自己的坐骑和军服。

第二天日中光景,他安闲地带些清水和草料去喂那匹藏在地道中间的马,为了要它担负重大的工作,他是不惜工本的。

但是,被审的前一天,那两个被他袭击的人,其中有一个有了戒备,并且在乡下老翁的脸上割了一刀。

然而他把那两个一齐杀死了!他依然又转来藏好了那匹马,换好了他的破衣裳,但是回家的时候,他衰弱得精疲力竭了,只能勉强拖着脚步走到了马房跟前,再也不能回到房子里。

有人在马房里发现了他浑身是血,躺在那些麦秸上面……

口供完了之后,他突然抬起头自负地瞧着那些普鲁士军官。

那团长抚弄着自己的髭须,向他问:

"您再没有旁的话要说吗?"

"没有。再也没有,帐算清了:我一共杀了十六个,一个不多,一个不少。"

"您可知道自己快要死吗?"

"我没有向您要求赦免。"

"您当过兵吗?"

"当过,我从前也打过仗。并且从前也就是你们杀了我的爹,他老人家是一世皇帝的部下。我还应该算到上一个月,你们又在艾弗勒附近杀了我的小儿子法朗索阿。从前你们欠了我的帐,现在我讨清楚了。我们现在是收支两讫。"

军官们彼此面面相觑了。

“八个算是替我的爹讨还了帐。八个算是替我儿子讨还的。我们是收支两讫了。我本不要找你们惹事,我!我不认识你们!我也不知道你们是从哪儿来的。现在你们已经在我家里,并且要这样,要那样,像在你们自己家里一般。我如今在那些人身上复了仇。我一点也不后悔。”老翁接着又说。

老翁挺起了关节不良的脊梁,并且用一种谦逊的英雄姿态在胸前叉起了两只胳膊。

那几个普鲁士人低声谈了好半天。其中有一个上尉,他也在上一个月有一个儿子阵亡,这时,他替这个志气高尚的穷汉辩护。

于是团长站起来走到米龙老爹身边,并且低声向他说:“听明白,老头儿,也许有个法子救您性命,就是要……”

但是那老翁绝不细听,向着战胜的军官竖直了两只眼睛,这时候,一阵微风搅动了他头颅上的那些稀少的头发,他那副带着刀伤的瘦脸儿突然大起收缩显出一幅怕人的难看样子,他终于鼓起了他的胸膛,向那普鲁士人劈面唾了一些唾沫。

团长呆了,扬起一只手,而那汉子又向他脸上唾了第二次。

所有的军官都站起了,并且同时喊出了好些道命令。

不到一分钟,那个始终安闲自在的老翁被人推到了墙边,那时候他才向着他的长子约翰,他的儿媳妇和他的两个孙子微笑了一阵,他们都惶惑万分地望着他,他终于立刻被人枪决了。

(李青崖　译)

【阅读提示】

小说取材于普法战争,讲述的是老农民米龙老爹不甘敌人的野蛮侵略,勇敢而巧妙地杀死十六个普鲁士骑兵,最后从容就义的故事。小说通过这一故事,成功地塑造了一个机智勇敢、大义凛然的农民英雄形象,表现出法国人民抗击侵略者的英雄主义和爱国主义精神。

本文采用倒叙的方式,先描绘出一幅丰收在望、充满喜悦之情的田园风光,然后抚今思昔,顺理成章地引出往日艰苦斗争的故事。这个开头,暗寓着幸存者和后代对壮烈牺牲的米龙老爹的怀念之情,在感情和意念上为后文的故事作了衬托性铺垫。

小说以第一人称与第三人称叙述交互使用。文章先运用第三人称叙述,在普军团长审问米龙老爹时,又让米龙老爹用第一人称的口吻说话,直接表现了他的英雄性格。

小说的肖像描写和细节描写也很出色。肖像描写多着眼于米龙老爹貌不惊人的农民本色,与其“永不妥协”的刚毅性格,以及巧妙机警的杀敌行为相互映衬。米龙老爹两次向普军团长吐唾沫等细节描写，与老人那干脆、痛快的语言相辅相成，淋漓尽致地刻画出他刚强勇武的性格和视死如归的凛然正气。

□[英]王尔德

王尔德（1854—1900），英国作家，剧作家，诗人，唯美主义运动的代表人物，"为艺术而艺术"的倡导者。他出身于爱尔兰首都都柏林的贵族之家，虽然主要以成人作家而著称，但他的早期作品中有两本童话集：《快乐王子故事集》和《石榴之家》，已载入英国儿童文学史册。在王尔德的墓碑上，他被誉为"才子和戏剧家"。的确，他是当之无愧的"戏剧家"。在他事业的顶峰，最具代表的是他的几部大戏，如《温德摩尔夫人的扇子》、《理想的丈夫》等，都是一时绝唱。至于"才子"之名，早在王尔德为世人所知之前，年仅二十四岁，他的诗作就荣获大奖。

王尔德事业的起飞，风格的形成，可以说都源于童话，也正是他的第一部童话集问世之后，人们才真正将他视为有影响的作家。他的童话美轮美奂，擅用华丽的笔法刻画善良与美丽的形象。英国《典雅》杂志将他和安徒生相提并论，说他的《自私的巨人》堪称"完美之作"，整本童话集更是纯正英语的结晶。

快乐王子

快乐王子的雕像高高地耸立在城市上空一根高大的石柱上面。他浑身上下镶满了薄薄的黄金叶片，明亮的蓝宝石做成他的双眼，剑柄上还嵌着一颗硕大的灿灿发光的红色宝石。

世人对他真是称羡不已。"他像风标一样漂亮，"一位想表现自己有艺术品味的市参议员说了一句，接着又因担心人们将他视为不务实际的人，其实他倒是怪务实的，便补充道："只是不如风标那么实用。"

"你为什么不能像快乐王子一样呢？"一位明智的母亲对自己那哭喊着要月亮的小男孩说，"快乐王子做梦时都从没有想过哭着要东西。"

"世上还有如此快乐的人真让我高兴，"一位沮丧的汉子凝视着这座非凡的雕像喃喃自语地说着。

"他看上去就像位天使，"孤儿院的孩子们说。他们正从教堂走出来，身上披着鲜红夺目的斗篷，胸前挂着干净雪白的围嘴儿。

"你们是怎么知道的？"数学教师问道，"你们又没见过天使的模样。"

"啊！可我们见过，是在梦里见到的。"孩子们答道。数学教师皱皱眉头并绷起了面孔，因为他不赞成孩子们做梦。

有天夜里，一只小燕子从城市上空飞过。他的朋友们早在六个星期前就飞往埃及去了，可他却留在了后面，因为他太留恋那美丽无比的芦苇小姐。他是在早春时节遇上她的，当时他正顺河而下去追逐一只黄色的大飞蛾。他为她那纤细的腰身着了迷，便停下身来同她说话。

"我可以爱你吗？"燕子问道，他喜欢一下子就谈到正题上。芦苇向他弯下了腰，于是他就绕着她飞了一圈又一圈，并用羽翅轻抚着水面，泛起层层银色的涟漪。这是燕子的求爱方式，他就这样地进行了整个夏天。

"这种恋情实在可笑，"其他燕子吃吃地笑着说，"她既没钱财，又有那么多亲戚。"的确，河里到处都是芦苇。

等秋天一到，燕子们就飞走了。

大伙走后，他觉得很孤独，并开始讨厌起自己的恋人。"她不会说话，"他说，"况且我担心她是个荡妇，你看她老是跟风调情。"这可不假，一旦起风，芦苇便行起最优雅的屈膝礼。"我承认她是个居家过日子的人，"燕子继续说，"可我喜爱旅行，而我的妻子，当然也应该喜爱旅行才对。"

"你愿意跟我走吗？"他最后问道。然而芦苇却摇摇头，她太舍不得自己的家了。

"原来你跟我是闹着玩的，"他吼叫着，"我要去金字塔了，再见吧！"说完他就飞走了。

他飞了整整一天，夜晚时才来到这座城市。"我去哪儿过夜呢？"他说，"我希望城里已做好了准备。"

这时，他看见了高大圆柱上的雕像。

"我就在那儿过夜，"他高声说，"这是个好地方，充满了新鲜空气。"于是，他就在快乐王子两脚之间落了窝。

"我有黄金做的卧室，"他朝四周看看后轻声地对自己说，随之准备入睡了。但就在他把头放在羽翅下面的时候，一颗大大的水珠落在他的身上。"真是不可思议！"他叫了起来，"天上没有一丝云彩，繁星清晰又明亮，却偏偏下起了雨。北欧的天气真是可怕。芦苇是喜欢雨水的，可那只是她自私罢了。"

紧接着又落下来一滴。

"一座雕像连雨都遮挡不住，还有什么用处？"他说，"我得去找一个好烟囱做窝。"他决定飞离此处。

可是还没等他张开羽翼，第三滴水又掉了下来，他抬头望去，看见了——啊！他看见了什么呢？

快乐王子的双眼充满了泪水，泪珠顺着他金黄的脸颊淌了下来。王子的脸在月光下美丽无比，小燕子顿生怜悯之心。

"你是谁？"他问对方。

"我是快乐王子。"

"那么你为什么哭呢?"燕子又问,"你把我的身上都打湿了。"

"以前在我有颗人心而活着的时候,"雕像开口说道,"我并不知道眼泪是什么东西,因为那时我住在逍遥自在的王宫里,那是个哀愁无法进去的地方。白天人们伴着我在花园里玩,晚上我在大厅里领头跳舞。沿着花园有一堵高高的围墙,可我从没想到去围墙那边有什么东西,我身边的一切太美好了。我的臣仆们都叫我快乐王子,的确,如果欢愉就是快乐的话,那我真是快乐无比。我就这么活着,也这么死去。而眼下我死了,他们把我这么高高地立在这儿,使我能看见自己城市中所有的丑恶和贫苦,尽管我的心是铅做的,可我还是忍不住要哭。"

"啊!难道他不是铁石心肠的金像?"燕子对自己说。他很讲礼貌,不愿大声议论别人的私事。

"远处,"雕像用低缓而悦耳的声音继续说,"远处的一条小街上住着一户穷人。一扇窗户开着,透过窗户我能看见一个女人坐在桌旁。她那瘦削的脸上布满了倦意,一双粗糙发红的手上到处是针眼,因为她是一个裁缝。她正在给缎子衣服绣上西番莲花,这是皇后最喜爱的宫女准备在下一次宫廷舞会上穿的。在房间角落里的一张床上躺着她生病的孩子。孩子在发烧,嚷着要吃桔子。他的妈妈除给他喂几口河水外什么也没有,因此孩子老是哭个不停。燕子,燕子,小燕子,你愿意把我剑柄上的红宝石取下来送给她吗?我的双脚被固定在这基座上,不能动弹。"

"伙伴们在埃及等我,"燕子说,"他们正在尼罗河上飞来飞去,同朵朵大莲花说着话儿,不久就要到伟大法老的墓穴里去过夜。法老本人就睡在自己彩色的棺材中。他的身体被裹在黄色的亚麻布里,还填满了防腐的香料。他的脖子上系着一圈浅绿色翡翠项链,他的双手像是枯萎的树叶。"

"燕子,燕子,小燕子,"王子又说,"你不肯陪我过一夜,做我的信使吗?那个孩子太饥渴了,他的母亲伤心极了。"

"我觉得自己不喜欢小孩,"燕子回答说,"去年夏天,我到过一条河边,有两个顽皮的孩子,是磨坊主的儿子,他们老是扔石头打我。当然,他们永远也别想打中我,我们燕子飞得多快呀,再说,我出身于一个以快捷出了名的家庭;可不管怎么说,这是不礼貌的行为。"

可是快乐王子的满脸愁容叫小燕子的心里很不好受。"这儿太冷了,"他说,"不过我愿意陪你过上一夜,并做你的信使。"

"谢谢你,小燕子,"王子说。

于是燕子从王子的宝剑上取下那颗硕大的红宝石,用嘴衔着,越过城里一座连一座的屋顶,朝远方飞去。

他飞过大教堂的塔顶,看见了上面白色大理石雕刻的天使像。他飞过王宫,听见了跳舞的歌曲声。一位美丽的姑娘同她的心上人走上了天台。"多么奇妙的星星啊，"他对她说，"多么美妙的爱情啊"

"我希望我的衣服能按时做好，赶得上盛大舞会，"她回答说，"我已要求绣上西番莲花，只是那些女裁缝们都太慢了。"

他飞过了河流，看见了高挂在船桅上的无数灯笼。他飞过了犹太区，看见犹太老人们在彼此讨价还价地做生意，还把钱币放在铜制的天平上称重量。最后他来到了那个穷人的屋舍，朝里面望去。发烧的孩子在床上辗转反侧，母亲已经睡熟了，因为她太疲倦了。他跳进屋里，将硕大的红宝石放在那女人顶针旁的桌子上。随后他又轻轻地绕着床飞了一圈，用羽翅扇着孩子的前额。"我觉得好凉爽，"孩子说，"我一定是好起来了。"说完就沉沉地进入了甜蜜的梦乡。

然后，燕子回到快乐王子的身边，告诉他自己做过的一切。"你说怪不怪，"他接着说，"虽然天气很冷，可我现在觉得好暖和。"

"那是因为你做了一件好事，"王子说。于是小燕子开始想王子的话，不过没多久便睡着了。对他来说，一思考问题就老想困觉。

黎明时分他飞下河去洗了个澡。"真是不可思议的现象，"一位鸟禽学教授从桥上走过时开口说道，"冬天竟会有燕子！"于是他给当地的报社关于此事写去了一封长信。每个人都引用他信中的话，尽管信中的很多词语是人们理解不了的。

"今晚我要到埃及去，"燕子说，一想到远方，他就精神百倍。他走访了城里所有的公共纪念物，还在教堂的顶端上坐了好一阵子。每到一处，麻雀们就吱吱喳喳地相互说，"多么难得的贵客啊！"所以他玩得很开心。

月亮升起的时候他飞回到快乐王子的身边。"你在埃及有什么事要办吗？"他高声问道，"我就要动身了。"

"燕子，燕子，小燕子，"王子说，"你愿意陪我再过一夜吗？"

"伙伴们在埃及等我呀，"燕子回答说，"明天我的朋友们要飞往第二瀑布，那儿的河马在纸莎草丛中过夜。古埃及的门农神安坐在巨大的花岗岩宝座上，他整夜守望着星星，每当星星闪烁的时候，他就发出欢快的叫声，随后便沉默不语。中午时，黄色的狮群下山来到河边饮水，他们的眼睛像绿色的宝石，咆哮起来比瀑布的怒吼还要响亮。""燕子，燕子，小燕子，"王子说，"远处在城市的那一头，我看见住在阁楼中的一个年轻男子。他在一张铺满纸张的书桌上埋头用功，旁边的玻璃杯中放着一束干枯的紫罗兰。他有一头棕色的卷发，嘴唇红得像石榴，他还有一双睡意矇眬的大眼睛。他正力争为剧院经理写出一个剧本，但是他已经给冻得写不下去了。壁炉里没有柴火，饥饿又弄得他头昏眼花。"

"我愿意陪你再过一夜，"燕子说，他的确有颗善良的心。"我是不是再送他一块红宝石？"

"唉！我现在没有红宝石了。"王子说，"所剩的只有我的双眼。它们由稀有的蓝宝石做成，是一千多年前从印度出产的。取出一颗给他送去。他会将它卖给珠宝商，好买回食物和木柴，完成他写的剧本。"

"亲爱的王子，"燕子说，"我不能这样做，"说完就哭了起来。

"燕子，燕子，小燕子，"王子说，"就照我说的话去做吧。"

因此燕子取下了王子的一只眼睛，朝学生住的阁楼飞去。由于屋顶上有一个洞，燕子很容易进去。就这样燕子穿过洞来到屋里。年轻人双手捂着脸，没有听见燕子翅膀的扇动声，等他抬起头时，正看见那颗美丽的蓝宝石放在干枯的紫罗兰上面。

"我开始受人欣赏了，"他叫道，"这准是某个极其钦佩我的人送来的。现在我可以完成我的剧本了。"他脸上露出了幸福的笑容。

第二天燕子飞到下面的海港，他坐在一艘大船的桅杆上，望着水手们用绳索把大箱子拖出船舱。随着他们"嘿哟！嘿哟！"的声声号子，一个个大箱子给拖了上来。"我要去埃及了！"燕子叫道，但是没有人理会他。等月亮升起后，他又飞回到快乐王子的身边。

"我是来向你道别的，"他叫着说。

"燕子，燕子，小燕子，"王子说，"你不愿再陪我过一夜吗？"

"冬天到了，"燕子回答说，"寒冷的雪就要来了。而在埃及，太阳挂在葱绿的棕榈树上，暖和极了，还有躺在泥塘中的鳄鱼懒洋洋地环顾着四周。我的朋友们正在巴尔贝克古城的神庙里建筑巢穴，那些粉红和银白色的鸽子们一边望着他们干活，一边相互倾诉着情话。亲爱的王子，我不得不离你而去了，只是我永远也不会忘记你的，明年春天我要给你带回两颗美丽的宝石，弥补你因送给别人而失掉的那两颗，红宝石会比一朵红玫瑰还红，蓝宝石也比大海更蓝。"

"在下面的广场上，"快乐王子说，"站着一个卖火柴的小女孩。她的火柴都掉在阴沟里了，它们都不能用了。如果她不带钱回家，她的父亲会打她的，她正在哭着呢。她既没穿鞋，也没有穿袜子，头上什么也没戴。请把我的另一只眼睛取下来，给她送去，这样她父亲就不会揍她了。"

"我愿意陪你再过一夜，"燕子说，"但我不能取下你的眼睛，否则你就变成个瞎子了。"

"燕子，燕子，小燕子，"王子说，"就照我说的话去做吧。"

于是他又取下了王子的另一只眼珠，带着它朝下飞去。他一下子落在小女孩的面前，把宝石悄悄地放在她的手掌心上。"一块多么美丽的玻璃呀！"小女孩高声叫着，她笑着朝家里跑去。

这时，燕子回到王子身旁。"你现在瞎了，"燕子说，"我要永远陪着你。""不，小燕子，"可怜的王子说，"你得到埃及去。"

"我要一直陪着你，"燕子说着就睡在了王子的脚下。

第二天他整日坐在王子的肩头上，给他讲自己在异国他乡的所见所闻和种种经历。他还给王子讲那些红色的朱鹭，它们排成长长的一行站在尼罗河的岸边，用它们的尖嘴去捕捉金鱼；还讲到司芬克斯，它的岁数跟世界一样长久，住在沙漠中，通晓世间的一切；他讲那些商人，跟着自己的驼队缓缓而行，手中摸着念珠；他讲到月亮山的国王，他皮肤黑得像乌木，崇拜一块巨大的水晶；他讲到那条睡在棕榈树上的绿色大蟒蛇，要二十个僧侣用蜜糖做的糕点来喂它；他又讲到那些小矮人，他们乘坐扁平的大树叶在湖泊中往来横渡，还老与蝴蝶发生战争。

"亲爱的小燕子，"王子说，"你为我讲了好多稀奇的事情，可是更稀奇的还要算那些男男女女们所遭受的苦难。没有什么比苦难更不可思议的了。小燕子，你就到我城市的上空去飞一圈吧，告诉我你在上面都看见了些什么。"

于是燕子飞过了城市上空，看见富人们在自己漂亮的洋楼里寻欢作乐，而乞丐们却坐在大门口忍饥挨饿。他飞进阴暗的小巷，看见饥饿的孩子们露出苍白的小脸没精打采地望着昏暗的街道，就在一座桥的桥洞里面两个孩子相互搂抱着想使彼此温暖一些。"我们好饿呀！"他俩说。"你们不准躺在这儿，"看守高声叹道，两个孩子又蹒跚着朝雨中走去。

随后他飞了回来，把所见的一切告诉给了王子。

"我浑身贴满了上好的黄金片，"王子说，"你把它们一片片地取下来，给我的穷人们送去。活着的人都相信黄金会使他们幸福的。"

燕子将足赤的黄金叶子一片一片地啄了下来，直到快乐王子变得灰暗无光。他又把这些纯金叶片一一送给了穷人，孩子们的脸上泛起了红晕，他们在大街上欢欣无比地玩着游戏。"我们现在有面包了！"孩子们喊叫着。

随后下起了雪，白雪过后又迎来了严寒。街道看上去白花花的，像是银子做成的，又明亮又耀眼；长长的冰柱如同水晶做的宝剑垂悬在屋檐下。人人都穿上了皮衣，小孩子们也戴上了红帽子去户外溜冰。

可怜的小燕子觉得越来越冷了，但是他却不愿离开王子，他太爱这位王子了。他只好趁面包师不注意的时候，从面包店门口弄点面包屑充饥，并扑扇着翅膀为自己取暖。

然而最后他也知道自己快要死去了。他剩下的力气只够再飞到王子的肩上一回。"再见了，亲爱的王子！"他喃喃地说，"你愿重让我亲吻你的手吗？"

"我真高兴你终于要飞往埃及去了，小燕子，"王子说，"你在这儿呆得太长了。不过你得亲我的嘴唇，因为我爱你。"

"我要去的地方不是埃及，"燕子说，"我要去死亡之家。死亡是长眠的兄弟，不是吗？"

接着他亲吻了快乐王子的嘴唇，然后就跌落在王子的脚下，死去了。

就在此刻,雕像体内伸出一声奇特的爆裂声,好像有什么东西破碎了。其实是王子的那颗铅做的心已裂成了两半。这的确是一个可怕的寒冷冬日。

第二天一早,市长由市参议员们陪同着散步来到下面的广场。他们走过圆柱的时候,市长抬头看了一眼雕像,"我的天啊! 快乐王子怎么如此难看!"他说。

"真是难看极了!"市参议员们异口同声地叫道,他们平时总跟市长一个腔调。说完大家纷纷走上前去细看个明白。

"他剑柄上的红宝石已经掉了,蓝宝石眼珠也不见了,他也不再是黄金的了,"市长说,"实际上,他比一个要饭的乞丐强不了多少!"

"的确比要饭的强不了多少,"市参议员们附和着说。

"还有在他的脚下躺着一只死鸟!"市长继续说,"我们真应该发布一个声明,禁止鸟类死在这个地方。"于是市书记员把这个建议记录了下来。

后来他们就把快乐王子的雕像给推倒了。"既然他已不再美丽,那么也就不再有用了,"大学的美术教授说。

接着他们把雕像放在炉里熔化了,市长还召集了一次市级的会议来决定如何处理这些金属,"当然,我们必须再铸一个雕像。"他说,"那应该就是我的雕像。"

"我的雕像,"每一位市参议员都争着说,他们还吵了起来。我最后听到人们说起他们时,他们的争吵仍未结束。

"多么稀奇古怪的事!"铸像厂的工头说,"这颗破裂的铅心在炉子里熔化不了。我们只好把它扔掉。"他们便把它扔到了垃圾堆里,死去的那只燕子也躺在那儿。

"把城市里最珍贵的两件东西给我拿来,"上帝对他的一位天使说。于是天使就把铅心和死鸟给上帝带了回来。

"你的选择对极了,"上帝说,"因为在我这天堂的花园里,小鸟可以永远地放声歌唱,而在我那黄金的城堡中,快乐王子可以尽情地赞美我。"

(巴金 译)

【阅读提示】

在这个美丽的童话里,那个一生都没有使用过一丝同情的"快乐王子"死了,而一个富有同情心、富有人道精神的"快乐王子"复活了。为了帮助有需要的人,他甘愿牺牲最宝贵的东西。他恳求过路的燕子把宝石、纯金,把使自己光灿耀眼的一切都捎给了饥寒交迫中的人们。受到帮助后,正在发烧的孩子能够"睡得很甜";饿得头昏眼花的年轻作家"露出很快乐的样子";广场上卖火柴的小女孩"笑着跑回家去";孩子们那由于饥饿而苍白的瘦脸上"现出了红色",他们又有了笑容,又有了生的快乐……快乐王子觉得快乐,因为他懂得了与别人分享。虽然失去了身体上的华美装饰,却得到了帮助别人所带来的无比温暖。

在王尔德笔下那个高尚的王子身上,外表形象和内心世界始终是处于矛盾状态中的。当他的外表形象是华贵时,他的内心世界是苍白的、冷酷的;当他的外表形象丑陋时,他的内心世界是丰茂的、美丽的。这种反衬,使"快乐王子"闪耀出哲理的光彩,具有了耐人寻味的、被深化了的美的意蕴。

□[俄]契诃夫

契诃夫(1860—1904),十九世纪末俄国伟大的批判现实主义作家,情趣隽永、文笔犀利的幽默讽刺大师,短篇小说的巨匠,著名剧作家。

他早期作品多是短篇小说,如《胖子和瘦子》(1883)、《小公务员之死》(1883)、《苦恼》(1886)、(万卡)(1886)等,再现了"小人物"的不幸和软弱,劳动人民的悲惨生活和小市民的庸俗猥琐。而在《变色龙》及《普里希别叶夫中士》(1885)中,他鞭挞了忠实维护专制暴政的奴才及其专横跋扈、暴戾恣睢的丑恶嘴脸,揭示出黑暗时代的反动精神特征。契诃夫后期转向戏剧创作,主要作品都曲折反映了俄国1905年大革命前夕一部分小资产阶级知识分子的苦闷和追求。其剧作含有浓郁的抒情味和丰富的潜台词,令人回味无穷。

他的小说短小精悍,情节生动,笔调幽默,语言明快,富于音乐节奏感,寓意深刻。他善于从日常生活中发现具有典型意义的人和事,通过幽默可笑的情节进行艺术概括,塑造出完整的典型形象,以此来反映当时的俄国社会。其代表作《变色龙》、《套中人》堪称俄国文学史上精湛而完美的艺术珍品,前者成为见风使舵、善于变相、投机钻营者的代名词;后者成为因循守旧、畏首畏尾、害怕变革者的符号象征。契诃夫以卓越的讽刺幽默才华为世界文学人物画廊中增添了两个不朽的艺术形象。

小公务员之死

一个美好的晚上,一位心情美好的庶务官伊凡·德米特里·切尔维亚科夫,坐在剧院第二排座椅上,正拿着望远镜观看轻歌剧《科尔涅维利的钟声》。他看着演出,感到无比幸福。但突然间……小说里经常出现这个"但突然间"。作家们是对的:生活中确实充满了种种意外事件。但突然间,他的脸皱起来,眼睛往上翻,呼吸停住了……他放下望远镜,低下头,便……阿嚏一声!!!他打了个喷嚏,你们瞧。无论何时何地,谁打喷嚏都是不能禁止的。庄稼汉打喷嚏,警长打喷嚏,有时连达官贵人也在所难免。人人都打喷嚏。切尔维亚科夫毫不慌张,掏出小手绢擦擦脸,而且像一位讲礼貌的人那样,举目看看四周:他的喷嚏是否溅着什么人了?但这时他不由得慌张起来。他看到,坐在他前面第一排座椅上的一个小老头,正用手套使劲擦他的秃头和脖子,嘴里还嘟哝着什么。切尔维亚科夫认出这人是三品文官布里扎洛夫将军,他在交通部门任职。

"我的喷嚏溅着他了!"切尔维亚科夫心想,"他虽说不是我的上司,是别的部门的,不过这总不妥当。应当向他赔个不是才对。"

切尔维亚科夫咳嗽一声,身子探向前去,凑着将军的耳朵小声说:

"务请大人原谅,我的唾沫星子溅着您了……我出于无心……"

"没什么,没什么……"

"看在上帝分上,请您原谅。要知道我……我不是有意的……"

"哎,请坐下吧!让人听嘛!"

切尔维亚科夫心慌意乱了,他傻笑一下,开始望着舞台。他看着演出,但已不再感到幸福。他开始惶惶不安起来。幕间休息时,他走到布里扎洛夫跟前,在他身边走来走去,终于克制住胆怯心情,嗫嚅道:

"我溅着您了,大人……务请宽恕……要知道我……我不是有意的……"

"哎,够了!……我已经忘了,您怎么老提它呢!"将军说完,不耐烦地撇了撇下嘴唇。

"他说忘了,可是他那眼神多凶!"切尔维亚科夫暗想,不时怀疑地瞧他一眼。"连话都不想说了。应当向他解释清楚,我完全是无意的……这是自然规律……否则他会认为我故意啐他。他现在不这么想,过后肯定会这么想的!……"

回家后,切尔维亚科夫把自己的失态告诉妻子。他觉得妻子对发生的事过于轻率。她先是吓着了,但后来听说布里扎洛夫是"别的部门的",也就放心了。

"不过你还是去一趟赔礼道歉的好,"她说,"他会认为你在公共场合举止不当!"

"说得对呀!刚才我道歉过了,可是他有点古怪……一句中听的话也没说。再者也没有时间细谈。"

第二天,切尔维亚科夫穿上新制服,刮了脸,去找布里扎洛夫解释……走进将军的接待室,他看到里面有许多请求接见的人。将军也在其中,他已经开始接见了。询问过几人后,将军抬眼望着切尔维亚科夫。

"昨天在'阿尔卡吉亚'剧场,倘若大人还记得的话,"庶务官开始报告,"我打了一个喷嚏,无意中溅了……务请您原……"

"什么废话!……天知道怎么回事!"将军扭过脸,对下一名来访者说:"您有什么事?"

"他不想说!"切尔维亚科夫脸色煞白,心里想道,"看来他生气了……不行,这事不能这样放下……我要跟他解释清楚……"

当将军接见完最后一名来访首,正要返回内室时,切尔维亚科夫一步跟上去,又开始嗫嚅道:

"大人!倘若在下胆敢打搅大人的话,那么可以说,只是出于一种悔过的心情……我不是有意的,务请您谅解,大人!"

将军做出一副哭丧脸,挥一下手。

"您简直开玩笑,先生!"将军说完,进门不见了。

"这怎么是开玩笑?"切尔维亚科夫想,"根本不是开玩笑!身为将军,却不明事理!既然这样,我再也不向这个好摆架子的人赔不是了!去他的!我给他写封信,再也不来了!真的,再也不来了!"

切尔维亚科夫这么思量着回到家里。可是给将军的信却没有写成。想来想去,怎么也想不出这信该怎么写。只好次日又去向将军本人解释。

"我昨天来打搅了大人,"当将军向他抬起疑问的目光,他开始嗫嚅道,"我不是如您讲的来开玩笑的。我来是向您赔礼道歉,因为我打喷嚏时溅着您了,大人……说到开玩笑,我可从来没有想过。在下胆敢开玩笑吗?倘若我们真开玩笑,那样的话,就丝毫谈不上对大人的敬重了……谈不上……"

"滚出去!!"忽然间,脸色发青、浑身打颤的将军大喝一声。

"什么,大人?"切尔维亚科夫小声问道,他吓呆了。

"滚出去!!"将军顿着脚,又喊了一声。

切尔维亚科夫感到肚子里什么东西碎了。什么也看不见,什么也听不着,他一步一步退到门口。他来到街上,步履艰难地走着……他懵懵懂懂地回到家里,没脱制服,就倒在长沙发上,后来就……死了。

一八八三年七月二日

(汝龙　译)

【阅读提示】

本文通过小公务员切尔维亚科夫由于对"大人物"的恐惧和奴性心理而惨死的悲剧,揭示出造成这种恐惧和奴性心理的原因是"大人物"们长期的暴虐和飞扬跋扈的奴役,深刻揭露了当时俄国社会的黑暗和社会制度的不合理。

这篇小说体现了契诃夫作品的创作风格:善于从日常生活中常见的人和事取材,以小见大,反映深刻主题。"打喷嚏"本是一件小得不能再小的、正常得不能再正常的事,与"死"连在一起简直是不可思议!作者巧妙地将二者连在一起,产生了深深震撼读者心灵的艺术效果。小公务员死亡的真正原因,作者虽未著一字介绍,但从作品对小公务员惟妙惟肖的心理描写,以及对人物语言、行动入木三分的刻画中,读者能够顿悟明白。

□[印度]泰戈尔

泰戈尔(1861—1941)，印度著名作家、艺术家和社会活动家，代表作品有诗集《暮歌》、《故事诗》、《新月集》、《园丁集》、《吉檀迦利》，剧本《牺牲》，小说《小沙子》、《沉船》、《戈拉》等，1913年因《吉檀迦利》获诺贝尔文学奖。他的诗歌歌颂母亲、儿童、大自然，文字优美纯净，充满了神秘的印度宗教精神。

泰戈尔一生用孟加拉文写作，其诗歌继承和发展了印度的诗歌传统，具有孟加拉人民喜闻乐见的民族风格和民族形式，格调清新，琅琅上口，流传极广。其作品对后来的许多印度作家产生了重要影响，在印度近代文学史上占有重要地位，是印度和世界文学宝库中的珍贵遗产。

吉檀迦利（节选）

一

你已经使我永生，这样做是你的欢乐。这脆薄的杯儿，你不断地把它倒空，又不断地以新生命来充满。

这小小的苇笛，你携带着它逾山越谷，从笛管里吹出永新的音乐。

在你双手的不朽的安抚下，我的小小的心，消融在无边快乐之中，发出不可言说的词调。

你的无穷的赐予只倾入我小小的手里。时代过去了，你还在倾注，而我的手里还有余量待充满。

二

当你命令我歌唱的时候，我的心似乎要因着骄傲而炸裂，我仰望着你的脸，眼泪涌上我的眶里。

我生命中一切的凝涩与矛盾融化成一片甜柔的谐音——我的赞颂像一只欢乐的鸟，振翼飞越海洋。

我知道你欢喜我的歌唱。我知道只因为我是个歌者，才能走到你的面前。

我用我的歌曲的远伸的翅梢，触到了你的双脚，那是我从来不敢想望触到的。

在歌唱中的陶醉，我忘了自己，你本是我的主人，我却称你为朋友。

四

我生命的生命，我要保持我的躯体永远纯洁，因为我知道你的生命的摩抚，接触着我的四肢。

我要永远从我的思想中屏除虚伪，因为我知道你就是那在我心中燃起理智之火的真理。

我要从我心中驱走一切的丑恶，使我的爱开花，因为我知道你在我的心灵深处安设了座位。

我要努力在我的行为上表现你，因为我知道是你的威力，给我力量来行动。

十一

把礼赞和数珠撇在一边罢！你在门窗紧闭幽暗孤寂的殿角里，向谁礼拜呢？睁开眼你看，上帝不在你的面前！

他是在锄着枯地的农夫那里，在敲石的造路工人那里。太阳下，阴雨里，他和他们同在，衣袍上蒙着尘土。脱掉你的圣袍，甚至像他一样地下到泥土里去罢！

超脱吗？从哪里找超脱呢？我们的主已经高高兴兴地把创造的锁链带起：他和我们大家永远连系在一起。

从静坐里走出来罢，丢开供养的香花！你的衣服污损了又何妨呢？去迎接他，在劳动里，流汗里，和他站在一起罢。

三十五

在那里，心是无畏的，头也抬得高昂；

在那里，智识是自由的；

在那里，世界还没有被狭小的家国的墙隔成片段；

在那里，话是从真理的深处说出；

在那里，不懈的努力向着"完美"伸臂；

在那里，理智的清泉没有沉没在积习的荒漠之中；

在那里，心灵是受你的指引，走向那不断放宽的思想与行为——进入那自由的天国，我的父呵，让我的国家觉醒起来罢。

三十九

在我的心坚硬焦躁的时候，请洒我以慈霖。

当生命失去恩宠的时候，请赐我以欢歌。

当烦杂的工作在四围喧闹，使我和外界隔绝的时候，我的宁静的主，请带着你的和平与安息来临。

当我乞丐似的心,蹲闭在屋角的时候,我的国王,请你以王者的威仪破户而入。

当欲念以诱惑与尘埃来迷蒙我的心眼的时候,呵,圣者,你是清醒的,请你和你的雷电一同降临。

六十九

就是这股生命的泉水,日夜流穿我的血管,也流穿过世界,又应节地跳舞。

就是这同一的生命,从大地的尘土里快乐地伸放出无数片的芳草,迸发出繁花密叶的波纹。

就是这同一的生命,在潮汐里摇动着生和死的大海的摇篮。

我觉得我的四肢因受着生命世界的爱抚而光荣。我的骄傲,是因为时代的脉搏,此刻在我血液中跳动。

(冰心 译)

【阅读提示】

《吉檀迦利》是印度大诗人泰戈尔的代表作,是最能代表他思想观念和艺术风格的作品。他以轻快、欢畅的笔调歌唱生命的枯荣、现实生活的欢乐和悲哀,表达了作者对祖国前途的关怀,发表之后,引起了全世界的轰动。1913 年,泰戈尔以此荣获诺贝尔文学奖。

"吉檀迦利"在印度语中的意思是"献诗",其中包含一百零三首宗教抒情诗,全面表现了诗人的宗教和哲学思想,抒发了他对"无限"和"梵我一如"等境界的神往,表现了他对人民、祖国和自然的热爱之情。在艺术上,诗歌熔哲理与诗情于一炉,语言清新流丽,感情含蓄细腻,意境深远。

□[美]杰克·伦敦

杰克·伦敦(1876—1916),美国著名作家。出生于破产农民家庭,从小出卖劳力为生。成年后当过水手、工人,曾去阿拉斯加淘金,得了坏血症。从此埋头写作,成为职业作家。到后期,杰克·伦敦逐渐脱离社会,追求个人享受。1916年,他在精神极度苦闷空虚中服毒自杀。

他共创作了十九部长篇小说,一百五十多部短篇小说,三部剧本,此外还有论文、特写等。1900 年至 1902 年发表《狼的儿子》等三部短篇小说,通称为"北方故事"。这些作品揭露资本主义社会的弊端和罪恶,表现淘金者和猎人在严酷环境中的顽强意志和斗争精神,表达了作者对于人类美好生活的向往。自传体小说《马丁·伊登》(1909)是杰克·伦敦的代表作。它描写一个出身于劳动人民的现实主义作家在资本主义社会里的命运。杰克·伦敦作品中的人物个性鲜明,故事情节紧凑,文字精练生动。

热爱生命

> 一切,总算剩下了这一点——
> 他们经历了生活的困苦颠连;
> 能做到这种地步也就是胜利,
> 尽管他们输掉了赌博的本钱。

他们两个一瘸一拐地,吃力地走下河岸,有一次,走在前面的那个还在乱石中间失足摇晃了一下。他们又累又乏,因为长期忍受苦难,脸上都带着愁眉苦脸、咬牙苦熬的表情。他们肩上捆着用毯子包起来的沉重包袱。总算那条勒在额头上的皮带还得力,帮着吊住了包袱。他们每人拿着一支来复枪。他们弯着腰走路,肩膀冲向前面,而脑袋冲得更前,眼睛总是瞅着地面。

"我们藏在地窖里的那些子弹,我们身边要有两三发就好了,"走在后面的那个人说道。

他的声调,阴沉沉的,干巴巴的,完全没有感情。他冷冷地说着这些话;前面的那个只顾一瘸一拐地向流过岩石、激起一片泡沫的白茫茫的小河里走去,一句话也不回答。

后面的那个紧跟着他。他们两个都没有脱掉鞋袜,虽然河水冰冷——冷得他们脚腕子疼痛,两脚麻木。每逢走到河水冲击着他们膝盖的地方,两个人都摇摇晃晃地站不稳。跟在后面的那个在一块光滑的圆石头上滑了一下,差一点没摔倒,但是,他猛力一挣,站稳了,同时痛苦地尖叫了一声。他仿佛有点头昏眼花,一面摇晃着,一面伸出那只闲着的手,好象打算扶着空中的什么东西。站稳之后,他再向前走去,不料又摇晃了一下,几乎摔倒。于是,他就站着不动,瞅着前面那个一直没有回过头的人。

他这样一动不动地足足站了一分钟,好象心里在说服自己一样。接着,他就叫了起来:"喂,比尔,我扭伤脚腕子啦。"

比尔在白茫茫的河水里一摇一晃地走着。他没有回头。

后面那个人瞅着他这样走去;脸上虽然照旧没有表情,眼睛里却流露着跟一头受伤的鹿一样的神色。

前面那个人一瘸一拐,登上对面的河岸,头也不回,只顾向前走去,河里的人眼睁睁地瞅着。他的嘴唇有点发抖,因此,他嘴上那丛乱棕似的胡子也在明显地抖动。他甚至不知不觉地伸出舌头来舐舐嘴唇。

"比尔！"他大声地喊着。

这是一个坚强的人在患难中求援的喊声，但比尔并没有回头。他的伙伴干瞪着他，只见他古里古怪地一瘸一拐地走着，跌跌冲冲地前进，摇摇晃晃地登上一片不陡的斜坡，向矮山头上不十分明亮的天际走去。他一直瞪着他跨过山头，消失了踪影。于是他掉转眼光，慢慢扫过比尔走后留给他的那一圈世界。

靠近地平线的太阳，象一团快要熄灭的火球，几乎被那些混混沌沌的浓雾同蒸气遮没了，让你觉得它好象是什么密密团团，然而轮廓模糊、不可捉摸的东西。这个人单腿立着休息，掏出了他的表，现在是四点钟，在这种七月底或者八月初的季节里——他说不出一两个星期之内的确切的日期——他知道太阳大约是在西北方。他瞪了瞪南面，知道在那些荒凉的小山后面就是大熊湖；同时，他还知道在那个方向，北极圈的禁区界线深入到加拿大冻土地带之内。他所站的地方，是铜矿河的一条支流，铜矿河本身则向北流去，通向加冕湾和北冰洋。他从来没到过那儿，但是，有一次，他在赫德森湾公司的地图上曾经瞪见过那地方。

他把周围那一圈世界重新扫了一遍。这是一片叫人看了发愁的景象。到处都是模糊的天际线。小山全是那么低低的。没有树，没有灌木，没有草——什么都没有，只有一片辽阔可怕的荒野，迅速地使他两眼露出了恐惧神色。

"比尔！"他悄悄地、一次又一次地喊道："比尔！"

他在白茫茫的水里畏缩着，好象这片广大的世界正在用压倒一切的力量挤压着他，正在残忍地摆出得意的威风来摧毁他。他象发疟子似地抖了起来，连手里的枪都哗喇一声落到水里。这一声总算把他惊醒了。他和恐惧斗争着，尽力鼓起精神，在水里摸索，找到了枪。他把包袱向左肩挪动了一下，以便减轻扭伤的脚腕子的负担。接着，他就慢慢地，小心谨慎地，疼得闪闪缩缩地向河岸走去。

他一步也没有停。他象发疯似地拼着命，不顾疼痛，匆匆登上斜坡，走向他的伙伴失去踪影的那个山头——比起那个瘸着腿，一瘸一拐的伙伴来，他的样子更显得古怪可笑。可是到了山头，只看见一片死沉沉的，寸草不生的浅谷。他又和恐惧斗争着，克服了它，把包袱再往左肩挪了挪，蹒跚地走下山坡。

谷底一片潮湿，浓厚的苔藓，象海绵一样，紧贴在水面上。他走一步，水就从他脚底下溅射出来，他每次一提起脚，就会引起一种吧唧吧唧的声音，因为潮湿的苔藓总是吸住他的脚，不肯放松。他挑着好路，从一块沼地走到另一块沼地，并且顺着比尔的脚印，走过一堆一堆的、象突出在这片苔藓海里的小岛一样的岩石。

他虽然孤零零的一个人，却没有迷路。他知道，再往前去，就会走到一个小湖旁边，那儿有许多极小极细的枯死的枞树，当地的人把那儿叫作"提青尼其利"——意思是"小棍子地"。而且，还有一条小溪通到湖里，溪水不是白茫茫的。

343

溪上有灯心草——这一点他记得很清楚——但是没有树木,他可以沿着这条小溪一直走到水源尽头的分水岭。他会翻过这道分水岭,走到另一条小溪的源头,这条溪是向西流的,他可以顺着水流走到它注入狄斯河的地方,那里,在一条翻了的独木船下面可以找到一个小坑,坑上面堆着许多石头。这个坑里有他那支空枪所需要的子弹,还有钓钩、钓丝和一张小鱼网——打猎钓鱼求食的一切工具。同时,他还会找到面粉——并不多——此外还有一块腌猪肉同一些豆子。

比尔会在那里等他的,他们会顺着狄斯河向南划到大熊湖。接着,他们就会在湖里朝南方划,一直朝南,直到麦肯齐河。到了那里,他们还要朝着南方,继续朝南方走去,那么冬天就怎么也赶不上他们了。让湍流结冰吧,让天气变得更凛冽吧,他们会向南走到一个暖和的赫德森湾公司的站头,那儿不仅树木长得高大茂盛,吃的东西也多得不得了。

这个人一路向前挣扎的时候,脑子里就是这样想的。他不仅苦苦地拼着体力,也同样苦苦地绞着脑汁,他尽力想着比尔并没有抛弃他,想着比尔一定会在藏东西的地方等他。

他不得不这样想,不然,他就用不着这样拼命,他早就会躺下来死掉了。当那团模糊的象圆球一样的太阳慢慢向西北方沉下去的时候,他一再盘算着在冬天追上他和比尔之前,他们向南逃去的每一寸路。他反复地想着地窖里和赫德森湾公司站头上的吃的东西。他已经两天没吃东西了;至于没有吃到他想吃的东西的日子,那就更不止两天了。他常常弯下腰,摘起沼地上那种灰白色的浆果,把它们放到口里,嚼几嚼,然后吞下去。这种沼地浆果只有一小粒种籽,外面包着一点浆水。一进口,水就化了,种籽又辣又苦。他知道这种浆果并没有养份,但是他仍然抱着一种不顾道理,不顾经验教训的希望,耐心地嚼着它们。

走到九点钟,他在一块岩石上绊了一下,因为极端疲倦和衰弱,他摇晃了一下就栽倒了。他侧着身子、一动也不动地躺了一会。接着,他从捆包袱的皮带当中脱出身子,笨拙地挣扎起来勉强坐着。这时候,天还没有完全黑,他借着留连不散的暮色,在乱石中间摸索着,想找到一些干枯的苔藓。后来,他收集了一堆,就升起一蓬火——一蓬不旺的,冒着黑烟的火——并且放了一白铁罐子水在上面煮着。

他打开包袱,第一件事就是数数他的火柴。一共六十六根。为了弄清楚,他数了三遍。他把它们分成几份,用油纸包起来,一份放在他的空烟草袋里,一份放在他的破帽子的帽圈里,最后一份放在贴胸的衬衫里面。做完以后,他忽然感到一阵恐慌,于是把它们完全拿出来打开,重新数过。

仍然是六十六根。

他在火边烘着潮湿的鞋袜。鹿皮鞋已经成了湿透的碎片。毡袜子有好多地方都磨穿了,两只脚皮开肉绽,都在流血。一只脚腕子胀得血管直跳,他检查了一下。它已经肿得和膝盖一样粗了。他一共有两条毯子,他从其中的一条撕下一长条,把脚腕子捆紧。此外,他又撕下几条,裹在脚上,代替鹿皮鞋和袜子。接着,他喝完那罐滚烫的水,上好表的发条,就爬进两条毯子当中。

他睡得跟死人一样。午夜前后的短暂的黑暗来而复去。

太阳从东北方升了起来——至少也得说那个方向出现了曙光,因为太阳给乌云遮住了。

六点钟的时候,他醒了过来,静静地仰面躺着。他仰视着灰色的天空,知道肚子饿了。当他撑住胳膊肘翻身的时候,一种很大的呼噜声把他吓了一跳,他看见了一只公鹿,它正在用机警好奇的眼光瞧着他。这个牲畜离他不过五十尺光景,他脑子里立刻出现了鹿肉排在火上烤得哗哗响的情景和滋味。他无意识地抓起了那支空枪,瞄好准星,扣了一下扳机。公鹿哼了一下,一跳就跑开了,只听见它奔过山岩时蹄子得得乱响的声音。

这个人骂了一句,扔掉那支空枪。他一面拖着身体站起来,一面大声地哼哼。这是一件很慢、很吃力的事。他的关节都象生了锈的铰链。它们在骨臼里的动作很迟钝,阻力很大,一屈一伸都得咬着牙才能办到。最后,两条腿总算站住了,但又花了一分钟左右的工夫才挺起腰,让他能够象一个人那样站得笔直。

他慢腾腾地登上一个小丘,看了看周围的地形。既没有树木,也没有小树丛,什么都没有,只看到一望无际的灰色苔藓,偶尔有点灰色的岩石,几片灰色的小湖,几条灰色的小溪,算是一点变化点缀。天空是灰色的。没有太阳,也没有太阳的影子。他不知道哪儿是北方,他已经忘掉了昨天晚上他是怎样取道走到这里的。不过他并没有迷失方向。

这他是知道的。不久他就会走到那块"小棍子地"。他觉得它就在左面的什么地方,而且不远——可能翻过下一座小山头就到了。

于是他就回到原地,打好包袱,准备动身。他摸清楚了那三包分别放开的火柴还在,虽然没有停下来再数数。不过,他仍然踌躇了一下,在那儿一个劲地盘算,这次是为了一个厚实的鹿皮口袋。袋子并不大。他可以用两只手把它完全遮没。他知道它有十五磅重——相当于包袱里其他东西的总和——这个口袋使他发愁。最后,他把它放在一边,开始卷包袱。可是,卷了一会,他又停下手,盯着那个鹿皮口袋。他匆忙地把它抓到手里,用一种反抗的眼光瞧瞧周围,仿佛这片荒原要把它抢走似的;等到他站起来,摇摇晃晃地开始这一天的路程的时候,这个口袋仍然包在他背后的包袱里。

他转向左面走着,不时停下来吃沼地上的浆果。扭伤的脚腕子已经僵了,他比以前跛得更明显,但是,比起肚子里的痛苦,脚疼就算不了什么。饥饿的疼痛是剧烈的。它们一阵一阵地发作,好象在啃着他的胃,疼得他不能把思想集中到"小棍子地"必须走的路线上。沼地上的浆果并不能减轻这种剧痛,那种刺激性的味道反而使他的舌头和口腔热辣辣的。

他走到了一个山谷,那儿有许多松鸡从岩石和沼地里呼呼地拍着翅膀飞起来。它们发出一种"咯儿－咯儿－咯儿"的叫声。他拿石子打它们,但是打不中。他把包袱放在地上,象猫捉麻雀一样地偷偷走过去。锋利的岩石穿过他的裤子,划破了他的腿,直到膝盖流出的血在地面上留下一道血迹;但是在饥饿的痛苦中,这种痛苦也算不了什么。他在潮湿的苔藓上爬着,弄得衣服湿透,身上发冷;可是这些他都没有觉得,因为他想吃东西的念头那么强烈。而那一群松鸡却总是在他面前飞起来,呼呼地转,到后来,它们那种"咯儿－咯儿－咯儿"的叫声简直变成了对他的嘲笑,于是他就咒骂它们,随着它们的叫声对它们大叫起来。

有一次,他爬到了一定是睡着了的一只松鸡旁边。他一直没有瞧见,直到它从岩石的角落里冲着他的脸窜起来,他才发现。他象那只松鸡起飞一样惊慌,抓了一把,只捞到了三根尾巴上的羽毛。当他瞅着它飞走的时候,他心里非常恨它,好象它做了什么对不起他的事。随后他回到原地,背起包袱。

时光渐渐消逝,他走进了连绵的山谷,或者说是沼地,这些地方的野物比较多。一群驯鹿走了过去,大约有二十多头,都呆在可望而不可即的来复枪的射程以内。他心里有一种发狂似的、想追赶它们的念头,而且相信自己一定能追上去捉住它们。一只黑狐狸朝他走了过来,嘴里叼着一只松鸡。这个人喊了一声。这是一种可怕的喊声,那只狐狸吓跑了,可是没有丢下松鸡。

傍晚时,他顺着一条小河走去,由于含着石灰而变成乳白色的河水从稀疏的灯心草丛里流过去。他紧紧抓住这些灯心草的根部,拔起一种好象嫩葱芽,只有木瓦上的钉子那么大的东西。这东西很嫩,他的牙齿咬进去,会发出一种咯吱咯吱的声音,仿佛味道很好。但是它的纤维却不容易嚼。

它是由一丝丝的充满了水份的纤维组成的:跟浆果一样,完全没有养份。他丢开包袱,爬到灯心草丛里,象牛似的大咬大嚼起来。他非常疲倦,总希望能歇一会——躺下来睡个觉;可是他又不得不继续挣扎前进——不过,这并不一定是因为他急于要赶到"小棍子地",多半还是饥饿在逼着他。他在小水坑里找青蛙,或者用指甲挖土找小虫,虽然他也知道,在这么远的北方,是既没有青蛙也没有小虫的。

他瞧遍了每个水坑,都没有用,最后,到了漫漫的暮色袭来的时候,他才发现一个水坑里有一条独一无二的、象鲦鱼般的小鱼。他把胳膊伸下水去,一直没到肩头,但是它又溜开了。于是他用双手去捉,把池底的乳白色泥浆全搅浑了。正在紧张的关头,他掉到了坑里,半身都浸湿了。现在,水太浑了,看不清鱼在哪儿,他只好等着,等泥浆沉淀下去。

他又捉起来,直到水又搅浑了。可是他等不及了,便解下身上的白铁罐子,把坑里的水舀出去;起初,他发狂一样地舀着,把水溅到自己身上,同时,因为泼出去的水距离太近,水又流到坑里。后来,他就更小心地舀着,尽量让自己冷静一点,虽然他的心跳得很厉害,手在发抖。这样过了半小时,坑里的水差不多舀光了。剩下来的连一杯也不到。

可是,并没有什么鱼;他这才发现石头里面有一条暗缝,那条鱼已经从那里钻到了旁边一个相连的大坑——坑里的水他一天一夜也舀不干。如果他早知道有这个暗缝,他一开始就会把它堵死,那条鱼也就归他所有了。他这样想着,四肢无力地倒在潮湿的地上。起初,他只是轻轻地哭,过了一会,他就对着把他团团围住的无情的荒原号陶大哭;后来,他又大声抽噎了好久。

他升起一蓬火,喝了几罐热水让自己暖和暖和、并且照昨天晚上那样在一块岩石上露宿。最后他检查了一下火柴是不是干燥,并且上好表的发条,毯子又湿又冷,脚腕子疼得在悸动。可是他只有饿的感觉,在不安的睡眠里,他梦见了一桌桌酒席和一次次宴会,以及各种各样的摆在桌上的食物。

醒来时,他又冷又不舒服。天上没有太阳。灰蒙蒙的大地和天空变得愈来愈阴沉昏暗。一阵刺骨的寒风刮了起来,初雪铺白了山顶。他周围的空气愈来愈浓,成了白茫茫一片,这时,他已经升起火,又烧了一罐开水。天上下的一半是雨,一半是雪,雪花又大又潮。起初,一落到地面就融化了,但后来越下越多,盖满了地面,淋熄了火,糟蹋了他那些当作燃料的干苔藓。

这是一个警告,他得背起包袱,一瘸一拐地向前走;至于到哪儿去,他可不知道。他既不关心小棍子地,也不关心比尔和狄斯河边那条翻过来的独木舟下的地窖。他完全给"吃"这个词儿管住了。他饿疯了。他根本不管他走的是什么路,只要能走出这个谷底就成。他在湿雪里摸索着,走到湿漉漉的沼地浆果那儿,接着又一面连根拔着灯心草,一面试探着前进。不过这东西既没有味,又不能把肚子填饱。

后来,他发现了一种带酸味的野草,就把找到的都吃了下去,可是找到的并不多,因为它是一种蔓生植物,很容易给几寸深的雪埋没。那天晚上他既没有火,也没有热水,他就钻在毯子里睡觉,而且常常饿醒。这时,雪已经变成了冰冷的雨。他觉得雨落在他仰着的脸上,给淋醒了好多次。天亮了——又是灰蒙蒙的一天,没有太阳。雨已经停了。刀绞一样的饥饿感觉也消失了。他已经丧失了想吃食物的感觉。他只觉得胃里隐隐作痛,但并不使他过分难过。他的脑子已经比较清醒,他又一心一意地想着"小棍子地"和狄斯河边的地窖了。

他把撕剩的那条毯子扯成一条条的,裹好那双鲜血淋淋的脚。同时把受伤的脚腕子重新捆紧,为这一天的旅行做好准备。等到收拾包袱的时候,他对着那个厚实的鹿皮口袋想了很久,但最后还是把它随身带着。

雪已经给雨水淋化了,只有山头还是白的。太阳出来了,他总算能够定出罗盘的方位来了,虽然他知道现在他已经迷了路。在前两天的游荡中,他也许走得过分偏左了。因此，他为了校正，就朝右面走，以便走上正确的路程。

现在，虽然饿的痛苦已经不再那么敏锐，他却感到了虚弱。他在摘那种沼地上的浆果，或者拔灯心草的时候，常常不得不停下来休息一会。他觉得他的舌头很干燥，很大，好象上面长满了细毛，含在嘴里发苦。他的心脏给他添了很多麻烦。他每走几分钟，心里就会猛烈地怦怦地跳一阵，然后变成一种痛苦的一起一落的迅速猛跳，逼得他透不过气，只觉得头昏眼花。

中午时分，他在一个大水坑里发现了两条鲦鱼。把坑里的水舀干是不可能的，但是现在他比较镇静，就想法子用白铁罐子把它们捞起来。它们只有他的小指头那么长，但是他现在并不觉得特别饿。胃里的隐痛已经愈来愈麻木，愈来愈不觉得了。他的胃几乎象睡着了似的。他把鱼生吃下去，费劲地咀嚼着，因为吃东西已成了纯粹出于理智的动作。他虽然并不想吃，但是他知道，为了活下去，他必须吃。

黄昏时候，他又捉到了三条鲦鱼，他吃掉两条，留下一条作第二天的早饭。太阳已经晒干了零星散漫的苔藓，他能够烧点热水让自己暖和暖和了。这一天，他走了不到十哩路；第二天，只要心脏许可，他就往前走，只走了五哩多地。但是胃里却没有一点不舒服的感觉。它已经睡着了。

现在，他到了一个陌生的地带，驯鹿愈来愈多，狼也多起来了。荒原里常常传出狼嗥的声音，有一次，他还瞧见了三只狼在他前面的路上穿过。

又过了一夜；早晨，因为头脑比较清醒，他就解开系着那厚实的鹿皮口袋的皮绳，从袋口倒出一股黄澄澄的粗金沙和金块。他把这些金子分成了大致相等的两堆，一堆包在一块毯子里，在一块突出的岩石上藏好，把另外那堆仍旧装到口袋里。同时，他又从剩下的那条毯子上撕下几条，用来裹脚。他仍然舍不得他的枪，因为狄斯河边的地窖里有子弹。

这是一个下雾的日子，这一天，他又有了饿的感觉。他的身体非常虚弱，他一阵一阵地晕得什么都看不见。现在，对他来说，一绊就摔跤已经不是稀罕事了；有一次，他给绊了一跤，正好摔到一个松鸡窝里。那里面有四只刚孵出的小松鸡，出世才一天光景——那些活蹦乱跳的小生命只够吃一口；他狼吞虎咽，把它们活活塞到嘴里，象嚼蛋壳似地吃起来，母松鸡大吵大叫地在他周围扑来扑去。他把枪当作棍子来打它，可是它闪开了。他投石子打它，碰巧打伤了它的一个翅膀。松鸡拍击着受伤的翅膀逃开了，他就在后面追赶。

那几只小鸡只引起了他的胃口。他拖着那只受伤的脚腕子，一瘸一拐，跌跌冲冲地追下去，时而对它扔石子，时而粗声吆喝；有时候，他只是一瘸一拐，不声不响地追着，摔倒了就咬着牙、耐心地爬起来，或者在头晕得支持不住的时候用手揉揉眼睛。

这么一追，竟然穿过了谷底的沼地，发现了潮湿苔藓上的一些脚印。这不是他自己的脚印,他看得出来。一定是比尔的。不过他不能停下,因为母松鸡正在向前跑。他得先把它捉住,然后回来察看。

母松鸡给追得精疲力尽;可是他自己也累坏了。它歪着身子倒在地上喘个不停,他也歪着倒在地上喘个不停,只隔着十来尺,然而没有力气爬过去。等到他恢复过来,它也恢复过来了,他的手才伸过去,它就扑着翅膀,逃到了他抓不到的地方。这场追赶就这样继续下去。天黑了,它终于逃掉了。由于浑身软弱无力绊了一跤,头重脚轻地栽下去,划破了脸,包袱压在背上。他一动不动地过了好久,后来才翻过身,侧着躺在地上,上好表,在那儿一直躺到早晨。

又是一个下雾的日子。他剩下的那条毯子已经有一半做了包脚布。他没有找到比尔的踪迹。可是没有关系。饿逼得他太厉害了——不过——不过他又想,是不是比尔也迷了路。走到中午的时候,累赘的包袱压得他受不了。于是他重新把金子分开,但这一次只把其中的一半倒在地上。到了下午,他把剩下来的那一点也扔掉了,现在,他只有半条毯子、那个白铁罐子和那支枪。

一种幻觉开始折磨他。他觉得有十足的把握,他还剩下一粒子弹。它就在枪膛里,而他一直没有想起。可是另一方面,他也始终明白,枪膛里是空的。但这种幻觉总是萦回不散。他斗争了几个钟头,想摆脱这种幻觉,后来他就打开枪,结果面对着空枪膛。这样的失望非常痛苦,仿佛他真的希望会找到那粒子弹似的。

经过半个钟头的跋涉之后,这种幻觉又出现了。他于是又跟它斗争,而它又缠住他不放,直到为了摆脱它,他又打开枪膛打消自己的念头。有时候,他越想越远,只好一面凭本能自动向前跋涉,一面让种种奇怪的念头和狂想,象蛀虫一样地啃他的脑髓。但是这类脱离现实的思想大都维持不了多久,因为饥饿的痛苦总会把他刺醒。有一次,正在这样瞎想的时候,他忽然猛地惊醒过来,看到一个几乎叫他昏倒的东西。他象酒醉一样地晃荡着,好让自己不致跌倒。在他面前站着一匹马。一匹马!他简直不能相信自己的眼睛。他觉得眼前一片漆黑,霎时间金星乱迸。他狠狠地揉着眼睛,让自己瞧瞧清楚,原来它并不是马,而是一头大棕熊。这个畜生正在用一种好战的好奇眼光仔细察看着他。

这个人举枪上肩,把枪举起一半,就记起来。他放下枪,从屁股后面的镶珠刀鞘里拔出猎刀。他面前是肉和生命。他用大拇指试试刀刃。刀刃很锋利。刀尖也很锋利。

他本来会扑到熊身上,把它杀了的。可是他的心却开始了那种警告性的猛跳。接着又向上猛顶,迅速跳动,头象给铁箍箍紧了似的,脑子里渐渐感到一阵昏迷。

他的不顾一切的勇气已经给一阵汹涌起伏的恐惧驱散了。处在这样衰弱的境况中,如果那个畜生攻击他,怎么办?

他只好尽力摆出极其威风的样子,握紧猎刀,狠命地盯着那头熊。它笨拙地向前挪了两步,站直了,发出试探性的咆哮。

如果这个人逃跑,它就追上去;不过这个人并没有逃跑。现在,由于恐惧而产生的勇气已经使他振奋起来。同样地,他也在咆哮,而且声音非常凶野,非常可怕,发出那种生死攸关、紧紧地缠着生命的根基的恐惧。

那头熊慢慢向旁边挪动了一下,发出威胁的咆哮,连它自己也给这个站得笔直、毫不害怕的神秘动物吓住了。可是这个人仍旧不动。他象石像一样地站着,直到危险过去,他才猛然哆嗦了一阵,倒在潮湿的苔藓里。

他重新振作起来,继续前进,心里又产生了一种新的恐惧。这不是害怕他会束手无策地死于断粮的恐惧,而是害怕饥饿还没有耗尽他的最后一点求生力,他已经给凶残地摧毁了。这地方的狼很多。狼嗥的声音在荒原上飘来飘去,在空中交织成一片危险的罗网,好象伸手就可以摸到,吓得他不由举起双手,把它向后推去,仿佛它是给风刮紧了的帐篷。

那些狼,时常三三两两地从他前面走过。但是都避着他。一则因为它们为数不多,此外,它们要找的是不会搏斗的驯鹿,而这个直立走路的奇怪动物却可能既会抓又会咬。

傍晚时他碰到了许多零乱的骨头,说明狼在这儿咬死过一头野兽。这些残骨在一个钟头以前还是一头小驯鹿,一面尖叫,一面飞奔,非常活跃。他端详着这些骨头,它们已经给啃得精光发亮,其中只有一部分还没有死去的细胞泛着粉红色。难道在天黑之前,他也可能变成这个样子吗?生命就是这样吗,呃?真是一种空虚的、转瞬即逝的东西。只有活着才感到痛苦。死并没有什么难过。死就等于睡觉。它意味着结束,休息。那么,为什么他不甘心死呢?

但是,他对这些大道理想得并不长久。他蹲在苔藓地上,嘴里衔着一根骨头,吮吸着仍然使骨头微微泛红的残余生命。甜蜜蜜的肉味,跟回忆一样隐隐约约,不可捉摸,却引得他要发疯。他咬紧骨头,使劲地嚼。有时他咬碎了一点骨头,有时却咬碎了自己的牙,于是他就用岩石来砸骨头,把它捣成了酱,然后吞到肚里。匆忙之中,有时也砸到自己的指头,使他一时感到惊奇的是,石头砸了他的指头他并不觉得很痛。

接着下了几天可怕的雨雪。他不知道什么时候露宿,什么时候收拾行李。他白天黑夜都在赶路。他摔倒在哪里就在哪里休息,一到垂危的生命火花闪烁起来,微微燃烧的时候,就慢慢向前走。他已经不再象人那样挣扎了。逼着他向前走的,是他的生命,因为它不愿意死。他也不再痛苦了。他的神经已经变得迟钝麻木,他的脑子里则充满了怪异的幻象和美妙的梦境。

不过,他老是吮吸着,咀嚼着那只小驯鹿的碎骨头,这是他收集起来随身带着的一点残屑。他不再翻山越岭了,只是自动地顺着一条流过一片宽阔的浅谷的溪水走去。可是他既没有看见溪流,也没有看到山谷。他只看到幻象。他的灵魂和肉体虽然在并排向前走,向前爬,但它们是分开的,它们之间的联系已经非常微弱。

有一天,他醒过来,神智清楚地仰卧在一块岩石上。太阳明朗暖和。他听到远处有一群小驯鹿尖叫的声音。他只隐隐约约地记得下过雨,刮过风,落过雪,至于他究竟被暴风雨吹打了两天或者两个星期,那他就不知道了。

他一动不动地躺了好一会,温和的太阳照在他身上,使他那受苦受难的身体充满了暖意。这是一个晴天,他想道。

也许,他可以想办法确定自己的方位。他痛苦地使劲偏过身子;下面是一条流得很慢的很宽的河。他觉得这条河很陌生,真使他奇怪。他慢慢地顺着河望去,宽广的河湾蜿蜒在许多光秃秃的小荒山之间,比他往日碰到的任何小山都显得更光秃,更荒凉,更低矮。他于是慢慢地,从容地,毫不激动地,或者至多也是抱着一种极偶然的兴致,顺着这条奇怪的河流的方向,向天际望去,只看到它注入一片明亮光辉的大海。他仍然不激动。太奇怪了,他想道,这是幻象吧,也许是海市蜃楼吧——多半是幻象,是他的错乱的神经搞出来的把戏。后来,他又看到光亮的大海上停泊着一只大船,就更加相信这是幻象。他眼睛闭了一会再睁开。奇怪,这种幻象竟会这样地经久不散!然而并不奇怪,他知道,在荒原中心绝不会有什么大海,大船,正象他知道他的空枪里没有子弹一样。

他听到背后有一种吸鼻子的声音——仿佛喘不出气或者咳嗽的声音。由于身体极端虚弱和僵硬,他极慢极慢地翻一个身。他看不出附近有什么东西,但是他耐心地等着。

又听到了吸鼻子和咳嗽的声音,离他不到二十尺远的两块岩石之间,他隐约看到一只灰狼的头。那双尖耳朵并不象别的狼那样竖得笔挺;它的眼睛昏暗无光,布满血丝;脑袋好象无力地,苦恼地奕拉着。这个畜生不断地在太阳光里霎眼。它好像有病。正当他瞧着它的时候,它又发出了吸鼻子和咳嗽的声音。

至少,这总是真的,他一面想,一面又翻过身,以便瞧见先前给幻象遮住的现实世界。可是,远处仍旧是一片光辉的大海,那条船仍然清晰可见。难道这是真的吗?他闭着眼睛,想了好一会,毕竟想出来了。他一直在向北偏东走,他已经离开狄斯分水岭,走到了铜矿谷。这条流得很慢的宽广的河就是铜矿河。那片光辉的大海是北冰洋。那条船是一艘捕鲸船,本来应该驶往麦肯齐河口,可是偏了东,太偏东了,目前停泊在加冕湾里。他记起了很久以前他看到的那张赫德森湾公司的地图,现在,对他来说,这完全是清清楚楚,入情入理的。

他坐起来,想着切身的事情。裹在脚上的毯子已经磨穿了,他的脚破得没有一处好肉。最后一条毯子已经用完了。枪和猎刀也不见了。帽子不知在什么地方丢了,帽圈里那小包火柴也一块丢了,不过,贴胸放在烟草袋里的那包用油纸包着的火柴还在，而且是干的。他瞧了一下表。时针指着十一点，表仍然在走。很清楚，他一直没有忘了上表。

他很冷静，很沉着。虽然身体衰弱已极，但是并没有痛苦的感觉。他一点也不饿。甚至想到食物也不会产生快感。

现在，他无论做什么，都只凭理智。他齐膝盖撕下了两截裤腿，用来裹脚。他总算还保住了那个白铁罐子。他打算先喝点热水，然后再开始向船走去，他已经料到这是一段可怕的路程。

他的动作很慢。他好象半身不遂地哆嗦着。等到他预备去收集干苔的时候，他才发现自己已经站不起来了。他试了又试，后来只好死了这条心，他用手和膝盖支着爬来爬去。有一次，他爬到了那只病狼附近。那个畜生，一面很不情愿地避开他，一面用那条好象连弯一下的力气都没有的舌头舐着他的牙床。这个人注意到它的舌头并不是通常那种健康的红色，而是一种暗黄色，好象蒙着一层粗糙的、半干的粘膜。

这个人喝下热水之后，觉得自己可以站起来了，甚至还可以象想象中一个快死的人那样走路了。他每走一两分钟，就不得不停下来休息一会。他的步子软弱无力，很不稳，就象跟在他后面的那只狼一样又软又不稳；这天晚上，等到黑夜笼罩了光辉的大海的时候，他知道他和大海之间的距离只缩短了不到四哩。

这一夜，他总是听到那只病狼咳嗽的声音，有时候，他又听到了一群小驯鹿的叫声。他周围全是生命，不过那是强壮的生命，非常活跃而健康的生命，同时他也知道，那只病狼所以要紧跟着他这个病人，是希望他先死。早晨，他一挣开眼睛就看到这个畜生正用一种如饥似渴的眼光瞪着他。它夹着尾巴蹲在那儿，好象一条可怜的倒楣的狗。早晨的寒风吹得它直哆嗦，每逢这个人对它勉强发出一种低声咕噜似的吆喝，它就无精打采地呲着牙。

太阳亮堂堂地升了起来，这一早晨，他一直在绊绊跌跌地，朝着光辉的海洋上的那条船走。天气好极了。这是高纬度地方的那种短暂的晚秋。它可能连续一个星期。也许明后天就会结束。

下午，这个人发现了一些痕迹，那是另外一个人留下的，他不是走，而是爬的。他认为可能是比尔，不过他只是漠不关心地想想罢了。他并没有什么好奇心。事实上，他早已失去了兴致和热情。他已经不再感到痛苦了。他的胃和神经都睡着了。但是内在的生命却逼着他前进。他非常疲倦，然而他的生命却不愿死去。正因为生命不愿死，他才仍然要吃沼地上的浆果和鲦鱼，喝热水，一直提防着那只病狼。

他跟着那个挣扎前进的人的痕迹向前走去，不久就走到了尽头——潮湿的苔藓上摊着几根才啃光的骨头，附近还有许多狼的脚印。他发现了一个跟他自己的那个一模一样的厚实的鹿皮口袋，但已经给尖利的牙齿咬破了。他那无力的手已经拿不动这样沉重的袋子了，可是他到底把它提起来了。比尔至死都带着它。哈哈！他可以嘲笑比尔了。

他可以活下去，把它带到光辉的海洋里那条船上。他的笑声粗厉可怕，跟乌鸦的怪叫一样，而那条病狼也随着他，一阵阵地惨嗥。突然间，他不笑了。如果这真是比尔的骸骨，他怎么能嘲笑比尔呢；如果这些有红有白、啃得精光的骨头，真是比尔的话？

他转身走开了。不错，比尔抛弃了他；但是他不愿意拿走那袋金子，也不愿意吮吸比尔的骨头。不过，如果事情掉个头的话，比尔也许会做得出来的，他一面摇摇晃晃地前进，一面暗暗想着这些情形。

他走到了一个水坑旁边。就在他弯下腰找鲦鱼的时候，他猛然仰起头，好象给戳了一下。他瞧见了自己反映在水里的脸。脸色之可怕，竟然使他一时恢复了知觉，感到震惊了。这个坑里有三条鲦鱼，可是坑太大，不好舀；他用白铁罐子去捉，试了几次都不成，后来他就不再试了。他怕自己会由于极度虚弱，跌进去淹死。而且，也正是因为这一层，他才没有跨上沿着沙洲并排漂去的木头，让河水带着他走。

这一天，他和那条船之间的距离缩短了三哩；第二天，又缩短了两哩——因为现在他是跟比尔先前一样地在爬；到了第五天末尾，他发现那条船离开他仍然有七哩，而他每天连一哩也爬不到了。幸亏天气仍然继续放晴，他于是继续爬行，继续晕倒，辗转不停地爬；而那头狼也始终跟在他后面，不断地咳嗽和哮喘。他的膝盖已经和他的脚一样鲜血淋漓，尽管他撕下了身上的衬衫来垫膝盖，他背后的苔藓和岩石上仍然留下了一路血渍。有一次，他回头看见病狼正饿得发慌地舔着他的血渍，他不由得清清楚楚地看出了自己可能遭到的结局——除非——除非他干掉这只狼。于是，一幕从来没有演出过的残酷的求生悲剧就开始了——病人一路爬着，病狼一路跛行着，两个生灵就这样在荒原里拖着垂死的躯壳，相互猎取着对方的生命。

如果这是一条健康的狼，那末，他觉得倒也没有多大关系；可是，一想到自己要喂这么一只令人作呕、只剩下一口气的狼，他就觉得非常厌恶。他就是这样吹毛求疵。现在，他脑子里又开始胡思乱想，又给幻象弄得迷迷糊糊，而神智清楚的时候也愈来愈少，愈来愈短。

有一次，他从昏迷中给一种贴着他耳朵喘息的声音惊醒了。那只狼一跛一跛地跳回去，它因为身体虚弱，一失足摔了一跤。样子可笑极了，可是他一点也不觉得有趣。他甚至也不害怕。他已经到了这一步，根本谈不到那些。不过，这一会，他的头脑却很清醒，于是他躺在那儿，仔细地考虑。

那条船离他不过四哩路，他把眼睛擦净之后，可以很清楚地看到它；同时，他还看出了一条在光辉的大海里破浪前进的小船的白帆。可是，无论如何他也爬不完这四哩路。这一点，他是知道的，而且知道以后，他还非常镇静。他知道他连半哩路也爬不了。不过，他仍然要活下去。在经历了千辛万苦之后，他居然会死掉，那未免太不合理了。命运对他实在太苛刻了，然而，尽管奄奄一息，他还是不情愿死。也许，这种想法完全是发疯，不过，就是到了死神的铁掌里，他仍然要反抗它，不肯死。

他闭上眼睛，极其小心地让自己镇静下去。疲倦象涨潮一样，从他身体的各处涌上来，但是他刚强地打起精神，绝不让这种令人窒息的疲倦把他淹没。这种要命的疲倦，很象一片大海，一涨再涨，一点一点地淹没他的意识。有时候，他几乎完全给淹没了，他只能用无力的双手划着，漂游过那黑茫茫的一片；可是，有时候，他又会凭着一种奇怪的心灵作用，另外找到一丝毅力，更坚强地划着。

他一动不动地仰面躺着，现在，他能够听到病狼一呼一吸地喘着气，慢慢地向他逼近。它愈来愈近，总是在向他逼近，好象经过了无穷的时间，但是他始终不动。它已经到了他耳边。那条粗糙的干舌头正象砂纸一样地磨擦着他的两腮。他那两只手一下子伸了出来——或者，至少也是他凭着毅力要它们伸出来的。他的指头弯得象鹰爪一样，可是抓了个空。敏捷和准确是需要力气的，他没有这种力气。

那只狼的耐心真是可怕。这个人的耐心也一样可怕。

这一天，有一半时间他一直躺着不动，尽力和昏迷斗争，等着那个要把他吃掉、而他也希望能吃掉的东西。有时候，疲倦的浪潮涌上来，淹没了他，他会做起很长的梦；然而在整个过程中，不论醒着或是做梦，他都在等着那种喘息和那条粗糙的舌头来舐他。

他并没有听到这种喘息，他只是从梦里慢慢苏醒过来，觉得有条舌头在顺着他的一只手舐去。他静静地等着。狼牙轻轻地扣在他手上了；扣紧了；狼正在尽最后一点力量把牙齿咬进它等了很久的东西里面。可是这个人也等了很久，那只给咬破了的手也抓住了狼的牙床。于是，慢慢地，就在狼无力地挣扎着，他的手无力地掐着的时候，他的另一只手已经慢慢摸过来，一下把狼抓住五分钟之后，这个人已经把全身的重量都压在狼的身上。他的手的力量虽然还不足以把狼掐死，可是他的脸已经紧紧地压住了狼的咽喉，嘴里已经满是狼毛。半小时后，这个人感到一小股暖和的液体慢馒流进他的喉咙。这东西并不好吃，就象硬灌到他胃里的铅液，而且是纯粹凭着意志硬灌下去的。后来，这个人翻了一个身，仰面睡着了。

捕鲸船"白德福号"上，有几个科学考察队的人员。他们从甲板上望见岸上有一个奇怪的东西。它正在向沙滩下面的水面挪动。他们没法分清它是哪一类动物，但是，因为他们都是研究科学的人，他们就乘了船旁边的一条捕鲸艇，到岸上去察看。接着，他们发现了一个活着的动物，可是很难把它称作人。它已经瞎了,失去了知觉。它就象一条大虫子在地上蠕动着前进。它用的力气大半都不起作用,但是它老不停,它一面摇晃,一面向前扭动,照它这样,一点钟大概可以爬上二十尺。

三星期以后,这个人躺在捕鲸船"白德福号"的一个铺位上,眼泪顺着他的削瘦的面颊往下淌,他说出他是谁和他经过的一切。同时,他又含含糊糊地、不连贯地谈到了他的母亲,谈到了阳光灿烂的南加利福尼亚,以及桔树和花丛中的他的家园。

没过几天,他就跟那些科学家和船员坐在一张桌子旁边吃饭了,他馋得不得了地望着面前这么多好吃的东西,焦急地瞧着它溜进别人口里。每逢别人咽下一口的时候,他眼睛里就会流露出一种深深惋惜的表情。他的神志非常清醒,可是,每逢吃饭的时候,他免不了要恨这些人。他给恐惧缠住了,他老怕粮食维持不了多久。他向厨子,船舱里的服务员和船长打听食物的贮藏量。他们对他保证了无数次,但是他仍然不相信,仍然会狡猾地溜到贮藏室附近亲自窥探。

看起来,这个人正在发胖。他每天都会胖一点。那批研究科学的人都摇着头,提出他们的理论。他们限制了这个人的饭量,可是他的腰围仍然在加大,身体胖得惊人。

水手们都咧着嘴笑。他们心里有数。等到这批科学家派人来监视他的时候,他们也知道了。他们看到他在早饭以后萎靡不振地走着,而且会象叫化子似地,向一个水手伸出手。那个水手笑了笑,递给他一块硬面包,他贪婪地把它拿住,象守财奴瞅着金子般地瞅着它,然后把它塞到衬衫里面。别的咧着嘴笑的水手也送给他同样的礼品。

这些研究科学的人很谨慎。他们随他去。但是他们常常暗暗检查他的床铺。那上面摆着一排排的硬面包,褥子也给硬面包塞得满满的;每一个角落里都塞满了硬面包。然而他的神志非常清醒。他是在防备可能发生的另一次饥荒——就是这么回事。研究科学的人说,他会恢复常态的;事实也是如此,"白德福号"的铁锚还没有在旧金山湾里隆隆地抛下去,他就正常了。

(姬旭升　译)

【阅读提示】

《热爱生命》是杰克·伦敦最著名的短篇小说,这部小说以雄健、粗犷的笔触,记述了一个悲壮的故事,生动地展示了人性的伟大与坚强。小说把人物置于近乎残忍的恶劣环境之中,让主人公在与寒冷、饥饿、伤病和野兽的抗争中,在生与死的抉择中,充分展现出人性深处的某些闪光的东西,生动逼真地描写出生命的坚韧与顽强,奏响了一曲生命的赞歌,有着震撼人心的力量。

《热爱生命》中的"他",与其说同饥饿和死亡抗争,不如说是与恐惧抗争。杰克·伦敦作为文学大师,用精湛的文学手法,出色地描绘了这种抗争。让我们从字里行间看到了生命本身那巨大的潜在能量,这种能量是无法诋毁的,它会让你活下去。不管你面对的是什么,哪怕是吞噬你的荒野,是吃掉你的野兽,还是饥饿、疲惫,生命都会帮助你战胜它。

这是一篇逼真的小说,紧张的故事情节中没有多余的议论,它只是清晰地展示了一个人在荒原中历尽艰难的求生过程,不动声色地描绘出了生命的伟岸和强大。它告诉我们这样一个近乎真理的事实——敬畏我们的生命,相信我们的生命,和我们的生命紧紧相依,和我们的生命结成最紧密的"联盟",我们就会尽享生命的美丽与神奇、生命的剽悍与强大!

□[奥地利]茨威格

茨威格(1881—1942),奥地利著名作家,擅长写小说、人物传记。1881年11月28日,他出生在维也纳一个富有的犹太家庭。早在大学时代,就发表了两部诗集,《银弦集》和《早年的花环》。1911年,茨威格发表了第一部中短篇小说集《最初的经历》。1922年出版的小说集《马来狂人》标志着茨威格的创作进入了成熟阶段。

维也纳是浪漫的文化之都,茨威格在他的作品中表现出了浓厚的"维也纳情结"。汇集欧洲各国艺术盛宴的维也纳,培养了茨威格超凡的艺术鉴赏力;其在文化上的"兼容并蓄",也让他走上了世界主义理想之路。在小说创作手法上,茨威格深受弗洛伊德精神分析法的影响,在作品中注重挖掘人物的心灵世界,通过内心独白、联想、书信等手法来剖析人物的内心世界。

一个陌生女人的来信[1](节选)

著名小说家R到山上去休息了三天,今天一清早就回到维也纳。他在车站上买了一份报纸,刚刚瞥了一眼报上的日期,就记起今天是他的生日。他马上想到,已经四十一岁了。他对此并不感到高兴,也没觉得难过。他漫不经心地翻了一会报纸,便叫了一辆小汽车回到住所。仆人告诉他,在他外出期间曾有两个人来访,还有他的几个电话,随后便把积攒的信件用盘子端来交给他。他随随便便地看了看,有几封信的寄信人引起他的兴趣,他就把信封拆开;有一封信的字迹很陌生,写了厚厚一沓,他就先把它推在一边。这时茶端来了,于是他就舒舒服服地往安乐椅上一靠,再次翻了翻报纸和几份印刷品,然后点上一支雪茄,这才拿起方才搁下的那封信。

这封信约莫有二十多页,是个陌生女人的笔迹,写得龙飞凤舞,潦潦草草,与其说是封信,还不如说是份儿手稿。他不由自主地再次把信封捏了捏,看看有什么附件落在里面没有。但是信封里是空的,无论信封上还是信纸上都没有寄信人的地址,也没有签名。"奇怪。"他想,又把信拿在了手里。"你,和我素昧平生的你!"信的上头写了这句话作为称呼,作为标题。他的目光十分惊讶地停住了:这指的是他,还是一位臆想的主人公呢? 突然,他的好奇心大发,开始念道:

我的孩子昨天去世了——为挽救这个幼小娇嫩的生命,我同死神足足搏斗了三天三夜。他得了流感,可怜的身子烧得滚烫。我在他床边坐了四十个小时。我在他烧得灼手的额头上敷上用冷水浸过的毛巾,白天黑夜都握着他那双抽搐的小手。第三天晚上我全垮了。我的眼睛再也抬不起来了,眼皮合上了,连我自己也不知道。我在硬椅子上坐着睡了三四个小时,就在这期间,死神夺去了他的生命。这逗人喜爱的可怜的孩子,此刻就在那儿躺着,躺在他自己的小床上,就和他死的时候一样;只是他的眼睛,他那聪明的黑眼睛合上了,他的两只手交叉着放在白衬衫上,床的四个角上高高燃点着四支蜡烛。我不敢看一下,也不敢动一动,因为烛光一晃,他脸上和紧闭的嘴上就影影绰绰的,看起来就仿佛他的面颊在蠕动,我就会以为他没有死,以为他还会醒来,还会用他银铃似的声音对我说些甜蜜而稚气的话语。但是我知道,他死了,我不愿意再往床上看,以免再次怀着希望,也免得再次失望。我知道,我知道,我的孩子昨天死了——在这个世界上我现在只有你,只有你了,而你对我却一无所知。此刻你完全感觉不到,正在嬉戏取闹,或者正在跟什么人寻欢作乐,调情狎昵呢。我现在只有你,只有同我素昧平生的你,我始终爱着的你。

我拿了第五支蜡烛放在这里的桌子上,我就在这张桌上给你写信。因为我不能孤零零地一个人守着我那死去的孩子,而不倾诉我的衷肠。在这可怕的时刻要是我不对你诉说,那该对谁去诉说! 你过去是我的一切,现在也是我的一切! 也许我不能跟你完全讲清楚,也许你不了解我——我的脑袋现在沉甸甸的,太阳穴不停地在抽搐,像有槌子在擂打,四肢感到酸痛。我想我发烧了,说不定也染上了流感。现在流感挨家挨户地在蔓延。这倒好,这下我可以跟我的孩子一起去了,也省得我自己来了结我的残生。有时我眼前一片漆黑,也许这封信我都写不完了——但是我要振作起全部精力,来向你诉说一次,只诉说这一次,你,我的亲爱的,同我素昧平生的你。

我想同你单独谈谈,第一次把一切都告诉你,向你倾吐。我的整个一生都要让你知道,我的一生始终都是属于你的,而对我的一生你却从来毫无所知。可是只有当我死了,你再也不用答复我了——现在我的四肢忽冷忽热,如果这病魔真正意味着我生命的终结——这时我才让你知道我的秘密。假如我能活下来,那我就要把这封信撕掉,并且像我过去一直把它埋在心里一样,我将继续保持沉默。但是如果你手里拿到了这封信，那么你就知道，那是一个已经死了的女人在这里向你诉说她的一生，诉说她那属于你的一生，从她开始懂事的时候起，一直到她生命的最后一刻。作为一个死者，她再也别无所求了，她不要求爱情，也不要求怜悯和慰藉。我要求你的只有一件事，那就是请你相信我这颗痛苦的心匆匆向你吐露的一切。请你相信我讲的一切，我要求你的就只有这一件事：一个人在其独生子去世的时刻是不说谎的。

　　我要向你吐露我整个的一生，我的一生确实是从我认识你的那一天才开始的。在此之前我的生活郁郁寡欢、杂乱无章。它像一个蒙着灰尘、布满蛛网、散发着霉味的地窖，对它里面的人和事，我的心里早已忘却了。你来的时候，我十三岁，就住在你现在住的那所房子里。现在你就在这所房子里，手里拿着这封信——我生命的最后一丝气息。我也住在那层楼上，正好在你对门。你一定记不得我们了，记不得那个贫苦的会计师的寡妇（她总是穿着孝服）和那个尚未完全发育的瘦小的孩子了——我们深居简出，不声不响地过着我们小市民的穷酸生活——你或许从来没有听到过我们的名字，因为我们房间的门上没有挂牌子。没有人来，也没有人来打听我们。何况事情已经过去很久了，过了十五六年了。不，你一定什么也不知道，我亲爱的。可是我呢，啊，我激情满怀地想起了每一件事，我第一次听说你，第一次见到你的那一天，不，是那一刻，我现在还记得很清楚，仿佛是今天的事。我怎么会不记得呢，因为对我来说世界从那时才开始。请耐心，亲爱的，我要向你从头诉说这一切，我求你听我谈一刻钟，不要疲倦，我爱了你一辈子也没有感到疲倦啊！

　　你搬进我们这所房子来以前，你屋子里住的那家人又丑又凶，又爱吵架。他们自己穷愁潦倒，但却最恨邻居的贫困，也就是恨我们的穷困，因为我们不愿跟他们那种破落无产阶级的粗野行为沆瀣一气。这家男人是个酒鬼，常打老婆；哐啷哐啷摔椅子、砸盘子的响声常常在半夜里把我们吵醒。有一回那女人被打得头破血流，披头散发地逃到楼梯上，那个喝得酩酊大醉的男人跟在她后面狂呼乱叫，直到大家都从屋里出来，警告那汉子，再这么闹就要去叫警察了，这场戏才算收场。我母亲一开始就避免和这家人有任何交往，也不让我跟他们的孩子说话，为此，这帮孩子一有机会就对我进行报复。要是他们在街上碰见我，就跟在我后边喊脏话，有一回还用硬实的雪球打我，打得我额头上鲜血直流。全楼的人都本能地恨这家人。突然有一次出了事——我想，那汉子因为偷东西给逮走了——那女人不得不收拾起她那点七零八碎的东西搬走，这下我们大家都松了口气。楼门口的墙上贴出了出租房间的条子，贴了几天就拿掉了。消息很快从清洁工那儿传开，说是一位作家，一位文静的单身先生租了这套房间。那时我第一次听到你的名字。

　　这套房间给原住户弄得油腻不堪，几天之后油漆工、粉刷工、清洁工、裱糊匠就来拾掇房间了，敲敲锤锤，又拖地、又刮墙，但我母亲对此倒很满意，她说，这下对门又脏又乱的那一家终于走了。而你本人在搬来的时候我还没有见到你的面：全部搬家工作都由你的仆人照料，那个个子矮小、神情严肃、头发灰白的管事仆人。他轻声细语、一板一眼地以居高临下的神气指挥着一切。他使我们大家都很感动，首先，因为一位管事的仆人在我们这所郊区楼房里是件很新奇的事，其次他对所有的人都非常客气，但并不因此而降格把自己等同于一个普通仆人，和他们好朋友似的山南海北地谈天。从第一天起他就把我母亲看做太太，恭恭敬敬地向她打招呼，甚至对我这个丑丫头，也总是既亲切又严肃。每逢他提到你的名字，他总带着某种崇敬，带着一种特殊的尊敬——大家马上就看出，他和你的关系远远超出了普通仆人的程度。为此我多么喜欢他，多么喜欢这个善良的老约翰啊！虽然我忌妒他老是可以在你身边侍候你。

我把一切都告诉你，亲爱的，把所有这些鸡毛蒜皮的、简直是可笑的小事都告诉你，为的是让你了解，从一开始你对我这个又腼腆、又胆怯的孩子就具有那样的魔力。在你本人还没有闯入我的生活之前，你身上就围上了一圈灵光，一道富贵、奇特和神秘的光华——我们所有住在这幢郊区小楼里的人（这些生活天地非常狭小的人，对自己门前发生的一切新鲜事总是十分好奇的），都在焦躁地等着你搬进来。一天下午放学回家，看到楼前停着搬家具的车，这时对你的好奇心才在我心里猛增。家具大都是笨重的大件，搬运工已经抬到楼上去了，

现在正在把零星小件拿上去。我站在门口望着，对一切都感到很惊奇，因为你所有的东西都那样稀奇，我还从来没有见过：有印度神像，意大利雕塑，色彩鲜艳的巨幅绘画，最后是书。那么多那么好看的书，以前我连想都没有想到过。这些书都堆在门口，仆人在那里一本本拿起来用小棍和掸帚仔仔细细地掸掉书上的灰尘。我好奇地围着那越堆越高的书堆蹑手蹑脚地走着，你的仆人并没有叫我走开，但也没有鼓励我呆在那里；所以我一本书也不敢碰，虽然我很想摸一摸有些书的软皮封面。我只好从旁边怯生生地看看书名：有法文书、英文书，还有些书的文字我不认识。我想，我会看上几个小时的；这时我母亲把我叫进去了。

整个晚上我都没法不想你；而这还是在我认识你之前呀。我自己只有十来本便宜的、破硬纸板装订的书，这几本书我爱不释手，一读再读。这时我在冥思苦想：这个人会是什么样子呢？有那么多漂亮的书，而且都看过了，还懂得所有这些文字，他还那么有钱，同时又那么有学问。想到那么多书，我心里就滋生起一种超脱凡俗的敬畏之情。我在心里设想着模样：你是个老人，戴了副眼镜，留着长长的白胡子，有点像我们的地理教员，只是善良得多，漂亮得多，温和得多——我不知道为什么我那时就肯定你是漂亮的，因为当时我还把你想像成一个老人呢。就在那天夜里，我还不认识你，我就第一次梦见了你。

第二天你搬来了，但是无论我怎么窥伺，还是没能见着你的面——这又更加

激起了我的好奇心。终于在第三天我看见了你，真是万万没有想到，你完全是另一副模样，和我孩子气的想像中的天父般的形象毫无共同之处。我梦见的是一位戴眼镜的慈祥的老人，现在你来了——你，你的样子还是和今天一样，你，岁月不知不觉地在你身上流逝，但你却丝毫没有变化！你穿了一件浅灰色的迷人的运动服，上楼梯的时候总是以你那种无比轻快的、孩子般的姿态，老是一步跨两级。你手里拿着帽子，我以无法描述的惊讶望着你那表情生动的脸。你脸上显得英姿勃发，一头秀美光泽的头发：真的，我惊讶得吓了一跳，你是多么年轻、多么漂亮、多么修长挺拔、多么标致潇洒。这事不是很奇怪吗？在这第一秒钟里，我就十分清楚地感觉到，你是非常独特的，我和所有别的人都意想不到地在你身上一再感觉到：你是一个具有双重人格的人，是个热情洋溢、逍遥自在、沉湎于玩乐和寻花问柳的年轻人；同时你在事业上又是一个十分严肃、责任心强、学识渊博、修养有素的人。我无意中感觉到后来每个人都在你身上感觉到的印象，那就是你过着一种双重生活，它既有光明的、公开面向世界的一面，也有阴暗的、只有你一人知道的一面——这个最最隐蔽的两面性，你一生的秘密，我，这个着了魔似的被你吸引住的十三岁的姑娘从第一眼就感觉到了。

现在你明白了吧，亲爱的，当时对我这个孩子来说，你是一个多大的奇迹，一个多么诱人的谜呀！一个大家对他怀着敬畏的人，因为他写过书，因为他在那另一个大世界里颇有名气，而现在突然发现他是个英俊潇洒、像孩子一样快乐的二十五岁的年轻人！我还用对你说吗，从这天起，在我们这幢楼里，在我整个可怜的儿童天地里，没有什么比你更使我感兴趣的了。我把一个十三岁的姑娘的全部犟劲，全部纠缠不放的执拗劲一古脑儿都用来窥视你的生活，窥视你的起居了。我观察你，观察你的习惯，观察到你这儿来的人，这一切非但没有减少，反而更增加了我对你本人的好奇心，因为来看望你的客人形形色色，三教九流，这就反映了你性格上的两重性。到你这里来的有年轻人，你的同学，一帮衣衫褴褛的大学生，你跟他们有说有笑，忘乎所以；有时又有一些坐小汽车来的太太，有一回歌剧院的经理，那位伟大的乐队指挥来了，过去我只是怀着崇敬的心情远远地见到过他站在乐谱架前。到你这里来的人再就是些还在商业学校上学的小姑娘，她们扭扭捏捏地候地一下就溜进了门去。总而言之，来的人里女人很多，很多。这一方面我没有什么特别的想法，就是一天早晨我去上学的时候，看见一位太太头上蒙着面纱从你屋里出来，我也并不觉得这有什么特别——我才十三岁呀，我以狂热的好奇心来探听和窥伺你的行动。在孩子的心目中还并不知道，这种好奇心已经是爱情了。

但是，我亲爱的，那一天，那一刻，我整个地、永远地爱上你的那一天、那一刻，现在我还记得清清楚楚。我和一个女同学散了一会步，就站在大门口闲聊。这时开来一辆小汽车，车一停，你就以你那焦躁、敏捷的姿态——这姿态至今还使我对你倾心——从踏板上跳了下来，要进门去。一种下意识逼着自己为你打开了门，这样我就挡了你的道，我们两人差点撞个满怀。你以那种温暖、柔和、多情的眼光望着我，这眼光就像是脉脉含情的表示，你还向我微微一笑——是的，我不能说是别的，只好说：向我脉脉含情地微微一笑，并用一种极轻的、几乎是亲昵的声音说："多谢啦，小姐！"

事情的经过就是这样，亲爱的；可是从此刻起，从我感到了那柔和的、脉脉含情的目光以来，我就属于你了。后来不久我就知道，对每个从你身边走过的女人，对每个卖给你东西的女店员，对每个给你开门的侍女，你一概投以你那拥抱式的、具有吸引力的、既脉脉含情又撩人销魂的目光，你那天生的诱惑者的目光。我还知道，在你身上这目光并不是有意识地表示心意和爱慕，而是因为你对女人所表现的脉脉含情，所以你看她们的时候，不知不觉之中就使你的眼光变得柔和而温暖了。但是我这个十三岁的孩子却对此毫无所感：我心里像有团烈火在燃烧。我以为你的柔情只是给我的，只是给我一人的，在这瞬间，在我这个尚未成年的丫头的心里，已经感到是个女人，而这个女人永远属于你了。

【注释】

〔1〕选自《一个陌生女人的来信》，茨威格著，高中甫译，燕山出版社 2006 年版。

【阅读提示】

《一个陌生女人的来信》是茨威格最著名的中篇小说之一。小说具有独特的叙述视角，以第一人称作为故事的叙述者，在"我"的娓娓叙述中向读者展现了一个凄婉的爱情故事。一个洛丽塔式的十三岁的纯情少女，爱上了一个不曾认识她的具有双重人格的风流男子，还有了孩子。最后，孩子夭折了，女人也病重早逝。在爱情的世界里，这一切都归于了平静，悄无声息，但女子把对爱情的执著和虔诚发挥到了极致，为爱痴狂的陌生女人的来信，让人动容。作家高尔基读过这篇小说后拍案叫绝，在给茨威格的信里写道："由于她的形象，以及她悲痛的心曲，使我激动得难以自制。我竟丝毫不羞耻地哭了起来。"

小说的女主人公——陌生女人对作家 R 有着不可思议的缺乏理智的深情。她信守的爱情已经成为一种至高无上的信仰。陌生女人爱上的是一个"从来也没有认识过我的你"，现实是近乎绝望的，但她为自己的爱情构筑了一个纯美的世界，并无怨无悔地坚守爱情信念。陌生女人对爱情的炽热情怀和恒久激情，使其成为文学史上一位经典的女性形象，打动了一代又一代读者。

□[美]福克纳

威廉·福克纳(1897—1962),美国著名作家。1897 年 9 月 25 日,出生在美国南方密西西比州的新奥尔巴尼。他的曾祖父既是军人,又是企业家、庄园主,还是个小说家。富有传奇色彩的曾祖父对于福克纳的生活和创作有着潜在的影响。

福克纳一共写了十九部长篇小说和近百部短篇小说。这些小说中的故事大部分发生在位于密西西比州北部的约克纳帕塔法县,这是作家所虚构的地理背景。这些小说描写了来自约克纳帕塔法县不同阶层的若干家族的故事,形成了福克纳的"约克纳帕塔法"世系,写出了美国南方在社会变迁中的典型特征。如《萨托利斯》《不可征服的人》写的是萨托利斯家族的故事,《喧嚣与骚动》写的是康普生家族的故事,《押沙龙!押沙龙》《去吧,摩西》《坟墓的闯入者》写的是塞德潘和麦卡斯林家族的故事。福克纳在小说创作上大量运用了意识流、多角度叙述等富有创新的手法,成为美国 20 世纪 30 年代具有标志性的现代主义作家。1949 年,福克纳获得诺贝尔文学奖。

献给爱米丽的一朵玫瑰花[1]

爱米丽·格里尔生小姐过世了,全镇的人都去送丧:男子们是出于敬慕之情,因为一个纪念碑倒下了。妇女们呢,则大多数出于好奇心,想看看她屋子的内部。除了一个花匠兼厨师的老仆人之外,至少已有十年光景谁也没进去看看这幢房子了。

那是一幢过去漆成白色的四方形大木屋,坐落在当年一条最考究的街道上,还装点着有十九世纪七十年代风味的圆形屋顶、尖塔和涡形花纹的阳台,带有浓厚的轻盈气息。可是汽车间和轧棉机之类的东西侵犯了这一带庄严的名字,把它们涂抹得一干二净。只有爱米丽小姐的屋子岿然独存,四周簇拥着棉花车和汽油泵。房子虽已破败,却还是执拗不驯,装模作样,真是丑中之丑。现在爱米丽小姐已经加入了那些名字庄严的代表人物的行列,他们沉睡在雪松环绕的墓园之中,那里尽是一排排在南北战争时期杰斐逊战役中阵亡的南方和北方的无名军人墓。

爱米丽小姐在世时,始终是一个传统的化身,是义务的象征,也是人们关注的对象。打一八九四年某日镇长沙多里斯上校——也就是他下了一道黑人妇女不系围裙不得上街的命令——豁免了她一切应纳的税款起,期限从她父亲去世之日开始,一直到她去世为止,这是全镇沿袭下来对她的一种义务。这也并非说爱米丽甘愿接受施舍,原来是沙多里斯上校编造了一大套无中生有的话,说是爱米丽的父亲曾经贷款给镇政府,因此,镇政府作为一种交易,宁愿以这种方式偿还。这一套话,只有沙多里斯一代的人以及像沙多里斯一样头脑的人才能编得出来,也只有妇道人家才会相信。

等到思想更为开明的第二代人当了镇长和参议员时,这项安排引起了一些小小的不满。那年元旦,他们便给她寄去了一张纳税通知单。二月份到了,还是杳无音信。他们发去一封公函,要她便中到司法长官办公处去一趟。一周之后,镇长亲自写信给爱米丽,表示愿意登门访问,或派车迎接她,而所得回信却是一张便条,写在古色古香的信笺上,书法流利,字迹细小,但墨水已不鲜艳,信的大意是说她已根本不外出。纳税通知附还,没有表示意见。

参议员们开了个特别会议,派出一个代表团对她进行了访问。他们敲敲门,自从八年或者十年前她停止开授瓷器彩绘课以来,谁也没有从这大门出入过。那个上了年纪的黑人男仆把他们接待进阴暗的门厅,从那里再由楼梯上去,光线就更暗了。一股尘封的气味扑鼻而来,空气阴湿而又不透气,这屋子长久没有人住了。黑人领他们到客厅里,里面摆设的笨重家具全都包着皮套子。黑人打开了一扇百叶窗,这时,便更可看出皮套子已经坼裂;等他们坐了下来,大腿两边就有一阵灰尘冉冉上升,尘粒在那一缕阳光中缓缓旋转。壁炉前已经失去金色光泽的画架上面放着爱米丽父亲的炭笔画像。

她一进屋,他们全都站了起来。一个小模小样,腰圆体胖的女人,穿了一身黑服,一条细细的金表链拖到腰部,落到腰带里去了,一根乌木拐杖支撑着她的身体,拐杖头的镶金已经失去光泽。她的身架矮小,也许正因为这个缘故,在别的女人身上显得不过是丰满,而她却给人以肥大的感觉。她看上去像长久泡在死水中的一具死尸,肿胀发白。当客人说明来意时,她那双凹陷在一脸隆起的肥肉之中,活像揉在一团生面中的两个小煤球似的眼睛不住地移动着,时而瞧瞧这张面孔,时而打量那张面孔。

她没有请他们坐下来。她只是站在门口,静静地听着,直到发言的代表结结巴巴地说完,他们这时才听到那块隐在金链子那一端的挂表嘀嗒作响。

她的声调冷酷无情。"我在杰斐逊无税可纳。沙多里斯上校早就向我交代过了。或许你们有谁可以去查一查镇政府档案,就可以把事情弄清楚。"

"我们已经查过档案,爱米丽小姐,我们就是政府当局。难道你没有收到过司法长官亲手签署的通知吗?"

"不错,我收到过一份通知,"爱米丽小姐说道,"也许他自封为司法长官……可是我在杰斐逊无税可交。"

"可是纳税册上并没有如此说明,你明白吧。我们应根据……"

"你们去找沙多里斯上校。我在杰斐逊无税可交。"

"可是,爱米丽小姐——"

"你们去找沙多里斯上校,(沙多里斯上校死了将近十年了)我在杰斐逊无税可纳。托比!"黑人应声而来。"把这些先生们请出去。"

她就这样把他们"连人带马"地打败了,正如三十年前为了那股气味的事战胜了他们的父辈一样。那是她父亲死后两年,也就是在她的心上人——我们都相信一定会和她结婚的那个人——抛弃她不久的时候。父亲死后,她很少外出;心上人离去之后,人们简直就看不到她了。有少数几位妇女竟冒冒失失地去访问过她,但都吃了闭门羹。她居处周围唯一的生命迹象就是那个黑人男子拎着一个篮子出出进进,当年他还是个青年。

"好象只要是一个男子,随便什么样的男子,都可以把厨房收拾得井井有条似的。"妇女们都这样说。因此,那种气味越来越厉害时,她们也不感到惊异,那是芸芸众生的世界与高贵有势的格里尔生家之间的另一联系。

邻家一位妇女向年已八十的法官斯蒂芬斯镇长抱怨。

"可是太太,你叫我对这件事又有什么办法呢?"他说。

"哼,通知她把气味弄掉,"那位妇女说。"法律不是有明文规定吗?"

"我认为这倒不必要,"法官斯蒂芬斯说。"可能是她用的那个黑鬼在院子里打死了一条蛇或一只老鼠。我去跟他说说这件事。"

第二天,他又接到两起申诉,一起来自一个男的,用温和的语气提出意见。"法官,我们对这件事实在不能不过问了。我是最不愿意打扰爱米丽小姐的人,可是我们总得想个办法。"那天晚上全体参议员——三位老人和一位年纪较轻的新一代成员在一起开了个会。

"这件事很简单,"年轻人说。"通知她把屋子打扫干净,限期搞好,不然的话……"

"先生,这怎么行?"法官斯蒂芬斯说,"你能当着一位贵妇人的面说她那里有难闻的气味吗?"

于是,第二天午夜之后,有四个人穿过了爱米丽小姐家的草坪,像夜盗一样绕着屋子潜行,沿着墙角一带以及在地窖通风处拼命闻嗅,而其中一个人则用手从挎在肩上的袋子中掏出什么东西,不断做着播种的动作。他们打开了地窖门,在那里和所有的外屋里都撒上了石灰。等到他们回头又穿过草坪时,原来暗黑的一扇窗户亮起了灯:爱米丽小姐坐在那里,灯在她身后,她那挺直的身躯一动不动像是一尊偶像一样。他们蹑手蹑脚地走过草坪,进入街道两旁洋槐树树荫之中。一两个星期之后,气味就闻不到了。

而这时人们才开始真正为她感到难过。镇上的人想起爱米丽小姐的姑奶奶韦亚特老太太终于变成了十足疯子的事,都相信格里尔生一家人自视过高,不了解自己所处的地位。爱米丽小姐和像她一类的女子对什么年轻男子都看不上眼。长久以来，我们把这家人一直看做一幅画中的人物：身段苗条、穿着白衣的爱米丽小姐立在背后，她父亲叉开双脚的侧影在前面，背对爱米丽，手执一根马鞭，一扇向后开的前门恰好嵌住了他们俩的身影。因此当她年近三十，尚未婚配时，我们实在没有喜幸的心理，只是觉得先前的看法得到了证实。即令她家有着疯癫的血液吧，如果真有一切机会摆在她面前，她也不至于断然放过。

父亲死后，传说留给她的全部财产就是那座房子；人们倒也有点感到高兴。到头来，他们可以对爱米丽表示怜悯之情了。单身独处，贫苦无告，她变得懂人情了。如今她也体会到多一便士就激动喜悦、少一便士便痛苦失望的那种人皆有之的心情了。

她父亲死后的第二天，所有的妇女们都准备到她家拜望，表示哀悼和愿意接济的心意，这是我们的习俗。爱米丽小姐在家门口接待她们，衣着和平日一样，脸上没有一丝哀愁。她告诉她们，她的父亲并未死。一连三天她都是这样，不论是教会牧师访问她也好，还是医生想劝她让他们把尸体处理掉也好。正当他们要诉诸法律和武力时，她垮下来了，于是他们很快地埋葬了她的父亲。

当时我们还没有说她发疯。我们相信她这样做是控制不了自己。我们还记得她父亲赶走了所有的青年男子，我们也知道她现在已经一无所有，只好像人们常常所做的一样，死死拖住抢走了她一切的那个人。

她病了好长一个时期。再见到她时，她的头发已经剪短，看上去像个姑娘，和教堂里彩色玻璃窗上的天使像不无相似之处——有几分悲怆肃穆。

行政当局已订好合同，要铺设人行道，就在她父亲去世的那年夏天开始动工，建筑公司带着一批黑人、骡子和机器来了，工头是个北方佬，名叫荷默·伯隆，个子高大，皮肤黝黑，精明强干，声音宏亮，双眼比脸色浅淡。一群群孩子跟在他身后听他用不堪入耳的话责骂黑人，而黑人则随着铁镐的上下起落有节奏地哼着劳动号子。没有多少时候，全镇的人他都认识了。随便什么时候人们要是在广场上的什么地方听见呵呵大笑的声音，荷默·伯隆肯定是在人群的中心。过了不久，逢到礼拜天的下午我们就看到他和爱米丽小姐一齐驾着轻便马车出游。那辆黄轮车配上从马房中挑出的栗色辕马，十分相称。

起初我们都高兴地看到爱米丽小姐多少有了一点寄托，因为妇女们都说："格里尔生家的人绝对不会真的看中一个北方佬，一个拿日工资的人。"不过也有别人，一些年纪大的人说就是悲伤也不会叫一个真正高贵的妇女忘记"贵人举止"，尽管口头上不把它叫作"贵人举止"。他们只是说："可怜的爱米丽，她的亲属应该来到她的身边。"她有亲属在亚拉巴马；但多年以前，她的父亲为了疯婆子韦亚特老太太的产权问题跟他们闹翻了，以后两家就没有来往。他们连丧礼也没派人参加。

老人们一说到"可怜的爱米丽",就交头接耳开了。他们彼此说:"你当真认为是那么回事吗?""当然是啰。还能是别的什么事?……"而这句话他们是用手捂住嘴轻轻地说的;轻快的马蹄得得驶去的时候,关上了遮挡星期日午后骄阳的百叶窗,还可听出绸缎的窸窣声:"可怜的爱米丽。"

她把头抬得高高——甚至当我们深信她已经堕落了的时候也是如此,仿佛她比历来都更要求人们承认她作为格里尔生家族末代人物的尊严;仿佛她的尊严就需要同世俗的接触来重新肯定她那不受任何影响的性格。比如说,她那次买老鼠药、砒霜的情况。那是在人们已开始说"可怜的爱米丽"之后一年多,她的两个堂姐妹也正在那时来看望她。

"我要买点毒药。"她跟药剂师说。她当时已三十出头,依然是个削肩细腰的女人,只是比往常更加清瘦了,一双黑眼冷酷高傲,脸上的肉在两边的太阳穴和眼窝处绷得很紧,那副面部表情是你想象中的灯塔守望人所应有的。"我要买点毒药。"她说道。

"知道了,爱米丽小姐。要买哪一种?是毒老鼠之类的吗?那么我介——"

"我要你们店里最有效的毒药,种类我不管。"

药剂师一口说出好几种。"它们什么都毒得死,哪怕是大象。可是你要的是……"

"砒霜,"爱米丽小姐说。"砒霜灵不灵?"

"是……砒霜?知道了,小姐。可是你要的是……"

"我要的是砒霜。"

药剂师朝下望了她一眼。她回看他一眼,身子挺直,面孔像一面拉紧了的旗子。"噢噢,当然有,"药剂师说。"如果你要的是这种毒药。不过,法律规定你得说明作什么用途。"

爱米丽小姐只是瞪着他,头向后仰了仰,以便双眼好正视他的双眼,一直看到他把目光移开了,走进去拿砒霜包好。黑人送货员把那包药送出来给她;药剂师却没有再露面。她回家打开药包,盒子上骷髅骨标记下注明:"毒鼠用药"。

于是,第二天我们大家都说:"她要自杀了";我们也都说这是再好没有的事。我们第一次看到她和荷默·伯隆在一块儿时,我们都说:"她要嫁给他了。"后来又说:"她还得说服他呢。"因为荷默自己说他喜欢和男人来往,大家知道他和年轻人在麋鹿俱乐部一道喝酒,他本人说过,他是无意于成家的人。以后每逢礼拜天下午他们乘着漂亮的轻便马车驰过:爱米丽小姐昂着头,荷默歪戴着帽子,嘴里叼着雪茄烟,戴着黄手套的手握着马缰和马鞭。我们在百叶窗背后都不禁要说一声:"可怜的爱米丽。"

后来有些妇女开始说,这是全镇的羞辱,也是青年的坏榜样。男子汉不想干涉,但妇女们终于迫使浸礼会牧师——爱米丽小姐一家人都是属于圣公会

366

的——去拜访她。访问经过他从未透露，但他再也不愿去第二趟了。下个礼拜天他们又驾着马车出现在街上，于是第二天牧师夫人就写信告知爱米丽住在亚拉巴马的亲属。

原来她家里还有近亲，于是我们坐待事态的发展。起先没有动静，随后我们得到确讯，他们即将结婚。我们还听说爱米丽小姐去过首饰店，订购了一套银质男人盥洗用具，每件上面刻着"荷·伯"。两天之后人家又告诉我们她买了全套男人服装，包括睡衣在内，因此我们说："他们已经结婚了。"我们着实高兴。我们高兴的是两位堂姐妹比起爱米丽小姐来，更有格里尔生家族的风度。

因此当荷默·伯隆离开本城——街道铺路工程已经竣工好一阵子了——时，我们一点也不感到惊异。我们倒因为缺少一番送行告别的热闹，不无失望之感。不过我们都相信他此去是为了迎接爱米丽小姐作一番准备，或者是让她有个机会打发走两个堂姐妹。（这时已经形成了一个秘密小集团，我们都站爱米丽小姐一边，帮她踢开这一对堂姐妹。）一点也不差，一星期后她们就走了。而且，正如我们一直所期待的那样，荷默·伯隆又回到镇上来了。一位邻居亲眼看见那个黑人在一天黄昏时分打开厨房门让他进去了。

这就是我们最后一次看到荷默·伯隆。至于爱米丽小姐呢，我们则有一段时间没有见到过她。黑人拿着购货篮进进出出，可是前门却总是关着。偶尔可以看到她的身影在窗口晃过，就像人们在撒石灰那天夜晚曾经见到过的那样，但却有整整六个月的时间，她没有出现在大街上。我们明白这也并非出乎意料；她父亲的性格三番五次地使她那作为女性的一生平添波折，而这种性格仿佛太恶毒，太狂暴，还不肯消失似的。

等到我们再见到爱米丽小姐时，她已经发胖了，头发也已灰白了。以后数年中，头发越变越灰，变得像胡椒盐似的铁灰色，颜色就不再变了。直到她七十四岁去世之日为止，还是保持着那旺盛的铁灰色，像是一个活跃的男子的头发。

打那时起，她的前门就一直关闭着，除了她四十左右的那段约有六七年的时间之外。在那段时期，她开授瓷器彩绘课。在楼下的一间房里，她临时布置了一个画室，沙多里斯上校的同时代人全都把女儿、孙女儿送到她那里学画，那样的按时按刻，那样的认真精神，简直同礼拜天把她们送到教堂去，还给她们二角五分钱的硬币准备放在捐献盆子里的情况一模一样。这时，她的捐税已经被豁免了。

后来，新的一代成了全镇的骨干和精神，学画的学生们也长大成人，渐次离开了，她们没有让她们自己的女孩子带着颜色盒、令人生厌的画笔和从妇女杂志上剪下来的画片到爱米丽小姐那里去学画。最后一个学生离开后，前门关上了，而且永远关上了。全镇实行免费邮递制度之后，只有爱米丽小姐一人拒绝在她门口钉上金属门牌号，附设一个邮件箱。她怎样也不理睬他们。

日复一日，月复一月，年复一年，我们眼看着那黑人的头发变白了，背也驼了，还照旧提着购货篮进进出出。每年十二月我们都寄给她一张纳税通知单，但一星期后又由邮局退还了，无人收信。不时我们在楼底下的一个窗口——她显然是把楼上封闭起来了——见到她的身影，像神龛中的一个偶像的雕塑躯干，我们说不上她是不是在看着我们。她就这样度过了一代又一代——高贵，宁静，无法逃避，无法接近，怪僻乖张。

她就这样与世长辞了。在一栋尘埃遍地、鬼影憧憧的屋子里得了病，侍候她的只有一个老态龙钟的黑人。我们甚至连她病了也不知道；也早已不想从黑人那里去打听什么消息。他跟谁也不说话，恐怕对她也是如此，他的嗓子似乎由于长久不用变得嘶哑了。

她死在楼下一间屋子里，笨重的胡桃木床上还挂着床帷，她那长满铁灰头发的头枕着的枕头由于用了多年而又不见阳光，已经黄得发霉了。

黑人在前门口迎接第一批妇女，把她们请进来，她们话音低沉，发出嗖嗖声响，以好奇的目光迅速扫视着一切。黑人随即不见了，他穿过屋子，走出后门，从此就不见踪影了。

两位堂姐妹也随即赶到，他们第二天就举行了丧礼，全镇的人都跑来看看覆盖着鲜花的爱米丽小姐的尸体。停尸架上方悬挂着她父亲的炭笔画像，一脸深刻沉思的表情，妇女们唧唧喳喳地谈论着死亡，而老年男子呢——有些人还穿上了刷得很干净的南方同盟军制服——则在走廊上，草坪上纷纷谈论着爱米丽小姐的一生，仿佛她是他们的同时代人，而且还相信和她跳过舞，甚至向她求过爱，他们把按数学级数向前推进的时间给搅乱了。这是老年人常有的情形。在他们看来，过去的岁月不是一条越来越窄的路，而是一片广袤的连冬天也对它无所影响的大草地，只是近十年来才像窄小的瓶口一样，把他们同过去隔断了。

我们已经知道，楼上那块地方有一个房间，四十年来从没有人见到过，要进去得把门撬开。他们等到爱米丽小姐安葬之后，才设法去开门。

门猛烈地打开，震得屋里灰尘弥漫。这间布置得像新房的屋子，仿佛到处都笼罩着墓室一般的淡淡的阴惨惨的氛围：败了色的玫瑰色窗帘，玫瑰色的灯罩，梳妆台，一排精细的水晶制品和白银作底的男人盥洗用具，但白银已毫无光泽，连刻制的姓名字母图案都已无法辨认了。杂物中有一条硬领和领带，仿佛刚从身上取下来似的，把它们拿起来时，在台面上堆积的尘埃中留下淡淡的月牙痕。椅子上放着一套衣服，折叠得好好的；椅子底下有两只寂寞无声的鞋和一双扔了不要的袜子。

那男人躺在床上。

我们在那里立了好久，俯视着那没有肉的脸上令人莫测的龇牙咧嘴的样子。那尸体躺在那里，显出一度是拥抱的姿势，但那比爱情更能持久、那战胜了爱情的熬煎的永恒的长眠已经使他驯服了。他所遗留下来的肉体已在破烂的睡衣下腐烂，跟他躺着的木床粘在一起，难分难解了。在他身上和他身旁的枕上，均匀地覆盖着一层长年累月积下来的灰尘。

后来我们才注意到旁边那只枕头上有人头压过的痕迹。我们当中有一个人从那上面拿起了什么东西，大家凑近一看——这时一股淡淡的干燥发臭的气味钻进了鼻孔——原来是一绺长长的铁灰色头发。

【注释】

〔1〕选自《福克纳短篇小说集》，福克纳著，杨岂深译，译林出版社2001年版。

【阅读提示】

《献给爱米丽的一朵玫瑰花》发表于1930年，是福克纳最著名的短篇小说，属于福克纳"约克纳帕塔法"世系中的一则故事。故事发生在约克纳帕塔法的杰佛逊镇，反映了社会变革期南方贵族的没落和衰败。格里尔生家族自视过高，在南方战败后仍然保持清高的门第观念。爱米丽的父亲在世时，赶走了所有青年男子，因此爱米丽年近三十还待字闺中。父亲死后，爱米丽爱上了一个北方佬并以此作为生活的唯一寄托。但是爱米丽一直没有走出父亲门第观念的阴影，用砒霜毒死了无意与自己成婚的北方佬，与尸体同床共枕，余下的四十年过着与世隔绝的生活。

在创作手法上，小说具有典型的现代主义文学"时序颠倒"的特点。小说共分为五个部分：第一部分从爱米丽小姐的过世开始写起，回忆了1894年的豁免税款事件；第二部分回忆了爱米丽父亲在世时候以及死后的情形；第三部分写了爱米丽在父亲死后终于找到了寄托，开始了新生活；第四部分写了爱米丽从人们确认她要结婚开始一直到去世时的生活；第五部分叙述时间又回到了现在，人们在爱米丽去世后走进她的房间发现了掩藏了四十年的令人惊恐的秘密。颠倒的时序安排，既反映了爱米丽彷徨的意识，也体现了作者在悬疑的情节中传达给读者深深的思考。

□[法]加缪

阿尔贝·加缪（1913—1960），法国著名的文学家、戏剧家，是与萨特齐名的存在主义大师。1913年11月出生在法属殖民地阿尔及利亚，一生经历了两次世界大战，参加过由著名作家巴比塞领导的反法西斯左翼运动。1942年，加缪迎来了创作的高峰，相继发表了中篇小说《局外人》和哲学随笔《西绪福斯神话》。

加缪在作品中大量探析了世界的荒诞，人们习惯于把他纳入奉行存在主义哲学的作家行列之中。

加缪其他重要的作品还有长篇小说《鼠疫》、中篇小说《堕落》、短篇集《流亡和王国》、剧本《正义者》。1957年，"因他杰出的文学作品阐明了当今时代向人类良知提出的各种问题"而荣获诺贝尔文学奖。

西绪福斯神话[1]

神判处西绪福斯把一块巨石不断地推上山顶，石头因自身的重量又从山顶上滚落下来。他们有某种理由认为最可怕的惩罚莫过于既无用又无望的劳动。

如果相信荷马，西绪福斯是最聪明最谨慎的凡人。然而根据另一种传说，他倾向于强盗的营生。我看不出这当中有什么矛盾。关于使他成为地狱的无用的劳动的原因，看法有分歧。有人首先指责他对神犯了些小过失。他泄露了他们的秘密。埃索波斯[2]的女儿埃癸娜被宙斯劫走。父亲对女儿的失踪感到奇怪，就向西绪福斯诉苦。西绪福斯知道此事，答应告诉他，条件是他向科林斯城堡供水。西绪福斯喜欢水的祝福更胜过上天的霹雳。他于是被罚入地狱。荷马还告诉我们西绪福斯捆住了死神。普路同[3]忍受不了他的王国呈现出一片荒凉寂静的景象。他催促战神把死神从他的胜利者手中解脱出来。

有人还说垂死的西绪福斯不谨慎地想要考验妻子的爱情。他命令她把他的遗体不加埋葬地扔到公共广场的中央。西绪福斯进了地狱。在那里，他对这种如此违背人类之爱的服从感到恼怒，就从普路同那里获准返回地面去惩罚他的妻子。然而，当他又看见了这个世界的面貌，尝到了水和阳光、灼热的石头和大海，就不愿再回到地狱的黑暗中了。召唤、忿怒和警告都无济于事。他又在海湾的曲线、明亮的大海和大地的微笑面前活了许多年。神必须作出决定。墨丘利[4]用强力把他带回地狱，那里为他准备好了一块巨石。

人们已经明白，西绪福斯是荒诞的英雄。这既是由于他的激情，也是由于他的痛苦。他对神的轻蔑，他对死亡的仇恨，他对生命的激情，使他受到了这种无法描述的酷刑：用尽全部心力而一无所成。这是为了热爱这片土地而必须付出的代价。关于地狱里的西绪福斯，人们什么也没告诉我们。神话编出来就是为了让想象力赋予它们活力。对于他的神话，人们只看见一个人全身绷紧竭力推起一块巨石，令其滚动，爬上成百的陡坡；人们看见皱紧的面孔，脸颊抵住石头，一个肩承受着满是粘土的庞然大物，一只脚垫于其下，用两臂撑住，沾满泥土的双手显示出人的稳当。经过漫长的、用没有天空的空间和没有纵深的时间来度量的努力，目的终于达到了。这时，西绪福斯看见巨石一会儿工夫滚到下面的世界中去，他又得再把它推上山顶。他朝平原走下去。

我感兴趣的是返回中、停歇中的西绪福斯。那张如此贴近石头的面孔已经成了石头了！我看见这个人下山，朝着他不知道尽头的痛苦，脚步沉重而均匀。这时刻就像是呼吸，和他的不幸一样肯定会再来，这时刻就是意识的时刻。当他离开山顶、渐渐深入神的隐蔽的住所的时候，他高于他的命运。他比他的巨石更强大。

如果说这神话是悲壮的，那是因为它的主人公是有意识的。如果每一步都有成功的希望支持着他，那他的苦难又将在哪里？今日之工人劳动，一生中每一天都干着同样的活计，这种命运是同样的荒诞。因此它只在工人有了意识那种很少的时候才是悲壮的。西绪福斯，这神的无产者，无能为力而又在反抗，他知道他的悲惨的状况有多么深广：他下山时想的正是这种状况。造成他的痛苦的洞察力同时也完成了他的胜利。没有轻蔑克服不了的命运。

如果在某些日子里下山可以在痛苦中进行，那么它也可以在欢乐中进行。此话并非多余。我还想象西绪福斯回到巨石前，痛苦从此开始。当大地的形象过于强烈地缠住记忆，当幸福的呼唤过于急迫，忧伤就会在人的心中升起：这是巨石的胜利，这是巨石本身，巨大的忧伤沉重得不堪承受。这是我们的客西马尼之夜。然而不可抗拒的真理一经被承认便告完结。这样，俄狄浦斯先就不知不觉地顺从了命运。从他知道的那一刻起，他的悲剧便开始了。然而同时，盲目而绝望的他认识到他同这世界的唯一的联系是一个年轻姑娘的新鲜的手。于是响起一句过分的话："尽管如此多灾多难，我的高龄和我的灵魂的高贵仍使我认为一切皆善。"像陀思妥耶夫斯基的基里洛夫一样，索福克勒斯的俄狄浦斯就这样提供了荒诞的胜利的方式。古代的智慧和现代的英雄主义会合了。

不试图写一本幸福教科书，是不会发现荒诞的。"啊！什么，路这么窄？"然而只有一个世界。幸福和荒诞是同一块土地的两个儿子。他们是不可分的。说幸福一定产生于荒诞的发现，那是错误的。有时荒诞感也产生于幸福。俄狄浦斯说："我认为一切皆善。"这句话是神圣的。它回响在人的凶恶而有限的宇宙之中。它告诉人们一切并未被、也不曾被耗尽。它从这世界上逐走一个带着不满足和对无用的痛苦的兴趣进入这世界的神。它使命运成为人的事情，而这件事情应该在人之间解决。

西绪福斯的全部沉默的喜悦就在这里。他的命运出现在面前。他的巨石是他的事情。同样，当荒诞的人静观他的痛苦时，他就使一切偶像钳口不语。在突然归于寂静的宇宙中，大地的成千上万细小的惊叹声就起来了。无意识的、隐秘的呼唤，各种面孔的邀请，都是必要的反面和胜利的代价。没有不带阴影的太阳，应该了解黑夜。荒诞的人说"是"，于是他的努力便没有间断了。如果说有一种个人的命运，却绝没有高级的命运，至少只有一种命运，而他断定它是不可避免的，是可以轻蔑的。至于其他，他自知是他的岁月的主人。在人返回他的生活这一微妙的时刻,返回巨石的西绪福斯静观那一连串没有联系的行动,这些行动变成了他的命运,而这命运是他创造的,在他的记忆的目光下统一起来,很快又由他的死加章盖印。这样,确信一切人事都有人的根源,盲目却渴望看见并且知道黑夜没有尽头,他就永远在行进中。巨石还在滚动。

我让西绪福斯留在山下!人们总是看得见他的重负。西绪福斯教人以否定神祇举起巨石的至高无上的忠诚。他也断定一切皆善。这个从此没有主人的宇宙对他不再是没有结果和虚幻的了。这块石头的每一细粒,这座黑夜笼罩的大山的每一道矿物的光芒,都对他一个人形成了一个世界。登上顶峰的斗争本身足以充实人的心灵。应该设想,西绪福斯是幸福的。

【注释】

〔1〕选自《加缪文集》,郭宏安等译,译林出版社 1999 年版。 〔2〕希腊神话中的河神。〔3〕罗马神话中的冥王。 〔4〕罗马神话中的商业神,即希腊神话中的赫尔墨斯、众神的使者。

【阅读提示】

《西绪福斯神话》是一部哲学随笔,整部作品的开头赫然写着:"只有一个真正严肃的哲学问题,那就是自杀",而篇末作者对西绪福斯则充满了赞赏和肯定:"登上顶峰的斗争本身足以充实人的心灵。应该设想,西绪福斯是幸福的。"作者向我们传达了一个光明的结论,那就是充满荒诞感的现代人选择自杀是对生活的一种逃避,要让人生的意义得以存活和延续,就要像西绪福斯那样做一名"荒谬的英雄"。

西绪福斯是古希腊神话中的科林斯王,因触犯众神而受罚。诸神要求他把巨石推向山顶,巨石每次都会因为自身的重量而滚落下来,于是西绪福斯便周而复始、终日不得停歇地把滚落山下的巨石推上山。西绪福斯被加缪看作是一位"荒谬的英雄",因为"他以自己的整个身心致力于一种没有效果的事业"。西绪福斯的神话是悲剧,但加缪认为西绪福斯是幸福的。因为面对荒谬的世界,西绪福斯选择了义无反顾地走向巨石,创造自己的命运,反抗荒谬的世界。

□[日]川端康成

川端康成(1899—1972),日本现代著名小说家。幼年便遭遇了亲人相继病故的不幸和痛苦,过着孤独无依的生活。这种不幸的经历,逐渐形成了作家孤独感伤的性格,也为他的作品抹上了悲苦和哀愁的底色。1921 年,川端康成发表了他的处女作《招魂节一景》,在作品中对身份卑微的女艺人倾注了自己纯洁的感情。其代表作有《伊豆的舞女》、《雪国》、《千只鹤》、《古都》等。他的许多小说都以女性形象为中心，把女性当作纯粹的生命来歌颂，写出了她们的美丽与哀愁。

川端康成一生创作了一百多部小说，以中短篇小说为主。1968 年，因其"以非凡的锐敏表现了日本人的精神实质"而获得了诺贝尔文学奖。

雪 国[1]（节选）

滑雪季节前的温泉客栈，是顾客最少的时候，岛村从室内温泉上来，已是万籁俱寂了。他在破旧的走廊上，每踏一步，都震得玻璃门微微作响。在长廊尽头帐房的拐角处，婷婷玉立地站着一个女子，她的衣服下摆铺展在乌亮的地板上，使人有一种冷冰冰的感觉。

看到衣服下摆，岛村不由得一惊：她到底还是当艺妓了么！可是她没有向这边走来，也没有动动身子作出迎客的娇态。从老远望去，她那婷婷玉立的姿势，使他感受到一种真挚的感情。他连忙走了过去，默默地站在女子身边。女子也想绽开她那浓施粉黛的脸，结果适得其反，变成了一副哭丧的脸。两人就那么默然无言地向房间走去。

虽然发生过那种事情，但他没有来信，也没有约会，更没有信守诺言送来舞蹈造型的书。在女子看来，准以为是他一笑了之，把自己忘了。按理说，岛村是应该首先向她赔礼道歉或解释一番的，但岛村连瞧也没瞧她，一直往前走。他觉察到她不仅没有责备自己的意思，反而在一心倾慕自己。这就使他越发觉得此时自己无论说什么，都只会被认为是不真挚的。他被她慑服了，沉浸在美妙的喜悦之中，一直到了楼梯口，他才突然把左拳伸到女子的眼前，竖起食指说：

"它最记得你呢。"

"是吗？"

女子一把攥住他的指头，没有松开，手牵手地登上楼去。在被炉（日本的取暖设备。在炭炉上放个木架，罩上棉被而成）前，她把他的手松开时，一下子连脖子根都涨红了。为了掩饰这点，她慌慌张张地又抓住了他的手说：

"你是说它还记得我吗？"

他从女子的掌心里抽出右手，伸进被炉里，然后再伸出左拳说：

"不是右手，是这个啊！"

"嗯，我知道。"

她装作若无其事的样子，一边抿着嘴笑起来，一边掰开他的拳头，把自己的脸贴了上去。

"你是说它还记得我吗？"

"噢,真冷啊! 我头一回摸到这么冰凉的头发。"

"东京还没下雪吗?"

"虽然那时候你是那样说了,但我总觉得那是违心的话。要不然,年终岁末,谁还会到这样寒冷的地方来呢?"

那个时候——已经过了雪崩危险期,到处一片嫩绿,是登山的季节了。

过不多久,饭桌上就将看不见新鲜的通草果了。

岛村无所事事,要唤回对自然和自己容易失去的真挚感情,最好是爬山。于是他常常独自去爬山。他在县界区的山里呆了七天,那天晚上一到温泉浴场,就让人去给他叫艺妓。但是女佣回话说:那天刚好庆祝新铁路落成,村里的茧房和戏棚也都用作了宴会场地,异常热闹,十二三个艺妓人手已经不够,怎么可能叫来呢? 不过,老师傅家的姑娘即便去宴会上帮忙,顶多表演两三个节目就可以回来,也许她会应召前来吧。岛村再仔细地问了问,女佣作了这样简短的说明:三弦琴、舞蹈师傅家里的那位姑娘虽不是艺妓,可有时也应召参加一些大型宴会什么的。这里没有年轻的,中年的倒很多,却不愿跳舞。这么一来,姑娘就更显得可贵了。虽然她不常一个人去客栈旅客的房间,但也不能说是个无瑕的良家闺秀了。

岛村认为这话不可靠,根本没有把它放在心上。约莫过了一个钟头,女佣把女子领来,岛村不禁一愣,正了正坐姿。女子拉住站起来就要走的女佣的袖子,让她依旧坐下。

女子给人的印象洁净得出奇,甚至令人想到她的脚趾弯里大概也是干净的。岛村不禁怀疑起自己的眼睛,是不是由于刚看过初夏群山的缘故。

她的衣著虽带几分艺妓的打扮,可是衣服下摆并没有拖在地上,而且只穿一件合身的柔软的单衣。唯有腰带很不相称,显得很昂贵。这副样子,看起来反而使人觉得有点可怜。

女佣趁他们俩谈起山里的事,站起来就走了。然而就连从这个村子也可以望见的几座山的名字,那女子也说不齐全。岛村提不起酒兴,女子却意外坦率地谈起自己也是生长在这个雪国,在东京的酒馆当女侍时被人赎身出来,本打算将来做个日本舞蹈师傅用以维持生计,可是刚刚过了一年半,她的恩主就与世长辞了。也许从那人死后到今天的这段经历,才是她的真正身世吧。这些她是不想马上坦白出来的。她说是十九岁。果真如此,这十九岁的人看起来倒像有二十一二岁了。岛村这才得到一点宽慰,开始谈起歌舞伎之类的事来。她比他更了解演员的艺术风格和逸事。也许她正渴望着有这样一个话伴吧,所以津津乐道。谈着谈着,露出了烟花巷出身的女人的坦率天性。她似乎很能掌握男人的心理。尽管如此,岛村一开头就把她看作是良家闺秀。加上他快一个星期没跟别人好好闲谈了,内心自然热情洋溢,首先对她流露出一种依恋之情。他从山上带来的

374

感伤,也浸染到了女子的身上。

翌日下午,女子把浴具放在过道里,顺便跑到他的房间去玩。

她正要坐下,岛村突然叫她帮忙找个艺妓来。

"你说是帮忙?"

"还用问吗?"

"真讨厌! 我做梦也没想到你会托我干这种事!"

她漠然地站在窗前,眺望着县界上的重山叠峦,不觉脸颊绯红了。

"这里可没有那种人。"

"说谎。"

"这是真的嘛。"说着,她突然转过身子,坐在窗台上,"这可绝对不能强迫命令啊。一切得听随艺妓的方便。说真的,我们这个客栈一概不帮这种忙。你不信,找人直接问问就知道了。"

"你替我找找看吧。"

"我为什么一定要帮你干这种事呢?"

"因为我把你当做朋友嘛。以朋友相待,不向你求欢。"

"这就叫做朋友?"女子终于被激出这句带稚气的话来。接着又冒了一句:"你真了不起,居然托我办这种事。"

"这有什么关系呢? 在山上身体是好起来了。可脑子还是迷迷糊糊,就是同你说话吧,心情也还不是那么痛快。"

女子垂下眼睛,默不作声。这么一来,岛村干脆露出男人那副无耻相来。她对此大概已经养成了一种通情达理、百依百顺的习惯。由于睫眉深黛,她那双垂下的眼睛,显得更加温顺,更加娇艳了。岛村望着望着,女子的脸向左右微微地摇了摇,又泛起了一抹红晕。

"就叫个你喜欢的嘛。"

"我不是在问你吗? 我初来乍到的,哪里知道谁漂亮。"

"你是说要漂亮的?"

"年轻就可以。年轻姑娘嘛,各方面都会少出差错。不要唠叨得令人讨厌就行。迷糊一点也不要紧,洁净就行了。等我想聊天的时候,就去找你。"

"我不再来了。"

"胡说。"

"真的,不来了。干么要来呢?"

"我想清清白白地跟你交个朋友,才不向你求欢呢。"

"你这种人真少见啊。"

"要是发生那种事,明天也许就不想再见到你了。也不会有兴致跟你聊天了。我从山上来到这个村子,难得见人就感到亲热。我不向你求欢,要知道我是个游客啊。"

"嗯,这倒是真的。"

"是啊,就说你吧,假如我物色的,是你讨厌的女人,以后你见到我也会感到心里不痛快的。若是你给我挑选,总会好些吧?"

"我才不管呢!"她使劲地说了一句。掉转脸又说:"这倒也是。"

"要是同女人过夜,那才扫兴哩。感情也不会持久的吧。"

"是啊。的确是那么一回事。我出生在港市,可这里是温泉浴场。"姑娘出乎意外地用坦率的口吻说,"客人大多是游客,虽然我还是个孩子,听过形形色色的人说,那些人心里十分喜欢你而当面又不说,总使你依依不舍,流连忘返。即使分别之后,也还是那个样。对方有时想起你,给你写信的,大体都是属于这类人。"

女子从窗台上站起来,又轻柔地坐在窗前的铺席上。她那副样子,好像是在回顾遥远的往昔,才忽然坐到岛村身边的。

女子的声音充满了真挚的感情,反倒使岛村觉得这样轻易地欺骗了她,心里有点内疚。

但是,他并不是想要说谎。不管怎么说,这个女子总是个良家闺秀。即使他想女人,也不至有求于这个女子。这种事,他满可以毫不作孽地轻易了结它。她过于洁净了。初见之下,他就把这种事同她区分开来了。

而且,当时他还没决定夏季到哪儿去避暑,才想起是否要把家属带到这个温泉浴场来。幸好她是个良家女子,如果能来,还可以给夫人作个好导游,说不定还可以向她学点舞蹈,借以消愁解闷。他确实这样认真考虑过。尽管他感到对女子存在着一种友情,他还是渡过了这友情的浅滩。

当然,这里或许也有一面岛村观看暮景的镜子。他不仅忌讳同眼前这个不正经的女人纠缠,而且更重要的也许是他抱有一种非现实的看法,如同傍晚看到映在车窗玻璃上的女子的脸一样。

他对西方舞蹈的兴趣也是如此。岛村生长在东京闹市区,从小熟悉歌舞伎,学生时代偏爱传统舞蹈和舞剧。他天性固执,只要摸上哪一门,就非要彻底学到手不可。所以他广泛涉猎古代的记载,走访各流派的师傅,后来还结识了日本舞蹈的新秀,甚至还写起研究和评论文章来。而且对传统日本舞蹈的停滞状态,以及对自以为是的新尝试,自然也感到强烈的不满。一种急切的心情促使他思考:事态已经如此,自己除了投身到实际运动中去,别无他途。当受到年轻的日本舞蹈家的吸引时,他突然改行搞西方舞蹈,根本不去看日本舞蹈了。相反地,他收集有关西方舞蹈的书籍和图片,甚至煞费苦心地从外国搞来海报和节目单之类的东西。这绝非仅仅出于对异国和未知境界的好奇。在这里,他新发现的喜悦,就在于他没能亲眼看到西方人的舞蹈。从岛村向来不看日本人跳西方舞就足以证明这一点。没有什么比凭借西方印刷品来写有关西方舞蹈的文章更轻松的了。描写没有看过的舞蹈,实属无稽之谈。再没有比这个更"纸上谈兵"的了。可是,那是天堂的诗。虽美其名曰研究,其实是任意想象,不是欣赏舞蹈家栩栩如生的肉体舞蹈艺术,而是欣赏他自己空想的舞蹈幻影,这种空想是由西方的文字和图片产生的,仿佛憧憬那不曾见过的爱情一样。因为他不时写些介绍西方舞蹈的文章,也勉强算是个文人墨客。他虽以此自嘲,但对没有职业的他来说,有时也会得到一种心灵上的慰藉。

他这一番关心日本舞蹈的谈话,之所以有助于促使她去亲近他,应该说这是由于他的这些知识在事隔多年之后,又在现实中起了作用。可说不定还是岛村在不知不觉中似乎也把她当作了"西方舞蹈"呢。

因此,他觉得自己旅途中这番淡淡哀愁的谈话,仿佛触动了她生活中的创伤,不免后悔不已,就好像自己欺骗了她似的。

"要是这样说定了,下次我就是带家属来,也能同你尽情玩的啊。"

"嗯。这件事我已经非常明白了。"女子压低了声音,嫣然一笑,然后带着几分艺妓的风采打闹着说:"我也很喜欢那样,平淡些才可以持久啊。"

"所以你就帮我叫一个来嘛。"

"现在?"

"嗯。"

"真叫人吃惊啊!这样大白天,怎么好意思开口呢?"

"我不愿意要人家挑剩下的。"

"瞧你说这种话!你想错了,你以为这个温泉浴场是淘金的地方?光瞧村里的情况,你还不明白吗?"

女子以一种遗憾而严肃的口吻,反复强调这里没有干那种行当的女人。岛村表示怀疑。女子认真起来,但她退让一步说:想怎么干,全看艺妓自己,只是预先没向主家招呼就外宿,得由艺妓本人负责。后果如何,主家可就不管了。但是,如果事先向主家关照过,那就是主家的责任,他得管你一辈子,就是这点不同。

"所谓责任是指什么?"

"就是说有了孩子,或是搞坏了身子呗。"

岛村对自己这种傻里傻气的提问,不禁苦笑起来,又想:也许在这个山村里还真有那种事呢。

他百无聊赖,也许会自然而然地要去寻找保护色吧,所以他对途中每个地方的风土人情,都有一种本能的敏感,打山上下来,从这个乡村十分朴实的景致中,马上领略到一种悠闲宁静的气氛。在客栈里一打听,果然,这里是雪国生活最舒适的村庄之一。据说几年前还没通铁路的时候,这里主要是农民的温泉疗养地。

有艺妓的家,都挂着印有饭馆或红豆汤馆字号的褪了色的门帘。人们看到那扇被煤烟熏黑的旧式拉门,一定怀疑这种地方居然还会有客上门。日用杂货铺或粗点心铺也大都只雇佣一个人,这些雇主除了经营店铺外,似乎还兼干庄稼活。大约她是师傅家的姑娘——一个没有执照的女子,偶尔到宴会上帮帮忙,不会有哪个艺妓挑眼吧。

"那么,究竟有几个呢?"

"你问艺妓吗? 大约有十二三个。"

"哪个比较好?"岛村说着,站起来去揿电铃。

"让我回去吧?"

"你可不能回去。"

"我不愿意。"女子仿佛要摆脱屈辱似地说,"我回去了。没关系,我不计较这些。以后还会再来的。"

但是,当看见女佣时,她又若无其事地重新坐好。女佣问了好几遍要找谁,她也不指名。

过了片刻,一个十七八岁的艺妓走了进来。岛村一见到她,下山进村时那种思念女人的情趣就很快消失,顿觉索然寡欢了。艺妓那两只黝黑的胳膊,瘦嶙嶙的,看上去还带几分稚气。人倒老实。岛村也就尽量不露出扫兴的神色,朝艺妓那边望去。其实是她背后窗外那片嫩绿的群山在吸引着他。他连话也懒得说了。这女子实在像山村艺妓。她看见岛村绷着脸不说话,就默默地站起身来有意走了出去。这样就显得更加扫兴了。这样约莫过了个把钟头。他在想:有什么法子把艺妓打发走呢? 他忽然想起有张电汇单已经送到,于是就借口赶钟点上邮局,便同艺妓一起走出房间。

然而,岛村来到客栈门口,抬眼一望散发出浓烈嫩叶气息的后山,就被吸引住了,随即冒冒失失地只顾自己登山去了。

有什么值得好笑呢? 他却独自笑个不停。

这时,他恰巧觉得倦乏,便转身撩起浴衣后襟,一溜烟跑下山去。从他脚下飞起两只黄蝴蝶。

蝶儿翩翩飞舞,一忽儿飞得比县界的山还高,随着黄色渐渐变白,就越飞越远了。

"你怎么啦?"女子站在杉树林荫下,"你笑得真欢呀。"

"不要了呀。"岛村无端地又笑起来,"不要了!"

"是吗?"

女子突然转过身子,慢步走进杉树丛中。他默默地跟在后头。

那边是神社。女子在布满青苔的石狮子狗旁的一块平坦的岩石上坐了下来。

"这里最凉快啦。即使是三伏天,也是凉风习习的。"

"这里的艺妓都是那个样子吗?"

"都差不多吧。在中年人里倒有一个长得挺标致的。"她低下头冷淡地说。

在她的脖颈上淡淡地映上一抹杉林的暗绿。

岛村抬头望着杉树的枝梢。

"这就够啦! 体力一下子消耗尽了,真奇怪啊。"

杉树亭亭如盖,不把双手撑着背后的岩石,向后仰着身子,是望不见树梢的。而且树干挺拔,暗绿的叶子遮蔽了苍穹,四周显得深沉而静谧。岛村靠着的这株树干,是其中最古老的。不知为什么,只是北面的枝桠一直枯到了顶,光秃秃的树枝,像是倒栽在树干上的尖桩,有些似凶神的兵器。

"也许是我想错啦。从山上下来第一个看到你,无意中以为这里的艺妓都很漂亮。"岛村带笑地说。

岛村以为在山上呆了七天,只是为了恢复恢复健康,如今才发觉实际上是由于头一回遇见了这样一个隽秀婀娜的女子。

女子目不转睛地望着远方夕晖晚照的河流。闲极无聊,觉着有些别扭了。

"哟,差点忘了,是您的香烟吧。"女子尽量用轻松的口气说,"方才我折回房间,看见您已经不在,正想着是怎么回事,就看到您独自兴冲冲地登山去了。我是从窗口看见的。真好笑啊。您忘记带烟了吧,我给送来啦。"于是她从衣袖兜里掏出他的香烟,给他点上了火。

"我很对不起那个孩子。"

"那有什么呢。什么时候让她走,还不是随客人的方便吗?"

溪中多石,流水的潺潺声,给人以甜美圆润的感觉。从杉树透缝的地方,可以望见对面山上的皱襞已经阴沉下来。

"除非找个与你不相上下的,要不,日后见到你,是会遗憾的。"

"这与我不相干。你真逗能呀。"

女子不高兴地嘲讽了一句。不过,他俩之间已经交融着一种与未唤艺妓之前迥然不同的情感。

岛村明白,自己从一开头就是想找这个女子,可自己偏偏和平常一样拐弯抹角,不免讨厌起自己来。与此同时,越发觉得这个女子格外的美了。从刚才她站在杉树背后喊他之后,他感到这个女子的情影是多么袅娜多姿啊。

【注释】

〔1〕选择《雪国》,叶渭渠译,人民文学出版社 2002 年版。

《雪国》是川端康成的代表作,1935 年起在《文艺春秋》、《改造》两本文学杂志上开始连载,直到 1948 年出版单行本。

小说描写的是舞蹈艺术家岛村三次从东京到雪国和当地年轻貌美的艺伎驹子由邂逅而情爱的故事,其间穿插着岛村对萍水相逢的少女叶子的爱慕和两人微妙的关系。驹子的命运悲苦,她出生在雪国,在东京的酒馆里当过侍女,被人赎出来以后打算做个舞蹈师傅生活下去,一年半以后她的恩主死了,最后迫于无奈当了艺伎。在川端康成的笔下,驹子美的"洁净",虽沦为艺伎却不随波逐流,维护着自己的尊严和纯真的感情。相比驹子"洁净"的美,叶子则是"飘逸"的美,美得有点虚无缥缈。小说的结尾,叶子在雪国蚕茧仓库发生的火灾中丧生,"岛村站稳了脚跟,抬头望去,银河好像哗啦一声,向他的心坎上倾泻了下来"。叶子的生命和灵魂一起融入了浩渺的宇宙,幻化为永恒的美。作品体现出佛教禅宗思想和虚无主义对作者的影响。

《雪国》在艺术手法上运用了象征的手法,寓意深刻。作品中围绕着驹子的生活,出现了蚕房、织绢等许多与蚕有关的东西。驹子的"洁净"和甘愿奉献与日本民间的蚕文化内涵有着高度的契合。作者有意以"蚕"的意象来塑造驹子完美的生命之美。

□[土]帕慕克

奥尔罕·帕慕克,是土耳其享誉国际的文坛巨擘,是当代欧洲最杰出的文学家之一。1952 年,帕慕克出生于伊斯坦布尔富裕的大家庭,大家族的背景和家乡横跨欧亚两大洲的地理特征给了作者在文学创作上非同一般的影响。正如帕慕克所说:"伊斯坦布尔最大的优点,就是其居民能够同时透过西方和东方的视角来看这座城市。"帕慕克在其名作《伊斯坦布尔》、《我的名字叫红》等中都探寻了在现代化进程中,土耳其与西方的关系及其伊斯兰文化的失落。2006 年,帕慕克获得诺贝尔文学奖。诺贝尔奖委员会颁奖词这样说:"帕慕克在追求他故乡忧郁的灵魂时,发现了文明之间的冲突和交错的新象征。"

帕慕克的主要作品有《塞夫得特和他的儿子们》(1979)、《寂静的房子》(1983)、《白色城堡》(1985)、《黑书》(1990)、《新人生》(1997)、《我的名字叫红》(1998)、《雪》(2002)、《伊斯坦布尔——一座城市的记忆》(2005,帕慕克因此书被提名为 2005 年诺贝尔文学奖候选人)。

我的名字叫红[1]（节选）

人们都叫我"橄榄"

那是午祷过后，正当我愉快地挥笔描绘男孩们甜美的脸蛋时，听见门口传来了敲门声。我吓了一跳，手微微一抖。放下画笔，我小心翼翼地把膝上的画板放到了一旁，飞也似的冲到门边，开门之前轻声祷告：我的真主……从这本书里听我说话的你们，比起我们这些居住在这污秽、悲惨世界中的人，比起我们这些苏丹的卑贱奴隶们，还要接近安拉，因此我不会对你们隐瞒任何事：阿克巴尔汗，印度的君王，世上最富有的国王，正在筹划一本将为人们津津乐道的书籍。他向伊斯兰世界的各个角落散布消息，邀请全世界最伟大的绘画家到他身边。他派到伊斯坦布尔的使者们昨天来找过我，邀请我前往印度。这一次，我打开门发现并不是他们，而是我早就忘掉了的黑。当年他没能走进我们这个圈子，经常嫉妒我们。"什么事？"

他说是来友好拜访，来聊聊天，并看看我的绘画。我请他进了门，让他自己瞧个够。我听说今天他才去拜访了画坊总监奥斯曼大师，并亲吻了他的手。这位伟大的大师给了他一句哲言："从一位画家对失明与记忆的看法中，可以看出他是否是一位优秀的画家。"他说。那你们就看看吧。

失明与记忆

在绘画艺术开始之前，有一种黑暗；当它出现之后，也有一种黑暗。透过我们的颜料、技巧与热情，我们会记得安拉曾命令我们"看"！记得即表示知晓你所看见的；知晓即表示记得你所看见的；看见则表示无需记得的知晓。因此，绘画即是表示记得黑暗。热爱绘画，并知晓从黑暗中看见色彩与事物的前辈大师们，渴望借由颜色，返回安拉的黑暗。缺乏记忆的艺术家们非但不记得安拉，也不记得他的黑暗。所有伟大的画师，在自己的画里，都一直在寻找潜藏于颜色中、超越时间外的那种深邃的黑暗。赫拉特的前辈大师们找到了这种黑暗，就让我来说给你们听听，你们也来理解理解看，记得这种黑暗意味着什么。

三个关于失明与记忆的故事

一

诗人扎米的《亲密之礼》讲述圣人的故事，在拉米伊·却勒比的土耳其文译本中，有一则故事说的是，黑羊王朝统治者吉罕王的画坊中，著名的大师，大布里士的谢赫·阿里绘制了一册精美的《胡斯莱夫与席琳》。根据我所听说的，在这本历时十一年才完成的传奇著作里，细密画大师中的巨匠谢赫·阿里，展现了无与伦比的才华与技巧，画出了极为华美精致的图画，只有过去最伟大的大师毕萨德才可能与之匹敌。甚至手抄绘本方完成一半，吉罕王就已经知道，他即将拥有一本全世界独一无二的精美书本。然而这位视白羊王朝的统治者——年轻的高个子哈桑为自己的头号大敌的吉罕王，一直以来都生活在恐惧和妒忌中，此时他想到，虽然书本完成后他的威望将大幅提升，但大师也可能会为高个子哈桑制作出另一本更完美的手抄本。由于心中有着毒害着他的对幸福的妒忌，总是害怕着："如果别人也这么幸福的话，该怎么办？"吉罕王立刻明白，如果这位细密画巨匠再画另一本，甚至是更好的一本，那将一定是替他的敌人高个子哈桑所绘。所以，为了防止自己以外的人拥有这样一本伟大的杰作，吉罕王决定等到大师谢赫·阿里一完成书之后，就杀了他。然而后宫一位善良的切尔卡西亚美女劝告他，弄瞎细密画大师就已足够。吉罕王立刻采纳了这个聪明的意见，并把自己的决定讲给周围的阿谀奉承者听，直到最后传进了谢赫·阿里的耳朵。尽管得知自己的下场，谢赫·阿里并不像其他普通画家那样，放下手中完成了一半的书，逃离大布里士。他也不玩把戏，像是放慢手抄本的进度，或是画出较为拙劣的图画，让书本无法"完美"，借此延缓失明的命运。相反，他甚至更热情执着地投入了工作。在独自一人居住的房子里，晨祷过后他便开始工作，不间断地一次又一次画着同样的马匹、柏树、恋人、巨龙以及英俊的王子，在烛光中画到深夜，直到流出灼痛的泪水。许多时候，他会好几天凝视着一幅赫拉特前辈大师的图画，然后看也不看就把它画在另一张纸上，画得和原画一般无二。终于，他完成了黑羊王朝吉罕王的书。接着，正如细密画大师所预期的那样，他先是得到无数赞美与黄金，然后就被一根尖锐的羽毛针刺瞎了双眼。痛楚尚未消退，谢赫·阿里即离开了赫拉特，投奔白羊王朝的高个子哈桑。"是的，没错，我是瞎了。"他解释说，"但我记得最近十一年来所绘的手抄本中所有的优美，包括每一根线条、每一个笔触。而我的手也能够在我看不见的情况下凭记忆再画一遍。伟大的陛下，我可以为您画出绝世经典。因为我的眼睛不再受世间的污秽所扰，我将能以记忆中最纯净的模样，描绘出安拉的一切美丽。"高个子哈桑相信了伟大细密画大师的话；而这位细密画大师也信守诺言，凭借记忆，为白羊王朝的统治者画出了一本最辉煌的书本。大家都知道，正是这本新书提供了一股精神力量，支持着高个子哈桑，使他在靠近千湖附近的一场突击中，战胜并杀死了吉罕王。后来，胜利者高个子哈桑在奥特卢贝利战役中兵败于法蒂赫·苏丹·麦赫梅特，于是这本辉煌的书籍，以及大布里士的谢赫·阿里为已故吉罕王所绘的那本书，便都进入了苏丹陛下的宝库。看到的人都知道。

二

　　天堂的居民卡努尼·苏丹·苏莱曼汗，偏好书法胜于绘画，当时那些有志难伸的细密画家便讲述这个我所要讲的故事，把它当作绘画比书法更为重要的例子。然而，任何一个用心的听众都会发现，这个故事其实是关于失明与记忆的。世界的统治者帖木儿死后，他的子孙们便彼此展开了残暴的厮杀。一旦其中一人成功地征服了另一座城市，如果他所做的第一件事是铸造自己的钱币，并在清真寺举行讲道的话，那么他所做的第二件事就是把他所得到的书籍全部拆散，写上新的献词，夸耀征服者为"世界的统治者"，并在书末加入新的题词，然后重新装订，让所有看见这本王书的人相信他真的是世界的统治者。在这些人当中，帖木儿之孙乌鲁大公的儿子阿布杜拉提夫，占领赫拉特之后，他迅速动员起细密画家、书法家及装订师，催促他们立刻编制一本书来献给他的父亲。由于当时书册已被拆散，写着文字的书页也遭焚烧、撕毁，因而许多画页都已无法与文字页相对应。乌鲁大人的儿子知道，父亲是个绘画的爱好者，若不细心依照故事的内容编辑图画、装订书本，将是对父亲的不敬，因此他召集了全赫拉特的细密画家，要求他们讲述画中的故事，以便给这些画页排个顺序。只不过，每一位细密画家讲的故事都不一样，结果这些画页的顺序更加混乱了。最后，他们找到了最年长的细密画总监。这位大师早已被人们所遗忘。过去五十四年来，他为所有曾经统治过赫拉特的君王与王子们绘制过书籍，长年的辛劳早已熄灭了他眼中的光芒。当人们发现此刻望着图画的年老大师其实已经瞎了，骚动四起，甚至有人嘲笑了起来。但年老的大师却要求他们找一个聪慧、不满七岁、不会读书写字的男孩。他们立刻找来了一个。年老的大师把画放在了他的面前，说："说说你看到了什么。"当男孩开始描述图画时，年老的细密画家抬起盲眼望向天空，细心聆听，然后回答："亚历山大怀抱着濒死的大流士，出自菲尔多西的《列王传》……这是记录一位教师爱上了自己英俊的学生，出自萨地的《玫瑰花园》……医生之间的比赛，出自尼扎米的《秘密之宝》……"其他细密画家恼怒于年老失明的同行说："我们也能够说出这些，这些都是最知名故事中最家喻户晓的场景。"然而，年老失明的细密画家这次让人把最难的图画放在了男孩面前，依旧专注地听他说。"胡尔穆兹连续毒杀书法家，出自菲尔多西的《列王传》。"他仍旧望着天空说。"一个不好的故事，一幅不值钱的图画，讲的是丈夫在楷梓树上抓到妻子与她的情人，出自鲁米的《美斯奈维诗集》。"他说。就这样，通过男孩的描述，他指认出了所有他所看不见的图画，使得这本书得以正确地重新装订。乌鲁大公带兵进入赫拉特后，问年迈的细密画家，究竟什么秘密让他，一个盲人，能够指认其他细密画大师就算亲眼看见也无法分辨的故事。"并不像别人猜想的那样，是我的记忆弥补了我的失明。"年迈的插画家回答，"故事不仅借由图画流传，同时也透过文字，这一点我从没忘记。"乌鲁大公说,他自己的细密画家也知道那些文字和故事,却仍然无法按顺序排列图画。"因为,"年老的细密画家说,"他们很清楚关于绘画的事情,因为那是他们的技巧和能力,但并不明白前辈大师却是从安拉真主的记忆中创造出那些图画。"乌鲁大公问,一个小孩子怎么么会知道这些事。"小男孩并不知道,"年老的细密画家说,"只不过我,一个又老又瞎的细密画家,知道一个七岁的聪慧孩子是想看看安拉创造的世界的,而安拉也正是如此创造了这个世界。因为,安拉创造这个世界的首要目的,是为了让人们看到这个世界。之后,他才赐予了我们文字,所以我们才能彼此分享、谈论我们所看见的事物。但我们错误地以为这些故事起源于文字,图画只是用来装饰故事而已。然而,绘画的用意在于寻求安拉的记忆,从他观看世界的角度来观看世界。"

三

大家都知道,有一个时期,阿拉伯的细密画家们习惯在破晓时久久望着西方地平线,而一世纪之后,许多设拉子的插画家会在早晨空腹时,吃些核桃玫瑰花瓣糊。这是因为画家一族永远都有一种对失明的担心与恐惧,而这种担心与恐惧也不是完全没有道理的。同一个时期,伊斯法罕的年老细密画家们认为,致使他们像得瘟疫般一个接一个失明的原因就是阳光。因此他们通常会坐在房间中一个半明半暗的角落里,在烛光下工作,避免阳光直射他们的工作桌。当一天结束,布哈拉的乌兹别克画坊里,细密画大师会用长老祝福过的清水洗涤眼睛。然而所有的预防办法之中,只有赫拉特的细密画家赛依特·米瑞克所找到的,才是面对失明最纯粹的方法,他是伟大大师毕萨德的老师。在细密画大师米瑞克看来,失明并不是一种苦难,反而是安拉为褒奖终生为真主奉献的绘画家们而赐予的最终幸福。因为绘画,就是细密画家对安拉眼中的凡间世界的追寻。然而这种独特的景象,只有当细密画家经过一辈子的辛苦作画,耗尽其一生,眼睛极度疲劳而最终失明之后,才能在记忆之中找到。也就是说,惟有从失明细密画家的记忆中,才能看清安拉眼中的世界。衰老的细密画家为了在得到这幅影像之时,也就是说,当他在记忆与失明的黑暗中眼前浮现出安拉所见的世界时,能够让他的手自然地描绘出精致的图画,他会穷其一生进行手的绘画训练。历史学者米尔扎·穆罕默德·哈依达尔·杜格拉特曾经写下了这一时期的赫拉特细密画家们的传奇,据他所述,赛依特·米瑞克大师解释这种绘画理念时,举了一个画家画马的例子。从这个例子中可以看出,就算是最无能的画家,就算他脑袋空空如当今的威尼斯画家,当他看着一匹马来画马时,画出来的仍是记忆中的景象。因为,谁也不可能同时看着真的马又看着画纸上的马。画家会先看马匹,接着迅速把停留在脑中的印象画到纸上。在这当中,即使只是一眨眼的工夫,画家表现在纸上的并不是眼前的马,而是记忆中刚才看到的那匹马。这证明了,就算是最拙劣的画家,一幅画也只有靠记忆才可能产生。这种理念,把一位细密画家活跃的工作生涯,看作是为了最终幸福的失明与失明者的记忆做好准备。在这种理念的影响下,这一时期赫拉特的大师们,把他们为爱好书籍的君王和王子创作的图画,当作手的训练,当作一种练习。他们接受这些工作,在烛光下一天又一天无休无止地绘画、观看书页,把工作的辛苦视为通往失明之路的愉快劳动。什么时候才最适合得到这种最为幸福的结果,对此,细密画大师米瑞克终其一生,不断地进行了探索。为了刻意加速失明,他会在指甲、米粒,甚至头发上,连枝带叶地画出完整的树。或者,为了小心地延迟无可避免的黑暗,他会轻松随意地描绘阳光普照的欢乐花园。他七十岁时,为了奖赏这位伟大的画师,侯赛因·巴依卡拉苏丹允许他进入锁上加锁的宝库,向他打开了收藏在那里的几千册书。在这满是武器、黄金、绸缎和丝绒的宝库里,在金烛台的烛光下,米瑞克大师翻看了赫拉特前辈大师们画笔下的华美书页,每一篇皆是传奇之作。经过三天三夜不眠不休的专注欣赏,伟大的大师瞎了。他成熟而顺从地接受了这个事实,有如迎接安拉的天使一样,从此不再说话,也不再绘画。《成长史》的作者米尔扎·穆罕默德·哈依达尔·杜格拉特将此解释成为:一位细密画家,在得到了安拉永恒不朽的景象之后,永远无法再返回到那些为生命有限的寻常人所画的书页了。他说:"当失明细密画家的记忆到达安拉身边时,那里是绝对的寂静、幸福的黑暗,以及一张白纸的永恒无限。"

我知道,黑之所以问奥斯曼大师的这一有关失明与记忆的问题,显然不完全是真的想听我的答案,而更像是为了在看我的物品、我的房间与我的图画时显得不是那么太拘束。但话说回来,我很高兴看到我的故事对他产生了影响。"失明是幸福的境界,那里不受魔鬼与罪恶的侵扰。"我告诉他。

"在大布里士,"黑说,"受到米瑞克大师的影响,有些老式细密画家仍旧认为失明是安拉的恩赐,是至高无上的美德。有些人若是年老但没有失明,他们会觉得很难堪。甚至到今天,因为害怕别人认为这证明他们缺乏才华和技巧,他们会假装失明。由于这种受加兹温人杰拉丁丁影响的道德观念,有些人尽管自己并没有真的失明,但他们会好几个星期坐在黑暗中,包围在镜子间,一盏油灯微弱的灯光下,不吃不喝,只是瞪着赫拉特前辈大师所绘的书页,目的是想学习一个瞎子观看世界的方法。"

有人敲门。我打开门后,发现是一位俊美的画坊学徒,漂亮的眼睛睁得大大的。他说我们的弟兄,镀金师高雅先生的尸体已经在一口枯井里被发现了,他的葬礼将于下午祷告时在米赫里玛赫清真寺举行。说完他就跑了,跑去向其他人传递这个消息了。安拉,愿您保佑我们。

【注释】

〔1〕选自《我的名字叫红》，沈志兴译，上海人民出版社 2006 年版。

【阅读提示】

　　《我的名字叫红》出版于 1998 年，是帕慕克的代表作之一。此书获得了欧洲三大文学奖项：法国文学奖、意大利格林扎纳·卡佛文学奖和都柏林文学奖。《出版人周刊》用"一个谋杀推理故事、一本哲思小说、一则爱情诗篇"来评价这部小说。

　　《我的名字叫红》用爱情故事和谋杀推理故事的外壳讲述了东西文明的交汇和冲突。这种冲突既有生活方式、价值观念的冲突，更有宗教信仰、伦理道德的冲突。故事发生在十六世纪的奥斯曼帝国，国王苏丹秘密委托四位最优秀的细密画画家绘制一本伟大的书籍。其中一位画家神秘地死去，苏丹要求宫廷绘画大师奥斯曼和青年黑在三天之内找出真正的凶手。小说的真正主角是细密画。细密画最早开始于《古兰经》的边饰图案，与伊斯兰文化有着千丝万缕的联系。伊斯兰教反对偶像崇拜，认为真主安拉是创造宇宙万物的唯一主宰，任何人都不得僭越安拉的地位。同时，细密画在西亚和中亚的文化中，主要为宫廷贵族服务，要遵从君王的需要。所以，细密画画家不得不在宗教规范和君王世俗需要的双重标准中艰难地生存，形成了在绘画中放弃个人风格以求安身立命的生存法则。西方法兰克画派把人物放置在画面中心、大胆追求个人风格的画风给传统的细密画带来了强烈的冲击。小说中，细密画成了揭开谋杀案秘密的关键。小说通过细密画经历的鼎盛和衰落，讲述了奥斯曼文化曾经的辉煌以及在与西方文化融合进程中的失落与泪水。

主要参考书目

[1] 朱东润主编.中国历代文学作品选.上海:上海古籍出版社,1984.

[2] 北京师范学院中文系古典文学教研室.古代散文选注.北京:北京出版社,1981.

[3] 徐中玉主编.古文鉴赏大辞典.杭州:浙江教育出版社,1989.

[4] 陈振鹏,章培恒主编.古文鉴赏词典.上海:上海辞书出版社,1997.

[5] 郭预恒主编.中国古代文学史.上海:上海古籍出版社,1998.

[6] 张梦新主编.古文苑精萃.杭州:浙江教育出版社,1999.

[7] [清]彭定球等编.全唐诗.北京:中华书局,1960.

[8] 唐圭璋编,王仲闻校补.全宋词.北京:中华书局,1965.

[9] [清]王夫之.唐诗选评.北京:文化艺术出版社,1997.

[10] [清]黄生.唐诗评三种.合肥:黄山书社,1995.

[11] [明]胡震亨.唐音癸签.上海:上海古籍出版社,1981.

[12] 高步瀛.唐宋诗举要.上海:上海古籍出版社,1959.

[13] 萧涤非,程千帆等撰.唐诗鉴赏辞典.上海:上海辞书出版社,1983.

[14] 俞平伯.唐宋词选释.北京:人民文学出版社,1979.

[15] 俞陛云.唐五代两宋词选释.上海:上海古籍出版社,1985.

[16] 唐圭璋.唐宋词简释.上海:上海古籍出版社,1981.

[17] 唐圭璋主编.唐宋词鉴赏词典.上海:上海辞书出版社,1988.

[18] 吴熊和主编.唐宋词汇评.杭州:浙江教育出版社,2004.

[19] 张友鹤选注.唐宋传奇选.北京:人民文学出版社,1997.

[20] 蒋星煜主编.元曲鉴赏词典.上海:上海辞书出版社,1990.

[21] 钱仲联,章培恒等撰.元明清诗鉴赏词典.上海:上海辞书出版社,1994.

[22] 吴宏聪主编.中国现代文学作品选.上海:华东师范大学出版社,1999.

[23] 陈思和著.中国当代文学史教程.上海:复旦大学出版社,1999.

[24] 钱谷融,吴宏聪主编.中国当代文学作品选.上海:华东师范大学出版社,2002.

［25］［古希腊］荷马著，罗念生、王焕生译.荷马史诗·伊利亚特.北京：人民文学
出版社，1994.

［26］［爱尔兰］叶芝著，傅浩译.叶芝诗集.石家庄：河北教育出版社，2003.

［27］［奥地利］茨威格著，高中甫译.一个陌生女人的来信.北京：北京燕山出版
社，2006.

［28］［美］福克纳著，杨岂深译.福克纳短篇小说集.上海：译林出版社，2001.

［29］［法］加缪著，郭宏安等译.加缪文集.上海：译林出版社，1999.

［30］［日］川端康成著，叶渭渠译.雪国.北京：人民文学出版社，2002.

［31］［土耳其］奥尔罕·帕慕克著，沈志兴译.我的名字叫红.上海：上海人民出
版社，2006.

［32］朱维之等主编.外国文学简编.北京：中国人民大学出版社，2004.

［33］蒋承勇主编.世界文学史纲.上海：复旦大学出版社，2000.

［34］徐中玉，齐森华主编.大学语文.上海：华东师范大学出版社，2001.

［35］王步高，丁帆主编.大学语文.南京：南京大学出版社，2003.

［36］陈洪主编.大学语文.北京：高等教育出版社，2005.

［37］江少川主编.新编大学语文.北京：北京大学出版社，2002.

图书在版编目(CIP)数据

文学经典导读 / 张卫中主编. —杭州:浙江大学出
版社,2011.1(2019.7 重印)
ISBN 978-7-308-08375-1

Ⅰ.①文… Ⅱ.①张… Ⅲ.①文学欣赏－世界－高等
学校－教材 Ⅳ.①I106

中国版本图书馆 CIP 数据核字(2011)第 010126 号

文学经典导读

张卫中　主编

责任编辑	傅百荣
封面设计	刘依群
出版发行	浙江大学出版社
	(杭州市天目山路 148 号　邮政编码 310007)
	(网址:http://www.zjupress.com)
排　版	浙江时代出版服务有限公司
印　刷	嘉兴华源印刷厂
开　本	710mm×1000mm　1/16
印　张	25
字　数	476 千字
版 印 次	2011 年 1 月第 1 版　2019 年 7 月第 9 次印刷
书　号	ISBN 978-7-308-08375-1
定　价	42.00 元